LA GUERRE DES RATS

David Robbins

LA GUERRE DES RATS

Traduction de Jacques Martinache

Roman

PRESSES DE LA CITÉ

Titre original : *War of the Rats*

ISBN 2-258-05262-9

Ce livre est dédié à mon père Sam et à ma mère Carol, qui ont tous deux combattu pendant la Seconde Guerre mondiale ; à mon frère Barry, qui s'est battu au Vietnam ; ainsi qu'à ces courageux hommes et femmes de tout grade qui ont livré bataille avec honneur et dont l'histoire n'a pas retenu le nom uniquement parce qu'ils sont trop nombreux.

Je suis la voie qui mène à la ville qui souffre
Je suis la voie qui mène au chagrin éternel
Je suis la voie qui mène au peuple oublié.

La justice anima mon créateur ;
La divine puissance, la haute sagesse
et l'amour premier m'ont édifiée.

Rien avant moi ne fut jamais créé
que d'éternel et je dure, éternelle.
Vous qui entrez, laissez toute espérance.

Dante Alighieri, *La Divine Comédie :*
L'Enfer, chant III.

Le plus grand malheur après une bataille perdue, c'est une bataille gagnée.

Le duc de Wellington
(après la bataille de Waterloo).

Introduction

Napoléon lui-même n'avait pas pénétré aussi profondément en Russie que le fit l'armée allemande en août 1942.

Les troupes d'Adolf Hitler avaient parcouru plus de mille cinq cents kilomètres à travers de vastes plaines hostiles jusqu'à la Volga. Jamais légion étrangère n'avait pénétré aussi loin dans cette terre asiatique.

Le plan allemand était simple : assiéger Moscou pour bloquer une bonne partie des défenses russes puis déferler sur le Caucase et s'emparer de ses gisements pétrolifères stratégiques. Une fois maître du Caucase, Hitler imposerait une paix à ses conditions et dépècerait la Russie, asservissant la partie occidentale de cet immense pays pour réaliser son rêve d'un monde aryen et de « mille ans de règne nazi ».

Fin juillet 1942, le Führer ordonna un changement temporaire du *Schwerpunkt*, ou « point d'impact principal », de son invasion et délaissa les gisements de pétrole au sud pour obliquer vers l'est et éliminer un abcès potentiel sur son flanc gauche. La ville de Stalingrad, centre industriel produisant la moitié de l'acier et des tracteurs russes, métropole de plus de cinq cent mille habitants, se trouve sur les rives d'une courbe de la Volga. Hitler pressentait une victoire facile, retentissante.

La suite s'écrivit dans le sang et les ruines. Les troupes soviétiques, à qui Staline (la ville, autrefois appelée Tsaritsyne, prit le nom de Stalingrad en 1925 en hommage au rôle qu'il joua dans sa défense pendant la guerre civile contre les armées blanches) avait enjoint de « ne pas reculer d'un pas », opposèrent aux envahisseurs une résistance acharnée et inattendue.

Pour Stalingrad, l'épreuve du feu commença le 23 août 1942, quand les premiers blindés de la Sixième Armée allemande atteignirent la Volga, dans les faubourgs nord de la ville. Les forces du Reich étaient sous les ordres du général Friedrich von Paulus, qui affronta son homologue russe Vassili Tchouikov, commandant de la Soixante-deuxième Armée soviétique, sur un terrible champ de bataille. Soumise fin août à une grêle de bombes incendiaires, la ville se transforma en un charnier fumant. Les soldats se battaient et mouraient dans les caves, dans les entrées d'immeuble, dans le labyrinthe des usines détruites finissant de brûler près du fleuve. Pendant des mois, ce fut une lutte au corps à corps, maison par maison ; le front ondulait à chaque nouvel assaut, dont la progression se mesurait en mètres. Les fantassins allemands donnèrent aux combats le nom de *Rattenkrieg*, la « guerre des rats ».

La Sixième Armée maintint ses effectifs dans la ville même à une centaine de milliers d'hommes, puisant dans les réserves de plus d'un million de soldats allemands, italiens, hongrois et roumains des divisions mises en position dans la steppe. Les forces de l'Armée rouge à l'intérieur de la ville n'excédèrent jamais soixante mille hommes et tombèrent parfois à vingt mille tentant désespérément de tenir jusqu'à ce que des renforts puissent traverser la Volga. Les deux armées se combattirent avec une volonté farouche et des pertes sans précédent.

A la mi-octobre, les Russes avaient le dos au fleuve, littéralement. A certains endroits, quelques centaines de mètres seulement les séparaient des falaises de la Volga. Ils réussirent cependant à tenir jusqu'à ce que, le 19 novembre 1942, l'Armée rouge lançât sa « surprise de novembre ». Les Russes effectuèrent un mouvement de débordement parti simultanément du nord et du sud pour se refermer avec une rapidité terrifiante derrière les Allemands et leurs alliés. Hitler donna à sa Sixième Armée encerclée le nom de « Forteresse Stalingrad » et clama au monde que ces hommes ne céderaient pas un pouce de terrain et se battraient jusqu'à la mort. Affamés, gelés, harcelés par les poux, placés sous la menace constante d'une attaque russe, les soldats allemands surnommèrent leur position *der Kessel*, « le Chaudron ». Sur le quart de million d'hommes pris dans la nasse à la mi-novembre, moins de cent mille survécurent, pour se rendre deux mois et demi plus tard.

Le martyre de la ville cessa le 31 janvier 1943 quand Paulus, spectre décharné à la tête d'une armée morte, sortit du grand magasin Univermag dans le centre ravagé de la ville et capitula.

Le nombre de morts dans les deux armées fut estimé à 1 109 000, le plus haut chiffre en pertes humaines dans les annales de la guerre. L'Armée rouge fit état de 750 000 morts, blessés et disparus, tandis que les pertes allemandes s'élevèrent à 400 000 hommes. Les Italiens perdirent 130 000 de leurs 200 000 soldats, les Hongrois eurent 120 000 tués, les Roumains 200 000. Sur une population de plus de 500 000 habitants avant la guerre, Stalingrad ne comptait que 1 500 civils survivants après la bataille.

Pour les deux camps, l'issue de la bataille de Stalingrad fut capitale. Jamais auparavant la totalité d'une armée allemande n'avait disparu corps et biens au combat. Le mythe de l'invincibilité nazie était brisé. Les Soviétiques avaient remporté une grande victoire ; résistant au punch le plus puissant de Hitler, la Russie avait riposté en lui portant un coup mortel. Les nazis avaient été stoppés à Stalingrad. Pendant le reste de la guerre, les Allemands menèrent un combat d'arrière-garde. Deux ans plus tard, les troupes soviétiques fêtaient la victoire dans les rues de Berlin.

Deux hommes se retrouvèrent au cœur du carnage : l'adjudant-chef russe Vassili Zaïtsev et le colonel de SS Heinz Thorvald.

Chacun d'eux avait la réputation d'être le meilleur tueur de son armée, un tireur d'élite aux capacités extraordinaires. Chacun d'eux reçut pour mission de trouver et d'éliminer l'autre. Chacun d'eux savait que sa némésis le cherchait dans le gigantesque dédale de ruines et de mort qu'était Stalingrad.

Trois des quatre principaux personnages de *La Guerre des rats* – Zaïtsev, Thorvald et la tireuse d'élite Tania Tchernova – combattirent effectivement à Stalingrad. Leurs exploits et ceux de plusieurs de leurs camarades ont été relatés dans un certain nombre d'ouvrages historiques dont ce roman est tiré. Si l'histoire de Zaïtsev et celle de sa famille sont rapportées fidèlement, j'ai ajouté aux biographies de Thorvald et Tania des détails imaginés ou modifiés à des fins romanesques. Mais les destins du tireur d'élite allemand et de la résistante russe n'ont subi aucun changement. Le quatrième personnage, le caporal Nikki Mond, est un soldat allemand composite dont l'expérience à Stalingrad est aussi proche de la réalité que possible.

Les dates, les mouvements de troupes, les principaux combats décrits dans *La Guerre des rats* sont des faits historiques. En outre, la plupart des scènes secondaires, les affrontements personnels sont également fondés sur les souvenirs de survivants que j'ai interviewés ou sur des témoignages écrits. Comme dans tout roman, cependant, la question de l'exactitude absolue se pose, notamment pour les scènes à caractère privé. Il est évidemment impossible de décrire les pensées de quelqu'un d'autre, les actes auxquels personne n'a assisté. On peut toutefois, à force de recherche et de compréhension, recréer ce qu'un individu a pu faire, ce qu'il a pu ressentir en le faisant, d'une manière qui, tout en relevant de la fiction, demeure véridique.

DLR,
Richmond, Virginie.

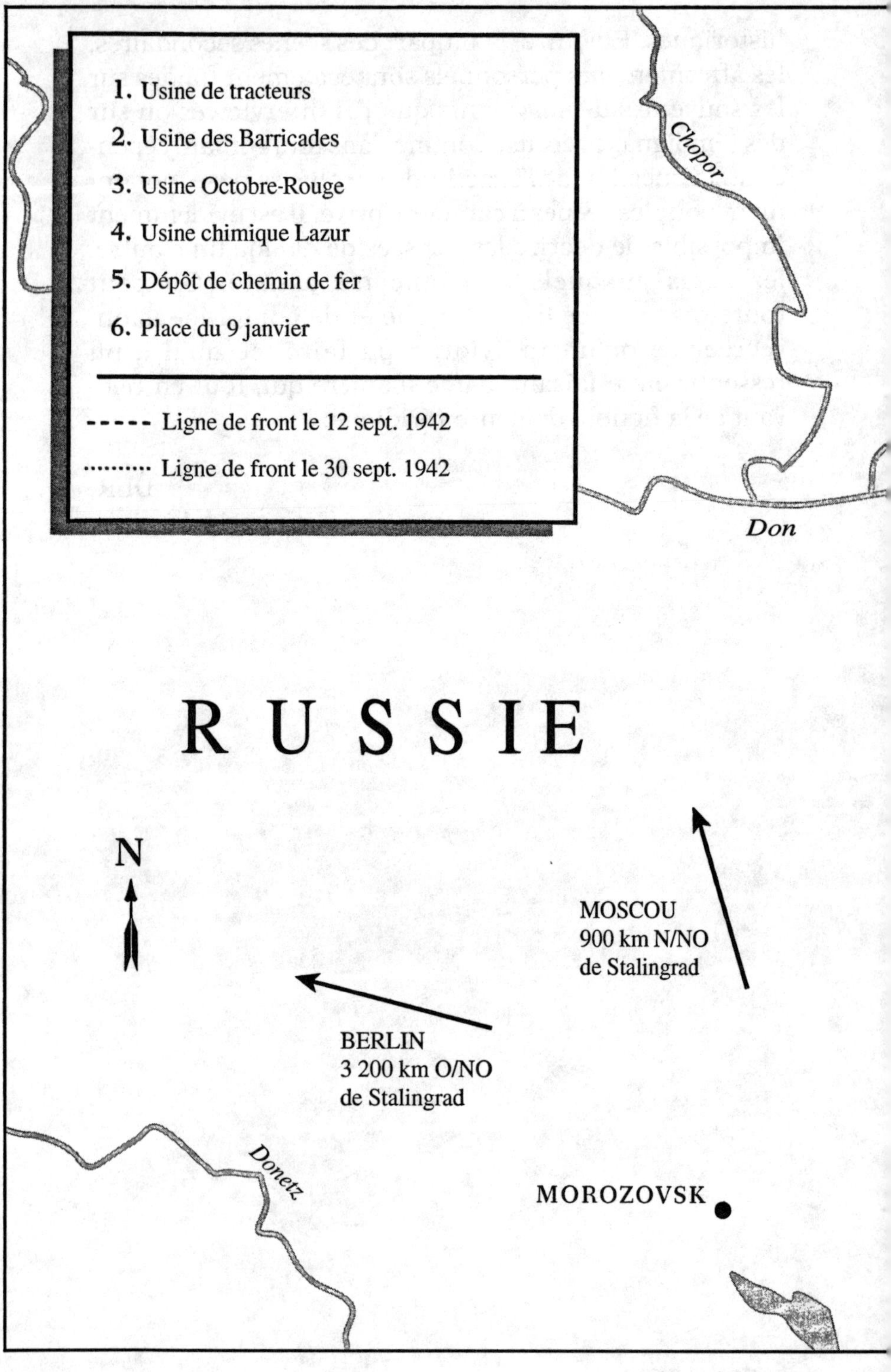
1. Usine de tracteurs
2. Usine des Barricades
3. Usine Octobre-Rouge
4. Usine chimique Lazur
5. Dépôt de chemin de fer
6. Place du 9 janvier
Ligne de front le 12 sept. 1942
Ligne de front le 30 sept. 1942
Chopor
Don
RUSSIE
N
MOSCOU
900 km N/NO
de Stalingrad
BERLIN
3 200 km O/NO
de Stalingrad
Donetz
MOROZOVSK

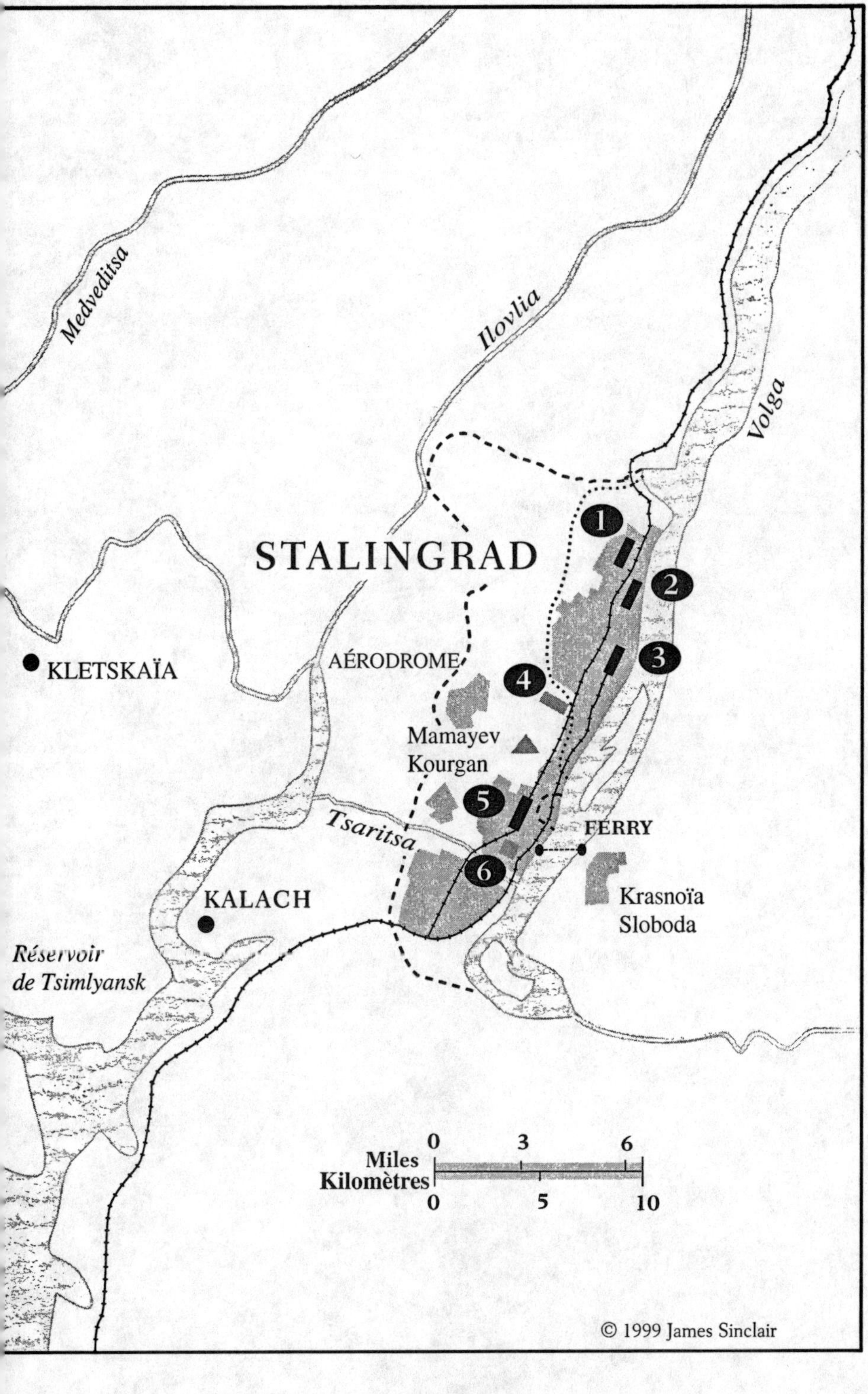
Medveditsa
Ilovlia
Volga
STALINGRAD
1
2
3
4
5
6
KLETSKAÏA
AÉRODROME
Mamayev
Kourgan
Tsaritsa
FERRY
Krasnoïa
Sloboda
KALACH
Réservoir
de Tsimlyansk
0
3
6
Miles
Kilomètres
0
5
10
© 1999 James Sinclair

UN

Le caporal, le lièvre, la résistante et le professeur

1

De la tranchée, Nikki Mond leva les yeux vers une aube grise et sale.

En cette fin d'octobre, les premières lueurs du ciel demeuraient prises dans un poing de fumée et de poussière. Les feux des bombardements de la nuit murmuraient dans les gravats. Sur le front, à quatre cents mètres, des chars et des camions brûlaient en éructant une fumée grasse et noire. Des particules de briques et de béton donnaient à chaque inspiration un goût de craie.

Nikki posa son fusil pour étirer son dos et ses jambes, déboucha sa gourde. Il n'avala pas la première gorgée mais rinça sa bouche pour en ôter la poussière. Il n'avait rien bu de la nuit : la soif l'aidait à rester éveillé pendant la garde.

— File-m'en un coup, réclama le soldat Pfizer, qui s'approchait pour prendre la relève. J'ai l'impression d'avoir respiré de la merde sèche toute la nuit.

Nikki lui tendit la gourde.

A cinquante mètres d'eux, le lieutenant Hofstetter sortit du bunker des officiers et secoua sa capote grise. Il la boutonna nonchalamment en se dirigeant vers les deux hommes, qui se raidirent à son approche.

— Trop tôt pour le garde-à-vous, marmonna l'officier dans un bâillement.

— Oui, lieutenant, répondit Nikki.

— Rien à signaler, caporal ?

— Non, lieutenant.

— Les rouges ne restent jamais tranquilles longtemps. Voyons un peu ce qu'ils mijotent...

Hofstetter prit les jumelles de Nikki, monta sur une marche de terre, passa lentement la tête au-dessus du parapet et porta les jumelles à ses yeux pour inspecter les ruines de l'usine de tracteurs de Stalingrad.

— Rien, constata-t-il. On dirait que les Ruskoffs ont pris une nuit de repos...

— Ça s'arrose, mon lieutenant, dit Pfizer en tendant la gourde à l'officier.

Hofstetter abaissa les jumelles. Se tournant de côté, il renversa la tête en arrière pour boire une longue rasade. Secoué par un spasme, il cogna de la gourde le visage de Pfizer ; de l'eau jaillit de sa bouche, étouffant un cri. Sa tête s'inclina sur le côté, la gourde et les jumelles tombèrent de ses mains. Il s'effondra.

Le bruit d'une détonation lointaine passa au-dessus de la tranchée, tourna dans le matin telle une buse puis mourut.

Le lieutenant gisait aux pieds du soldat, dont le visage s'était figé. Pfizer se dégagea, se tapit contre la paroi de terre. Nikki se ressaisit, se jeta à terre lui aussi. Accroupi, il posa une main sur le dos de l'officier. Plus de respiration.

Nikki regarda le casque de Hofstetter, encore attaché sous le menton. Un trou aux bords rouges béait au centre de l'aigle noir sur fond d'or, emblème du Troisième Reich. Le sang coulant sous le casque mouillait les cheveux et les oreilles, formait une flaque sur la terre russe. Le pied gauche du lieutenant tressauta dans l'eau échappée de la gourde.

— Putain de tireurs embusqués, grommela Pfizer. On est à cinq cents mètres du front. Comment ils arrivent à nous toucher ici ?

Nikki Mond récupéra les jumelles et la gourde, baissa les yeux vers le cadavre. Il avait vu déferler les vagues de la mort, ces deux derniers mois. La mort faisait partie du paysage, elle se fondait dans les briques brisées, dans les ruines se découpant sur le ciel. Il la portait maintenant sur son dos comme la cicatrice d'un coup de fouet. Posant la main sur le bras du lieutenant, il dit :

— Va chercher de l'aide pour le corps.

Pfizer se releva. Sans un regard pour le mort, il trottina tête baissée dans la tranchée pour ramener la corvée de cadavres, les soldats qui avaient été pris à boire, à se battre ou à dormir pendant la garde.

Nikki s'écarta de Hofstetter et s'assit. L'aube s'était levée. Des fusées de reconnaissance vertes et rouges montaient dans le ciel pour signaler les positions allemandes afin que la Luftwaffe évite de les bombarder pendant les premiers raids du matin. Des obus traçants russes filaient vers les chasseurs hurlants ; des flammes dansaient dans les bâtiments dévastés.

En attendant le retour de Pfizer, Nikki composa des lettres dans sa tête. Un mensonge pour son père, à la ferme familiale, en Westphalie : le vieil homme ne devait pas s'inquiéter, la guerre sur le front Est touchait à sa fin, la résistance russe s'effondrait. A sa sœur aînée, infirmière à Berlin, il écrivait la vérité car il savait qu'elle avait sous les yeux, à l'hôpital, les restes broyés de la campagne de Russie. Enfin, une lettre à lui-même, caporal de vingt ans terré sur le front russe, à quelques mètres d'un cadavre encore tiède. Dans celle-là, il ne pouvait ni mentir de façon convaincante ni dire toute la vérité.

Vassili Zaïtsev tira la culasse en arrière d'un geste vif. La douille fumante ne fit aucun bruit quand elle tomba sur la terre à côté de lui.

A sa droite, l'énorme Viktor Medvedev regardait dans sa lunette télescopique : si une deuxième cible se montrait au-dessus de la tranchée allemande, ce serait à lui de l'abattre.

Zaïtsev compta lentement jusqu'à soixante. Dans une minute, que Viktor ait ou non pressé la détente, ils changeraient de place. Règle de survie numéro pour un tireur embusqué : appuyer sur la détente, décamper. Chaque balle tirée peut révéler votre position à des yeux que vous ne voyez pas mais qui sont partout sur le champ de bataille. Ne jamais rester assez longtemps sur un lieu de tir pour qu'il devienne votre tombe.

Zaïtsev était sûr d'avoir fait mouche. Il avait d'abord repéré la gourde, forme ronde surgie au-dessus de la tranchée, et avait failli tirer : à quatre cent cinquante mètres de distance, il est difficile de faire la différence entre une gourde et une tête d'homme. Le doigt augmentant la pression sur la détente, il avait attendu. Cinq secondes plus tard, la tête était apparue dans le réticule. Allemand stupide et imprudent. Mort.

Viktor attendait maintenant qu'un autre imprudent se place dans son collimateur. Il arrivait parfois que le camarade de l'homme dont une balle avait emporté l'arrière du crâne saisisse son fusil ou ses jumelles pour se venger du tireur russe. Sous le choc, le survivant accomplissait un acte de courage et de loyauté envers le cadavre qui remuait encore près de lui. Zaïtsev et Viktor traquaient le courage aussi bien que la stupidité.

Une minute s'écoula ; Zaïtsev poussa Viktor du coude.

— Faut y aller, l'Ours.

Medvedev abaissa sa lunette. Quittant le tas de briques derrière lequel ils étaient tapis, à cinquante mètres seulement du no man's land, ils rampèrent à reculons jusqu'à une cuvette. Ils glissèrent leurs armes dans deux longs sacs en mousseline sale auxquels ils attachèrent une corde, puis ils continuèrent à reculer parmi les débris. Si près du front, un fusil ballottant sur leur dos aurait attiré l'attention.

Il leur fallut cinq minutes pour traverser en rampant les trente mètres d'un boulevard à découvert et se réfugier dans la carcasse d'un bâtiment. Ils tirèrent alors les sacs à eux, lentement pour que le mouvement passe inaperçu dans la lumière de l'aube.

Ils restèrent une heure à l'intérieur, au cas où un tireur nazi les aurait vus entrer et attendrait qu'ils ressortent. L'attente éprouverait la patience de l'ennemi ainsi que sa capacité physique à demeurer concentré sur son réticule pendant soixante minutes vides.

Zaïtsev prit dans son sac à dos son carnet de tireur d'élite, y griffonna quelques mots puis le tendit à Medvedev.

— Signe, Viktor.

Medvedev lut le compte rendu de la chasse : *17/10/42. Quadrant NE, secteur de l'usine de tracteurs. Bunker allemand. Observateur avancé. 450 mètres. Coup dans la tête.* Il signa. *Témoin : adjudant Medvedev.* D'un geste vif, Viktor dessina une paire d'oreilles rondes, un museau renfrogné et les fentes de deux yeux furieux. *L'Ours*, écrivit-il sous son croquis.

L'adjudant Medvedev était un Sibérien aux larges épaules, un homme sombre et puissant, dont le nom venait de *medved*, « ours » en russe. Il avait pour compagnon un autre Sibérien au visage rond et plat de Mongol, Vassili Zaïtsev. Plus petit que Viktor, Zaïtsev était sec et nerveux, rapide. Comme le lièvre, *zayats* en russe, dont il tirait son nom.

Ils étaient les deux seuls membres de l'unité de tireurs d'élite de leur division qui opéraient directement sur le front. Les douze autres restaient enterrés sous les ruines, quelques centaines de mètres plus loin. Opérer si près des Allemands faisait appel à toutes leurs qualités de chasseur, éprouvait leurs nerfs et leur ruse, mais cela permettait aux deux Sibériens d'atteindre les troupes nazies à plusieurs centaines de mètres du front. Leur lunette dénichait non seulement des fantassins, des mitrailleurs et des observateurs d'artillerie, la chair à canon habituelle, mais aussi des officiers pris par surprise.

Viktor extirpa de son sac une bouteille de vodka à moitié pleine, inclina le goulot vers Zaïtsev.

— Joli coup, Lièvre.

Il but, mit la bouteille dans la main tendue de l'adjudant-chef.

— T'as plus de patience que moi, ajouta-t-il.

Zaïtsev s'essuya les lèvres.

— Comment ça ?

— Moi, j'aurais tiré dans cette foutue gourde ! s'esclaffa l'Ours.

Le colonel de SS Heinz von Krupp Thorvald se tourna vers l'auditoire qui l'applaudissait.

Une quinzaine de ses élèves s'étaient rassemblés devant le champ de tir pour voir leur maître, le directeur de l'école des tireurs d'élite des SS, gagner un pari.

Le lieutenant Brechner s'avança, mit un billet de dix marks dans la main du colonel puis inclina le buste de manière théâtrale. Thorvald accepta l'argent, rendit la courbette et fit signe au soldat haletant qui venait de parcourir les mille mètres du champ, une cible en papier à la main.

Thorvald montra le carré de papier à Brechner, passa l'index dans le trou percé au centre de la cible, l'agita.

— Un ver, dit-il. Qui sort de la tête d'un Russe.

Un rire monta du groupe d'élèves. La capacité de leur

colonel à tirer aussi loin était sans intérêt sur le plan de la tactique militaire car, à une telle distance, il était impossible de dire si la cible méritait d'être abattue. C'était cependant un exploit impressionnant, et Brechner ne regrettait pas les dix marks qu'il avait pariés pour en être témoin.

— C'est comme cela que je les ai eus en Pologne, poursuivit Thorvald en tendant son Mauser Kar 98K équipé d'une lunette Zeiss à grossissement 6 au soldat qui lui servait d'assistant. Deux cents types.

En 39.

Dans son enseignement, le colonel partait du principe que ses élèves devaient aspirer à devenir comme lui : confiant, pressant la détente avec calme. Il n'était pas nécessaire qu'ils copient son indolence, son amour des livres, mais il souhaitait voir de l'intelligence dans leur habileté au tir. Il voulait qu'ils raisonnent, qu'ils remplacent le corps – l'ennemi du bon tireur, avec toutes ses sources de distraction, ses palpitations – par la concentration de l'esprit. Il voulait qu'ils se conduisent et tirent comme des Allemands.

Chaque jour, dans le cadre de leur formation à Gnössen, à la sortie de Berlin, il leur narrait ses hauts faits sur le champ de bataille. Ce matin-là, après l'exercice du matin et le pari de Brechner, il réunit ses élèves sous un grand chêne et leur fit servir du café. Pendant qu'ils buvaient, assis dans l'herbe, Thorvald raconta à sa classe de jeunes tireurs d'élite pleins d'ardeur l'histoire de la charge de cavalerie polonaise.

Quarante-huit heures après le début de l'invasion allemande, le 1er septembre 1939, il avait été affecté à la Quatorzième Armée, commandée par le général Heinz Guderian. C'était Guderian et son état-major qui avaient élaboré la tactique de *blitzkrieg*, « guerre éclair » conjuguant raids aériens, bombardements, attaques de chars et d'infanterie blindée extrêmement mobiles. Thorvald, alors capitaine, se retrouva sur son premier champ de bataille avec fort peu à faire tandis que les forces allemandes enfonçaient aisément les troupes polonaises. Au-dessus du front, les bombardiers Stuka Ju-87 pilonnaient les lignes ennemies avec une précision meurtrière. Puis vint le flot de véhicules blindés, de motos et de tanks, suivi par le grondement de l'infanterie et de l'artillerie. Chaque fois qu'ils trouvaient un point faible, les fantassins allemands perçaient les défenses polonaises puis se déployaient en éventail, coupaient les communications, s'emparaient des centres de ravitaillement.

Le troisième jour, l'armée polonaise était en plein désarroi. Des unités isolées se battaient avec acharnement pour repousser les attaques frontales allemandes dans le secteur de Thorvald, autour de Cracovie. Finalement, le commandement lui assigna une mission : pendant les pauses entre les combats, son escouade de huit hommes devait s'approcher du front, tirer sur les tranchées et les casemates ennemies. Le commandement voulait que ses tireurs d'élite sapent le moral de l'ennemi.

Pendant quatre jours, Thorvald et ses hommes s'approchèrent à l'aube à moins de cinq cents mètres des troupes polonaises. A lui seul, le capitaine aligna un tableau de chasse de soixante et onze pièces confirmées, plus que le reste de l'escouade conjugué.

Tandis que les autres tireurs fanfaronnaient le soir au repas et comparaient leurs carnets, Thorvald lisait. Le commandant de sa division vint leur remettre des jetons en fer-blanc, un pour chaque ennemi tué. A la fin de la guerre, les tireurs pourraient les échanger contre cent marks pièce, l'équivalent d'une prime. Thorvald distribua les siens.

La deuxième semaine de l'invasion, sa compagnie encercla une importante unité polonaise. Un matin à l'aube, Thorvald sortit la tête de son trou de tireur en entendant des trompettes et un grondement de sabots. Incrédule, il vit une brigade de cavalerie polonaise sauter par-dessus les parapets et galoper à travers la plaine. Dans sa lunette apparurent des uniformes aux couleurs vives, des mains gantées de blanc brandissant des lances et des étendards.

Il visa sa première cible à six cents mètres et fit feu. Le cavalier tomba. Avant que Thorvald puisse faire de nouveau mouche, les chars se mirent à tirer derrière lui, soulevant des colonnes de poussière et de flammes dans la plaine. Derrière les lignes croisées de son réticule, la magnifique charge de cavalerie se transforma en monceaux d'hommes et de chevaux démembrés.

— Et quelle est la morale, à votre avis ? demanda le professeur en souriant à la classe assemblée sous le chêne.

Aucune main ne se leva. Les élèves savaient qu'ils devaient se garder de parler, même pour répondre à une question, quand il racontait une histoire.

Ils sont prêts, pensa-t-il en observant leurs visages, la confiance de leurs mouvements. Ils sont impatients de se faire à leur tour une réputation au combat, de placer leur réticule sur le cœur de cibles en chair et en os. Je sais comment un homme peut tuer, mais je m'étonne encore qu'il soit si pressé de risquer sa vie pour le faire.

— La morale, jeunes ignorants, est la suivante : ne cherchez jamais à être un héros, ni sur un cheval ni ailleurs. Restez à couvert.

2

Quelques minutes après que le corps de Hofstetter eut été emmené à l'arrière, la compagnie de Nikki reçut l'ordre d'aller prendre position à l'ouest de l'usine de tracteurs. L'assaut final avait été donné contre l'usine voisine, les Barricades. Ce serait le coup de grâce ; il ne faudrait qu'une ou deux semaines de plus pour déloger les rouges des Barricades et les pousser dans la Volga.

Le capitaine Mercker divisa sa compagnie de quatre-vingts soldats en pelotons de dix hommes. Il craignait que des tireurs embusqués ou des mitrailleuses mobiles ne fauchent ses troupes ou les bloquent si toute la compagnie avançait d'un coup. Il compta les dix premiers hommes, désigna Nikki.

— Caporal, vous connaissez notre objectif ?

Nikki inclina sèchement la tête.

— Oui, mon capitaine.

— Vous prenez le commandement du premier peloton. Approchez-vous à quinze cents mètres des Barricades, trouvez un lieu sûr où la compagnie pourra se regrouper.

— Bien, capitaine.

— En avant. Et gardez la tête baissée.

Nikki examina les neuf hommes qui devaient se précipiter derrière lui. Tous avaient un visage jeune, blême et sinistre, comme le sien. Tous interchangeables, pensa-t-il. Jetables après utilisation, comme autant de chiffons. Il récita une brève prière silencieuse pour qu'ils soient encore neuf la prochaine fois qu'il les compterait.

— Vous mettez vos pas dans les miens, dit-il. Vous faites exactement comme moi.

Il courba le dos, fléchit les genoux. Au bout de son bras, son fusil frôlait le sol. Il tendit le cou et leva la tête, comme une tortue. Dans cette position, pénible mais permettant à un homme debout d'offrir la plus petite cible possible, Nikki sortit à découvert dans la rue.

Il courut par à-coups, longeant les contours des bâtiments et les gravats. Derrière lui, ses neuf hommes imitaient le moindre de ses gestes. Ils s'accroupissaient et attendaient l'un après l'autre derrière l'abri qu'il avait choisi, reprenaient haleine dans les cratères de bombe et les fossés où il s'était jeté. Nikki choisissait chaque position avec soin, sachant que chaque pas qu'il faisait serait répété neuf fois. Il ne restait jamais à découvert plus de dix mètres. Sur une distance aussi courte, il fallait qu'un tireur soit exceptionnellement bon ou chanceux pour pouvoir le mettre en joue et le toucher. S'il tombait dans la ligne de mire d'une mitrailleuse rouge, il aurait peut-être encore le temps de se plaquer au sol et de se mettre à l'abri derrière quelque chose, n'importe quoi. Ce qui le préoccupait le plus, c'était ses nerfs. Il savait qu'une erreur pouvait lui coûter la vie mais aussi celle du cinquième ou du dernier soldat de son groupe.

A deux reprises des détonations claquèrent. Nikki se figea. Les balles n'atteignirent pas ses hommes et ne furent pas suivies d'autres coups de feu. Ce n'étaient que les convulsions sporadiques de la bataille de Stalingrad, comme si une loi non écrite interdisait un silence prolongé. Il recouvrait son souffle, repartait.

Depuis un moment déjà, l'objectif était en vue. Les trois gigantesques usines s'alignaient le dos au fleuve :

l'usine de tracteurs, les Barricades et Octobre-Rouge. Autour d'eux, sur un kilomètre à la ronde, s'étendait le champ de bataille labouré par les bombes, jonché d'engins de guerre disloqués, comme des morceaux de charbon jetés sur le sol avec une pelle. A quinze cents mètres du bâtiment du milieu, les Barricades, Nikki traversa un large boulevard et se jeta dans une tranchée abandonnée. Puis il fit signe à ses hommes de le rejoindre et d'attendre le reste de la compagnie.

Après trois heures épuisantes pour parcourir six kilomètres dans la ville, Nikki fut récompensé par la vue de neuf visages couverts de sueur qui roulaient des yeux comme pour dire : « Caporal, nous fais jamais refaire ça... »

Comme les deux autres usines, les Barricades avaient été éventrées et démantelées par les combats. Une rangée de cheminées brisées s'élevaient au-dessus des énormes tas d'acier. A cette distance, le lieu paraissait désert. Nikki savait qu'il ne l'était pas.

A sa gauche se dressaient encore les ruines fantomatiques de plusieurs bâtiments de pierre. Celui du coin, le plus large, avait perdu son toit, qui gisait à ses pieds comme une jupe qu'on vient d'enlever. Il ferait une excellente position fortifiée, estima Nikki. Nous pourrions occuper plusieurs étages, commander l'accès de tous côtés.

Pendant que son peloton attendait les autres, Nikki se demanda où était maintenant le corps du lieutenant Hofstetter, six heures après qu'il eut vécu ses derniers instants. S'apprêtait-on à le ramener au pays en avion dans une caisse en sapin pour être enterré là-bas avec les honneurs militaires, comme on l'avait promis à tous ? Ou l'avait-on flanqué avec cent autres dans une tombe anonyme creusée dans la glèbe russe ? Etait-il tombé les bras en croix sur le tas de cadavres ? Resterait-il dans cette position pour l'éternité ou glisserait-il du tas pour attendre le Jugement dernier la tête en bas ?

Je ne veux pas mourir comme Hofstetter d'une balle dans la tête tirée à cinq cents mètres de distance, pensa Nikki. Il ne combattait même pas, il buvait à une gourde. Il n'a même pas eu le temps de battre des bras ou de crier pour dire adieu à la vie, la clore par un moment digne d'être noté. Il buvait à une gourde ; il ne savait pas qu'il était marqué par le réticule d'un tireur embusqué, un maudit tueur reparti en rampant, sans aucun sang sur les mains.

Je ne veux pas mourir comme ça, marqué d'une croix noire invisible, comme l'une des dix millions de bêtes du troupeau de la guerre. Ce n'est pas une mort digne d'un soldat, c'est juste une fin. Une fin un peu stupide, même, face contre terre, le crâne éclaté. Je ne veux pas être enterré en Russie. Je veux rentrer chez moi.

Dix minutes s'écoulèrent avant que le premier soldat du deuxième peloton apparaisse parmi les ruines, derrière. Les hommes de Nikki lui firent signe de les rejoindre dans la tranchée. Pendant deux heures, le reste de la compagnie se regroupa sous le soleil déclinant de l'après-midi. Au crépuscule, le capitaine Mercker arriva avec le dernier groupe de dix. Il n'y avait eu aucun accrochage : l'ennemi battait sans doute en retraite pour concentrer ses forces dans les usines et se préparer au prochain coup de marteau allemand.

Mercker tint une brève réunion avec son lieutenant, cinq sergents et caporaux.

— Messieurs, nous allons nous emparer de ce grand bâtiment, sur le coin. Je veux que les hommes continuent à avancer par groupes de dix. Caporal, dit-il à Nikki, vous montrerez de nouveau le chemin. Vous avez l'air doué pour ça.

Nikki hocha la tête en songeant : Il aurait mieux valu que je sois doué pour autre chose.

— Prévenez quand vous serez sûr que le bâtiment est vide. Si nous entendons des coups de feu, nous accourrons à la rescousse.

Nikki rassembla son peloton et partit. Courant en zigzag, ses hommes se ruèrent vers la porte d'entrée, descendirent un long couloir sombre, mitraillette et grenade en main. Ils avançaient le dos collé au mur avant de se précipiter dans une pièce. Les nerfs à vif, ils scrutaient la pénombre, y cherchaient le moindre signe de présence russe. D'un coup d'épaule, Nikki enfonça la dernière porte, qui donnait sur une vaste salle. Il envoya un soldat dire à Mercker de les rejoindre, suggéra que la salle située au bout du couloir pourrait permettre à la compagnie de se regrouper puis de se déployer pour fortifier le bâtiment.

Une fois les quatre-vingts hommes rassemblés, le capitaine donna ses instructions : les guetteurs, les mitrailleuses lourdes en haut ; les armes antichars aux étages intermédiaires, pour tirer sur les tanks russes ; les mitrailleuses légères et le reste des hommes en bas, pour défendre la rue. Le mess et les communications seraient installés dans la grande salle.

Nikki se tenait près de la porte. Au signal de Mercker, chaque homme de l'unité devait aller prendre rapidement position. Nikki se tenait prêt à ouvrir brusquement la porte, à s'avancer dans le couloir, mitraillette à la hanche, pour protéger les hommes qui grimperaient l'escalier.

— Allez, fit le capitaine.

Au moment où Nikki ouvrait la porte, une grenade passa devant son visage.

De l'autre côté du couloir, une porte claqua.

— Couchez-vous ! cria-t-il.

Lui-même plongea par terre. La grenade roula parmi les soldats, explosa à dix mètres de lui, le bruit étouffé par le corps de l'homme qui s'était jeté dessus.

Les soldats reculèrent, l'arme braquée devant eux. Les balles montèrent dans les chambres avec un claquement. Quatre-vingts doigts se crispèrent sur la détente. Seul près de la porte, le cadavre du soldat héroïque fumait.

— Des Russes ! beugla une voix. Ces foutus rouges sont de l'autre côté du couloir !

— Comment ils sont entrés là-dedans ? aboya Mercker, furieux. Comment ? Je croyais qu'on avait inspecté tout ce niveau !

Le capitaine pointa tour à tour l'index sur six hommes ; Nikki fut le sixième. Mercker leur fit signe de s'approcher de la porte. Puis ferma le poing, signal de se tenir prêt.

Nikki s'élança avec les autres, s'accroupit, porta la crosse de son arme à sa joue, visa la poignée de la porte d'en face. Si elle bouge, je la fais sauter de ses gonds. Un autre soldat se coula le long du mur et referma leur porte.

Le capitaine ordonna de mettre deux mitrailleuses lourdes en batterie et de les braquer sur la porte au cas où les Russes attaqueraient. Puis il plaça des sentinelles aux trois fenêtres de la salle : les rouges pouvaient tenter de faire le tour du bâtiment pour lancer des grenades à l'intérieur. Ayant provisoirement assuré sa position, il se planta au centre de la salle.

— Nous avons reçu l'ordre de tenir ce bâtiment et c'est ce que nous ferons, grommela-t-il. Comme je ne sais pas combien ils sont en face, nous restons sur cette position jusqu'à ce que nous disposions de plus de renseignements. Ou jusqu'à ce que nous trouvions un moyen de déloger les rouges.

— Pourquoi on leur tombe pas dessus, mon capitaine ? demanda un soldat. Ils peuvent pas être beaucoup plus qu'une poignée, là-dedans.

— Qu'est-ce que vous en savez ? Nous sommes

quatre-vingts. Vous aimeriez résister à quatre-vingts bonshommes avec une poignée de soldats seulement ? Les Russes non plus, alors je doute qu'ils n'aient envoyé que quelques types.

Nikki regarda l'effet des propos de l'officier sur les visages tendus.

— Non, continua Mercker, je n'ai pas envie de transformer ce bâtiment en abattoir. Nous attendrons qu'ils décampent. On verra qui aura peur le premier. Ils sortiront probablement cette nuit par une fenêtre et iront rapporter que le Reich est maintenant maître de ce bâtiment.

Nikki alla s'asseoir au centre de la pièce, regarda deux hommes soulever le soldat martyr de son sang fumant et le porter sous une fenêtre. Le première classe Kronenberg. Un garçon de son âge, dix-neuf ou vingt ans. Ils ne s'étaient parlé que peu souvent : Kronenberg était nouveau, il venait d'être mobilisé. Il était plein d'espoir, certain que l'Allemagne avait besoin de terres russes. Un jeune patriote. Il n'est plus jeune, maintenant, pensa Nikki, il est mort. On le fit descendre doucement par la fenêtre.

Les Russes se trouvent dans la même situation que nous, raisonna le caporal. Ils sont une centaine, regroupés au centre d'une grande salle. Ils font des plans pour la nuit, eux aussi ; ils s'imaginent qu'on va tous filer par les fenêtres une fois qu'on aura décidé qu'on ne tient pas à mourir pour garder ce bâtiment.

Nikki avait la trouille. Il s'étonnait de pouvoir encore avoir peur pour sa vie. Quand la peur le quitterait-elle complètement ? Quand en aurait-il assez vu ? Il ne tremblait plus après les accrochages dans ces bâtiments. Il ne se recroquevillait plus dans un coin tandis que la fumée se dissipait, pour fixer, haletant, les morts des deux armées. Plus maintenant. C'était mauvais signe. Il était en train, malgré lui, de s'habituer à l'horreur.

3

— Entre, camarade adjudant. Assieds-toi.

Zaïtsev s'avança sur le sol de terre battue de la casemate du colonel Nikolaï Batiouk, commandant de la 284e division. L'officier supérieur se leva, lui indiqua un baril en guise de siège. Il était plus grand que Zaïtsev, mais aussi mince. Ses cheveux bruns coiffés en arrière révélaient un front haut et pâle.

Son bureau n'était qu'un assemblage de planches posées sur deux tonneaux. A la différence de l'abri que Zaïtsev partageait avec Viktor, cette grotte avait été creusée non par une bombe allemande mais par des sapeurs dans la craie de la falaise dominant la Volga, au sud-est de l'usine des Barricades. Les murs et le plafond, renforcés par des rondins, faisaient penser à un sauna sibérien. Derrière Batiouk, deux femmes s'affairaient sur des radios de campagne, branchant et débranchant des fils à un rythme furieux, parlant à voix basse dans un microphone. Trois officiers d'état-major penchés au-dessus d'une autre table grossière traçaient des traits sur une carte.

Zaïtsev se percha sur le baril, posa son sac à ses pieds et son fusil en travers de ses genoux.

— Vous vouliez me voir, camarade colonel ?

— Oui, Vassili. Tu étais à Vladivostok avant d'être affecté ici. Dans la marine, non ?

— Oui, colonel.

Batiouk tendit le doigt vers le cou du Sibérien.

— Je vois que tu portes encore ton maillot de marin sous ta tunique.

Zaïtsev tira sur le vêtement rayé bleu et blanc dépassant de sa chemise.

— Oui, colonel. Dans la marine, on dit que le bleu représente l'eau des océans et le blanc l'écume.

— Je n'ai jamais vu le Pacifique, dit Batiouk en souriant. Il paraît que c'est très beau ? Un jour, peut-être... Montre-moi ton carnet.

Zaïtsev tendit le cahier à couverture de cuir noir par-dessus le bureau. Le colonel entreprit de le feuilleter et dit, sans lever la tête :

— Comme tu le sais, ces deux dernières semaines, les Allemands nous ont délogés de toute l'usine de tracteurs, excepté le coin nord-est. Ils menacent aussi nos positions dans les Barricades et Octobre-Rouge... (Batiouk posa le carnet sur le bureau.) Notre tête de pont se réduit. Je vais te confier certaines choses que tu ne sais peut-être pas. Mais enfin, comme tu es l'un de ceux qui font bouger ces lignes sur la carte, dit-il, indiquant les officiers d'état-major, tu dois déjà en savoir long...

Zaïtsev regarda le colonel, qui prit sous le bureau une bouteille de vodka et deux verres. Batiouk servit. Les deux hommes levèrent leurs verres pour porter un toast, avalèrent l'alcool d'un trait puis inhalèrent à travers leur manche, habitude russe pour prolonger la brûlure de la vodka.

— Désolé de ne pas avoir de chou à t'offrir, s'excusa Batiouk en expulsant l'air de ses poumons.

— Une autre fois, camarade colonel.

Batiouk se pencha au-dessus de son bureau de fortune.

— Il se prépare quelque chose. Je suis sûr que tu as remarqué qu'on nous a réduit les munitions chaque jour pendant une semaine. Ça veut dire qu'elles sont envoyées ailleurs. (Le colonel prit un canif et s'en tapota la paume.) Il faut tenir, Vassili. Il faut maintenir les pieds des Allemands dans le feu. Je ne peux pas te dire pour quelle raison, je l'ignore. Mais il se prépare quelque chose de très gros.

Batiouk invita Zaïtsev à le suivre à la table des cartes, indiqua la rangée des trois usines géantes, les lignes noires et rouges se mêlant en un écheveau de combats. Le Sibérien pensa que ces lignes ne disaient pas grand-chose de la terreur qui régnait dans ces bâtiments.

— Nous avons quarante mille hommes en position, commença l'officier. Nous pouvons maintenir ce nombre tant que nous continuerons à recevoir des renforts. Chaque fois que les Allemands réduisent notre tête de pont, nos hommes se serrent simplement un peu plus. Même si nos positions se rétrécissent, elles ne s'affaiblissent pas. Les Allemands ont mis du temps à le comprendre. En fait, Zhoukov et le reste des généraux qui savent ce qui se passe ne s'inquiètent pas pour l'espace. Si nous réussissons à garder le même nombre de combattants dans la ville, les nazis seront bloqués mais ne pourront pas décrocher. Hitler ne le leur permettra pas. Il a déjà annoncé au monde qu'il tient Stalingrad. Je crois que notre résistance le rend fou parce que la ville tire son nom de Staline, suggéra Batiouk avec un petit rire. Qui sait ? En tout cas, tant qu'ils ne partiront pas, nous ferons notre travail, toi et moi.

Le colonel déplaça sa main vers une zone découverte située entre le centre de la ville et le secteur des usines ; son doigt s'arrêta sur un cercle noir.

— Voici la butte 102,8, dit-il.

Il se référait à la hauteur de la colline en mètres par

rapport au niveau de la mer. Son véritable nom était le Mamayev Kourgan, le tertre funéraire de Mamay, ancien roi tatare.

— Les Allemands la contrôlent. De là-haut, ils peuvent voir tout ce qui se passe... ici. (Il traça un cercle autour du centre de la ville.) Ici...

Son index glissa jusqu'aux cinq kilomètres de ruines des trois gigantesques usines. A la veille de la guerre, elles produisaient quarante pour cent des tracteurs et trente pour cent de l'acier de haute qualité de l'Union soviétique. Les bombardements d'août et de septembre les avaient transformées en enchevêtrements gargantuesques de poutrelles, de rails tordus et de briques.

— Et le pire, ici...

Le doigt de Batiouk s'arrêta trois fois sur la carte le long de la Volga pour indiquer les débarcadères : point de passage Skudri, derrière l'usine de tracteurs, point de passage n° 62, derrière les Barricades, et les mouillages au sud du Banny Gully, juste en face de Krasnaya Sloboda, principal embarcadère de l'Armée rouge sur la rive gauche.

— De la 102,8, les guetteurs allemands dirigent les tirs d'artillerie et les bombardements aériens sur les renforts et le ravitaillement qui traversent le fleuve, expliqua le colonel, qui revint à son bureau. Avec un approvisionnement déjà réduit, nous pourrions avoir de gros problèmes si nous ne faisons pas le meilleur usage de ce que nous recevons de la rive gauche...

Zaïtsev reprit place sur le tonneau.

— Vous voulez que j'aille chasser sur le Mamayev Kourgan ? Je le connais bien.

— Pas encore, répondit Batiouk avec un geste de la main. (Il ouvrit le carnet de Zaïtsev à la première page.) Dis-moi comment tu es devenu un tireur isolé.

Le Sibérien avait vu ses premiers tireurs embusqués dix-huit jours plus tôt seulement pendant la bataille de l'usine de tracteurs, deux hommes agiles rampant en direction des balles alors que leurs camarades se réfugiaient dans les abris. Il avait admiré leur courage.

— Tu aimes opérer seul ? s'enquit Batiouk.

— J'en ai l'habitude. C'est comme ça que je chasse.

— Qui t'a affecté chez les tireurs isolés ? Ça s'est passé quand ?

— Le 8 octobre. On était dans un atelier de l'usine de tracteurs, bloqués par une mitrailleuse. Je sais pas, j'ai rampé vers l'avant, j'ai visé, j'ai tiré.

— A quelle distance ?

— Cent soixante-quinze mètres.

— Tu as abattu le mitrailleur ?

— Oui.

— Et ensuite les deux autres nazis qui ont pris sa place.

— Oui, répéta Zaïtsev, étonné que l'officier connaisse ces détails.

— Le lieutenant Deriabyne t'a demandé de te présenter à l'unité de tireurs isolés de ma division, c'est bien ça ? Toi et ton ami sibérien Viktor Medvedev – un autre crack du tir – avez commencé le lendemain avec des fusils à lunette...

Zaïtsev acquiesça de la tête : Batiouk ne sollicitait pas les commentaires.

— Quelle formation avez-vous reçue ?

Comme le Sibérien gardait le silence, Batiouk insista en tapotant la table avec son canif :

— Mm ? Réponds-moi, camarade adjudant.

Les premiers jours de Zaïtsev dans l'unité des tireurs d'élite avaient été marqués par un silence funèbre. Les neuf autres membres du groupe parlaient peu. Nul ne savait combien de temps il restait à vivre à chacun d'eux. La camaraderie n'existait pas. Les tireurs étaient de jeunes hommes récurés de frais, aux yeux de fouine, athlètes longilignes ou carlins trapus, tous volontaires.

Ils avaient été recommandés par leur chef de peloton pour leur capacité à abattre une cible de très loin.

L'unité vivait dans un abri de terre, un trou creusé par un obus et recouvert ensuite de planches et de débris pour le dissimuler aux bombardiers allemands attaquant en piqué. La nuit, quand Zaïtsev et Viktor y retournaient, ils parlaient à la lueur d'une lanterne de leur enfance dans l'Oural. Ils parlaient de bouter l'ennemi hors de Stalingrad, comme si les nazis étaient des animaux sauvages, dirigés plus par l'instinct que par l'intellect. La guerre ôte à l'homme toute humanité pour révéler la bête qui est en lui, pensaient-ils tous deux. C'était cette bête qu'ils devaient traquer et tuer.

Il n'y avait ni structures ni entraînement pour les tireurs isolés. L'expérience était leur seul instructeur ; c'était de la bataille qu'ils recevaient leurs ordres. Certains étaient renfrognés, d'autres rayonnaient d'ardeur, prêts à prouver ce qu'ils valaient. Beaucoup avaient de la force, d'autres de la patience, d'autres encore de la cervelle. Fort peu conjuguaient les trois qualités. Zaïtsev et Viktor voyaient les visages défiler, disparaître dans le grand hachoir à viande de la guerre, les rues dévastées, les caves, le métal rouillé.

— Aucune, mon colonel. Pas de formation.

Batiouk revint à la première page du carnet.

— Raconte-moi ta première journée. (Son doigt glissa sur le papier.) Le 8 octobre. Tu as abattu deux Allemands près de la voie ferrée, derrière l'usine chimique.

A l'aube de son premier jour chez les tireurs isolés, Zaïtsev avait repéré une unité ennemie creusant une tranchée pour relier les épaves de deux wagons de chemin de fer. Le soir, il avait demandé au chef de son peloton, un caporal, la permission de retourner chasser là-bas. Adjudant-chef dans la marine, Zaïtsev était le plus élevé en grade de l'abri et on lui répondit de faire ce qu'il voulait. Avant le lever du jour, Viktor et lui avaient pris position en rampant à trois cents mètres de la tranchée.

Ils avaient observé les Allemands à la jumelle dans le soleil levant, les avaient laissés se montrer plusieurs fois au-dessus de la tranchée pour leur faire croire qu'ils ne risquaient rien. Puis ils avaient attendu que l'un des soldats cesse de creuser, jette sa pelle sur la terre ou s'appuie dessus. Ce serait le moment de lui tirer dans la poitrine.

— Pourquoi la poitrine ? interrompit Batiouk.

Parce que, touché à la poitrine, le soldat lâcherait probablement sa pelle au-dessus du tas de terre en tombant, expliqua Zaïtsev Avec une balle dans le dos, il entraînerait au contraire la pelle avec lui dans le fond de la tranchée. Comme prévu, le premier soldat qui mourut, le cœur percé par la balle de Medvedev, lâcha sa pelle avant de s'effondrer à la renverse dans le trou. Viktor et Zaïtsev avaient braqué leur viseur sur l'outil abandonné à découvert. Quelques minutes plus tard, un bras et une tête étaient apparus au-dessus de la tranchée pour récupérer la pelle. « A toi », avait murmuré Medvedev. La balle de Zaïtsev avait transpercé la joue du nazi.

Batiouk se pencha en avant, les doigts sous le menton.

— Où as-tu appris cette tactique ?

— C'est un truc de chasseur de l'Oural. Dans la taïga, les loups et les autres animaux s'accouplent pour survivre. On attire l'un avec le corps de l'autre.

Le colonel écarta les mains.

— Oui, bien sûr. En Sibérie. Nous n'avons plus de loups chez moi en Ukraine, je le crains. (Il tourna plusieurs pages du carnet.) Et là ? La semaine dernière, tu chassais les tireurs embusqués ennemis sur la pente sud du Mamayev Kourgan. (Le colonel approcha le carnet de ses yeux.) C'est quoi, « le coup de l'obus de mortier » ?

Zaïtsev fournit de nouveau des explications à son colonel. Il avait appris ce stratagème d'un tireur allemand qui décimait les blessés russes pendant leur évacuation par un défilé proche du tertre. Le Sibérien avait pris position au-dessus du ravin et était demeuré à couvert pendant des heures, observant les environs avec son périscope d'artillerie. C'était un excellent appareil qui lui permettait d'inspecter le terrain jusqu'à deux cent cinquante mètres de distance sans se montrer. Près de la crête de la colline, il avait repéré un tas de douilles d'obus de mortier, en avait compté vingt-trois et remarqué que l'une d'elles n'avait pas de fond.

— Tu les as comptées ? fit Batiouk, soupesant son canif. Une telle attention aux détails est extraordinaire...

— Pas vraiment, mon colonel. Savoir remarquer un détail est une qualité plus importante que l'adresse au tir de loin. Un mouvement sur le terrain, une pierre déplacée de quelques dizaines de centimètres, un nouveau trou dans un mur sont les seuls indices qui permettent de localiser un tireur isolé. Ce sont les traces que nous lisons, comme des empreintes de pattes dans la neige ou des crottes sur le sol de la forêt...

« Quand j'ai vu la douille sans fond, je me suis dit que ça ferait un tube parfait pour y glisser le canon d'un fusil. On pouvait l'enterrer dans un monticule de terre, ou le cacher parmi d'autres douilles, comme cet Allemand l'avait fait. Ça le rendait quasiment invisible.

Zaïtsev avait braqué son périscope sur la douille. De sa main libre, il avait placé son casque sur la pointe de sa baïonnette, l'avait fait dépasser de sa cachette. Un éclair était apparu dans la douille ; le casque était tombé, avec un impact de balle sur le devant. Le Sibérien avait dû rendre hommage à la ruse et à la patience de son ennemi. Il avait tiré le premier coup. Le coup suivant serait pour le Lièvre.

Le lendemain à l'aube, Zaïtsev avait pris position au

même endroit, avait de nouveau compté les douilles. Il y en avait cette fois vingt-deux. Le tube creux avait disparu. Le tireur allemand n'était pas un novice, il connaissait la règle : tu tires, tu bouges. Il avait emporté la douille sans fond avec lui. Pour la placer où ? A l'aide du périscope, Zaïtsev avait scruté tous les creux et toutes les bosses du terrain. Au bout de trois heures épuisantes, il avait vu la douille enterrée au-dessus d'une tranchée, cent mètres à droite de la cachette précédente. Le camouflage était bâclé : une partie du tube dépassait de la terre et luisait dans les lueurs de l'aube.

Zaïtsev s'était posté à un endroit où le soleil, passant par-dessus son épaule, dardait ses rayons droit dans les yeux de l'Allemand. Il avait coincé son fusil entre deux rochers et braqué sa lunette sur l'extrémité du tube. Abandonnant son arme, il avait rampé jusqu'à un tas de briques situé trois mètres plus loin, avait refait le coup de la baïonnette. De nouveau, une balle avait frappé le casque. Zaïtsev était retourné prendre son fusil, il avait regardé à l'intérieur du tube avec sa lunette. Deux cents mètres plus bas, à l'autre bout du tube de laiton, le tireur nazi s'était baissé pour ramasser la douille de sa balle sur le sol de la tranchée. Il continue à suivre les règles, avait pensé le Russe. Ne pas laisser de traces.

Zaïtsev avait attendu qu'il se redresse, que les lignes du réticule partage son front. La balle, seule offrande du Sibérien dans ce combat à un contre un, avait pénétré entre les yeux.

— Entre les yeux ? répéta Batiouk, incrédule.

— Oui, mon colonel, répondit Zaïtsev, soutenant le regard de l'officier et portant un doigt entre ses sourcils. Ici, exactement.

Batiouk ramena son attention sur le carnet de l'adjudant, en parcourut les dernières pages puis le laissa retomber sur le bureau.

— Ce matin, tu as abattu un officier près de l'usine de tracteurs.

— Les Allemands sont relevés à l'aube. Ceux qui prennent la garde font souvent une bourde, comme allumer une cigarette ou s'étirer. Quand on dort encore à moitié, on est imprudent.

— Il a fait quoi, celui-là ?

— Il a bu à une gourde. Sa tête a surgi de la tranchée comme un bouchon de liège à la surface de l'eau.

Batiouk attendit.

— Alors, je l'ai fait éclater, mon colonel.

Batiouk indiqua le carnet.

— Je vois que tu as tué quarante-deux Allemands en douze jours. Combien as-tu utilisé de cartouches ?

— Quarante-trois, mon colonel.

— Tu as manqué ton coup une fois ? fit l'Ukrainien avec un sourire. Qu'est-ce qui s'est passé ?

— Je chassais des officiers sur le Mamayev Kourgan. J'ai rampé le long de la pente pour me placer au-dessus d'eux. Ils se baignaient dans un cratère de bombe rempli d'eau de pluie. J'ai oublié de tenir compte du fait que je tirais vers le bas.

— Et ?

— Et j'étais fatigué et j'ai pas soustrait un huitième de la distance au total, j'ai tiré trop long. Les officiers ont bondi hors de leur piscine.

— Qu'est-ce que tu as fait ensuite, Vassili ?

— J'ai constaté mon erreur et je suis parti.

Batiouk joignit l'extrémité de ses doigts.

— Tu n'as pas tiré à nouveau sur les officiers ? Je suppose qu'ils sont restés en vue assez longtemps pour ça.

— Oui, mon colonel, j'aurais pu. Mais c'est pas la bonne méthode. On doit pas tirer après avoir révélé sa position. Un ou deux officiers en échange d'un tireur d'élite, ça ne vaut pas le coup.

Batiouk se leva, hocha plusieurs fois la tête, claqua une fois des mains.
— Vassili, j'ai un boulot pour toi.

Viktor Medvedev replia son *Etoile rouge* et demanda :
— Il veut que tu fasses quoi ?
Les deux hommes étaient seuls dans l'abri des tireurs isolés en fin d'après-midi. Viktor avait pour habitude de rôder du coucher du soleil jusqu'à midi puis de se reposer le reste de la journée.
— Il veut que j'ouvre une école de tireurs.
— Toi ? fit Medvedev, lançant le journal contre la poitrine de son camarade.
Zaïtsev en détacha une page, la roula en boule et la jeta à la tête de Viktor.
— Batiouk dit qu'il a besoin de héros.
— Arrête, je vais être malade, répliqua Viktor, qui leva sa masse du sol et se mit à aller et venir, les bras levés en une exaspération feinte. Il veut des héros. Et qu'est-ce qu'il a, en ce moment ? Des moutons ? Des enfants ? (Il se pencha pour ramasser la feuille). Fais pas ça à mon journal. Je le lis, moi. C'est important, ce qu'il y a dedans.
La mauvaise humeur du colosse amusait Zaïtsev. Il regarda son ami déplier la feuille et la lisser sur la table. Une géante à son repassage, pensa-t-il.
— T'auras besoin de moi, évidemment, grogna Viktor.
— Evidemment. Il y a tant de choses que je ne sais pas.
Medvedev replia soigneusement la feuille froissée.
— Ces bleus qu'on nous envoie sont trop rapides, trop nerveux. Ils tiennent une semaine avant de se faire dégommer.
Zaïtsev était de son avis :
— Des gars de la ville. Des garçons de ferme.

Il sourit à Viktor, aussi bon chasseur que lui, meilleur même à certains égards. L'Ours ne connaissait pas la peur, il excellait dans la traque de nuit. Il se déplaçait silencieusement malgré sa corpulence ; il montrait de la patience et de l'intelligence dans la chasse. Il était capable de deux tirs précis à trois cent cinquante mètres en cinq secondes. A Zaïtsev, il fallait six secondes. Mais donnez-moi assez de temps pour viser, pensa-t-il, et j'enfonce la tête d'un clou dix fois sur dix à cinq cents mètres dans le vent. L'Ours peut-il en faire autant ?

Nous formerons une unité de tireurs isolés qui fera exactement ce que Batiouk demande. Les nazis auront peur pour leur vie vingt-quatre heures sur vingt-quatre, sur la ligne de front comme à l'arrière. Ils n'oseront plus lever la tête de peur qu'une balle ne la fasse éclater. Nous serons les tueurs de l'Armée rouge, frappant partout.

Il prit son carnet dans son sac, le fit sauter dans sa main, sentit le poids de son contenu.

Je serai partout.

— Excuse-moi, camarade, je peux entrer ?

Zaïtsev ouvrit les yeux, consulta sa montre : 4 heures du matin. Une main releva la couverture fermant l'entrée de l'abri ; une lanterne apparut, éclairant une tête joufflue aux yeux sombres coiffée d'une chapka ornée d'une étoile rouge, l'insigne de commissaire.

Le Sibérien secoua la tête, se leva.

— Je t'ai réveillé ? fit le commissaire en pénétrant dans l'abri.

Il était courtaud, trapu ; le bas de sa capote tombait sur ses bottes étincelantes et touchait presque le sol. Les premières bottes astiquées que je vois depuis un mois, se dit le Lièvre.

— Entre, camarade.

— Tu es Vassili Grigorievitch Zaïtsev ? (Sans attendre

de réponse, l'homme tendit la main et se présenta.) Je suis le capitaine Igor Semyonovitch Danilov, journaliste à l'*Etoile rouge*. Le colonel Batiouk m'a demandé de te parler.

Zaïtsev serra la main offerte, s'assit sur son sac de couchage. Danilov s'installa sur la terre battue, le dos au mur, tira d'une poche un cahier et un crayon.

— Le colonel nous a donné une mission à chacun. Toi, tu crées une école de tireurs au 284e ; moi, je te sers d'agent de liaison politique. Il m'a longuement parlé de toi, Vassili Grigorievitch.

Le commissaire griffonna quelque chose sur son cahier, poursuivit :

— Je sais que tu dois être le chef de cette nouvelle école, camarade. Je pense que l'*Etoile rouge* t'aidera à recruter si elle en parle dans ses articles.

— Je sais pas, fit Zaïtsev avec un haussement d'épaules. Je ne la lis pas.

— Tu devrais. Il y a plein de choses intéressantes dans l'*Etoile rouge*. Des histoires de bravoure. Des tuyaux, des conseils, des instructions. Des nouvelles du Parti. Et même le programme des théâtres de Moscou... (Zaïtsev ne dit rien.) Vassili, tu as tué plus de quarante Allemands en dix jours. Tu es un héros.

Le Lièvre sentit quelque chose se gonfler dans sa poitrine, sans savoir si c'était une sensation agréable ou pas. Il imagina un ballon de baudruche. S'il devient trop gros, il pète ; s'il est juste assez gonflé, il est léger, il flotte.

De nouveau, Danilov n'attendit pas de réponse :

— Tu as mis au point dans ta partie des techniques qui vont bien au delà de ce que font les autres tireurs isolés. Tes méthodes sont très efficaces. Il faut les inculquer au reste des défenseurs de la ville. Tu as montré ce qu'un seul homme peut faire avec une seule balle. Il faut raconter ton histoire parce qu'elle doit être rejouée dans tout Stalingrad… (Le commissaire regarda Zaïtsev dans les yeux.) Je te parle franchement, Vassili. Je me fiche que tu veuilles être un héros ou pas. Ça ne m'intéresse pas. Ce qui m'intéresse, c'est que le reste de la Russie sache que nous tenons bon ici. Que ceux qui se battent ici dans les ruines et les tranchées croient qu'ils ont des héros à leurs côtés. Tu comprends, tous les soldats de l'Armée rouge ne sont pas des surhommes. Le moins que l'on puisse faire, c'est les convaincre qu'ils luttent à côté de surhommes.

Zaïtsev considéra le sourire de Danilov enfoui dans la broussaille d'une barbe épaisse. Ce serait une erreur d'interpréter cette conversation comme une requête. Ce type ne me laisse pas le choix. Hier, j'étais un tireur d'élite qui faisait son boulot ; aujourd'hui, je suis quoi ? Un héros ?

Je peux. Je peux en être un.

Danilov piqua la page de la pointe de son crayon et reprit :

— Tu viens de l'Oural, si j'ai bien compris.

Zaïtsev hocha la tête.

— Oui. Je suis chasseur.

4

En 1937, alors que le Japon et l'Allemagne faisaient cliqueter leur sabre pour effrayer le monde, le jeune Vassili Zaïtsev s'engagea dans la marine soviétique à l'âge de vingt-deux ans. Né en Sibérie, il n'avait jamais vu l'océan et l'idée lui semblait romantique. Il fut affecté à Vladivostok, sur la côte pacifique. Pendant cinq ans, il tint des livres de comptes et attendit que le Japon, distant de sept cents kilomètres seulement, lance son attaque.

Il éplucha des rapports sur le siège de Leningrad, sur l'occupation de l'Ukraine et la bataille pour Moscou. Il écouta les discours du Parti, lut des articles sur le plan inconcevable des nazis pour mettre la main sur le tiers occidental de l'Union soviétique. Ce vaste territoire devait devenir une colonie de fermiers asservis, contraints de travailler pour nourrir l'empire aryen en pleine expansion.

Pendant son temps libre, Zaïtsev chassait dans les forêts entourant la base navale. Etendu sur l'humus fertile, parmi les feuilles, il braquait son fusil sur les lapins et les cerfs en imaginant qu'ils étaient des nazis. Dans les bois, il était chez lui. Il avait passé une grande partie de son enfance à chasser dans la taïga, dans les forêts de bouleaux blancs proches de son Ellininski natal, dans les contreforts de l'Oural, en Sibérie occidentale. Son grand-père Andreï était issu d'une longue lignée de bûcherons. Le vieil homme, efflanqué et blanc comme les bouleaux eux-mêmes, avait appris la taïga à Vasha alors que le garçonnet était à peine assez âgé pour mâcher la viande des animaux qu'ils tuaient. Quand l'enfant eut huit ans, Andreï lui offrit un arc. Parce qu'il devait récupérer les flèches qu'il tirait ou en fabriquer de nouvelles, il s'efforça d'économiser ses projectiles, de ne tirer que lorsqu'il était sûr de faire mouche. Vasha apprit aussi à suivre une piste, à rester à l'affût en respirant à demi.

En été 1927, Andreï emmena le garçon de douze ans chasser un loup qui s'attaquait à leurs vaches. A plusieurs kilomètres de leur isba, dans un boqueteau, le loup se jeta sur eux. Andreï se tourna vivement et le tua de la pointe aiguisée de son bâton. En enfonçant de nouveau l'épieu dans le cœur de l'animal, le vieil homme invita Vasha à tirer de l'incident une leçon de courage : « N'oublie jamais qu'il est facile de tuer. N'aie jamais peur de le faire quand tu le dois. » Andreï essuya une tache de sang chaud maculant la joue du garçon puis le regarda écorcher la bête. Sur le chemin du retour, Vasha tua deux lièvres et un bouquetin. Il était un chasseur, maintenant, comme en témoignaient les trois peaux qu'il pourrait jeter sur la pile dans le pavillon des chasseurs.

Vasha passait plus de temps dans la forêt qu'avec les gens. Parfois, il enduisait son corps et son fusil de graisse d'ours pour masquer son odeur naturelle et sa mère refusait souvent de le laisser entrer dans la maison. Ces soirs-là, il dormait volontiers avec les chiens.

Grand-mère Dounia lui apprit à lire et à écrire. Zaïtsev pensait que c'était la largeur d'esprit de sa *babouchka* et sa force de caractère qui donnaient à la famille sa cohésion. Ses sœurs, ses parents, ses cousins et même les chiens filaient doux quand elle maniait sa badine en bois de bouleau.

Dounia était croyante et se chamaillait souvent avec Andreï pour imposer qu'on célèbre à la maison les fêtes religieuses. Si le bûcheron n'acceptait pas les saints de Dounia, il ne les insultait pas, peut-être par respect envers le Dieu de sa femme, plus vraisemblablement par crainte de sa badine.

Zaïtsev interrogea un jour le vieil homme sur ses convictions religieuses.

« Grand-Mère dit que l'âme quitte le corps et monte au ciel quand on meurt, Grand-Papa. C'est vrai aussi pour les animaux ? »

Andreï lui donna une taloche sur le côté de la tête.

« Aucun homme, aucune bête ne vit deux fois. Viens voir. »

Il entraîna Vasha dans le fumoir où pendait un quartier de venaison.

« Ce matin, t'as tué cet animal, dit-il. Si je te vois le tuer à nouveau, je te tire dessus ! »

Le vieil homme indiqua la peau de cerf tendue sur le côté de la cabane.

« Sa peau est en train de sécher, sa viande est sur la table, et ses boyaux, on les a jetés aux chiens. Rappelle-toi, Vasha, l'âme, c'est de la merde. Dieu n'est qu'un moyen qu'on a trouvé pour te faire peur et t'obliger à obéir. L'homme qui vit dans la forêt n'a peur de rien ! »

L'intérêt de la famille pour les exploits de chasseur de l'adolescent décrut peu à peu. Le jour de son quatorzième anniversaire, il revint le matin avec plusieurs peaux de loups et de lynx attachées sur son dos. Personne n'y prêta attention. Le soir, Andreï lui recommanda de rentrer au village avant l'aube ou après la tombée de la nuit quand il avait fait une bonne chasse pour que personne ne remarque le nombre ou la qualité des peaux qu'il rapportait. « Un chasseur doit avoir de l'orgueil, mais pas de vanité », expliqua-t-il. Vassili savait qu'on le considérait maintenant comme un adulte. On attendait de lui qu'il se conduise en homme de la taïga. Sa récompense, maintenant, c'était un verre de vodka, un peu de respect de ses sœurs et une place chez les hommes, dans le pavillon des chasseurs.

A seize ans, Vassili fut envoyé à Magnitogorsk, distante de trois cents kilomètres, pour fréquenter l'école technique de la plus grande usine de traitement de minerais de Russie. Dans le lotissement des ouvriers, il termina l'école primaire et commença à apprendre la comptabilité. Il maniait facilement les chiffres. Pendant son temps libre, il chassait dans les collines entourant la ville.

Après six ans d'études et cinq ans à classer de la paperasse dans la marine, le sergent Vassili Zaïtsev, âgé de vingt-sept ans, brûlait de se battre contre les Allemands. Les nazis avaient envahi la Russie. Le Japon attendrait.

Hitler avait pris la ville de Rostov à l'issue d'une campagne sanglante pour protéger son flanc droit dans sa ruée vers le Caucase, en juillet. Avant de poursuivre vers le sud, les Allemands devaient aussi assurer leur flanc gauche, au milieu duquel se trouvait le centre industriel de Stalingrad, sur la Volga.

Une bataille acharnée s'engagea dans la steppe à l'ouest de la ville. Pendant tout l'été, l'Armée rouge affronta l'ennemi dans de grandes batailles de chars livrées sur des plaines immenses ou dans des ravins escarpés. D'abord les Russes ne furent pas de taille à arrêter la déferlante du *blitzkrieg* et battirent en retraite à l'est du Don pour panser leurs blessures. L'Armée rouge se regroupa sur la langue de terre séparant ce fleuve et la Volga.

Dans la première semaine de septembre 1942, Zaïtsev et deux cents autres marins sibériens de Vladivostok furent versés comme fusiliers marins dans la

284e division d'infanterie légère de la Soixante-deuxième Armée. Ils furent envoyés sur le front occidental, engagés dans la bataille que Winston Churchill qualifia de « tournant du destin ».

Ils furent envoyés à Stalingrad.

Le train roulait jour et nuit dans un claquement de ferraille, ne faisant qu'une brève halte dans l'après-midi pour charger du carburant et des vivres. Les villages où il s'arrêtait semblaient assoupis ; ils vivaient au rythme lent du vieil âge, de l'épuisement. Les enfants se pourchassaient dans les rues en jouant aux soldats ou à chat perché, mais leurs rires ne parvenaient pas à percer le voile de tristesse qui pesait sur les toits de tuile, les fabriques dont les cheminées ne fumaient plus. Il ne restait plus un seul homme jeune. Tous étaient partis à la guerre.

Les habitants s'approchaient du train, les larmes aux yeux, les mains chargées de pain, de légumes, de vodka, de vêtements, de photos de Staline et de Lénine. Des jeunes filles rondelettes tendaient des lettres aux bras en uniforme qui dépassaient des fenêtres. L'enveloppe était souvent adressée à un « Courageux jeune homme ».

Le cinquième jour, le train stoppa dans un paysage sans arbres où oscillaient des épis de blé. Les marins montèrent des tentes puis écoutèrent Batiouk : ils passeraient trois jours de plus dans la steppe à se préparer au combat en attendant les camions qui devaient les emmener.

La nuit tomba sur la plaine ; un orbe orange tremblotait à l'ouest, bas dans le ciel. Le silence enveloppa les hommes comme un brouillard. Debout près du train et de leurs tentes, les marins tendirent l'oreille. Au loin, un grondement à peine audible montait du dôme de lumière dont la source demeurait encore sous l'horizon.

Zaïtsev entendit le mot murmuré de bouche en bouche : *Stalingrad*.

Pendant trois jours et trois nuits, la compagnie de Zaïtsev s'entraîna au combat de rues. Les hommes apprirent à ramper et à courir, à tuer avec la baïonnette, le fusil, le couteau, la pelle, les poings. A dégoupiller et à lancer les grenades dans les tranchées.

Le matin du 20 septembre, un panache de fumée s'éleva de la route de terre battue. Une voiture d'état-major s'arrêta près du train ; le général de division Konstantinovitch Zhoukov en descendit. Il était venu de Stalingrad pour voir les marins de la 284e à l'entraînement.

Les hommes mirent tout leur cœur à l'ouvrage pour montrer au général qu'ils savaient se battre farouchement. Pendant un exercice de corps à corps, l'un des marins trébucha en marchant sur le bas de son pantalon large. Zhoukov se frappa la cuisse pour mettre fin à l'entraînement.

— Pourquoi vous n'êtes pas en uniforme de l'armée de terre ?

Le lieutenant Bolchochapov s'avança, se mit au garde-à-vous.

— Mon général, nous sommes des marins, fiers de se battre en marins ! beugla-t-il par-dessus la tête du général.

— Avez-vous reçu vos uniformes de fantassins, lieutenant ?

— Oui, mon général.

— Alors, mettez-les immédiatement ! Ces satanés trucs vous feront tuer, bougonna Zhoukov en désignant les pantalons de marine.

Comme il retournait à sa voiture, Bolchochapov courut derrière lui.

— Mon général, avec votre permission, nous

voudrions garder notre maillot de marin sous notre uniforme.

Zhoukov se retourna, salua.

— Au nom de l'Armée rouge et du Parti, j'y consens volontiers. Et battez-vous vaillamment dans vos maillots de marin.

Les Sibériens poussèrent des acclamations, se mirent en sous-vêtements. Des ordonnances coururent vers les wagons pour rapporter les uniformes vert terne de l'armée soviétique.

Ce soir-là, des dizaines de camions américains Studebaker vinrent pour transporter la division jusqu'à la Volga. Pendant deux heures, les hommes assis sur les plateaux découverts sautèrent à chaque ornière de la route. Ils regardaient la lueur qui grandissait à l'ouest. Des explosions assourdies par la distance résonnaient dans leurs oreilles tandis que l'horizon avançait vers eux.

Les camions s'immobilisèrent à la lisière d'une forêt, et le millier d'hommes de la 284e forma les rangs dans un chemin disparaissant parmi les peupliers. Les hommes marchaient deux par deux, alourdis par le fusil et le paquetage. Résistant à l'envie de lever les yeux vers le ciel en flammes, Zaïtsev concentrait son attention sur le dos du marin qui le précédait. Sous le feuillage, les bruits lui parvenaient étouffés, comme si la forêt, son amie de toujours, cherchait les apaiser, lui et ses camarades, à masquer la férocité des combats à leurs oreilles inquiètes.

Au long du chemin, on avait cloué des affiches et des slogans sur les troncs d'arbres. *Si tu n'arrêtes pas l'ennemi à Stalingrad, il entrera chez toi, il détruira ton village*, avertissait l'une d'elles. *L'ennemi doit être anéanti à Stalingrad !* Ou encore : *Soldat, le pays n'oubliera pas ton courage !*

Après trois kilomètres dans la forêt, la colonne fit halte. Batiouk ordonna aux hommes de quitter le chemin pour se noircir le visage et les mains avec de la graisse et de la poussière. Tandis que les marins plongeaient les doigts dans les pots de graisse, une centaine de soldats blessés passèrent lentement sur la route dans l'autre sens.

Les hommes aux pansements ensanglantés se soutenaient l'un l'autre. Ceux dont les jambes étaient encore valides aidaient leurs camarades à avancer en claudiquant ; ceux qui voyaient encore guidaient les aveugles. Ceux qui avaient conservé l'usage de leurs deux bras portaient des civières. On eût dit que la fournaise de la bataille avait fondu ces hommes ensemble et qu'ils marchaient maintenant comme une seule créature géante mutilée.

Bouche bée, les Sibériens contemplaient la souffrance de ces soldats. Repérant parmi eux un blessé qui portait encore son maillot de marin, ils lui firent signe de les rejoindre sur le bord du chemin.

— Viens t'asseoir un instant, camarade !

Grimaçant, le marin se laissa tomber sur un sac à dos. Plusieurs mains lui tendirent des cigarettes. L'homme épuisé en accepta une, demanda qu'on la lui allume en montrant son bras droit. Il n'avait plus de main.

Une bouteille de vodka circula dans le groupe.

Le marin tira avidement sur sa cigarette, leva les yeux vers les visages noircis qui l'entouraient.

— *Na zdorovye*, dit-il avant d'avaler une rasade. Vous en faites pas pour ça, ajouta-t-il, indiquant son moignon. Je leur ai fait payer cher. D'où vous êtes ?

— De Sibérie. On est venus de loin pour se battre.

— Les Allemands aussi, murmura le blessé.

Il laissa son menton tomber sur sa poitrine et des bras se tendirent pour le rattraper, comme s'il allait s'effondrer. Mais le marin se releva et regagna la file dépenaillée des blessés.

En passant devant Zaïtsev, il s'arrêta pour regarder le

large visage sibérien, leva la main qu'il lui restait pour ficher sa cigarette au coin de sa bouche. Des cendres tombèrent sur son maillot déchiré. Tapotant du pouce la poitrine de Zaïtsev, il lui enjoignit :

— Tue-les, hein.

Les Sibériens émergèrent de la forêt sur la rive gauche de la Volga. Sur l'autre berge, distante de deux kilomètres, ils découvrirent une ville en éruption. Stalingrad, où vivaient naguère un demi-million de personnes, semblait ne plus abriter un seul être vivant.

Un millier de feux l'embrasait. Au-dessus des falaises de craie, des murs sans toit se dressaient le long d'avenues jonchées de décombres fumants. Des colonnes rouges de poussière de brique montaient dans l'air. Des bâtiments vacillaient, s'effondraient comme si la ville parcourue de tremblements n'était plus qu'une coquille déchiquetée sous laquelle une force énorme, déterminée, soulevait le sol pour parvenir à la surface.

Allongé dans le sable, les yeux fixés sur le déluge de feu faisant rage de l'autre côté des eaux noires et huileuses de la Volga, Zaïtsev pensa aux descriptions que sa *babouchka* Dounia faisait de l'enfer. Il sentit sur sa joue une bouffée d'air portant la chaleur et l'odeur âcre d'un haut-fourneau. Comment des hommes pouvaient-ils combattre dans ces ruines ?

Le capitaine Ion Lebedev, un commissaire politique, s'assit dans le sable à côté de lui et lui demanda :

— Tu es prêt, camarade adjudant ?

Zaïtsev regarda le *zampolit* dont le visage se fendit d'un sourire édenté.

— Est-ce que quelqu'un t'a vraiment répondu : « Non, je suis pas prêt, camarade Lebedev » ?

— Nous avons deux cents hommes sur cette rive. Quelques-uns ont besoin qu'on les aiguillonne un peu pour entrer dans ça, dit le commissaire, tendant le menton vers la ville en flammes.

Zaïtsev n'avait aucune sympathie pour les commissaires. Il avait subi leurs discours, leurs « coups d'aiguillon » pendant des semaines. Il les avait écoutés des heures d'affilée, lui semblait-il : dans le train, dans la steppe, et maintenant sur la rive. Il n'avait pas besoin de conseils ; il n'aimait pas avoir l'impression qu'on ne lui faisait pas confiance, qu'on ne le sentait pas prêt à se battre et à mourir pour la *rodina*. Zaïtsev avait été un membre zélé du Komsomol et espérait devenir membre du Parti communiste. Mais les Allemands n'avaient pas envahi le Parti. Leur cible était la Russie. C'était pour la patrie qu'il se battrait.

Une bonne partie des soldats craignaient Lebedev et les autres « corbeaux politiques », à juste titre. Staline avait donné à ces officiers politiques – tous de loyaux idéalistes – l'ordre de maintenir le contrôle du Parti sur toute l'armée, du général le plus élevé en grade au simple soldat. Ils tenaient leur pouvoir du décret 227 de Staline dit de « la Main de Fer ». Non seulement le « petit père des peuples » avait chargé les commissaires d'entretenir la conscience politique des soldats pendant les combats – y compris dans les moments les plus durs –, mais ils devaient aussi juger de la conduite de chacun sur le champ de bataille. Les commissaires partageaient avec les officiers la responsabilité de maintenir l'abnégation des troupes jusqu'à la dernière goutte de sang. Si un homme se montrait réticent à combattre, le commissaire devait le soutenir, l'encourager, l'exhorter, voire le menacer. Mais si le soldat sombrait dans la couardise, s'il battait en retraite sans en avoir reçu l'ordre, le *zampolit* devait agir avec une main de fer. Comme ses camarades, Zaïtsev savait ce que l'expression signifiait trop souvent : un pistolet chargé contre la tempe.

Lebedev lui tendit une coupure de journal.

— C'est paru dans la *Pravda* la semaine dernière. Je te le montre, *tovaritch*, parce que les hommes t'estiment. Ils te suivront.

— Nous sommes des Sibériens, camarade commissaire. Nous n'avons pas besoin d'article de la *Pravda* pour combattre.

Lebedev posa la paume sur l'épaule de l'adjudant, la secoua doucement et exhiba de nouveau la brèche de sa dentition.

— Lis. Nous avons le temps d'ici la traversée.

L'article avait pour titre « Ils savent au pays comment vous combattez ». Zaïtsev cligna les yeux pour déchiffrer le texte dans le jour déclinant :

Que ton foyer soit près ou loin, peu importe. Au pays, ils sauront toujours comment tu te comportes au feu. Si tu n'écris pas toi-même, tes camarades ou ton instructeur politique le feront. Si la lettre ne parvient pas aux familles, elles seront informées par le journal. Ta mère lira le communiqué, elle secouera la tête en murmurant : « Mon garçon chéri, tu dois faire mieux que ça. » Tu te trompes si tu penses que la seule chose que veulent les tiens, c'est que tu reviennes en vie. Ce qu'ils veulent, c'est que tu écrases les Allemands. Ils ne veulent plus de honte ni de terreur. Si tu tombes en empêchant les Allemands d'aller plus loin, les tiens honoreront ta mémoire à jamais. Ta mort héroïque donnera lumière et chaleur à la vie de tes enfants et petits-enfants. Si tu laisses les Allemands passer, ta propre mère te maudira.

Zaïtsev rendit la coupure à Lebedev.

— Merci, camarade. Il faut du courage pour être aussi franc.

Le commissaire tapota de nouveau l'épaule du Sibérien.

— Oui, il en faut. Rendez-vous sur l'autre rive, adjudant.

Bien après minuit, les marins étendus sur la plage écoutaient Stalingrad les appeler de ses cris. Une flottille de bateaux de pêche, de barges, de vapeurs et de remorqueurs en mauvais état apparut. L'une des barges jeta l'ancre dans l'eau peu profonde en face d'eux. Zaïtsev remarqua les trous dans la coque. Deux hommes à l'avant, quatre à l'arrière écopaient du plus vite qu'ils pouvaient avec des seaux. Les vivres furent descendus à fond de cale, les caisses de munitions portées à bord. De certaines boîtes en carton s'échappait le tintement réconfortant des bouteilles de vodka. On embarqua aussi des caisses de jambon américain en conserve que les soldats de l'Armée rouge surnommaient « le deuxième front ». Depuis un an Staline pressait l'Angleterre et les Etats-Unis d'attaquer les Allemands à l'ouest pour soulager la Russie. Les Alliés répondaient invariablement en invoquant maintes raisons de se montrer circonspects. Pour le fantassin russe, ces boîtes de jambon provenant de Géorgie ou de Virginie seraient la seule aide qu'ils recevraient des Etats-Unis. Elles feraient office de « deuxième front ».

Les embarcations entamèrent la traversée en haletant. Des fusées déchiraient la nuit. Les hommes scrutaient le ciel, tentaient de percer les tourbillons de fumée pour repérer un chasseur de la Luftwaffe attaquant en piqué. Les flammes de la ville leur brûlaient le front comme une fièvre.

Quand ils furent au milieu du fleuve, un Stuka les survola en sifflant. Les soldats se raidirent, mais il n'y eut ni bombe ni balles. Le chasseur vira sèchement, grimpa pour éviter de passer au-dessus du brasier. Les hommes attendirent : y avait-il un autre avion derrière ? Au bout d'une minute, ils poussèrent un soupir collectif qui sembla issu d'un soufflet géant.

Les bateaux prenant l'eau se dirigeaient vers le débarcadère central. Aucun avion ne surgit de la nuit et Zaïtsev interpréta cette négligence de la Luftwaffe comme un mauvais signe : si les Allemands ne se souciaient même pas d'attaquer les renforts russes, c'était parce qu'ils étaient sûrs de prendre la ville.

A terre, la compagnie alla se blottir au pied des falaises. Au-dessus, la ville chancelait et craquait. Le fleuve clapotait contre les pierres, murmure de tranquillité dans la nuit, mensonge transparent de calme et de paix.

Avec l'aube, le courage revint. Aucun des marins ne voulait montrer sa peur ; chacun serrait les mâchoires, rejetait les épaules en arrière. La bravoure montait dans leur voix en même temps que le soleil et les bruits de la bataille.

Un messager couvert de suie remit des ordres au lieutenant Bolchochapov. Les Sibériens devaient longer le fleuve sur trois kilomètres vers le nord pour renforcer une autre compagnie bloquée dans l'usine de produits chimiques Lazur. Un alignement de réservoirs de carburant leur servirait de repère.

Après avoir marché une demi-heure dans le sable, Bolchochapov aperçut les réservoirs en haut de la falaise. Les Sibériens grimpèrent la pente, prirent position dans les décombres. A deux cents mètres d'eux, une compagnie russe se recroquevillait sous le tir des mortiers et des mitrailleuses ennemis.

L'unité de Zaïtsev se porta sur le flanc gauche allemand. Les nazis, surpris par les renforts, déployèrent leurs mitrailleuses pour faire face à la nouvelle menace.

Les Sibériens essuyèrent le feu ennemi et, pour la première fois, Zaïtsev entendit le sifflement de balles tirées sur lui. C'était le moment qu'il avait attendu dans un mélange de peur et d'impatience. Enfin l'ultime chasse. Les projectiles qui le frôlaient lui murmuraient avec la voix étouffée de son grand-père agenouillé près de lui dans la forêt : « Avance, Vasha. Rapide. Prudent. Silencieux. Va. »

Sans attendre les ordres, il se glissa parmi les débris du premier réservoir. Il voulait surprendre une cible avant que l'ennemi se mette à l'abri.

A une distance de cent cinquante mètres, il ouvrit le feu. Il abattit trois mitrailleurs avec ses trois premières balles. Une fois les engins réduits au silence, les marins sortirent de leur cachette et chargèrent en criant.

Un miaulement sifflant déchira la fumée. Avant que Zaïtsev ait eu le temps de réagir, un obus d'artillerie explosa derrière lui au milieu de ses camarades. Des hommes tombèrent, d'autres se jetèrent face contre terre pour se protéger. Zaïtsev se retourna, constata que l'un des réservoirs, bien que cabossé, n'avait pas été transpercé par les bombardements précédents. La question qu'il se posait – contenait-il encore du carburant ? – reçut une réponse avec la salve suivante.

La cuve explosa dans une déflagration assourdissante, projetant une boule de feu en l'air et sur les Sibériens. De l'essence enflammée tomba comme une pluie du nuage en forme de champignon. De petites langues de feu furieuses s'accrochèrent aux vêtements de Zaïtsev.

Il arracha son uniforme et son maillot de marin, son ceinturon. La peau roussie mais la tête claire, il se tapota les cheveux pour s'assurer qu'ils n'avaient pas pris feu.

Autour de lui ses amis gisaient, morts. Des essaims de flammèches tournoyaient autour de leurs cadavres enveloppés de fumée. Les Allemands continuaient à tirer.

Luttant contre un sentiment d'horreur, Zaïtsev inspecta le champ de bataille. Les Allemands réarmaient leurs mitrailleuses, les braquaient dans une autre direction. Les yeux pleurant dans la fumée, il se coucha, visa un nazi tenant une paire de jumelles, peut-être un officier dirigeant l'attaque. Les mains noircies du marin tremblaient. Il ne pouvait attendre que les battements de son cœur se calment et que son viseur se stabilise entre ses mains. C'était peut-être sa dernière occasion de tirer sur une cible à découvert avant que les Allemands ouvrent le feu ou reçoivent un soutien d'artillerie.

Son regard prolongea le viseur tremblant, son doigt pressa la détente pour ce tir qui, il le savait, révélerait sa position. Soudain il entendit : « Hourra ! Hourra ! *Rodina !* » Le lieutenant Bolchochapov surgit de derrière un mur de briques calciné, vêtu uniquement d'un caleçon blanc, d'un ceinturon et de bottes. Le fusil brandi au-dessus de la tête, il se rua sur l'ennemi, suivi par une vague de Sibériens fumants à demi nus. Sans réfléchir, Zaïtsev se leva ; ses jambes le portèrent vers l'avant. « Hourra ! » brailla-t-il en se joignant à la charge.

Il courait comme un démon, tirait dans la gueule des Allemands. Voir ses compagnons courir comme lui en bottes et sous-vêtements le propulsait vers les lignes ennemies avec une férocité qu'il n'avait jamais connue. A proximité des positions nazies, sa colère devint si forte qu'il en loucha. Il perdit l'équilibre. Au moment où il touchait le sol, le marin qui le précédait reçut une balle dans la poitrine. L'homme écarta les bras, ses jambes flageolèrent et il tomba à genoux d'un mouvement glissé comme un canard se posant sur l'eau.

Regardant par-dessus le blessé, Zaïtsev vit le lieutenant et ses hommes poursuivre les Allemands qui s'enfuyaient dans une ruelle.

L'un des soldats de l'Armée rouge qu'ils étaient venus secourir aida le marin à se relever.

— Vous êtes dingues, les gars ! s'esclaffa-t-il. J'ai jamais vu ça de ma vie. En sous-vêtements !

Le Sibérien toucha son genou ensanglanté.

— J'ai trébuché, murmura-t-il.

Le soldat regarda les nombreux cadavres qui gisaient autour d'eux, tapota le dos de Zaïtsev.

— Va rejoindre ton unité.

Les marins retournèrent là où ils avaient ôté leurs uniformes en flammes. Chacun remit ce qu'il en restait sur son maillot de marin noirci de fumée.

La compagnie s'installa pour la nuit ; on distribua de nouveaux uniformes et des vivres. Des courriers leur rapportèrent le commentaire de Zhoukov à Batiouk : « Décidément, les marins sibériens n'aiment pas du tout leur nouvel uniforme », avait plaisanté le général, comme s'ils y avaient mis le feu eux-mêmes.

La violence de la dernière semaine de septembre imprima dans la chair de Zaïtsev la technique d'un combat où les maisons se gagnaient l'une après l'autre. Avant chaque assaut, il écoutait, accroupi dans une tranchée ou un abri, les conseils de vétérans qui avaient survécu dans la ville pendant un terrible mois.

Souvent la bataille pour un bâtiment se transformait en corps à corps. Le gourdin devenait une arme aussi mortelle que le fusil, l'haleine et le sang de l'ennemi aussi proches pour Zaïtsev que l'haleine et le sang de ses camarades. Pour bon nombre de Sibériens, les trois jours d'entraînement dans la steppe n'avaient servi à rien. Pendant leurs premiers jours au feu, beaucoup de ses amis s'étaient fait tuer en prenant des risques inutiles. Mais aucun n'avait fui ; tous étaient morts l'arme à la main. Les jours passaient ; les cadavres s'amoncelaient en tas effroyables sous un ciel obscurci de fumée.

Zaïtsev se déplaçait parmi les gravats avec la grâce et la sûreté d'un animal. Le corps mince et les bras musclés, il parcourait les décombres sans prendre de repos, gardant assez de forces en réserve pour tenir son fusil d'une main ferme ou lancer une grenade presque aussi loin que son ami Viktor, le colosse. Dans le corps à corps, Zaïtsev savait être féroce. Son poignard de l'armée, bien que plus lourd que les couteaux de chasse de sa jeunesse, frappait l'ennemi comme une griffe au bout de ses doigts.

Les Allemands ne s'étaient pas bien adaptés à la tactique particulière du combat de rues. Alors que les Rouges s'emparaient de bâtiments stratégiques avec de petites unités appelées « groupes d'assaut », les nazis jetaient simplement plus d'hommes dans la bataille, comme s'ils pouvaient se rendre maîtres d'une rue en l'inondant de sang. Parfois, les cadavres s'empilaient si haut dans une ruelle qu'ils bloquaient à eux seuls l'avance des troupes du Reich.

A l'issue des deux premières semaines de Zaïtsev à Stalingrad, les Allemands s'étaient frayé un chemin jusqu'à la Volga dans le centre de la ville afin de contrôler le secteur sud et le principal débarcadère des Russes, Krasnaya Sloboda. A la mi-octobre, la Soixante-deuxième Armée était coupée en deux.

La tête de pont soviétique la plus solide se trouvait dans les ruines du secteur industriel, cinq kilomètres au nord du centre. On envoya les Sibériens renforcer le 37e régiment de la Garde qui défendait l'usine de tracteurs, la plus au nord des trois immenses fabriques.

Après un tir de barrage de trente-six heures, les Allemands attaquèrent l'usine à l'aube, le 5 octobre. Zaïtsev, enfoui dans les débris sous un essaim de balles, vit sa première équipe de tireurs d'élite. Petits, maigrichons, les deux hommes n'avaient rien du puissant guerrier, à première vue. Le casque du plus frêle, trop grand pour lui, lui couvrait les oreilles. Il le releva pour voir où il rampait. Les deux tireurs portaient sur leur dos des fusils à lunette.

Lorsque l'unité de Zaïtsev s'enfonça plus profondément dans les ruines pour se mettre à l'abri, les deux hommes continuèrent à ramper vers leur proie, comme des chasseurs.

5

Tania Tchernova se tenait sur la rive avec sa compagnie, cent cinquante soldats de la 284e division. Devant elle, une péniche se balançait doucement à quai dans l'eau noire peu profonde.

De l'autre côté de la Volga, les flammes s'élevaient, dansaient dans la nuit. Des chasseurs-bombardiers allemands surgissaient des nuages, le ventre rougi par le brasier rugissant sous eux. Ils piquaient pour lâcher leurs bombes à basse altitude, moteurs hurlants, puis remontaient pour échapper aux tirs russes et à la fumée.

Tania regardait fixement la ville martyre. L'héroïque champ de bataille de Stalingrad, dont le nom était sur toutes les lèvres russes. Staline, le *vozhd*, chef suprême, avait été clair : « Tenez bon quoi qu'il en coûte dans cette apocalypse. »

L'unité de Tania comptait huit femmes, toutes en bottes et uniforme sans insigne. Elles ne portaient pas de fusil : opératrices radio ou infirmières de campagne, elles n'auraient pas besoin d'armes.

Sur la route du fleuve, Tania était passée devant une batterie de cent pièces d'artillerie servies par des femmes. Elle aurait pu demander à faire partie de ces jeunes filles russes armant les canons et les *katiouchas*, ces redoutables batteries de missiles installées sur les plateaux de camions américains Ford. Mais Tania avait passé l'année à se battre avec la Résistance russe dans les forêts de Biélorussie et devant Moscou. Elle avait quitté les partisans un mois plus tôt pour venir à Stalingrad poursuivre sa vendetta contre les « bâtons » nazis. Elles ne parvenait pas à considérer les Allemands comme des êtres humains. Pour elles, ils étaient des morceaux de bois, des bâtons. Un homme n'aurait jamais fait ce qu'ils avaient fait sous ses yeux.

Au centre de son groupe, un général au crâne rasé achevait son discours.

— Les défenseurs de Stalingrad ont besoin d'aide pour repousser l'ennemi ! s'exclama-t-il. Dans la partie nord de la ville, l'usine de tracteurs est soumise à un terrible assaut. Les soldats qui luttent dans ce bâtiment et dans tout Stalingrad ne reculent pas d'un pouce. Mais leurs vies, et celle de la Mère Russie, dépendent de l'arrivée de renforts !...

Agitant le poing au-dessus de sa tête, l'officier poussa un hourra. Tania et tout son groupe l'imitèrent. « Hourra ! Hourra ! » Les yeux de la jeune femme passèrent du général à la ville en flammes. La peur, pensa-t-elle. Elle se voit d'abord dans les yeux.

Chargée de vivres et de munitions, la péniche à quai attendait sa cargaison humaine. Quand le général cessa de haranguer la troupe, les gardes firent mettre les soldats en rangs pour embarquer.

Tania souleva son sac contenant du fromage, du pain et une bouteille de vodka offerts par des civils le long de la route. Un homme courtaud au ventre rond et dur gagna à grands pas le début de la queue, traversa la passerelle avec une agilité surprenante, sauta sur le pont. Tania reconnut en lui le commissaire Danilov, qui s'était adressé aux soldats sur la rive avant le discours du général. Il appela les hommes à le suivre, à « entrer dans l'histoire ».

Les premiers soldats embarquèrent, s'assirent sur le pont. Dans la file, les deux fantassins qui précédaient Tania, de jeunes garçons d'à peine dix-huit ans, firent quelques pas en avant puis se figèrent. Les autres les contournèrent comme s'ils n'existaient pas. Tania s'approcha d'eux vivement et leur murmura :

— Faites pas ça, ils vous observent !

Elle passa devant eux pour leur faire face, vit qu'ils avaient les yeux fixés sur le brasier, de l'autre côté du fleuve. Elle secoua l'un d'eux.

— Monte dans la péniche. Allez !

Les jeunes gens échangèrent un regard. Le plus petit passa la langue sur ses lèvres desséchées. Un soldat plus âgé la prit par le bras.

— Ils ont leur destin, nous avons le nôtre. Viens, camarade.

Tania se laissa entraîner, regarda une dernière fois les deux jeunes par-dessus son épaule puis tourna la tête et avança avec la file.

Elle n'avait fait que quelques pas lorsqu'elle entendit Danilov crier de la péniche :

— Stop ! Arrêtez immédiatement !

Tous les soldats firent halte et se tournèrent vers l'embarcadère bondé. Les deux jeunes garçons avaient quitté la queue pour détaler vers les arbres, abandonnant fusil, ceinturon et sac à dos, sautant par-dessus les tonneaux et les caisses. Le quai devint silencieux tandis que les deux couards couraient pour sauver leur peau.

Tania les entendit s'encourager l'un l'autre d'une voix frénétique et apeurée :

— Cours ! oh ! mon Dieu ! cours !

Les gardes tirèrent au-dessus de la tête des fuyards, leur ordonnèrent de revenir. Ils continuèrent à courir.

Trois autres gardes en capote apparurent à la lisière des arbres, ouvrirent le feu.

L'un des garçons tomba, blessé ; l'autre s'arrêta,

regarda derrière lui et mourut à l'endroit où il s'était immobilisé. Un garde s'approcha du blessé, braqua son pistolet sur son front et tira.

Tania et les autres se remirent à avancer vers la péniche.

— Quel gâchis, dit-elle au soldat âgé qui marchait à côté d'elle.

— Des gosses, fit-il. Des gosses de l'âge de mes enfants.

Tania remonta son sac sur ses épaules et s'écarta en lui lançant :

— Oublie tes gosses.

Elle choisit une place près du bastingage bâbord et s'assit, les genoux contre la poitrine. Plusieurs hommes lui proposèrent de s'installer au milieu du pont, où elle serait plus en sécurité. Agitant la chevelure qui lui tombait sur les épaules, elle refusa.

La péniche entama la traversée.

Trois Stuka ne tardèrent pas à la repérer. Les chasseurs aux ailes croquées formaient un triangle qui monta haut dans le ciel avant de piquer. Des gerbes d'eau jaillirent dans la lumière blanche des fusées au phosphore. Tania cligna les yeux en regardant les geysers asperger le bateau.

Des gardes du NKVD surnommés les « casquettes vertes » se tenaient le long du bastingage. Certains d'entre eux avaient les mains dans les poches de leur capote. Le doigt sur la détente, supposa Tania, au cas où quelqu'un aurait l'idée de sauter par-dessus bord. Tania connaissait bien les casquettes vertes, l'instrument le plus impitoyable du Commissariat politique. Elle les avait vus à l'œuvre : ils examinaient les papiers des soldats, les interrogeaient sèchement. Tout homme pris à quitter le front sans autorisation était rapidement exécuté. Des centaines de corps jonchaient la route menant à Stalingrad, sinistre mise en garde aux candidats à la désertion.

Une autre détonation retentit côté tribord. Un shrapnel perça la coque ; une eau froide trempa les soldats assis sur le pont. Cette fois, aucun Stuka n'avait fait entendre son hurlement avant l'explosion. C'était un obus de mortier, conclut Tania. L'artillerie donne un coup de main à la Luftwaffe. On a été repérés par toute l'armée allemande.

De l'eau ruissela le long du pont qui s'inclinait. Danilov marcha d'un pas résolu vers l'avant en balançant ses bras et son torse de taureau. Il monta sur une pile de caisses de munitions pour que tout le monde puisse le voir puis tendit les bras dans la nuit, tels des canons de DCA.

— Enfants de putains ! hurla-t-il au ciel. Pédés ! Bougres de cons !

Il baissa les yeux vers les soldats qui, trempés, se blottissaient les uns contre les autres sur le pont tremblant.

— Allez, héros russes ! Bourrez le cul de ces sales boches ! Allez-y, gueulez !

Quelques voix s'élevèrent puis, comme un moteur qui démarre et rugit, tous les Russes crachèrent des insultes pour projeter leur peur dans la nuit. Brandissant le poing, Tania cria elle aussi :

— Salauds ! Assassins !

Tandis que les soldats épanchaient leur rage, le commissaire fit signe au vaguemestre d'approcher et annonça :

— Courrier !

Le vaguemestre remit son sac à Danilov, qui y plongea les deux mains pour puiser un paquet de lettres. Par-dessus le vacarme, il appela les noms inscrits sur les enveloppes :

— Tagarine !

— Ici !

— Antsiférov !

— Oui.

Le vaguemestre prenait les lettres au fur et à mesure et allait les remettre aux soldats. Deux fois il tomba sur leurs genoux quand le bateau tangua dans les eaux tourbillonnantes du fleuve.

Une autre tour d'eau s'éleva à l'arrière, côté bâbord. Sentant une main lui toucher l'épaule, Tania se retourna, découvrit le soldat âgé qui l'avait entraînée loin des déserteurs, sur l'embarcadère.

— Tu veux un peu de pain ? offrit-il.

— Non, merci. J'en ai.

— Je t'en prie, insista-t-il. Prends un peu du mien.

Tania considéra la barbe blanche et le visage tanné. Les yeux bleus étaient enfoncés dans un entrelacs de rides profondes, telles des billes indigo posées sur de la paille.

— D'accord, consentit l'ex-partisane, mais on partage mon fromage.

Ils fouillèrent leur sac. Un troisième soldat, plus jeune, leur tendit un litre de vodka à moitié plein en suggérant :

— On pique-nique ?

Ils échangèrent nourriture et boisson. Un obus explosa à bâbord, plus près que le précédent, et Tania protégea son pain pour éviter qu'il ne soit mouillé. Le jeune soldat tendit la main en se présentant :

— Je m'appelle Fedor Ivanovitch Mikhaïlov. Je suis de Moscou.

Tania lui donna dix-huit, dix-neuf ans. Un nouveau, pensa-t-elle. Il avait une particularité qu'elle remarqua malgré l'obscurité : elle ne se souvenait pas d'avoir vu tout un visage participer ainsi au sourire. Le front, le nez, le menton et les yeux se plissèrent tous ensemble. Il rayonne, se dit-elle.

— Je suis écrivain, précisa-t-il en prenant le fromage.

— T'écris quoi, Fedya ? s'enquit l'aîné du trio.

— Des histoires d'amour. Des poèmes, répondit-il. (Il haussa les épaules.) Qu'est-ce que je peux écrire d'autre ? Je suis russe. J'ai le choix entre l'amour, le pouvoir et le meurtre.

— Ecris sur Staline et t'auras les trois, repartit l'homme mûr en riant. Moi, c'est Youri Georgiovitch Pankov. De Frunze, en Kirghizie. En fait, je suis né à Tachkent.

— Tu es ouzbek, alors.

— Je suis un homme simple, dit Youri en se frappant la poitrine. Pas un rêveur comme toi. J'ai passé ma vie les yeux grands ouverts.

Tania regarda la main de Youri serrer celle de Fedya. Les doigts étaient épais, puissants, terminés par des ongles carrés. Les jointures étaient noueuses, déformées par les travaux pénibles. Elle devina qu'il devait être un des paysans du million de fermes collectives soviétiques. Dans la main blanche et lisse de Fedya, celle de Youri ressemblait plus à un sac de châtaignes qu'à de la chair.

— Je les ai grands ouverts en ce moment, je peux te le dire, déclara Fedya en regardant Stalingrad sur l'autre rive.

Youri se tourna vers Tania.

— Et toi, la coriace ? Mamzelle Assise-près-du-bord ? T'as un nom ?

Elle frotta ses mains à son pantalon pour en faire tomber les miettes de fromage qui y restaient collées.

— Oui. Tania Alexeyevna Tchernova.

— D'où tu viens ?

Elle plissa les lèvres, hésitant à répondre, puis lâcha :

— De New York.

Les yeux bleus du vieux paysan s'écarquillèrent

— New York, en Amérique ?

— New York City ? fit Fedya.

— *Yes*.

Une autre bombe éclata à dix mètres du bastingage bâbord. L'eau emporta le pain et le fromage. A l'arrière, un soldat s'effondra en poussant une plainte. Youri et Fedya furent un moment distraits de l'étonnante réponse de Tania. Les camarades du soldat gémissant l'étendirent sur le pont et le couvrirent.

Fedya saisit la bouteille de vodka et se leva. Tania remarqua la largeur de ses épaules.

— Assis, toi, là-bas, lui ordonna une casquette verte.

L'écrivain montra sa bouteille.

— Donne-lui ça. Allez, prends.

Le garde prit la vodka et se faufila jusqu'au blessé. Le silence qui s'était fait sur le pont fut alors brisé par le sifflement d'un obus d'artillerie. C'était le premier que Tania entendait et son cœur se serra quand elle comprit ce que c'était.

— Couchez-vous ! cria-t-elle à Youri et à Fedya.

Tous trois s'aplatirent sur les planches. L'obus de mortier frappa la coque en son milieu. Le pont se brisa en longues échardes. Une boule de flammes et de débris s'éleva. Assourdie par l'explosion, Tania fut projetée en arrière dans les eaux étincelantes de la Volga.

6

Nikki Mond braqua sa mitrailleuse lourde sur l'entrée, s'assura que la bande-chargeur était bien tendue, puis caressa de la main le canon rond et large. Il était plus froid que l'automne russe.

C'est idiot d'attendre que les Russes décrochent, pensa-t-il en fixant le viseur. Ils ne bougeront pas. Ils meurent dans leur trou, les rouges. Ils n'évacueront pas plus que nous ce bâtiment.

Il s'imagina pressant la détente de son arme : des Russes déboulaient dans le couloir, tombaient en se tordant sous les balles de sa mitrailleuse. D'autres suivaient, s'élançaient vers lui, mais il les fauchait et leurs corps obstruaient le passage. Les Allemands poussaient les cadavres pour se ruer vers lui. Il lâchait la détente, l'engin continuait à cracher ses balles. Les Boches tombaient, tombaient...

— Caporal Mond.

La voix tira Nikki de sa rêverie. Le capitaine Mercker s'agenouilla à côté de lui, pressa la main crispée sur la poignée de l'arme.

— Doucement, caporal. Nous sommes tous un peu tendus...

Nikki se détendit, remua les doigts. L'officier lui offrit une cigarette et du feu.

— Mond, tu étais dans le premier groupe. Tu as inspecté la salle d'en face ?

— Oui, mon capitaine. Il n'y avait personne.

— Elle est grande ?

— Un peu moins que la nôtre. Avec trois fenêtres, comme celle-ci.

Mercker creusa les joues pour aspirer une bouffée de fumée.

— Ils devaient avoir le même plan : s'emparer de ce bâtiment. Nous sommes entrés par la porte pendant qu'ils passaient par les fenêtres.

Nikki plongea le regard dans les yeux de l'officier, remarqua son calme.

— Vous êtes nouveau, mon capitaine ?

— Ça dépend de ce que tu appelles nouveau. J'étais à Leningrad l'année dernière. A Moscou au printemps.

Le caporal écrasa sa cigarette pour serrer de nouveau les poignées de sa mitrailleuse.

— Stalingrad, c'est autre chose, mon capitaine. Je n'ai jamais vu ça. Ici, la ligne de front peut se réduire à un plafond. A un couloir, ajouta-t-il en regarda la porte sur laquelle son arme était braquée.

Mercker garda le silence, ce que Nikki prit pour une invitation à poursuivre.

— Les Russes sont meilleurs que nous dans le combat de rue. S'ils étaient arrivés les premiers dans ce bâtiment, nous n'aurions jamais pu y pénétrer. Nous aurions dû le faire sauter avec eux dedans. Ils ne partiront pas, mon capitaine, conclut le caporal en secouant la tête.

Mercker alluma une autre cigarette.

— Le faire sauter, tu dis ?

Trois semaines plus tôt, l'unité de Nikki avait occupé une maison dans la cité ouvrière située à l'ouest de l'usine de tracteurs. Les cinq Russes terrés dans la cave n'avaient ni décampé ni accepté de se rendre. Après trois jours d'impasse, les Allemands avaient dû éventrer le sol pour jeter des bâtons de dynamite sur les Russes qui continuaient à résister comme des déments. Pour cinq rouges, il avait fallu détruire toute une maison.

Nikki finissait de raconter son histoire quand des voix s'élevèrent de l'autre côté du couloir. Les Russes chantaient ! Une chanson paillarde, à en croire les rires gras qui accompagnaient les paroles. Ils envoyaient un message à la compagnie allemande occupant la pièce d'en face : nous sommes nombreux et nous ne bougerons pas.

Une idée fit briller les yeux de Mercker.

— Tu as dynamité une maison pour cinq Russes, dit-il à Nikki par-dessus le chœur rouge. Nous allons faire sauter celle-ci pour cinquante.

Le capitaine appela un courrier.

Après un concert ininterrompu de deux heures, les Russes se turent.

Vingt minutes plus tard, le courrier revint par la fenêtre avec trois sapeurs portant leur matériel : six pelles et pioches, vingt kilos de dynamite.

L'un des sapeurs se plaça au centre de la salle, leva sa pioche, l'abattit sur le béton. Le fer tinta, des débris filèrent sur le sol comme des souris.

Mercker leva la main.

— Attendez. Ces Ruskoffs ont des voix de crécelle, vous ne trouvez pas, les gars ? On devrait leur montrer comment les Allemands savent chanter. Fort. Si fort qu'ils n'entendront rien d'autre, vous voyez ce que je veux dire ?

Le capitaine entonna le chant du Parti nazi, le *Horst Wessel Lied*, et les soldats suivirent. Mercker fit signe au sapeur de recommencer à piocher. Pendant trois heures, les Allemands chantèrent. Chants folkloriques, chansons à boire, rengaines populaires et même airs d'opéra couvrirent le bruit des pioches creusant le béton. Quand Mercker ordonna à ses hommes de cesser de chanter, le tunnel avait disparu depuis longtemps sous le sol.

Nikki prit son tour et mania la pelle pendant une demi-heure pour sortir la terre du trou. La galerie avait deux mètres de large, un et demi de profondeur, et s'étendait maintenant sur cinq mètres sous le sol. Il y avait juste assez de place pour que deux hommes puissent s'y agenouiller côte à côte et piocher. Le plan consistait à creuser jusqu'à l'autre côté du couloir. Une fois sous la salle des Russes, les sapeurs placeraient les explosifs et allumeraient la mèche.

— Vingt kilos de dynamite, dit l'un d'eux, crachant sur la terre meuble du tunnel. Ça devrait les expédier au ciel, les bolchos.

Epuisé et sale, Nikki se laissa aller contre la paroi. Derrière lui, trois autres soldats évacuaient la terre. Comme les coups de pelle ne faisaient que peu de bruit, il n'était plus nécessaire de chanter. Mercker autorisa ses hommes à se reposer quelques heures avant d'offrir aux Russes un nouveau pot-pourri.

— Et pas d'opéra, surtout, leur recommanda-t-il. J'ai horreur de ça. Plutôt des chansons d'amour.

Mercker vint s'asseoir à côté de Nikki, lui offrit une cigarette et ferma les yeux. Le caporal trouvait que le jeune capitaine avait de l'humour et que c'était excellent pour le moral des hommes. C'était un bon chef, qui savait écouter et avait toujours des cigarettes dans les poches. Nikki espérait qu'il ne mourrait pas à Stalingrad et continuerait à détester l'opéra pendant de longues années.

De l'autre côté du couloir, le concert russe recommença.

— Bon Dieu, gémit Mercker sans ouvrir les yeux. Ils ne peuvent pas rester cinq minutes sans beugler ?

Soudain il ouvrit les yeux, se redressa.

— Non, ils ne peuvent pas.

Il saisit une pioche, la tendit à un soldat qui n'était pas encore couvert de terre.

— Descends ! Creuse ! Fini de se reposer, il faut se grouiller ! Ces salauds essaient de nous faire sauter, eux aussi !

Nikki laissa sa tête retomber contre le mur. Bien sûr, pensa-t-il. Et ils ont de l'avance sur nous. Deux heures, peut-être.

Tous les regards étaient maintenant braqués sur le trou. Nikki se représenta les hommes pelletant avec rage pour rattraper leur retard.

— Si les cocos s'arrêtent, vous vous mettez à chanter tout de suite, dit Mercker. Fort, compris ?

La course était lancée. Pendant une heure, les Allemands creusèrent accompagnés par le chœur russe puis reprirent leur propre concert quand les soldats soviétiques se turent. Dès que les camarades de Nikki s'interrompirent, les Russes recommencèrent à chanter.

Pendant toute la nuit, ce furent surtout les Allemands qui régalèrent les oreilles russes. Nikki en déduisit qu'ils comblaient en partie leur retard. On a même un harmonica, argua-t-il à sa propre intention. Les Russes n'en ont pas. Le trou rond d'où s'échappaient les lueurs des lampes, d'où remontaient des hommes noirs comme des démons, le fit penser aux portes de l'Enfer.

A l'aube, Mercker ressortit, le visage maculé de boue. Il avait l'air exténué. Il s'assit, fit signe à Nikki d'approcher et dit d'une voix faible :

— Les sapeurs pensent qu'on en a encore pour une heure à creuser. Ordonne aux hommes de reformer des groupes de dix. Avec le premier, tu t'empares de la tranchée. Tu y restes jusqu'à ce que j'aie fait sortir d'ici tous les autres.

Les hommes de Nikki récupérèrent leurs fusils, se dirigèrent vers les fenêtres. La sentinelle s'écarta pour laisser le caporal inspecter la rue jonchée de décombres. Il enjamba le rebord, fit signe aux soldats de le suivre. Un par un, ils sortirent, coururent vers la tranchée.

Les Russes cessèrent de chanter.

— Donne-leur un peu d'opéra, dit Nikki à la sentinelle avant de s'élancer à son tour.

Il était à dix mètres de la tranchée quand une vague rugissante déferla. Le sol se souleva. Nikki fut projeté en l'air par une force terrible, impitoyable.

Il atterrit sur le dos, glissa sur les épaules. La partie du bâtiment tenue par sa compagnie vola en morceaux. La peau rougie par la déflagration, Nikki rampa vers la tranchée, tomba dans les bras de ses hommes tandis qu'une gigantesque fleur orange et bleu s'épanouissait derrière lui. Un pan du bâtiment se détacha de ses fondations et s'écroula, comme si une trappe s'était ouverte sous lui, dans un vacarme que Nikki, rendu sourd par l'explosion, n'entendit pas. Un champignon de fumée et de poussière se forma au-dessus des ruines, oscilla tel un fantôme gris à l'endroit où, l'instant d'avant, se dressaient des murs.

Ma compagnie est morte, pensa Nikki. Mercker, tous les autres. Aucune chance qu'ils aient survécu.

Un chant porté par la brise se mêla aux bruits de la ville. Renvoyé par les murs à demi écroulés, il semblait provenir de partout.

Les chanteurs étaient russes.

7

Tania battit des bras et des jambes pour remonter à la surface de l'eau glacée. Elle regarda l'épave en feu de la péniche. L'avant et l'arrière, séparés par l'explosion, pointaient vers la nuit en tournant lentement sur eux-mêmes.

Sentant un frôlement sur sa nuque, la jeune femme se retourna. La main tendue d'un soldat mort flottait devant son visage. Tania agita furieusement les jambes pour s'écarter du cadavre. Une autre main, chaude et vivante cette fois, toucha son épaule. C'était celle de Fedya, l'écrivain. Youri barattait l'eau à côté de lui.

Les oreilles encore pleines du fracas de l'explosion, semblait-il, elle ne saisit pas ce que Fedya lui disait. Elle savait qu'elle était environnée de bruits – les cris des blessés se débattant dans l'eau, les bombes tombant sur le reste de la flottille, en aval –, mais ce n'était pour elle que des murmures enfermés dans une bouteille.

Youri se saisit d'un madrier passant près d'eux. Ils avaient déjà dérivé au sud du débarcadère de l'usine de tracteurs et la berge était distante de quatre cents mètres. Tania estima que le courant les déposerait près du centre s'ils donnaient de vigoureux coups de jambe. Elle se demanda qui contrôlerait le secteur où ils reprendraient pied.

Agrippée à la poutre, elle tourna les yeux vers Stalingrad sans prêter attention à ses deux compagnons qui remuaient inutilement les lèvres. Ils finirent par comprendre qu'elle ne les entendait pas et se turent. Isolée dans son silence, elle serra les poings et fit un vœu qu'elle lança comme une pique vers le cœur de chaque nazi tapi dans les ruines. Elle jura de reprendre la vendetta qu'elle avait entamée un an plus tôt à Minsk quand l'armée allemande d'occupation avait assassiné ses grands-parents, un docteur et une professeur de danse classique. Deux mois avant leur mort, Tania avait quitté l'appartement de ses parents à Manhattan pour se rendre en Russie. Elle était résolue à convaincre ses grands-parents, chez qui elle avait passé plusieurs étés, de venir vivre en Amérique pour échapper à l'orage qui menaçait. Il ne restait pas beaucoup de temps, les avait-elle prévenus. Le pacte de non-agression entre Hitler et Staline était une farce à laquelle ils ne devaient pas prêter foi. Elle leur apportait de l'argent de son père, Alexandre, le fils des Tchernov, pour payer les frais du voyage. Mais le docteur et l'ancienne danseuse avaient refusé de quitter Minsk. Ils y avaient des choses à faire : des corps à soigner, des enfants à qui communiquer la passion de la danse. Ils y avaient une famille à protéger, deux filles et des petits-enfants, des tombes à entretenir, des souvenirs à préserver. D'ailleurs, Hitler n'était pas de taille à lutter avec Staline et il le savait, avaient-ils argué.

Tania avait écrit à ses parents pour les presser de venir essayer de les convaincre eux-mêmes. Elle avait reçu pour toute réponse un télégramme lui enjoignant de rentrer d'urgence à New York et souhaitant bonne chance aux grands-parents. Tania avait pleuré de rage contre ces parents qui lui avaient appris à parler russe, à aimer tout ce qui était russe, à railler l'héritage du tsar renversé, à se réjouir de la montée du pouvoir soviétique, sauveur du peuple. Prenant la rhétorique parentale au mot, elle avait adhéré au Parti communiste américain et s'était rendue le plus souvent possible dans le pays natal de ses parents. Elle avait appris à l'aimer. Minsk et la Russie soviétique étaient devenues ses sanctuaires spirituels, et ses grands-parents des modèles du courage et de la simplicité russes.

Son père et sa mère se révélaient soudain des êtres à deux visages, des phraseurs, russes par la naissance mais pas par l'esprit. Ils se complaisaient dans leur cocon new-yorkais, dans le confort d'une loyauté purement intellectuelle envers la Russie. Mais quand venait le moment de se dresser, de défendre leurs *papouchka* et *mamouchka*, ils ne bougeaient pas. Ils restaient à l'abri dans leur *brownstone*, dans leur américanité.

Le 22 juin 1941, six semaines après l'arrivée de Tania à Minsk, trois millions de soldats allemands avaient franchi la frontière russe. Quinze jours plus tard, Minsk était encerclée puis prise, plus de cent cinquante mille soldats soviétiques faits prisonniers. Les chars allemands avaient pris position à chaque carrefour. La ville continuait à être alimentée en eau et en électricité, les étals des marchés restaient ouverts, mais une chape était tombée sur Minsk. Ses habitants marchaient la tête basse, traînaient les pieds, détournaient les yeux. Où était l'Armée rouge ? Où était la délivrance ? Des escouades allemandes surnommées les « corbeaux noirs » commencèrent à enfoncer les portes à coups de pieds. Ils s'abattirent bientôt sur le quartier des Tchernov, s'en prenant d'abord aux familles juives puis à d'autres, même aux plus respectées. Après trois semaines d'occupation, le docteur Tchernov et sa femme furent arrêtés dans le petit appartement où ils dînaient avec Tania. La jeune femme, qui tentait de s'opposer aux Allemands, fut assommée d'un coup de crosse. Avant qu'elle reprenne conscience, ses grands-parents avaient été emmenés sur la place centrale et fusillés. On leur reprochait d'avoir collaboré avec la Résistance, accusation reposant uniquement sur le fait que le médecin avait prodigué ses soins à de nombreuses victimes des brutalités nazies. Le bruit des coups de feu tira Tania de son évanouissement. Le visage en sang, elle courut jusqu'à la place où flottait une odeur de cordite. Des voisins qu'elle ne reconnut pas la retinrent. Ce soir-là, elle se réfugia chez sa tante Véra et lui apprit en sanglotant ce qui s'était passé. Quand elle eut terminé, elle n'avait plus une seule larme en elle. « Je m'en vais, annonça-t-elle à la vieille femme. Je pars chercher la Résistance. »

Tania quitta Minsk et suivit pendant une semaine les bruits des combats dans les forêts et les villages. Une nuit qu'elle dormait dans une grange du hameau de Vianka, elle fut surprise par un groupe d'hommes armés de fusils de chasse. Après l'avoir interrogée, ils l'autorisèrent à se joindre à eux.

Chez les partisans, Tania perdit rapidement le goût de la vie de privilégiée qu'elle avait menée à New York et à Minsk. Elle apprit à tuer. A poser des mines, à placer de la dynamite sur les voies ferrées ou sous les camions, à se servir d'une carabine ou d'un pistolet, à se battre au couteau ou à mains nues. Elle avait un point commun avec les partisans : ils étaient unis par la douleur. Chaque homme, chaque femme de son unité avait souffert de la barbarie nazie. Au chagrin d'avoir perdu ses grands-parents se substitua en elle la haine des Allemands. Après un an passé à souffrir du froid, à tuer et à se cacher dans la forêt, à se réjouir d'infimes victoires, elle quitta les partisans pour rejoindre une colonne de troupes régulières passant dans les parages. Ayant depuis longtemps jeté ses papiers américains, elle prétendit être de Minsk et donna comme adresse celle de ses grands-parents. On l'affecta à la 284ᵉ division. Elle monta dans un camion qui parcourut cinq cents kilomètres pour l'amener au sud de Stalingrad.

Dans les eaux glacées de la Volga, les pieds de Tania finirent par toucher un banc de sable. Elle lâcha le madrier et pataugea jusqu'à la berge, suivie de Fedya et Youri. Elle avait recouvré l'ouïe et entendit des bruits de bataille en aval. A l'endroit où ils avaient repris pied sur la terre ferme, tout était silencieux.

Trempés, grelottants, ils s'accroupirent sur la rive jonchée de matériel et de caisses abandonnés. Tania estima que le plus sûr serait de se diriger non vers le silence mais vers le secteur des usines où l'on se battait. C'était là qu'ils trouveraient des Russes. Nous pouvons y arriver avant l'aube si nous ne nous faisons pas prendre, pensa-t-elle. Mais si les Allemands se sont emparés du centre de la ville, il y aura sans doute des patrouilles le long des berges pour empêcher les infiltrations.

— Suivez-moi, murmura-t-elle. Direction nord.

Fedya se plaça derrière elle, Youri hésita.

— C'est quoi, déjà, ton nom ? demanda le vieux paysan.

— Première classe Tania Tchernova.

— Tania, je peux pas me laisser conduire par une fille. Pas même par une Américaine. Je marcherai devant.

Le visage de la jeune femme ne montra aucune réaction. Elle n'avait rien à prouver. Youri l'avait vue s'écarter, terrifiée, du cadavre flottant dans l'eau, mais il ignorait tout de la partisane qui avait tranché des dizaines de gorges, posé des mines sous un train de ravitaillement, marché parmi les ennemis blessés pour finir le travail au pistolet. Il n'avait pas vu la petite-fille du médecin étrangler un prisonnier après lui avoir arraché ses secrets, ou rester cachée toute une journée avant de tirer pour tuer un ennemi à trois cents mètres. Mais le vieil homme était là pour se battre contre les Allemands. Pour cette unique raison, elle s'efforcerait de le garder en vie. Qu'il meure au moins de façon utile et non stupide, pensa-t-elle.

— Youri, j'ai passé l'année chez les partisans. Je me suis battue dans les forêts de Biélorussie. Je connais les nazis, je sais comment nous tirer de là. Ou vous me suivez, ou je pars seule. (Elle se tourna vers Fedya.) Ça vaut aussi pour toi.

Elle se mit en route, entendit derrière elle une brève discussion à mi-voix puis les pas des deux hommes.

Après avoir progressé une heure en s'arrêtant au moindre bruit, ils prirent conscience qu'ils ne parviendraient pas aux usines avant l'aube. Tania chercha un endroit où ils pourraient se cacher et passer le reste de la journée en attendant la nuit.

Ils marchèrent une heure le long des falaises dans l'espoir d'y trouver une grotte ou un bunker abandonné. Avec les premières lueurs de l'aube, une odeur nauséabonde parvint à leurs narines. Tania plissa le nez, accéléra le pas. Un conduit apparut dans l'obscurité. D'un diamètre de deux mètres, il reliait le pied de la falaise au fleuve. Il s'échappait de sa bouche un air fétide et Tania eut l'impression que la puanteur lui traversait la peau.

— Une sortie d'égout, fit Fedya dans un hoquet.

Youri et Tania se regardèrent, hochèrent la tête.

Fedya recula avec un frisson de dégoût.

— Vous plaisantez ? Nous ne pouvons pas entrer là-dedans. C'est plein de merde ! Non, pas question !

Elle s'approcha de lui, porta ses doigts à ses lèvres.

— Nous n'avons pas le choix. Le jour va se lever.

— C'est que de la merde, Fedya, argua Youri. On en recouvre les champs tous les jours. Ça te fera pousser.

— Ça me fera vomir !

Tania tendit le bras vers le conduit.

— Là-dedans, personne ne nous verra. Allez.

Elle s'avança dans le tuyau, plaça son avant-bras sous son nez pour filtrer l'air avec sa manche. L'humidité poisseuse s'insinuait cependant dans ses narines, ses yeux, ses oreilles. Par-dessus son épaule, elle regarda les deux autres. Bras croisés sur la poitrine, Youri se tenait droit comme un I, comme pour hisser son nez au-dessus des miasmes. Fedya avançait à pas lents, bras écartés, tel un funambule.

— Allez, Fedya, l'encouragea-t-elle. On ne fait que commencer.

A vingt mètres de la bouche du conduit, l'obscurité devint totale et Tania fit courir sa main sur la paroi visqueuse pour se guider. Elle sentit un courant d'air frais contre sa joue.

— Il y a une ouverture devant.

La main qui glissait le long du ciment se retrouva dans le vide. Un autre tuyau débouchait dans le conduit principal.

— On dirait qu'il remonte vers le nord. On marche jusqu'à ce qu'on trouve une plaque d'égout. Avec de la chance, on ressortira derrière nos lignes.

Elle frappa ses bottes l'une contre l'autre pour en faire tomber les excréments qui y étaient collés. Ses jambes de pantalon étaient mouillées jusqu'à l'entrecuisse. Derrière elle, Fedya progressait sans trop provoquer d'éclaboussures. Il devait se tenir sur la pointe des pieds, comme si on pouvait éviter de marcher sur de la merde dans un égout.

— Tania, cria Youri, parle-nous de l'Amérique !

Elle n'avait pas envie de bavarder, mais comprit qu'il essayait seulement de dissiper leur peur.

— Tu sais lire ?

— Bien sûr.

— Qu'est-ce que tu as lu sur l'Amérique ?

— Que c'est le pays de la décadence. Des néons, des

putains, des patrons qui exploitent les travailleurs. Des gangsters. Des milliardaires.

— Tu y crois ?

— Seulement pour les milliardaires et les putains. Les bons trucs, quoi.

Elle s'esclaffa, ne prit pas la peine de lui dire qu'il se trompait, qu'il ignorait bien d'autres aspects, bons ou mauvais. L'Amérique était une terre de paix, de possibilités et, oui, de décadence. Un pays gigantesque et magnifique, surtout pour ceux qui étaient blancs, de sexe masculin et d'origine anglo-saxonne. L'Amérique était une brute insensible qui avait peur de cette guerre avec les Allemands, comme ses parents. Elle, elle était russe, elle lutterait pour la Russie et elle haïrait les nazis si l'Amérique s'y refusait. Pour détourner la conversation, elle suggéra :

— Fedya, récite-nous un de tes poèmes.

— Ouais, approuva Youri. Un de tes préférés.

— Ici ? Maintenant ? protesta l'écrivain, l'air choqué. Je n'arrive même pas à respirer.

— Ça résonne, dans ce tuyau, c'est bon pour la voix, fit valoir le vieux paysan.

— Seigneur, soupira Fedya. Bon, d'accord, mais je n'ai jamais prétendu avoir du génie.

Il fit halte, les deux autres l'imitèrent. L'écho de leurs pas mourut.

— Cela s'intitule « Le lavoir à la rivière ». Je ne sais vraiment pas pourquoi c'est celui-là qui me vient à l'esprit dans un égout puant, mais enfin...

Il commença à réciter à voix basse, d'un ton étrangement respectueux dans un tel cadre.

Ses mains s'ouvrent, puissantes et ridées,
dures comme les pierres près desquelles elle s'accroupit.
J'ai marché près d'elle, j'ai senti son haleine pendant
que nous allions à la rivière.

La brume s'accroche à nos visages.
Nous déposons sur le sol des vêtements épais, souillés.
La gifle du savon et de l'eau me transperce jusqu'à l'os.
La saleté tournoie autour de ses doigts rougis,
retourne dans l'eau calme.
Le jour illumine sa tendresse enfiévrée.
Je suis des yeux le filet savonneux qui dérive et fond.
Nous empilons les hardes lourdes dans nos
paniers en fixant l'azur.
Sa main fraîche se pose sur mon cou et pendant
un moment, il n'y a plus de travail.
Où es-tu, mère, tandis que je porte mes mains
à mon visage ?
Tandis que je souffre en lisant ces lignes ?
Je serre de mes bras mon corps recroquevillé.
J'entends les coups de battoir.
Tu me pénètres jusqu'aux os.

Fedya s'éclaircit la voix.

— Voilà, dit-il.

Tania était bouleversée par le poème. Singulier dans l'obscurité du conduit, il était devenu un moment la seule réalité pour ses sens. Maintenant que Fedya s'était tu, les mots résonnaient encore en elle, frappant ses souvenirs et martelant son cœur de leur battoir.

Youri pataugea jusqu'à l'écrivain, lui assena une claque dans le dos.

— Pourquoi vous détestez toujours vos œuvres, vous autres les poètes ? C'était beau. J'ai senti en l'écoutant que ma propre mère me manquait.

— Je ne déteste pas ce poème. Pourquoi dis-tu ça ?

— J'ai quasiment dû te tordre le bras pour t'obliger à le réciter.

— Pour l'amour du ciel, nous sommes dans un égout !

— C'est bien un poète, tiens. Rien ne lui échappe.

Youri se dirigea vers la jeune femme, trouva sa main.

— Général Tania, je peux me guider à la paroi presque aussi bien que toi. Avec ta permission, je prends la tête un moment.

Elle eut un sourire qu'il ne put voir.

— Oui, bien sûr. Merci.

Elle entendit les pas du vieux paysan s'éloigner, attendit que ceux de Fedya se rapprochent. Elle sentit la main puissante la toucher, la pousser doucement vers l'avant. Elle s'abandonna un instant à ce contact, ferma les yeux, retrouva des sensations féminines presque oubliées. Quelque chose en elle l'attirait vers le grand gaillard. Elle prit une inspiration, se ressaisit.

Ils marchèrent dans le noir pendant une heure de plus. L'écho clapotant de leurs pas filait le long du conduit. Tania commençait à avoir l'impression de tomber dans un puits sans fin. La pestilence agressait ses narines. Etourdie, elle était secouée de haut-le-cœur.

Perdant l'équilibre, elle tendit vivement le bras dans l'obscurité et ses doigts frôlèrent la poitrine de Fedya.

— Ça va ? s'inquiéta-t-il.

— Oui. Simplement fatiguée. Chaque fois que je respire, c'est comme si j'avalais un tas d'ordures.

— Pourquoi nous n'avons pas repéré de plaques d'égout ? Je suis sûr qu'il fait jour, maintenant.

— Elles sont probablement recouvertes par les décombres. Nous finirons bien par en trouver une. Passe devant, j'ai envie de suivre un moment. D'accord ?

Il lui pressa le bras au passage. Plusieurs minutes s'écoulèrent avant qu'il s'exclame :

— Youri !

Tania appuya une main contre la saleté de la paroi afin de garder l'équilibre, tendit l'autre devant elle pour chercher ses compagnons. Elle trouva le dos mouillé de Fedya, penché au-dessus du paysan.

— Youri ! cria l'écrivain. Debout ! Tania, il s'est évanoui ! Qu'est-ce qu'on fait ?

— Relève-le, vite !

Elle aida Fedya à tirer Youri du bourbier. La chemise et les cheveux du vieil homme étaient trempés d'eau sale, couverts d'excréments. Luttant contre sa répugnance, elle l'attira contre elle pour le maintenir droit.

— C'est cet air empuanti qui lui a fait perdre conscience, haleta-t-elle. (Ensemble, ils parvinrent à l'adosser à la paroi.) Bon sang, il avait l'air d'aller bien.

— Il *va* bien, assura Fedya. Il s'en sortira. Il lui faut juste un moment pour reprendre conscience.

Tania posa une main contre la poitrine de Youri. Sa respiration était faible.

— Tiens-le, dit-elle à Fedya.

Elle recula, mesura la distance dans le noir de son bras tendu puis gifla le vieil homme. Rien. Elle recommença. Il ne réagit pas.

— Il va falloir que tu le portes. Tu t'en sens capable ?

— Oui, bien sûr, répondit Fedya.

Elle l'imagina avançant péniblement dans le conduit avec le joug du corps de Youri sur les épaules. Il ne s'écoulerait guère de temps avant qu'il ne succombe lui aussi à l'air vicié.

— Non, attends. Nous allons le traîner. Passe son bras autour de ton cou.

Fedya s'exécuta, Tania fit de même, et ils repartirent, portant sur leurs épaules le vieux paysan dont les jambes pendaient mollement dans l'eau. Tania guettait dans le noir un signe que l'homme évanoui reprenait ses esprits.

Après dix minutes de marche épuisante, elle n'avait entendu aucun son sortir de la bouche de Youri. De son coude, elle lui piqua les côtes et il émit un grognement.

— Comment tu te sens ? demanda-t-elle à Fedya.

— Je peux continuer.

Moi, non, pensa-t-elle en se remettant à marcher. Je suis épuisée, j'ai envie de vomir. Encore dix minutes comme ça et je serai à genoux, voire à plat ventre dans la merde. Désolée, Youri.

Elle poussa le vieil homme contre la paroi, le laissa glisser en position assise en lui maintenant la tête.

— Enlève-lui sa chemise.

— Pourquoi ? s'étonna Fedya. Tu t'imagines qu'il respirera mieux sans ? C'est idiot.

— Sous son uniforme, il porte un caleçon long de paysan. Mets-le.

— Tu veux le laisser ici ? répliqua l'écrivain. Crever dans un égout ? Non, non. Je peux le porter ! On ne l'abandonne pas.

Tania s'appuya à la paroi d'en face. Fedya, tu mourras ici aussi, pensa-t-elle. Et moi également. Elle était trop exténuée pour exprimer sa frustration de finir ainsi sous les rues de Stalingrad, dans la saleté, et non à la lumière du jour, dans le fracas de la bataille. J'aurais pu aussi mourir dans mon lit, entourée de mes enfants, pensa-t-elle. Mourir, c'est le noir. Mourir sent le pourri. Peut-être que je suis déjà morte.

Elle passa devant Fedya, entendit ses propres pas hésitants. Elle perdit l'équilibre, se rattrapa à la paroi. Son estomac se tordit et elle vomit. Ses hoquets s'envolaient comme des chauves-souris dans le silence.

Elle sentit une faiblesse monter le long de ses jambes, le glas annonçant sa mort. Sans le décider consciemment, elle s'écarta du mur et se mit en marche. Au moins, elle mourrait en luttant. La faiblesse la fit trébucher. Elle entendit derrière elle des pas rapides agiter l'eau. Une main la toucha, la soutint avec une force qu'elle ne croyait plus possible dans ce trou. Elle s'accrocha au bras de Fedya, sentit qu'il tenait le sous-vêtement de Youri.

Tania marchait en silence, inconsciente du temps, mesurant ses pas au peu d'énergie qui lui restait. Depuis longtemps, elle avait renoncé à s'orienter. Sa seule destination, c'était l'air frais, la lumière du jour. Ses pieds lui semblaient de plomb, sa respiration devenait de plus en plus courte. Elle avançait, toute raide, avec Fedya pour béquille, se concentrant sur ses mollets et ses cuisses pour retarder le moment où elle n'aurait plus aucune force. Elle se traînait comme si elle avait des fers, s'accrochait au bras qui lui enserrait la taille. L'obscurité du conduit menaçait de gagner tout son corps, d'effacer sa conscience. Elle fit la liste des sensations qu'elle avait perdues : je ne sens plus l'odeur de l'égout ; je ne sens plus mes mains sur le bras de Fedya ; je n'entends plus mes pas ; je...

Quelque chose luisait devant elle dans le noir. Ma mort, se dit-elle. Elle est là. Au moins, il y aura de la lumière.

Elle s'écarta de Fedya. A une dizaine de mètres, une pique blanche perçait obliquement le conduit. Tania s'approcha, plaça son visage dans le rai de lumière, comme si c'était une fontaine gargouillante. Des atomes de poussière dansaient dans le rayon, minuscules ballerines traversant une scène éclairée.

Tania pressa sa poitrine contre le mur, tâtonna fébrilement.

— Une échelle ! s'exclama-t-elle. Une plaque d'égout !

Fedya la rejoignit, saisit un des barreaux.

— Allons-y.

Elle l'arrêta. La proximité du salut lui avait redonné des forces.

— Non. Mets les sous-vêtements de Youri, murmura-t-elle. Et reste calme. Nous allons nous en tirer mais... Je sors la première.

— Je n'ai pas à discuter, je suppose, bougonna-t-il en ôtant sa tunique de l'Armée rouge.

— Non. Je te ferai signe de monter. Eloigne-toi du trou. S'il y a des Boches là-haut, ils descendront peut-être voir si quelqu'un m'accompagnait. Ne fais pas de bruit. Si tu les entends descendre, reste collé au mur. Ils tireront dès qu'ils seront en bas, mais ils ne te poursuivront pas là-dedans. Tu n'auras plus qu'à essayer de trouver une autre plaque.

Elle monta deux barreaux ; Fedya lui toucha la jambe.

— Tania.

— Non. Va te cacher.

Elle attendit qu'il se soit éloigné, grimpa jusqu'à la plaque, la fit glisser sur le côté aussi silencieusement qu'elle put.

Eblouie par la lumière du jour, elle cligna les yeux jusqu'à ce que sa vision s'ajuste puis elle glissa lentement la tête hors du trou. Ils avaient eu de la chance. La plaque d'égout était entourée de tous côtés par des tas de gravats. Les façades d'une rangée de bâtiments en pierre s'étaient effondrées dans la rue, mais le hasard avait voulu que les décombres ne recouvrent pas la plaque. Tania s'extirpa du boyau, s'allongea à plat ventre sur les débris, aspira de longues goulées d'air. N'entendant que des détonations lointaines, elle pencha la tête dans le trou et appela à voix basse :

— Fedya… Monte.

Il sortit à son tour, respira profondément. Tania le trouva repoussant dans les sous-vêtements de Youri. Il portait encore ses bottes militaires mais elle espérait que son état de saleté découragerait un examen attentif. Elle se regarda, remarqua qu'elle était couverte comme lui d'une croûte brune. Une jeune femme enrobée de merde.

Ils grimpèrent tous les deux sur un tas de briques. Au nord, des soldats allemands, gamelle en main, faisaient la queue devant la tente d'un mess. Fedya se raidit, parut prêt à se jeter de nouveau dans les gravats. Tania lui souffla de ne pas bouger.

— Pas de mouvements brusques. Nous sommes derrière les lignes ennemies. Nous ne devons ni courir ni ramper. Il faudra traverser en marchant normalement.

— Tania, c'est de la folie, plaida-t-il en lui prenant la main.

Elle se libéra, descendit du tas de briques en soulevant un nuage de poussière et fit signe à Fedya de le rejoindre. Comme il demeurait immobile, les bras ballants, elle lui lança :

— Il faut bien qu'on mange. Je suis épuisée, je meurs de faim. Nous ne retrouverons peut-être pas une aussi belle occasion… (Il restait planté sur la pile de débris.) Ils ne sauront pas que nous sommes de l'armée russe, argua-t-elle. Nous ne portons pas d'armes, nous marchons à découvert. Ils te prendront pour un pauvre ouvrier du coin qui revient d'une corvée de latrines et qui s'arrête un moment pour casser la croûte.

— Et toi ? rétorqua-t-il de son perchoir.

— Moi ? Ils s'imagineront que je suis une putain qui t'aide en échange d'un repas. Peu importe, ils peuvent bien croire tout ce qu'ils veulent. Tant que nous n'ouvrons pas la bouche…

Résigné, Fedya écarta les bras, descendit d'un pas prudent.

— Tu es le diable en personne, marmonna-t-il. Tu le sais, ça ?

— C'est bien possible. Allez, viens. Et pas un mot.

Ils s'avancèrent, prirent place au bout de la queue. Des soldats impatients frappaient leur assiette de leurs couverts. Ils ont l'air de se sentir en sécurité, nous devons être loin derrière leurs lignes, raisonna Tania.

La file progressa. Tête baissée, Fedya fixait la pointe de ses bottes, encore boueuses et maintenant couvertes de poussière. Il a plus l'air d'un paysan que d'un poète de Moscou, pensa-t-elle.

— *Was im Himmel !*

Un nazi se pinça le nez de dégoût, s'approcha de Fedya et le chassa de la queue, fit signe aussi à Tania de déguerpir. Ils reculèrent, attendirent que le dernier soldat eût disparu sous la tente du mess pour y pénétrer à leur tour, l'air servile. Le cuisinier leur tendit une assiette à chacun, la remplit de choucroute, ajouta une saucisse.

— Allons manger dehors, murmura Fedya en s'éloignant.

— Non, il ne faut pas attirer l'attention.

— L'attention ? On pue comme des chameaux. Comment veux-tu qu'on n'attire pas l'attention ?

Elle le fit taire et traversa la tente où une centaine de nazis étaient en train de manger. A chaque table, les têtes se tournaient sur leur passage, des doigts se portaient précipitamment à un nez plissé.

Ils trouvèrent une place, s'assirent et commencèrent à engloutir la nourriture, effrayés à la pensée qu'ils pouvaient se faire jeter dehors avant d'avoir pu apaiser leur faim.

Ils n'avaient qu'à moitié fini quand un officier s'approcha et s'adressa à eux à travers le tissu du mouchoir qu'il tenait délicatement sous son nez. Tania et Fedya se levèrent. Pas assez vite sans doute au goût de l'Allemand, qui abaissa le mouchoir et détacha de son ceinturon une cravache en cuir. Il en cingla les épaules de Fedya. Ecarlate, l'Allemand frappa de nouveau sous les applaudissements et les rires des soldats puis se pencha au-dessus de la table et abattit la cravache sur la tête de Tania. Fedya le repoussa en criant :

— Laisse-la, *prostituta* !

Quand il eut recouvré l'équilibre, l'officier remit lentement la cravache sous son ceinturon, ouvrit l'étui de son pistolet avec un mince sourire. Il fit un pas en arrière, dégaina d'un geste spectaculaire, parcourut des yeux la tente silencieuse où une centaine de visages attendaient, impassibles. Prenant leur silence pour un accord tacite, il braqua l'arme sur le cœur de Fedya.

— *Da vidanya, Russ*, dit-il.

Un bruit de casseroles dans la cuisine lui fit tourner la tête. Un petit homme grassouillet en tablier graisseux se ruait vers lui en glapissant :

— *Halt ! Halten Sie, bitte !*

Il trottina le long des rangées de soldats assis, se plaça devant Tania et Fedya, bras écartés, une main tenant encore une cuillère en bois.

Dans un allemand bredouillant, le cuisinier implora l'indulgence de l'officier, montra les deux intrus crottés puis lui-même. Le nazi baissa son arme, se mit à vociférer. Le petit homme rond se dandina en tortillant le bas de son tablier sale puis se redressa soudain et frappa Fedya à la poitrine de sa cuillère en bois. De l'autre main, il tira l'oreille de Tania, la fit se retourner et lui botta les fesses, les poussa, elle et Fedya, vers la cuisine en les sermonnant en russe. Par-dessus son épaule, il remercia à profusion l'officier :

— *Danke. Dank schön, mein Herr. Danke.*

Sans cesser de jurer, il leur fit traverser la cuisine jusqu'à une petite cour encombrée de poubelles. Dès qu'ils furent dehors, sa colère tomba et il leur demanda dans un murmure :

— Vous êtes qui, vous ? Qu'est-ce que vous fabriquez dans mon mess ?

— Et toi ? riposta Tania. Qu'est-ce que tu fabriques, à donner à manger aux Allemands ? Sale *hiwi* !

Fedya s'interposa.

— Tania, il vient de sauver ta peau ! Et la mienne. Tu pourrais au moins lui témoigner un peu de gratitude...

— De la gratitude ? Ce porc fait la cuisine pour ces salauds ! Il est pire qu'eux. C'est un traître ! Un collabo !

Fedya posa les mains sur les épaules de la jeune femme.

— A partir de maintenant, c'est moi qui prends la direction des opérations. Toi, tu suis, d'accord ? Je vais nous sortir de là. Toi, tu nous ferais tuer. Maintenant, tu te tais.

Elle prit sa respiration pour parler des *hiwis* que son groupe de partisans avait capturés et exécutés, des pancartes qu'ils avaient clouées sur la tête des traîtres pour dissuader les autres de collaborer avec l'envahisseur. Mais, au moment où elle commençait à remuer les lèvres, Fedya la secoua durement. Elle se tut, enfonça les poings dans ses poches et jeta un regard noir au félon.

— Merci, dit Fedya en tendant la main au cuisinier. Tu nous as sauvé la vie. Qu'est-ce que tu as raconté aux Allemands ?

— Que vous êtes deux paysans russes travaillant pour moi. Je vous ai envoyés nettoyer les chiottes et vous êtes tombés dedans.

Fedya se tourna vers Tania.

— Pas mal, son histoire, non ? Il réfléchit vite.

— Putain d'*hiwi*, fit-elle entre ses dents.

Fedya revint au cuisinier.

— Ne t'occupe pas d'elle. Tu peux nous trouver des vêtements ?

— Non. Qui vous êtes ? Comment vous êtes arrivés ici ?

— Nous sommes de la 284e division. Notre bateau a coulé. Une fois à terre, elle nous a fait traverser les égouts.

— Et tu l'as suivie ? dit le cuisinier, menaçant la jeune femme de sa cuillère.

Tania fit un pas vers lui, Fedya la retint mais prévint l'homme d'un ton calme :

— A ta place, je ne ferais pas ça.

Le cuisinier laissa retomber sa cuillère.

— Tu peux nous donner encore à manger ?

— Bien sûr. (Il se dirigea vers la cuisine, s'arrêta sur le seuil.) Je vous apporte ça dehors.

Fedya se tourna vivement vers Tania.

— Mais qu'est-ce qui te prend ? Comment peux-tu traiter ainsi quelqu'un qui vient de te sauver la vie ?

— Il aide les Allemands !

— Ce n'est qu'un petit cuistot de rien du tout. Qu'est-ce que tu sais de lui ? Ils retiennent peut-être sa femme et ses enfants en otages. Ce n'est peut-être qu'un pauvre type mort de trouille qui se retrouve pris là-dedans malgré lui et ne demande qu'à s'en sortir vivant !

Tania s'assit sur le couvercle d'une poubelle métallique.

— Si c'est un lâche, il faut le fusiller.

Fedya croisa les bras. Elle fixa un moment ses yeux bleus en songeant : Moi aussi, je veux m'en sortir. Moi aussi je veux vivre. Mais je suis déjà morte. Les Allemands ont pris ma vie ; ils ont pris mon pays et mes grands-parents. Il ne me reste qu'un corps sans âme, et j'ai juré de me battre contre eux jusqu'à ce que ce corps s'effondre, brisé. Moi, Fedya, Youri, ce cuisinier, la Russie : nous sommes tous morts. Il n'y a que la lutte qui puisse nous faire revivre.

Fedya décroisa les bras, les tendit vers elle.

— Nous ne sommes pas tous aussi courageux que toi.

Il la tint contre lui ; elle laissa sa tête s'appuyer un instant sur sa large poitrine puis s'écarta.

— Tu pues.

Le cuisinier revint avec deux assiettes fumantes de choucroute agrémentée d'un épais hachis brun, les posa sur une poubelle.

— On se bat surtout par là, déclara-t-il en indiquant un horizon dévasté. Le front est à trois kilomètres d'ici. De l'autre côté, c'est la Volga. N'y allez pas, il y a des patrouilles.

Il regarda Fedya, hocha la tête et l'écrivain lui répondit de même. Les yeux du petit homme obliquèrent vers Tania, sans être sûrs de la réaction qu'ils trouveraient.

Sa poitrine flasque tremblotait sous le tablier. Au bord des larmes, il écarta les bras.

— Vous pouvez pas comprendre, geignit-il.

— Personne ne peut, dit Fedya à la place de la jeune femme.

Le cuisinier s'essuya le nez d'un revers de manche et retourna à ses fourneaux. Fedya et Tania nettoyèrent leurs assiettes, passèrent de l'autre côté du mur de la cour et partirent à la recherche des lignes russes. Il y avait peu de mouvement dans les rues. Des soldats allemands patrouillaient ; dans les trous béants des murs, on avait installé des mitrailleuses protégées par des sacs de sable. De petites troupes de sans-abri en haillons erraient tels des somnambules parmi les ruines calcinées, étrangement calmes. Ils fouillaient les décombres pour y dénicher des vêtements, des ustensiles qui les aideraient à survivre à l'holocauste de leur ville. Les Allemands laissaient ces fantômes mortels tranquilles. Tania et Fedya espéraient qu'ils n'attireraient pas davantage l'attention.

Elle lui conseilla, s'ils tombaient sur une patrouille soupçonneuse, de feindre l'arriération mentale, de grommeler, la bave aux lèvres. Elle, elle expliquerait par gestes aux soldats que l'asile avait été détruit et que le grand gaillard qu'ils voyaient là n'était qu'un de ses inoffensifs pensionnaires. Elle l'avait trouvé dans la rue et le conduisait aux Russes pour qu'il soit évacué vers l'arrière. Ils étaient couverts de merde parce qu'ils étaient tombés dans un conduit éventré, ou dans une fosse. Si Fedya jouait convenablement le taré, les Boches marcheraient. En tout cas, il faudrait se contenter de ce plan jusqu'à ce qu'elle en concocte un meilleur.

— Mais ne t'en fais pas, ils ne nous arrêteront pas, assura-t-elle. Nous n'avons pas d'arme, nous ne nous cachons pas. Et nous sommes couverts de merde, n'oublie pas.

— C'est vrai, je n'y pensais plus. Je crois que je vais rester comme ça jusqu'à la fin de la guerre. C'est encore mieux que porter une armure, non ?

Dans l'après-midi, ils croisèrent une patrouille dont les soldats couraient en faisant claquer leurs lourdes bottes. Tania poussa un juron furieux en dialecte biélorusse tandis que Fedya gloussait comme un demeuré. Un des Allemands les regarda, plissa le nez. La patrouille pénétra dans un bâtiment par un trou d'obus, disparut dans un escalier.

Devant eux, de l'autre côté d'un boulevard désolé, s'étendait un dépôt de chemin de fer où des rails tordus dessinaient des arabesques entre les wagons couchés sur le flanc. A droite des voies, ils avisèrent un bâtiment de cinq étages long d'une centaine de mètres. Au-dessus des fenêtres brisées, des traces de suie indiquaient qu'il avait brûlé de l'intérieur. Des chars allemands noircis semblaient avoir été arrêtés dans leur élan. Tania estima que huit cents mètres environ la séparaient du point le plus proche du bâtiment.

Elle regarda l'immeuble dans lequel la patrouille allemande s'était engouffrée. Des canons de fusil hérissaient plusieurs fenêtres, donnant toutes sur les voies ferrées.

C'est le front, pensa-t-elle. Le no man's land.

D'un coup d'œil, elle vérifia la position du soleil. Ce serait trop dangereux d'essayer de traverser en plein jour. Ils risqueraient de se retrouver entre deux feux, d'être pris pour des déserteurs ou des espions par chacun des deux camps. De l'autre côté du boulevard, Tania remarqua un abri de cheminot, tira Fedya par la manche

— Nous allons attendre la nuit dans cette cabane et nous traverserons les voies quand il fera noir. (Elle pointa l'index vers le bâtiment de cinq étages.) L'Armée rouge est là-bas.

Il regarda dans la direction indiquée.

— Comment tu le sais ?

Elle se mit à marcher vers l'abri, agita le pouce par-dessus son épaule, entendit les claquements des trépieds de mortier qu'on mettait en place.

— Les Boches le savent, eux.

Derrière la porte en bois de la cabane, des étagères vides ne supportaient plus que des éclats de verre et de la poussière. Des vis, des tire-fond graisseux jonchaient le sol. Les fenêtres étaient brisées, mais le toit demeurait intact.

On avait poussé contre un mur un sommier métallique et un matelas, couvert lui aussi de débris de verre et de poussière. Tania le retourna, révélant une toile bleue rayée de gris avec des taches rousses. L'air sentait l'huile et le renfermé. Elle battit le matelas du plat de la main, souleva un nuage de poussière qui la fit reculer.

— Des rideaux, quelques pots de fleurs aux fenêtres, suggéra-t-elle à Fedya resté sur le seuil. Un potager pour avoir des légumes frais.

— Tout à fait confortable, approuva-t-il en allant s'asseoir sur le lit. Une chaumière de poète près de la voie ferrée. Les trains m'ont toujours inspiré...

Tania vint se planter devant lui.

— Enlève ces sous-vêtements. Ils empestent et ils me font penser à ce pauvre Youri.

Elle tira sur le maillot durci par une croûte d'excréments. Fedya leva les bras pour lui faciliter la tâche et elle jeta le vêtement par la fenêtre.

— Les bottes, tu peux le faire toi-même.

Fedya se baissa pour les ôter cependant que Tania enlevait sa tunique et la lançait dans un coin. Dessous, elle portait une blouse en lin grossier couleur paille. Des taches de sueur assombrissaient les aisselles et le col. Elle entreprit de la déboutonner.

Fedya releva la tête et elle sentit son regard se porter sur la pointe de ses seins.

— Tu, euh, tu as l'intention d'enlever ta blouse ?

— Oui, répondit-elle. (Elle défit le premier bouton, le deuxième.) Nous ne pouvons pas bouger d'ici avant la nuit. Je suis fatiguée ; toi aussi, sûrement. Le mieux, c'est de dormir.

Elle s'assit à côté de lui, se laissa rebondir sur le sommier, dont les ressorts grincèrent. Le regard tourné vers les voies ferrées, Fedya s'inquiéta :

— Et si quelqu'un vient ? Il vaudrait mieux ne pas dormir en même temps, tu ne penses pas ?

— La seule qui va te déranger, c'est moi, répondit-elle en se baissant pour ôter ses bottes.

Elle les envoya rejoindre sa tunique puis passa un bras derrière Fedya et promena une main sur son large dos. Il se pencha en avant, les coudes sur les genoux, la laissa masser les muscles de ses omoplates.

— Ah, murmura-t-il en fermant les yeux. C'est formidable. Après la journée qu'on a eue...

Elle laissa sa main retomber ; il ouvrit les yeux, tourna vers elle un regard perplexe.

— Qu'est-ce que j'ai dit de mal ?

Elle secoua lentement la tête.

— Aujourd'hui... Aujourd'hui, ce n'était rien.

Tania tira ses cheveux en arrière pour révéler son visage dans sa totalité. Elle ne savait pas si Fedya pourrait lire ce qu'il y avait dans ses yeux. Etait-ce visible ? Pourrait elle jamais le lui montrer, ou l'exprimer ? Les mois passés à fuir, à se battre, à tuer et à survivre ? Survivre pour quoi ? Pour connaître d'autres années marquées au fer de la guerre ? Pour tourner les pages d'autres calendriers, célébrer sans répit des anniversaires de haine et s'acheminer vers sa propre mort ? C'était son lot, c'était ce qui l'attendait. Même si elle survivait à Stalingrad, elle ne pourrait jamais s'en échapper. Cette ville la suivrait même si elle retournait un jour dans la belle Amérique.

Il lui prit la main, cligna les yeux. Une larme apparut au bord d'une de ses paupières rougies.

— C'est ce que nous disent les *zampolit*, poursuivit-elle. Le NKVD, l'*Etoile rouge*, le Parti : de quelque côté qu'on se tourne, le message est le même. Vous êtes morts. Vous n'avez plus de vie. Les Allemands l'ont prise. Ils l'ont foulée aux pieds.

Elle prit le visage de Fedya entre ses mains, l'approcha d'elle, l'embrassa. Les yeux clos, elle entendit sa propre respiration s'accélérer, murmura sous la force du baiser. Tout le long de son corps, ses sens éveillés attendaient la caresse de Fedya, sur ses seins, entre ses cuisses. Elle sentit sur ses lèvres un goût de sel, un goût de larmes, mais n'aurait su dire si c'étaient les siennes ou celles de Fedya.

Elle déplaça sa bouche vers le haut, aspira une lèvre de l'écrivain entre ses dents. Il soupira.

— Nous ne sommes pas vivants, Fedya, dit-elle dans un souffle. Nous ne sommes plus dans nos corps, même si nous les sentons...

Cherchant de nouveau sa caresse, elle prit une de ses mains et la posa sur sa poitrine, lui fit presser la pointe d'un sein entre ses doigts.

— Fais-moi l'amour, Fedya.

Les mains de l'homme étaient sur elle, maintenant, sur sa poitrine, sur son ventre. Une chaleur s'épanouit dans ses reins.

— Tania, non.

Déconcertée, elle ouvrit les yeux, vacilla, se raccrocha à ses épaules.

— Non, répéta-t-il. Ce n'est pas...

Elle laissa ses bras retomber.

— Ce n'est pas quoi ? Qu'est-ce qu'il y a ?

Il se leva du lit, s'approcha du mur. Elle s'assit à sa place sur le sommier grinçant.

— Fedya, qu'est-ce qu'il y a ? insista-t-elle.

Il frotta le bas du mur de son pied sans répondre.

Tania changea de position sur le lit, qui grinça de nouveau. Elle songea avec agacement aux gémissements qu'ils auraient pu arracher à ce fichu sommier.

— Bon, si tu préfères parler à ce mur... maugréa-t-elle. Monte la garde si ça te chante, moi, je dors.

Fedya se retourna, s'adossa au mur.

— Ce n'est pas bien. Nous ne devons pas faire ça.

— Faire quoi ? L'amour ? Ici ? Sur un champ de bataille ? C'est sacré, un champ de bataille ? (Elle regarda par la fenêtre un monde dévasté.) Où pourrions-nous le faire ailleurs ? Nous n'avons plus que ces ruines.

Il vint se planter devant elle.

— Je ne suis pas d'accord. Je ne pense pas comme toi que je suis mort, que je n'existe pas. Toi, on dirait que tu te fiches de ce qui t'arrive, qu'il ne reste plus rien à tuer en toi... (Il tendit le bras en direction des lignes ennemies, poursuivit.) Les risques que tu prends ! Sur la péniche, il a fallu que tu te mettes à l'endroit le plus dangereux. Pas question de te faire bouger. Ensuite, après trois heures dans l'eau et six dans les égouts, tu m'entraînes sous une tente pleine de nazis. Tu injuries une patrouille allemande... en ukrainien ou je ne sais quoi. Et tout ce que tu trouves en guise de précautions, c'est me demander de balbutier comme un crétin si nous nous faisons arrêter. Génial, comme plan ! Tous les Américains sont aussi fous que toi ?

En le regardant aller et venir, agiter les bras, elle résista au sourire qui commençait à étirer les coins de sa bouche. Il avait raison, bien sûr. Cher Fedya, il ne perd jamais son charme. Même dans l'égout, effrayé par le noir et la merde. Même ici, effrayé par moi. Parcourant en trois enjambées la distance d'un mur à l'autre, il levait les bras au ciel avant de repartir dans l'autre sens.

Une oie gigantesque et furieuse, pensa-t-elle, baissant la tête pour cacher son sourire.

— Je crois que tu ne réfléchis pas, lui assena-t-il. Tu te comportes comme si tu étais invisible. C'est peut-être très bien pour toi, mais tu oublies que je suis derrière et que je n'ai pas envie de me faire tuer sous une tente allemande ! On n'a pas droit à une médaille pour ça ! (Il roula des yeux, leva de nouveau les bras.) Vivement cette nuit ! s'exclama-t-il. Enfin je vais pouvoir ramper derrière toi dans un no man's land probablement bourré de mines en me demandant par qui j'ai le plus de chances de me faire descendre, les Russes ou les Allemands ! Mais d'abord, il faut faire l'amour, c'est sur le menu, ça n'a aucune importance. Non, ce n'est pas bien, Tania. On ne peut pas se conduire comme si plus rien ne comptait...

Il baissa enfin les bras, s'agenouilla près d'elle, secoua la tête.

— Je n'étais pas prêt pour ça, je crois, reprit-il. J'ai rejoint l'Armée rouge parce que Staline le demandait, parce que, soyons francs, c'était le seul choix possible. J'ai suivi l'instruction pendant quatre semaines et on m'a fait monter dans un train. J'ai fini par traverser la Volga à la nage, accroché à un morceau de bateau. Je ne suis pas comme toi, je n'ai pas choisi de faire la guerre. Je n'ai pas vécu un an avec les partisans. Tout me fait peur. La mort de Youri dans le conduit, cette tente pleine d'Allemands... Tu te trompes, la journée a été dure. Et elle m'a flanqué la trouille. (Il détourna les yeux, passa un doigt derrière son oreille.) Je n'ai pas l'habitude de tout ça. Toi, peut-être, pas moi.

Elle l'attira vers le lit, lui prit la main et la posa sur le haut de ses cuisses. Elle pencha la tête, lui chatouilla la joue avec ses cheveux.

— Et de ça, tu as l'habitude ? murmura-t-elle, pressant la main de Fedya contre ses cuisses.

— Je suis de Moscou. C'est la seule chose qu'on connaisse un peu, là-bas.

— Moi, je viens de Minsk, fit-elle d'une voix rauque. Là-bas, on ne vit pas comme dans une grande ville. Si tu m'apprenais des choses, pour changer ? Vas-y, Fediouchka, montre-moi, murmura-t-elle dans l'oreille proche de ses lèvres. Je reprendrai le commandement dans le champ de mines.

— Le champ de mines ? Trop tard. J'y suis déjà.

Fedya se trompait : le dépôt n'avait pas été miné. Rampant dans le noir, Tania tendait devant elle ses doigts écartés, cherchant un détonateur, une petite tige noire dépassant de la terre d'un centimètre. Elle n'en trouva pas.

Elle avança aussi droit que le terrain le permettait, s'arrêta derrière la carcasse d'un tank allemand. L'une de ses chenilles avait été endommagée par un fusil antichar, preuve supplémentaire, aux yeux de Tania, que l'Armée rouge occupait bien le bâtiment d'en face. Sinon, les Allemands l'auraient remorqué pour le réparer.

Ils se reposèrent un moment sous le char, immobilisé à quatre cents mètres du bâtiment. Ce n'était pas franchir cette distance qui préoccupait Tania. La nuit était sombre et tranquille ; aucune fusée n'éclairait le ciel et il y avait quantité de décombres derrière lesquels s'abriter. Mais elle savait qu'il y avait des yeux derrière et devant elle, que des regards fixaient le dépôt avec méfiance et haine, guettant le moindre mouvement. Elle s'inquiétait surtout pour le premier contact avec les Russes. Tapis dans les tranchées, ils gardaient leur forteresse contre ceux qui tentaient de s'y infiltrer la nuit. Comme Fedya et elle.

Tania demeura sans bouger jusqu'à ce qu'elle eût

recouvré ses forces. La respiration de Fedya redevint régulière bien avant la sienne. Il est fort, pensa-t-elle en se rappelant leur étreinte sur le matelas poussiéreux.

Elle roula hors de leur abri, entraînant Fedya derrière elle. Passant sur d'autres voies, sous plusieurs wagons, ils parvinrent à moins de soixante-quinze mètres du bâtiment. Fedya se porta à sa hauteur.

— Et maintenant ? chuchota-t-il.

— Je ne sais pas.

Il roula des yeux dans le noir, se prit la tête à deux mains.

Tania inspecta le bâtiment et le terrain, chercha des bosses et des monticules révélant les défenses russes qu'elle savait s'y trouver. Alerter les sentinelles dans le noir serait fatal. Se faire surprendre dans le no man's land au lever du jour avant de se faire identifier comme des Russes entraînerait aussi une mort certaine.

— Reste là, dit-elle à Fedya.

— Quoi ? Où tu vas ? demanda-t-il en se redressant.

Elle lui rabattit aussitôt la tête.

— Baisse-la si tu tiens à la conserver.

Elle se mit debout, leva les bras bien haut.

— *Nicht schiessen !* cria-t-elle en avançant. *Nicht schiessen, bitte !*

Pas tirer !

Le silence de la nuit fut brisé par des claquements de culasse. Tania savait que des fusils étaient braqués sur son cœur.

— *Nicht schiessen !*

Des voix russes s'élevèrent des ruines, à une vingtaine de mètres d'elle.

— Qui va là ? Identifiez-vous !

Elle prit sa respiration pour répondre : « *Ya Russkaya* » mais, à la dernière seconde, elle changea d'idée :

— *Nicht schiessen, bitte*, répéta-t-elle.

Une forme sombre bondit du sol, courut vers elle. Le

soldat rabattit brutalement un des bras levés de Tania, la saisit par le poignet. Elle se laissa entraîner jusqu'au bord de la tranchée, bascula dans le trou.

Une botte la fit rouler sur le dos, le canon d'une arme s'enfonça dans son cou, la fit hoqueter.

— T'es qui, toi ? demanda une ombre.

— Parle, enjoignit une autre.

— *Spreche !* fit une voix chargée de colère.

Tania se garda bien de bouger. Seules ses lèvres remuèrent.

— Je suis russe. J'appartiens à la 284e. Mon bateau a coulé en traversant la Volga. Nous avons dérivé derrière les lignes.

Le canon pressa plus fort la chair de sa gorge ; elle sentit des mains la fouiller, tâter ses bras et ses jambes pour voir si elle portait une arme.

— Comment ça se fait que tu parles allemand ?

— J'étais avec les partisans, en Biélorussie. Il fallait bien connaître un peu d'allemand.

La pression du canon se relâcha. Tania respira à fond, s'éclaircit la voix :

— C'est pas comme vous ici, qui passez votre temps à dormir pendant les gardes et à malmener les femmes...

Un des soldats s'esclaffa. Cette fois, le canon s'écarta pour de bon.

— La 284e, tu dis ?

— Oui. Sous le commandement de Batiouk.

Elle entendit quelqu'un renifler.

— Bon sang, c'est quoi, cette odeur ?

— De la merde. J'en suis couverte. C'est une longue histoire.

— Ça, tu peux le dire, fit le soldat en l'aidant à se lever. Désolé, on savait pas qui t'étais. Comme tu gueulais en allemand, on a cru à une infiltration.

Tania regarda les trois hommes. Elle s'attendait à ce traitement brutal.

— Si j'avais été un ennemi cherchant à infiltrer vos lignes, j'aurais crié en russe ou en allemand ?

— En russe, répondirent deux des sentinelles après un temps de réflexion.

Le troisième approuva de la tête et Tania sourit : elle avait vu juste. J'ai pris des risques, se dit-elle. Fedya va encore me faire la leçon.

Elle expliqua aux sentinelles qu'elle avait laissé quelqu'un dans les ruines et appela :

— Fedya, tout va bien ! Viens, on les a trouvés !

Il rampa jusqu'à la tranchée, fut fouillé dès qu'il tomba au fond. Sans s'approcher de lui, elle le salua de la tête.

— Camarade Mikhaïlov.

— Camarade Tchernova, répondit-il.

Souriant, il serra la main des soldats, les remercia de ne pas avoir tiré sur lui.

— Beau travail. Excellent.

— On pourrait avoir des vêtements propres ? réclama Tania. Et à manger ?

— Pour les vêtements, faudra attendre demain, répondit un des soldats. On peut pas quitter notre poste. Pour ce qui est de manger…

Il tira de sa veste une flasque de vodka qu'il tendit d'abord à Fedya.

— Bienvenue à Stalingrad.

8

— Debout, tout le monde. On y va !

Viktor Medvedev pénétra dans le vaste atelier. Trente soldats sautèrent des poubelles, caisses et tonneaux sur lesquels ils étaient assis. Les hauts murs de pierre du sous-sol rosissaient sous la lumière de l'aube. Autrefois atelier d'usinage pour l'entreprise de produits chimiques Lazur, la salle avait perdu ses lourdes machines, évacuées de l'autre côté de la Volga au début de l'été, et montrait à présent une étendue grise de sol nu. Comme tous les grands bâtiments de Stalingrad, Lazur avait été réduite à une masse d'acier et de briques calcinées par les bombardements de la Luftwaffe, jusqu'à ce que plus rien ne puisse brûler ou tomber. L'Armée rouge s'était enterrée dans les gravats de l'usine et les ruines du dépôt qui l'entourait. Le sous sol était demeuré intact sous les poutrelles et les murs effondrés. Le froid de ce matin de fin octobre entrait par les fenêtres brisées, percées presque au niveau du sol. La salle était silencieuse, comme si le vide dévorait tout bruit.

Les trente soldats qui se tenaient devant Viktor étaient les premiers volontaires de la 284e pour l'unité de tireurs d'élite. Le commissaire Igor Danilov avait précisé au Lièvre et à l'Ours qu'il souhaitait limiter la première promotion de l'école à des hommes de sa propre division afin d'encourager d'autres unités à prendre des initiatives semblables.

La plupart des volontaires avaient lu des articles sur l'unité et les exploits de l'adjudant-chef Zaïtsev dans la feuille *Pour la défense notre pays*, publiée deux fois par semaine par les communistes à l'intention des défenseurs de Stalingrad.

Viktor écrasa sa cigarette et commença :

— Vous êtes tous ici pour un seul objectif. Devenir des tireurs isolés et tuer des Boches... (L'Ours leur montra un fusil à lunette.) Quelle que soit l'expérience que vous ayez eue jusqu'à maintenant, vous battre dans cette unité sera totalement différent. Il vous faudra des qualités bien supérieures à celles d'un fantassin. Il vous faudra plus d'intelligence et de discipline. Vous ne serez plus un soldat parmi un millier d'autres qui ne font que ce qu'on leur ordonne. Comme tireur isolé, vous devrez prendre des initiatives. Réfléchir, bouger, agir. Sinon, vous vous ferez descendre, je peux vous le garantir. (Il fit un pas vers la rangée de devant.) Cette unité sera la première en son genre. Jusqu'ici, les tireurs embusqués russes formaient un groupe courageux mais mal organisé et inefficace. Nous avons bien servi, nous pouvons servir mieux. Dans les jours qui viennent, vous apprendrez à traquer votre adversaire. A le tuer dans sa tanière, avec l'effet terrorisant du silence et de la distance. Vous le frapperez dans les moments où il sera le plus vulnérable : quand il allume la clope du matin, quand il pisse un coup, quand il enfourne les haricots et la viande de cheval du soir dans sa bouche. Vous le tuerez quand il commettra le plus petit faux pas. A chaque instant, il sera hanté par la peur. La peur de porter sur lui la marque silencieuse de votre réticule. Il ne saura pas quand viendra la balle qui lui est destinée, mais il saura qu'il n'y a plus un endroit sûr pour lui en Russie. Voilà votre boulot. (Montrant la lunette, il poursuivit :) Cet instrument vous fera voir votre proie de près. Vous observerez l'ennemi pendant des heures, pendant des jours, même. Vous verrez son visage, vous verrez ses dents. Vous verrez sa tête exploser...

Il s'assit sur une caisse vide, posa l'arme en travers de ses genoux, comme un aviron quand on cesse de ramer.

— Ce genre de truc demande de la patience et du sang-froid, enfin. Vous connaîtrez l'homme à qui vous logerez une balle dans le crâne.

Zaïtsev franchit la porte de l'atelier en faisant résonner ses bottes sur le béton. Fixant les nouvelles recrues, il continua l'examen qu'il avait entamé depuis le seuil de la salle en écoutant les remarques d'introduction de Viktor. Il connaissait déjà six des hommes assemblés : Baugderis, Tchekov, Shaïkine, Griasev, le géant, Kostikev et le petit Koulikov. Il leur avait demandé personnellement de rejoindre l'unité après les avoir observés au combat. Il avait vu Baugderis, Shaïkine et Tchekov pour la première fois alors qu'il chassait sur le Mamayev Kourgan. Les trois garçons de ferme de Tbilissi, en Géorgie, abattaient calmement des nazis à deux cents mètres de distance avec des fusils sans lunette. Viktor avait découvert Griasev – mammouth aux bras comme des marteaux piqueurs – à l'usine de tracteurs, où il jetait des grenades à cinquante mètres avec une précision stupéfiante. Kostikev était un Sibérien de la compagnie de Zaïtsev. Aussi doué pour manier le poignard que le fusil, il montrait au combat un calme que Zaïtsev n'avait jamais vu. Enfin, le Lièvre avait passé des heures au Barricades à regarder le minuscule Nikolaï Koulikov ramper une douzaine de fois sous le feu de l'ennemi pour ravitailler une escouade bloquée dans une tranchée.

Cette première fournée de volontaires semblait aguerrie. Les tailles de ses membres s'étageaient de l'énorme Griasev à une petite Arménienne indolente, l'une des deux femmes du groupe.

— Je suis l'adjudant-chef Vassili Zaïtsev, votre instructeur. Je suis secondé par l'adjudant Viktor Medvedev. (L'Ours leva sa cigarette.) Et bien entendu par le commissaire Danilov.

Le Lièvre sourit au *zampolit*, mais celui-ci, qui griffonnait sur son cahier appuyé contre le mur, ne releva pas la tête.

— L'instruction durera trois jours, reprit Zaïtsev. Aujourd'hui, nous discuterons d'armes, d'expérience du combat et de tactique. Demain, on vous apprendra à viser et à tirer avec un fusil à lunette. Le troisième jour, vous serez envoyés en mission. Ceux qui reviendront seront affectés à leur compagnie comme tireurs d'élite. (Zaïtsev pivota sur ses talons.) Viktor.

L'Ours se leva de sa caisse, prit deux fusils munis de lunettes télescopiques. Il s'approcha des recrues, posa une des armes par terre.

— Quand vous êtes arrivés ce matin, on vous a dit de laisser vos vieux flingots dans le couloir. Ils seront remis à l'infanterie, vous en recevrez de nouveaux ce soir.

Medvedev scruta les visages des soldats ; aucun ne détourna les yeux : l'Ours captait l'attention.

— Paraît que deux d'entre vous sont carrément venus sans armes, reprit-il. Ils doivent être sacrément dangereux, comme combattants...

Le groupe rit avec son instructeur, qui leur montra le fusil qu'il avait gardé.

— Voilà l'arme de l'ennemi. Le Mauser Kar 98 K. Il est équipé d'une lunette à grossissement 4 et tire des balles de 8 mm. C'est une saloperie qui peut vous tuer.

Viktor épaula, visa presque instantanément un volontaire situé à dix mètres de lui. L'homme sursauta, se ressaisit. Le visage de l'Ours se rida.

— Optique médiocre, champ de vision limité, commenta-t-il. La lunette a un réticule en croix, ce qui d'après moi accentue l'impression de flottement. L'équilibre est lamentable et il s'enraye.

Il pressa la détente, le percuteur claqua. Aussitôt, sans éloigner la crosse de sa joue, il actionna la culasse comme pour faire monter une autre balle dans la chambre.

— La culasse est bien placée, juste au-dessus de la détente, ça permet de recharger rapidement. Un soldat nazi moyen tire deux fois en quatre secondes et demie avec ce flingot.

Viktor laissa tomber le Mauser, l'expédia du pied contre un mur, prit l'autre fusil et le tint à deux mains au-dessus de sa tête.

— Ça, c'est aussi l'arme de l'ennemi, dit-il en le faisant tourner comme un bâton. Le Moisin-Nagant russe, modèle 91/30, avec lunette à grossissement 4. Il tire des pruneaux de 7,62 mm, il est sûr en toutes circonstances, notamment par temps froid, et c'est l'arme préférée des tireurs d'élite, russes et allemands... (Les volontaires eurent un sourire que Medvedev ne leur rendit pas.) Votre boulot, c'est de pas mourir pour pas laisser ces fusils tomber aux mains de l'ennemi. Qu'ils continuent à se servir de leurs saloperies. Ça, c'est aux Russes. Compris ?

Viktor épaula, visa le même soldat qui, surpris de nouveau, eut un mouvement de recul et se redressa, l'air gêné.

— Optique excellente, avec un réticule en T, qui laisse ouvert le dessus du champ de vision. La lunette a un réglage interne d'azimut et de hausse. Elle est montée assez haut au-dessus du canon pour vous permettre de viser à l'œil nu à moins de cent mètres. Le fusil lui-même est bien équilibré et pèse quelques grammes de plus que le Mauser.

Viktor abaissa le Moisin-Nagant, sourit cette fois au première classe qu'il avait mis en joue.

— Bah, on est des Russes, on peut le porter.

Il braqua de nouveau l'arme sur le soldat qui demeura cette fois impassible. Viktor appuya sur la détente, actionna la culasse.

— Il a un défaut, reconnut-il, abaissant l'arme au niveau de sa poitrine. La culasse est trop avancée pour un tir rapide. En moyenne, un Russe tire deux balles en cinq secondes, cinq secondes et demie. Autant dire qu'il vaut mieux faire mouche au premier coup, parce que votre adversaire tirera la deuxième balle avant vous.

Il coinça l'arme sous son bras et conclut :

— Vous en recevrez tous un aujourd'hui. Vasha...

Zaïtsev se leva à son tour, troqua sa cigarette à moitié fumée contre le Moisin-Nagant, lança un coup d'œil à Danilov. Le commissaire demeurait penché sur son cahier. Le Lièvre soupesa le fusil, s'approcha du soldat que Medvedev avait pris pour cible. Avec cinq autres volontaires, il était assis sur un tuyau métallique.

— Comment tu t'appelles ?

Le soldat se leva à demi pour répondre, mais Zaïtsev lui fit signe de rester assis.

— Tchekov, mon adjudant. Anatoli Petrovitch.

Zaïtsev remarqua l'uniforme déchiré, les bottes crottées. Les yeux de l'homme n'exprimaient aucune frayeur.

— T'as été au feu ?

— Oui, mon adjudant.

— Tu chassais, dans le civil, Tchekov ?

— Je braconnais. En Ukraine.

Zaïtsev haussa les sourcils. Un braconnier ? Jamais j'aurais dû laisser Danilov définir lui-même les qualités requises chez un volontaire. Enfin, c'est pas le moment de juger.

Il hocha la tête, avança le long de la rangée, demandant aux hommes comment ils s'appelaient, s'ils chassaient. Ou braconnaient.

— Vasilchenko. Euh, oui, je braconnais un peu…

— Druiker, d'Estonie. J'aimais mieux pêcher, mais je sais me servir d'un fusil…

— Volyivatek. Des environs de Kishinev, en Moldavie. Je chassais tous les jours avant d'être mobilisé. J'étais le meilleur fusil de mon village…

— Slepkinian, d'Arménie, répondit une femme brune aux jambes épaisses. Mon mari est devenu invalide après un accident à l'usine, y a longtemps. J'ai dû apprendre à chasser pour nourrir mes enfants…

Des paysans, comme moi, pensa Zaïtsev. Tant mieux, ils sont habitués à la dure.

Il s'arrêta devant une blonde grande et mince, remarqua l'intensité de son regard. Ça, c'est pas une paysanne, devina-t-il.

— Tchernova, se présenta-t-elle.

Le grand type qui se tenait à côté d'elle déclina son identité avant même que Zaïtsev se soit éloigné de la fille.

— Mikhaïlov, Fedor Ivanovitch. De Moscou.

Le Lièvre les examina, les trouva propres et nets comparés aux autres.

— Vos uniformes sont neufs. Vous êtes arrivés quand à Stalingrad ?

Le jeune Moscovite se hâta de répondre, pour lui et la fille, apparemment :

— Il y a deux jours. Notre bateau a coulé en traversant la Volga. Nous… euh… (Il regarda droit devant lui.) Nos uniformes étaient…

— C'est vous qui êtes tombés dans la merde ?

Medvedev eut un petit rire en se frottant le front. Zaïtsev considéra le jeune homme, aussi massif que son ami Viktor.

— Ce genre d'histoires circule vite. C'est pas grave, vous avez été très courageux, tous les deux.

Il retourna au centre de la pièce, le Moisin-Nagant

sous le bras. Bon, c'est le moment de commencer à jouer au héros, décida-t-il.

— Avant tout, je voudrais vous dire quelque chose que le camarade Danilov n'a pas encore mis par écrit.

Le commissaire releva la tête comme un animal alerté par un bruit curieux. Il tourna une page de son cahier, se remit à écrire.

— Je veux que vous sachiez tous pourquoi j'ai accepté d'être votre instructeur, poursuivit le Lièvre. C'est parce que je vous considère comme ma revanche. Si je meurs au combat, c'est *vos* balles que je continuerai à tirer sur les nazis. Je les combattrai de ma tombe grâce à vous... (Il s'interrompit pour regarder les visages tendus des recrues.) Chacun de vous doit connaître sa raison personnelle d'être ici, comme je connais la mienne. Ça vous aidera à rester en vie.

Zaïtsev tendit le fusil au braconnier Tchekov et ajouta :

— Ça vous aidera à mourir en vendant chèrement votre peau.

Dans le silence qui suivit, on n'entendit plus que l'écho de la voix de Zaïtsev et le bruissement des pages du cahier de Danilov.

Le reste de la matinée fut consacré à ce que Zaïtsev et Medvedev appelaient « la pratique du terrain ».

Viktor présenta le sujet aux volontaires en termes simples : la pratique du terrain n'est rien d'autre que l'art de la chasse, jusqu'à l'instant où l'on presse la détente. Savoir se déplacer en silence et sans être vu, telles sont les qualités les plus importantes qu'un tireur isolé doit développer.

— L'œil, l'habileté au tir, ça s'améliore avec la pratique, mais manquer votre coup à trois cent cinquante mètres vous fera jamais tuer tant que l'ennemi sait pas où vous êtes...

« Stalingrad ne ressemble pas aux forêts ou aux champs de blé de chez vous. C'est un énorme tas de briques, de béton et de métal. Chasser les Boches à Stalingrad n'a rien à voir avec chasser les écureuils par chez vous. Les écureuils ne ripostent pas. Pour tuer et survivre dans cette ville, il vous faudra apprendre de nouvelles façons de vous déplacer et de vous cacher. Vous devrez apprendre à utiliser les ruines et les cratères de bombe, à courir avec la tête quasiment au niveau des genoux. A ramper en traînant votre arme dans un sac derrière vous. Pour choisir son chemin dans les décombres, il faut un œil perçant et de la patience. Surtout – et vous le savez peut-être déjà si vous êtes vraiment chasseur –, vous devrez rester sans bouger pendant des heures avant que l'occasion de tirer se présente. Si vous passez à l'action trop tôt, vous le ferez peut-être pour la dernière fois...

Medvedev et Zaïtsev firent monter les recrues du sous-sol au rez-de-chaussée de l'usine Lazur, où des pans de mur effondrés et des solives tombées du plafond s'enchevêtraient en une sorte de vaste terrain vague. Pendant quatre heures, les deux sous-officiers observèrent les volontaires rampant dans les décombres, tirant derrière eux un sac à fusil. Chaque fois qu'une tête ou une épaule apparaissait, Viktor s'écriait :

— Pan ! Mort, le Russe ! Baisse-toi, nom d'un chien !

Les soldats les moins grands parvenaient mieux à éviter de se faire repérer. Les plus costauds, comme Griasev ou le nouveau, Mikhaïlov, avaient du mal à se frayer un chemin. Pour mettre à profit ces différences et minimiser les risques, Zaïtsev divisa sa classe en deux équipes. Le groupe des « lièvres », placé sous sa férule, rassemblerait les soldats plus petits et plus minces, comme lui-même. Viktor aurait la responsabilité des

« ours », hommes corpulents qui mettraient plus de temps à apprendre à se déplacer, mais qui possédaient une force physique supérieure.

A la fin de la matinée, ils avalèrent un déjeuner de soupe, de pain et de thé. Les ours et les lièvres mangèrent en groupes séparés mais dans chacun d'eux circulèrent des bouteilles de vodka. Notes en main, Danilov rejoignit Zaïtsev.

— Camarade, dis-moi ce que tu penses de nos nouveaux héros ? demanda-t-il en lui offrant une cigarette.

— Les femmes, marmonna l'adjudant.

— Tu es opposé à ce que des femmes fassent l'école de tireurs d'élite ?

— Elles créeront des problèmes chez les hommes. Comme toujours.

— Essaie donc de leur apprendre à créer plus de problèmes aux Allemands qu'à nous, suggéra Danilov en remisant ses notes. Tu comprends pourquoi leur présence est nécessaire ? Dans l'Armée rouge, des dizaines de milliers de femmes servent aux côtés des hommes, opératrices radio dans les bunkers, infirmières, servantes d'artillerie. Cette première unité de tireurs d'élite nous donne l'occasion de proclamer au monde que les nazis se font battre sur le champ de bataille non pas simplement par des hommes mais par tout le peuple russe, hommes et femmes confondus. L'ordre communiste ne fait pas de distinction de classe ou de sexe. Pense à l'effet sur les civils quand ils verront dans l'*Etoile rouge* une photo de leur sœur, armée et dangereuse. Même les Américains ne peuvent pas prétendre que leurs femmes aussi abattent des ennemis à coups de fusil.

Zaïtsev aspira une bouffée de sa cigarette.

— Ce qui me chiffonne, c'est surtout que tu as pris la décision sans me consulter. La prochaine fois, demande-nous notre avis, à Viktor et à moi. En attendant, nous allons en faire des tueuses, de tes femmes.

Si elles n'en sont pas déjà, pensa-t-il en s'éloignant. L'Arménienne Slepkinian, quoique lourde, se déplaçait bien et assurait qu'elle savait chasser. Viktor lui avait parlé de la blonde, Tchernova. L'Ours avait partagé une bouteille avec les gardes qui les avaient amenés, elle et Mikhaïlov, des tranchées situées au bord du no man's land. Elle affirmait qu'elle avait combattu avec les partisans en Biélorussie. En apprenant que l'usine Lazur accueillerait la nouvelle école de tireurs d'élite, elle avait insisté pour faire partie de la première fournée.

Quelle expérience a-t-elle ? s'interrogea-t-il. On a tellement peu de nouvelles des zones occupées. On dit que c'est dur, là-bas, terrible. Est-elle une combattante coriace, l'honneur de la Résistance, ou simplement capable de mettre un regard ferme sur ce joli visage ? Nous verrons bien.

Zaïtsev observa Tchernova, assise avec les hommes. Elle avait fourré sa cuillère dans l'une de ses bottes, comme un vrai fantassin. Après une gorgée de vodka, elle aspira l'air à travers sa manche. Les hommes prenaient plaisir à sa compagnie et négligeaient l'autre femme, plus grosse.

Il s'arrêta de marcher parmi ses élèves, continua à ne regarder qu'elle. Même lorsqu'il claqua des mains pour signifier que la pause était finie et qu'il fallait reprendre l'instruction, elle retenait son attention. Sa voix s'élevait au-dessus des autres. Elle était derrière lui, mains sur les hanches. Ne pense plus à elle, s'ordonna-t-il.

Des ennuis.

Zaïtsev s'approcha du mur de parpaings, tourna le dos aux volontaires, dont la plupart étaient assis en tailleur sur le sol de l'atelier, en demi-cercle. La lumière de fin d'après-midi pénétrait par les fenêtres brisées du sous-sol. Au-dessus de leurs têtes, la poussière tourbillonnante brillait comme du mica.

— Là-bas, commença le Lièvre, tendant le bras vers une fenêtre, c'est quelquefois très calme. Le silence peut être trompeur et vous pousser à l'imprudence...

Il alla se poster au milieu du groupe.

— Rappelez-vous, vous n'êtes plus dans l'infanterie, vous êtes des tireurs embusqués. Vous devez prendre de nouvelles habitudes, de nouvelles façons de penser. Un fantassin livre bataille dans le bruit, les cris, les explosions. Vous, vous vous battrez dans le silence. Vous imaginez pas que vous êtes seul juste parce que c'est tranquille autour de votre tranchée ou de votre trou. Il y a des bras, des jambes et des yeux partout dans les ruines. Chaque bâtiment, chaque maison détruite, est surveillé. Des équipes de ravitaillement courent dans les tranchées pour apporter des munitions, des mines, des vivres. Du haut des immeubles, des observateurs d'artillerie braquent leurs jumelles dans toutes les directions. Des sapeurs rampent dans les débris pour trouver les bunkers et les galeries de l'ennemi. Des courriers du quartier général apportent des messages aux unités encerclées sans radio. Ne l'oubliez jamais : le champ de bataille grouille d'activités, même quand vous ne voyez et n'entendez rien. Vous, les tireurs d'élite, vous serez au milieu de tout ça. Invisibles, silencieux, vous observez, vous laissez faire jusqu'à ce que ce soit le moment de frapper.

Zaïtsev se tut, regarda Danilov. Le crayon du commissaire s'agitait fébrilement pour garder trace de ces premières leçons de la nouvelle école de l'Armée rouge. *Vassili Zaïtsev, maître tireur,* écrivait-il probablement. *Héros*.

— Quand vous retournerez dans vos unités comme tireurs d'élite, vous traquerez les cibles les plus importantes dans cet ordre : officiers, observateurs d'artillerie, éclaireurs, servants de mortiers et mitrailleurs, fusiliers antichars, messagers à moto. Ne révélez jamais votre position en tirant sur une cible moins importante si vous pensez qu'avec un peu de patience vous finirez par avoir un officier dans votre ligne de mire...

« Le commandant de votre compagnie communiquera au chef de votre escouade l'objectif du jour. Vous avancerez jusqu'au front, vous mènerez l'assaut en éliminant les cibles que je viens d'énumérer, dans l'ordre. Quand l'attaque sera lancée, vous vous porterez sur les flancs pour protéger vos camarades des mitrailleuses et des mortiers...

Zaïtsev s'interrompit pour laisser aux soldats le temps d'assimiler ce qu'il venait de dire, conscient cependant qu'il lui faudrait le répéter plusieurs fois avant la fin de la journée. Il se frotta les mains.

— Comme le loup dans la taïga, le tireur d'élite russe n'a qu'un prédateur naturel, dit-il, comme s'il confiait un secret à d'autres conspirateurs. Vous avez comme ennemi le tireur d'élite allemand. Il est votre némésis comme vous êtes la sienne. Malgré la liste que je viens de vous donner, un tireur d'élite ennemi est toujours une priorité.

Il sourit à l'Ours qui se tenait derrière les hommes et fumait, le regard perdu dans le lointain comme s'il se trouvait dans un vaste espace découvert.

— Rien, reprit Zaïtsev, portant le viseur du Moisin-Nagant à son œil, absolument rien ne sera pour vous plus excitant, plus dangereux qu'un duel à mort avec un autre tireur isolé.

Il appuya sur la détente, le percuteur claqua dans la pièce silencieuse.

— C'est votre adversaire le plus précieux.

Viktor expédia un crachat sur le sol de ciment, l'étala

du pied, s'avança au milieu du groupe pour rejoindre Zaïtsev.

— Et on va vous apprendre à le tuer, déclara l'Ours.

Le Lièvre tapota le dos massif de son ami en ajoutant :

— Une balle, un mort.

Cette après-midi-là, les recrues étudièrent ce que Zaïtsev et Medvedev avaient appris de la tactique et des capacités des tireurs ennemis. Il était clair à présent qu'ils n'avaient pas été entraînés pour opérer dans une ville dévastée comme Stalingrad, mais plutôt pour s'intégrer à la tactique de *blitzkrieg*. Ils étaient habitués à déferler à travers des plaines découvertes, à contourner des villes désertées, rasées par les bombardements. Où apprend-on la patience, se demanda Viktor à voix haute, quand on court derrière un char, quand on conquiert des pays en peu de temps, la Pologne en un mois, la France, incapable et trouillarde, en une semaine ?

Les Allemands savaient utiliser la graisse ou la poussière pour noircir leur visage et se fondre dans le paysage. Ils enveloppaient l'extrémité de leur canon avec un chiffon clair ou foncé. Une seule fois, Zaïtsev et Viktor avaient été bernés par un nazi qui, à l'aide d'une ficelle attachée à la détente de son arme, avait tiré en se tenant à vingt mètres de distance. Le Lièvre avait fait feu sur la position ainsi révélée, certain d'atteindre la cible. Il en avait été récompensé par une balle qui avait ricoché sur son casque et l'avait expédié sur les fesses.

L'habileté des tireurs d'élite allemands était mortelle jusqu'à cinq cents mètres de distance. Extrêmement dangereux, ils étaient parfois imprudents et trop sûrs d'eux, négligeant souvent de changer de position après avoir tiré. Ils n'économisaient pas leurs munitions, expédiaient quelquefois deux ou trois balles sur une même cible depuis la même position, offrant à un Russe patient la possibilité de riposter à un coup manqué par un coup au but. Les Boches utilisaient fréquemment les mêmes leurres, agitant un casque au bout d'un bâton au-dessus d'un parapet trois ou quatre fois dans la même heure comme si le tireur d'élite russe était un poisson mordant à n'importe quel appât. Viktor se sentait insulté par leur attitude. Ils fumaient la cigarette ou la pipe après la tombée de la nuit, jetaient des pelletées de terre en l'air quand ils creusaient leur trou.

— Ne comptez jamais sur votre adversaire pour faire une terreur, conseilla Zaïtsev aux recrues. Mais laissez-lui tout le loisir d'en commettre une. Et punissez-le.

— Aucune erreur n'est petite si elle vous fait exploser le crâne, leur rappela Viktor.

Le tireur isolé allemand opérait dans une sécurité relative, généralement à deux ou trois cents mètres du front. Ses tirs de quatre cents mètres ne pénétraient donc que d'une centaine de mètres dans les arrières russes, et cette tactique menaçait peu les officiers de l'Armée rouge, qui demeuraient le plus souvent assez loin du front. Le nouveau tireur russe, possédant une meilleure pratique du terrain, s'aventurerait sous le nez même de l'ennemi pour surprendre un colonel ou un général allemand inattentif à cinq cents mètres des combats.

— Du coup, même les femmes de notre unité feront de meilleurs hommes, conclut Zaïtsev.

Les tireurs d'élite nazis n'opéraient jamais de nuit, ce qui laissait aux Russes un intervalle de douze heures pendant lequel ils n'avaient pas à craindre de se faire repérer.

— Moi, j'aime pas chasser dans le noir, commenta Zaïtsev, mais l'adjudant Medvedev est un vrai oiseau de nuit.

Viktor abattait régulièrement des mitrailleurs ennemis assez fous pour tirer des balles traçantes, ou des observateurs d'artillerie trop entichés des fusées vertes et rouges qu'ils lançaient en chandelle au-dessus des flottilles russes sur la Volga.

Zaïtsev était convaincu que les conditions plus dures que connaissaient les Russes contribuaient à aiguiser leur vigilance. Au contraire, la concentration des tireurs allemands était émoussée parce qu'ils opéraient exclusivement de l'arrière et à la lumière du jour. Autre avantage, la présence de tireurs d'élite à leur côté renforçait le moral des troupes soviétiques combattant en première ligne. Le fantassin allemand, lui, ne voyait jamais les tireurs d'élite de son armée.

— Les tireurs embusqués nazis se croient en sécurité, parce qu'ils se planquent dans des tranchées, à l'arrière. Ils ne sont pas en sécurité. Pourquoi ? Parce qu'ils sont toujours en Russie.

Ça suffira pour aujourd'hui, pensa Zaïtsev. Je ne vois pas ce que je pourrais leur dire d'autre. En fait, je ne me doutais pas que j'en savais autant moi-même.

Il se tourna vers Danilov, qui avait passé la journée à prendre des notes. Le commissaire ferma son cahier et le tint à deux mains au-dessus de sa tête, comme un trophée qu'il aurait gagné. Puis il sortit de l'atelier d'un pas pressé, les pans de sa longue capote se relevant comme des chiens courant à ses côtés. Zaïtsev claqua des mains.

— Debout. Demain, nous commencerons les exercices de tir. Pour le moment, les lièvres viennent avec moi, les ours restent avec l'adjudant Medvedev. Nous allons vous montrer vos quartiers. En avant.

A la suite d'un des deux sous-officiers, chaque groupe de quinze recrues monta au rez-de-chaussée de l'usine Lazur et se dirigea vers des coins différents du bâtiment. Une fois la décision prise de séparer les volontaires, Zaïtsev et Viktor avaient souhaité donner à chaque escouade une identité distincte, avec des objectifs militaires correspondant aux capacités physiques et à la personnalité de leurs membres, et Danilov avait approuvé l'idée. Les ours collaboreraient plus étroitement avec les troupes du front, sapant la résistance ennemie avant l'assaut et protégeant les flancs de la 284e durant les opérations. En plus du fusil à lunette, ils utiliseraient des mitraillettes et des grenades. Cette équipe de costauds serait également formée à la traque de nuit, la spécialité de Viktor. Les lièvres, eux, seraient les tueurs de la division, hommes – et femmes – plus légers, plus mobiles, possédant le cran et la pratique du terrain nécessaires pour « ramper dans la bouche de l'ennemi et lui arracher les dents », selon les termes de Viktor. Les lièvres apprendraient avec Zaïtsev à se fondre dans le paysage du front, à attendre avec une patience inlassable, à tuer avec une seule balle.

Zaïtsev conduisit ses recrues dans une vaste pièce sans fenêtre dont une couverture fermait l'entrée. Une lanterne brillait dans un coin, éclairant trois seaux d'eau et une cuvette en fer-blanc. La pièce ne contenait rien d'autre.

— On vous apportera le dîner dans quelques heures, promit-il. En attendant, faites connaissance, parce que vous travaillerez bientôt ensemble.

En quittant l'usine, il retrouva Medvedev.

— Qu'est-ce que t'en penses ? lui demanda l'Ours quand ils furent accroupis dans une tranchée, derrière le grand bâtiment.

Le soleil était presque couché. Il n'y avait plus d'ombres ; un froid vif montait du sol. Zaïtsev connaissait les habitudes de son ami : il retournerait à leur abri, avalerait rapidement un morceau, lirait quelques articles de *Pour la défense de notre pays* ou de l'*Etoile rouge*, dormirait un peu et repartirait dans la nuit.

— Difficile à dire avant que le premier coup soit tiré,

répondit Zaïtsev. En tout cas, je suis content de pas être allemand.

— C'est bien.

Viktor se releva, se mit à marcher, la tête sous le bord de tranchée. Une telle masse, pensa le Lièvre. Il n'est pas du tout bâti pour ce boulot de tireur d'élite. Comment il fait ?

— Je suis bien content aussi de pas être un ours, ajouta-t-il en riant.

Viktor saisit une poignée de terre et la jeta sur Zaïtsev. Penché en avant, le Lièvre courut dans la tranchée jusqu'à leur abri, l'Ours grognant sur ses talons.

9

Quelques minutes avant minuit, Zaïtsev pénétra dans le quartier des lièvres.

— Comment vont mes lapins ?

Sa lanterne projetait des ombres couleur d'ambre sur les visages aux yeux clignotants. Les volontaires se redressèrent sur leurs tapis de couchage. Une bonne chose, ils savent dormir, pensa le Sibérien. C'est une qualité importante pour un tireur isolé : se reposer où et quand on peut.

— J'ai une mission pour vous, annonça-t-il en s'accroupissant. (Des vrilles noires jouèrent sur les figures ensommeillées quand il posa la lampe par terre.) Aujourd'hui, après les cours, le commandement de la division m'a envoyé ses ordres. Apparemment, des prisonniers boches nous ont révélé l'emplacement d'un QG allemand avancé. Notre commandement m'a demandé si je pouvais prendre position dans le no man's land avec des tireurs et attendre le jour pour faire quelques cartons, avec un peu de chance. J'ai répondu oui, on peut faire ça, mais j'ai une meilleure idée. Pourquoi se contenter de trouer la peau de quelques officiers nazis ? Pourquoi ne pas tous les liquider d'un coup ?

Tchekov prit la parole :

— A la dynamite.

— Une médaille pour le soldat Tchekov, dit Zaïtsev.

Exactement. J'emmène quatre d'entre vous, nous partons tout de suite. J'ai les sacs contenant les charges, j'ai une carte du secteur. Des volontaires ?

Toutes les mains se levèrent et le Lièvre tapa sur la tête des soldats qu'il voulait pour cette mission : Tchekov, le braconnier, intelligent, excellent fusil ; Kostikev, le Sibérien taciturne ; Koulikov, expert dans l'art de ramper en silence, capable de disparaître littéralement dans les décombres ; et Tchernova, la résistante.

Chacun d'eux se leva, s'approcha de la porte. Zaïtsev se tourna vers ceux qui restaient.

— Rendormez-vous. Tout le monde aura sa chance. On sera de retour avant l'aube.

Les quatre recrues suivirent l'adjudant dans la nuit d'octobre. Seuls le claquement sec d'un fusil lointain ou une rafale de mitrailleuse brisaient le silence glacé. Zaïtsev longea le mur en tenant bas sa lanterne. Les ombres des volontaires traînaient derrière eux.

Il s'arrêta, posa sa lampe près du tas qui les attendait : six sacs à dos et cinq fusils. De sa poche, Zaïtsev tira un pot de graisse. Tchekov y plongea deux doigts et le fit passer. Tous se noircirent le visage et les mains pendant que Zaïtsev dépliait sa carte près de la lumière crachotante.

— Ici, c'est la Lazur, dit-il, tendant l'index. Là, les bâtiments extérieurs d'Octobre-Rouge. Là, l'école de pilotage de Stalingrad. Et là, entre les deux, une rangée d'entrepôts frigorifiques. C'est dans celui-là, au dernier étage que se trouve le QG allemand. (Il fit courir son doigt sur la partie nord du dépôt de chemin de fer, qui entourait l'usine Lazur sur trois côtés.) Nous traverserons le no man's land en rampant vers le nord. Nos avant-postes sont là et là. Ils ont été prévenus pour qu'ils ne nous tirent pas dans le dos. On pénètre dans le bâtiment par le sud, on grimpe au deuxième étage, on pose nos charges, on les allume et on ressort.

Il leva les yeux vers les visages noirs et brillants des soldats. Tous étudiaient la carte, à l'exception de Tchernova, qui le regardait. Il lui sourit.

— Du boulot propre, comme tu l'aimes, Résistante. Exact ?

— Exact.

— Allons-y, décida-t-il en repliant la carte. Vous prenez chacun un fusil et un sac d'explosifs. Vous portez la dynamite, moi les détonateurs. (Il accrocha deux des sacs à son épaule.) S'il m'arrive quelque chose, vous récupérez mes sacs.

Il éteignit la lampe, la poussa contre le mur, fit signe à Tchekov d'approcher.

— Tu connais le chemin ?

Le première classe acquiesça de la tête.

— Ces deux derniers mois, j'ai passé quelques années de ma vie dans Octobre-Rouge. Je connais l'usine comme ma poche, mon adjudant. Les entrepôts frigorifiques aussi.

Zaïtsev lui tapota le dos. Tchekov était plus petit que lui d'une demi-tête, avec un visage aux traits délicats et des cheveux noirs, l'attitude confiante d'un athlète. Il fera un bon tireur d'élite, pensa le Lièvre. Il est vif, plein de sang-froid. Il sera difficile à prévoir.

— Bon, tu prends la tête, Tchekov. Toi, tu le suis, dit Zaïtsev en touchant le bras de Kostikev. Si on a des ennuis, tu t'en occupes.

Le Sibérien posa les doigts sur les couteaux accrochés à sa ceinture, un près de chaque main. Sans prononcer un mot, il passa un sac et un fusil à son épaule, se plaça derrière Tchekov.

Zaïtsev appela Koulikov.

— Nikolaï, s'il m'arrive quelque chose, tu prends le commandement. Je veux que tu te mettes au milieu. Va.

Il se tourna vers Tchernova, dont les cheveux avaient des reflets dorés, même dans la nuit.

— Tu seras devant moi, Résistante. Tu vérifieras que les charges ont été bien posées et tu allumeras la mèche. Ça plaira à Danilov.

Elle fronça les sourcils en prenant son fusil.

— C'est pour ça que j'en suis ? Pour que Danilov écrive mon nom dans un de ses articles sur toi ?

Il la tira par le bras.

— Fais bien ton boulot et ce sera un article sur toi.

En file indienne, les cinq soldats parcoururent une centaine de mètres vers le nord. Au signal de Zaïtsev, ils sautèrent dans une tranchée menant à la lisière du dépôt ferroviaire. Au bout de la tranchée, ils furent accueillis par six sentinelles postées derrière des mitrailleuses lourdes braquées de l'autre côté du no man's land. D'un hochement de tête, Zaïtsev envoya Tchekov ramper sur le terrain creusé de cratères et hérissé de rails tordus. Dix secondes plus tard, il fit signe au suivant de sortir de la tranchée en lui recommandant :

— Reste dans le sillage de Tchekov.

Quand les quatre lièvres furent dans le dépôt, Zaïtsev jeta les sacs sur son dos, se noircit la figure et les mains. Puis il prit son fusil et franchit à son tour le parapet, agitant un pouce noir de graisse en direction des sentinelles.

Allongé sur le ventre, il distinguait à peine les jambes de Tchernova se tortillant dix mètres devant lui. Ni la jeune femme ni aucun des autres « élèves » ne faisait le moindre bruit.

Pendant dix minutes, Zaïtsev rampa en zigzag, les yeux fixés sur les talons de Tchernova. Il s'irrita des détours que Tchekov leur faisait faire mais, quand il constata que le chemin choisi par le petit homme agile passait par des cratères, sous des wagons, derrière des piles de gravats, il eut un sourire admiratif pour Anatoli. Lent, patient et silencieux.

Une fusée blanche monta dans le ciel juste au-dessus d'eux, et Zaïtsev enfouit son menton dans la terre. Devant lui, Tchernova, Koulikov et Kostikev demeuraient immobiles comme des pierres, presque invisibles sur le sol grisâtre et ondulé.

La fusée scintilla et pâlit, tomba lentement sous un petit parachute. A la faveur de la lumière déclinante, Zaïtsev examina les contours de l'énorme bâtiment d'Octobre-Rouge, à deux cents mètres devant lui. A cinquante mètres à sa droite, presque à cheval sur leur position, l'école de pilotage. Ils avanceraient dans cette direction une quarantaine de mètres avant de tourner à gauche, et trouveraient l'entrepôt un peu plus loin, au bout de la rue.

La fusée disparut derrière une rangée de décombres, s'éteignit. Zaïtsev bascula à la suite de Tchernova par-dessus la crête d'un cratère où les autres lièvres l'attendaient.

De la main, il indiqua le bâtiment de trois étages se dressant à trente mètres environ. L'entrepôt avait perdu son mur sud, et l'escalier menant aux étages était totalement visible de l'extérieur.

Zaïtsev pressa le genou de Kostikev.

— Tu passes le premier. Laisse ton fusil et ton sac ici. Allume unc cigarette quand tu seras au premier étage.

Kostikev confia son sac à Tchekov, son fusil à Tchernova. Puis il dégaina un de ses poignards et en coinça la lame entre ses dents, comme sur le dessin d'un pirate turc. Dans un éclair de dents en or, il sourit à Zaïtsev, l'autre Sibérien. Les muscles noueux de son cou ressortaient sous sa mâchoire tels des arcs-boutants.

— On se retrouve dans une minute, chuinta-t-il en retenant le couteau.

C'étaient les premiers mots que Zaïtsev l'entendait prononcer de la journée.

L'adjudant se hissa jusqu'au bord du cratère pour le voir disparaître dans les gravats du mur écroulé. Au bout de quelques instants, une forme sombre surgit de l'obscurité sur le palier du premier étage. Elle pivota, tourna le coin du bâtiment sans allumer de cigarette.

Une minute plus tard, une autre forme s'avança sur le palier et alluma une cigarette, aspira longuement pour en attiser le bout rouge puis la laissa tomber sur les débris, où elle rebondit en une pluie d'étincelles.

— Gardez la tête baissée jusqu'au bâtiment. Ensuite, montez l'escalier rapidement. Sans bruit. Nikolaï, à toi.

Koulikov souleva son fusil et celui de Kostikev, se glissa hors du cratère. Tchekov suivit avec le sac du Sibérien.

— A toi, Résistante, souffla le Lièvre.

Il attendit que Tchernova se coule devant lui avec son arme et son sac à dos, sortit à son tour du trou de bombe.

Il dressa l'oreille, n'entendit rien hormis l'infime crissement des bottes de ses lièvres sur les pierres. Accroupi dans l'ombre, Koulikov montait la garde en bas des marches. Zaïtsev gravit prestement l'escalier sur la pointe des pieds derrière Tchernova, regarda le vide là où il aurait dû y avoir un mur. Il sentait son cœur battre dans les mains qui tenaient son fusil. Il n'avait pas l'habitude de s'exposer ainsi pendant une chasse. Il n'y avait ni camouflage ni tranchée, rien pour le dissimuler excepté le silence et la nuit noire et grise.

Deux marches au-dessus de lui, la jeune femme, qui venait d'atteindre le palier, eut un mouvement de recul. Elle tomba en arrière sur Zaïtsev en tentant de lever son arme.

Il la saisit par la taille, la fit descendre à son niveau. Il retourna son fusil et, crosse en avant, s'élança, prêt à frapper.

Une sentinelle allemande se tenait contre le mur, dans l'obscurité, le fusil en bandoulière. Sa tête casquée regardait par-dessus le mur démoli. Zaïtsev savait ce qui était arrivé. C'était ce qu'il avait ordonné, les fioritures en plus. Il frotta du pied la pointe de la botte de l'Allemand, sentit la viscosité du sang sur le palier.

Le Lièvre passa une main sous le menton de la sentinelle, trouva le manche du poignard de Kostikev : le nazi était épinglé à une poutre, la tête reposant sur le couteau, le menton sur la poignée en os.

Tchernova rejoignit Zaïtsev sur le palier ; Koulikov grimpa derrière elle : il avait quitté son poste au rez-de-chaussée en entendant un léger bruit au premier. Un « psst » provenant de l'escalier menant au second fit se retourner Zaïtsev. Les dents en or de Kostikev étincelèrent au centre d'un grand sourire.

— Je savais pas où le mettre, Vasha, se justifia-t-il. Je voulais pas que tu trébuches dessus.

Le tueur haussa les épaules, remonta les marches.

— Garde nos arrières, ordonna Zaïtsev à Tchernova. Dis à Koulikov d'apporter son sac. Je viendrai vous chercher dès que nous aurons posé les charges.

Il suivit Kostikev dans l'escalier.

Au deuxième étage, Tchekov conduisit les autres dans une grande pièce ouverte. D'épais piliers de bois se dressaient aux extrémités d'un parquet en chêne à l'ancienne. C'est un vieux bâtiment, observa Zaïtsev pour lui-même. Il ne demande qu'à dégringoler.

Ils posèrent les sacs aux quatre coins ; Koulikov relia les charges et les détonateurs au centre de la pièce. La montre de Zaïtsev indiquait 2 h 50.

— Prêt ? murmura-t-il à Nikolaï.

— Une minute.

L'adjudant descendit au premier à pas de loup, entendit non un chuchotement, mais une injonction :

— *Hande hoch !*

Son estomac se noua. Des aiguilles d'adrénaline collèrent ses mains à la crosse de son fusil ; ses lèvres se retroussèrent sur un juron retenu. Tchernova s'était fait surprendre dans la cage d'escalier par un nazi, une sentinelle qui avait échappé à Kostikev. En ce moment, la jeune femme devait avoir un canon de fusil braqué sur elle. Leur mission, leur vie à tous étaient en danger. Les secondes qui suivraient décideraient de leur sort.

Zaïtsev descendit les dernières marches aussi silencieusement qu'il put. Parvenu au tournant, il risqua un œil au coin du mur pour regarder le palier.

La sentinelle était figée sur place, le bras droit tendu, armé d'un pistolet dirigé sur la tête de la résistante. Zaïtsev devina que l'Allemand ne parvenait pas à se décider. Que ferait-il de sa prisonnière ? Il se doutait qu'il y avait d'autres Russes dans le bâtiment. Les Rouges n'enverraient pas une femme seule derrière les lignes ennemies. Son camarade mort cloué à une poutre, la gorge tranchée, en était la preuve. Devait-il s'enfuir et sauver sa peau ou emmener la prisonnière en bas ? Ou en haut ? S'il appelait à l'aide, qui l'entendrait en premier ?

Le nazi agita le pistolet sous le nez de Tchernova.

— *Wo sind die Russen ? Wo sind sie ?*

De nouveau Zaïtsev retourna son fusil, se prépara à en abattre la crosse sur le crâne de l'Allemand. Un coup de feu aurait attiré l'attention.

Caché derrière le mur, il murmura :

— Résistante...

Aussitôt il y eut un bruit sourd suivi d'un gémissement de douleur. Zaïtsev bondit, le fusil au-dessus de la tête, prêt à frapper. Le soldat allemand était là, plié en deux mais toujours debout, le pied de Tchernova dans son entrejambe. Le pistolet rebondit sur le palier avec un claquement, tomba dans la rue.

Avant que Zaïtsev puisse se ruer en avant pour abattre

son fusil sur la tête de l'Allemand, Tchernova saisit l'homme à la gorge et lui comprima la trachée. La sentinelle se débattit violemment en gargouillant. Zaïtsev expédia la crosse de son arme dans le nez du Boche, qui bascula en arrière et leva vers les Russes des yeux larmoyants, affolés. Le Sibérien leva de nouveau son fusil, frappa l'Allemand au visage. Du pied, Zaïtsev fit rouler le corps contre le mur.

Tchernova se redressa, les poings serrés.

— Viens, lui murmura Zaïtsev. Vite !

Ils grimpèrent au deuxième, où les charges avaient été posées. Tchekov tenait encore la mèche centrale. Zaïtsev et Tchernova le rejoignirent, les autres gagnèrent la porte.

— A toi de jouer, dit le Lièvre.

Elle craqua une allumette, l'approcha de la mèche.

— Allez ! cria Zaïtsev à pleine voix aux hommes qui se tenaient près de la porte.

Oubliant toute précaution, les lièvres dévalèrent l'escalier en faisant claquer leurs bottes sur le béton. Sur le palier du premier étage, Zaïtsev passa devant Kostikev au moment où celui-ci extirpait son couteau de la gorge de la sentinelle clouée à la poutre. Le cadavre s'affala.

Ils déboulèrent dans la nuit froide. Derrière eux, des voix retentirent ; une mitrailleuse crépita alors qu'ils bondissaient au-dessus des tas de briques. Les balles ricochaient dans le noir, mais aucune ne toucha les lièvres, qui agitaient furieusement bras et jambes.

— Allez, allez ! les encourageait Zaïtsev.

Au moment où ils s'engageaient dans une rue étroite, un grondement déchira la nuit. Les ombres changèrent, les ruines se teintèrent de rouge autour de Zaïtsev et de ses lièvres qui couraient vers leurs lignes dans une avenue menant au dépôt. Le fracas de l'explosion et du bâtiment s'écroulant couvrit le bruit de leur cavalcade à travers le no man's land.

Ils plongèrent tous les cinq dans une tranchée, se redressèrent, haletants. Zaïtsev regarda les visages des volontaires. Hors d'haleine, il parvint cependant à demander :

— Bon Dieu ! Vous... croyez qu'on a mis... assez de dynamite ?

Hilares, Tchekov et Koulikov s'échangeaient de grandes tapes dans le dos. Kostikev arborait son sourire doré. Tania toussa, chercha son souffle, tendit le bras pour toucher l'épaule de Kostikev, ramena sa main ensanglantée. Dans le silence qui se fit aussitôt, le Sibérien la rassura :

— T'en fais pas. Je suis amoureux d'une infirmière. Ça me fera une occasion d'aller la voir.

Une sentinelle leur apporta de la vodka. Zaïtsev accorda la première gorgée à Kostikev, qui but avidement. Quand le blessé rendit la bouteille, le verre portait ses empreintes écarlates.

— Nikolaï, dit Zaïtsev.

Koulikov aida Kostikev à se lever. Bras dessus bras dessous, les deux hommes s'éloignèrent dans l'obscurité de la tranchée.

Le Lièvre se mit debout. Il ne pouvait voir l'entrepôt mais une lueur dans le ciel marquait l'endroit où le bâtiment s'était élevé.

— Mon adjudant, je crois que je vais aller pioncer, annonça Tchekov dans un bâillement. Bonne nuit, Tania.

— Bonne nuit, Tchekov.

Le petit homme leur laissa la bouteille et partit. Restés seuls avec la sentinelle accroupie devant sa mitrailleuse, Zaïtsev et Tchernova observèrent la lueur dansante de l'entrepôt en flammes.

— Une bonne nuit de travail, tu trouves pas, Résistante ?

Sans tourner la tête, elle répondit :

— Je m'appelle Tania, mon adjudant.

— D'accord. Tania.

Il avala une gorgée d'alcool, posa la bouteille sur le parapet.

— Bonne nuit, Tania, lui souhaita-t-il avant de s'éloigner.

10

Etendue sur son tapis de couchage, Tania sortit de sa torpeur quand la botte de Zaïtsev la poussa doucement dans le noir. Il lui mit sous le nez une tasse de thé fumant, annonça que la blessure de Kostikev n'était qu'une égratignure à l'épaule. Quelques agrafes, une partie de jambes en l'air avec son infirmière et il serait comme neuf.

A l'aube, les lièvres et les ours se rassemblèrent à nouveau dans le sous-sol de l'usine Lazur. Un froid humide suintait des murs. Sur celui du fond, on avait peint des cercles blancs par groupes de trois à un mètre du sol. Le premier était petit, à peine visible, le deuxième un peu plus grand ; le troisième faisait le double du premier. Au-dessus de chaque groupe était inscrit un nombre, de 1 à 30. Des tonneaux et de caisses avaient été disposés à cent mètres des cibles. Des Moisin-Nagant 91/30 à lunette appuyés contre le mur le plus proche attendaient les recrues.

Zaïtsev et Medvedev ordonnèrent aux soldats de prendre un fusil et de s'allonger derrière les caisses et les tonneaux. Après avoir attribué un numéro à chacun, Zaïtsev demanda à ses élèves de viser le plus grand cercle. Il représentait un coup à la poitrine à une distance de quatre cents mètres, expliqua-t-il.

Quand lièvres et ours se furent embusqués, les deux sous-officiers s'assirent derrière eux. Tania sentit l'odeur de leurs cigarettes. Elle entendit le rire de Medvedev, à qui Zaïtsev racontait peut-être la mission de la veille.

Les recrues demeurèrent allongées derrière leur caisse ou leur tonneau pendant une heure, les yeux sur la cible. Si l'un d'eux tournait la tête ou éloignait simplement son œil de la lunette, l'Ours leur faisait un sermon sur la patience et l'endurance.

Dans son réticule, Tania vit la lumière de l'aube croître au bout de l'atelier. Après les dix premières minutes, le cercle blanc avait commencé à monter et descendre. Les battements de cœur de la jeune femme avaient glissé dans ses mains. Elle avait ralenti sa respiration, relâché la pression de ses doigts. Enfin, longtemps après que le froid du béton eut engourdi ses jambes, elle entendit les pas de Zaïtsev derrière eux.

— Un à la fois, dit-il. Quand j'appellerai votre numéro.

Il demeura derrière les recrues et plusieurs minutes s'écoulèrent.

— Vingt-huit. Feu.

Une détonation claqua à la droite de Tania. Elle retint sa respiration pour ramener la cible au centre de son réticule.

— Quinze.

Nouveau coup de feu.

— Dix.

Tchekov, qui se trouvait juste à côté d'elle, tira, et le bruit la fit sursauter.

— Neuf, appela Zaïtsev aussitôt après.

Son numéro. Elle corrigea sa visée d'un millimètre, appuya sur la détente, sentit le recul, reprit aussitôt la cible dans sa ligne de mire. Un minuscule nuage de poussière apparut sur le mur de briques, au centre du cercle. Tania sourit à la crosse de son arme, resta sans bouger tandis que Zaïtsev appelait d'autres numéros.

A la fin de l'exercice, les deux sous-officiers allèrent examiner les cibles puis revinrent et autorisèrent les volontaires à tirer comme ils voulaient.

— Mettez-vous quelque chose dans les oreilles, leur conseilla Zaïtsev.

Tania tira une centaine de fois. Au milieu de la matinée, elle avait l'épaule douloureuse, comme si une balle s'y était logée. Chaque pression sur la détente amenait une leçon différente criée par les instructeurs allant et venant derrière les soldats. « T'appuies trop fort. Tu dérives vers la droite. Vers la gauche. Ecarte ta joue de la crosse. Détends-toi. Concentre-toi. Plus vite. Prends ton temps… »

Les instructeurs retournèrent examiner les cibles, ordonnèrent aux recrues qui avaient raté trop de coups de prolonger l'exercice. Tania n'en faisait pas partie, Fedya non plus.

Elle se leva, les jambes en coton, se traîna dans un coin et s'assit le dos au mur. Fedya la rejoignit. Il ne s'était pas rasé depuis trois jours et son uniforme neuf était sale. Il ressemblait moins à un poète inquiet de tout, à une grande oie affolée ; ses traits avaient pris un peu de la détermination et de la dureté d'un tireur d'élite. Quelque chose avait disparu de son regard : l'expression étonnée de ses yeux écarquillés, dans lesquels, quelques jours plus tôt, on lisait comme dans un livre ouvert. Le fusil en travers du giron, il dit d'une voix excitée :

— Pas mal, hein ? Nous sommes de bons tireurs.

Tania lui toucha le genou.

— J'ignorais que tu savais te servir aussi bien d'un fusil.

— L'Ours m'a emmené avec lui, cette nuit, déclara-t-il en se redressant.

— Quoi ? fit-elle, incrédule.

Pendant qu'elle rampait avec les lièvres, Fedya avait rôdé dans le noir avec Medvedev ? Elle ravala l'histoire de sa mission de la veille et, de la main, invita Fedya à raconter la sienne.

— Medvedev pense que, comme je suis le seul nouveau du groupe, il peut tout m'apprendre depuis le début, je n'aurai pas de mauvaises habitudes à perdre. A minuit, nous avons suivi les tranchées jusqu'au ravin Dolgi. Sur la crête, un mitrailleur allemand tirait sur les blessés qu'on évacuait vers le fleuve. L'adjudant m'a laissé le descendre.

Tania se pencha en avant.

— Comme ça ? Et tu l'as eu ?

Le poète moscovite avait tué son premier ennemi et, le lendemain matin, les mots lui manquaient pour narrer son exploit. Tania était médusée : elle aurait cru que ce baptême du feu aurait bouleversé Fedya. Agitant une main en l'air, il reprit :

— Je ne sais pas... C'était... Il mitraillait les blessés et les infirmières. J'étais furieux. Je n'ai pas eu de problème pour lui tirer dessus. J'ai simplement...

Il se tut, baissa les yeux vers ses pieds. Au bout d'un moment, il modifia la position de son fusil sur ses cuisses.

— Oui, je l'ai abattu, dit-il, regardant Tania dans les yeux.

Il prit dans une de ses poches un carnet noir tout neuf, montra la première page à la jeune femme.

— Voilà : « 26 octobre 1942. 2 h 15. Un mitrailleur. Trois cents mètres. Coup à la poitrine. Ravin Dolgi. Témoin : V. Medvedev... »

Tania feuilleta les pages vierges. Pour chacune d'elles une vie. Un Allemand mort. Un « bâton » brisé. Je veux mon propre carnet, pensa-t-elle avec envie. Je remplirai cinquante de ces pages.

Fedya rangea le carnet.

— J'ai appris votre raid contre l'entrepôt frigorifique, cette nuit. Medvedev et moi avons entendu l'explosion. C'était quelque chose.

Il attendit qu'elle parle mais, comme elle restait silencieuse, il ajouta :

— J'avais parié avec moi-même que tu étais dans le coup.

Elle hocha la tête, confirma :

— C'était quelque chose, oui.

Lorsqu'il voulut lui prendre la main, elle croisa vivement les bras sur sa poitrine, regarda autour d'elle. Certains soldats allaient et venaient, d'autres bavardaient, assis en groupes, d'autres encore examinaient leur arme. Tremblant presque, elle secoua la tête.

— Ça va ? s'enquit-il, laissant retomber sa main.

— Oui.

Elle se leva, se pencha vers lui.

— Ne me touche jamais devant les autres. Jamais.

— Je suis désolé.

Elle se tourna à demi, s'arrêta, murmura d'un ton furieux :

— Je dois être aussi bonne que les autres. Meilleure, même. Et je ne veux pas qu'ils me considèrent comme une femme. Je ne veux pas devenir infirmière, ou opératrice radio dans un bunker. C'est ce qui m'arrivera si on me voit te tenir la main. Il y a un temps et un lieu pour tout. Mais jamais avant que je te le dise. Tu comprends ?

Tania scruta le visage de Fedya en espérant y déceler une expression vexée. Elle ne vit que de la sollicitude.

Qu'est-ce que j'ai fait ? s'alarma-t-elle. Ce garçon est amoureux de moi.

— Je voulais simplement m'assurer que tu allais bien, se défendit-il, se levant lui aussi. (Il passa son fusil à l'épaule, se tourna pour rejoindre les ours.) Et non, je ne comprends pas.

Elle le rappela.

— Fedya ?

— Oui ?

— Tu as révélé à quelqu'un que je suis américaine ?

— Non. Tu sais pourquoi ?

Il revint auprès d'elle, tout près, et elle sentit la chaleur que sa large poitrine irradiait. Tuer ne l'avait pas rendu plus froid mais l'avait embrasé. Le poète, le garçon apeuré, s'enflammait avec un fusil dans les mains.

— Parce que si je le faisais, articula-t-il avec lenteur, ils te traiteraient différemment. Ils te protégeraient et t'exhiberaient comme un cheval de cirque. J'ai assez de bon sens pour le savoir, Tania. Tu peux me croire.

Il pivota sur les talons et s'éloigna, le fusil pendant à l'une de ses grosses pattes.

Au bout d'une demi-heure, Zaïtsev et Medvedev renvoyèrent tous les soldats derrière les caisses et les tonneaux. Les cercles intermédiaires représentaient un coup à la tête à trois cents mètres. Le cercle le plus petit représentait aussi un coup à la tête, mais à quatre cent cinquante mètres, la distance maximum à laquelle ils opéreraient. Ils pouvaient tirer sur ces cibles à volonté.

— Allez-y, dit Medvedev, qui se mit à faire les cent pas derrière les recrues.

Zaïtsev resta cinq minutes derrière Tania. A l'aide de jumelles, il regarda les fleurs de poussière de brique s'épanouir sur sa cible. A chaque balle, des mots d'encouragement ou des invectives pénétraient dans les oreilles de la jeune Américaine. Zaïtsev et Medvedev, un peu plus loin, s'efforçaient de forger les volontaires, d'en faire le plus vite possible des tireurs d'élite capables de harceler l'ennemi.

Tania abaissa son fusil, certaine de ne pouvoir supporter physiquement de tirer une balle de plus. Ses coudes, ses genoux, ses yeux et tout particulièrement son épaule gauche étaient gonflés et douloureux. Les hanches bloquées, elle dut rouler sur le ventre pour quitter sa position assise et, les mains au sol, pousser sur ses bras pour se relever.

Les soldats se traînèrent vers le mess. Chacun eut droit à un bol de gruau chaud, à une mince tranche de viande avec du pain et à un gobelet de thé. Assise sur une caisse, Tania regarda la queue dans laquelle se trouvait Fedya et lui fit signe en montrant la caisse voisine.

Elle voulait adoucir ses propos furieux du matin, trouver un moyen de faire comprendre ses sentiments à Fedya sans lui crier dans les oreilles. Ils avaient fait l'amour. Leur étreinte avait été agréable, ardente : une libération. Mais quelles conséquences cet acte devait-il avoir ? Cela signifiait-il qu'ils étaient unis à jamais, leurs esprits enchevêtrés comme leurs corps l'avaient été ? Fedya les avait-il consacrés comme amants, transformés en belle image dans l'un de ses poèmes ? Ou n'étaient-ils rien de plus que ce que Tania pensait, deux combattants partageant au bord d'un champ de bataille les derniers lambeaux de vie qu'ils abritaient en eux ? Elle n'avait pas visité les profondeurs de l'amour en faisant grincer le lit avec le grand Fedya. Oui, ils avaient gémi tous les deux, mais elle n'avait pas crié son nom.

Elle le regarda recevoir ses rations avec des gestes assurés et songea : Il n'y a pas de place pour moi dans l'amour innocent de Fedya. J'ai assez de peine et d'amertume en moi pour remplir cent cœurs. Je serai son amie. Je coucherai peut-être de nouveau avec lui, mais je ne tomberai pas amoureuse. Il l'acceptera ou il s'éloignera.

Avant que le poète puisse rejoindre Tania, Danilov vint se planter devant elle. Il inclina la tête en un salut maniéré et s'assit sur la caisse libre. Le bois geignit quand le petit *zampolit* grassouillet déboutonna sa longue capote. Il prit un crayon, ouvrit son cahier sur ses genoux. Un gribouillis couvrant chaque ligne défila sous les yeux de Tania tandis qu'il tournait les pages pour en trouver une encore vierge.

— Je suis le capitaine Danilov, se présenta-t-il. Je pense que tu sais qui je suis et quelle est ma mission dans cette unité de tireurs d'élite. Je n'ai pas l'honneur d'en être un moi-même, mais je m'intéresse beaucoup à cette première promotion. Je décrirai vos activités au reste de l'armée dans mes articles de *Pour la défense de notre pays*. Tu en as peut-être déjà lu ?

— Non, camarade commissaire.

— Tu liras le prochain, répondit-il avec un sourire, ses sourcils raboutés ombrageant ses yeux sombres. J'y parlerai de ta participation au raid contre l'entrepôt frigorifique, la nuit dernière. Que peux-tu m'en dire ?

Tania tourna les yeux vers Zaïtsev, qui bavardait avec plusieurs des lièvres. Elle aurait voulu qu'il la tire des pattes de ce type onctueux et dangereux coassant à côté d'elle. Elle savait qu'un mot de Danilov pouvait la faire renvoyer de l'école des tireurs d'élite et la réduire à un rôle non combattant. Fedya avait raison : si le commissaire apprenait qu'elle était américaine, elle deviendrait une curiosité, l'objet d'un coup de propagande, trop précieux pour risquer de prendre une balle au combat.

— As-tu interrogé le camarade Zaïtsev ? demanda-t-elle. Il commandait la mission.

— Je l'ai fait. C'est lui qui a insisté pour que je te parle. Il paraît que tu as tué un nazi de tes mains nues, la nuit dernière. Et que tu as allumé la mèche qui a fait sauter le QG allemand.

Tania regarda les petits pieds du commissaire. Ses bottes noires étincelaient. Comment fait-il pour les maintenir dans cet état ? s'étonna-t-elle.

— Que penses-tu du camarade Zaïtsev ? poursuivit Danilov. Es-tu contente de faire partie de ses lièvres ?

Elle chercha quelque chose à répondre, constata avec surprise qu'elle avait plus à dire sur le sujet qu'elle ne l'aurait pensé, mais ce n'étaient pas les mots que Danilov souhaitait entendre. Il s'attend à ce que je brosse un portrait héroïque, pensait-elle, du genre : « Zaïtsev s'est conduit magnifiquement la nuit dernière. C'est un honneur de servir sous un tel chef. » Je ne peux pas lui dire la vérité, à savoir que j'ignore si l'adjudant est un héros ou un couard qui fanfaronne. Il me semble qu'il apprécie de devenir une vedette de *Pour la défense de notre pays*, une des nombreuses nouvelles icônes de la cause russe. Non, je ne peux pas dire à ce petit tchékiste que je trouve Zaïtsev troublant, que j'ai envie de toucher ses mains aux veines saillantes, son visage plat de Sibérien. Quand sa voix me dit d'avancer ou d'arrêter, de viser à droite ou de sauter à gauche, mon corps suit. J'ai terriblement envie qu'il soit réellement le héros que Danilov est en train de construire.

— Le camarade adjudant est un homme hardi, finit-elle par déclarer tandis que le crayon du commissaire se mettait à courir sur la page. C'est un héros ; tous ceux qui combattent à ses côtés accompliront eux aussi des actes héroïques. Je suis fière d'être un de ses lièvres.

— Après que l'entrepôt a sauté, vous avez couru dans les rues pour rejoindre les lignes russes ?

— L'explosion couvrait le bruit que nous faisions. Je ne m'entendais pas courir. L'adjudant-chef fonçait devant, nous l'avons suivi. Ce n'était pas à moi de décider, mais je pense que la décision était bonne.

Danilov referma son cahier.

— Une dernière question, soldat Tchernova. En ces heures de péril, il importe que la Russie soit défendue par des combattants, disons, engagés. En tant que femme, mourrais-tu pour la *rodina* ? Serais-tu prête à donner ta vie ?

Salaud de rouge, pensa-t-elle. Ta question exhale la même puanteur que celles des casquettes vertes sur la route de Stalingrad.

— Camarade commissaire, je ne mourrai pas pour la patrie en tant que femme mais en tant que russe, répondit Tania, inclinant la tête comme si elle le mettait en joue avec son fusil à lunette. Et je ne mourrai certainement pas en lâche, camarade.

Danilov fourra le cahier sous son bras, descendit de sa caisse. Il était à peine plus grand debout que Tania assise.

— Bien sûr, dit-il, boutonnant sa capote.

Il tendit une main flasque, Tania la serra et le regarda s'éloigner. Zaïtsev adressa un signe de tête au petit commissaire quand il passa devant lui.

Tania glissa sa cuillère dans sa botte, posa son assiette et retourna devant les cibles sur lesquelles trois soldats continuaient à s'entraîner. Elle s'agenouilla derrière sa caisse, poussa des douilles vides sur le côté, se fourra des boulettes de papier dans les oreilles et actionna la culasse de son arme. Fixant le cercle le plus petit à travers sa lunette, elle replia la deuxième phalange de l'index sur la détente. La cible montait et descendait au rythme de ses battements de cœur. Respirant faiblement, elle attendit que sa main s'affermisse. Au bout de quelques secondes, la cible s'immobilisa au centre du réticule. Elle semblait immense, immanquable ; elle appelait la balle. Tania pressa lentement et régulièrement la détente. Le fusil claqua, frappa son épaule endolorie. Dans la lunette, elle vit apparaître l'haleine rouge du mur de briques, touché au centre du cercle le plus petit. Tania ramena la culasse en arrière pour faire feu de nouveau.

La séance de l'après-midi commença quand Zaïtsev appela :

— Les lièvres ! On y va ! Prenez vos armes !

Portant son fusil en travers des épaules comme un

joug, il fit monter ses élèves au premier étage de l'usine Lazur. Ils se faufilèrent dans un dédale de métal tordu et de poutres calcinées jusqu'à une rangée de fenêtres grises de suie donnant sur le no man's land du dépôt ferroviaire. Zaïtsev fit halte à quelques pas de l'une des larges ouvertures, qui avait perdu depuis longtemps carreaux et châssis. Ses bottes crissèrent sur le verre brisé.

Il tendit le bras vers les bâtiments tenus par les Allemands, de l'autre côté du no man's land. L'air était vif, première floraison blanche de l'hiver russe.

— Vous regardez l'ouest, dit-il. En ce moment, le soleil est derrière vous. Chaque fois que vous pourrez, placez-vous le dos au soleil pour tirer. C'est plus dur pour l'ennemi de vous repérer. Et ça empêche votre lunette d'envoyer des reflets.

Tania contempla le dépôt creusé de cratères qu'elle avait traversé en rampant deux jours plus tôt, la cabane de cheminot, la tranchée dans laquelle ils s'étaient jetés. Dans la lumière de l'après-midi, elle découvrit une douzaine de mitrailleuses russes placées à cinquante mètres d'intervalle dans la tranchée et braquées sur le dépôt. Fedya et moi aurions pu récolter quelques balles, cette nuit-là, pensa-t-elle. *Nicht schiessen.*

A quatre pattes, Zaïtsev s'approcha du bord de la fenêtre. Il tira de sa poche une paire de gants qu'il avait attachés ensemble avec de la ficelle et les posa sur l'appui.

— Faites-vous une sorte de coussinet pour que votre canon ne glisse pas, recommanda-t-il aux recrues pardessus son épaule.

Il ramena l'œil devant la lunette et sans se retourner, cette fois, poursuivit :

— Vous voyez le deuxième char allemand ? Celui qui a une chenille pétée ?

Il fit feu. Tania entendit un impact, métal contre métal, *ping*, résonner par-dessus la détonation.

— La croix de fer sur l'aile avant de ce tank se trouve exactement à quatre cents mètres de notre mur. Cette rangée de fenêtres, on l'a surnommée « le stand de tir ». Vous y viendrez régulièrement régler votre viseur, ou chaque fois que vous aurez des doutes sur la précision de votre arme. Approchez prudemment des fenêtres, deux par deux. Réglez vos lunettes sur la bonne distance et attendez que je vous donne l'ordre de tirer.

Tania rampa vers la fenêtre se trouvant en face d'elle, fut rejointe par Slepkinian, l'Arménienne. Elle régla sa lunette pour une distance de quatre cents mètres, visa l'insigne nazi.

Zaïtsev recula, se mit debout, alla se placer derrière les lièvres de la première fenêtre et porta ses jumelles à ses yeux.

— Shaïkine, feu.

Tania se raidit quand le fusil tonna, sur sa droite. Elle n'entendit aucun claquement indiquant que l'homme avait fait mouche.

— Nikolaï.

Koulikov, voisin de Shaïkine, fit feu à son tour et manqua lui aussi.

Zaïtsev passa à la fenêtre suivante, ordonna aux élèves de tirer, un à la fois. Ils ratèrent également la cible.

— Résistante.

Tania maintint la croix noire du char au centre de son viseur, pressa doucement la détente. La crosse du fusil lui meurtrit l'épaule. Elle dressa l'oreille pour entendre le *ping*. Rien.

Après qu'ils eurent tous tiré, aucun des lièvres n'avait touché l'insigne. Zaïtsev commenta l'exercice avec de la satisfaction dans la voix : sa ruse avait fonctionné.

— Comme vous pouvez le constater, tirer sur un mur dans un sous-sol, c'est pas la même chose que tirer sur une cible, dehors. Sur le champ de bataille, il faut tenir compte du vent, de l'humidité, de la température, de votre position par rapport à la cible – plus haut, plus bas, et même du moment de la journée. La plupart d'entre vous chassent. Mais aucun n'est habitué à tirer avec une lunette et d'aussi loin. Vous devez acquérir les automatismes du tireur d'élite. Vous devez déchiffrer les signes que le terrain et la nature vous offrent. Regardez la cible dans votre lunette.

Tania plaça son réticule sur la croix de fer du char, entendit les bottes de Zaïtsev derrière elle.

— Regardez au-dessus de l'aile. Aujourd'hui, le temps est frais mais ensoleillé. L'aile est sombre, ce qui veut dire qu'elle absorbe de la chaleur. Vous verrez des ondes de chaleur s'élever du métal. Dans quelle direction elles vont ? A gauche ou à droite ?

— A gauche, répondirent plusieurs voix.

— Oui. Ce qui signifie que le vent souffle de droite à gauche. Les ondes bougent à peine, le vent est faible. Mais vous tirez par-dessus un vaste espace découvert. Vous devez tenir compte du fait qu'il n'y a rien pour arrêter le vent. S'il faisait humide, si c'était tôt le matin après une nuit froide, il faudrait aussi adapter votre tir à ces circonstances. Ensuite, vous tirez légèrement d'en haut, vous devez en tenir compte aussi. La trajectoire de votre balle déclinera plus lentement et vous tirerez trop long. De même, si vous êtes placé plus bas que la cible, votre balle aura tendance à s'élever et vous tirerez trop long. Tournez-vous vers moi.

Tania abaissa son fusil, regarda Zaïtsev, qui tenait une balle entre ses doigts à hauteur de son épaule.

— Quand vous tirez par-dessus un terrain plat, vous savez combien de temps votre balle reste en l'air ?

Il lâcha le projectile, qui atteignit le sol en une fraction de seconde.

— Pas plus longtemps que ça. Votre lunette ne fait

que grossir la cible. Elle vous aide à donner à votre balle la hauteur adéquate pour la distance de laquelle vous tirez. Ça maintient la balle en l'air plus longtemps. Vous devez apprendre à aider votre lunette à faire son boulot en tenant compte de tous les facteurs qui déterminent la trajectoire de la balle. Remettez-vous en position, et essayez de nouveau, à mon signal. Réfléchissez, visez, tirez.

Quatorze culasses amenèrent de nouvelles balles dans les chambres. Cette fois, quand les fusils claquèrent, au fil des commandements de Zaïtsev, Tania entendit les *ping* des projectiles ricochant sur le char allemand.

Elle régla sa lunette à quatre cent vingt-cinq mètres : un huitième de moins pour un tir de haut en bas. Elle déplaça son réticule d'un millimètre pour compenser la dérive due au vent soufflant de la droite. Elle attendit, dans le fracas des détonations, que Zaïtsev appelle son nom. Elle pressa doucement la détente, sentit le recul de la crosse dans son épaule.

Ping.

Une heure plus tard, les ours arrivèrent au « stand de tir ». Zaïtsev ordonna aux lièvres de s'éloigner des fenêtres et d'observer leurs camarades en silence.

Comme Zaïtsev avant lui, Medvedev exposa à son groupe les avantages d'avoir le soleil dans le dos quand on se met en position de tir. L'Ours attira l'attention de ses élèves sur le char immobilisé dans le no man's land, leur expliqua sa signification puis s'approcha précautionneusement de la fenêtre. En quelques secondes, il braqua son fusil sur la croix de fer, lui arracha un tintement métallique.

Les lièvres ricanèrent entre eux sans que Zaïtsev intervienne quand, l'un après l'autre, les ours manquèrent la cible. Après les explications de Medvedev, ils commencèrent à faire mouche et les balles ricochèrent sur le métal dans le dépôt de chemin de fer.

Satisfait, Medvedev ordonna aux ours de s'éloigner des fenêtres.

— Allez-vous asseoir avec vos camarades, les lapins rigolards.

Fedya laissa tomber sa carcasse près de Tania, croisa les jambes, posa son fusil en travers de ses cuisses. Zaïtsev s'agenouilla devant les recrues.

— C'est la fin de votre deuxième journée d'instruction. Maintenant, vous savez à peu près tout ce que l'adjudant Medvedev et moi on peut vous apprendre. Le reste, vous l'apprendrez tout seul sur le champ de bataille. Exercez-vous jusqu'à ce que les règles de dérive et de distance deviennent un automatisme. Et n'oubliez pas : l'ennemi aussi vous apprend des choses. Bon, assez de discours, je sais que vous êtes pressés d'utiliser vos nouveaux flingots sur les nazis. Demain, vous participerez tous à votre première mission comme tireurs d'élite.

— Pour moi, ce sera la deuxième, glissa Fedya à Tania.

Medvedev rejoignit Zaïtsev devant les soldats assemblés. L'Ours était l'image même du combattant russe : grand, massif, déterminé. A côté de lui, Zaïtsev semblait frêle, mais il donnait aussi l'impression de brûler de l'intérieur, comme un moteur. Le jour et la nuit, ces deux-là, pensa Tania. Mais elle connaissait leur réputation : c'était peut-être la paire la plus mortelle de toute l'Armée rouge.

— Cette nuit, commença Medvedev, la 45e d'infanterie de Sokolov traverse la Volga. Deux bataillons au moins seront ici à l'aube. Ils ont reçu l'ordre d'empêcher l'ennemi d'approcher du fleuve entre les Barricades et Octobre-Rouge. Des mitrailleurs allemands ont pris position à moins de cinq cents mètres de la Volga, ce qui place directement sous le feu ennemi notre dernier embarcadère. Si nous ne gardons pas le contrôle de cette zone, l'infanterie boche suivra les mitrailleurs et nous perdrons une autre partie de la rive. Cette nuit, vous prendrez position sur le côté gauche du corridor pour protéger les flancs de la 45e quand elle se mettra en place, demain matin. L'adjudant-chef Zaïtsev et moi, on viendra vous chercher à minuit. Pour le moment, vous pouvez disposer. Regagnez vos quartiers ou retournez vous entraîner dans l'atelier. Et reposez-vous.

Les soldats des deux groupes se levèrent, passèrent leur fusil à l'épaule. Fedya demeura près de Tania tandis que les deux sous-officiers se frayaient un chemin dans les gravats. Ours et lièvres suivirent.

— Reste ici, murmura-t-elle à Fedya.

Il se rassit, la regarda rejoindre le groupe se dirigeant vers l'escalier. Après l'avoir suivi un moment, elle fit demi-tour et revint auprès de Fedya, qu'elle trouva assis sous une fenêtre, inspectant le dépôt avec sa lunette.

Elle s'assit à côté de lui, leva son fusil et examina elle aussi le champ de bataille.

— Tu vois la cabane ? lui demanda-t-il. Elle paraît si proche dans la lunette. J'attends toujours les rideaux que tu devais mettre pour moi…

Tania fit glisser son réticule sur le toit de l'abri. Il ne lui semblait pas proche, mais lointain, au contraire. Elle baissa son fusil, regarda Fedya qui continuait à scruter le champ de bataille.

— Fedouchka… (Elle lui toucha l'épaule, il se tourna vers elle.) Fedouchka, demain, nous irons nous battre. Ça commence, pour nous. Il vaut mieux nous dire adieu maintenant.

Il baissa les yeux sur ses mains puissantes.

— Je t'en prie, continua-t-elle. C'est déjà assez difficile pour moi, ne me complique pas la tâche. (Elle prit une de ses mains dans les siennes.) Une autre fois, Fedor

Ivanovitch. Dans un autre monde, peut-être. (Elle lui sourit.) Dis-moi adieu.

Elle se leva, s'éloigna de la fenêtre pour faire face au no man's land. Au-delà s'étendait la ville horriblement meurtrie, et l'ennemi courait dans ses veines.

Tania prit la tête de Fedya entre ses mains, l'embrassa sur le front, ébouriffa ses cheveux.

— Je ne peux pas, fit-il à voix basse.

— Il le faut, Fedya.

Elle laissa ses doigts glisser le long du cou épais jusqu'à l'épaule, s'écarta. Assis près de la fenêtre, il regardait le soir tomber sur les ruines.

Tania fit quelques pas, se retourna vers la silhouette massive de Fedya, pensa de nouveau à une image stylisée du soldat russe, Ivan le Rouge, défenseur de la *rodina*. C'est bien, pensa-t-elle. Le poète de Moscou contemple le champ de bataille. Garde les yeux et le cœur ouverts, Fedouchka. Nous aurons tous besoin de tes poèmes quand la guerre sera finie.

Kostikev réveilla Tania dans le quartier des lièvres. Sa blessure était pansée et il arborait un sourire plus large pour exhiber ses dents en or. Un quart d'heure et une tasse de thé plus tard, Zaïtsev apparut dans l'encadrement de la porte, souleva la couverture.

— Prêts, les tireurs ?

Il les mena dans la nuit venteuse. Tania s'emmitoufla dans sa parka en trottinant derrière les autres dans le réseau de tranchées. Elle emprisonna ses cheveux sous un bonnet noir. A la lisière du no man's land, Zaïtsev tourna à droite vers la Volga au lieu de leur faire traverser le dépôt.

Marchant le long des falaises, au bord de l'eau noire, Tania discerna les contours d'une flottille dégorgeant un millier d'hommes sur le débarcadère menacé, derrière l'usine Octobre-Rouge. C'étaient les deux premières compagnies de la division de Sokolov. Le ciel était calme : aucun obus, aucun avion de la Luftwaffe ne brisait le silence sous la lune voilée.

Les lièvres parvinrent à une large avenue séparant Octobre-Rouge des Barricades. Sur le côté sud de l'artère, Zaïtsev déposa ses tireurs par groupes de deux et trois devant les bâtiments les plus élevés. Il leur donna pour instructions de grimper aussi haut que possible afin de surveiller l'autre côté de l'avenue. On s'attendait à ce que les nazis intensifient leurs activités dans les décombres et les ruelles quand le quartier général allemand aurait eu vent du débarquement de la 45e. Les élèves se contenteraient d'observer, ils ne devaient tirer que s'ils en recevaient directement l'ordre de Zaïtsev ou de Medvedev, sous la forme de deux fusées rouges s'élevant de l'extrémité ouest de l'avenue.

— Inutile de secouer le nid de frelons si les troupes de Sokolov se mettent en place tranquillement, argua le Lièvre. On chassera plus tard.

Avant l'aube, Tania fut envoyée dans un immeuble de quatre étages avec Shaïkine, le paysan géorgien efflanqué, et Slepkinian, l'Arménienne boulotte. Ils grimpèrent tout en haut. Zaïtsev leur avait assuré que ce côté de l'avenue avait été nettoyé et que les Russes le tenaient solidement, mais le petit Shaïkine, méfiant, déclara à Tania qu'il avait vu trop d'exemples malheureux où le front avait inopinément changé de camp.

— Ça bouge comme un serpent, dit-il de la ligne imaginaire séparant les armées ennemies.

Grenade en main, ils montèrent l'escalier sur la pointe des pieds. Tania regrettait l'absence de Kostikev, mais Shaïkine, bâti comme un fouet, semblait capable de se débrouiller. En revanche, elle n'avait aucune idée de ce que valait l'Arménienne. Depuis deux jours, Tania l'appelait « la grosse vache » derrière son dos.

Au quatrième étage, ils se coulèrent dans une pièce du coin ouest d'où ils pourraient inspecter l'avenue dans les deux sens. Perçant les ombres rouges de l'aube avec sa lunette, Tania scruta les tranchées allemandes au-delà des façades écroulées.

Comme elle l'avait fait l'après-midi au « stand de tir », elle s'assit sous une fenêtre brisée, appuya le canon de son fusil au bord d'une brique en saillie tout en restant en retrait, à l'abri des regards. Shaïkine et la grosse vache s'accroupirent à sa droite, braquèrent eux aussi leur lunette sur les lignes ennemies.

Tania regardait les Allemands courir entre les tranchées. A trois cents mètres de distance, elle suivait leurs mouvements en maintenant son réticule sur leur cœur. Plus d'une fois elle imagina qu'elle pressait la détente. A mesure que le jour se levait, sa vision s'aiguisait et elle se rappela la règle d'or du tireur d'élite énoncée par Zaïtsev : Réfléchis trois fois, vise deux fois, tire une seule fois.

Elle ajusta la distance de sa lunette en enlevant le huitième requis pour un tir d'en haut, estima le vent : il soufflait de derrière, le bâtiment l'en protégeait. L'air était froid et le resterait jusqu'en avril. Elle était prête à répondre à l'ordre de tirer.

Pendant deux heures, les trois soldats observèrent les Allemands dans leur lunette. Tour à tour ils s'éloignaient de la fenêtre pour s'étirer. Tania avait les mains et les jambes douloureuses à force de demeurer immobile et tendue. Sa joue et ses doigts s'engourdissaient contre le métal du fusil.

A mesure que le soleil montait dans le ciel, sa patience s'émoussait. Combien de temps devrons-nous encore attendre ? Sokolov doit être en position, maintenant, raisonnait-elle. D'où nous sommes, Shaïkine, Slepkinian et moi, nous pouvons neutraliser trois mitrailleuses allemandes en dix secondes. Ce n'est pas ça, le plan ? Protéger le corridor entre les usines ? Pourquoi attendre ?

Shaïkine roula soudain sur le sol pour s'éloigner de la fenêtre, se releva avec une agilité surprenante. Tania écarta vivement l'œil de sa lunette. Elle avait entendu la même chose que lui, probablement : des pas dans l'escalier !

Elle plongea la main dans la poche de son manteau pour y prendre une grenade, se mit à plat ventre. L'Arménienne l'imita. Shaïkine alla se poster près de l'entrée, le dos au mur, fit signe aux deux femmes de se taire. Un couteau apparut dans une de ses mains, un pistolet dans l'autre.

Les bottes claquaient sur les marches, sonores, insouciantes. Elles s'arrêtèrent dans le couloir, juste avant la porte.

Shaïkine regarda Tania, qui répondit d'un hochement de tête.

Il se rua dans le couloir, le pistolet près de la joue.

Sans un mot, sans un regard derrière lui, il se redressa, laissa le pistolet retomber, fit deux pas en arrière. Tania serra plus fort sa grenade. Elle jeta un coup d'œil à la grosse vache. Pas question de se rendre, pensa-t-elle. Je me fous de ce que Shaïkine essaie de faire.

Le Géorgien recula dans la pièce. Tania dégoupilla la grenade, ramena le bras en arrière pour la lancer. Elle entendit murmurer dans le couloir :

— Tania ? Tania, tu cs là ?

Fedya pénétra dans la pièce, gardant au-dessus de la tête les mains qu'il avait levées lorsqu'il avait été surpris par le pistolet de Shaïkine. Griasev le géant marchait derrière lui.

Shaïkine sourit aux deux femmes.

— On aurait dû s'en douter, avec le raffut qu'ils faisaient, dit-il. Des ours.

Tania remit la goupille de la grenade en place.

— Qu'est-ce que tu fais ici ? lança-t-elle au Moscovite.

— Medvedev nous a envoyés. Il est monté à l'étage en dessous ce matin, il a trouvé que vous aviez une vue formidable. Nous, nous étions trois rues plus bas, il ne se passait rien.

— Rien du tout, confirma Griasev en secouant la tête.

— Alors, tu as plein d'Allemands pour nous ? fit Fedya avec un sourire.

— Prenez ces fenêtres, là-bas, marmonna Tania, retournant près de la sienne.

— Et faites pas de bruit, ajouta Slepkinian.

Tania avait été impressionnée par la grosse vache qui, l'instant d'avant, avait semblé prête à mourir sans se rendre.

Les ours rampèrent à l'endroit indiqué. Fedya se mit en position de tir, genoux relevés. Il passa la bandoulière de son fusil autour de son poignet et de son coude, plaça une paire de gants sur l'appui de fenêtre et y posa le canon de son arme en prenant garde de ne pas le laisser dépasser dehors. Puis il colla l'œil à sa lunette et regarda les Allemands s'affairer dans la rue, régla la distance.

— Qu'est-ce que tu en penses, Tania ? Trois cent vingt-cinq ?

— Trois cent cinquante, estima Griasev.

— Trois cent vingt-cinq, rectifia Tania.

Une heure s'écoula dans un silence tendu. Tania continuait à pester intérieurement contre Zaïtsev, qui ne donnait pas l'ordre de tirer. En bas, les deux douzaines de nazis devenaient de moins en moins prudents dans leurs mouvements. Ils creusaient de nouvelles tranchées, consolidaient le parapet des anciennes, remplissaient des sacs de terre. Certains se risquaient même à découvert pour porter des caisses de munitions quatre cents mètres plus loin.

Ils se croient malins, pensa-t-elle. Ils s'imaginent que

c'est eux qui vont nous faire la surprise, mais d'ici, à nous cinq, nous pourrions facilement les liquider tous. Un signal, c'est tout ce qu'il nous manque. Qu'est-ce qu'on attend ?

Une colonne de fantassins allemands déboucha soudain d'une ruelle, à deux cents mètres seulement. Tania leva la tête de sa lunette. Ils étaient une vingtaine et couraient au pas de gymnastique. Le claquement rythmé de leurs bottes emplit les oreilles de la jeune femme, dont les mains se crispèrent sur son arme. Un goût de bile dans la gorge, elle revit en pensée les cadavres de ses grands-parents sur la place de Minsk. L'ombre penchée de Lénine. Les bras qui la retenaient, les cris, le sang. Maintenant, c'était elle qui avait un fusil, c'était elle qui les tenait en joue. Elle serra les mâchoires, eut un rictus qui découvrit ses dents.

Elle ramena l'œil à l'oculaire de la lunette, visa le soldat de tête. Le réticule noir montait et descendait avec les battements de son cœur, mais les nazis étaient si près que cela n'avait pas d'importance. Elle suivit l'Allemand sur une centaine de mètres...

— Feu ! cria-t-elle, surprise par la soudaineté de sa propre voix.

Elle pressa la détente, se raidit en prévision du recul. L'homme en uniforme vert-de-gris s'écroula.

Les autres nazis se figèrent dans l'écho de la détonation.

Tania ramena sa culasse en arrière ; Slepkinian fit feu. A l'arrière de l'escouade, un Allemand s'étreignit la poitrine et s'affala.

Aussitôt, la pièce retentit du fracas des cinq fusils à lunette tirant en même temps. Les Allemands des premiers et derniers rangs tombèrent d'abord, suivis par ceux du milieu. Les corps s'effondraient sous la grêle de balles. Tania se concentrait sur le premier rang, abattait les Boches trébuchant sur les cadavres.

En moins de quinze secondes, ce fut fini. Une fumée bleue voilait le plafond, s'échappait par les fenêtres. Des douilles jonchaient le sol. Le cœur battant dans les oreilles, Tania inspecta la rue, compta les victimes du carnage, poignardant de son réticule chaque corps grossi par la lunette.

— Dix-sept ? lança-t-elle.

— Dix-sept, confirma Shaïkine, le souffle court.

Elle braqua sa lunette au-delà des bâtiments, sur les tranchées ennemies qu'elle observait depuis l'aube. Les Allemands avaient cessé leurs travaux de consolidation pour se mettre à l'abri et faire pivoter leurs mitrailleuses en tentant de localiser la source des coups de feu. Nous sommes trop loin, se rassura Tania en s'écartant de la fenêtre. Ils ne nous voient pas. Bien. Nous nous occuperons d'eux plus tard. En attendant, nous avons déjà raflé une prime de dix-sept bâtons brisés. Nous les avons tous eus.

Se retournant, elle constata que ses camarades avaient abaissé leur fusil. Shaïkine et Griasev se serraient la main, Slepkinian jetait autour d'elle des regards ravis ; seul Fedya semblait mécontent. Il glissait des balles dans son chargeur en secouant la tête.

Griasev brandit un poing massif en direction de Tania.

— Ça, c'était une embuscade ! s'exclama-t-il.

Il frotta ses grosses pattes l'une contre l'autre comme s'il s'apprêtait à attaquer son repas.

Tania baissa elle aussi son arme, gagna en rampant le fond de la pièce. Shaïkine fit de même. Slepkinian, Griasev et Fedya continuèrent à surveiller les positions allemandes.

— Qu'est-ce que t'en penses ? demanda Shaïkine à Tania.

— Je pense que nous allons les inscrire dans nos carnets. Trois chacun. Les deux derniers à Fedya et à la grosse vache.

— Maintenant, on attend les ordres, je suppose ?

Tania sortit de la pièce, s'assit dans le couloir pour mettre de l'ordre dans les pensées qui ricochaient dans sa tête. On nous a appris à faire preuve d'initiative, se dit-elle. A saisir l'occasion, à provoquer l'événement. A attendre le temps qu'il fallait puis à agir. C'est ce que nous avons fait. Nous avons attendu suffisamment longtemps. Toute la matinée. Dix-sept ennemis morts. Qu'est-ce que Zaïtsev peut vouloir de plus ?

Elle tourna la tête vers ses trois camarades qui gardaient l'œil rivé à leur lunette. Le soleil qui s'élevait au nord-est dessinait leurs ombres derrière eux sur le sol crasseux.

Des ombres... Ils avaient le soleil dans les yeux.

Tania dressa l'oreille en entendant un sifflement bas.

Non, pensa-t-elle. Non !

Le mur éclata. Avant qu'elle pût réagir, une boule de feu enrobée de fumée noire la projeta en arrière. Des briques volèrent en tous sens, portées par l'onde de choc. Tania retomba par terre, étourdie par l'explosion.

Quand elle ouvrit les yeux, la pièce était obscurcie par d'épais tourbillons de fumée. Un trou énorme perçait le mur.

Shaïkine gisait à côté d'elle, avec une vilaine plaie au menton.

Il se mit debout en titubant, plaqua les mains sur le mur comme s'il voulait l'escalader. Du sang coulait sur le devant de son manteau.

— Lève-toi ! cria-t-il à Tania. Vite !

Il lui saisit un bras et tira avec un grognement. Tania réussit à se mettre debout mais ses jambes se dérobèrent sous elle. Shaïkine la maintint contre le mur jusqu'à ce que ses muscles soient assez fermes pour la soutenir. Puis il la prit par les épaules, l'entraîna dans l'escalier.

— Non, murmura-t-elle en se retournant vers la pièce. Attends...

— Ils sont morts ! hurla-t-il à son oreille. Morts ! Viens !

Elle cessa de résister et se laissa conduire parmi les gravats.

Zaïtsev releva la couverture servant de porte, entra dans le quartier des lièvres.

Tania était assise seule dans un coin depuis trois heures. Shaïkine, titubant d'avoir perdu beaucoup de sang, était resté avec une infirmière qui les avait repérés sur le bord de la Volga.

Zaïtsev s'accroupit à côté de Tania, se pencha en avant sur les pointes de ses bottes, les yeux baissés.

— Qu'est-ce qui s'est passé ? demanda-t-il d'une voix plus douce que son visage.

Tania retenait ses larmes. Elle n'avait pas encore pleuré, elle ne voulait pas le faire devant lui. D'une voix blanche, elle lui raconta la matinée, les Allemands s'affairant dans les tranchées, derrière les bâtiments. Il aurait été si facile de les descendre, mais elle et les autres avaient attendu patiemment, pendant des heures. Et puis le peloton surgissant de nulle part au pas de gymnastique les avait surpris. Elle avait réagi rapidement, trop rapidement, peut-être.

En entendant ces derniers mots, Zaïtsev releva la tête. Dans son visage plat de Sibérien, ses yeux semblaient palpiter.

— Comment ça, t'as réagi trop rapidement ?

— Je...

Zaïtsev plissa les yeux, remua les mâchoires derrière ses lèvres serrées.

— J'ai tiré la première. J'ai donné l'ordre, reconnut-elle.

La gifle du sous-officier la fit tomber sur le côté.

— Debout ! aboya-t-il en se levant.

Elle obéit. Sa joue lui cuisait, mais elle ne la frotta pas. Elle se laissa aller contre le mur, les bras ballants.

— Camarade...

— Tais-toi.

Il approcha son visage à quelques centimètres de celui de Tania et beugla :

— Qu'est-ce que tu vas me dire, Résistante ? Que t'es désolée d'avoir désobéi aux ordres ? D'accord, camarade Tchernova. T'es pardonnée. Que tu regrettes d'avoir compromis une mission capitale ? Là encore, t'es pardonnée. D'ailleurs, la mission s'est poursuivie sans toi...

Emprisonnant sa voix derrière ses dents serrées, il continua :

— Maintenant, dis-moi que t'es désolée d'avoir fait tuer Slepkinian, Griasev et Mikhaïlov. C'est toi qui es responsable de leur mort. Personne d'autre.

Tania avala péniblement sa salive. Elle se sentait ballottée par des vagues de terreur, comme si elle avait été de nouveau projetée dans la Volga.

— Tu les as pas tous dégommés, soldat. Un des Boches a réussi à ramper jusqu'à un emplacement de mortier avec les coordonnées de votre position. (Il ferma le poing.) Votre putain de position ! Tu as désobéi aux ordres, tu as révélé votre position, tu as échangé la vie de trois de mes tireurs contre dix-sept fantassins. Chacun de mes hommes valaient cent nazis !

Respirant bruyamment par le nez, Zaïtsev éloigna son visage, sonda les yeux de Tania. Elle vit ses pupilles braquées sur elle comme les canons sombres de fusils jumeaux. Le cerveau vide, elle n'arrivait plus à penser. Il secoua la tête.

— On n'est pas ici pour effacer tes souvenirs, Résistante. Je sais pas ce que tu as enduré, ce que tu as perdu, mais tes souffrances ne sont pas plus grandes que celles de la Russie. (Il se redressa.) De la Russie, oui ! Tu es dans l'Armée rouge, maintenant ! Tu ne fais plus ta propre guerre ! Ne l'oublie pas ! Ne l'oublie jamais ! C'est ta bêtise et ton égoïsme qui ont assassiné trois soldats russes !

Il leva au-dessus d'elle un poing tremblant, furieux.

— A partir de maintenant, tu exécuteras les ordres à la lettre ou je demande à Danilov de te tirer une balle dans la nuque ! T'as compris ?

Il tourna sur ses talons, sortit d'un pas lourd, arracha la couverture à ses clous en l'écartant.

Tania se laissa glisser par terre. Des larmes emplirent ses yeux, roulèrent sur ses joues, tombèrent sur le dos de ses mains.

Elle ferma les yeux, essaya d'écouter ses propres sanglots, mais elle n'entendait que la colère de Zaïtsev. Il lui avait hurlé dans les oreilles, il l'avait frappée.

T'as compris ?

Elle se sentait exilée de son corps et flottait au-dessus de lui comme si son esprit, débordant de chagrin et de culpabilité, avait dû s'en extraire. Elle baissa les yeux vers la forme recroquevillée au pied du mur, s'efforça de ressentir de la pitié pour cette fille en larmes. Elle n'éprouvait que du mépris.

Je les ai tués. Egoïste et stupide, j'ai provoqué leur mort. Je suis là, pleurant, tremblant, mais en vie. Eux ne le sont plus.

Elle se cogna durement la tête contre le mur, chercha sa voix pour répondre aux bruits des pas de Zaïtsev s'éloignant dans le couloir, à l'image de Fedya gisant brisé sous un amas fumant de briques, ses yeux de jeune poète grands ouverts.

Les bras tendus devant elle, elle ferma et rouvrit les mains jusqu'à en avoir mal aux doigts. La douleur la ramena à l'intérieur de son corps et elle murmura :

— J'ai compris.

DEUX

Le duel

11

Le *panzer* tourna le coin en grondant. Ecoutilles d'acier fermées, il descendit prudemment la rue en faisant tourner sa tourelle grise dans un grincement métallique. A l'intérieur du blindé, les Allemands cherchaient les Russes qu'ils savaient tapis dans les ruines.

Derrière, un autre tank suivait la progression du char de tête et le couvrait, canon immobile. Plus loin, hors de vue, une unité d'infanterie attendait d'avancer sous la protection des blindés.

Une détonation retentit au premier étage d'un bâtiment, au bout de la rue. Un fusil antichar de 76 mm avait ouvert le feu à cinquante mètres et manqué sa cible. Le *panzer* de tête repartit en marche arrière, dirigeant sa tourelle vers la position du tireur russe révélée par l'éclair de son arme. Le char de derrière tira un obus antipersonnel dans les ruines. Des fantassins allemands jaillirent de leurs cachettes pour cribler de balles et de grenades la position ennemie.

A cet instant précis de la bataille, ainsi qu'il avait appris à le faire ces dix derniers jours dans d'autres combats de rues, le caporal Nikki Mond braqua ses jumelles sur les toits et les façades branlantes. Comme il s'y attendait, il vit apparaître un court instant, telles des épines noires sur les bâtiments, les fusils de tireurs embusqués russes qui abattirent les fantassins allemands un par un.

Nikki savait que ces remarquables tireurs étaient restés immobiles pendant des heures dans les combles des édifices dévastés. Pendant la première semaine de novembre, que les soldats avaient pris pour habitude d'appeler « les jours tranquilles », Nikki avait constaté la présence, de plus en plus mortelle, de tireurs isolés ennemis. Profitant des défaillances de la Luftwaffe et de la multiplication des petits accrochages, les assassins silencieux de l'Armée rouge s'étaient apparemment glissés dans toutes les crevasses du front.

Nikki avait plusieurs fois assisté à ce genre d'accrochage où, la situation étant bloquée, chaque camp réclamait des renforts et des armes plus lourdes. Si, pour une raison ou pour une autre, ils n'en obtenaient pas, la fureur retombait, les morts étaient abandonnés là où ils étaient tombés. Les blessés se traînaient à couvert et attendaient la nuit, n'osant pas appeler à l'aide de peur que des tireurs cachés sur les toits ou qu'un Ruskoff rampant dans les décombres ne les achèvent. Pendant les « jours tranquilles », on fit peu de prisonniers.

La morne succession de pertes et de reprises d'une rue, d'une ruelle, d'un bâtiment était devenue pour les combattants des deux camps la vraie bataille de Stalingrad. Les grandes opérations de septembre et octobre pour enlever la mince poche russe le long de la rive avaient fait place à des affrontements éclatés et locaux n'engageant qu'une compagnie, chaque camp tentant d'améliorer sa position mètre par mètre. Le siège de la ville était devenu un affreux bourbier qui ne permettait qu'une avance lente et tortueuse.

Les deux armées s'étaient enterrées. Les caves, les égouts, les tunnels, et un réseau apparemment interminable de tranchées peu profondes appelé « le parcours du rat », écorchures sur la peau gelée de la ville, définissaient maintenant les contours du champ de bataille sous un ciel d'hiver annonçant la neige. Les fantassins de la Wehrmacht appelaient cela le *Rattenkrieg*. La « guerre des rats ».

Nikki baissa ses jumelles pour prendre rapidement des notes dans son carnet. C'était sa nouvelle affectation : observateur avancé, rattaché aux services de renseignements allemands. Il avait pour mission d'observer les combats d'infanterie sur le front, de faire un rapport sur la tactique suivie et les pertes.

Après que le capitaine Mercker et son unité eurent été ensevelis sous les gravats, Nikki avait mené ses neuf camarades rescapés à un poste de commandement avancé où il avait fait la connaissance d'un jeune lieutenant exalté, Karl Ostarhild. Le caporal avait rapporté le désastre pendant que l'officier lui servait une tasse de café. Ostarhild avait déplié une carte devant Mond pour que celui-ci lui montre l'emplacement du bâtiment effondré où Mercker et sa compagnie avaient trouvé la mort. Penché en avant, Nikki avait indiqué ce qu'il savait des positions soviétiques, leurs points forts et leurs faiblesses. Le lieutenant avait été impressionné non seulement par l'étendue des informations du caporal, mais aussi par les circonstances particulièrement dures pendant lesquelles il les avait glanées. Il lui avait demandé de rester sous ses ordres comme observateur des services de renseignements, et Nikki avait accepté.

Depuis, le caporal suivait le grondement des chars et le staccato des armes automatiques à travers Stalingrad. Lui-même n'avait pas tiré un coup de feu ni lancé une grenade en douze jours. Il ne portait même plus son fusil.

Les informations qu'Ostarhild recevait l'inquiétaient de plus en plus. Après des semaines passées à compiler les données fournies par les avions de reconnaissance, les observateurs sur le terrain, les prisonniers interrogés, les messages radio interceptés, il était certain que les Russes préparaient une opération d'envergure. Il ne savait pas quoi, mais tous les signes indiquaient quelque chose de gigantesque.

La veille, le 7 novembre, à Goloubinka, à sept kilomètres à l'ouest, dans la sécurité de la steppe, Ostarhild avait présenté les faits, assortis de premières conclusions, à ses supérieurs. Il avait exposé les rapports faisant état d'un rassemblement massif d'hommes et de matériel dans la région de Kletskaya, au nord. Selon lui, il pouvait s'agir d'une force russe mobile et puissamment armée s'apprêtant à lancer une contre-offensive. Il avait fourni aux généraux assemblés des détails sur chaque unité rouge : leur provenance, et même les noms de leurs commandants.

Ostarhild avait signalé que la Soixante-deuxième Armée du général Tchouikov s'était vu imposer par la Stavka, le haut commandement russe, une forte réduction de son approvisionnement en munitions. A quelles autres unités allaient les munitions ? Le matin même, pour le vingt-cinquième anniversaire de la Révolution bolchévique, Staline avait prononcé un discours étonnamment optimiste diffusé de Moscou par ondes courtes. Se référant à la bataille de Stalingrad, il avait eu cette formule mystérieuse : « Bientôt, nous aurons aussi quelque chose à fêter. »

S'appuyant en partie sur les observations de Nikki Mond, Ostarhild avait présenté à ses chefs un tableau saisissant de la phase présente de la bataille. L'assaut contre Stalingrad avait éclaté en une multitude d'affrontements violents, très localisés. Les Allemands, attaquant en petits groupes, parvenaient parfois à s'emparer d'un pâté de maisons en ruine, voire à atteindre la Volga dans le quartier des usines ou ses environs. Une fois retranchées, les unités du Reich se retrouvaient souvent coupées de leurs lignes par les Russes, qui reprenaient les étroits corridors par lesquels les Allemands avaient percé. On ne pouvait plus secourir les blessés ; les morts abandonnés sur place raidissaient dans des postures macabres. Les hommes perdaient tout espoir de survie personnelle. Ils continuaient à se battre mais, trop souvent, ils puisaient leur force dans l'alcool ou les amphétamines de contrebande. Ostarhild avait décrit ainsi le soldat allemand : pas rasé, épuisé par le manque de sommeil ou de répit, infesté de poux, rongé par la peur de passer un autre hiver russe à se battre, et ayant perdu tout sens de l'objectif supérieur du Reich. Selon les termes d'un correspondant de guerre cité par le lieutenant : les soldats n'étaient plus animés maintenant que par cette « ultime obsession : se jeter à la gorge l'un de l'autre ».

La position russe dans la ville était également périlleuse. Les Soviétiques s'accrochaient désespérément à un réduit sans cesse plus petit s'étendant sur cinq kilomètres. A certains endroits, la rive du fleuve ne se trouvait plus qu'à une centaine de mètres derrière eux. En plus d'un manque de munitions et d'un taux de pertes extrêmement élevé, un autre problème menaçait les Russes : la Volga, seul lien de l'Armée rouge avec ses lignes de ravitaillement, devenait rapidement non navigable. Les énormes blocs de glace venus du nord que le fleuve charriait chaque année commençaient à encombrer le cours du fleuve, mais la Volga ne serait pas complètement gelée avant quelque temps, et la couche de glace ne serait assez épaisse pour permettre le passage de camions que d'ici quatre à cinq semaines. En attendant, les renforts et le ravitaillement seraient sévèrement réduits, voire totalement interrompus.

Les généraux avaient alors demandé au jeune lieutenant si ce n'était pas le moment, dans ces conditions, de lancer une grande offensive. Ostarhild avait prévu la question et savait qu'il ne pouvait y répondre franchement. La vérité ne correspondait pas à ce que l'état-major voulait entendre ni à ce qu'il était prêt à transmettre au général von Paulus, commandant de la Sixième Armée. Au fond de lui-même, Ostarhild sentait que les simples soldats étaient maintenant trop désorganisés, trop transis dans l'ombre de leur destin fatal, pour participer efficacement à un nouvel assaut d'envergure. En sa qualité d'officier des services de renseignements, il avait censuré des centaines de lettres que les hommes envoyaient à leurs familles. Sans exception, ils s'y lamentaient sur le peu de chances qu'ils avaient de rentrer vivants en Allemagne. Le haut commandement avait ordonné que ces lettres soient interceptées : il ne fallait pas démoraliser l'arrière par ces propos défaitistes.

Au lieu d'exposer aux généraux la vérité toute nue, Ostarhild avait parlé prudemment, choisissant des termes qui conviendraient à leurs oreilles. Le soldat allemand se battra avec courage, quelle que soit sa mission, avait-il assuré. Mais il fallait agir rapidement avant que les circonstances ne deviennent défavorables. Le lieutenant avait gardé pour lui sa crainte qu'elles ne le soient déjà devenues depuis des semaines. Une nouvelle offensive pourrait réussir, avait-il ajouté, en particulier pendant que le fleuve menaçait les lignes de ravitaillement russes, mais l'Allemagne se heurtait en ce moment même – début novembre – à de nouveaux obstacles : les conditions météorologiques, l'état physique et moral des troupes, ainsi que le nombre croissant de tireurs d'élite ennemis.

Les tireurs isolés communistes s'étaient adaptés au territoire urbain dévasté beaucoup mieux que les Allemands, avait souligné Ostarhild. De plus en plus efficaces, les tireurs ennemis causaient des pertes très lourdes, notamment parmi les officiers. Cent à deux cents morts et blessés par jour, selon une estimation modérée.

Il fallait ajouter à ces chiffres la nature effroyable de la fin que ces hommes connaissaient : abattus de très loin par un ennemi invisible qui s'échappait en rampant. La mort survenait toujours comme un choc affreux et sanglant. Les soldats des tranchées en étaient venus à croire qu'il n'y avait plus un endroit sûr pour eux. Tout mouvement – fumer, se soulager – pouvait attirer l'attention d'un tireur d'élite. L'idée d'être traqué à travers une lunette, d'être marqué à son insu par une croix noire invisible, condamné à une balle dans la tête, à une mort instantanée, avait quelque chose de glaçant. Les hommes étaient démoralisés. Pire, ils étaient paralysés.

Ostarhild avait montré aux généraux un dossier de coupures du journal *L'Armée rouge* et d'une feuille locale distribuée dans les tranchées de Stalingrad, *Pour la défense de notre pays*. Il y avait joint les traductions faites par ses collaborateurs. Il avait attiré l'attention du commandement sur les articles d'un certain commissaire I. S. Danilov, publiés dans la rubrique « Nouvelles du front ». On y parlait d'une école de tireurs d'élite récemment créée au sein de la 284e division commandée par le colonel Batiouk. « Manifestement, avait conclu Ostarhild, le haut commandement soviétique a saisi l'intérêt que pouvait présenter cette école, mais je doute que les généraux russes aient eux-mêmes prévu que ses élèves deviendraient aussi redoutables. »

Le général Schmidt, aide de camp de von Paulus, et officier le plus élevé en grade de la réunion, avait hoché la tête en parcourant les traductions.

« Les articles mettent en vedette ce Zaïtsev, celui qu'on surnomme le Lièvre. Il est le cerveau de l'opération, semble-t-il.

— En effet, mon général, avait acquiescé Ostarhild. C'est un Sibérien, un chasseur de l'Oural. La presse rouge le présente comme le tireur d'élite idéal, un véritable héros.

— Alors, je pense qu'il serait bon pour le moral de nos troupes de lui faire sauter la cervelle », avait estimé Schmidt.

Après une nouvelle lecture des traductions, le général avait relevé la tête et adressé aux participants un sourire onctueux.

« Ce Danilov nous est d'une grande aide. Il nous livre dans ces articles une description de la tactique de son Zaïtsev. Longue et détaillée, vous ne trouvez pas, lieutenant ? Comment il raisonne, quelles sont ses ruses préférées, etc. Dites-moi, pensez-vous que ces renseignements nous aideront à liquider ce salaud de Russe ? Ce petit lapin rouge ? »

Les autres officiers avaient ricané.

« Certainement, mon général, avait répondu Ostarhild.

— Alors, appelez Berlin, avait ordonné Schmidt, se levant pour mettre fin à la réunion. Dites-leur que nous voulons nous débarrasser du meilleur tireur de toute l'armée russe. Demandez qu'on m'envoie le meilleur tireur allemand. Immédiatement. »

Le 9 novembre, deux jours après le rapport du lieutenant Ostarhild devant l'état-major, Nikki Mond attendait sous une neige tourbillonnante à l'aérodrome de Goumrak, à vingt-cinq kilomètres à l'ouest du centre de Stalingrad. L'unique piste d'atterrissage et la casemate solitaire de Goumrak constituaient le lien aérien le plus proche entre l'Allemagne et la ville. Au cours des derniers mois, ce nom avait prit une connotation à la fois joyeuse et sinistre parmi les soldats de la Wehrmacht combattant à Stalingrad. Goumrak signifiait que vous alliez rentrer au pays, peut-être ballotté sur un siège d'où vous verriez la Russie rapetisser et disparaître dans le brouillard ; peut-être, et plus probablement, dans l'obscurité d'un sac en toile. On était sûrement à court de caisses en sapin, maintenant.

Nikki plissa les yeux dans la blancheur cinglante de la neige, regarda le bombardier Heinkel He-III rouler sur la piste et s'arrêter à quarante mètres de sa voiture d'état-major. C'était la première neige de l'hiver russe, en avance d'un mois sur les flocons les plus précoces que Nikki se rappelait avoir vus tomber dans sa Westphalie natale.

Le rugissement des moteurs du bombardier culmina puis s'éteignit. Les hélices s'immobilisèrent. L'appareil demeura quelques minutes dans le silence et la solitude : personne ne s'en approcha, personne n'en descendit. Les mains enfoncées dans les poches, Nikki sautillait sur ses orteils pour lutter contre le froid.

La porte du milieu de la carlingue s'ouvrit ; un sac en toile tomba sur la piste. Un homme sauta aussitôt après, se reçut lourdement. Il ramassa le sac, se mit à marcher sous la neige.

Les moteurs du Heinkel redémarrèrent tandis que la silhouette s'approchait. L'homme portait un long manteau noir sans insigne, une casquette en feutre noir à large visière, visiblement neuve. Il tendit son sac à Nikki, passa devant lui pour monter dans la voiture.

L'inconnu était plutôt rond, pas plus grand que le caporal. Voilà donc le maître tireur envoyé par Berlin, pensa Mond. Je m'attendais plutôt à un titan, à un guerrier aux mâchoires de granite et aux yeux bleus. Bon, je m'étais fait un roman. Cet homme pressé de se mettre à l'abri du froid dans la voiture paraît plutôt douillet. Il doit être très, très bon.

Nikki mit la voiture en marche, quitta la piste. Il ne tira pas sur la manette du chauffage mais attendit que le moteur chauffe avant d'ouvrir l'arrivée d'air.

— On gèle, se plaignit l'homme à travers l'écharpe qui lui couvrait la bouche. Vous auriez pu laisser tourner le moteur en m'attendant. Il aurait fait chaud dans la voiture.

— Je m'excuse, mon colonel, dit Nikki en regardant son passager dans le rétroviseur. Votre avion avait du retard, je n'ai pas voulu gaspiller du carburant.

Il tira la manette, libérant un courant d'air froid. Les deux hommes gardèrent le silence tandis que la voiture roulait sur la route de terre battue menant au QG d'Ostarhild. Nikki observait l'inconnu à la dérobée dans le rétroviseur. Ce n'est que lorsqu'il fit enfin chaud à l'intérieur qu'il dénoua son écharpe et releva la visière de sa casquette. Croisant le regard de Nikki dans le miroir, il sourit.

— Quel est votre nom, caporal ?

— Nikolas Mond, mon colonel. De Westphalie.

— Ah oui, fit l'officier, regardant la neige tomber par la fenêtre embuée. J'y ai souvent chassé. L'oie, surtout, mais aussi le canard. Merveilleux, le canard.

Il semblait vouloir faire la conversation : dans le rétroviseur, les yeux gris-bleu attendaient une réponse.

— Ma famille a une ferme là-bas, dit Nikki. Après chaque moisson, nous jetons des grains de maïs dans les champs. Les canards volent quasiment à l'intérieur de la ferme et se posent sur la table.

— Oui ! s'esclaffa le passager de Mond. Je préfère le goût des canards idiots.

Il ôta sa casquette et ses gants, les posa sur son giron. Il avait des cheveux courts, châtain clair comme la steppe morte qui défilait de l'autre côté des fenêtres. Sa peau couleur crème était tendue sur les bourrelets de graisse du cou. Nikki remarqua la petitesse des oreilles, du nez et de la bouche. Les yeux dominaient le visage comme deux lacs bleus autour desquels le reste des traits se rassemblait pour boire. Il clignait les yeux lentement, mais sa tête avait des mouvements vifs et saccadés qui rappelaient au caporal les chats-huants de la ferme familiale.

Nikki engagea la voiture sur une route pavée. Une svastika flottant au-dessus de l'aile avant gauche indiquait qu'il transportait un passager important. Nikki conduisait lentement, faufilant le véhicule entre des groupes de soldats à pied. Les hommes semblaient marcher sans but sous la neige. Certains étaient enveloppés dans des couvertures ; beaucoup avaient fourré des journaux sous leur casque et sous leur manteau et ressemblaient à des épouvantails.

Une charrette tirée par un cheval s'arrêta devant Nikki, qui dut faire halte. Les soldats marchant de chaque côté ne lui laissaient pas le passage. Il n'avait pas envie de klaxonner pour faire s'écarter ces combattants épuisés, mais il fallait bien qu'il passe.

— Ça ne fait rien, dit l'homme assis à l'arrière. Attendez un peu.

Dans la charrette, entassés contre les barreaux, des corps raidis semblaient crisper leurs poings sur le vide. Des pieds nus dépassaient de la masse d'uniformes vert-de-gris : les mains gelées des vivants avaient récupéré bottes et chaussettes. Un délicat linceul de neige épousait les crevasses des coudes et des jambes repliés, emplissait les orbites et les bouches béantes.

Un officier remarqua la voiture d'état-major immobilisée derrière la charrette, ordonna aux soldats marchant sur le bas-côté de la laisser passer. Nikki salua l'officier, doubla sur la droite.

Dans le rétroviseur, les paupières du passager, tels des rideaux baissés, masquaient à présent ses yeux.

— Vous savez qui je suis ?

— Oui, mon colonel, répondit Nikki. Colonel de SS Heinz Thorvald, de Berlin.

L'officier rouvrit les yeux.

— De Gnössen, en fait. J'ai passé l'année dernière

là-bas à enseigner. Berlin n'est pas très loin, cependant. J'y vais très souvent au théâtre. Vous aimez l'opéra, caporal ? Il y en a un en Westphalie, je crois.

— Je ne sais pas. On n'a pas le temps pour ça, à la ferme.

— Oui, sans doute. Les Britanniques ont bombardé l'opéra de Berlin, mais le Führer l'a fait reconstruire. Il rouvre à la fin du mois avec *Les Maîtres chanteurs*. Je tiens à être rentré pour assister à la première.

Nikki se concentrait sur la route. Maintenant qu'elle était dégagée, il roulait vite, emmenant son passager, le plus dangereux tueur à distance de toute l'armée allemande, le maître tireur Heinz Thorvald, aux bureaux du lieutenant Ostarhild.

Ostarhild s'avança sous la neige pour accueillir Thorvald, se mit au garde-à-vous et salua. Nikki ouvrit la portière arrière de la voiture. Le colonel rendit le salut, suivit le jeune officier à l'intérieur. Le caporal leur emboîta le pas avec le sac en toile.

Ostarhild servit au SS une tasse de café, le fit asseoir près d'un poêle à charbon. N'ayant vu auparavant ni poêle ni charbon, Nikki déduisit que le lieutenant se les était procurés pour la visite de Thorvald.

Les deux officiers échangèrent des plaisanteries sur Berlin et Stuttgart, la ville d'Ostarhild. On chassait beaucoup le faisan dans les environs de Stuttgart, semblait-il. Le lieutenant profita d'un temps mort de la conversation pour en venir à la mission du colonel.

Il prit sur son bureau une pile d'articles découpés dans *Pour la défense de notre pays*, avec traduction jointe.

— Colonel, ces textes ont été écrits par un commissaire de l'Armée rouge et concernent directement votre cible, l'adjudant-chef Vassili Zaïtsev. Il semble qu'un simple chasseur de Sibérie soit devenu un héros pour les Russes…

— Et un problème pour vous ? fit Thorvald sans lever les yeux de son café.

— Encore plus que ces articles ne le laissent supposer, reconnut Ostarhild. Ce Zaïtsev, surnommé le Lièvre, dirige une sorte d'école improvisée de tireurs d'élite russes. Ces deux dernières semaines, de nouveaux noms sont apparus dans ces articles, ils sont soulignés dans la traduction : Medvedev, Tchekov, Shaïkine, Tchernova. Tous des élèves à lui. Le commissaire pense que certains d'entre eux rivalisent d'audace avec leur maître, mais aucun ne le surpasse en adresse. Le Lièvre a appris à trois douzaines de soldats à opérer directement sur le front. Avec une distance de tir variant entre trois cents et quatre cents mètres, ils causent des dégâts non négligeables derrière nos lignes. Nous perdons des hommes, oui, mais plus grave encore, nous perdons le moral avec une rapidité effrayante.

Le colonel leva la tête.

— Trois cents à quatre cents mètres. Ce n'est pas un exploit pour un bon tireur.

— Selon ces articles, la distance de tir de Zaïtsev se situe entre cinq cents et cinq cent cinquante mètres.

— La mienne est plus élevée, déclara Thorvald d'un ton calme.

Ostarhild attendit que le SS ait fini sa tasse et la pose sur le bord du bureau pour reprendre :

— Colonel, j'ai reçu l'ordre de vous prodiguer toute l'aide possible. J'ai pris des dispositions pour vous loger ici, dans mes bureaux. Une pièce vous y sera réservée jusqu'à la fin de votre mission. En outre, j'ai chargé un de nos tireurs d'élite de vous servir de guide. Y a-t-il quelque chose d'autre que je pourrais faire pour vous ?

Thorvald se tourna lentement puis désigna soudain Mond d'un vif mouvement de la tête.

— Cet homme est-il courageux ? demanda-t-il au lieutenant sans quitter le caporal des yeux.

Ostarhild eut un haussement d'épaules comme pour avouer qu'il ne comprenait pas le sens de la question.

— Oui, mon colonel. Très courageux. Et pas stupide.

— Il a combattu ? Il connaît le champ de bataille ?

Ostarhild tendit une main vers Nikki.

— Caporal, parlez au colonel de votre expérience...

— C'est à vous que je pose la question, lieutenant, rappela Thorvald d'une voix égale mais tranchante, les yeux toujours fixés sur Mond. Je ne veux pas l'entendre parler de son courage, je veux savoir ce que vous en pensez, vous. Un homme courageux ne dira jamais qu'il a du courage.

— Le caporal Mond a connu le pire de Stalingrad, répondit Ostarhild, s'adressant à la nuque du colonel. Et le pire de Stalingrad, c'est l'enfer, je peux vous l'assurer.

Un sourire apparut brusquement sur le visage de Thorvald, comme une fissure dans la glace.

— Bien, dit-il en se tournant vers Ostarhild. Je voudrais qu'il soit mon guide et mon observateur.

Le lieutenant se pencha en avant.

— Mon colonel, comme je viens de vous le dire, j'ai déjà désigné l'un de nos tireurs d'élite pour être votre observateur. Il connaît le champ de bataille aussi bien que le caporal et il a l'expérience des tireurs russes...

— Je ne veux justement pas d'un homme qui a l'expérience des tireurs russes. Je ne veux ni conseils ni ragots. Ce Zaïtsev s'est fait une spécialité d'observer les tireurs allemands. Je ne veux pas de quelqu'un qui me fera tuer. Je veux quelqu'un qui fera ce que je lui dirai. Votre caporal connaît le champ de bataille. Et je sais qu'il comprend la peur, je le vois dans ses yeux. Il sait ce qu'elle peut faire.

Ostarhild secoua la tête.

— Mon colonel, avec tout le respect que je vous dois, je pense qu'un de nos tireurs...

— Les tireurs embusqués sont des lâches, coupa Thorvald. Nous sommes tous des couards. Nous tuons sans combattre. Rappelez-vous, lieutenant, que j'ai appris à vos tireurs tout ce qu'ils savent. (Il se leva, se tourna vers Mond.) Avez-vous tué des hommes, caporal ?

Nikki acquiesça.

— Moi, je n'en ai pas tué un seul, dit Thorvald à Ostarhild. J'en ai abattu des centaines, mais je n'en ai pas tué un seul. Ils tombent à cinq cents mètres de moi quand je presse la détente, c'est tout. Je ne suis pas capable de faire comme lui, poursuivit-il en montrant Mond. Je ne sais pas combattre, je sais seulement tirer. Cela fait de moi un pleutre. Je le sais. Cet homme n'est pas un pleutre. Il m'accompagnera.

Ostarhild se leva lui aussi.

— Bien, mon colonel. Caporal, vous retrouverez le colonel à l'aube. Retournez dans vos quartiers prendre un peu de repos. Je vous verrai ici demain matin. Vous pouvez disposer.

Nikki salua les deux officiers, sortit dans le jour déclinant. La neige tombait moins dru ; elle cesserait probablement d'ici une heure.

Les bureaux d'Ostarhild se trouvaient au rez-de-chaussée de ce qu'il restait d'un grand magasin, séparé par un parc de la gare centrale et d'un hôtel de tourisme. A l'est du bâtiment, un escalier de béton, autrefois flanqué de statues et de fontaines, conduisait à une allée longeant le fleuve puis au principal débarcadère du ferry. Avant la guerre, des barques emmenaient les baigneurs sur les plages de sable des îles de la Volga. Boutiques, kiosques, siège du journal local, musée folklorique, hangars à bateaux, auditorium, marché en plein air, église : les vestiges fracassés de ces édifices entouraient Mond tels des squelettes géants tandis qu'il regagnait ses quartiers.

Cette ville a été dévastée par une guerre si violente qu'elle peut faucher une rangée de bâtiments comme un épi de blé, pensait-il. Maintenant cette guerre se ralentit, devient personnelle. Un homme, envoyé de Berlin, a pour mission de tuer un autre homme.

Cette guerre n'épargnera-t-elle personne ? se demanda-t-il. Commence-t-elle à nous traquer un par un ?

Nikki Mond était étendu sur son tapis de couchage. Il avait installé sa chambre au sous-sol d'une boulangerie dont le solide plancher avait résisté aux bombardements. Il avait de la chance, il le savait, de disposer d'un endroit sûr et tranquille pour se reposer.

Il passa plusieurs heures à étudier, à la lueur d'une lanterne, des cartes du quartier des usines et des logements ouvriers étalées par terre devant lui. Faisant appel à sa connaissance du front, il cherchait des indices sur l'endroit où le Lièvre pouvait opérer. Il est peu probable qu'il rôde dans le bâtiment le plus au nord, l'usine de tracteurs, supposa-t-il. Nous y avons quasiment écrasé toute résistance fin octobre. Nous la contrôlons, et elle ne vaudra jamais le prix que nous l'avons payée. Celui du milieu, les Barricades, penche enfin de notre côté après des semaines de combat. Mais chaque pas dans ce monstrueux dédale d'acier et de béton est incroyablement dangereux. En outre, il n'y a dans les Barricades que des caporaux et de simples soldats qui donnent leur vie comme on jette un dé. Zaïtsev aime les plus gros poissons, ceux qui ont les honneurs de la presse russe : officiers, observateurs d'artillerie, mitrailleurs. Il aime les effets spectaculaires. Je pense qu'il doit opérer dans Octobre-Rouge ou dans le couloir qui sépare

Octobre-Rouge de la Lazur. Ou sur la pente est du Mamayev Kourgan. C'est dans ces secteurs que les Russes sont les plus forts. Zaïtsev ne gâcherait pas ses talents et ne risquerait pas sa vie pour des batailles perdues.

Nikki éteignit la lampe. Qu'est-ce que le colonel avait voulu dire en affirmant que tous les tireurs d'élite étaient des lâches ? Les Russes aussi ? Zaïtsev serait un lâche ? Le caporal repensa à certains des combats qu'il avait livrés, à d'autres qu'il avait observés pour Ostarhild. Il se rappela le soldat rouge abattu alors qu'il s'apprêtait à lancer un cocktail Molotov. La bouteille lui avait échappé, il s'était transformé en torche. Sachant qu'il était perdu, il avait saisi une autre bouteille et, malgré ses souffrances, avait couru droit sur un *panzer* et avait fracassé la bouteille sur le radiateur du blindé, pour y mettre le feu. Où étaient les lâches de l'Armée rouge ? Nikki n'en avait jamais vu. Ils avaient été les premiers à mourir, il n'en restait plus un seul.

Allongé dans le noir, les yeux grands ouverts, le caporal contemplait ses souvenirs. Son esprit planait comme un faucon au-dessus des deux derniers mois. Les maisons. Les usines. La Volga verte. Il écouta les battements de son cœur : c'était le martèlement des obus de mortier. Sa respiration sifflait comme les râles des mourants. Le froid et le silence de la cave étaient les pouces de la mort qui lui pressaient la gorge. Ses sens tournoyaient. Il avait l'impression qu'il tombait, qu'on l'avait précipité dans le vide.

Il se redressa dans le noir en entendant des pas au-dessus de lui. Ostarhild appela pour annoncer sa présence dans le bâtiment, précaution destinée non au caporal mais à lui-même. Nikki alluma sa lanterne et la porta au pied de l'escalier.

— Oui, lieutenant. Venez.

L'officier descendit les marches.

— Désolé de vous réveiller, caporal Mond, mais j'ai besoin de vous.

— Oui, lieutenant.

— Cinq bataillons de la 336e de sapeurs sont arrivés en début de soirée. Paulus va lancer un nouvel assaut contre les Barricades. Un câble téléphonique reliant mes bureaux au dépôt ferroviaire situé au sud de l'usine Lazur a été rompu. Il faut rétablir cette ligne de communication avec la 336e pendant qu'elle se met en position...

Mond hocha la tête.

— J'ai déjà envoyé un homme la réparer, mais il a disparu, poursuivit Ostarhild. Je n'ai aucune idée de ce qui lui est arrivé. C'était un bleu, il a pu se passer n'importe quoi. J'aurais préféré vous laisser vous reposer, mais je suis obligé de faire appel à vous. (Le lieutenant tendit à Nikki une torche électrique.) Allons-y. Ça ne devrait pas vous prendre trop longtemps.

Nikki posa la lanterne par terre, alluma la torche pour guider l'officier dans l'escalier. Il laissa son fusil dans le coin de la cave où il était posé depuis des semaines.

Parvenu devant le bureau, le caporal dirigea le faisceau de la lampe sur le sol. Ostarhild indiqua le fil noir courant vers une ruelle. Ces câbles épais avaient été dévidés de rouleaux géants installés à l'arrière de camions afin d'assurer la liaison téléphonique entre quartiers généraux pendant que l'armée allemande consolidait ses avancées. Chaque fois que c'était possible, on les plaçait le long des murs, sur le côté de rails de chemin de fer, pour les camoufler et les protéger. Parfois, on les fixait en haut de poteaux pour les faire passer au-dessus d'une route.

Nikki glissa dans ses poches une pince à dénuder et un rouleau de chatterton.

— J'ai vérifié le câble jusqu'ici, dit Ostarhild. Il est coupé quelque part plus haut. Réparez-le et revenez. Soyez prudent, ajouta l'officier en lui tapotant le dos.

Nikki braqua la lampe sur le câble, le suivit dans la ruelle. Au bout du pâté de maisons, le fil montait en haut d'un poteau, traversait une rue, redescendait, se mettait à serpenter dans la ville.

Nikki continua à le suivre en restant vigilant. Même si ce secteur était situé bien à l'arrière et que la nuit était calme, il n'oubliait pas un seul instant qu'il était un soldat allemand marchant dans la nuit russe derrière le faisceau d'une torche électrique. Il gardait les yeux sur le câble, jetant rarement un coup d'œil aux ruines obscures. Il avait l'impression de les avoir déjà vues, elles se ressemblaient toutes. Des mois plus tôt, il avait été frappé par le fait que cette ville portant le nom de Staline, et qui avait dû être belle, avait gardé si peu de son caractère. Quand il avait découvert Stalingrad, au début du moins de septembre, les bombardements et les combats l'avaient déjà dépouillée de sa chair, la réduisant à des tas de décombres, à des façades squelettiques. C'était un terrain vague où tout se ressemblait, où les souffrances étaient également réparties. Seules la large Volga couleur de jade et la steppe s'étendant au-delà du Mamayev Kourgan méritaient encore qu'on les regarde.

Le fil le mena derrière les restes d'un entrepôt. Une demi-douzaine de wagons à charbon vides, tous troués par des balles, demeuraient sur les rails du dépôt. Nikki s'avança à découvert, entendit des pas dans les gravats. Il dirigea sa torche sur le premier wagon, vit un soldat apparaître, lui faire signe de la main puis hausser les épaules et montrer le sol aux pieds de Nikki. Le caporal éclaira le câble, constata qu'il avait été nettement sectionné, sans doute avec un coupe-boulon.

Qu'est-ce qu'il fabriquait, ce soldat ? Avait-il fait tout

le chemin jusqu'ici pour s'apercevoir qu'il avait oublié ou perdu sa pince et son chatterton ? Pourquoi n'était-il pas rentré ? Il avait peut-être pensé qu'on enverrait un autre soldat réparer le câble et il l'attendait, en se disant que ce serait moins risqué de rentrer ensemble. Quelle que soit la raison, Mond, tiré de son sommeil avant une mission importante, s'apprêtait à passer au nouveau un savon dont il se souviendrait.

Nikki s'agenouilla, tira la pince à dénuder et le chatterton de sa poche. Comme le soldat ne bougeait pas, il braqua sa torche sur lui.

— Viens ici, lui ordonna Mond. Je vais te montrer comment on fait. C'est toi qui vas réparer.

Le petit homme s'approcha en traînant les pieds. Sa capote flottait autour de son corps, son pantalon plissait comme un accordéon au-dessus de ses bottes. La gaine de cuir d'un couteau au manche en os pendait à la ceinture qui lui ceignait la taille.

Ce n'est pas son uniforme, pensa Nikki.

Le soldat le rejoignit, se baissa, amenant sa tête mince et pâle au niveau des yeux du caporal. Mond leva sa torche pour éclairer son visage.

L'homme sourit, révélant des dents en or.

La douleur attendait Nikki. Il refit surface, sentit la lame blanche de la souffrance s'enfoncer dans sa nuque. Ses mains ne pouvaient bouger ; de l'eau envahit ses narines et sa bouche.

Une gifle expédia violemment sa tête vers la droite, lui ouvrit les paupières. La douleur était cuisante. Il toussa pour chasser l'eau de son nez et de sa gorge, cligna les yeux. Une lumière vive jaillit, inonda son visage.

Il reprit rapidement ses esprits. Il était allongé sur le dos, pieds et mains liés. Il ouvrit grands les yeux et la lumière se transforma en explosion solaire. C'était tout ce qu'il pouvait voir.

Une main apparut, le saisit par le col pour le mettre en position assise. La douleur quitta son cou pour gagner ses épaules. Ses côtes palpitaient : on avait dû le rouer de coups de pied pendant qu'il était inconscient.

Le faisceau lumineux descendit vers le sol. Quand sa vision se fut ajustée, Nikki découvrit trois hommes, dont celui qui portait un uniforme allemand trop grand pour lui. Le soldat fit un pas vers lui, approcha son visage et sourit, la bouche pleine de dents en or. Il dégaina un long couteau, en pressa la lame sous le menton de Nikki. Son visage emplissait tout le champ de vision du caporal.

— Il n'y a pas beaucoup de temps, fit une voix rocailleuse derrière la lumière dans un allemand déformé. Celui-là veut te tuer. Je le laisse faire si tu ne me donnes pas une raison de l'en empêcher.

Mond fixa le visage penché au-dessus de lui. Les dents jaunes disparurent derrière des lèvres minces et l'homme respira bruyamment par le nez.

Nikki scruta la pénombre par-dessus la tête. A la lueur de la torche, il s'aperçut qu'il se trouvait dans l'un des wagons à charbon. Ces trois types formaient un commando qui s'était glissé derrière les lignes allemandes pour capturer un ennemi et l'interroger. Ils avaient probablement sectionné le câble puis avaient attendu dans le wagon pour tendre une embuscade au soldat qui viendrait réparer. Ils ont tué le bleu ; maintenant, ils me tiennent, pensa sombrement Nikki.

— Vous me tuerez de toute façon, répliqua-t-il.

La lame du couteau glissa le long de sa gorge, passa sur sa pomme d'Adam, revint sous la mâchoire.

Nikki déglutit, donna son nom, son grade, son

matricule. Au-dessus de lui, le visage le fixait dans les yeux, comme un chien attentif qui ne comprend pas.

— Caporal, je vais te rendre les choses faciles, reprit la voix derrière la lumière. Nous savons que vous envoyez des renforts aux Barricades. Plusieurs bataillons. Nous les surveillons. Le jeune qui est venu ici avant toi était nerveux et bavard, mais il ne savait rien d'intéressant. Toi, sûrement que si. Dis-moi quelque chose d'intéressant, caporal.

Nikki sentit la lame frôler son oreille. Un éclair doré brilla entre les lèvres flottant devant lui. L'homme prononça quelques mots d'une voix sifflante ; du sang coula le long du cou de Mond.

— Il veut que tu saches qu'il te tuera dans cinq secondes, traduisit l'interprète. Il en meurt d'envie. Je te conseille de parler tout de suite, caporal.

Toute de suite, pensa Nikki. Tout de suite ! Mon Dieu, c'est une mort à laquelle je ne m'attendais pas. La gorge tranchée, pieds et poings liés, comme un porc à l'abattoir. Tout de suite ! Qu'est-ce que je peux leur dire ? Qu'est-ce que je sais d'intéressant ? Qu'est-ce qui intéresse ces dingues ? Parle, Nikki. Dis n'importe quoi. Quelque chose d'intéressant finira bien par sortir. Non, tais-toi. Ce sont les traîtres et les lâches qui parlent. Contente-toi de mourir. C'est fini. Ils te tueront de toute façon. Oh ! mon Dieu...

Le couteau quitta la gorge de Nikki, le visage passa derrière lui. Le caporal regarda les deux autres hommes, spectres dans la lumière de la lampe braquée vers le bas. Ils ressemblaient à tous les autres Russes qu'il avait vus : gros manteaux molletonnés, ceintures cartouchières, grenades accrochées au corps. Tous deux portaient la toque russe en fourrure aux oreillettes relevées.

La lumière revint sur son visage, l'aveugla. L'homme

au couteau plaqua une main sur le nez et les yeux de Nikki, tira brutalement en arrière. Le cou de Mond se tendit.

— Caporal, nous devons partir, maintenant. Je te laisse une dernière chance.

Nikki inspira péniblement par la bouche en découvrant ses dents. C'est fini. Fini. Je n'ai rien à leur dire. Rien.

Un grognement s'échappa de sa gorge offerte quand la lame s'y posa.

La lumière s'éteignit.

Nikki se détendit.

Soudain, comme une balle, comme un ange, une pensée lui vint.

— Thorvald.

— Quoi ? fit la voix. Qu'est-ce que tu as dit ?

— Thorvald, répéta Mond. Il est ici.

La voix donna un ordre en russe ; la lumière revint dans les yeux de Nikki. La main, derrière lui, relâcha sa pression sur son visage.

— Qui est Thorvald ?

Nikki ferma les yeux pour réfléchir. Dis-leur, c'est sans importance. Thorvald n'est qu'un homme. Tu ne dévoiles pas d'importants mouvements de troupes ou des plans secrets. Dis-leur. Ça ne leur servira à rien.

— Thorvald est un colonel, haleta-t-il. Un colonel de SS. Il est envoyé de Berlin pour tuer l'un de vos tireurs d'élite.

Nouvel ordre en russe. L'exécuteur aux dents en or passa devant Nikki, fit tourner le couteau dans sa main.

— Lequel ? demanda la voix.

Mond cligna des yeux dans la lumière de la lampe.

— Zaïtsev. Le Lièvre.

Les Russes échangèrent des murmures. Le sourire

doré réapparut devant le visage de Nikki, bloquant la lumière. L'homme penchait la tête, offrant de nouveau l'image d'un chien attentif.

— *Otkuda ty znayesh pra Zaitseva ?* fit le sourire.

— Qu'est-ce que tu sais de Zaïtsev ? traduisit une autre voix.

— Il y a des articles dans vos journaux. Ils nous disent tout sur lui.

Les trois Russes tinrent un nouveau conciliabule et celui qui portait l'uniforme allemand pointa plusieurs fois son couteau vers Mond. Un autre secoua la tête. Le troisième, l'interprète, écoutait les arguments de ses deux camarades. Manifestement, c'était à lui de décider.

L'homme aux dents en or s'agenouilla près de Nikki, s'appuya sur son couteau, l'enfonça dans le plancher du wagon.

— Il est arrivé quand, ce colonel de SS ?

— Hier.

— Il est bon ?

Nikki acquiesça de la tête, réveillant la douleur de son cou.

— Il prétend que oui. Je ne sais pas, je ne l'ai pas vu tirer. Mais il est le directeur de l'école des tireurs d'élite de Berlin, l'école spéciale de Gnössen. Les généraux l'ont réclamé, ils l'ont fait venir par avion pour qu'il liquide Zaïtsev. Ils disent qu'il est le meilleur. C'est tout ce que je sais.

— Le directeur de l'école des tireurs d'élite allemands ? répéta le traducteur.

Il s'adressa à ses camarades. L'homme aux dents en or plissa le front, secoua la tête près de l'oreille du caporal.

— Hmm, c'est intéressant, fit d'un ton amusé celui qui semblait être le chef du commando. Un maître tireur allemand envoyé de Berlin pour tuer le maître tireur russe. (Il croisa les bras sur la poitrine.) Mais je ne crois pas que ce soit tout ce que tu sais, caporal…

Mond chercha hâtivement quelque chose d'autre, un détail qui ferait pencher la balance. Il venait de faire la connaissance de Thorvald, il ne savait que ce qui avait été discuté dans le bureau d'Ostarhild.

— Thorvald se traite lui-même de lâche. Il veut que je lui serve de guide.

L'interprète s'esclaffa, traduisit aux deux autres, fit signe à celui qui se trouvait près de Nikki d'approcher. Les deux hommes en uniforme russe passèrent des mitraillettes à leur épaule tandis que celui qui portait l'uniforme allemand soulevait un long fusil à lunette et approchait son couteau du prisonnier.

Il se baissa, coupa la corde entravant les mains de Mond, lui laissa les pieds liés. Il braqua le canon du fusil vers le front de Nikki, ramena la culasse en arrière, saisit au vol la balle éjectée, la lança au caporal.

— *Vot, dai etomu trusu. A sledushuyu on poluchit v lob.*

Il rengaina son couteau, se tourna vers la porte coulissante du wagon.

L'interprète fit un pas vers Nikki, éteignit la lampe et traduisit dans le noir :

— Il a dit : « Donne ça au lâche. La prochaine, il la recevra dans le front. » Adieu, caporal.

Les trois Russes sautèrent hors du wagon.

Nikki dénoua la corde entourant ses pieds. Une fois libre, il se traîna jusqu'à la porte pour scruter la nuit, les sens en alerte, guettant une trace de ses ravisseurs dans le dépôt de chemin de fer. N'ayant pas d'autre choix, il se glissa hors du wagon et marcha à découvert.

Ils sont partis, se dit-il. Ils m'ont laissé en vie.

Il chassa l'air de ses poumons, sentit le métal chaud de la balle russe au creux de sa main. Il pressa son index contre la pointe, songea avec quelle facilité elle devait percer la chair. Il la laissa tomber.

A quatre pattes dans le noir, il chercha à tâtons jusqu'à ce qu'il ait retrouvé sa torche électrique, sa pince à dénuder et son rouleau de chatterton à l'endroit où il les avait laissés.

Malgré les palpitations de sa tête, il répara le câble sectionné avant de repartir.

12

Heinz Thorvald lorgnait son image dans le miroir qu'il tenait à la main. C'était son troisième jour sans se raser depuis qu'il avait quitté Gnössen. Laisse-toi pousser la barbe tant que tu seras ici, avait-il décidé. Ce vent russe charrie des aiguilles.

Il inspecta son corps. Il dormait toujours nu : il avait l'impression d'avoir plus chaud au contact direct des couvertures. Il avait bien dormi la veille sur le lit de camp que le lieutenant Ostarhild avait installé pour lui dans une remise, mais plus à cause de sa fatigue que du confort des lieux.

Thorvald reposa le miroir, se frotta l'estomac à deux mains. Sa peau blanche restait criblée des pieds à la tête des taches de rousseur de l'enfance. Les épaules et la poitrine étaient douces. Une couche de graisse enrobait les lignes de ses muscles. Sa taille semblait faire la moue comme une bouche avançant une lèvre.

Il se tapota le ventre, le secoua comme pour lui annoncer qu'il allait lui offrir dans quelques minutes du pain et de la confiture tirés de son sac. Il prit le treillis qu'Ostarhild lui avait envoyé à sa demande, l'enfila.

Une caisse en bois ouverte reposait au pied du lit de camp. Le colonel tira de la paille le sac en toile contenant le nouveau Mauser Kar 98K. Il sortit l'arme du sac, ôta le papier huilé dont on l'avait enveloppée à l'usine. L'odeur de graisse et d'huile était aussi agréable pour lui que celle du café matinal.

Thorvald démonta le fusil, plaça les pièces – fût, culasse, détente – dans un bain d'eau savonneuse chaude. Il secoua le sac en toile pour en faire tomber poussière et brins de paille, l'étendit en travers du lit. Après avoir essuyé les pièces du fusil avec des chiffons propres, il posa chacune d'elles sur le sac et enduisit le métal d'une fine couche d'huile. Puis il tint le canon devant la fenêtre pour en inspecter l'intérieur, repéra une poussière, chameau solitaire dans un désert par ailleurs parfait. Il la fit disparaître avec un écouvillon, examina de nouveau le canon et le remit sur le sac.

Après avoir remonté l'arme, il se lava les mains, ôta le treillis taché de graisse et le jeta dans un coin. De son sac, il tira des vêtements qu'il disposa sur le lit et commença à s'habiller lentement, enfilant d'abord ses sous-vêtements d'hiver. Il savourait la chaleur que procurait aussitôt chaque article : chaussettes en coton noir, culotte de laine vert-de-gris, pull à col roulé et à torsades, hautes bottes fourrées. Enfin, il sortit du sac une parka molletonnée réversible, verte d'un côté, blanche de l'autre, vérifia que ses moufles se trouvaient dans les poches. Il déroula un pantalon à cordon, réversible également, le lança sur le lit à côté de la parka.

Après avoir dégusté trois tranches de pain de seigle noir recouvertes de confiture de cerises, il prit dans un petit sac en peau de chamois sa lunette Zeiss à grossissement 6 et réticule en croix, la fixa sur le fusil.

Il enfila le pantalon et la parka, côté blanc à l'extérieur. Habillé et rassasié, il frotta de la main les poils blonds couvrant son menton. A l'opéra, on s'interrogera sur cette barbe, pensa-t-il. Je dirai que je l'ai laissée pousser pendant une mission sur le front Est.

Il sortit dans le couloir avec le Mauser et une boîte de

cartouches. En passant devant le bureau d'Ostarhild, il jeta un coup d'œil à l'intérieur, découvrit que le lieutenant était absent. Il remarqua que le poêle et le pot à café avaient disparu également.

Dehors, les premières taches charbon de bois de l'aube coloraient le ciel. Le temps sera très couvert aujourd'hui, prédit-il. Tant mieux, il fera moins froid : les nuages retiennent la chaleur.

Il ne compta que dix soldats sur la place, en face du grand magasin, et dans les rues avoisinantes. Aucune voiture, aucune motocyclette ne brisait le silence matinal. Il se demanda pourquoi il n'y avait pas plus d'animation, conscient toutefois de ne pas être familier de la conduite d'une guerre. En fait, il ignorait ce qui se déroulait à une plus grande échelle, hors du cadre étroit de son réticule.

Heinz Thorvald avait toujours joué un rôle très particulier dans l'armée allemande. Il avait été un tireur d'élite couvert de récompenses, un *Scharfschütze* doué, dès le jour où il avait endossé l'uniforme noir et argent de capitaine de SS, à vingt-sept ans, en 1933.

Avant son quinzième anniversaire, Heinz était un jeune champion de tir dans son Berlin natal. Son père, le baron Dieter von Zandt Thorvald, fusil réputé dans les forêts du sud du pays, avait un jour chassé le canard et la caille avec le maréchal Hindenburg en personne. Heinz appartenait par sa mère au clan richissime des industriels Krupp, propriétaire de chasses dans toute la Bavière, et dès son jeune âge il fut salué comme un phénomène d'adresse au fusil de chasse.

Marcher dans les champs en compagnie de son père ne passionnait cependant pas l'adolescent. Il n'avait aucun penchant pour les jappements des chiens, l'aube humide dans les marais et la viande sanglante du gibier. Il préférait le confort et la camaraderie du club de tir, les applaudissements des admirateurs, la compétition avec ses pairs. Il passait ses meilleures après-midi à disputer des matches contre des tireurs d'âge mûr qui souhaitaient donner une leçon au jeunot doué et y parvenaient rarement. De seize à vingt ans, Heinz remporta la plupart des concours auxquels il participa. Les matches qu'il perdit contribuèrent davantage à améliorer son tir que ses victoires. Il analysait chaque coup manqué et ne répétait pas ses erreurs.

Jeune homme, il tourna son talent vers le tir au pigeon. Il préférait le 410, arme de petit calibre assez peu prisée, au calibre 12, plus courant. La gerbe du 410 était plus resserrée, et cette arme exigeait une visée plus méticuleuse que celles de plus gros calibre. Heinz acceptait volontiers ce handicap. A ses yeux, il égalisait les chances et l'aidait à se concentrer. Le 12 pulvérisait les cibles d'argile alors que le 410 ne faisait que les briser, et Heinz aimait les voir tomber en morceaux. Pour s'entraîner, il tirait parfois un second coup sur l'un des fragments d'un pigeon déjà touché. Personne en Allemagne ne pouvait le battre. Il passait d'une cible haute à une cible basse d'un mouvement aussi coulé que les cibles tournoyantes elles-mêmes. Il avait un équilibre remarquable, des réflexes quasi instantanés. Les pigeons d'argile étaient projetés en l'air, « pull » pour une cible haute, « mark » pour une cible basse. Heinz braquait le canon de son arme devant les cibles qui filaient à vingt mètres de lui la première seconde, à cinquante mètres au bout de trois secondes. Il les abattait aussi facilement que si on les avait jetées contre un mur.

En 1928, quand il eut vingt-deux ans, une vague de grèves secoua l'Allemagne. De la propriété familiale des environs de Berlin, Heinz sentit l'agitation grandir dans le pays. Son père, ancien combattant de la Première Guerre mondiale, soutenait farouchement les militaires et répétait à son fils que l'armée allemande était la dernière lampe capable d'éclairer le chemin ramenant le pays à sa grandeur passée.

Le baron devint membre d'une association d'anciens combattants appelée les *Stahlhelme*, « Casques d'Acier », avec qui il défila dans les rues de Berlin pour protester contre le chômage, la chute du mark, le régime de Weimar et la montée du communisme. Il affirmait que les atouts les plus précieux du peuple allemand étaient son zèle et la qualité de sa main-d'œuvre. A cause de ce qu'il appelait les errements des politiciens de Weimar dans la période d'après-guerre, les travailleurs allemands étaient licenciés par milliers. La nation se décourageait. L'ardeur à la tâche et la production journalière n'ancraient plus solidement l'Allemagne, qui partait à la dérive. Seule une armée forte pouvait amarrer de nouveau le pays à la terre ferme, prophétisait souvent le baron au dîner.

Heinz accompagna son père à quelques-unes des manifestations braillardes et agressives des *Stahlhelme*. La rancœur de la foule effraya le jeune homme, qui se réfugia vite dans les sanctuaires de sa bibliothèque et du stand de tir.

Cinq ans plus tard, en 1933, l'Autrichien Adolf Hitler accédait au pouvoir. L'année précédente, il avait mené le parti nazi à une victoire électorale écrasante. Hitler devint chancelier. Ses sections d'assaut en chemise brune, les *Sturmabteilung*, défilèrent dans tout lc pays, qui embrassa le nouveau nationalisme. Hitler attribua aux communistes et aux juifs la responsabilité des malheurs de l'Allemagne.

Pendant la première année du régime hitlérien, l'économie du pays fit un bond en avant, comme un moteur qui, huilé après des années d'inactivité, se remet soudain à tourner. Les voix discordantes se turent quand les *Schutzstaffeln*, les SS, ouvrirent le premier camp d'internement pour les opposants politiques. La nation allemande se mit à brailler d'une seule voix, d'abord pour elle-même, puis dans les oreilles stupéfaites du monde.

Heinz fut inscrit par son père au Parti national-socialiste, le Parti nazi, et devint immédiatement membre des sections d'assaut, organisation paramilitaire forte d'un demi-million d'hommes que Hitler appelait ses « soldats politiques dans la bataille pour reprendre la rue aux marxistes ». Pendant les réunions et les retraites, Heinz fut soumis à une discipline quasi militaire, admis dans le labyrinthe des visées politiques du Führer, et incité à se méfier de tout ce qui n'était pas « aryen ».

La ferveur de ses camarades l'inquiétait. Les sections d'assaut se battaient dans la rue à coups de poing et de bouteille contre les sympathisants communistes. Ils marchaient au pas de l'oie pour soutenir la folle ascension de Hitler vers le pouvoir. Quand on les arrêtait, ils brisaient les vitres des postes de police en jetant bancs ou téléphones contre les fenêtres. Heinz était incapable de prendre part à ces violences. Il était paralysé par une peur dont il ignora l'existence jusqu'au jour où ses camarades se ruèrent sur une foule de rouges. Il demeura au bord de la mêlée, figé par sa frayeur. Il quitta les chemises brunes deux mois après y être entré et fut traité de lâche.

Refusant cette étiquette infamante pour son fils, le baron décida que l'erreur venait de lui. Les SA étaient trop prolétariennes, et Heinz trop raffiné pour les rustres qui les composaient. Sa place était dans le *Jungdeutsche Orden*, l'Ordre des jeunesses allemandes, le Jungdo.

Le jeune Thorvald y trouva ce qui lui convenait : un foyer idéologique pour les fils de la bourgeoisie. Les Jungdo marchaient au pas de l'oie, mais uniquement parce que c'était la mode et qu'ils ne voulaient pas apparaître moins engagés pour la cause nationale-socialiste que les autres mouvements. Mais, à la différence des Jeunesses hitlériennes et des SA, les Jungdo ne brisaient pas les rangs pour se précipiter sur un groupe d'hommes et de femmes portant des banderoles communistes, ni pour jeter des pierres et des bouteilles aux orateurs bolchéviques. Au lieu des fêtes imbibées de bière des SA, ils participaient à des meetings fraternels et patriotiques. Les membres du Jungdo se comportaient en hommes éduqués pour commander, non pour prendre part aux échauffourées. Heinz passait ses week-ends en camps de plein air, pratiquant la marche et le sport. Le Jungdo imposait une liste de lectures reprenant fidèlement les auteurs préférés du Führer. Heinz fut ainsi introduit aux conceptions du grand philosophe Nietzsche, selon qui une race héroïque de surhommes se hisserait au-dessus de la morale conventionnelle pour balayer la décadence mondiale. Dans *Le Monde comme volonté et comme représentation* de Schopenhauer, une des lectures favorites de Hitler pendant la Première Guerre mondiale, Heinz découvrit qu'on pouvait concevoir la volonté comme une force. Il s'émerveilla devant les leçons de sélection darwinienne, devant les parallèles inattendus qu'Oswald Spengler établissait entre mathématiques, physique, culture et histoire dans *Le Déclin de l'Occident*.

L'enthousiasme du jeune homme pour la vision hitlérienne de l'Allemagne grandit à mesure qu'il discerna les influences à l'œuvre derrière les idées du Führer. Grâce aux conseils des orateurs du Jungdo, aux discussions prolongées tard dans la nuit avec ses camarades, il prit conscience du péril rouge. Il comprit que les riches commerçants juifs tenaient les cordons de la bourse, étranglant une nation aryenne cherchant une embellie économique.

En été 1933, Heinz éprouva un sentiment d'appartenance qu'il ne connaissait pas avant d'avoir adhéré au

Parti nazi. Comme les autres rejetons des familles riches, il était trop habitué à sa position sociale et se sentait exclu de la vie. Il partageait au moins ce sentiment avec les ouvriers et les garçons de ferme grossissant les rangs des SA et des Jeunesses hitlériennes. L'économie était tellement ralentie que la jeunesse allemande se sentait isolée d'elle-même. Ses espoirs et ses rêves avaient été hypothéqués, son destin enchaîné au naufrage passé du pays. Ce n'était pas un passé de gloire impériale, comme celui dont leurs parents gardaient le souvenir. Les jeunes Allemands de 1933 avaient grandi dans les années d'après-guerre, après la défaite et la honte, dans une Allemagne maintenant embourbée dans une crise mondiale.

Il n'y avait eu aucun havre intellectuel ou philosophique pour Heinz avant le Jungdo. Il avait lu des livres, écouté respectueusement des discours ; il avait fait de pensives promenades dans les prés semés de fleurs, comme le reste de sa caste. Mais la plupart de ses opinions, il les avait empruntées à son père. A présent, grâce aux cours du soir des Jungdo, il était versé dans le folklore allemand ; il connaissait sur le bout des doigts la rhétorique enflammée de *Mein Kampf* ; il assistait aux spectacles captivants des opéras de Wagner. Avec des dizaines de milliers d'autres Allemands massés devant le Reichstag, il écouta, fasciné, Joseph Goebbels appeler à la « lutte pour Berlin ». Il défila avec son père et deux cent cinquante mille autres *Stahlhelme* devant la porte de Brandebourg, agitant sous les yeux du Führer lui-même les drapeaux frappés de la svastika et de l'aigle impériale. Tout comme son corps avait trouvé le tir, l'esprit de Heinz trouva Hitler.

Avant le Jungdo, il n'y avait aucun autre endroit au monde que le stand de tir où Heinz Thorvald pouvait sincèrement prétendre se sentir à sa place. Toute sa vie, il avait été comme un étranger, invisible et privé de droits.

Maintenant, il se sentait l'héritier de toute la planète.

En novembre 1933, son père vint le voir avec une nouvelle : le baron avait obtenu pour son fils le grade de capitaine dans les SS, l'armée du Parti nazi. Il y serait officier chargé du matériel, attaché à l'arsenal de Berlin. Le baron assura Heinz qu'en temps de paix ses fonctions se borneraient à faire partie de l'équipe de tir des SS et à organiser des démonstrations d'adresse pour les fêtes de recrutement. Le jeune homme serra son père dans ses bras et accepta.

Pendant six ans, le capitaine de SS Heinz Thorvald améliora encore ses qualités de tireur. La semaine, il perfectionnait son tir sur cible fixe, portant finalement sa distance à mille mètres avec une lunette à grossissement 6. Le week-end, il pratiquait le ball-trap avec des fusils plus lourds, remportant des dizaines de concours et de récompenses pour les SS. Il passait ses soirées dans sa bibliothèque ou à l'opéra, notamment quand on y jouait Wagner.

Les quelques femmes qui traversèrent cette période de sa vie eurent pour principal rôle de lui prodiguer leur admiration. La perspective d'aimer une femme et de se partager l'effrayait. Il utilisait sa loyauté envers la cause aryenne pour faire taire les murmures d'inquiétude et de doute qu'il entendait en lui. A chaque femme qu'il quittait, quand son temps était expiré, il déclarait : « Le monde n'est pas encore tel qu'on puisse s'engager pour autre chose que la patrie. » Sirotant un cognac après une soirée à l'opéra, il expliquait que les temps étaient troublés. « Pas maintenant, soupirait-il en détournant les yeux. Peut-être... je ne sais pas. »

1941 marqua sa huitième année dans l'armée. Bien que l'Allemagne fût en guerre depuis deux ans, Heinz n'avait passé que deux semaines sur les champs de bataille : en Pologne où, d'une distance de six cents mètres, il avait abattu des ennemis vaincus et effrayés ; à

Dunkerque, où il avait tué une centaine de soldats anglais et français attendant de pouvoir se réfugier de l'autre côté de la Manche. Dans les deux cas, Thorvald avait tiré en toute impunité d'une distance remarquablement longue, certain qu'aucun bon tireur de l'autre camp ne pouvait le contrer ou même le mettre en danger. Au cours de ces deux campagnes, il avait inscrit plus de trois cents pièces à son tableau de chasse. Il se félicitait chaque jour de faire la guerre sans courir de risques, d'être un tireur embusqué.

Le nombre impressionnant d'ennemis tués et l'influence familiale conjugués lui valurent les galons de colonel. En été 1941, l'effort de guerre allemand portait essentiellement sur l'occupation de nations conquises et le bombardement incessant de la Grande-Bretagne. Peu de combats se déroulaient encore sur le continent. Thorvald avait accepté de diriger une école de tireurs d'élite dans la petite ville de Gnössen, aux environs de Berlin. Il fit construire par les sapeurs des SS un stand de tir et un ball-trap perfectionnés, en arguant qu'il fallait exceller dans les deux disciplines pour posséder à la fois précision et rapidité de visée. Thorvald espérait bien qu'il passerait toute la guerre à Gnössen. Le dimanche, il prenait le petit-déjeuner avec son père ; la semaine, il formait des tireurs aux coups mortels qui iraient se battre en son nom. Il s'assigna pour tâche de devenir trop utile comme instructeur pour être de nouveau envoyé au feu...

La gifle du vent glacé de Stalingrad le tira de sa rêverie et réveilla en lui le sentiment morose qu'une promesse avait été brisée. Il laissa son regard descendre les marches de béton jusqu'à la verte Volga encombrée de fantômes de glace flottant sous la surface. Aucun bateau ne peut traverser des eaux aussi dangereuses, pensa-t-il. Les Russes manquent de ravitaillement, m'a dit Ostarhild. Je suis ici pendant une sorte d'accalmie, mais les combats ne manqueront pas de redoubler dès que le fleuve gèlera, se transformant d'abord en passerelle géante puis en grand-route pour les convois d'approvisionnement russes. Je veux la mort de Zaïtsev et une place dans un avion pour Berlin bien avant ça.

Il fit porter son regard sur les boutiques en ruine, à gauche des marches, puis, de l'autre côté de l'allée, sur les restes d'une rangée de statues et de fontaines. Toutes les silhouettes de fer avait été brisées, renversées de leur piédestal, sauf une : au bout de la rangée, juste avant la promenade en planches au bord de la Volga, se dressait encore la représentation de deux jeunes Russes, un garçon et une fille. Bâtisseurs de l'avenir soviétique, ils tenaient une gerbe au-dessus de leurs têtes. Thorvald estima qu'ils devaient être à quatre cents mètres de lui.

Il fit glisser le Mauser de son épaule, porta la lunette à son œil, enleva un huitième à la distance pour un tir de haut en bas. Tenant compte de la froide clarté de l'air, il ôta vingt mètres. Le vent soufflait de la Volga, ébouriffant ses cheveux sous la capuchc blanche de sa parka. Huit nœuds environ. Il ajouta dix autres mètres.

Thorvald s'accroupit, amena le réticule sur le front sombre de la statue en fer du garçon. Il visa l'œil gauche, appuya sur la détente. La détonation se répercuta sur les façades des bâtiments silencieux, à sa gauche, fila vers le parc. C'était le premier coup de feu qu'il tirait à Stalingrad.

Le vent étant tombé, il réduisit légèrement la distance, visa l'œil droit de la statue, tira. Impossible de savoir s'il avait fait mouche : les jeunes Russes en fer ne tombent pas sous les balles.

Il descendit l'allée jusqu'à la statue. A cette hauteur au-dessus du fleuve, on distinguait les grandes îles séparant la Volga en deux. Au-delà de la plage de sable et des sapins, la plaine russe roulait sous la brume lointaine. Comme ce pays est vaste, songea-t-il. On pourrait y loger vingt fois l'Allemagne. Thorvald avait entendu les plans de Hitler pour la Russie, exposés d'une centaine de tribunes. Il aimait voir le Führer beugler ses discours, brandissant le poing, se frappant la poitrine, tremblant de tout son corps tandis que les mots jaillissaient de sa bouche tels des obus d'artillerie.

Nous nous emparerons de la Russie à l'ouest de la Volga ; Moscou demandera la paix et la guerre sera finie. Nous donnerons le nom d'*Ostland* au territoire s'étendant de la Pologne à la Volga. Nous en serons les maîtres, nous le peuplerons de notre race. Les Russes, ces vils *Untermenschen*, nous serviront le lait et le miel et faucheront le blé pour faire notre pain.

Une fois que j'aurai quitté cette ville, je ne reviendrai plus jamais, se promit Thorvald, même quand ce sera devenu l'*Ostland*. Je n'aime pas cet endroit, cette tristesse, ce vent.

Parvenu à la statue, Thorvald enjamba le muret de marbre de la fontaine. La neige tombée la veille rendait le fond glissant. Il approcha avec précaution du garçon de fer, passa l'index sur l'œil gauche couleur d'ébène. Une traînée grise resta sur l'extrémité de son doigt. La chemise en cuivre de la balle s'était aplatie contre le fer plus dur. Une autre trace, plus sombre, provenait du cœur en plomb du projectile. Il inspecta l'autre œil de la statue, trouva la trace de plomb un peu plus bas sur la joue. Le fusil est assez précis, conclut-il.

Il se retourna, découvrit en haut de l'escalier l'homme qu'il avait réclamé comme guide à Ostarhild. Comment s'appelait-il, déjà ? Mond.

— Bonjour, caporal. Vous avez bien dormi ?

— Mon colonel ? fit Mond, désarçonné par la question.

— Juste une formule de politesse, expliqua Thorvald. Comme une considération sur le temps.

Le caporal s'approcha, prit le fusil de Thorvald.

— Oui, mon colonel. Je n'ai pas très bien dormi. Le lieutenant m'a envoyé en pleine nuit réparer une ligne téléphonique.

— Près des lignes russes ?

— Oui, mon colonel.

— Vous avez eu peur ?

Mond secoua la tête, cracha sur le sol.

— J'ai toujours peur, mon colonel. C'est l'effet que vous fait cette ville.

Les deux hommes remontèrent vers la rue, prirent la direction des lignes russes.

— Pourquoi n'avez-vous pas emporté votre fusil ? s'étonna le colonel.

— J'ai pensé qu'aujourd'hui on se contenterait d'observer le front. Si vous voulez, je vais le chercher...

— Non. Rassurez-vous, nous n'approcherons pas assez des rouges pour avoir des ennuis. Laissons ce Zaïtsev opérer sur le front en se traînant les couilles dans la boue. D'après les articles que j'ai lus, il aime ça.

Tapotant l'épaule du jeune Allemand, Thorvald ajouta :

— D'ailleurs, je n'ai pas besoin d'être aussi près de lui que lui de moi.

Ils traversèrent les ruines en silence. Le caporal semblait sûr de l'endroit où il le conduisait et du chemin pour y parvenir. Thorvald était ébahi par l'état de la ville. C'était une dévastation totale. Il ne restait plus rien d'intact. Les bâtiments étaient éventrés, concassés. Qui pouvait combattre dans un tel chaos ? Qui pouvait tenir ?

Moi, je peux, semblait répondre le vent russe. Thorvald frissonna sous sa parka, tendit une main gantée de blanc vers les ruines.

— Où pensez-vous qu'il est, caporal ?

Mond étala une carte de la ville sur le sol. Thorvald s'agenouilla à côté de lui.

— Regardez, mon colonel. Nous avons scindé les forces russes en trois parties, dit le jeune homme, traçant du doigt trois cercles sur la carte.

Il tapota le secteur le plus au nord, poursuivit :

— Ici, à Rynok, au-dessus de l'usine de tracteurs, ils ont une division entière. Au sud, dans l'usine Octobre-Rouge, nous avons enfoncé leur centre jusqu'à la Volga et isolé ces unités, dit Mond, pointant l'index sur le deuxième cercle. Cette poche de résistance profondément retranchée dans les ateliers est presque impossible à réduire... (Mond leva les yeux de la carte.) J'ai vu des Russes démonter un canon, traîner les pièces dans les décombres jusqu'en première ligne, le remonter et faire voler en éclats une de nos unités.

Il posa le doigt sur le coin sud-est d'Octobre-Rouge, traça une ligne allant de l'usine à la pente est du Mamayev Kourgan, le tertre dominant la ville. Puis sa main descendit pour englober l'usine chimique Lazur, le dépôt de chemin de fer et dix kilomètres de berge, jusqu'à un point situé au nord du principal embarcadère.

Thorvald releva les yeux, fixa le dessus du crâne de Mond, qui continuait à étudier la carte.

— Où est-il, caporal ?

— Je dirais dans cette poche sud, la plus étendue.

— Pourquoi ?

— Simple supposition, mais c'est celle qui offre le plus d'espace, le plus de cibles. Dans l'une des poches plus petites, il pourrait se retrouver pris au piège. Je ne crois pas que c'est ce qu'il veut. En plus, ça ne bouge quasiment plus dans les plus petites zones. Zaïtsev doit vouloir opérer là où il trouvera le plus de gibier.

— Du gibier ? Pourquoi parlez-vous de gibier ?

Mond haussa les épaules comme pour souligner la simplicité de l'explication :

— Zaïtsev est un chasseur, c'est comme ça qu'il

raisonne. Il chasse. Vous avez lu les articles publiés dans *Pour la défense de notre pays*, mon colonel ?

— Quelques-uns. Pas tous. Je les ai parcourus. Disons que j'en connais les grandes lignes.

Voyant le caporal baisser les yeux, Thorvald s'empressa d'ajouter :

— Je les lirai tous, soyez-en sûr. J'étais fatigué, hier soir.

— De toute façon, c'est surtout des vantardises.

— Vous dites que Zaïtsev nous voit comme du gibier. Quel genre de gibier ?

Mond considéra la question avant de répondre :

— Des loups. Des loups gris de Sibérie. Il s'imagine qu'on n'a plus de secrets pour lui : les Allemands font comme ci, les Allemands font comme ça. Il déchiffre nos habitudes et nos tactiques comme des traces sur une piste, comme si on était des animaux.

— Alors, nous nous conduirons en loups gris, résolut Thorvald en se relevant. Nous serons dangereux mais peu originaux. Nous le laisserons croire que nous n'avons plus de secrets pour lui. Et nous lui jetterons une surprise à la figure.

Thorvald sourit, satisfait du plan qu'il venait de forger pour le jeune caporal. Après tout, Zaïtsev avait raison : les tireurs d'élite allemands étaient prévisibles. Thorvald le savait, il avait formé beaucoup de ceux que le Russe avait abattus. Il était sûr qu'ils s'étaient comportés comme du gibier à Stalingrad : des animaux bornés et prévisibles. Il l'avait vue dans leurs yeux pendant qu'il assurait leur instruction à Gnössen, cette confiance insouciante de la jeunesse nazie, de garçons régnant sur le monde avant même d'avoir tiré leur premier coup de feu. Aucun respect pour l'ennemi. Plus aucune considération pour le pouvoir de la peur. Ils s'étaient battus dans les rues avec des coups-de-poing en laiton et des bouteilles, ils considéraient ces bagarres de rues comme leur épreuve du feu. Ces jeunes tireurs partaient pour la guerre déjà sûrs de leur bravoure, convaincus que le monde s'ouvrirait devant leur courage comme une grille devant un mot de passe. « Montrez-moi simplement comment on fait », c'était la seule chose qu'ils demandaient de lui à l'école. « Le reste, je m'en charge, vieil homme. » Ils avaient oublié que l'arme de guerre la plus dévastatrice, ce ne sont ni les balles ni les bombes, mais la peur.

Hitler a chassé la peur du peuple allemand, songea Thorvald. C'est là son plus grand pouvoir. Il a presque réussi avec moi, il m'en a presque libéré.

— Et ce Zaïtsev, nous le traiterons comme un canard, fit-il d'un ton pensif tandis que Mond repliait sa carte. Nous nous cacherons dans un affût, nous le ferons s'envoler de frayeur et nous l'abattrons dans une explosion de plumes.

Thorvald regarda le caporal, qui obliqua vers le nord en direction de l'usine Lazur et du no man's land.

— Je suis certain que nous réussirons à attirer Zaïtsev, déclara le colonel. (Mond hocha la tête.) La clef, c'est de lui faire savoir que je suis ici.

Le caporal changea d'expression, bredouilla :

— Comment... comment on peut faire ça, mon colonel ?

— Ne vous en faites pas. Je suis sûr que nous trouverons un moyen, vous et moi.

13

Tania leva les yeux de son carnet de tireur d'élite en entendant un bruit métallique. Une assiette en fer-blanc avait heurté le mur du bunker. Sidorov, jeune recrue qui n'avait rejoint l'unité que deux semaines plus tôt, l'avait jetée à la figure de Shaïkine.

Le ton monta entre les deux hommes. Tania fit aller son regard de l'un à l'autre : ils étaient prêts à se battre.

Zaïtsev et Koulikov intervinrent, Tchekov ne bougea pas. Koulikov saisit le bras de Shaïkine pour le tirer en arrière ; Zaïtsev s'interposa entre les deux visages rouges de colère.

— Fermez-la, tous les deux ! ordonna-t-il. (Il se tourna vers Shaïkine.) Ilya ! Qu'est-ce qui se passe ?

Shaïkine libéra son bras de la main de Koulikov, pointa un doigt sur Sidorov.

— J'en ai marre, de ce salaud ! Il se prend pour quelqu'un parce qu'il a tué soixante-dix Allemands. Il est là à se vanter, mais il a gonflé son tableau de chasse.

— T'es jaloux, oui, rétorqua Sidorov. Parce qu'il a tué que trente-six Boches, il s'en prend à moi. C'est à lui-même qu'il devrait s'en prendre.

Shaïkine ramassa son carnet de tireur d'élite par terre, le tendit au Lièvre.

— Tiens, regarde toi-même. Rien que des mitrailleurs,

des observateurs, des tireurs d'élite ou des officiers. Que des cibles prioritaires ! (Il se tourna vers Sidorov.) Vas-y, la vedette ! Montre le tien (Il revint à Zaïtsev.) Tu sais ce qu'il fait ? Il dégomme des fantassins pendant l'attaque au lieu de viser les mitrailleurs ou les officiers. Il est censé protéger nos troupes, mais il pense qu'à faire du chiffre. C'est un danger, ce type !

Zaïtsev regarda Sidorov, lui demanda calmement :

— Alors ?

Les yeux du jeune soldat clignèrent de colère.

— C'est des mensonges ! Y a pas de mitrailleuses dans mon secteur, argua-t-il, tendant le bras pour indiquer le champ de bataille au-delà du mur de l'abri. J'ai descendu un mitrailleur la semaine dernière, ils l'ont pas remplacé. Ce connard est trop lent pour avoir soixante-dix macchabées à son palmarès, alors il m'en veut.

Zaïtsev rendit le carnet à Shaïkine sans même y jeter un coup d'œil.

— Va t'asseoir, Ilya.

Shaïkine se laissa tomber par terre à côté de Tania, se claqua les cuisses.

— Tu as soixante-dix Boches à ton actif, dit Zaïtsev à Sidorov. C'est excellent. Tu sais que j'en ai le double ?

— C'est excellent aussi pour toi, camarade adjudant.

— Et qu'est-ce que tu penses des trente-six de Shaïkine ? Sincèrement.

Sidorov haussa les épaules pour signifier qu'il aurait préféré la diplomatie, mais puisque le Lièvre voulait la vérité...

— Je peux pas en dire autant.

— Ilya est pas excellent ?

Shaïkine se raidit, se leva à demi. Tania posa une main sur son bras pour le retenir. Sidorov secoua la tête avec une feinte mauvaise grâce.

— Camarade, tu quittes cette unité sur-le-champ, lui signifia Zaïtsev.

Sidorov recula comme si on l'avait poussé.

— Mais, mon adjudant...

— Y a pas place pour ce genre d'attitude chez les lièvres. Nous sommes un petit groupe, nous sommes tous communistes. On se chamaille pas pour des questions d'exploits personnels. L'excellence ne se mesure pas en chiffres. Le soldat Shaïkine n'a pas besoin de soixante-dix Allemands tués pour être aussi bon tireur que toi. Tu peux disposer.

Les deux hommes s'affrontèrent du regard. Ils étaient à peu près de la même taille, mais Zaïtsev semblait beaucoup plus grand.

— Tu peux disposer, soldat, répéta-t-il.

Il attendit que Sidorov récupère son carnet, son fusil, son paquetage, et passe de l'autre côté de la couverture fermant l'abri. Après son départ, Shaïkine se leva, Tania aussi. Elle savait qu'Ilya était un élément sûr et plein de ressources. Au cours des trois semaines écoulées depuis qu'ils avaient quitté l'école, ils avaient opéré ensemble dans le même secteur. Près de la moitié des notes du carnet de Shaïkine portaient la signature de Tania, comme observatrice et témoin. En retour, Shaïkine avait été témoin de vingt-trois des trente et un coups au but de la jeune femme.

Avec le renvoi de Sidorov, il restait à présent vingt-deux lièvres et ours sur les trente composant l'unité à l'origine. Zaïtsev avait déclaré que, lorsque le nombre des tireurs tomberait à vingt, il formerait dix nouveaux pour que les effectifs se maintiennent toujours entre vingt et trente. Il va bientôt s'occuper d'une nouvelle classe, pensa Tania. Kostikev était mort la veille, déchiqueté. Il avait marché sur une mine au cours d'un raid de commando derrière les lignes allemandes. Il était l'homme de pointe de la mission, le tueur rampant en tête. Comme la réputation des lièvres croissait, ils étaient souvent demandés dans toute la division pour des opérations débordant le cadre de leur spécialité. Kostikev se hâtait de rentrer, il était sur le point d'arriver à l'usine Lazur quand il avait posé le pied sur la mine. Shaïkine et Tania avaient vidé une bouteille de vodka en l'honneur de Kostikev, le tueur aux dents d'or.

Sidorov était le premier à se faire renvoyer. C'était une honte. Tous les autres avaient quitté l'unité en donnant leur vie.

— Le secteur de Sidorov jouxtait le tien, non ? dit Zaïtsev à Shaïkine.

Le soldat acquiesça. Sidorov avait été l'un des quatre tireurs d'élite affectés à une zone d'environ deux mille cinq cents mètres carrés sur le flanc est du Mamayev Kourgan. Zaïtsev et Medvedev avaient divisé le front en quinze secteurs et affecté deux équipes de deux hommes dans les zones où les combats étaient les plus intenses, ainsi que dans celles où le QG donnait l'ordre de soutenir les mouvements de troupes russes.

Chaque nuit, on faisait le point sur les divers secteurs selon l'évolution de l'intensité des combats. A tout moment, dix secteurs au moins étaient confiés à des tireurs capables et expérimentés. Zaïtsev s'efforçait de ne pas changer les équipes trop souvent pour laisser ses hommes se familiariser avec le terrain.

Chaque secteur avait son chef. Shaïkine, Koulikov et Tchekov étaient responsables de leur secteur comme Sidorov l'avait été du sien. Ils se rencontraient la nuit, chaque fois que possible, dans l'abri que Zaïtsev partageait avec Medvedev. Tania, à sa demande, avait commencé récemment à participer à ces réunions. Shaïkine, son ami et coéquipier, avait consenti à ce qu'elle y assiste, mais uniquement en qualité d'observatrice. Ils élaboraient ensuite ensemble la stratégie du lendemain.

Zaïtsev se tourna vers Tania. Depuis l'erreur coûteuse

qu'elle avait commise deux semaines plus tôt, il gardait ses distances avec elle. Il s'adressait rarement à elle, lui communiquait ses instructions par l'intermédiaire de Shaïkine. Pendant la première semaine, elle fut autorisée uniquement à repérer des cibles pour Shaïkine, puis Zaïtsev lui accorda la permission de tirer. Elle s'était fixé pour objectif d'acquérir la patience de Shaïkine dans la chasse, de mieux contrôler ses colères quand elle avait un nazi dans sa ligne de mire. Elle y était parvenue, avec des résultats mortellement satisfaisants.

Tania repensait sans cesse au jour où Fedya avait été tué. Elle savait qu'elle s'était couverte de honte. Après le tragique incident, un froid glacial s'était installé entre elle et Zaïtsev. Elle se tenait maintenant devant lui, regardait son visage plat, ses mains, son corps, et avait envie qu'il l'appelle de nouveau « Résistante », qu'il examine son carnet et constate qu'elle se maîtrisait à présent, qu'elle était devenue un bon élément. Elle avait envie de boire à nouveau de la vodka avec lui dans les tranchées, de chasser avec lui, d'être auprès de lui à l'aurore, d'être dans ses yeux.

— Soldat Tchernova, lui dit-il, tu prendras la place de Sidorov. Il opérait avec Redinov, Megoline et Dyenski. Tu connais le secteur ?

— Oui, camarade adjudant.

C'était le moment vers lequel tous ses efforts avaient tendu, qu'elle avait construit pièce à pièce dans son cœur, comme un puzzle. Zaïtsev lui confiait le secteur 6. La période de mise à l'épreuve était terminée. La considérant d'un air sévère, il poursuivit :

— Y a plusieurs tireurs d'élite allemands dans ce secteur. C'est chaud, le Mamayev Kourgan…

— C'est chaud depuis des semaines, précisa Shaïkine. Tania a affronté en duel une douzaine de tireurs allemands. Ils sont tous dans son carnet, avec ma signature.

Zaïtsev sourit, le premier sourire qu'il adressait à

Tania depuis trop longtemps. Appelle-moi « Résistante », souhaita-t-elle intérieurement, mais il n'en fit rien. Le Lièvre demanda à Shaïkine de se débrouiller pendant quelques jours jusqu'à ce qu'il puisse lui affecter un tireur pour remplacer Tchernova dans le secteur 5.

— Plutôt deux, réclama Shaïkine en donnant un coup de coude à Tania.

Elle toucha le bras de son ami pour le remercier de sa confiance. Un beuglement retentit à l'extérieur :

— Balles et bortsch !

La couverture s'écarta ; un vent glacial pénétra dans l'abri à la suite du large dos d'Ataï Tchebibouline, vieux et robuste Bachkir du village de Chichma, en Turkménie. Ataï était le courrier de l'unité des tireurs d'élite, l'homme qui leur apportait munitions et vivres.

Tania l'avait rarement entendu parler sinon pour annoncer son arrivée par sa formule rituelle, « Balles et bortsch », puis repartir sur un « Merchi » à l'accent turkmène. La semaine précédente, cependant, Ataï était venu plus tôt que d'habitude et avait trouvé Tania seule dans l'abri. Elle lui avait parlé. Il lui avait raconté qu'il était musulman, que son fils Sakaïka était mort à Stalingrad.

Tchebibouline s'agenouilla, fit glisser de son dos la bandoulière attachée à un grand bidon de soupe. Après avoir posé le récipient au centre de la pièce, il tira d'un sac de jute une douzaine de boîtes de cartouches. Dans la poche de sa capote, il puisa une bouteille de vodka, la tendit à Tchekov, qui se jeta dessus.

Tania était toujours étonnée de la capacité du Bachkir à leur apporter chaque soir de quoi manger. Il n'arrivait jamais les mains vides mais grognait toujours sous le poids des munitions et des rations. Lui-même ne portait ni fusil ni grenades ; toute sa force, il l'utilisait pour fournir aux tireurs d'élite ce dont ils avaient besoin. Si

Ataï avait fait partie de l'unité, il aurait sûrement été un ours, songea Tania. Il en avait la puissance et la placidité.

Tchekov porta la bouteille à sa bouche comme un avaleur de sabre. Après quelques gorgées, il s'exclama :

— Hé, bourricot, c'est pas encore du bortsch, j'espère ? J'ai horreur de la soupe froide. Elle était froide, hier soir.

Ataï tourna le dos à Tchekov, qui inclina de nouveau la bouteille. Zaïtsev s'approcha du soldat, lui réclama la vodka.

— Mange la soupe avant qu'elle refroidisse, Anatoli.

Tchekov lui passa la bouteille, alla soulever le couvercle du bidon, s'agenouilla pour humer la fumée qui s'en échappait.

— Ah ! le bourricot est venu vite, ce soir ! lança-t-il au dos du Bachkir. Soupe aux pommes de terre.

— Ça suffit, Anatoli, intervint Shaïkine.

Tania lui apporta son soutien :

— Oui, arrête.

Tchekov releva des yeux déjà rougis par la vodka.

— Qu'est-ce qu'y a ? Vous vous mettez avec le bourricot ?

Avant que Tania puisse répondre, Tchebibouline se tourna vers Tchekov.

— Bourricot ? Pourquoi tu m'appelles « Bourricot » ?

Les grosses mains du Bachkir s'agitaient le long de ses flancs. Il soupira sous sa grosse moustache tombante. Son menton, hérissé d'une barbe poivre et sel de deux jours, remuait comme s'il ruminait sa colère et tentait de l'avaler.

Tchekov regarda Tania et Shaïkine ; Koulikov marmonna, replongea le nez dans son carnet. Dans son coin, Zaïtsev faisait courir ses doigts sur la bouteille de vodka.

— Allez, quoi, Taniouchka, Ilyouchka, tout ce que fait

ce vieux, c'est nous apporter à bouffer. C'est pas un soldat. Il se bat pas. Il fait la navette avec son bidon. Un bourricot, quoi.

Tania posa une main sur la large épaule de Tchebibouline.

— Ataï, parle-moi encore de Sakaïka. Je veux que les autres connaissent son histoire.

Le vieux colosse fixa le sol en mâchonnant sa moustache. Tania regarda Tchekov verser une louche de soupe blanche dans une gamelle bosselée.

— Il ne s'appelle pas Bourricot, Anatoli. Son nom est Ataï Tchebibouline. Et si tu n'étais pas un ivrogne, tu aurais un peu plus de respect pour lui. Le fils de cet homme...

Tchebibouline leva ses grosses mains.

— Non, dit-il à la jeune femme. Ça va bien, je raconte.

Tania se laissa glisser à côté de Shaïkine ; Tchekov s'écarta, tendit sa main ouverte pour signifier au vieux Bachkir qu'il lui laissait la scène et s'inclina en une courbette sarcastique.

Tchebibouline s'assit en tailleur au centre de l'abri, le dos tourné à Tchekov.

— Y a trois mois, j'emmène Sakaïka, il est mon fils, prendre le train à Tchichma. Il est soldat. Je le conduis dans charrette, longue route. Au train, je vois chevals de l'armée manger du foin, boire de l'eau. Je pense, bon, je donne aussi à mon cheval pour rien. Je l'attache avec les autres. Le train est plein, beaucoup soldats. Je perds Sakaïka. Je fais tous les wagons, j'appelle mon fils. Pas de réponse. Perdu... (Le vieil homme plissa les yeux, gratta ses cheveux gris emmêlés.) Ça va bien, j'ai déjà dit au revoir, je pense. Je retourne au cheval, plus de cheval. L'armée a mis dans le train avec les autres. Je peux pas rentrer à la maison, plus de cheval pour tirer la charrette. J'ai besoin aussi pour la ferme. Je crie : L'armée a volé mon cheval ! Je crie le nom de mon cheval, Prinza, et je l'entends répondre. Brrrr...

« Je monte dans le train, je trouve mon cheval avec les chevals de l'armée. Je dis à soldat : Hé, il est mon cheval ! Le soldat secoue la tête, il dit qu'il peut pas aider. Un autre soldat, encore un autre, personne peut pas aider. Le train part, j'essaie de sauter. Un soldat me retient. Où tu vas, vieil homme ? Je dis : Je saute, tu gardes mon cheval, je rentre à la maison à pied. Il dit : On a besoin de toi dans l'armée, tous les Soviétiques se battent. Je demande où est Sakaïka, ce soldat il m'aide à trouver. Je parle avec Sakaïka, on est d'accord, on va se battre, on va tous les deux père et fils. L'armée me rend mon cheval, avec un autre cheval en plus et une nouvelle charrette. Moi et Sakaïka on va dans même régiment. 39e de la Garde, envoyés à Stalingrad. Beaucoup se battre, beaucoup de morts. Jour et nuit, je vais au fleuve porter les morts, toujours je rapporte balles et bortsch...

Tchebibouline sourit sous sa moustache en prononçant sa phrase rituelle, puis redevint grave et baissa la tête pour raconter la fin de l'histoire :

— Deux semaines après on est arrivés à Stalingrad, je trouve Sakaïka avec une balle dans la poitrine. Il a été blessé en se battant pour l'embarcadère. Je le mets dans la charrette, je roule comme un fou vers l'hôpital. Une grosse bombe tue mes chevals... (Le vieux Bachkir leva les yeux vers Zaïtsev.) Je tire charrette moi-même mais trop lent. Sakaïka mort. Je le porte au bateau, je l'enterre de l'autre côté. Je retourne là-bas plus tard, quand la guerre est finie. Mais d'abord, je retourne au régiment, je dis au capitaine que je veux me battre pour Sakaïka. J'ai son fusil. Capitaine dit : Non, Ataï, je te donne nouveaux chevals, tu es homme trop important pour balles seulement. Tu es homme pour balles et bortsch...

Tchebibouline se mit debout pour conclure :

— Alors, je rencontre Danilov. Le petit gros. Communiste, hein ? Il me demande m'occuper de vous, les tireurs d'élite, très important. Vous êtes les meilleurs, il me dit. Moi aussi, je suis le meilleur, je m'occupe de vous, dit-il, se tournant vers Tchekov. Et tu m'appelles Bourricot. Je suis pas Bourricot. Je suis Ataï Tchebibouline, père du héros Sakaïka.

Il se tut. Après un silence, il alla au bidon, entreprit de servir la soupe dans les gamelles. Tchekov prit la bouteille à Zaïtsev.

— Tchebibouline ? fit-il, tendant la vodka au vieil homme agenouillé.

Le Bachkir secoua la tête.

— Non. C'est péché de boire l'alcool. Les musulmans font pas ça.

Tchekov posa la bouteille sur le sol, présenta sa gamelle vide, laissa le vieil homme la remplir de nouveau et la lui offrit.

— Tiens.

— Non, je prends pas nourriture à vous. Vous soldats.

Tchekov insista :

— Prends. Et tu es Ataï Tchebibouline, père du héros Sakaïka. Prends.

Le Bachkir regarda le tireur dans les yeux. Tania comprit qu'Ataï avait le courage et la résignation de l'âge. A présent que son fils était mort, il n'avait plus rien à perdre. Plus rien, excepté les jours composant une vie qui a perdu son centre de gravité. Tchekov, lui, avait dans les yeux l'intrépidité de la jeunesse, de celui qui n'a pas encore vu assez de la vie pour savoir ce qu'il a à perdre. Elle comprenait les cœurs des deux hommes, elle avait l'impression de les sentir battre en elle. Elle imagina que les deux hommes agenouillés face à face au centre de la casemate étaient les deux côtés d'un miroir magique. Mes deux côtés, pensa-t-elle. Je veux vivre, je veux mourir. Elle ferma les yeux.

— Non, entendit-elle Tchebibouline répondre. Je prends pas ton manger. Tu me dis je suis pas Bourricot.

— Tu n'es pas Bourricot, Ataï, intervint Zaïtsev. Je vais faire de toi un lièvre. Tu es rapide, courageux, et tu es un ami.

Tania ouvrit les yeux, sourit à Zaïtsev, qui ne la regardait pas.

— Oui ? demanda Tchebibouline à Tchekov.

Tchekov haussa les épaules.

— Oui.

— Alors, je te donne ça.

Le Bachkir tira de sa capote une autre bouteille qu'il posa sur le sol.

Koulikov claqua des doigts, pressa un index contre sa gorge, signe russe pour la soif de vodka. Tchekov lui passa la bouteille.

Tchebibouline souleva le bidon de soupe vide, le chargea sur son dos et releva la couverture pour sortir.

— Bonne nuit, lièvre, lui lança Zaïtsev. Fais bonne route.

Maintenant la couverture de la main, le Bachkir se tourna vers le sous-officier.

— Avec tout cet alcool dans tes lièvres, ça va bien. Je reste Bourricot. Merchi.

Le capitaine Igor Danilov souleva la couverture en se glissant de côté dans l'abri et la laissa retomber derrière lui. Les mains dans les poches, il secoua les épaules pour chasser le froid de la nuit. Tania fut étonnée de le voir remuer son corps aussi vite. Comme un cheval ou une danseuse tatare. Elle sourit en imaginant un Danilov replet et poilu au visage voilé.

— Courrier, annonça le commissaire. Zaïtsev a une lettre.

Il tenait à bout de bras deux enveloppes froissées, en

fit choir une sur les genoux du Lièvre. Il était d'usage dans l'Armée rouge que les lettres soient lues à voix haute pour que les soldats assemblés puissent avoir leur part des sentiments en provenance du pays. Le lecteur était autorisé à omettre les mauvaises nouvelles et les mots délicats, mais devait lire l'essentiel. Bien que le courrier fût rare sur le front, la femme de Shaïkine avait réussi à lui faire parvenir plusieurs lettres. Elle et ses enfants avaient été déplacés de leur maison de Géorgie à Novossibirsk, en Sibérie, dans le cadre du transfert industriel vers l'est ordonné par Staline pour éviter que les usines soviétiques ne tombent aux mains des Allemands. Cette femme était devenue la correspondante préférée de Tania. Elle parlait à son mari – et, sans le savoir, à toute l'unité – de son jardin, de la qualité médiocre du tissu disponible pour les vêtements des enfants, de la beauté inquiétante de l'automne sibérien, et d'autres détails de la vie loin des combats.

Tania se pencha en avant, curieuse de savoir qui écrivait à Vassili Grigorievitch Zaïtsev. Il tripotait l'enveloppe en semblant admirer le courage qu'il lui avait fallu pour arriver jusqu'à lui. Il la tint devant lui à deux mains.

— C'est de mon unité, dans la marine du Pacifique. De Vladivostok.

Tous les yeux convergèrent vers le Lièvre et sa première lettre. Il commença à lire à voix haute :

— « Cher Vasha. Nous avons eu de tes nouvelles en lisant *Pour la défense de notre pays*. Qui aurait prédit que notre ami, le petit comptable, deviendrait un héros ? »

Par-dessus la lettre, Zaïtsev jeta un coup d'œil aux autres.

Tania vit Shaïkine et Koulikov retenir un rire.

— Oui, j'étais gratte-papier, confirma Zaïtsev d'une voix calme. Ça veut dire que je connais l'alphabet, que je sais faire des additions et des soustractions. Ça vous dérange ?

Il revint à la lettre, répéta « un héros », regarda de nouveau rapidement les autres et poursuivit :

— « Ici au bout du monde, nous nous souvenons de toi avec affection et nous portons des toasts à ton nom. Nous nous tenons au courant de tes exploits en lisant le journal et nous avons affiché ton tableau de chasse sur un mur de la cuisine. Chaque fois qu'on parle de toi dans le journal, nous buvons au dernier Boche que tu as tué. Tu nous fais sacrément boire, Vasha, mais on peut encore encaisser. Nous avons lu cet article où on dit que tu portes encore ton maillot de marin. N'oublie jamais que tu es un marin comme nous. Tu tiens ta force des vagues bleues et de l'écume blanche, si loin de nous que tu combattes maintenant. Nous savons que toi et tes camarades arrêterez les nazis à Stalingrad. A nous la victoire. Bonne chance. Nous te serrons dans nos bras. »

Zaïtsev replia la lettre, la glissa dans l'enveloppe. Selon l'usage, les tireurs d'élite applaudirent. Il n'est pas gêné, pensa Tania, il s est habitué aux feux de la rampe.

Le Lièvre s'assit ; Danilov s'avança au milieu de la casemate avec la deuxième missive.

— J'ai là une lettre d'une jeune fille de Tcheliabinsk. Il est écrit sur l'enveloppe qu'elle doit aller au soldat le plus courageux. Qui ça peut être ?

Tania parcourut le bunker des yeux, arrêta son regard sur Anatoli Tchekov. Comme elle, il n'avait pas reçu une seule lettre depuis qu'il avait quitté sa maison. Sa famille vivait en Ukraine, derrière les lignes allemandes. Sachant qu'elle aussi avait de la famille dans une République occupée, il confiait souvent ses inquiétudes à la jeune femme. Ces derniers temps, il montrait des signes d'abattement. La tension cernait ses yeux, ridait son front. Dans cette scène lamentable avec Tchebibouline, on ne retrouvait plus le braconnier courageux et facile à vivre. Tchekov craquait. Tania et Shaïkine avaient justement parlé de lui la veille : il buvait de plus en plus, avait des sautes d'humeur imprévisibles. Le régime imposé au tireur d'élite était très différent de celui du fantassin : la solitude, le manque de sommeil, le danger permanent des missions sur le front, la rivalité entre tireurs (malgré les efforts de Zaïtsev et de Danilov pour souder l'unité dans l'attachement aux idéaux socialistes) et les tueries. Même de loin, en silence, ils voyaient le sang grossi par la lunette, ils voyaient l'ennemi surpris agiter les bras et tomber. Tout cela minait l'esprit. Tania savait combien était désolé le refuge intérieur où le tireur cherchait un moment de réconfort. Aussi morne et dévasté que la ville bombardée qui les attendait dehors dans la nuit froide. La pression ne cessait jamais, on n'y échappait qu'un court instant en appuyant sur la détente. Ces dernières semaines, Tchekov avait noyé ses visions cauchemardesques dans la vodka. Tous les lièvres continuaient à l'aimer, pourtant. Si l'alcool ombrageait sa bonne humeur, il n'éteignait pas son ardeur à se battre.

— Anatoli ! s'écria Tania. La lettre est pour lui, bien sûr.

Plusieurs tireurs approuvèrent de la tête, Zaïtsev aussi.

Danilov s'approcha de l'endroit où Tchekov était assis, les jambes étendues devant lui. Les pointes de ses bottes s'agitaient nerveusement. Le commissaire lui tendit la lettre, lui fit signe de se lever.

Tchekov tambourina des doigts sur l'enveloppe, jeta un coup d'œil à ses camarades avant de la déchirer.

— « Cher soldat plein de bravoure… »

Il s'interrompit, se retourna vers la bouteille posée à côté de son carnet de tireur d'élite.

— Lis, Anatolouchka, l'encouragea Shaïkine. On veut savoir ce que dit ta nouvelle copine.

Tchekov s'humecta les lèvres, poursuivit :

— « Je m'appelle Hannah. Je ne sais pas qui tu es, toi qui lis cette lettre, mais tu dois être le plus courageux puisqu'on te l'a remise. J'ai dix-sept ans. Si je pouvais être ta fille, je t'appellerais père. Sinon, je t'appellerais frère. Les filles de mon usine ont collecté des présents pour les défenseurs de Stalingrad. Nous savons que c'est dur pour vous dans les tranchées et nos cœurs sont avec vous. Nous ne travaillons et nous ne vivons que pour vous. Bien que je sois loin derrière l'Oural, j'ai l'espoir de retourner dans ma Smolensk natale. J'entends ma mère pleurer dans la cuisine. Tue les nazis pour que nous puissions rentrer chez nous. Que leurs familles portent leur deuil là-bas chez eux. Qu'elles soient inondées de larmes. Je ne suis qu'une jeune fille, je travaille à l'usine, j'assemble des pièces pour les camions et les chars. Mais j'ai l'impression que je me bats moi aussi rien qu'en restant en vie, rien qu'en haïssant les Boches à chaque instant. Je n'aime pas haïr, ce n'est pas naturel pour une Russe, tu ne crois pas ? Mais nous devons les haïr jusqu'à ce qu'ils partent. Bats-toi durement, mon père, mon frère, et je ferai de même. »

Tchekov renversa la tête en arrière, fixa les poutres du plafond. Sa poitrine montait et retombait ; la mince feuille de papier tremblait dans sa main.

Koulikov claqua deux fois des mains puis s'arrêta, gêné. Personne d'autre n'avait applaudi. Tchekov était manifestement bouleversé par la lettre, et Tania se demandait comment Koulikov avait pu ne pas le remarquer.

Tchekov tendit la lettre à Danilov en murmurant :

— Garde-la pour moi. J'ai peur de la perdre.

Il alla prendre dans un coin une musette de grenades, décrocha sa mitraillette suspendue à un clou et sortit du bunker sans un regard.

— Où va-t-il ? demanda Danilov à Zaïtsev.

Le Lièvre fit signe à Koulikov, qui se leva d'un bond. Tania voulut l'accompagner, mais Zaïtsev lui ordonna de rester assise. Koulikov était un ami proche pour Tchekov, il le ramènerait.

Dans le silence lourd qui suivit, Danilov se mit à marcher de long en large. Ses mains potelées se rejoignaient à peine derrière son dos. Tchekov souleva soudain la couverture et entra. Derrière lui, Koulikov portait le sac de grenades et la mitraillette.

Tchekov s'affala près de la bouteille de vodka, la lorgna en se frottant le menton, grimaça comme pour répondre à un commentaire que la bouteille aurait fait. Koulikov s'avança au milieu de l'abri.

— Tchekov a un plan, annonça-t-il. Un raid contre un bunker d'officiers nazis.

— Il se trouve où ? s'enquit Zaïtsev de son coin.

— Dans le secteur 6.

L'ancien secteur de Sidorov, devenu celui de Tania. Koulikov regarda la jeune femme.

— On a ta permission ?

Elle posa son carnet et se leva.

— J'y vais, déclara-t-elle en croisant le regard de Zaïtsev.

— Bien sûr, dit-il, se levant lui aussi pour signifier qu'il en était. Tu sais comment le trouver, ce bunker ? demanda-t-il à Koulikov.

— Je pense qu'Anatoli devrait nous conduire. C'est son plan, après tout.

Le Lièvre s'approcha de l'ivrogne.

— Anatoli, tu peux nous indiquer l'endroit sur une carte ?

— Je veux y aller, gémit Tchekov, les larmes aux yeux.

— Non, tu restes ici, l'ami. Dors, bois un coup.

Zaïtsev déplia une carte du secteur 6, attendit. Tchekov s'essuya le nez à sa manche.

— Ici, dit-il en montrant le coin sud-ouest du secteur, à l'extrémité d'une longue série de tranchées, un kilomètre au-delà des positions avancées soviétiques.

Un kilomètre, pensa Tania. Ce n'est pas si loin pour deux tireurs d'élite opérant sous couvert de la nuit et de la neige, mais monter un raid de commando si profondément dans les lignes allemandes ? Pour y aller, il suffit de rester hors de vue, une spécialité des lièvres. Revenir est une autre affaire. Une fois que le boucan commence, les bâtons savent que vous êtes là.

Shaïkine s'avança.

— Je connais chaque mètre du secteur 6. On peut y aller par le secteur 5... (Il promena le doigt sur la carte.) Puis on pousse derrière ces cabanes. Il y a une tranchée allemande que le 45ᵉ de Sokolov a prise la semaine dernière. Elle est pas sur la carte, mais je la connais. Elle va jusqu'à là-bas.

Zaïtsev leva les yeux de la carte pour regarder Koulikov.

— Nikolaï, il neige encore ?

— Plus dru que jamais.

— Excellent, fit Shaïkine, tout excité. Vasha, on fera pas plus de bruit que des flocons.

Zaïtsev lui donna la carte. Tania vit sur le visage de son chef qu'il pesait encore les mérites et les dangers de l'opération. C'est une mission improvisée, pensa-t-elle. On ne nous en a pas donné l'ordre. Nous la voulons pour nous, pour la tristesse dans les yeux rouges de Tchekov. Zaïtsev courra-t-il ce risque ?

Elle regarda Tchekov recroquevillé par terre. Cet homme devrait être chez lui en Ukraine, à couper des cous de poulet, à braconner la caille sur les terres de l'Etat, pas dans un bunker, à boire et à se détruire aussi sûrement que la guerre le détruit. Elle regarda Koulikov, calme et beau, impatient de se battre, rongé par quelque chose dont elle ne l'avait jamais entendu parler, peut-être du sang qu'il ne pouvait couvrir qu'avec de plus en plus de sang allemand. A côté se tenait le frêle Shaïkine, si loin de sa femme et de ses enfants. Et derrière, exposés à l'air comme dans les catacombes, les morts. Et tous les morts à venir.

Zaïtsev prit sa décision :

— Bon. Tout le monde emporte une mitraillette. On laisse les fusils ici. (Il s'approcha du coin où reniflait Tchekov, lui posa la main sur l'épaule.) Anatoli, tu restes ici. On parlera plus tard. On va faire ça pour toi.

Troublé, honteux, Tchekov cligna les yeux. Tania détourna le regard avant de s'apitoyer davantage. Elle prit la mitraillette de Medvedev dans un coin. Elle ne s'était pas servie d'une telle arme depuis son arrivée à Stalingrad et elle avait plaisir à en avoir une en main.

Zaïtsev chercha dans son sac le pot de graisse, le lança à Shaïkine.

— Allons-y.

Shaïkine ouvrit le pot, se dirigea vers la sortie.

— Attendez.

Danilov, qui jusqu'ici s'était tenu à l'écart, s'interposa, les mains sur les hanches. Dans cette posture, il ressemblait à un gros sucrier gris.

— Je viens aussi.

Zaïtsev considéra le petit commissaire, soupira, baissa la tête.

— Ne perds pas ton temps à essayer de trouver une manière respectueuse de me dire que je ne peux pas venir, le prévint Danilov. Je ne resterai pas ici à dorloter ton soldat soûl. Je veux voir cette opération de mes yeux.

Zaïtsev eut un mince sourire, mais ses yeux exprimaient son mécontentement.

— C'est très dangereux, camarade. Tu n'es pas habitué à ce genre de choses.

Danilov demeura immobile, sans perdre son sourire, sans même invoquer son pouvoir. Une force sombre semblait émaner de ses bajoues tandis qu'il allongeait le cou comme une tortue.

— Camarade Lièvre, dit-il enfin, d'une voix lourde de

menaces, je ne voudrais pas te rappeler les dangers auxquels je suis habitué. Le Parti communiste participera à ce raid. Est-ce... compris ? (Après la menace, le miel :) Zaïtsev, je me placerai sous tes ordres jusqu'à notre retour. Cela te suffit ?

L'adjudant acquiesça.

— En outre, ajouta Danilov, avec un rire qui agita son ventre sous son manteau, ce ne sera pas dangereux pour moi. Je serai avec les lièvres. Les meilleurs. Shaïkine, passe-moi le pot de graisse !

Un parapluie de femme protégeait de la neige le soldat blotti derrière la mitrailleuse lourde. Tania n'aurait su dire de quelle couleur exactement le parapluie était, mais à la lueur de la lune traversant les flocons, il semblait rose. Le Boche ne s'en sert sûrement pas dans la journée, pensa-t-elle. Les tireurs russes feraient des kilomètres sur le ventre pour pouvoir mettre en joue un mitrailleur allemand sous un parapluie rose.

L'arme était montée derrière un muret de sacs de terre, au centre d'une tranchée longue de vingt mètres. A l'une de ses extrémités, à gauche du mitrailleur, se trouvait l'entrée d'un bunker masquée par une couverture. L'abri avait été couvert de débris afin de le dissimuler aux yeux des Russes.

Sous la conduite de Shaïkine, le commando avait mis deux heures pour traverser le secteur 5 en ligne droite. Les lièvres étaient passés devant deux positions de mitrailleuses russes en donnant les mots de passe du secteur. Ils avaient pénétré dans cette partie du secteur 6 par une longue tranchée vide, sous le couvert de la nuit et de la neige. Shaïkine courait en tête, suivi par Koulikov, Danilov, puis Zaïtsev. Tania fermait la marche au titre de commandant en second. Zaïtsev lui avait accordé cette prérogative : elle était responsable du secteur 6.

Dans un cratère de bombe, à vingt-cinq mètres du mitrailleur, Danilov, étendu sur le dos, reprenait haleine à grandes inspirations, la main sur la bouche. Sa capote était humide de neige, ses magnifiques bottes noires éraflées, et les genoux de son pantalon trempés.

Zaïtsev était aplati au bord du cratère, Shaïkine à ses côtés. Il murmura quelque chose, tendit sa mitraillette au soldat, glissa hors du trou sous la fine dentelle de flocons.

Tania se hissa à la hauteur de Shaïkine, Koulikov aussi. Danilov roula sur le ventre, tenta de s'insinuer entre les lièvres, mais il n'y avait pas de place et la jeune femme le repoussa. Du fond du cratère, le commissaire tira sur la jambe de Tania, qui se laissa descendre et approcha son visage noirci de celui de Danilov.

— Camarade, en l'absence de Zaïtsev, c'est moi qui commande, chuchota-t-elle. Tu restes en bas, compris ?

Sans attendre de réponse, elle retourna auprès de Shaïkine.

Dans l'obscurité, elle discernait les contours de la tête du nazi derrière la mitrailleuse, sous le parapluie, mais rien d'autre. Elle ne voyait plus Zaïtsev, qui s'était coulé dans la tranchée ennemie. Elle ne pouvait qu'imaginer le Lièvre avançant sur le sol mouillé, retenant sa respiration, évitant les débris qui pourraient trahir sa présence en crissant ou en cassant sous son poids. En imagination, Tania retenait sa respiration elle aussi, elle enfonçait les doigts dans la terre froide et la neige comme il avait dû le faire. Elle écarquillait les yeux pour améliorer sa vision nocturne en même temps que lui. Elle approcha du soldat avec Zaïtsev, vit l'homme debout derrière sa mitrailleuse, une jambe relevée, peut-être, pour soulager le dos. Ensemble, ils attendirent que l'Allemand bâille, s'étire ou se frotte les yeux. Puis ils jaillirent, plaquèrent la main gauche sur la bouche de la sentinelle et lui tranchèrent le cou avec le poignard tenu dans la main droite, coupant la trachée, vidant les poumons, gardant la main gauche sur la bouche hoquetante, puis enfonçant le couteau à travers les côtes, dans le cœur ou l'aorte. Ils inclinèrent le cadavre contre la paroi, placèrent un morceau de bois ou de tuyau sous le menton pour maintenir la tête droite. Ils redressèrent le parapluie en se demandant, dans cette nuit sombre, de quelle couleur il pouvait bien être.

Une boule de neige tomba devant le cratère avec un bruit étouffé. Tania fit signe à Shaïkine, qui sortit du trou et avança, non en rampant mais en marchant vite, le dos courbé. Tania suivit. Derrière elle, Koulikov aida Danilov à se mettre debout et à se hisser hors du cratère.

Tania se glissa dans la tranchée ennemie à la suite de Shaïkine. Zaïtsev les rejoignit, récupéra sa mitraillette. Tania remarqua le sang qui luisait sur ses mains et tachait ses manches. Quand Koulikov et Danilov arrivèrent, le Lièvre agita le doigt pour envoyer Shaïkine et Koulikov à l'autre bout de la tranchée vérifier qu'il n'y avait pas d'autres sentinelles. Zaïtsev s'accroupit, Tania fit de même ; Danilov s'assit dans la neige.

Quand Shaïkine et Koulikov revinrent, Tania se leva. Elle se félicitait du couvert que leur offraient l'obscurité et la neige, mais savait que ce qui rendait les lièvres invisibles pouvait aussi cacher l'ennemi.

Au signal de Zaïtsev, le groupe se mit en branle, passa derrière la sentinelle morte debout sous le parapluie, se dirigea vers l'extrémité de la tranchée, vers l'entrée de l'abri des officiers.

Soudain, Danilov bouscula Zaïtsev pour passer devant lui. Pistolet à la main, le commissaire écarta la couverture et fit un pas dans le bunker.

Zaïtsev entra aussitôt derrière lui, la mitraillette à la hanche.

Shaïkine, Tania et Koulikov suivirent.

A l'intérieur, une lanterne pendait à une poutre. Sa faible lueur jaunissait l'air et les murs de terre. Près de l'entrée, plusieurs mitraillettes étaient accrochées à des clous, au-dessus de casques et de torches électriques.

Sur trois des murs s'alignaient quatre rangées de couchettes. Des uniformes portant des galons d'officiers étaient pliés sur des étagères. Des ronflements, des marmonnements ensommeillés accueillirent les Russes, qui formèrent une ligne de tir.

Tania appuya la crosse de son arme contre sa taille, abaissa le canon au même niveau que ceux de Zaïtsev, Koulikov et Shaïkine. La mitraillette russe PPSh avait une vitesse de tir de neuf cents balles par minute. Tania serra les dents, planta fermement ses pieds sur le sol.

Danilov redressa la poitrine et prononça le verdict :

— Pour le meurtre impitoyable de mères et d'enfants, vous êtes condamnés à mort, prédateurs nazis.

Il braqua son pistolet sur les couchettes, tira. La détonation claqua dans le bunker. Tania inhala la fumée de la poudre. Sur les couchettes, des têtes et des corps sursautèrent ; des voix s'élevèrent, à demi couvertes par l'écho de la détonation. Avant que les autres puissent réagir, Tania appuya sur la détente.

La mitraillette trembla dans ses mains, le canon se releva, cracha des balles dans le plafond. Tania lâcha la détente pour braquer de nouveau l'arme sur les couchettes.

La mitraillette de Zaïtsev crépita, rejointe par celles de Koulikov et de Shaïkine. Tania fit feu de nouveau. Danilov s'écarta et les quatre lièvres, côte à côte, lâchèrent un déluge de plomb sur les officiers allemands.

Tania balayait les couchettes, criblant tout ce qui se trouvait devant elle, bois, matelas, chair. Elle n'aurait su dire où frappaient ses balles, mêlées à celles des hommes qui l'entouraient. Les corps allongés, encore enveloppés dans leurs couvertures, tressautaient contre les murs, se crispaient sur les paillasses. Les secondes passaient, l'abri s'emplissait de bruit comme une bouteille s'emplit d'eau ; l'air était chassé du bunker, remplacé par de la fumée et des éclats de bois.

Zaïtsev tendit le bras pour abaisser l'arme de Tania. Elle relâcha la pression de son doigt sur la détente, s'aperçut que les autres avaient cessé de tirer. Une brume âcre flottait dans l'abri. Le fracas des mitraillettes dans la petite pièce avait rendue sourde l'ancienne résistante, qui n'entendait plus que les battements de son cœur à ses tempes.

Les cinq Russes demeurèrent un moment immobiles, puis Koulikov souleva la couverture pour laisser le nuage huileux sortir dans la tranchée.

A l'intérieur de la casemate, la faible lueur de la lanterne peinait à percer la fumée. Les couchettes étaient en morceaux ; les entrailles blanches du bois montraient un millier de trous. Les murs de terre miroitaient comme si on les avait arrosés de goudron frais. La petite flamme de la lampe se reflétait dans les taches rouges. Par terre, d'innombrables douilles se mêlaient aux éclats de bois, aux touffes de bourre ensanglantées.

Dans le calme revenu, Tania avait les nerfs à vif. Un mouvement sur sa gauche la fit tressaillir. Koulikov sortit en vacillant, Zaïtsev le suivit. Une main saisit le poignet de Tania : Shaïkine la tirait dehors. Danilov était déjà dans la tranchée.

Zaïtsev approcha son visage de celui de Tania, lui parla ; elle ne put l'entendre par-dessus le sifflement de ses oreilles. Shaïkine, qui la tenait toujours par le poignet, se mit à courir et l'entraîna vers l'autre extrémité de la tranchée. Parvenu au bout, il sauta, se reçut sur le ventre, se redressa sur les genoux. En lui tendant sa mitraillette, Tania sentit la chaleur du canon. Elle s'extirpa de la tranchée, courut derrière Shaïkine à travers le rideau blanc tombant sur le noir de la nuit. Le monde de Tania était silencieux. Elle courait parmi les lièvres et le commissaire ventripotent, consciente que des balles sifflaient peut-être autour d'elle. Elle courait, enivrée par l'idée d'échapper à la mort en la traversant comme un cerceau.

Les lièvres détalaient, foulant les traces de pas qu'ils avaient laissées à l'aller. Quand ils furent assez loin, ils se jetèrent à plat ventre pour s'abriter. Zaïtsev reprit son souffle, puis repartit en rampant après avoir ordonné aux autres de le suivre dans les cinq minutes.

Tania renversa la tête en arrière pour regarder la neige tomber. Prise de vertige, elle eut l'impression que c'était elle qui flottait à la rencontre des flocons. Elle ferma les yeux, laissa la neige se poser sur son nez et ses paupières, fondre sur sa peau brûlante. Des images défilaient dans sa tête sans suite logique : le tremblement puissant de la mitraillette, Danilov étendu sur le dos, les mains ensanglantées de Zaïtsev, les éclats de bois arrachés aux couchettes.

Le parapluie. De quelle couleur était-il vraiment ?

Elle ouvrit les yeux. Bon sang, pensa-t-elle, j'ai oublié de regarder.

Tchekov ronflait, les bras en croix. Une bouteille vide montait la garde à côté de lui.

Zaïtsev passa sous la couverture derrière Tania, suivie de Koulikov et de Shaïkine. Danilov avait quitté les lièvres dès qu'ils étaient revenus derrière les lignes russes et s'était précipité pour écrire l'histoire du dernier exploit des tireurs d'élite. Il ne s'agissait pas cette fois d'une mort administrée de loin et en silence. Cette nuit, les lièvres s'étaient glissés dans le bunker d'officiers nazis et les avaient massacrés sur leurs couchettes. Cette nuit avait des relents de violence rageuse, d'abattoir, de vengeance. Et Danilov avait été présent, non pour rapporter les faits mais cette fois pour faire lui-même l'événement.

Zaïtsev taquina les côtes de Tchekov de la pointe de sa botte. L'homme cessa de ronfler, mais ne se réveilla pas.

— Anatoli ?

Zaïtsev glissa un pied sous le dos de Tchekov, le souleva, le laissa retomber. L'adjudant-chef se tourna vers Shaïkine.

— Ilya, ramène-le à la Lazur. (Il sourit à Tania.) Viktor le tuerait s'il le trouvait dans cet état en rentrant.

Koulikov vint prêter main-forte à Shaïkine.

— Va falloir le porter. Je vais t'aider.

Ensemble, ils hissèrent le corps du soldat ivre sur les épaules de Shaïkine. Koulikov se chargea des fusils et des sacs des trois hommes ; Tania écarta la couverture pour les laisser sortir.

Seule dans l'abri avec Zaïtsev, elle se tourna vers lui et dit :

— Bonne nuit.

— Attends. Je t'accompagne un bout de chemin.

Ils passèrent de l'autre côté de la couverture. Devant eux, Tchekov continuait à ronfler en se balançant sur les minces épaules de Shaïkine.

Tania chercha dans son sac un chiffon pour ôter la graisse qui couvrait ses joues, son cou et le contour de ses yeux. Elle frotta de la neige fraîche sur son visage, écrasa les cristaux froids sur sa peau. Zaïtsev regardait Koulikov et Shaïkine s'éloigner avec leur fardeau aviné.

Le vent rafraîchit le front et le menton humides de Tania. Elle scruta le visage du Lièvre, encore maculé de graisse, baissa les yeux vers les mains de l'adjudant.

— Tu es couvert de sang, dit-elle. Donne-moi ta main.

Elle ramassa une poignée de neige, en frotta la peau de Zaïtsev. Quand elle eut nettoyé les deux mains, elle tamponna le visage du Sibérien avec le chiffon.

Immobile, il cligna les paupières lorsqu'elle appliqua le chiffon près de ses yeux.

Tania sentit sa poitrine s'agiter. Qu'est-ce que je suis en train de faire ? se demanda-t-elle. Je le récure comme une mère lave un enfant sale. Elle voulut ordonner à ses mains de s'immobiliser, mais arrêter maintenant ne ferait que hâter le moment où ils se retrouveraient face à face sous la neige, sans gestes nerveux entre elle et lui pour retarder les mots ou donner un dessein innocent au lien noué par leurs regards. Elle savait que c'était le moment qu'elle avait si longtemps attendu. Elle était près de lui, à le toucher. A la réunion, avant le raid, Zaïtsev lui avait pardonné, il l'avait réintégrée dans le groupe en lui confiant la responsabilité du secteur 6. Puis il y avait eu le tumulte de la tuerie, dans le bunker allemand. Tania se rappela avoir senti des picotements sur sa peau tandis que sa mitraillette crachait ses balles, tandis qu'elle courait ensuite dans le noir. Toucher Zaïtsev, même à travers le chiffon, seule avec lui sous la neige, faisait naître en elle les mêmes picotements.

Est-ce qu'il me parlera quand j'abandonnerai cette ruse, quand je cesserai de nettoyer ses mains et son visage ? Ou choisira-t-il le silence, pour m'inciter à le choisir moi aussi ? Est-ce que je sauterai le pas, est-ce que je m'éloignerai, titubant sous le poids de mon fardeau ? Il me parlera dès que mes mains retomberont. Il attend que je cesse. Il dira... quoi ?

Elle contraignit ses mains à ralentir. Dans un dernier geste, elle passa le chiffon sous la lèvre inférieure de Zaïtsev.

— Là, fit-elle avec un bref sourire.

Elle remit le chiffon dans son sac. Quand elle se redressa, il ne la regardait pas, mais contemplait la Volga par-dessus les contours des ruines faiblement éclairées par la lune. Il avait fourré ses mains rougies sous ses aisselles. Secouant la tête, il demanda :

— Tania, qu'est-ce qu'on a fait, cette nuit ?

Elle ne comprit pas sa question.

— Qu'est-ce que tu veux dire, Vassili ?

Elle ne l'avait jamais appelé par son prénom. Les trois syllabes étaient tombées d'elles-mêmes de sa bouche, semblait-il. Jetant autour de lui des regards d'homme perdu, Zaïtsev semblait avoir rapetissé. Son aura, son rayonnement de *vozhd* des tireurs d'élite s'étaient évanouis, comme si elle les avait fait disparaître en même temps que la graisse et le sang. Ce n'était plus l'adjudant-chef Zaïtsev qu'elle avait devant elle, c'était Vasha. Elle le sentait. Il était là, vulnérable, figé à côté d'elle dans le calme de la nuit. Elle l'aiguillonna de la voix :

— Ce qu'on a fait ? Nous avons tué une douzaine d'officiers ennemis. Nous avons envoyé un message aux nazis.

Il posa les yeux sur elle, mais son esprit parut rester au loin.

— Quel message ? A qui on l'a envoyé ? Et qui l'a reçu ? Nous ou eux ?

De quoi il parle ? Ces types nous ont envahis. Qu'ils dorment sur leurs couchettes, qu'ils envoient des bombes incendiaires sur un village ou qu'ils exécutent des civils dans un parc, ce sont toujours les mêmes. De la vermine, des bâtons qu'il faut briser, condamner à mort. N'importe quelle mort, pas seulement le noir propre et instantané causé par la balle d'un tireur d'élite. Réduits en bouillie par un millier de balles tirées de cinq mètres : qu'on les trouve dans cet état demain matin, que leurs cadavres racontent cette histoire à l'aube dans le camp allemand.

Zaïtsev laissa ses mains tomber de sous ses aisselles, eut un geste, commença à parler puis s'interrompit. Ses mains semblaient attendre les mots. Il plongea son regard dans celui de Tania.

— C'est pas... C'est pas ce qu'on m'a appris, reprit-il. Nous, on fait pas ça. On devrait pas. Le raid cette nuit, c'était pas tuer. C'était même pas faire la guerre.

Tania s'approcha pour lui prendre les mains. Elles étaient froides. Elle les serra dans les siennes.

— Si, Vasha, c'était tuer. C'était la guerre.

Elle fit un pas de plus pour presser sa poitrine contre celle de Zaïtsev. Elle fit passer derrière elle ses mains d'homme, les sentir se nouer autour de sa taille pour la retenir. Tania posa sa tête sur l'épaule de Vasha, regarda son cou, son oreille, ses cheveux coupés court.

— Tu as raison, murmura-t-elle. Il n'y avait pas d'honneur dans ce raid. (Elle releva la tête pour poursuivre :) Mais il y en aura quand Danilov en aura fait le récit.

La poitrine de Zaïtsev se gonfla d'un rire bref. Tania le serra plus fort contre elle.

— Laisse au reste de l'équipe le soin de tuer, chuchota-t-elle. Nous tuerons pour toi. Je tuerai pour toi. Chasse, Vasha. Chasse.

14

Zaïtsev réduisit la lumière de la lanterne, presque trop. Avant que la flamme ne grésille et s'éteigne, il remonta la mèche. Des ombres creusèrent les murs de terre et le sol de l'abri des tireurs d'élite.

Qu'est-ce que je risque ? se dit-il. Il regarda sa montre : deux heures et demie. Viktor rentrait rarement avant l'aube.

Quand il attira Tania à l'intérieur, elle s'accrocha à sa main comme au bord d'une falaise. Comme si sa vie en dépendait. La pression des doigts de la jeune femme la rendit réelle à ses yeux pour la première fois. Même quand elle le serrait contre elle, dehors, l'instant d'avant, il ne l'avait pas sentie. Il avait regardé au-dessus d'elle, pensant à l'honneur, à la mort, à la guerre. Ce qu'ils avaient fait cette nuit dans le bunker allemand était acceptable pour le soldat, mais terrible et totalement étranger au chasseur. Son grand-père l'aurait battu. On ne tue pas gratuitement, dans la taïga.

Il revit Tania avec sa mitraillette, clignant les yeux dans le bruit et les éclats de bois. Tania serrant les dents, courant près de lui dans les ruines et la nuit. Tania le touchant à travers la neige emprisonnée dans ses mains. Tania le pressant contre elle.

Elle était maintenant au centre de la pièce, au bout de

son bras. Sa chevelure blonde, dense comme un champ de blé, rejetait ses épaules et son visage dans l'ombre. Seul le bout de son nez était éclairé. Il la fit se tourner pour que la lumière joue pleinement sur sa figure et s'épanouisse dans ses yeux bleus.

Dès son arrivée à l'unité, elle avait été un souci pour lui, comme il l'avait prédit à Danilov. La présence de la « résistante » était en fait une expérience du commissaire, dont Zaïtsev pensait qu'elle ne durerait pas. Tchernova était impatiente, dominée par ses émotions. Elle ne devenait une femme pour lui que lorsqu'il plaisantait avec Viktor, comme le font les hommes, sur ses fesses ou ses cheveux, quand il se demandait si Fedya, le costaud, mort maintenant, se l'était tapée, ou quand il la voyait toucher Shaïkine pendant les réunions. Mais, loin d'elle, il ne pensait jamais à Tania Tchernova.

Et voilà qu'il se glissait dans son propre abri comme un voleur. Pourquoi ? Parce qu'il tenait une femme par la main ? Il était submergé de sensations. Qu'est-ce que je risque ? pensa-t-il de nouveau. Si quelqu'un entre, je rirai de l'incident. Je raconterai à Viktor que j'ai séduit la fille. C'était bon, mais une fois m'a suffi, je lui dirai. Tu devrais essayer, toi aussi. Mais si on nous laisse ensemble sans nous interrompre, si on nous laisse nous enlacer lentement, nous embrasser et parler tranquillement, je ne sais pas. Pour le moment, je contrôle tout, mais qu'est-ce que je ferai d'une situation que je ne peux pas modeler ? Est-ce que j'ai vraiment envie de ça ?

Arrête de ruminer ! s'ordonna-t-il. Ça ne dépend pas de toi, de toute façon. Tu le sais depuis le moment où elle t'a touché, sous la neige.

Tania lâcha la main de Zaïtsev, détourna son visage de la lumière. Il la regarda marcher vers le coin où il se trouvait.

Le dos tourné, elle déboutonna son manteau. Elle baissa les bras et le vêtement glissa par terre, se dégonfla, manches écartées, comme un corps fondant dans la terre. Ses mains se portèrent à son cou. Elle releva les coudes, ses poignets s'agitèrent, elle ouvrit sa vareuse. Quand Tania se pencha pour dénouer les lacets de ses bottes, le tissu du pantalon se tendit sur ses fesses.

Elle se redressa, les mains à la taille, se tourna pour lui faire face. Toutes les barrières étaient levées : la chemise s'ouvrait sur les seins, dont les mamelons fermes pointaient sous le maillot kaki ; les manches étaient déboutonnées aux poignets, la ceinture défaite, la fermeture à glissière du pantalon baissée.

Tania ôta ses bottes d'une ruade, s'avança en chaussettes. Son visage était une lune blanche à la lumière de la lanterne. Ses yeux brillants reflétaient la lampe en deux points jumeaux couleur azur.

Zaïtsev fit un pas vers elle. Il regarda son ombre monter le long des jambes de la jeune femme, gagner son torse et son visage. Il tendit le bras vers ses épaules pour faire tomber la chemise déboutonnée. Tania leva la tête à son toucher. Ses cheveux étaient lourds sur le dos des mains du Sibérien. Une odeur, sueur et terre mêlées, monta des bras et du cou de Tania. Il pensa au sol des forêts de bouleaux.

Elle leva les bras, ses seins pressèrent le maillot, s'aplatirent et s'arrondirent. Zaïtsev posa ses mains ouvertes sur elle pour sentir les mamelons. Il fit passa le mince vêtement de coton par-dessus la tête de Tania, le laissa tomber à ses pieds.

Il voulut lui prendre la taille mais elle l'arrêta, lui fit baisser les bras. Elle défit la boucle de la ceinture de l'Armée rouge qu'il portait sur son manteau, posa les mains sur sa poitrine. Ses seins et ses épaules nus formaient des ovales d'ivoire dans les ombres rectilignes de la casemate. Elle déboutonna le manteau, rabattit les épaules pour le faire tomber.

Elle s'attaqua à la veste en continuant à éviter son

regard. Zaïtsev enleva sa tunique, son maillot de marin, les envoya grossir le tas de vêtements.

Les mains le long du corps, Tania pressa ses seins contre la poitrine nue de Vasha, soupira quand sa chair toucha la sienne. L'haleine de Tania était chaude et caressante comme une fourrure.

Rivant ses yeux aux siens, elle s'assit par terre devant lui, renversa la tête en arrière pour soutenir son regard. Elle défit pantalon et chaussettes, passa les mains derrière Zaïtsev pour ramasser son manteau, en faire un tas derrière elle avec ses propres vêtements.

Il ôta ses bottes, défit son pantalon et le lança à Tania, qui l'ajouta à la pile avec un geste théâtral. Elle pointa le doigt vers les chaussettes qu'il avait gardées, mais il murmura en s'agenouillant sur le tas de vêtements :

— Vaut mieux que je les garde, fais-moi confiance.

Tania eut un gloussement qui réchauffa le sol froid du bunker. Comme des bras, son rire attira Zaïtsev sur elle. Au lieu de se renverser sur le tas d'habits, elle se pressa durement contre Vassili, les mains et les bras appuyés au sol. Cela le surprit et l'excita. Il couvrit la bouche de Tania de la sienne pour la faire ployer, comme s'il tendait le ressort d'un piège. Elle se laissa aller peu à peu, puis se détendit et le prit par le cou. Il posa les mains dans la courbe des hanches, remonta le long des côtes jusqu'à la nuque. Elle se mit à onduler sous lui.

Il dégagea une main de la masse douce et pesante des cheveux, examina ses doigts. La peau était calleuse après des mois passés à ramper dans les ruines de Stalingrad. Du sang séché provenant du massacre de la nuit restait collé sous ses ongles. C'est pas une main faite pour toucher une femme, pensa-t-il. Il se souleva sur un coude.

— Donne-moi ta main, dit-il.

Tania avait fermé les yeux. Il posa doucement sa main sur celle de la « résistante », la guida vers ses seins, sentit une question dans son poignet, mais elle finit par lui abandonner sa main. Avec l'index de Tania, il traça un cercle autour du mamelon érigé. Elle aspira une bouffée d'air, la rejeta dans un soupir. Il fit glisser la main de la jeune femme sur le côté, entre les deux seins, puis sur la plaine blanche du ventre. Il la déplaçait en cercles langoureux, pressant et relâchant. Les hanches de Tania s'agitaient sous leurs mains unies. Il descendit entre les cuisses, ne sentit aucune résistance. Elle suivait les impulsions qu'il donnait, faisant glisser ses doigts sur sa peau, à l'intérieur d'elle-même.

Zaïtsev leva les yeux vers le visage de Tania, se mit à haleter au rythme de ses soupirs. Il ne dirigeait plus la main de la femme, mais la chevauchait, allant où elle voulait aller.

Il la regarda mener son corps vers la jouissance. Avec un frisson, elle l'enlaça de sa main libre et l'attira vers elle pour l'embrasser. Elle poussa son ventre plus haut, pressant ses cuisses contre leurs mains jointes. Son dos demeura un moment arqué, puis elle retomba, pantelante.

Elle ouvrit les yeux.

— Vasha, murmura-t-elle, viens avec moi demain.

Il promena les yeux sur son corps aux cuisses relevées. La douceur de ses jambes était comme une torture. Il se remit au-dessus d'elle, glissa ses genoux entre les siens.

— C'est comme ça dans la taïga, dit-il en s'abaissant. Les animaux s'accouplent, puis ils chassent.

La lumière du matin révélait les cicatrices du Mamayev Kourgan. La neige, qui était tombée jusqu'à l'aurore, ne cachait pas les entailles des tranchées, ne remplissait pas les cratères donnant à la pente est du promontoire un aspect lunaire. Le givre envoyait des éclats de diamant dans la lunette de Zaïtsev qui faisait glisser son réticule sur le secteur 6.

— Regarde le sommet, il n'y a pas de neige, lui fit observer Tania. Il paraît que c'est parce que le sol reste chaud à force d'être bombardé...

Le Mamayev Kourgan offrait une vue sur la ville et la Volga. Trois mois plus tôt, en août, des soldats russes guettant du haut des châteaux d'eau construits sur la colline avaient vu la poussière soulevée par les chars allemands déferlant dans la steppe. Ce matin, c'étaient des guetteurs nazis qui occupaient le sommet, Zaïtsev le savait. Les deux armées avaient contrôlé le tertre tour à tour sans jamais le garder très longtemps, chaque camp subissant le pire de ce que l'ennemi pouvait lui infliger pour reprendre la crête.

Zaïtsev et Tania étaient accroupis dans une tranchée à la lisière ouest du no man's land, devant un impossible dédale de matériel cassé, de canons abandonnés. La neige accumulée sur les cadavres leur élevait un tertre funéraire.

Le Lièvre tira le périscope de son sac à dos pour explorer plus profondément le terrain qui montait devant eux. Il faut que je provoque quelque chose, se dit-il. Il savait que le gibier se raréfiait sur le Mamayev Kourgan. Les combats avaient été si intenses que ceux qui avaient survécu dans ce secteur savaient probablement maintenant ce qu'il fallait faire pour rester en vie. Il ne voulait pas passer des jours à aider Tania à tuer son premier Boche comme chef de secteur.

Pendant une heure silencieuse, il observa les parapets des tranchées allemandes dans son périscope. Tania rampa à cinquante mètres de lui pour avoir un autre angle de vue. Les ombres se raccourcirent quand le soleil monta derrière eux. Les reflets de la neige se ternirent. Par deux fois, Zaïtsev repéra ce qui pouvait être un mouvement de tireur embusqué. Une volute de fumée de cigarette monta dans l'air et disparut rapidement, mais ce n'était peut-être que de la neige soulevée par le vent. Quelques moments plus tard, à proximité du même endroit, il crut apercevoir brièvement un casque au-dessus de la tranchée.

Zaïtsev avait l'habitude d'attendre, mais la présence de Tchernova l'incitait à prendre un rythme plus rapide. L'énergie et l'ardeur de Tania le détournaient de la discipline qu'il s'imposait, bien qu'elle n'eût formulé aucune demande directe et qu'elle n'eût pas même montré le moindre signe d'impatience. Elle rayonne de chaleur intérieure, pensa-t-il, comme un poêle ou le sommet du Mamayev Kourgan. Ça bouillonne autour d'elle.

Il posa le périscope et alluma une cigarette, enfreignant une règle essentielle du tireur d'élite. Il se sentait agacé, tendu.

Bon, il y a quelque chose que j'ai envie d'essayer depuis un moment. Pourquoi pas ce matin ? raisonna-t-il.

Il passa son fusil à l'épaule, rampa jusqu'à l'endroit où Tania était accroupie sous son périscope. Elle ne détourna pas la tête de l'appareil quand il approcha.

— Tu fumes, remarqua-t-elle.

— Reste ici. Je vais chercher Danilov.

Cette fois, elle tourna vivement la tête.

— Hein ? Pour quoi faire ? Il ne vaut rien, ici. Laisse-le tranquille.

— J'ai un plan. Bouge pas. Et tu tires sur rien, hein ? lui enjoignit-il en agitant un doigt. Compris ?

— Tu l'installes ici.

Zaïtsev empila d'autres briques sur les deux tas qu'il avait élevés au-dessus de la tranchée. Il s'écarta pour permettre à Danilov de placer le haut-parleur derrière le tas de gauche. Le commissaire laissa le pavillon dépasser de quelques centimètres à droite et le dirigea vers les lignes allemandes. Puis il déroula le fil reliant le haut-parleur au micro, s'assit lourdement par terre et appuya deux fois sur le bouton du micro. Le haut-parleur émit un son métallique.

— Attends, fit Zaïtsev, levant un main. Attends mon signal, comme on a dit.

A quatre pattes, il rejoignit Tania, qui avait posé fusil et périscope en travers de ses jambes.

— Alors ? demanda-t-elle.

Il examina rapidement son visage. Elle avait les joues rougies par le froid et le périscope avait imprimé un cercle autour de son œil droit. Ses lèvres ne souriaient pas mais gardaient un pli amer, boudeur, vestige de la question en un mot qu'elle lui avait adressée : alors ?

Il attendit, conscient de l'effet qu'elle avait sur lui. Ce mélange de beauté et de volonté. Il l'avait laissée une heure et demie pour aller chercher Danilov à l'usine Lazur. Tout ce temps sans rien d'autre à faire qu'inspecter la pente. La chaleur du poêle a monté pendant que j'étais parti, devina-t-il.

— Tu fais juste ce que je te dis, Résistante, murmura-t-il en jetant un coup d'œil derrière lui à Danilov. Notre petit commissaire connaît son boulot, tu sais. Et son boulot, c'est l'agitation. Dans une minute, il va empoigner son gueulophone et lire en allemand des tracts très méchants que ses collègues *zampolit* ont préparés. Son allemand doit pas être fameux, mais probablement assez bon pour faire bouillir de rage tous les Boches à portée de voix. Peut-être juste à cause de sa mauvaise prononciation, va savoir...

Zaïtsev sourit de sa plaisanterie. Les coins de la bouche de Tania se relevèrent ; une petite vague bleue se brisa dans ses yeux.

— J'ai dans l'idée qu'on va se retrouver au casse-pipe dès qu'il aura branché l'appareil. Tu te postes à vingt mètres sur la gauche, moi je reste près de Danilov. Si c'est des tireurs embusqués, ils canarderont sûrement dans ma direction. Je serai prêt. J'ai un petit truc à essayer. S'il y a autre chose, des mitrailleurs, par exemple, c'est toi qui les repéreras en premier. Dès que tu peux tirer, vas-y. On bouge une minute après le premier coup, que ce soit toi ou moi.

— Vasha, fit Tania, tendant la main, paume ouverte, comme pour accepter une pièce de monnaie. Tu dis toujours qu'un tireur doit garder sa position secrète.

Elle tendit le bras vers Danilov pour réclamer une explication sur la présence du commissaire et du haut-parleur.

— Exactement, répondit Zaïtsev avec un grand sourire. Et c'est pour ça qu'on essaie quelque chose d'inattendu, aujourd'hui. (Il prit le périscope de Tania, le posa dans sa main tendue.) Tu voulais chasser. On va chasser.

Il s'éloigna en rampant pour mettre en place son subterfuge, le mannequin rembourré de coton qu'il avait ramené de l'usine Lazur. Il l'installa derrière la deuxième pile de briques, celle de droite, le pencha en avant et juste assez sur la gauche pour que son casque soit visible uniquement d'un angle de vingt-cinq degrés environ au sud-ouest. Enfin, il planta un tuyau derrière le dos du mannequin pour le soutenir.

Zaïtsev n'utilisait pas souvent les mannequins. Aucun des lièvres ne le faisait. Leur spécialité, c'était le contraire, comme Tania l'avait souligné à juste titre : les lièvres s'efforçaient d'être invisibles. Destinés à attirer l'attention, les mannequins correspondaient davantage au style des ours, plus portés sur l'affrontement. Zaïtsev avait entendu dire que des gars de Viktor sortaient de leur trou et chargeaient pendant un combat. Ce n'était pas de cette façon qu'un tireur d'élite devait opérer, estimait Zaïtsev, mais il n'aurait jamais eu le front d'expliquer à Viktor Medvedev comment il devait chasser ou ce qu'il devait apprendre à ses hommes. Charger en hurlant, ce n'était pas pour les petits tueurs agiles de Zaïtsev.

Les mannequins étaient cependant toujours disponibles. Leur production était devenue une activité artisanale clandestine pour le millier de femmes restées dans leur ville de Stalingrad. Zaïtsev se les représenta assises en cercle sous une lanterne dans un trou d'obus recouvert de planches ou dans une cave, fabriquant des mannequins avec de vieilles couvertures, les bourrant de crin de matelas et leur donnant des noms. C'était ainsi que combattaient ces vieilles, avec une aiguille et du fil. Il baptisa le sien Piotr et lui tapota l'épaule.

Satisfait de son installation, le Lièvre prit position à dix mètres du mannequin, sur la droite. Avec sa pelle, il creusa une fente dans le bord de la tranchée, disposa une brique de chaque côté pour l'entourer d'une embrasure. Puis il plaça ses gants dans le creux, appuya son fusil dessus, face à l'angle de vingt-cinq degrés d'où l'on pouvait voir la tête de Piotr. De son pouce dressé, il fit signe à Danilov, qui attendait, assis sur le sol de la tranchée.

Le commissaire pressa le bouton du micro, souffla dedans. Le haut-parleur émit un craquement d'arbre qui se fend. Le volume était au maximum.

Danilov étala quelques feuillets sur ses genoux, approcha le micro de sa bouche pour entamer son opération d'agit-prop. Zaïtsev écouta les mots étrangers sortir du haut-parleur. Il n'avait jamais entendu d'allemand avant de venir à Stalingrad. Les quelques mots prononcés par des prisonniers, des déserteurs et des mourants, ou criés pendant les combats au corps à corps dans les maisons du centre, lui avaient laissé l'impression d'une langue hideuse, faite pour les batailles. On parlait l'allemand dans le fond de la gorge, on le mâchait avec les dents. Le russe, en revanche, lui semblait gouleyant. On le faisait tourner dans la bouche comme un cognac. On le murmurait à une amante par un trou de serrure pour la convaincre d'ouvrir sa porte. L'allemand était une langue qui servait à enfoncer les portes.

Zaïtsev fit aller ses yeux de Danilov à Tania qui, abritée, inspectait le terrain avec son périscope. Il préférait, lui, utiliser sa lunette. Le grossissement 4 offrait une portée moins longue mais une image plus nette. Il balaya lentement le champ qu'il avait délimité. Bien que la matinée s'avançât, il avait encore le soleil derrière lui.

La voix amplifiée de Danilov déchira l'air. Les consonnes allemandes, encore durcies par le haut-parleur, allèrent percuter le flanc de la colline. C'est insupportable, estima le Lièvre, même s'ils ne comprennent pas un mot de ce qu'il dit.

Les tracts posés sur les genoux du *zampolit* étaient de ceux que les deux camps utilisaient, généralement en les lâchant par avion au-dessus du champ de bataille. On en voyait souvent emportés par le vent, filant sur le sol entre les deux armées comme s'ils couraient se mettre à l'abri.

Zaïtsev leva la tête de sa lunette. La pente semblait sans vie ; les mots crachés par Danilov planaient au-dessus d'elle comme des buses électriques. Aucun mouvement, mais le Lièvre savait que, de tous côtés autour de lui, les cuvettes et les fentes cachaient des soldats et des armes, aussi bien allemands que russes. Il avait appris à ne jamais se laisser abuser par le calme de Stalingrad.

Il ramena son œil devant l'oculaire de la lunette et, après quelques minutes d'inspection, repéra le canon à peine visible d'une mitrailleuse nazie à trois cent cinquante mètres de lui. Elle n'avait pas se servants, mais cela ne voulait rien dire. Ce pouvait être une arme enrayée, abandonnée, ou un leurre en bois. Ou encore un engin en parfait état de marche dont les servants se terraient dans une tranchée tandis qu'un guetteur camouflé observait l'ennemi. Rien ici n'est ce qu'il semble être, pensa Zaïtsev. La douceur de la neige enrobe un sol accidenté ; le silence, apparemment aveugle, a une centaine d'yeux. La voix de Danilov semble sortir d'une forme humaine qui est en réalité un mannequin.

Soudain, Zaïtsev entendit des balles s'enfoncer dans la terre ou claquer sur les briques autour du haut-parleur. Le crépitement d'une mitrailleuse passa au-dessus de lui. Danilov cessa de brailler. Zaïtsev se tourna vivement vers le commissaire, qui se recroquevillait au fond de la tranchée. Il avait lâché le micro pour protéger sa tête à deux mains des éclats de brique et de la terre tombant sur lui tandis que le mitrailleur allemand criblait le haut-parleur. Piotr, au cœur de l'action, demeurait indemne derrière ses briques.

Zaïtsev braqua sa lunette vers la gauche. La mitrailleuse qu'il avait repérée un moment plus tôt restait silencieuse. Les balles tirées sur le haut-parleur devaient provenir de la droite, en dehors de sa zone de chasse. Avant qu'il puisse extirper son fusil de sa meurtrière de fortune, il entendit Tania tirer.

La mitrailleuse se tut.

Bien. Elle l'a eu, le salaud. Une minute.

Il regarda sa montre.

Une autre mitrailleuse crépita, visant non le haut-parleur mais un point situé sur sa gauche. Tania ! Ils l'ont repérée.

Zaïtsev colla l'œil à sa lunette, trouva la mitrailleuse sans servants. Une tête et des mains étaient apparues derrière l'arme, qui arrosait maintenant la position de Tania. Un autre Allemand, jumelles aux yeux, se tenait près du mitrailleur.

Le Lièvre vida lentement l'air de ses poumons pour chasser de sa tête les battements de son cœur. Il regarda le mitrailleur opérer pour laisser la cible capturer toute son attention, lui faire oublier le reste. Laisse-le attirer la balle. Rien ne presse. Vise bien. Un seul coup. Une seule pression.

La crosse du fusil lui heurta l'épaule sans qu'il s'y attende. C'était ainsi qu'il réussissait ses meilleurs tirs : sans se dire « maintenant », mais en envoyant la balle dans la cible par la pensée, en pressant la détente instinctivement, se surprenant un peu lui-même.

Dans sa lunette, le casque du mitrailleur bascula en arrière quand l'homme tomba. Une de ses mains resta prise dans la poignée. Sous le poids du nazi mort, l'arme dressa son canon, continua à tirer ses balles en l'air. Le guetteur desserra les doigts du cadavre, disparut sous le parapet de la tranchée.

Zaïtsev prit son périscope et son sac, courut jusqu'à l'endroit où Danilov époussetait de la main les éclats de brique rouge et la neige sale tombés sur ses épaules.

Tania les rejoignit, fusil et matériel à la main, prête à partir.

— Bon travail, dit Zaïtsev en s'agenouillant près du commissaire.

Danilov sourit, ramassa ses tracts éparpillés, récupéra le micro entre ses jambes.

— Ça a marché, poursuivit le Sibérien, mais il faut sortir d'ici, maintenant.

— Maintenant ? Je n'ai pas fini.

Le sourire de Danilov se crispa, se tendit comme une corde sur laquelle on tire. Il appuya sur le bouton du micro.

— J'ai encore un mot à vous dire, sale putes ! cria-t-il en russe.

Sa voix ressortit avec un grésillement du pavillon transpercé. Zaïtsev était sidéré que l'appareil fonctionne encore.

— Non, c'est pas une bonne idée, déclara-t-il en

écartant le micro des lèvres du commissaire. Notre petit jeu a marché. Très bien marché. Maintenant, faut partir. N'oublie pas, on est sur le front.

— Je sais parfaitement où nous sommes.

— Alors, tu sais aussi qu'on ferait mieux de décamper, et tout de suite...

Au moment où il finissait sa phrase, son regard se noua à celui de Tania, qui se tenait de l'autre côté du *zampolit*. Elle l'avait entendu, elle aussi. Le sifflement plaintif d'un obus de mortier.

Zaïtsev saisit Danilov par les revers de son manteau, le fit tomber dans la tranchée, face contre terre, et se jeta à côté de lui.

L'explosion secoua le sol. Le premier obus projeta des éclats au-dessus de la tranchée. D'autres éruptions suivirent, faisant pleuvoir de la terre sur leurs dos, sur le dessus de leurs casques.

Le nez dans la boue, ils comptèrent six autres explosions. Le sol tremblait à chaque obus. Quand il sentit que le bombardement était terminé, Zaïtsev tira sur la jambe de Tania. Elle leva la tête.

Danilov se redressa, de la neige et de la boue collées à sa bouche, à ses sourcils.

— Camarade Zaïtsev, je suis d'accord, convint-il. Il faut partir.

Les tireurs récupérèrent leur équipement, Danilov ramassa ses tracts. Zaïtsev l'aida pour gagner du temps. Il tourna les yeux vers Piotr, qui avait traversé sans dommage le tir de barrage et se tenait toujours droit, le tuyau dans le dos.

Ses feuillets à la main, Danilov enroula le fil du micro, le glissa dans sa poche, passa une main par-dessus le bord de la tranchée pour faire tomber le haut-parleur.

Une balle ricocha sur une brique juste en dessous du pavillon. Le petit commissaire se jeta vivement à terre comme si on l'avait ébouillanté. Tania et Zaïtsev baissèrent la tête.

— Qu'est-ce que... qu'est-ce que c'était ? balbutia Danilov. Qui a tiré ?

— Bouge pas, répondit le Lièvre.

Il s'élança vers la droite en saisissant son sac, en tira son périscope, hissa le miroir et les lentilles au-dessus de la tranchée. Un examen rapide de la pente ne révéla rien d'intéressant. Il abaissa l'appareil.

Juste un tireur d'élite allemand qui se met de la partie avec un peu de retard, pensa-t-il. On l'a réveillé avec notre agit-prop. Il a dû se dire que quelqu'un essaierait de récupérer le haut-parleur. Bien vu. Mais moi, j'aurais pas tiré sur une main ; j'aurais attendu une tête.

Zaïtsev décida de laisser le tireur allemand s'amuser. Je reviendrai peut-être demain m'occuper de lui avec Tania. Peut-être pas. Il n'en vaut probablement pas la peine.

Il leva les yeux vers Piotr. Donne-lui un peu de repos, à ton copain de coton. Tu le remettras en place demain pour trouer la peau de ce petit morveux de tireur allemand.

Il retourna près du mannequin, le saisit par le bras pour le faire descendre. Soudain, la tête de chiffon sursauta ; le casque de Piotr tinta et tomba de son crâne, encore accroché à son cou par la mentonnière.

Le Lièvre fit un bond de côté tandis que le bruit d'un coup de feu lointain fusait le long de la pente. Il regarda Tania et Danilov, ramena son regard sur la tête de Piotr. Un trou perçait le centre de son visage sans traits. De la bourre s'en échappait, donnant au mannequin un nez bosselé.

Zaïtsev fit monter de nouveau son périscope. Le Boche doit être dans ma zone de tir, se dit-il. Forcément. Y a pas d'autre endroit d'où on peut voir la tête de Piotr.

Avant qu'il puisse ajuster l'appareil, une autre balle

s'enfonça dans le visage de tissu, claqua sur le métal du casque tombé sur la nuque. Piotr trembla, mais tint bon contre son tuyau.

Zaïtsev était médusé. La deuxième balle avait suivi la première de quelques secondes.

Un autre coup fit résonner le casque, à moins de quatre secondes d'intervalle ! Ce type tirait à une vitesse incroyable. Piotr avait de nouveau sursauté, comme s'il était stupéfait lui aussi.

Une épaule contre la paroi de la tranchée, Zaïtsev inspecta fébrilement la pente avec son périscope. L'appareil avait une portée de trois cent cinquante mètres. Le Boche doit se trouver à deux cent cinquante mètres pour tirer avec une telle vitesse et une telle précision, raisonna le Lièvre. Mais les détonations étaient lointaines et faibles, comme si elles provenaient de plus haut.

Même si l'ennemi était près, sa rapidité était difficile à expliquer. C'était peut-être une équipe de tireurs qui se relayaient pour canarder.

Une autre balle secoua Piotr, traversa le cou du mannequin, coupa la lanière de cuir. Le casque tomba, éparpillant sur le sol de la tranchée les quatre projectiles. Zaïtsev ne vit rien dans son périscope : pas de reflet métallique d'un canon de fusil, pas de fumée de cigarette, pas de tête dépassant d'un trou. Aucun mouvement sur la toile de fond glacée ne révéla les secrets de la colline blanche.

Merde, grommela intérieurement le Lièvre. Où il est ? Il doit être tout près. J'ai dû le manquer en passant sur lui. Sur eux.

C'est ridicule, pensa-t-il. Il se pencha, arracha du sol le tuyau soutenant Piotr. Le mannequin tomba sur les genoux de Zaïtsev. La bourre vomie par les trous dessinaient deux yeux, un nez et une petite bouche ronde d'étonnement.

Le Sibérien se baissa pour ramasser les quatre balles écrasées, les soupesa au creux de sa main. Tania le rejoignit, le tira par le bras.

— Viens, Vasha, partons. Il y a un dingue, là-haut.

Il ne bougea pas, continuant à fixer les morceaux de métal. Au fond de lui, il entrevit en un éclair les yeux gris de la peur luisant dans l'ombre.

Il ferma le poing sur les balles quand Tania le secoua de nouveau.

— Vasha, partons. Nous sommes dans le réticule d'un tireur allemand. Un tireur drôlement bon.

Le Lièvre leva les yeux, voulut s'humecter les lèvres. Il avait la bouche sèche.

15

Nikki Mond était arrivé à l'aube dans l'antichambre des bureaux d'Ostarhild. Le colonel apparut, nonchalant, un peu après neuf heures, rassura le caporal :

— Rien ne presse. Le soleil ne passera dans notre dos que bien après midi. Buvez donc une tasse de faux café.

Nikki conduisit d'abord Thorvald à la cote 102,8, la colline d'où les guetteurs découvraient tout le champ de bataille : les usines au nord, le centre-ville au sud, et les îles du fleuve.

Toute la matinée Mond porta le fusil et le sac du colonel, bourré de nourriture. Cela ne le dérangeait pas : Thorvald partageait généreusement ses réserves en assurant qu'il ne resterait pas assez longtemps à Stalingrad pour manger la moitié de ce qu'il avait apporté.

Après avoir sillonné pendant plus d'une heure un réseau de tranchées s'étirant sous la crête du Mamayev Kourgan, Thorvald s'arrêta, examina la pente. Nikki fit halte derrière lui. Tout en bas, un haut-parleur russe s'était mis en marche, déversant un bredouillis métallique irritant. Dans un allemand à l'accent russe si prononcé que les mots étaient presque insaisissables.

— Vous comprenez ce qu'il dit ? demanda le colonel.

— A peine.

— Oooh, le mauvais allemand, fit Thorvald en secouant la tête.

Le Russe ne semblait pas avoir conscience de ses insuffisances linguistiques et braillait avec conviction dans le microphone. L'horrible bruit montant à l'assaut de la colline avait plus de chance de donner la migraine aux soldats allemands que de provoquer leur colère.

Nikki commençait à apprécier le colonel Thorvald. L'homme avait le sens de l'humour, denrée épuisée à Stalingrad. Il était propre, pas encore infesté de poux. Il distribuait volontiers le fromage et le pain qu'il avait apportés de Berlin. Nikki aimait sa volubilité, sa confiance. Il n'avait pas insisté pour que Nikki emporte lui aussi son fusil, et bien qu'il ne l'eût pas encore vu tirer, le caporal soupçonnait Thorvald d'être ce qu'il disait : le meilleur.

Accroupi dans la tranchée à côté du colonel, Mond admirait la parka et le pantalon blancs de l'officier. Le vêtement semblait se fondre dans la neige recouvrant le sol. De loin, il doit être quasiment invisible, se dit Nikki, jetant un coup d'œil à son propre manteau vert-de-gris.

Il avait déjà entendu les agitateurs russes, au moins une fois par semaine pendant les combats d'une maison à l'autre de septembre et octobre. Ses camarades et lui avaient ricané de cette propagande. L'armée allemande était alors certaine de sa puissance, convaincue que les rouges n'avaient aucune chance de tenir. « Ils couinent comme des souris prises au piège, tout simplement », avaient dit les gars.

Maintenant, c'était différent. Le message ne faisait plus rire. Le mieux, c'était de l'ignorer.

« Soldats allemands, on vous a menti ! clamait le haut-parleur. La Russie est pacifiste. Rejoignez-nous, vous mangerez bien. Pensez à la moisson désastreuse cette année dans votre pays, pensez à vos enfants, à vos parents qui ont faim. » Nikki s'efforça de ne plus entendre que le grésillement de l'appareil.

— Il devrait baisser le volume, pouffa Thorvald. C'est beaucoup trop fort.

Nikki ferma les yeux. C'est vieux, c'est lamentable, comme propagande. Si le colonel veut écouter cette merde, très bien. Il pourra en parler à ses élèves ou à ses amis, à l'opéra, quand il rentrera à Berlin.

— Il a raison, vous savez, reprit Thorvald. (Nikki garda le silence.) La récolte a été catastrophique cette année en Allemagne. Beaucoup de gens ont faim.

— Ne faites pas attention à ce boniment, mon colonel.

— Bien sûr. Ce n'est que... Ils font ça tout le temps ?

— Tout le temps, mon colonel.

— Et ça marche ? Ça vous embête ?

Nikki trouvait que Thorvald posait beaucoup de questions. Il est colonel, bon sang. Il doit savoir ce que c'est que la propagande.

— Ça marche quelquefois, oui. Et non, ça ne m'embête plus. Je n'écoute même pas.

Thorvald pencha la tête en arrière, regarda le ciel envahi par la voix claironnante.

— C'est plutôt bien fait, estima-t-il. Les Russes sont bons, dans ce domaine. Ils s'entraînent sur leur propre peuple, mmm ?

De nouveau, ce sens de l'humour. Nikki sourit aux yeux du colonel, immenses même lorsqu'ils se plissaient au-dessus d'une bouche amusée. Allez, on bouge, pensa-t-il. Il n'y a rien à faire ici.

Une mitrailleuse se mit à jacasser sous eux. Les deux hommes se hissèrent au bord de la tranchée, braquèrent leurs jumelles sur la pente. Cent cinquante mètres plus bas, sur la gauche, la mitrailleuse était nichée derrière une rangée de sacs de terre. Ses servants visaient un point situé près du pied de la butte. Dans ses jumelles, Nikki distingua à peine les deux petits tas de briques sur lesquels le mitrailleur s'acharnait.

Sous les balles, le haut-parleur devint silencieux.

La mitrailleuse se tut à son tour. Une autre, positionnée à droite des tas de briques, ouvrit le feu.

Au bout de quelques secondes, elle fut elle aussi réduite au silence.

— Des tireurs d'élite, murmura Thorvald.

Nikki regarda attentivement les tas de briques. Quand la poussière soulevée par les balles retomba, il vit l'arc d'un pavillon de métal : le haut-parleur. Derrière l'un des tas, une forme. Un homme casqué ? Difficile à dire. La distance devait être de quatre cents mètres, peut-être plus.

— Mon fusil, réclama Thorvald.

Il veut tirer de cette distance ? Je vais le voir à l'œuvre et je saurai enfin ce qu'il y a sous le costume blanc de ce tireur de l'opéra de Berlin.

Au moment où Nikki posait le fusil à lunette dans la neige près du colonel, un obus de mortier passa en sifflant au-dessus de leurs têtes. Une seconde plus tard, des colonnes de fumée et de poussière avalèrent le haut-parleur. Le bruit des explosions descendit du sommet du Mamayev Kourgan d'où les mortiers pilonnaient la tranchée russe.

Quand le bombardement cessa, Thorvald prit son fusil et dit d'une voix calme :

— Cet homme dont l'allemand est si mauvais, il va essayer de récupérer son haut-parleur. C'est très important, pour lui.

Il remuait uniquement la mâchoire en parlant. Le fusil, la lunette ne bougeaient pas.

— Ses amis les tireurs embusqués sont trop loin pour lui déconseiller de le faire. Il va tendre le bras dès qu'il aura épousseté son uniforme.

Thorvald guettait. Nikki attendait, mesurant le temps

qui passait en inspirations et en battements de cœur. Sans prévenir, sans faire de commentaire, le colonel tira. La détonation abasourdit Mond.

— Vous l'avez eu ?

Sans répondre, Thorvald ramena la culasse en arrière. Une douille atterrit près du bras de Nikki, qui saisit ses lunettes pour vérifier si Thorvald avait fait mouche. Il trouva rapidement le tas de briques, constata que le haut-parleur y était encore. Le colonel a dû l'avoir, conclut-il. Il regarda au-delà des briques, découvrit la minuscule tête casquée. Non, il est encore debout. Comment ça se fait ?

Thorvald fit feu de nouveau. Le casque tomba derrière la nuque de la cible. Avant que Nikki ait pu relâcher sa respiration, le colonel éjecta une autre douille fumante, tira une troisième fois. Dans les jumelles du caporal, la tête tressauta mais reprit aussitôt sa position. Elle encaissa deux autres balles, tirées par le maître allemand en une succession d'une incroyable rapidité. Thorvald hésita, une autre balle déjà dans la chambre. La tête disparut ; il abaissa son fusil.

Comment peut-il tirer aussi vite ? Comment peut-il toucher une cible aussi petite qu'une tête, tout en bas, à quatre cents mètres de distance ? Il est si bon que ça ? Et pourquoi la tête n'a-t-elle pas explosé ? Pourquoi refuse-t-elle de mourir ? Bouche bée, Nikki fixa le colonel. Thorvald soutint un moment son regard des lacs jumeaux de ses yeux, puis se laissa glisser dans le fond de la tranchée.

— Mettez-vous à l'abri, caporal. Ce sont eux qui vont tirer, maintenant.

Mond recula en se tortillant, s'assit lui aussi au fond de la tranchée. Il ouvrit la bouche pour parler, mais trop de pensées se bousculant en même temps dans sa tête pour trouver une expression provoquèrent un embouteillage.

— C'était un mannequin, Nikki. Une ruse. Posé là pour nous attirer.

La ruse a marché, Thorvald a tiré, pensa Mond. Il prit une inspiration, mit de l'ordre dans sa tête.

— Mais pourquoi tirer sur un mannequin ? A quoi ça a servi ?

L'amateur d'opéra prit un morceau de pain dans son sac, le rompit, en donna la moitié à Nikki.

— Je vous l'ai dit, caporal : nous allons nous conduire en loups. Nous allons nous annoncer à ce Zaïtsev avec des petits trucs de ce genre. Nous nous montrerons très dangereux, enragés même. Nous allons tirer sur tout ce qui bouge, et aussi, comme vous venez de le voir, sur ce qui ne bouge pas. Il entendra parler de cette... démonstration de mes capacités. Il saura que quelque chose a changé dans le camp allemand. Nous deviendrons pour lui un défi, un monstre à abattre. Une obsession. « Bonté divine, il y a en face un tireur meilleur que moi ? se demandera-t-il. Impossible ! » Mon existence l'inquiétera, le hantera. Il se mettra à ma recherche, il essaiera de se faire une idée de moi. Il en perdra le sommeil. Nous le ferons sortir, Nikki, comme du pus d'une blessure. Il n'aura plus qu'une idée : me traquer. Et cela me le livrera les mains liées.

Mond regarda Thorvald mastiquer. Il ne pouvait lui révéler que les rouges savaient déjà qu'il était venu de Berlin, que Zaïtsev avait peut-être même commencé à le traquer. La mission du caporal consistait à garder Thorvald en vie jusqu'à ce qu'il soit en position de tuer le Lièvre. Mais il devait le faire sans lui révéler sa propre couardise, sa trahison, les renseignements balbutiés à l'homme aux dents en or et à la lame appuyée sur sa gorge, la nuit précédente.

— Nous attirerons le Lièvre à nous, Nikki. Et nous pourrons ensuite le tuer tout à loisir.

16

Nikolaï Koulikov devient un maître, se dit Zaïtsev.

Il écarta son visage du périscope pour regarder le profil du soldat. Il est vraiment rusé. Je vais en faire un instructeur pour ma prochaine fournée de lièvres.

— Prêt ? murmura Zaïtsev.

Le petit tireur d'élite visait à travers sa lunette, la bretelle de son Moisin-Nagant entourant son poignet pour maintenir fermement sa main derrière la détente. La crosse en bois balafré adhérait à son épaule. Le canon de l'arme reposait sur un morceau de tissu couvrant la rouille d'une énorme poutrelle d'acier.

Koulikov acquiesça d'une légère inclination de la tête.

Zaïtsev tendit le bras vers Zviad Baugderis, l'équipier géorgien de Koulikov dans le secteur 2, qui tira deux fois sur une ficelle.

Le Lièvre revint à son périscope. C'était à lui de guetter et à Koulikov de tirer. A deux cent cinquante mètres de distance, cinq wagons criblés de balles étaient immobilisés sur une voie ferrée, en haut d'un talus d'un mètre. Zaïtsev retint sa respiration pour immobiliser l'image grossie.

Il se concentra, guetta un mouvement dans le chaos de rails, de briques et de neige. Il aperçut un éclair de chair, murmura à Koulikov :

— Là-bas. Le wagon de gauche. Derrière la roue arrière. Il lorgne.

La tête d'un soldat allemand apparut en partie dans le périscope derrière une des grosses roues d'acier.

La voix de Koulikov indiquait sa concentration : il étirait les mots comme s'il chantait un couplet.

— Alleeez, salauud. Montre-moi les deux yeeeux...

L'Allemand regarda par-dessus la roue. Zaïtsev fut étonné et même un peu amusé de voir ça. Il savait que le nazi, effrayé, avait entendu quelque chose. Quoi ? Un commando russe rampant dans les gravats pour une attaque surprise ? Un courrier se glissant entre les ruines ? On aurait dit une boîte de conserve roulant dans les décombres sous le pied d'un Ruskoff maladroit. Il valait mieux jeter un coup d'œil. « Tenez-vous prêts, les gars, murmure le soldat à ses camarades, il se passe quelque chose. » Il lève la tête, ne sent pas la croix du réticule partager son front, ne voit pas la boîte de conserve cascader dans les débris au bout de la ficelle que tire Zviad Baugderis.

C'était un stratagème ingénieux de Koulikov. Cela constituait aussi un exploit impressionnant digne d'être mentionné par Danilov dans *Pour la défense de notre pays* comme une tactique nouvelle. Zaïtsev songea à la façon dont il le présenterait au commissaire : comme une recette. Plusieurs heures avant l'aube, rampez sous le nez de l'ennemi ; déposez cinq boîtes de conserve à cinquante mètres d'intervalle, reliez-les par des ficelles à des trous de tireur préparés la veille ; au lever du jour, tirez sur une ficelle, tuez votre Allemand puis installez-vous cent mètres plus loin, et tirez sur une autre ficelle. Soyez patient. Bougez après chaque coup pour que les Allemands ne puissent déterminer votre position et la pilonner au mortier. Servez-vous des boîtes de conserve comme de cannes à pêche, attendez que les eaux redeviennent calmes et que l'appât attire à nouveau le poisson.

Koulikov claqua de la langue.

— Je l'ai...

— Descends-le, dit Zaïtsev entre ses dents serrées.

Dans son périscope, il vit la tête de l'Allemand partir en arrière, ses bras battre l'air. Après un sursaut, le corps s'effondra. Deux points noirs apparurent au-dessus de lui : le haut d'autres casques allemands. Puis les camarades du mort disparurent sous le talus de voie ferrée comme des tortues effrayées plongeant sous la surface d'un lac.

Zaïtsev abaissa son périscope pour regarder Baugderis. Le paysan de Tbilissi à la peau sombre lâcha sa ficelle et haussa les épaules. Koulikov eut un petit rire.

— J'arrive pas à croire qu'ils peuvent être aussi bêtes, dit-il quand le Géorgien l'eut rejoint en rampant. C'est le combien, Zviad ? Le septième ?

Baugderis haussa de nouveau les épaules.

— Septième. Huitième.

— On retourne au 5, proposa Koulikov, tout excité. On leur a pas fait le coup depuis des heures, ils doivent nous avoir oubliés. (Il se tourna vers son chef.) T'en veux un autre, Vasha ?

Zaïtsev fit non de la tête. Il était arrivé quand le soleil était haut et que les ombres ne cachaient rien. La chasse avait été bonne. Il avait liquidé deux Boches en vitesse avant de faire le guetteur pour Koulikov et Baugderis.

— Non, Nikolaï Petrovitch. Je passe voir Shaïkine.

Il se tournait déjà, mais Koulikov le retint par la manche.

— Vasha, pourquoi tu fais le tour des secteurs ? Le 6 ce matin, le nôtre maintenant, et ensuite celui de Shaïkine ? C'est pas comme ça que tu chasses, d'habitude. Je t'ai vu rester trois jours au même endroit avec la même balle dans la chambre.

Zaïtsev passa son fusil à l'épaule.

— Qu'est-ce qui ne va pas ? insista Koulikov.

— Rien. Fais ton boulot et je ferai le mien.

La voix de Koulikov le rattrapa alors qu'il filait derrière la poutrelle :

— Retourne à ton abri, Vasha. Repose-toi. Les Allemands bougeront pas sans toi, je te le promets.

Zaïtsev écarta la couverture de l'entrée. A l'intérieur de la casemate, l'air confiné empestait la fumée de lanterne. Il défit la couverture de ses clous pour laisser de l'air frais entrer. Les dernières lueurs du crépuscule s'insinuèrent dans l'abri. Il posa sac et fusil dans son coin, s'assit juste à l'entrée – là où l'air était le plus frais, la lumière la plus forte – pour feuilleter son carnet de tireur d'élite.

Sept Allemands aujourd'hui. Un mitrailleur ce matin dans le secteur 6 avec Tania, deux autres dans le secteur 2 avec Koulikov et Baugderis, quatre avec Shaïkine et Morozov au cours d'un accrochage non prévu dans le secteur 5, sur la pente du Mamayev Kourgan. Morozov avait soudain levé la tête de son périscope. « Regardez ! Tout un peloton ! Ils courent, là-bas. Qu'est-ce qu'on fait ? »

Deux Allemands étaient tombés avant que Morozov ait eu le temps de saisir son fusil pour se mettre de la partie.

Cela faisait cent soixante-deux au total. C'est bien, estima Zaïtsev. Plus que n'importe quel autre tireur, plus que Viktor, presque plus que deux lièvres moyens ensemble.

Je suis crevé. Sept cartons dans trois secteurs. Koulikov a raison : c'est risqué, stupide, égoïste. Pourquoi je fais ça ? Les quatre avec Shaïkine et Morozov, en fin d'après-midi, c'était juste un coup de chance : le bon endroit au bon moment. Ceux du secteur 2 avec

Koulikov demandaient de la patience mais présentaient très peu de risques. On a bougé souvent, Koulikov et Baugderis étaient bien préparés. Ils avaient presque l'air de s'amuser. Le mitrailleur avec Tania, ce matin, c'était plus dur. J'ai même pas vu le premier Boche, c'est elle qui l'a dégommé. J'ai eu le second. Ça aurait pu mal tourner. C'était de ma faute. Trop pressé. J'ai pas inspecté le terrain assez soigneusement avant d'aller chercher Danilov. Trop impatient quand je suis avec Tchernova. Comment elle fait pour rester en vie ? Et ce tireur nazi : sacrément bon, d'après elle. Peu probable. Ils étaient plutôt deux à canarder le mannequin. Trop rapide pour un seul homme, trois ou quatre secondes entre les balles, à plus de trois cent cinquante mètres. En plein dans la tête de Piotr. Non, ils devaient être deux.

Zaïtsev respira à fond. La fumée était sortie du bunker, la nuit s'installait dans son nid au-dessus de Stalingrad. Il alla s'asseoir dans son coin, dans le noir, sur la terre. Le froid du soir lui becqueta les jambes.

Il entendit un bruit de pas pressés dans la tranchée. L'énorme silhouette de Medvedev se découpa dans l'entrée.

— Vasha, t'es là ?

— Je suis là.

— Qu'est-ce que tu fous dans le noir ? grogna l'Ours en s'avançant dans le bunker. Pourquoi la lanterne est éteinte ?

Zaïtsev demeura immobile, sachant que Viktor ne pouvait le voir.

— Parce que t'as oublié de la remplir en rentrant ce matin, je suppose, répondit le Lièvre d'une voix lasse.

Medvedev défit son sac, le laissa tomber par terre.

— Putain de ta mère, je t'ai cherché toute la journée.

— Pourquoi ?

Viktor tira de sa poche une boîte d'allumettes,

s'approcha de la lanterne, l'ouvrit, craqua une allumette. La mèche n'aspira pas la flamme.

— Je viens de te le dire, Viktor. Y a plus de pétrole.

L'Ours craqua une autre allumette qui éclaira son gros visage au front plissé.

— Je te cavale après depuis midi, marmonna-t-il. Pourquoi tu tiens pas en place ? Secteur 6, secteur 2, secteur 5...

Zaïtsev croisa les bras sur sa poitrine, allongea les jambes, leva vers son ami un regard irrité. Viktor lâcha l'allumette qui lui brûlait les doigts. Le Lièvre entendit un sourire radieux sur les babines de l'Ours quand il annonça :

— T'es décoré de l'ordre de Lénine, Vasha... (Zaïtsev décroisa les bras.) Ce matin, juste après mon retour, ils sont venus te chercher. Toute une bande de commissaires politiques, Vidikov en tête.

Vidikov. Chef adjoint des services de renseignements politiques. Viktor est sérieux, on m'a décerné l'ordre de Lénine.

— Je t'ai raté de peu à chaque fois, toute la journée. Tchouikov veut te voir.

— Maintenant ?

Viktor craqua une troisième allumette. De sa main libre, il empoigna le Lièvre et le fit se lever facilement.

— Excuse-moi, fit-il en riant, mais j'ai pas osé annuler le rendez-vous que Vidikov a pris pour toi.

L'Ours ramassa le fusil et le sac de Zaïtsev, les lui fourra dans les mains, le poussa vers l'encadrement dénudé de sa couverture, vers la nuit.

— Allez, mon héros. Allez, bougre de saligaud.

Zaïtsev accéléra l'allure en sentant l'excitation monter en lui. La voix de Viktor tonnait dans le noir derrière lui :

— Va la chercher pour nous tous, cette médaille ! Allez, mon salaud ! Grouille !

Le chemin du bunker de Tchouikov conduisit Zaïtsev au bord de la Volga. Le fleuve était un ruban noir ininterrompu de deux mille mètres de large. Aucun bateau ne se risquait à traverser par crainte des blocs de glace dérivant sous la surface. Aucun avion ne déchirait le ciel de nuit, aucune fusée rouge ou verte n'éclatait ni ne descendait lentement. Tout n'était qu'attente anxieuse, troublée uniquement par les craquements des géants de glace du fleuve.

Zaïtsev songeait en courant qu'il savait fort peu de chose sur l'homme qu'il s'apprêtait à rencontrer, le défenseur de Stalingrad, le commandant de la Soixante-deuxième Armée, le général Vassili Ivanovitch Tchouikov.

Il savait que la ville était devenue sous sa férule le bûcher funéraire des Allemands, mais que savait-il d'autre avec certitude ? L'homme n'avait jamais détalé avec lui sous les balles, il ne s'était jamais jeté à l'abri sous un tas de ferraille dans les usines, il ne l'avait jamais aidé à arrêter le sang coulant de la blessure d'un camarade. Tchouikov n'était qu'un nom. Un homme qui prenait des décisions dans son bunker, entouré de son état-major, d'opératrices radio, avec plein de choses à manger préparées par un cuisinier, plein de bons soldats postés entre lui et les nazis. Zaïtsev se demandait ce qu'il éprouverait en présence du général Tchouikov.

Parvenu au bunker du haut commandement, le Lièvre informa un garde que le général l'attendait. Le soldat, un première classe trapu, l'escorta à l'intérieur, se tint derrière lui pendant qu'ils attendaient devant une porte ouverte. Dans la pièce voisine, un homme grand et svelte leva les yeux d'une pile de paperasse, s'approcha en ôtant un gant, tendit une main chaude et moite à Zaïtsev.

— Adjudant-chef Zaïtsev, je suis le colonel Vadim Vidikov. Entrez, entrez...

L'officier fit passer le Lièvre devant une table couverte

de matériel radio où deux femmes branchaient et débranchaient des fils sans jamais prononcer un mot. Il n'y avait aucune carte en vue. Probablement parce que l'Armée rouge contrôlait une trop petite partie de la ville pour se donner encore la peine d'en dresser la carte, supposa Zaïtsev.

— Le général est impatient de te rencontrer, camarade. Il t'admire beaucoup.

Vidikov poussa une lourde porte en bois. Dans une pièce éclairée par trois bougies et une lanterne, un homme courtaud au cou épais était assis derrière un bureau. Il avait le nez fort, les lèvres lourdes, presque gonflées, sous une crinière de cheveux noirs ondulés. Son menton mal rasé s'enfonçait dans le col de fourrure de son manteau d'officier.

— Adjudant-chef Zaïtsev, annonça Vidikov en fermant la porte derrière lui.

L'homme râblé se leva aussitôt en gardant les mains le long du corps, examina le nouveau venu des pieds à la tête.

— Tu es un type très important.

Ce n'était pas le général qui avait parlé. Surpris, Zaïtsev se tourna vers le coin sombre d'où provenait la voix.

Un homme plus petit que Zaïtsev, presque plus rond que Danilov, sortit de la pénombre. Il avait le sommet du crâne dégarni au-dessus d'une couronne rasée de près, blanche comme la neige sèche. Ses yeux avaient le bleu d'un lac gelé. Il tendit une main potelée et molle dont Zaïtsev savait qu'elle ne pouvait appartenir qu'à un commissaire.

— Je suis Nikita Khrouchtchev, conseiller politique du camarade Staline à Stalingrad. J'ai tenu à te rencontrer personnellement, camarade Zaïtsev. (Il montra l'officier qui se tenait derrière le bureau.) Voici le général Tchouikov, bien sûr, ton commandant en chef.

Zaïtsev considéra tour à tour les trois hommes. Le pouvoir qu'ils représentaient lui était étranger. Il se sentit mal à l'aise quand Tchouikov s'adressa à lui :

— Nous sommes très fiers de toi, tous. Tu as rendu un grand service à la Russie.

— Merci, mon général.

Khrouchtchev s'avança. La taille de ses épaules et de son ventre, le blanc de sa peau et de ses cheveux le faisaient paraître aussi froid et massif qu'un iceberg en balade dans le bunker.

— Tu es membre du Komsomol, n'est-ce pas ?

— Oui, répondit Zaïtsev.

— Bien. Tu sais ce que les communistes ont fait, ici à Stalingrad, en liant les pieds et les poings des Allemands ? (Non, fit le Sibérien de la tête.) Le Parti a pris sur ses épaules le poids du monde, pas seulement celui de l'Union soviétique. Le monde compte sur notre endurance et notre expérience du combat pour contenir l'ennemi et l'anéantir, ici même. Toi, tu ne vois que les aspects horribles de la bataille, mais, crois-moi, ce qui se passe dans ces rues et ces maisons a des répercussions mondiales. Les Américains, les Britanniques et même les humbles Français renversent leur café chaque matin quand ils lisent dans leurs journaux que nous sommes encore ici...

L'humour de Khrouchtchev fit tressauter sa propre panse. Vidikov s'esclaffa derrière les poils blancs de la couronne rase du politicien.

— La presse du monde entier parle de la « Forteresse Stalingrad ». Et c'est bien ce qu'est cette ville. C'est ce que nous en avons fait. Laisse-moi te dire que le camarade Staline connaît ton nom. Grâce à des hommes de ta trempe, il peut éviter d'envoyer des troupes au sud. Il n'est pas obligé d'affaiblir les défenses de Leningrad et de Moscou pour renforcer Stalingrad...

Tchouikov, demeuré immobile pendant que

Khrouchtchev parlait, sentit que son tour était venu dans le déroulement de la cérémonie. Il prit sur le bureau un petite médaille en bronze accrochée à un ruban rouge. Sur l'avers était gravé le visage barbichu familier de V. I. Lénine, de profil, levant légèrement les yeux sur fond d'étoile à cinq branches.

— Camarade Zaïtsev, les terres qui s'étendent au-delà de la Volga sont très vastes. Comment pourrons-nous regarder les nôtres dans les yeux si nous n'arrêtons pas l'ennemi ici ? Tu connais la devise de la Soixante-deuxième Armée ?

— Oui, mon général. *Pas un seul pas en arrière.*

— Tu y crois ?

Désarçonné par la question, Zaïtsev regarda son commandant en chef. Putains de communistes, toujours en train de vous demander si vous êtes courageux, si vous tenez le coup, si vous êtes prêt à mourir pour le Parti défendant la *rodina*.

Pourquoi ils me demandent ça ? Pour éprouver ma détermination ? Ils trouvent que les Boches ne l'éprouvent pas assez chaque jour ? Il faut que je vienne ici, dans la sécurité de ce bunker creusé dans une falaise, et protégé par un bouclier de soldats russes, pour passer un examen ? Merde. Je suis un combattant. Je chasse pour l'Armée rouge, pour leur saloperie de Parti. J'ai fait mes preuves. Et eux ? Donne-leur ce qu'ils veulent et tire-toi d'ici.

Il se tourna vers Khrouchtchev et proclama :

— Pour nous, il n'y a pas de terres au-delà de la Volga.

L'homme politique hocha la tête et répéta à voix basse comme pour lui-même :

— Il n'y a pas de terres au-delà de la Volga. Oui, oui... (Il se tourna vers Tchouikov.) Remettez-lui la médaille, général. La Soixante-deuxième Armée a une nouvelle devise. Vidikov, faites-la imprimer et dites aux hommes que c'est ce héros de Zaïtsev qui l'a trouvée. Elle nous engage tous. Pour nous, il n'y a pas de terres au-delà de la Volga.

Khrouchtchev se dirigea vers la porte, assena une tape dans le dos de Zaïtsev.

— C'est comme ça qu'il faut faire, jeune membre du Komsomol, dit-il en riant. C'était très bien.

Il adressa un signe de tête à Tchouikov puis sortit, Vidikov sur ses talons.

Le général remit la médaille au Lièvre en récitant :

— Vassili Grigorievitch Zaïtsev, je te décerne l'ordre de Lénine pour ta contribution à la création d'une unité de tireurs d'élite dans la Soixante-deuxième Armée, et pour ton courage au combat.

Il lui tapota le bras, sourit, regarda autour de lui.

— On dirait qu'il ne reste plus que nous deux pour la cérémonie. Bah, nous nous offrirons un défilé à Moscou un de ces jours, hein ?

Zaïtsev examina la médaille. Le bronze était épais, il avait un certain poids. Cela me fait drôle de la tenir, pensa-t-il. J'ai dans la main une des plus hautes distinctions de mon pays, mais j'aurais préféré recevoir des munitions pour mes lièvres. Avec le cuivre de cette médaille, on aurait pu fabriquer les chemises de trois balles.

Tchouikov fit un pas en arrière.

— Ne l'épingle pas pour le moment, Vasha. Garde-la dans ton sac. Comme ça, elle restera propre et brillante.

Zaïtsev glissa la médaille dans la poche de sa vareuse en souriant à l'officier. Au moins, lui, il vit de ce côté-ci de la Volga, en soldat. Pas comme ce gros rat blanc de Khrouchtchev. Je l'ai jamais vu dans le coin, celui-là, j'ai même jamais entendu parler de lui. Il s'est sûrement retrouvé pris au piège avec nous par le fleuve en train de geler, et il distribue des médailles pour passer le temps.

— Je peux disposer, mon général ?

Zaïtsev tâta la médaille dans sa poche en se disant qu'il

la montrerait ce soir à Viktor, peut-être aussi à Tania. Mais à personne d'autre. Bien sûr, Danilov insisterait pour la voir et faire un article dessus. Bon Dieu, je suis un héros. Un héros. Pourquoi le mot lui avait-il paru aussi répugnant dans la bouche de Khrouchtchev ? Il avait fait de lui un cheval de cirque.

— Pas encore, Vasha, répondit Tchouikov. Quelqu'un d'autre veut te dire un mot.

Il approcha deux chaises de son bureau, en indiqua une à Zaïtsev, tira d'un tiroir trois petits verres ventrus et une bouteille de cognac.

La porte s'ouvrit sur le colonel Nikolaï Filipovitch Batiouk, commandant de la 284e division. Zaïtsev se mit au garde-à-vous. Le voilà, mon chef, pensa-t-il. Batiouk, l'Ukrainien grand et maigre affligé de problèmes circulatoires, l'officier qui, certains jours, ne pouvait marcher tant ses jambes le faisaient souffrir et qui devait se faire porter par l'un de ses aides de camp. Ce bon vieux « Batiouk à l'épreuve du feu »... Il paraît qu'il est sorti un jour d'un bunker incendié, frappant sa tunique des deux mains pour éteindre les flammèches, gueulant comme une marchande de poissons.

— Mon colonel, fit Zaïtsev.

Batiouk lui rendit son salut. Les deux hommes s'avancèrent l'un vers l'autre et se serrèrent la main.

— Félicitations, adjudant. Le général Tchouikov pense comme moi que tu mérites pleinement l'ordre de Lénine.

S'ils le disent, pensa Zaïtsev. De toute façon, la médaille est dans ma poche.

Tchouikov servit le cognac.

— *Na zdrovya*.

Il leva son verre, se tourna vers les deux hommes en même temps et avala l'alcool. Batiouk et Zaïtsev portèrent un toast à sa santé en retour. Cela faisait des mois que le Sibérien n'avait bu d'autre alcool que de la vodka.

Quelle journée, pensa-t-il en s'essuyant les lèvres. La médaille dans ma poche, le cognac sur ma langue, Tania sur la pile chaude de vêtements, sept Boches de plus à mon tableau de chasse, un toast de Tchouikov et de ce bon vieux Batiouk. Une sacrée journée.

— Camarade Zaïtsev, je ne te retiendrai pas longtemps, promit le colonel, qui fit claquer son verre en le posant sur le bureau de Tchouikov. Je sais que cette médaille a dû t'étonner. Ça doit être ton jour de chance, parce que j'ai une autre surprise pour toi. Nous avons été informés que les Allemands ont fait venir un spécialiste de Berlin. Le colonel de SS Heinz Thorvald. Directeur d'une école de tireurs d'élite...

Zaïtsev se lécha les lèvres, sentit le goût douceâtre du cognac qu'elles avaient gardé. Un tireur d'élite peut devenir colonel dans l'armée allemande ? Ça, c'est bien, pensa-t-il. Ça, c'est du respect.

— Il a été envoyé ici pour te tuer, Vasha, poursuivit Batiouk.

Le Lièvre baissa les yeux et secoua la tête en souriant pour lui-même. Et alors ? rétorqua-t-il intérieurement. Ils ont tous été envoyés ici pour me tuer.

— Qu'est-ce qu'on sait de ce Thorvald ?

— Rien, répondit Batiouk. Si ce n'est qu'il est colonel de SS. Tire tes propres conclusions. Je suppose qu'ils le considèrent comme l'homme le mieux à même de faire ce boulot. Leur meilleur homme contre notre meilleur tireur...

Batiouk tendit son verre à Tchouikov pour qu'il le remplisse.

— Ah, oui, j'oubliais : ce Thorvald serait un lâche, ajouta le colonel. A ta place, je n'y croirais pas trop.

Le général remplit les autres verres et les trois hommes portèrent un nouveau toast.

— Dommage qu'ils n'aient pas envoyé Hitler

lui-même, regretta Batiouk. Une belle chasse pour toi, hein ?

Zaïtsev approcha le verre de sa bouche. Le cognac sous le nez, il arrêta son geste, cligna les yeux. Au-delà du colonel et du général qui renversaient la tête en arrière, il revit une image de la matinée : dans le secteur 2, avec Tania et Danilov, la tête de Piotr transpercée, les balles claquant dans le casque. Leurs détonations retentirent derrière ses yeux, parcoururent sa colonne vertébrale, à trois secondes d'intervalle.

Pas deux tireurs.

Un seul.

Le spécialiste de Berlin.

Zaïtsev avala l'alcool d'un trait, à la russe. Le cognac lui râpa agréablement le fond de la gorge. Il souffla pour atténuer la sensation de brûlure sur sa langue, regarda son colonel et sourit.

— Je crois que je l'ai déjà rencontré, dit le Lièvre. Le type de Berlin.

Tchouikov inclina la tête.

— Vraiment ? Où ça ?

— Sur le flanc est du Mamayev Kourgan, ce matin.

— Comment sais-tu que c'était lui ?

— Il a... (Zaïtsev s'interrompit, chercha le mot adéquat en se frottant la nuque) du style.

— Bien, fit le général. A partir de maintenant, tu es déchargé de toute autre mission, Vasha. (Il récupéra les verres, les posa sur son bureau, ramena son attention sur Zaïtsev.) Ton seul boulot, c'est de trouver ce tireur d'élite allemand et de le tuer.

Le trouver ? pensa le Lièvre.

Il baissa la tête pour cacher son regard aux deux officiers, fit défiler dans son esprit tout ce qu'il avait vu de Stalingrad ces derniers mois : les troupes décimées, les ruines des usines, les tranchées éventrant les rues, les gravats et la fumée, des hommes courant, se terrant dans des trous, des dizaines et des dizaines de milliers d'hommes vivant, mourant et tuant. C'était trop d'images accumulées pour qu'il puisse les concevoir comme une seule ville, un seul lieu où trouver un seul homme, un maître tireur allemand qui avait reçu pour mission de le tuer.

Sans réfléchir, car s'il avait réfléchi, il n'aurait pas ouvert la bouche, Zaïtsev marmonna :

— Le trouver...

— Oui, dit Tchouikov en lui ouvrant la porte.

Batiouk lui tapota le dos et dit :

— Avant qu'il ne te trouve, bien sûr.

17

Nikki Mond fit descendre Thorvald de la cote 102,8, la colline des guetteurs. Le colonel désirait rôder un peu partout pendant quelques jours, « pour répandre son odeur », mais insistait pour éviter les zones où il risquait d'être pris au piège dans les combats. « Toujours nous laisser une porte de sortie », disait-il.

Nikki estima préférable de le tenir à l'écart du secteur des usines. Bien que l'armée allemande contrôlât les Barricades et la totalité d'Octobre-Rouge si l'on exceptait quelques poches minuscules, il valait mieux ne pas intégrer ces labyrinthes dans le circuit. Les hommes qui continuaient à combattre dans ces jungles de métal étaient devenus des créatures terribles. Depuis six semaines, ils passaient leurs jours et leurs nuits tenaillés par un désir de sang, torturés par la faim et la soif, grattant les boutons laissés par les piqûres des poux. Là-bas, on avait oublié la guerre, il ne restait que l'envie de tuer. Thorvald avait besoin d'une certaine distance pour exercer ses talents de tireur, et le caporal savait qu'on ne pouvait disposer de cette distance dans les usines. Les combats s'y déroulaient le plus souvent au corps à corps ; les grenades et les pelles y déchiraient la chair aussi souvent que les balles.

Non, le secteur des usines n'est pas un endroit pour le colonel, conclut Nikki en secouant la tête.

Nous irons rôder vers le sud. L'usine Lazur est un avant-poste russe solide derrière un gigantesque no man's land de voies ferrées. Le couloir séparant la Volga d'Octobre-Rouge est lui aussi très fréquenté. Troisième zone possible : le bas de la ville, les cinq kilomètres entre la gorge de la Tsaritsa et la ravine Kroutoï. Comme la colline des guetteurs, la gorge est riche de crevasses et de bunkers, elle grouille de tireurs d'élite et de cibles. Les rouges rampent dans les bâtiments écroulés, s'accrochent désespérément aux talus de la rive, à moins de cinquante mètres du fleuve à certains endroits. La chasse serait bonne dans l'une de ces trois zones où les combats se sont réduits à l'attente.

Nous attirerons Zaïtsev à découvert, comme l'a dit le colonel. Nous lui laisserons une piste à suivre ; puis, quand nous serons sûrs qu'il nous suit, nous ferons brusquement volte-face et nous lui tirerons une balle entre les yeux.

Nikki pensa à ce qu'il avait vu Thorvald faire sur la colline, à la façon dont il transformait presque son fusil de tireur d'élite en arme automatique. Cet homme l'effrayait, il était trop fort pour qu'on le laisse agir librement. Il était comme un engin dont il faut tenir fermement les commandes pour l'empêcher de s'emballer et de verser dans le ravin. Avec les yeux et les mains qu'il a, Thorvald abattra un millier d'hommes et nous fera tuer tous les deux. C'est dur à croire, mais il a l'air de manquer d'expérience. Comment est-il devenu colonel de SS ? Les relations ? Probablement. Il faut que je le réfrène dans son duel avec Zaïtsev.

Un duel.

Je ne peux même pas lui dire que c'est un duel, que j'en ai fait un duel en révélant aux Russes sa présence à Stalingrad.

Nikki s'arrêta dans la tranchée pour attendre Thorvald, qui marchait d'un pas lent derrière lui.

— Mon colonel, je peux vous parler une minute ?

Thorvald tendit un bras pour réclamer son sac. Nikki le fit glisser de son dos et le posa par terre, offrant un siège à l'officier.

— Oui, caporal ?

— Sans vouloir vous manquer de respect, mon colonel, j'ai remarqué quelque chose.

Thorvald attendit. Nikki sentit ses yeux sur lui et imagina un instant que le maître tireur le fixait dans la lunette de son fusil. Cette pensée fit naître des picotements sous sa peau.

— Colonel, je n'y connais rien en tir, mais j'ai appris à rester vivant sur un champ de bataille. Nous ferons une meilleure équipe si vous me laissez dire mon mot sur certaines décisions : où et quand tirer. Si nous ne coopérons pas, nous nous ferons tuer, mon colonel.

Thorvald se frotta les mains.

— Vous n'avez pas apprécié que je tire sur ce mannequin...

— Ce n'est pas ça. Aucun de nous ne connaît suffisamment l'autre pour savoir ce qu'il va faire. Je dois apprendre ce que c'est qu'être un tireur d'élite ; vous, vous devez apprendre...

Nikki s'interrompit, effrayé d'avoir été trop loin.

— Vous pouvez le dire, caporal. Je dois apprendre à être un soldat. Tout à fait exact. Nous formons une équipe, je suppose. Sans vous, nous le savons bien, je serais perdu au bout d'une minute et je me retrouverais à Moscou. Sans moi, vous... mmm (Thorvald se caressa le menton), sans moi, vous vous débrouilleriez parfaitement, je pense.

Mond sourit d'une oreille à l'autre.

— Pas plus que n'importe qui d'autre à Stalingrad.

— Bon, fit le colonel, claquant dans ses mains. Vous

savez quoi ? Quand nous en aurons terminé avec ce Zaïtsev, je verrai ce que je peux faire pour prolonger notre coopération en vous ramenant à Berlin comme mon assistant. Nous vous ferons sortir de Stalingrad. Qu'en dites-vous ? (Thorvald écarta les mains comme un magicien qui vient de faire apparaître quelque chose d'étonnant.) Maintenant, vous avez tout intérêt à me garder en vie.

Nikki prit une profonde inspiration. C'était formidable ! Mieux que tout ce qu'il aurait pu espérer. Il tendit le bras pour engager la parole de Thorvald par une poignée de main.

Zaïtsev était aussi la proie de Nikki, désormais. Il était son billet d'avion pour la Westphalie.

— Par où commence-t-on ? s'enquit Thorvald.

Maîtrisant son excitation, Mond pensa aux traductions de plusieurs articles de *Pour la défense de notre pays* que le colonel n'avait probablement pas lues très attentivement. Zaïtsev n'est pas comme Thorvald. Le Lièvre saura attendre, souffrir même, pour pouvoir tirer cette unique balle sur son unique cible. C'est un homme orgueilleux, qui vit sa légende un jour après l'autre. Il ne lui sera jamais infidèle. Il mourra plutôt que de la profaner.

C'est drôle. Zaïtsev est l'homme, nous sommes les loups, comme l'a dit le colonel. L'homme est limité par son humanité même, par les règles de son engagement. Le fardeau de Zaïtsev, c'est d'être un héros, un exemple pour les communistes et pour son armée, pour tout son peuple, même. Le colonel et moi n'avons pas ce poids à porter. Nous sommes les envahisseurs ; ce pays n'est pas le nôtre, nous pouvons le saccager. Ces gens ne sont pas des nôtres, nous pouvons les anéantir. Nous ne sommes pas des héros, nous pouvons donc agir avec détermination. Nous ne sommes pas aveuglés par l'éclat des sentiments humanitaires.

Nikki savait cela de lui-même : depuis son arrivée à Stalingrad, il avait tué uniquement pour rester en vie. Pas une fois il n'avait utilisé son arme pour se venger, ou entraîné par le feu de l'action. Il avait abattu ceux qui menaçaient sa vie ou celle des camarades de son unité, personne d'autre. Et bien qu'il y ait sûrement déjà eu assez de tués à Stalingrad pour remplir les registres et les livres d'histoire, il peut encore y avoir quelques morts de plus causées par moi, pensa-t-il. Même si mon doigt ne presse pas la détente, ce sera moi qui tuerai Zaïtsev.

Alors commençons. Mettons-nous à tuer, colonel. Juste assez pour être dignes de Zaïtsev. Pour le faire se jeter sur nous. Il a sûrement déjà demandé à chacun de ses lièvres de te chercher, colonel. Cela je le sais, bien que je ne puisse pas te le dire. Peu importe. Le Lièvre se précipitera partout où l'on signalera une mort pouvant être l'œuvre du maître envoyé de Berlin. Nous serons là à l'attendre.

Nikki inspecta le corridor entre Octobre-Rouge et la Lazur. Ces dernières semaines, il l'avait observé en prenant des notes pour Ostarhild alors que l'activité des tireurs d'élite russes y redoublait.

— Allons vers le nord, suggéra-t-il.

— D'accord. Pourquoi ?

Thorvald se leva, lança son sac au caporal, lui tendit son fusil. Il ne suffit pas de demander pour que ça change, remarqua Mond en lui-même.

— Si nous liquidons une douzaine de mitrailleurs ou de soldats, Zaïtsev ne s'en apercevra pas. Même quelques officiers ne le feront pas réagir rapidement.

Nikki passa le fusil de Thorvald à son épaule, se tourna pour guider le colonel le long de la pente.

— Mais si nous éliminons plusieurs de ses lièvres, il recevra le message. Et je sais où nous pouvons les trouver.

Trois heures plus tard, Mond et Thorvald étaient assis au sous-sol d'un bâtiment éviscéré, dans le bunker abritant le quartier général du capitaine Manhardt, 86e d'infanterie. Avachi sur un tabouret, Manhardt parlait au colonel.

Nikki gigota sur son siège. La parka et le pantalon blanc de camouflage que Thorvald avait obtenus pour lui dans l'après-midi le faisaient transpirer. Quand Mond avait enfilé la tenue, l'officier avait éclaté de rire en montrant les plis qu'elle gardait au sortir de sa boîte.

— Vous vous fondrez dans le paysage pour peu que la neige soit elle aussi bien repassée.

Le capitaine Manhardt se gratta distraitement l'aisselle. Deux fois déjà il avait interrompu sa description de la façon dont ses hommes s'étaient fait descendre comme au casse-pipe dans l'usine de tracteurs et le couloir, pour murmurer : « Saloperies de poux ! »

Il répondit à la question de Thorvald :

— Sept morts. Peut-être plus, je sais pas.

Sa douleur était palpable. On sentait qu'il avait hâte d'en finir avec ces deux fouineurs vêtus de blanc pour se retrouver seul à crier dans sa cave.

— Les pauvres idiots.

Il plaça sa langue derrière sa lèvre inférieure, la fit saillir et gonfler comme si elle avait reçu un coup. Après un long silence triste, il poursuivit :

— Ils entendent un bruit dans les gravats. Un bruit métallique, comme un coup de pied dans un boîte de conserve. Alors un crétin passe la tête au-dessus de la tranchée pour regarder et écope d'une balle. Ça n'arrête pas depuis ce matin tout le long du talus de la voie ferrée. J'y suis allé, je les ai prévenus : bon Dieu, c'est du boulot de tireur embusqué, ça ! Ils jettent une boîte de conserve de quelque part ou ils font ce bruit je sais pas comment. Je leur ai expliqué, je leur ai ordonné : « Ne levez pas la tête ! » Mais ils sont bien obligés de regarder. Ils connaissent les cocos. Les Russes feront ça pendant un jour ou deux pour habituer nos hommes à pas regarder quand ils entendent un bruit, pour les forcer à rester sans bouger, morts de trouille. Et puis un jour, à l'aube, les Ruskoffs ramperont dans les ruines, ils se rueront dans la tranchée et ils égorgeront mes hommes, parce qu'ils auront pas osé regarder…

Le capitaine se gratta la nuque, passa une main sur ses yeux brillants, privés de sommeil, conclut :

— Qu'est-ce qu'ils peuvent faire ? Qu'est-ce que je peux leur dire ? Les tireurs russes, ça les amuse sûrement.

Thorvald marqua une pause avant de parler afin de montrer sa considération pour les malheurs de Manhardt.

— Pourrais-je voir les cadavres ? sollicita-t-il d'une voix apaisante, comme une compresse sur le front du capitaine. Le caporal et moi voulons faire quelque chose.

Manhardt se leva. Il avait le corps couvert d'armes, gonflé de partout. Des cartouchières de balles se croisant sur sa poitrine, une baïonnette attachée à une jambe, des grenades accrochées à la taille, un pistolet Mauser glissé sous la ceinture.

Après avoir passé sa mitraillette à l'épaule, il conduisit les deux hommes au rez-de-chaussée, dans une gigantesque grotte, une salle demeurée intacte, comme une bulle, au cœur du bâtiment ravagé. Le haut plafond, entrelacs de poutres d'acier pliées et de morceaux de béton, lui donnait l'air d'une cathédrale démente. Allongés sur le sol, des soldats blessés enveloppés de bandes sanglantes tendaient les mains, roulaient d'un côté à l'autre ou demeuraient immobiles. Les plaintes et les murmures se mêlaient aux appels angoissés pour réclamer les deux infirmières en uniforme brun. Elles marchaient d'un pas vif entre les corps, parlaient aux hommes à voix basse, hochaient la tête quand ils se confiaient à elles, passaient sur leur peau un linge humide.

Le capitaine tourna vers Mond des yeux qui semblaient demander : « Tu vois tout ce sang ? Pour quoi ? »

— Les morts sont là-bas, dit-il.

Nikki et Thorvald le suivirent dans l'odeur âcre de corps blessés et de pansements jusqu'à un tunnel donnant sur la rue.

Près de l'épave calcinée et couverte de neige d'un char allemand, sept cadavres gisaient sous des couvertures vert-de-gris. Le capitaine resta à distance quand Thorvald s'approcha des morts.

— Je vous laisse, vous connaissez le chemin pour revenir, dit Manhardt.

Il fit demi-tour et s'éloigna en faisant tinter ses grenades et ses cartouchières.

Le colonel s'agenouilla près d'un des corps, releva la couverture pour découvrir la tête. Des filets de sang s'étaient répandus d'un trou percé dans le front du jeune homme. Le sang avait empli les orbites, coulé le long du nez et des oreilles pour former une araignée noire assise, pattes écartées, sur le visage gris. Thorvald leva les yeux vers Nikki.

— A Gnössen, j'ai un médecin qui apprend à mes élèves à lire une blessure. C'est un peu morbide, mais c'est souvent la seule trace qu'un tireur embusqué laisse derrière lui... (Il toucha délicatement la joue de cire, ébaucha un pâle sourire.) Je regrette de ne pas avoir écouté plus attentivement ce docteur.

Il soupira, tâta le pourtour du trou situé juste au-dessus de l'œil gauche, glissa une main sous la tête du mort, la retira aussitôt avec une grimace.

— L'arrière du crâne a été arraché.

Il rabattit la couverture, se leva, les bras ballants, ouvrit et referma les doigts de ses deux mains. Au bout d'un moment, il s'agenouilla de nouveau pour examiner le deuxième corps. La tête, cette fois, était indemne. Thorvald continua à rabattre la couverture jusqu'à un trou dans le manteau, au milieu de la poitrine. Il déboutonna le vêtement.

— Donnez-moi votre couteau.

Nikki tira l'arme de sa botte. Le colonel ouvrit le manteau, découpa la veste et les pulls qui se trouvaient dessous.

Sur la poitrine glabre et blanche du jeune homme, la blessure fatale faisait comme un cratère à la surface cendreuse de la lune, sous la clavicule gauche, près du cœur. Thorvald prit un crayon dans la poche de sa veste, en inséra l'extrémité de quelques millimètres dans la plaie. Avec ses doigts, il pressa la chair autour du trou, pétrit les muscles et la peau.

Sans un mot, sans un regard pour le caporal, il examina les quatre corps suivants de la même manière. Deux d'entre deux présentaient des blessures à la tête ; dans les deux cas, Thorvald passa une main dessous pour découvrir que la balle russe avait fait exploser l'arrière du crâne. Les deux autres soldats étaient morts d'une balle dans la poitrine. Thorvald glissa de nouveau le crayon dans les blessures et le remua tout en tâtant la chair gonflée autour de l'orifice.

Nikki se tenait en retrait, davantage fasciné par le travail dc limicr du colonel que par la banalité déchirante de la mort.

Au bout de dix minutes, Thorvald souleva la couverture du dernier des sept cadavres et se pencha.

— Qu'est-ce que vous avez trouvé, mon colonel ?

— Rien encore.

Nikki regarda le corps. Il s'attendait à voir un autre crâne perforé, avec un net trou noir dans la joue ou le front, un filet de sang figé comme de la lave. Ou alors un simple trou dans l'uniforme, à l'endroit du cœur.

Ce cadavre ne portait aucune marque de la mort. La tête était intacte. Thorvald dénuda la poitrine ; elle ne montrait aucune blessure.

Il tira la couverture pour exposer le corps en totalité, découpa l'uniforme. La chair rigide était d'un violet sombre et rougeâtre sur les omoplates, les fesses, les mollets et les talons, partout où le sang s'était accumulé.

Du pied, Thorvald fit rouler le cadavre nu. Pas de trou non plus dans le dos. Levant les bras de frustration, il souleva de nouveau le mort de la pointe de sa botte pour le remettre sur le dos.

Au moment où le corps se retournait, Nikki aperçut une tache plus foncée que les cheveux du jeune soldat, juste sous l'oreille droite. Un grain de beauté, peut-être, ou une plaque de boue.

— Regardez le cou, dit-il. Sous l'oreille.

Thorvald fit glisser ses doigts dans les cheveux châtains, le long de la nuque, sous l'oreille. Il se pencha pour examiner de plus près la tache sur l'arrière du crâne.

— C'est un orifice de sortie, diagnostiqua-t-il. Regardez autour du trou. Il n'y a pas de traces de contusion ni d'anneau d'abrasion.

La balle était ressortie derrière l'oreille du jeune Allemand. La chemise du projectile n'avait pas été aplatie par l'impact et n'avait pas emporté l'arrière de la tête en ressortant, comme elle était censée le faire.

Mais par où la balle était-elle entrée ?

A l'aide du couteau, Thorvald tenta d'ouvrir la bouche du mort, fermée par la rigidité cadavérique. En remuant la lame entre les dents, il parvint à débloquer les mâchoires aux muscles gelés.

Par-dessus l'épaule du colonel, Nikki regarda le visage du mort. La bouche, grande ouverte maintenant, faisait un contraste incongru avec les yeux clos, le corps immobile et dur. Elle semblait défier la mort en hurlant, alors que le reste du corps était résigné à sa fin.

Thorvald introduisit le crayon entre les lèvres, attira l'attention de Mond.

— Regardez ça.

Une des dents de devant était ébréchée.

Faisant glisser le crayon sous la dent, le colonel dirigea la pointe vers la gorge, la fit pénétrer dans un trou perçant la trachée. Il lâcha le crayon, qui resta en place.

— Il a sans doute vu le tireur russe au dernier moment et a tenté de crier. La balle est entrée par la bouche, elle a cassé cette dent, elle a percé le fond de la gorge. Elle a touché le haut de la colonne vertébrale, elle l'a probablement sectionnée et a ricoché pour ressortir ici, sous l'oreille... (Du bout du doigt, Thorvald tapota le crayon planté dans le trou.) C'est le parcours de la balle. Le soldat avait le visage tourné vers le tireur quand il a été touché. Voyons...

Il tâta le trou sous l'oreille, retira le crayon de la bouche et le glissa dans le cou, massa de nouveau les muscles et la peau autour de l'orifice.

Thorvald examina le trou puis ôta le crayon et rabattit la couverture sur le corps. Toujours agenouillé, il promena son regard sur la rangée de cadavres recouverts et parut s'adresser à eux quand il dit :

— Les blessures à la poitrine ne m'ont pas appris grand-chose. Quand une balle transperce les muscles du torse et les organes, elle se balade beaucoup, mais... regardez ici, caporal.

Il releva une des couvertures pour révéler la plaque blême d'une poitrine, traça du doigt un cercle autour de la blessure.

— Tous les orifices d'entrée sont ronds, fit-il observer. Ce qui indique un angle de pénétration de quatre-vingt-dix degrés...

Il indiqua les contusions formant un anneau bleu et rouge autour du trou.

— Vous voyez ça ? Quand la balle pénètre, la peau s'étire, elle est éraflée. Puis elle se rétracte et laisse ce cercle autour de l'orifice. L'abrasion, comme pour toutes les autres blessures à la poitrine, est symétrique.

Le colonel recouvrit le cadavre, se redressa pour soulager son dos. De son crayon, il montra la rangée de corps et soupira.

— Les blessures à la tête ne nous sont d'aucun secours. Excepté la dernière. La balle qui a pénétré par la bouche nous donne une trajectoire rectiligne. Sur cette base, je suis incapable de dire dans quelle direction le soldat regardait quand il a été touché. L'emplacement de l'orifice de sortie, juste sous l'oreille, m'indique en revanche que son regard était parallèle au sol. S'il avait regardé vers le haut, le trou de sortie aurait été plus bas dans le cou.

Se fondant sur l'angle de l'orifice de sortie du dernier cadavre, ainsi que sur l'aspect rond et régulier des orifices d'entrée pour les blessures à la tête et sur les anneaux d'abrasion des blessures à la poitrine, Thorvald déduisit que les tireurs russes ne se trouvaient pas dans les bâtiments, mais au même niveau que leurs victimes. Si les Russes avaient été plus haut, plus bas ou sur le côté par rapport aux cibles, les anneaux d'abrasion auraient été plus larges sur le côté des orifices d'entrée, comme une entaille ou une éraflure, les trous auraient été ovales et non pas ronds. Tenant compte de la précision des coups, Thorvald estima que la distance était moyenne pour un tireur d'élite, environ trois cents mètres. Il y avait au moins deux Russes opérant dans le secteur : un guetteur et un tireur. Ils étaient bons, ces rouges : selon le capitaine Manhardt, les cibles ne s'étaient exposées qu'un instant. Les Russes opéraient de près, sans se montrer.

Thorvald eut un dernier regard pour les sept couvertures servant de linceul. Les soldats qu'elles recouvraient étaient tous de jeunes garçons ; aucun ne semblait plus âgé que Nikki.

— Ils s'amusent bien, ces Russes.

A travers les décombres, Mond conduisit Thorvald au poste de secours, s'approcha d'une des infirmières penchée au-dessus d'un soldat inconscient. L'homme avait la poitrine entourée de gaze rouge et suintante.

— Excusez-moi... murmura Nikki.

L'infirmière tourna vers lui un visage rond aux rides profondes. Les yeux et la bouche étaient entourés de cette chair douce qui retient la fatigue comme une éponge.

— Le colonel et moi devons parler à certains de ces hommes. Nous cherchons des renseignements sur les tireurs embusqués qui opèrent autour du talus de la voie ferrée. Pouvez-vous demander si l'un de ces soldats a été blessé là-bas ?

— Aucun d'eux ne vient du talus, caporal, répondit-elle en secouant la tête. Tous ceux qui ont été touchés là-bas sont morts.

Thorvald se pencha en avant, silencieux comme une feuille qui tombe.

— Madame, s'il vous plaît, êtes-vous allée au talus ?

L'infirmière se tourna pour essuyer une mousse de sang et de salive bouillonnant à la bouche du blessé.

— Sept fois. Je les ai ramenés ici en les portant.

Thorvald posa doucement la main sur le bras de la femme, qui cessa de tamponner les lèvres du soldat.

— Nous sommes ici pour éliminer les tireurs embusqués russes. Nous sommes des spécialistes. Voulez-vous nous aider ?

Quand elle se leva, laissant sa compresse sur la poitrine du blessé, Nikki découvrit des taches sur le devant de son uniforme. Une croûte couleur rouille s'étalait sur sa poitrine, ses larges épaules. Elle les a vraiment portés, pensa-t-il. Elle a soulevé les corps, les a sortis de la tranchée. Elle les a déposés ici, leur a fermé les yeux et les a recouverts d'une couverture, l'un après l'autre.

D'une voix empreinte de respect, Thorvald reprit :

— Si vous pouviez nous montrer où ces garçons sont tombés, cela nous aiderait à localiser les tireurs russes. Nous ne vous retiendrons pas longtemps.

L'infirmière appela sa collègue, tendit le bras vers le soldat dont les lèvres soufflaient des bulles roses.

— Madeleine. C'est le prochain.

Hors du poste, elle baissa la tête derrière le char immobilisé puis s'élança vers un tas de gravats. Avec une agilité invitant Nikki à la suivre, elle se faufila entre les pans de murs et les trous d'obus pour faire halte derrière un camion russe abandonné dont le toit avait brûlé. Après avoir couru à découvert sur une dizaine de mètres, elle se jeta derrière une file de wagons démantibulés juchés sur un talus d'un mètre de haut.

L'infirmière se glissa dans la tranchée longeant le talus ; Nikki suivit, soulagé d'être parvenu à destination sans attirer l'attention des tireurs d'élite de l'Armée rouge.

Cette femme a fait le chemin sept fois, songeait-il, s'arrêtant, s'abritant, attendant, ployant au retour sous le poids du mort qu'elle portait. Nous sommes à trois cents mètres derrière les lignes, normalement en sécurité. Mais la simple présence de tireurs isolés russes dans le secteur change tout. Chaque pas, chaque geste doit être calculé pour ne pas inviter une balle. Quand les tireurs russes sont dans le coin, on risque sa vie rien qu'en marchant le dos droit, ou en jetant un coup d'œil au-dessus d'un parapet.

Une fois dans la tranchée, tapi derrière le talus, Nikki tourna la tête, chercha des yeux le colonel. Thorvald était resté à trente mètres derrière, abrité par le châssis du camion russe. Il agita une main dans l'air pour faire signe à Mond de continuer sans lui. Il sera plus en sécurité là-bas, raisonna le caporal. Inutile d'exposer mon billet d'avion pour l'Allemagne à découvert. Je peux me débrouiller sans lui.

L'infirmière entraîna Nikki dans la tranchée, qui courait le long du talus sur plus de deux cents mètres. Sur la voie ferrée, les cinq wagons espacés de quelques dizaines de mètres refusaient de s'écrouler sur leurs roues d'acier. Derrière chacun d'eux, un peloton d'une douzaine de soldats ; assis autour d'une mitrailleuse protégée par des sacs de terre. Aucune des mitrailleuses n'avait de servant.

La femme s'arrêta à la première, à la deuxième et à la cinquième des unités de la tranchée. A la première, elle pointa deux fois l'index vers le sol pour indiquer les endroits où elle avait récupéré les corps. Chaque fois qu'elle tendit le bras, elle murmura simplement « Ici ».

Il s'assit parmi les hommes pour les interroger sur les tireurs embusqués. Avaient-ils vu quoi que ce soit ? Qu'avaient-ils entendu ? Quel était le bruit qui les avait fait regarder ? Etait-ce à chaque fois le même ?

Cela faisait plusieurs semaines que Nikki n'avait pas été en contact avec des fantassins. Son travail pour Ostarhild – parcourir le champ de bataille, dessiner des cartes, prendre des notes – l'avait tenu à l'écart des vrais combattants. La soixantaine d'hommes terrés dans cette tranchée avaient l'air de damnés. Beaucoup de ces visages hagards se cachaient sous une barbe. Il n'y avait aucune chaleur dans la tranchée ; les hommes se blottissaient l'un contre l'autre, mêlant leur peur et les nuages de leur haleine. Certains lui proposèrent de boire un coup à un flacon d'eau de Cologne. Mon Dieu, pensa Nikki, horrifié, qu'est-il arrivé à ces hommes ?

Il comprit qu'ils ne se battaient plus pour Stalingrad.

Dans le froid de novembre, ils ne luttaient pas seulement contre l'Armée rouge, mais aussi contre l'effroi et l'horreur qui hurlaient à leurs oreilles quand le soldat d'à côté s'écroulait sans prévenir. Leurs ennemis étaient des hommes, oui. Mais, à chaque seconde, ils livraient d'autres batailles, plus petites : ces satanés poux qui tourmentaient leur peau, la faim et la soif qui les dévoraient, le froid silence qui menaçait de se refermer sur eux jour et nuit.

Les yeux baissés, les mâchoires grinçantes lui firent prendre conscience que ces hommes avaient enfin entrevu leur sort : les canons, les fusils et les grenades ne pouvaient plus les libérer de Stalingrad. Cette ville était un tombeau sale et décrépit, sans remords ni pitié. Elle n'était plus un champ de bataille, mais une affliction. La dernière arme contre elle était l'espoir.

Glissant entre les mains tendues, Nikki entendait murmurer :

— Descends-le, ce fils de pute rouge...

— Regardez-le, les gars. Il sait ce qu'il fait...

— Il a été envoyé ici par les généraux...

— Un tueur de tireurs embusqués. Il les aura, ces salauds...

— Ils nous ont pas oubliés, les copains...

C'est pour ça que Thorvald est ici, comprit Nikki. Les généraux se sont rendu compte que l'espoir s'érodait parmi leurs hommes tandis que les Russes se forgeaient un héros avec leur Lièvre sibérien.

Il se fit une promesse : Nous aurons Zaïtsev.

Il oignit ce serment de la souffrance de ces soldats. Il s'engagea à se rappeler toujours les filets de sang séchés cachés sous les sept couvertures, dans la rue, et la bouffée écœurante d'eau de Cologne dans la tranchée.

Le caporal Mond trouva Thorvald près des cadavres. L'infirmière silencieuse s'éloigna sans un regard.

Nikki fit part au colonel de ce qu'il avait découvert. Il décrivit les positions dans la tranchée : une douzaine d'hommes et une mitrailleuse par peloton, un peloton derrière chaque wagon, à cinquante mètres de distance. Les hommes avaient entendu un bruit métallique dans les gravats. Chaque fois que l'un d'eux avait regardé, il avait été frappé par une balle.

Thorvald écouta, hocha la tête et dit, quand Nikki eut terminé :

— Des boîtes de conserve accrochées à une ficelle. Les Russes tirent dessus pour les faire bouger.

Il parlait comme s'il avait inventé lui-même le stratagème. Bien que Nikki l'eût percé à jour lui aussi, Thorvald avait une façon calme et posée de présenter les faits que le caporal trouvait rassurante.

— La première balle a été tirée sur l'unité 2 dit Mond, regardant les cadavres pour aiguillonner sa mémoire. La seconde sur la 5. Les trois dernières contre la 3, la 1 et la 4. Les rouges se planquent dans le coin et ils attendent.

— Que proposez-vous ?

— Je pense que nous devrions descendre dans la tranchée et nous placer entre les unités 2 et 3. C'est là qu'ils frapperont la prochaine fois, je crois. Quand nous entendrons un bruit de boîte de conserve, nous montrerons un casque au bout d'un bâton, ou quelque chose comme ça, pour faire sortir le Russe de sa cachette et l'abattre.

— Simple. Direct, commenta Thorvald. (Nikki attendit.) Suicidaire, surtout, soupira l'homme de Berlin. Rappelez-vous, il n'y a pas qu'un seul tireur embusqué russe dans le secteur. Pendant que je viserai celui qui aura tiré sur le casque, l'autre me repérera. Non, pas question de nous poster dans la tranchée.

Nikki fut consterné. Il voulait tuer le rouge au milieu des hommes hagards de la tranchée, pour leur montrer ce dont un soldat allemand était capable. Il se voyait ranimant pour eux l'étincelle de l'espoir, donnant à ces pauvres gars une raison de s'enthousiasmer.

Thorvald allait suggérer un plan où ils feraient leur travail dans l'anonymat, mortels mais invisibles. Les fantassins de la tranchée n'en sauraient rien. Ils n'applaudiraient pas Nikki, ils n'échangeraient pas de grandes tapes dans le dos ; ils ne verraient pas Nikki et Thorvald crocheter la serrure de leur cage.

Le colonel lui avait promis qu'il aurait son mot à dire. C'était fait.

— Suivez-moi, ordonna Thorvald.

Il s'éloigna, laissa son fusil appuyé contre le mur. Nikki le récupéra, luttant pour chasser l'exaspération que la brusquerie de l'officier avait fait naître dans ses tripes.

— J'ai trouvé cette position pendant que vous étiez dans la tranchée ! lui lança Thorvald par-dessus son épaule. Puisque les Russes sont au niveau du sol, nous devons nous placer au-dessus d'eux...

Il conduisit Nikki derrière la façade squelettique du bâtiment. Après avoir enjambé une fenêtre, ils se faufilèrent parmi les saletés et les blocs de béton, grimpèrent un escalier métallique qui avait survécu aux bombardements. En haut, ils se coulèrent sur le bord de ce qui avait dû être le deuxième étage. Sur une dizaine de mètres, le sol s'était effondré, laissant un trou béant. Mond eut l'impression de marcher le long d'un cratère de volcan.

Avançant prudemment, Thorvald le mena à une série d'encadrements de fenêtre calcinés. Nikki s'approcha d'une des ouvertures, regarda. En bas, il y avait le dépôt de chemin de fer, les cinq positions allemandes derrière le talus, et les wagons dessus. Thorvald l'avait amené à une vingtaine de mètres à droite de l'unité 2.

Nikki parcourut du regard une distance qu'il estima à

trois cent cinquante mètres, braqua ses jumelles sur l'endroit où ses yeux s'étaient arrêtés. Les Russes doivent être là, pensa-t-il, cachés dans les ruines, rampant dans les tranchées ou tapis au fond d'un trou d'obus. Ou alors, ils sont partis. Le jour décline. Combien d'Allemands morts leur faut-il par jour pour les satisfaire ?

Thorvald s'assit sous l'appui de fenêtre, leva les yeux vers le ciel violet.

— Le soleil est derrière nous, dit-il. (Du menton, il indiqua la droite de l'unité 2.) Vous surveillez cette zone. Moi, je m'occupe de la gauche. Dès que vous voyez quelque chose, vous me prévenez.

Il va rester là à attendre, pensa Nikki, sans même me laisser prévenir les soldats de la tranchée. Je pourrais leur dire : « Restez planqués, ne regardez pas, on s'occupe des Russes. » Je pourrais leur dire de mettre un casque sur une baïonnette...

Il se sert de ces hommes comme appât !

Nikki posa les jumelles sur le sol.

— Colonel ?

— Oui ?

— Laissez-moi retourner à la tranchée. J'attirerai le feu des tireurs russes, et vous pourrez les descendre...

Thorvald secoua la tête.

— Non, j'ai besoin de vous ici.

— Laissez-moi quand même prévenir ces hommes. Ils sont morts de peur.

Le visage du colonel se ferma.

— Vous restez ici, caporal. Ramassez vos jumelles.

— Colonel, les hommes...

— Ramassez ces jumelles, vous m'entendez. Je me fiche de ces hommes ! Est-ce que vous finirez par le comprendre ? Nous ne sommes pas ici pour les sauver ou recevoir leurs remerciements. Nous avons une mission, caporal ! Trouver Zaïtsev. Le tuer. Et rentrer.

Thorvald plissa les yeux, se pencha en avant. Nikki le

vit osciller de la tête quasi imperceptiblement, tel un serpent tâtant l'air.

— J'aurai Zaïtsev. Avec votre aide ou celle de quelqu'un d'autre, déclara Thorvald, tournant la tête pour mettre fin à la discussion.

Nikki regarda l'unité 2. Nous jouons à Dieu, ici, en haut. L'un de ces soldats est un homme mort. Je le sais. Je pourrais empêcher sa mort, mais je ne le ferai pas.

Je ne suis pas un héros, pour eux. Ils ne peuvent plus avoir de héros. Les héros sont des hommes et plus aucun homme ne peut les sauver, désormais. Ni Hitler, ni Staline, ni moi. Ils ne peuvent même pas se sauver eux-mêmes. Zaïtsev est un héros et il va mourir. Je ne leur appartiens pas. Je m'appartiens et je veux rentrer au pays.

Thorvald s'étira en disant :

— Il fait trop sombre, maintenant. Ils n'essaieront plus. Descendez demander de quoi manger à l'infirmière.

Le caporal se leva sans le regarder.

— Nikki, le rappela Thorvald, tournant vers lui un regard plus doux. Vous vouliez que chacun de nous fasse ce qu'il connaît le mieux. Vous disiez que c'était la meilleure façon d'avoir ce Zaïtsev. Nous étions d'accord. (Il ramena ses genoux contre sa poitrine pour se protéger du froid, poursuivit :) C'est ce que nous faisons. Voilà ce que je connais le mieux. Je suis le tueur, vous êtes mon guide et mon tuteur. Ne brisez pas l'équipe. Nous aurons ce Russe et nous rentrerons au pays ensemble.

Mond hocha la tête.

— Oui, mon colonel.

Avant qu'il puisse s'éloigner, Thorvald ajouta :

— Nous passerons la nuit ici. Les tireurs embusqués russes recommenceront demain à l'aube, j'en suis sûr.

Nikki savait qu'il pouvait faire échouer le plan de Thorvald en le révélant à l'infirmière ou en se glissant dans la tranchée après la tombée de la nuit pour prévenir les hommes de ne pas passer la tête au-dessus du parapet, quoi qu'ils puissent entendre dans les gravats. Mais il savait aussi qu'il n'en ferait rien.

— Caporal, lui lança Thorvald, profitez-en pour ramener ces sept couvertures !

L'aube grondait autour d'eux. Les oreilles à peine éveillées de Mond captèrent le grincement des chenilles de tank réduisant le béton en poussière, le feu roulant d'armes tenues par un millier de bras. Par-dessus le vacarme, on hurlait des ordres, des radios craquetaient.

Ça y est, se dit Nikki, c'est le dernier assaut de Paulus contre les Russes retranchés dans les usines. Au loin sur sa gauche montait de la ravine Banni et des Barricades le fracas des bombes. Le feu d'armes légères grésillait dans le couloir d'Octobre-Rouge.

Thorvald regardait déjà dans la lunette de son fusil.

— Commencez à guetter, murmura-t-il. Nous ne pourrons rester ici longtemps. Nos amis feront peut-être tinter une dernière fois leurs boîtes de conserve avant d'être contraints de battre en retraite. Souvenez-vous, ils sont en bas.

Nikki inspecta les gravats devant l'unité 3. Le bruit des chars et des hommes s'enflait derrière lui, se déplaçait vers la gauche, progressait en direction d'Octobre-Rouge et de la Volga.

— Ça commence à chauffer, colonel, dit-il, éloignant les jumelles de ses yeux.

— Un peu, convint Thorvald avec un sourire aimable.

Soudain, le maître tireur se raidit. Il ouvrit grands les yeux puis les plissa pour fixer un point par-dessus l'épaule de Mond.

— Nikki, regardez la troisième maison du côté le plus éloigné de la route.

Le caporal porta de nouveau les jumelles à ses yeux, se

retourna. Avant de chercher les maisons, il observa un moment les soldats de l'unité 3 dans la tranchée. Leur petit groupe avait éclaté : certains s'éloignaient en rampant, d'autres se penchaient vers le sol où, quelque part, se tordait un corps ensanglanté.

Nikki porta vivement ses jumelles sur les maisons, à vrai dire de simples bicoques construites pour les ouvriers d'Octobre-Rouge et éventrées depuis des mois. Il compta jusqu'à la troisième. La voix de Thorvald s'éleva, calme et neutre, tel un commentaire cinématographique de l'image grossie qui défilait devant lui.

— Dix mètres sur la gauche. Que voyez-vous ?

Le caporal tourna le bouton des jumelles pour mettre au point.

— Une tôle rouillée. Le toit d'une des baraques, je crois.

— Oui, c'est ça. Maintenant, derrière le toit, cherchez la petite cabane. Une station de pompage, peut-être.

— Je l'ai. Avec des volets rouges.

— Exact. Glissez de dix, vingt mètres sur la gauche. Il y a une tranchée devant ce bâtiment avec le... qu'est-ce que c'est que ça ?

— Une bannière. Un... un portrait de Staline.

— Parfait. Il y a une tranchée ? J'ai vu quelque chose dans le coin. Trouvez la tranchée. Vite, Nikki.

Des tas de briques et de pierres s'élevaient devant la rangée de maisons délabrées, rendant la vision imprécise. La neige effaçait la plupart des détails. Pourtant, le long d'une ligne en zigzag, neige et briques semblaient disparaître. Il doit y avoir un creux, estima Nikki. Une tranchée.

— Oui, je l'ai.

— Suivez-la. Trouvez-les. J'ai aperçu l'éclair d'un canon de fusil dans cette tranchée.

Nikki plissa les yeux. La zone qu'il scrutait était dans l'ombre, à quatre cents mètres de distance, au moins, et il ne savait pas ce qu'il cherchait. Des hommes, oui. Mais que verrait-il ? Un canon de fusil ou un visage à cette distance ? Impossible.

Contenant sa frustration, il cessa de chercher des objets et des formes pour s'efforcer uniquement de repérer un mouvement. Quelques instants plus tard, il vit une tache grise bouger au-dessus de la ligne de la tranchée. Un casque ! Il vient par ici !

Les tireurs embusqués russes font un dernier tour de leurs lignes avant de battre en retraite. Ils font tinter les boîtes de conserve, attendent de voir apparaître une cible. S'ils en ont l'occasion, ils tirent puis continuent à remonter. Unité 5, 4, maintenant 3, ensuite 2. Juste devant nous.

— Je l'ai ! murmura Mond, les yeux rivés au casque. Là-bas ! Ils sont deux ! Deux qui filent dans la tranchée !

Nikki savait que Thorvald scrutait lui aussi la zone avec la lunette de son fusil, qui lui offrait une image plus nette mais un champ plus restreint que les jumelles.

— La dernière maison, colonel. Vous la voyez ? Descendez de cinq mètres. Un petit cratère, d'où dépasse une roue de wagon…

— Oui.

— Toujours sur la gauche, un tas de madriers sous un morceau de métal…

— Oui.

— Dix mètres plus bas. Une citerne, ou un tonneau…

— Oui, oui.

— Juste en face de la tour, le portrait de Staline. Cinq mètres de plus sur la gauche. Ils sont là, derrière un tas de briques.

Thorvald resta silencieux ; Nikki attendait.

— Oooui, fit enfin le colonel.

— Vous les avez ?

— Ne parlez pas, dit Thorvald d'une voix lointaine.

Fasciné, le caporal avait l'impression de partager le

pouvoir et l'art de tuer du maître de Gnössen. Il frissonna, saisi d'une excitation que le colonel n'éprouvait pas, il le savait.

Les tireurs russes firent halte devant l'unité 2, à trois cents mètres de distance, et se séparèrent. L'un d'eux alla se poster dix mètres plus loin à droite dans la tranchée. Ils n'étaient guère plus que deux petits points dans les jumelles, mais Nikki avait l'impression de les voir avec l'œil de Dieu. L'un des casques disparut sous le bord de la tranchée, l'autre demeura visible. Celui qui se tient debout est le tireur, pensa Nikki. L'autre est le guetteur. Il s'est baissé pour poser son fusil, prendre la ficelle et son périscope. Est-ce que Thorvald fait le même raisonnement ? Est-ce qu'il suit leurs mouvements, devine ce qu'ils sont en train de faire, suppute ce qu'ils feront ensuite ? Nikki ne pouvait poser la question.

Il aurait voulu quitter un instant les Russes pour regarder les soldats de l'unité 2, mais il savait qu'il lui faudrait trop de temps pour retrouver ensuite les minuscules formes de l'ennemi lointain. Il se concentra sur le point gris se détachant sur un fond blanc et brun. L'autre tache n'avait pas réapparu à sa droite. Oui, c'est bien lui le tireur, mais offre-t-il à Thorvald une cible suffisante ? Sa tête dépasse-t-elle assez de la tranchée ? Thorvald ne gâchera pas tous nos efforts pour faire simplement ricocher une balle sur un casque.

Pendant deux minutes, ils observèrent les Russes. Le guetteur, tapi sous le bord de la tranchée, regardait dans son périscope. Le tireur, jambes fléchies, attendait que son camarade le prévienne avant de se redresser pour porter l'œil à son fusil.

Thorvald rompit le silence :

— Les autres ne mordent pas à l'hameçon.

Mond céda au découragement. Tout ce temps passé à grelotter sur le sol froid, à dormir sous les linceuls de soldats morts, pour revenir bredouilles ?

— Nikki, à quelle distance pouvez-vous lancer une pierre ?

Il savait ce que Thorvald voulait de lui. Les soldats de la tranchée ne se laissaient pas prendre au stratagème russe, ils avaient trop entendu la boîte de conserve, ils ne lèveraient pas la tête pour regarder. Les Allemands attaquaient, il était impossible que les Russes tentent une opération de commando contre leur tranchée, ces hommes le savaient. On les emmerde, les tireurs embusqués ruskoffs, pensaient-ils. On les aura dans quelques minutes, quand nos chars écraseront leur position. Pas la peine de regarder.

Thorvald ne pouvait pas tirer. Pas encore.

Il fallait qu'un soldat allemand lève la tête.

Il fallait un nouveau mystère, un bruit différent dans les gravats.

Le maître tireur avait besoin d'un sacrifice.

Nikki envisagea un court instant de refuser, mais sa répugnance à obéir s'envola en même temps que ses pensées vers la ferme de Westphalie, vers son père et sa sœur.

Je suis sans défense, pensa-t-il. Quelle importance ? Merde, il ne reste plus rien de moi à défendre.

— A quelle distance ? demanda de nouveau Thorvald.

— Suffisamment loin.

Le caporal posa ses jumelles, s'éloigna de la fenêtre, ramassa un morceau de brique qu'il aurait bien en main. Il balança le bras en arrière.

— Maintenant, murmura-t-il.

Il jeta son projectile de toutes ses forces. La brique passa au-dessus des têtes des soldats allemands de la tranchée comme un ange de la mort, petit et dur. Nikki ne la vit pas tomber, mais sut qu'il l'avait lancée assez loin.

Il resta à un mètre de la fenêtre, de peur de troubler la concentration de Thorvald en se rapprochant.

Quelques secondes seulement après que Nikki eut jeté la brique, le colonel fit feu. Sa main droite lâcha la détente, se porta à la culasse, redescendit dans un mouvement si rapide qu'elle n'était plus qu'une tache floue. Il tira une seconde fois au moment où la douille fumante de la première balle claquait sur le sol.

Thorvald éjecta la seconde douille, regarda dans sa lunette. Puis il baissa son fusil et roula sur le côté pour récupérer les deux douilles.

Dehors, les obus des chars et des mortiers explosaient au contact du sol. Le tumulte du combat, que Nikki n'avait pas entendu pendant plusieurs minutes, envahit soudain sa conscience. Il se demanda à quelle distance se trouvait maintenant la vague allemande.

Thorvald se leva. Le cercle que l'oculaire de sa lunette avait imprimé dans sa chair autour de son œil donnait l'impression qu'il portait un monocle. Il fit tinter les douilles au creux de sa main comme des clochettes, regarda par-dessus le dépôt de chemin de fer.

— Bien, caporal.

Nikki tendit le bras pour prendre le fusil.

— Je le garde encore un moment, dit Thorvald. J'ai une corvée de plus pour vous.

18

Quand Zaïtsev revint à son abri après avoir quitté le QG de Tchouikov, il se retrouva en pleine célébration.

La fête, organisée par Medvedev, avait commencé sans l'invité d'honneur. L'Ours avait informé tous les chefs de secteur qu'il avait pu trouver de la distinction décernée à son ami, précisant que si Vasha était le destinataire de la médaille, ils l'avaient tous gagnée.

Ecartant la couverture, le Lièvre découvrit Viktor, Tania, Shaïkine, Morozov, Tchekov, Voïachkine et Danilov brandissant des bouteilles de vodka d'un demi-litre que Tchebibouline leur avait apportées avec la soupe du soir.

Les tireurs d'élite admirèrent la médaille, levèrent leur bouteille pour porter un toast, assenèrent des claques dans le dos de Zaïtsev. Après une demi-heure de hourras, l'adjudant-chef transforma la fête en réunion en avisant les lièvres de l'arrivée du maître tireur nazi et de sa mission : tuer leur chef. Danilov eut un rire d'ivrogne et déclara qu'ils régleraient rapidement le compte de ce salaud de Boche. Zaïtsev rappela au commissaire que l'Allemand possédait cet avantage d'avoir pu prendre connaissance des articles que Danilov avait écrits dans *Pour la défense de notre pays* sur la tactique du Lièvre ce dernier mois, avec en prime une photographie de Zaïtsev.

Un moment ébranlé, Danilov retrouva son sourire et agita sa bouteille en braillant : « Tant mieux ! » Les tireurs attendirent qu'il développe, mais le *zampolit* se coula sous la couverture et sortit dans la nuit.

La discussion se prolongea jusqu'à minuit, chaque homme exprimant son idée sur la façon de prendre au piège le colonel de Berlin.

— C'est qu'un prof, pas un chasseur. Va le trouver, défie-le !

— Non, prends ton temps. Use-le. Piège-le.

— Mets à profit ta connaissance de la ville. Lui, il sera perdu la plupart du temps.

— Attire-le dans mon secteur. On s'occupera de lui là-bas.

— Taquine-le, agace-le, déconcentre-le.

— Trouve-le et tue-le ! Où est le problème ?

— N'attends pas. Prends l'initiative.

— Vas-y doucement. Laisse-le venir à toi.

Zaïtsev écoutait. Chacun de ses hommes avait raison ; chacune des méthodes proposées avait marché à un moment ou à un autre. Utilise un mannequin, fabrique de fausses positions de tir, fais des prisonniers, mets-le en rogne, approche-toi de lui furtivement, suis-le, attire-le à toi, fais-le sortir de son trou, etc. Ainsi s'exprimait la fascination pour le duel de tireurs d'élite, petites batailles qui ne figureraient jamais dans les livres de stratégie. On ne pouvait se fonder sur aucune manœuvre classique ou historique, comme pour les grandes batailles de chars en terrain découvert ou les campagnes d'infanterie. Il n'y avait pas de « défense du hérisson » prescrite contre un encerclement, pas de mouvement pour prendre de flanc une armée, ou couper des lignes de ravitaillement, pas de troupes d'assaut lancées sur une forteresse ennemie. C'était un duel primitif, intuitif :

chasseur contre chasseur, mais aussi proie contre proie. Chaque affrontement tenait son caractère de la personnalité des duellistes, et son issue dépendait de ces personnalités. Chacun des adversaires ne portait qu'un fusil. Ils opéraient sur le même terrain, sous le même ciel. Les possibilités et les dangers étaient aussi également répartis qu'ils peuvent l'être dans une guerre.

Zaïtsev prêta une oreille attentive à ses anciens élèves, n'entendit rien qu'il ne sût et n'eût déjà envisagé lui-même. Il décida de ne pas dresser de plan pour l'instant. Il valait mieux se familiariser d'abord avec la façon d'opérer de cet Allemand. Qu'est-ce qu'il essaiera sur moi ? Il bougera, il restera au même endroit ? Il se cachera, il se fera voir ? Il...

Suffit, pensa-t-il, et il avala une dernière gorgée de vodka. Je connais tous les stratagèmes, toutes les feintes. Je les ai enseignés.

Il renvoya les lièvres à l'usine Lazur après les avoir assurés qu'il les tiendrait au courant et solliciterait leurs conseils. Il ajouta qu'il recevrait volontiers toutes les informations qu'ils glaneraient sur une présence inhabituelle de tireurs d'élite nazis dans leurs secteurs.

Viktor partit pour sa chasse nocturne. Quelques minutes plus tard, Tania revint dans le bunker.

Elle se tint un instant sur le seuil de l'abri sans dire un mot. Bien qu'elle n'y eût pas été conviée, elle donnait l'impression que cette pièce lui appartenait, comme si c'était sa propre chambre. Elle s'avança vers Zaïtsev, le regard noué au sien, passa devant puis derrière lui. Il se tourna pour continuer à lui faire face, imitant la jeune femme comme si une force le faisait pivoter en même temps qu'elle. Elle ôta son manteau, le tint à bout de bras en continuant à tourner, le lâcha, déboutonna sa veste. Zaïtsev fit de même et ils jetèrent tous deux leurs vêtements au centre de leur orbite, comme s'ils lançaient des fleurs sur un étang.

Deux heures plus tard, Tania sortit furtivement. Ils s'étaient tous deux rhabillés en silence, tirant leurs habits du tas dans le noir. Un de ces jours, pensa-t-il en riant, elle quittera le bunker avec mon pantalon sur elle. Vaudrait mieux que je prépare une bonne explication pour Viktor.

Zaïtsev se réveilla tard sur son tapis de couchage. Une lumière grise pénétrait dans l'abri en même temps que le froid. Il consulta sa montre : 6 h 45. Il se frotta les yeux, se gratta la peau pour chasser le désagrément d'avoir dormi par terre, dans les courants d'air.

Il avait la tête qui tournait d'avoir fait l'amour et trop bu de vodka. Après avoir allumé la lanterne, il prit dans son sac un morceau de pain et le mâcha distraitement. Où commencer ? se demanda-t-il. Où chercher un maître tireur qui me cherche ?

Il résolut de retourner dans le secteur 2, au Mamayev Kourgan, où lui et Tania avaient rencontré Thorvald la veille. S'il avait alors été au courant de la présence du « professeur », il aurait éloigné Danilov et se serait occupé de lui tout de suite avec Tania.

Avec Tania. Ces mots le surprirent un peu. Oui. Elle est assez bonne pour cela. Je combattrai avec elle à mes côtés, maintenant.

Allez, en route, pensa-t-il. Je passe chercher Tania à la Lazur et nous commencerons par chercher ce colonel SS dans son secteur...

Viktor pénétra en trombe dans l'abri.

— Vasha ! Les Boches ont attaqué Octobre-Rouge. En force ! Six, sept divisions !

— Merde, ça y est.

La dernière tentative des Allemands pour prendre la ville. On savait tous qu'ils la lanceraient avant que la Volga gèle. La voilà. Le 11 novembre, à l'aube. Et je me suis pas réveillé. Merde.

Zaïtsev glissa le quignon de pain dans sa poche, saisit

son fusil. Viktor prit le sac de son ami et des munitions en ajoutant :

— Ils sont déployés sur un front de cinq kilomètres. De la ravine Banni à la rue Vokhostroïevskaïa.

— Qui défend ?

— Le 95e de Gorichni dans l'usine et le couloir. Lioudnikov et le 138e dans les magasins.

— Ils tiendront. Où...

— Je suis déjà passé à la Lazur, j'ai envoyé tous les ours et tous les lièvres que j'ai trouvés. Faut se grouiller, les Allemands se rapprochent.

Zaïtsev se précipita hors de la casemate derrière Viktor, le fusil au poing. De sa main libre, il passa à son épaule la bandoulière de sa mitraillette. La lourde PPSh au magasin rond et trapu rebondissait sur son dos à chaque foulée. Devant lui, Viktor tintait sous un assortiment de grenades, de cartouches, de couteaux, de jumelles et de fusils.

Les secteurs 2 et 3, pensa le Lièvre. C'est là qu'ils attaquent. Koulikov est au 2, Morozov au 3.

Nikolaï Koulikov. Il n'était pas à la petite fête, hier soir. Lui et Baugderis sont probablement restés toute la nuit dans leur tranchée pour essayer encore une fois le coup de la boîte de conserve à l'aube. Ils sont déjà dans la mêlée. Il faut que je parvienne jusqu'à eux.

Tchouikov m'a libéré de toute autre obligation pour traquer l'homme de Berlin, mais, pour le moment, je peux pas. Je m'occuperai de Thorvald plus tard. Il attendra.

Le Lièvre et l'Ours parcoururent des tranchées et des ruelles désertes pour parvenir à la Volga. Là, à l'abri des falaises, le long de la rive jonchée de débris, s'étirait la voie d'accès principale de la Lazur pour les troupes défendant le secteur des usines.

Le général allemand von Paulus avait fait du fleuve son objectif prioritaire afin d'isoler les positions russes et de les réduire à de petites poches. Mais, tout en courant, Zaïtsev sentait dans ses os que ce dernier spasme offensif des Boches était voué à l'échec. Il savait que la Soixante-deuxième Armée de Tchouikov était solidement retranchée. Les Russes étaient chauffés à la vodka, attisés par le soufflet des discours incessants des commissaires politiques.

En approchant d'Octobre-Rouge, Zaïtsev entendit le tonnerre de l'artillerie et des chars. Viktor ralentit. De grands panaches blancs sortaient de sa bouche ; ses larges épaules ployaient sous le poids de l'arsenal qui y était accroché.

Zaïtsev lui tapota le dos.

— Faut faire vite, Ours.

— On se repose un peu, haleta Medvedev. Pas la peine d'arriver trop crevés pour tuer un Allemand.

Il finit par s'arrêter sur le sable et, penché en avant, les mains sur les genoux, souffla comme un cheval de trait qu'on vient de dételer de la charrue.

Zaïtsev sentit des gouttes de sueur perler à son front sous sa chapka. Par-delà l'eau verte du fleuve, il contempla les îles boisées, à deux kilomètres de la berge. Derrière, il y a des vivres, des munitions, de la vodka, des médicaments, des bottes chaudes, pensa-t-il.

Les gros blocs de glace charriés par les eaux se heurtaient sous la surface. Par endroits, le long de la rive, il s'était formé une couche de glace, encore trop mince pour qu'on puisse marcher dessus. Dans combien de temps sera-t-elle assez épaisse pour permettre le passage d'un camion ? Un mois, peut-être ? Serons-nous encore là ?

— Je pars en avant, Viktor ! dit Zaïtsev, se remettant à courir. Bonne chasse !

Le sable crissait sous ses bottes. Vasha, murmurait-il, n'oublie pas le maître tireur.

Les glaces géantes de la Volga glissaient l'une contre l'autre en gémissant « Vasha, il te cherche ».

Au bout de la plage, il s'engagea dans une rue où les bâtiments vides se penchèrent pour marmonner à son oreille.

Vasha, sois prudent, disait la ville.

Il fit halte, regarda autour de lui. Une centaine de soldats russes déboulèrent vers lui et il fut enveloppé par les cris, les détonations.

Thorvald, Vasha. Thorvald.

Les combats se trouvaient maintenant derrière lui. Il courait tête baissée dans les tranchées, passait par les fenêtres des bâtiments se trouvant sur son chemin. Ses oreilles s'étaient ajustées à ce qui l'entourait en même temps que son regard. Il était prêt à se figer comme un caméléon au moindre bruit, au moindre mouvement dans les gravats.

Il progressait sans se faire repérer, mû par une force qui ne résidait pas seulement dans ses bras et ses jambes. Elle était aussi dans ses tripes, dans chacun de ses sens. Il savait qu'en ce moment la guerre ne s'occupait pas de lui ; elle était absorbée ailleurs. Lui, il était à son zénith, plus puissant et rusé que jamais. Attentif à toute menace, prêt à affronter le danger, à ramper le long des coutures de la bataille, à disparaître dans le tissu de la guerre. Bien qu'il eût maintes fois tenté, devant une bouteille et un paquet de cigarettes, dans des dizaines de tranchées, à la lumière tremblante des fusées, avec des bleus comme avec des combattants aguerris, de trouver les mots pour l'exprimer, il n'y était jamais parvenu : la guerre, quand on la connaît, quand on l'a en soi, est comme un animal. Vous pouvez la chasser, la cacher, ou lui jeter à manger quelque chose d'autre que vous. Vous ne pouvez pas la contrôler, mais vous pouvez penser comme elle. C'était cela que Zaïtsev ne pouvait apprendre à ses lièvres. Ça vivait en lui au niveau viscéral, sous les mots et la conscience. Ça avait commencé à respirer dans la taïga, éveillé dans son sang par son grand-père. Un soldat le possédait d'instinct, comme Viktor et Tchekov, finissait par l'acquérir, comme Tania, ou en était totalement dépourvu, quels que soient son courage et son intelligence. Il songea au jeune Moscovite, Fedya.

Et le professeur nazi, est-ce qu'il l'a ? Son art de tuer est-il dans sa tête ou dans ses tripes ? C'est un professeur, un soldat ou un chasseur ?

Qu'est-ce que Thorvald me montrera ? Il est patient ? Il attend que j'avance dans son réticule ou il essaie de m'attirer ?

Zaïtsev regarda les carcasses des bâtiments devant lui, les maisons brûlées des cités ouvrières, au nord des vestiges d'Octobre-Rouge, et, plus loin dans la fumée, les Barricades. Il pensa à la ville qui s'étendait derrière lui, traçant le long de la rive arquée de la Volga un croissant de désolation. Elle était différente, maintenant. Avant, Stalingrad était un champ de bataille, avec des cartes, des secteurs, un front, des flancs, des lignes de ravitaillement, un fleuve, des pâtés de maisons qui la définissaient. Il avait appris à la connaître, il avait appris à connaître le terrain de la meilleure façon possible : en s'y cachant. Dès son arrivée dans les troupes d'assaut, il avait senti le rythme de cette ville comme il avait senti la forêt ou les marées du Pacifique, à Vladivostok. Mais dans les ombres et les crevasses rôdait maintenant un élément imprévisible : un seul homme avec une seule mission : trouver et tuer le Lièvre. Un colonel de SS, un maître tireur plus doué que tout ce que Zaïtsev pouvait imaginer, armé de la photographie de sa proie et des articles de Danilov détaillant les innovations tactiques du Sibérien.

Si Thorvald était bien celui qui avait tiré sur le mannequin dans le secteur 2, il était d'une rapidité et d'une précision extraordinaires. En revoyant le visage transpercé de Piotr, Zaïtsev sentit qu'il y avait quelque chose d'autre chez cet homme. Quelque chose de tordu, de bizarre.

Il se porta suffisamment loin à l'ouest pour découvrir le dépôt ferroviaire jouxtant les maisons ouvrières d'Octobre-Rouge. Il se trouvait dans la zone des entrepôts frigorifiques, juste au nord de la Lazur. Striakov avait contre-attaqué à cinq cents mètres derrière lui. Sur sa gauche, les échos des grondements des chars et des claquements des bottes rebondissaient sur les façades de pierre dénudées : les Allemands avançaient pour répondre à Striakov.

Les trous de tireur qu'il avait partagés avec Koulikov et Baugderis se trouvaient à proximité. Il inspecta le secteur avec sa lunette – les jumelles auraient mieux convenu, mais il préférait avoir un doigt sur la détente dans des situations incertaines comme celle-ci –, chercha les cinq wagons délabrés. Ils lui indiqueraient la tranchée allemande, la réserve de chasse de Koulikov.

Il avança d'une vingtaine de mètres encore. Le premier wagon lui apparut au bout du dépôt, sur un talus, sous une rangée d'entrepôts. Il reconnut le terrain. La tranchée de Koulikov devait être à une cinquantaine de mètres à gauche.

La dernière partie du chemin était à découvert. Résistant à l'envie de la parcourir rapidement, il glissa fusil et mitrailleuse dans son sac de mousseline, le ferma. Puis il progressa lentement sur le ventre, franchissant vingt mètres en cinq minutes, s'arrêtant toutes les cinq secondes pour se fondre dans la terre semée de débris. Il bascula dans un cratère peu profond, tira sur la ficelle pour amener le sac à lui aussi lentement qu'il avait traversé l'espace découvert. Ce faisant, il songea aux particularités du terrain qu'un homme peut tourner à son avantage. En se montrant prudent et attentif, un soldat trouvait toujours de quoi s'abriter. S'il savait comment et quand se déplacer, il pouvait traverser toute la ville et rester invisible dans les ombres et les gravats. Les Allemands n'avaient sûrement pas pensé, quand ils bombardaient Stalingrad sans relâche en août et septembre, qu'ils fournissaient aux rouges des nids de rats où se tapir.

Au bout d'une demi-heure, il parvint au bord de la tranchée, tira vivement son sac à lui et, ne sachant ce qui l'attendait, en sortit ses armes.

Il s'immobilisa pour « sentir » le dépôt et les bâtiments environnants. Il était sûr de ne pas avoir été repéré. L'attaque allemande était passée derrière lui, vidant le dépôt. A moins d'un kilomètre des combats, les bâtiments étaient silencieux et ne renvoyaient que les échos de la bataille se déroulant sous les falaises nord-est de la Volga et dans les entrailles des usines.

Zaïtsev se glissa dans la tranchée en souhaitant ne pas y trouver les deux lièvres. Dans le silence du dépôt, il s 'avoua qu'il gardait peu d'espoir de retrouver Koulikov et Baugderis vivants. S'ils sont encore dans la tranchée, ils sont morts, se dit-il. Avant l'aube, elle se trouvait au bord même du front. L'avance allemande les aurait balayés avant que quoi que ce soit puisse la ralentir. Ils auraient pu essayer de s'enfuir en traversant le dépôt à découvert, mais se seraient fait faucher par une centaine de fusils.

Il se rendit compte qu'il avait en fait obéi à un ordre tacite en partant à la recherche des deux hommes. Il avait maintenant clairement conscience que, même s'il les croyait morts, il ne pouvait laisser ses amis raidir et se boursoufler sous le ciel d'hiver. Il savait aussi qu'il ne pourrait évacuer leurs corps pour les enterrer décemment ; cela devrait attendre qu'ils aient chassé les

Allemands de Stalingrad. Mais pour écrire à leurs mères, leur annoncer que leurs fils étaient morts, il devait venir dans cette tranchée. C'était, secrètement, ce qu'il voulait qu'on fasse pour lui s'il devait être lui aussi pris au piège et tué.

Honneur aux morts, loyauté des vivants. Nul homme ne peut désirer ces choses ni les mériter s'il ne les donne lui-même. Ce n'est que justice. C'est l'une des règles de la vie et de la mort.

Le premier corps était celui de Baugderis. Allongé sur le sol, le Géorgien avait les bras écartés, les jambes repliées sous lui. L'orbite de l'œil droit s'enfonçait dans une masse de chair à vif grisâtre. Du sang noir recouvrait l'épaule et le bras droits ; il avait coulé du trou béant qui, Zaïtsev le savait, occupait l'arrière du crâne.

A droite de Baugderis, un mètre plus loin, gisait Koulikov. A côté de lui, son casque, percé d'une balle ; près de sa main, son périscope d'artillerie.

Zaïtsev enjamba le corps de Baugderis pour s'agenouiller devant Koulikov. Du sang séché formait une croûte sur la moitié du visage et du cou de son ami. Une flaque sombre emplissait son oreille.

Le Lièvre se pencha pour examiner l'entaille balafrant le côté de la tête de Koulikov. Au centre de la plaie, au cœur du sang séché, une fissure rouge vif battait, comme une petite langue sortant et rentrant. Un filet se ramassa en une goutte puis traça un ruban écarlate sur la croûte. La goutte s'arrêta mais elle avait assez coulé pour dire à Zaïtsev que Koulikov était vivant.

Il porta vivement les mains sur le cou de son ami, les pouces sur ses joues, et le secoua.

— Nikolaï ! Ouvre les yeux !

Koulikov soupira, bougea la tête. Ses paupières battirent, révélant le blanc des yeux.

Zaïtsev tapota les joues du tireur de plus en plus fort jusqu'à ce que les yeux s'ouvrent et accommodent. Il prit sa gourde dans son sac, ouvrit la bouche de Koulikov et y versa de l'eau. Une grande partie coula le long du cou avant que le blessé commence à avaler.

— Doucement. Doucement, Nikolaï. Là.

Koulikov repoussa la gourde et toussa, plissa les yeux, grogna. Il porta une main à sa tête mais ne put se résoudre à toucher sa blessure.

— Qu'est... qu'est-ce... ? (Il se tourna vers Baugderis, découvrit la masse sanguinolente du visage de son ami.) Oh. Oh merde, marmonna-t-il, de la peur dans les yeux.

— T'as rien, Nikolaï, le rassura Zaïtsev. Juste la chair entaillée sur le côté de la tête. Tu risques pas de mourir. Je vais te ramener.

Koulikov ferma les paupières, respira profondément.

— L'attaque. Où est-ce que... commença-t-il, d'une voix cherchant sa force.

— T'en fais pas, le coupa Zaïtsev. Elle est derrière nous, maintenant. Elle t'est passée dessus.

Le soldat renversa la tête en arrière pour regarder le ciel matinal. Une grimace tordit ses lèvres.

— Je me rappelle pas. De l'eau.

Zaïtsev lui tendit la gourde en pensant : Comment ça, il se rappelle pas l'attaque ? Il est resté inconscient pendant plus de deux heures, mais c'est quand même bien pendant l'attaque que Baugderis s'est fait tuer et lui blesser, non ? Les Allemands ont déferlé sur eux, mes lièvres ne pouvaient pas s'enfuir, ils ont ouvert le feu.

— Nikolaï, comment t'as morflé cette balle ?

Koulikov jeta un nouveau coup d'œil à son camarade mort avant de répondre :

— Un tireur embusqué.

Les mâchoires de Zaïtsev se crispèrent. Koulikov fit un effort pour se redresser et poursuivit :

— L'attaque a commencé juste après l'aube. Il était pas question qu'on reste ici, mais... (Il eut un reniflement, presque un rire sombre.) C'est ce qu'on a fait.

Zaïtsev attendit que son ami reprenne ses esprits.

— On s'était dit qu'on sortirait par ce bout de la tranchée, continua Koulikov. On pensait qu'on arriverait peut-être aux entrepôts en courant. Alors, on est remontés en tirant sur les ficelles une dernière fois. On a pas attendu beaucoup, juste le temps de voir si un Boche montrait sa tronche. On en a eu un de plus.

Il se toucha la joue. Ses doigts tremblaient sur les bosses de sang accumulé comme la cire d'une bougie. Il voulut passer une main dans ses cheveux, à la tempe, découvrit qu'ils étaient collés en une mèche dure. Il grogna quand ses doigts frôlèrent la plaie.

— Laisse, lui conseilla Zaïtsev. On va s'en occuper.

Koulikov baissa le bras, rit nerveusement de sa chance et reprit :

— Quand on est arrivés ici, j'ai tiré sur la ficelle, j'ai guetté. A ce moment-là, on était pressés. Il s'est rien passé. On allait partir pour la dernière position, mais tout d'un coup, je peux pas dire pourquoi, un Allemand a levé la tête. J'ai prévenu Zviad. Il a tiré et c'est comme ça qu'il s'est fait tuer.

Le Moisin-Nagant de Baugderis était resté au bord de la tranchée, là où il était quand la balle avait frappé le Géorgien. Zaïtsev prit l'arme, eut un hoquet.

La lunette était fracassée. Une balle avait pénétré dans le tube pour s'enfoncer dans l'œil droit de Baugderis. Il n'avait même pas eu le temps d'écarter son visage de l'oculaire. Il avait tiré, il avait vu sa balle faire mouche, et il était mort, debout.

— J'ai pas vu d'où ça venait, dit Koulikov, secouant la tête. Je... j'étais tellement... La balle venait de nulle part. Ça m'a foutu une telle trouille que... que j'ai dû me redresser...

Zaïtsev hocha la tête.

— Rien qu'une seconde, murmura-t-il plus pour lui-même que pour Koulikov.

Thorvald. Il était ici. Et ce salaud veut que je le sache.

— Rien qu'une seconde, fit Koulikov en écho. Ils étaient sûrement deux ou trois. On... on est restés trop longtemps.

Les yeux du blessé se mirent à briller. Il regarda de nouveau Baugderis et une larme laissa une trace luisante sur sa joue ensanglantée.

— On en avait fait un jeu, Vasha. On aurait dû partir hier soir mais on est restés. Merde ! Tout ça pour quelques morts de plus dans notre carnet...

Zaïtsev hocha à nouveau la tête. Il comprenait. Nikolaï Koulikov, un de ses meilleurs lièvres, un des plus intelligents, pleurait. Un tireur d'élite, un homme formé à tuer, se lamentait, en larmes, sur ce qu'il avait fait. Zaïtsev savait pourquoi : Nikolaï avait vu son âme ; il avait vu la tache du meurtre qui la souillait et avait tressailli d'horreur. Voilà ce que ce charnier avait fait de Koulikov, voilà ce qu'il faisait aux hommes des deux camps. Il les transformait d'abord en justes assassins tuant pour leur pays, puis en prédateurs tuant pour le plaisir, ou pour se venger. Combien de fois peut-on presser une détente et détruire une vie avant que la réalité ne vous apparaisse, avant que vous ne finissiez par tuer votre propre esprit ?

Koulikov avait percé d'une balle près de cent ennemis, Zaïtsev presque deux fois plus. Koulikov et Baugderis avaient fait de la hideuse nécessité de tuer un jeu pour rendre leurs journées plus faciles. Le Lièvre repensa à la tuerie dans le bunker des officiers nazis. Cette nuit-là, troublé par l'absurdité de cet acte, par son absence totale de nécessité sur le plan militaire, il avait pris conscience de l'horreur de ses meurtres, aussi vivement que Koulikov en ce moment. Mais, par chance, il avait eu la flamme de Tania pour faire fondre la glace de son cœur et pour apprivoiser sa souffrance jusqu'à ce qu'il puisse lui passer la bride. A présent, assis dans une tranchée,

Koulikov regardait par-dessus son épaule ensanglantée le fruit de son jeu, le masque mortuaire de Baugderis, et maudissait la pourriture de Stalingrad salissant son âme.

A qui la faute ? se demandait Zaïtsev en écoutant les sanglots de Koulikov. C'est pas ce qu'on nous a dit de faire, tout le temps ? Tuer les nazis. Les enfoncer dans le sol, les mordre, les griffer, les faire exploser, les poignarder, les cribler de balles, les tuer jusqu'à ce qu'ils disparaissent de notre sol. Nous sommes en fureur, tous ; nous sommes enragés. Chaque mot qu'on entend, qu'on lit dans *Pour la défense de notre pays* ou *l'Etoile rouge* : Tuez les Allemands. Dans la bouche des *zampolit* : Tuez les Allemands. La vodka qui ne tarit jamais pour nous : Restez soûls, restez abrutis d'alcool, tuez les Allemands ! Où que vous les surpreniez, au combat, en train de pisser, dormant sur leurs couchettes, ils sont toujours égaux à eux-mêmes : de misérables nazis puants, des envahisseurs, ennemis du communisme, à qui il ne faut jamais accorder ni pardon ni pitié. Tuer les nazis ou mourir.

Zaïtsev posa le fusil sur le giron du Géorgien mort, déboutonna le manteau et glissa sa main dans la poche intérieure pour y prendre la carte du Komsomol de Zviad Baugderis.

— Allons-y, Nikolaï. Tu peux tenir debout ?

Koulikov se leva avec l'aide de son chef, qui lui pressa le dos pour lui rappeler de rester courbé.

Zaïtsev ramassa le périscope du blessé, inspecta le sol de la tranchée.

— Et ton fusil ?

Koulikov baissa lui aussi les yeux.

— Il est... où est-ce qu'il est passé ?

L'arme avait disparu.

Zaïtsev eut l'impression d'être tombé dans les glaces de la Volga. Des aiguilles froides lui piquetaient la peau.

Il est venu ici, pensa-t-il. Il est venu dans cette tranchée.

Avec les yeux de l'esprit, il vit les hautes bottes noires du colonel nazi fouler l'endroit où il se tenait en ce moment.

Il a peut-être laissé un indice ? Non, pas lui.

Ça ne suffisait pas ? s'indigna-t-il en regardant une dernière fois Baugderis. Ce salaud fait maintenant collection de trophées ?

Non, attends, c'est pas ça. Il savait qu'il avait descendu deux tireurs d'élite, et il a dû venir voir si je n'étais pas l'un d'eux. C'est sa mission. Quand il m'aura tué, il pourra rentrer chez lui.

Il a vu ma photo dans *Pour la défense de notre pays*.

Le professeur de Berlin a laissé passer l'attaque allemande, puis il est venu vérifier. Il sait maintenant qu'il m'a pas eu. Et il a pris le Moisin-Nagant en prime. Il est meilleur que son Mauser, ça aussi, il le sait.

Zaïtsev se baissa plus encore dans la tranchée, poussa Koulikov devant lui. Est-ce que Thorvald est encore dans ces bâtiments ? Est-ce qu'il attendait que je vienne au secours d'un de mes lièvres ? Est-ce un piège ? Avec Nikolaï comme appât ? Ou est-ce qu'il l'a laissé en vie pour qu'il puisse me dire quel incroyable carton c'était ?

— Allez, Nikolaï. Tirons-nous. Vite.

19

Thorvald remonta la manche blanche de sa tenue de camouflage pour jeter un coup d'œil sa montre : Mond était parti depuis plus d'une heure.

Il regarda par la fenêtre à travers la poussière et la fumée tournoyant dans le soleil, s'allongea de nouveau sur le sol. Son corps se rappela la nuit qu'il avait passée là, les rainures du plancher sous son dos. On peut dire que ce garçon se déplace prudemment, pensa-t-il. Quatre cents mètres aller, quatre cents mètres retour, et il lui faut plus d'une heure. La patience comme outil, comme arme : Nikki l'a compris. Il a l'étoffe d'un tireur d'élite. Je le formerai peut-être moi-même quand nous serons rentrés à Berlin.

Thorvald croisa de nouveau les bras sur son Mauser. Il était dans cette position depuis le départ du caporal, tel un mort étreignant un fusil au lieu d'un lis. Il leva la tête, fit descendre son regard le long de la toile blanche du pantalon, jusqu'à ses bottes. Il claqua des talons, sourit de sa bouffonnerie. Toujours vivant, pensa-t-il. Toujours bon pied bon œil. Il appuya son nez contre le canon de l'arme. Le fusil était froid, la chaleur des deux balles avait quitté depuis longtemps sa peau noire. Une odeur d'huile et de fumée, de langue de feu et de rapidité, s'échappait de l'extrémité du canon. Thorvald serra le fusil contre sa poitrine, frotta la pointe de son menton pas rasé contre la mire. L'arme qu'il tenait dans ses bras représentait tout ce qu'il n'était pas. La part manquante de lui-même, la dureté que n'avait pas sa chair.

Le bruit de l'offensive allemande pénétra par la fenêtre. Avant de partir, Mond avait déclaré que ce n'était probablement pas Zaïtsev qui gisait là-bas dans la tranchée. Le Lièvre n'aurait pas commis l'erreur de rester jusqu'au dernier moment, simplement pour tuer quelques Allemands de plus. C'était en dessous de lui, c'était indigne de sa légende. Non, pensa Thorvald, ce Zaïtsev n'est pas un simple champion de tir comme moi. C'est un chasseur. Il aime traquer sa proie dans la nature.

Le colonel leva les yeux vers les poutres noircies, fixa son attention sur un morceau de plâtre oscillant dans l'air froid. Chaque jour, il en savait davantage sur Zaïtsev et sur Stalingrad. L'homme et la ville sont inséparables, pensa-t-il. Tout à fait opposés, et donc parfaitement complémentaires. La ville est un champ de bataille cruel, aveugle. C'est la misère incarnée avec ses poux, sa saleté, ces visages terribles, ces plaies qui infectent toutes les ombres. Stalingrad est un ange déchu, disloqué et laid. Il gémit et tremble à chaque spasme de douleur comme une vieille mule agonisante. Zaïtsev, lui, garde le silence sous les cris de la ville. Il est la glace, le froid coupant de l'aube russe. Il a de la volonté. Il n'est pas nu comme la ville, il est vêtu de son orgueil, de son obstination sibérienne à tout endurer. Cet homme qui a la forêt dans ses veines ne sait même pas où il est. Il se croit encore dans ses fichus bois, quelque part dans la montagne. Il ne s'est pas rendu compte que les couleurs ont disparu. La forêt a brûlé, dans un brasier dont les premières victimes étaient prédestinées : honneur, ordre et pitié, les traits mêmes qui nous élèvent au-dessus des chères bêtes sauvages de Zaïtsev. Comme le montrent les opéras de Wagner, l'éthique de Schopenhauer, le surhomme de Nietzsche, nous nous sommes hissés au-dessus des animaux, nous sommes des créatures plus nobles. Mais dans un combat acharné, où les hommes ne cherchent qu'à s'entre-tuer, la rage brûlante de leur haine consume leur humanité. Ils ne sont plus que des sauvages, des brutes apeurées. Zaïtsev chasse l'animalité de ces hommes ; c'est par elle qu'il les trouve et pour elle qu'il les anéantit.

Non, ce n'est pas Vassili Zaïtsev qui gît mort dans la tranchée. Pas encore.

Mond appela du bas de l'escalier. Thorvald ne l'avait pas entendu approcher.

— Mon colonel, je suis là. Venez.

Le maître tireur se releva avec raideur. Il avait les articulations douloureuses d'être resté une heure et demie immobile dans le froid.

— Eh bien ? s'enquit-il en descendant les marches. Nous avons été comment ?

Le caporal lui montra un long fusil russe à lunette.

— Il y avait deux tireurs embusqués en bas, mon colonel. Mais pas Zaïtsev.

— Mmm. Rien d'étonnant. Je suppose qu'il va falloir être bons plutôt que chanceux, hein, Nikki ?

Thorvald désigna le Moisin-Nagant. Il en avait vu beaucoup à Gnössen, il en avait parlé dans ses cours. C'étaient de bons fusils, sûrs dans les conditions les plus mauvaises, quoique un peu lents.

— S'il y a deux morts, pourquoi un seul fusil ?

Il tendit son Mauser au caporal pour l'échanger contre le Moisin-Nagant. L'arme russe était plus lourde. Elle paraissait aussi plus grossière, comme un cheval de labour. Mais les chevaux de labour ne s'effondrent jamais, les Russes le savent, pensa-t-il.

— Eh bien, caporal ? L'autre fusil ?

D'une voix lointaine, comme si le souvenir de ce qu'il avait vu dans la tranchée refusait de le quitter, Nikki répondit :

— L'autre était inutilisable. Je l'ai laissé.

— Très bien. Pas la peine de nous encombrer d'armes endommagées pour traverser le dépôt. Vous savez – je l'ai mentionné avant votre départ –, je me doutais qu'un des fusils russes ne serait plus en parfait état...

Thorvald regarda à travers la lunette à grossissement 4 du Moisin-Nagant, se tourna de profil par rapport à Mond, leva le fusil, le baissa. Mark ! Pull ! Non, trop lourd pour le tir aux pigeons.

— Qu'est-ce qu'il avait au juste, ce fusil, Nikki ?

Le caporal garda le silence. Concentré sur la lunette, Thorvald attendit la réponse avec la confiance d'un homme qui attend que la balle qu'il a lancée en l'air retombe. Mond gratta le sol de la pointe d'une de ses bottes.

— Personne ne peut être aussi bon que ça, mon colonel.

Thorvald n'eut pas à se tourner pour savoir que Nikki le regardait fixement. Le jeune caporal était maintenant accroché à lui comme un poisson à l'hameçon.

Il leva de nouveau le fusil. Peu maniable, mais sûr. Mortellement sûr. Je peux faire mouche avec ça, oh oui !

— Faites-moi plaisir, caporal. Parlez-moi de l'autre fusil.

— L'autre fusil était inutilisable, parce qu'une balle avait traversé sa lunette.

Thorvald abaissa le Moisin-Nagant avec un sourire radieux.

— Vraiment ?

Nikki passa le Mauser à son épaule, tendit le bras pour prendre l'arme russe.

— Un coup remarquable, mon colonel.

Thorvald enfila ses moufles blanches et suivit le caporal dans la rue, où des soldats allemands couraient en tous sens.

— Pas un coup, dit-il à la cantonade. Plutôt une carte de visite, en fait.

Il ne se souciait pas de l'endroit où il allait : il savait que Mond serait un bon guide. Il avait eu raison de préférer ce garçon à l'un des tireurs d'élite d'Ostarhild. Le jeune caporal connaissait le champ de bataille. Si c'était Thorvald qui avait pressé la détente, Nikki avait trouvé les cibles pour lui et avait lancé la brique scellant le sort des tireurs russes. C'était encore lui qui s'était aventuré dans la tranchée pour jeter un coup d'œil à la « carte de visite ».

Excellent, pensa Thorvald. Tout va bien. Il était nécessaire que Mond voie de quoi je suis capable.

Ils marchèrent cinq kilomètres vers l'arrière, où la vague d'hommes et de matériel ralentissait. Les bruits de la bataille s'éloignaient, les explosions des obus tirés par les chars et les mortiers étaient étouffées dans le dédale des rues. Un courrier à moto les dépassa, lancé vers le tumulte. Même le vrombissement rageur de l'engin filant à toute vitesse retomba bientôt parmi les pierres noircies et les tas de briques qui les entouraient. La cité dévastée semblait tout avaler : bruit, lumière, vie.

Thorvald s'arrêta, s'assit sur son sac, fit signe à Mond de faire de même. Il avait envie de parler.

Le colonel contempla les ruines. Par-dessus les façades éventrées, les bruits et la fumée de l'offensive allemande montaient dans le ciel comme des esprits libérés. La ville grondait, les deux armées se donnaient des coups de griffes.

— Regardez, Nikki, fit Thorvald, balayant du bras cette étendue de destruction. Regardez ça. Des dizaines de milliers d'hommes, se ruant dans une même direction. Alors que vous et moi restons à l'écart, rien que nous deux. Nous livrons une guerre différente... (Le martèlement sourd des obus de mortier semblait appuyer ses propos.) Nous n'utilisons pas les mêmes armes. Nous ne renversons pas tout sur notre passage, nous n'essayons pas de chasser tous les Russes des trous où ils se terrent. Nous opérons seuls, pour mener à bien notre propre mission, trouver-et-détruire. Nous ne cherchons pas les divisions russes avec des bombes, des chars et dix bataillons. Nous cherchons un seul homme, avec ça... (Il pointa l'index vers les fusils allemand et russe que Nikki avait posés par terre.) Comment ? Comment trouver un seul homme silencieux dans tout ce vacarme ? Ce problème me déroute et, soyons franc, m'inquiète un peu.

Thorvald promena les yeux sur les ruines qui l'entouraient. Des fantômes de béton, des carcasses partout où je regarde, se dit-il. Zaïtsev peut être en ce moment n'importe où : derrière l'une de ces fenêtres, dans n'importe quelle cave, tranchée, ravine, gorge, galerie. Demain, ou dans une heure, il sera caché ailleurs. Ou même mort, tué par la balle d'un autre soldat, ou par un éclat d'obus. Et je serai enchaîné ici, cherchant un mort ou, au mieux, une cible mouvante qui ne sait même pas que je la cherche.

Qu'est-ce que je suis en train de faire ? Je ne peux pas continuer à suivre ce garçon dans Stalingrad en tirant sur tout ce qu'il me montre. Je ne peux passer toutes mes heures de veille à affronter les tireurs d'élite russes dans chaque quartier de cette ville infernale, envoyant Mond deux ou trois fois par jour vérifier si j'ai réussi à trouer la peau de ce salaud de Zaïtsev. Non, c'est un plan absurde et fatal. Je suis là avec un foutu jeunot à essayer de trouver la tête d'épingle qu'est cet homme dans une meule de foin infinie. Et Mond voudrait que je me confronte à tous les tireurs russes que nous pourrons trouver, comme la vedette d'une attraction foraine, rien que pour attirer l'attention de Zaïtsev. A ce train, je recevrai probablement une balle avant d'en loger une dans le Lièvre.

— Nikki, dit-il enfin, soudain ravi de prendre une décision, nous n'avons pas le temps de défiler dans tout Stalingrad en cherchant Zaïtsev. Nous devons changer de plan, même si nous ne l'avons qu'à peine entamé. Je n'ai pas été envoyé ici pour nettoyer la ville de ses tireurs embusqués. Un seul homme : c'est celui-là que nous devons éliminer pour gagner notre billet de retour à tous les deux.

La tête basse, le caporal jouait avec une poignée de gravier.

— Trouvons un meilleur moyen de faire savoir à Zaïtsev que je suis ici. Il ne le supportera pas. Lui, la légende, le héros, il foncera droit sur nous comme un taureau furieux. Qu'en pensez-vous ?

Nikki referma le poing sur une pierre, fixa le sol.

— Qu'en pensez-vous ? répéta Thorvald.

— C'est déjà fait, dit le caporal en relevant la tête.

Thorvald éclata de rire. Qu'est-ce qu'il raconte, ce garçon ? Zaïtsev ne peut savoir que je le cherche. Il est excellent chasseur, cela ne fait pas de lui un extralucide.

Le colonel jeta un caillou par-dessus son épaule droite, geste porte-chance appris près des étangs de son enfance. Leurs eaux miroitaient dans les vertes propriétés de sa famille, très loin.

— Quoi ? A cause de cette balle dans la lunette ? Il faudrait que je répète le coup une dizaine de fois pour attirer l'attention de Zaïtsev. Il croira sûrement au hasard.

— Je ne parle pas de ça, mon colonel. Zaïtsev sait que vous êtes ici. Il le sait depuis deux jours.

Thorvald se redressa, joignit l'extrémité des mains. Baissant de nouveau la tête, Nikki avoua au sol :

— C'est moi qui le leur ai dit.

Le Berlinois battit des paupières.

— Vous... vous avez quoi ? A qui ?

— Aux Russes.

Tous les sens de Thorvald sonnèrent l'alarme. Ce garçon a révélé ma présence à Zaïtsev ? Comment a-t-il fait pour lui parler ? Qui est ce caporal ? Un agent russe ? Un traître, un espion ? Les pensées du colonel galopaient, soudain débridées par l'aveu de Mond. Pourquoi me raconte-t-il ça ? Il regarda les fusils, tous deux chargés, posés aux pieds du caporal. C'étaient les seules armes à portée de main, excepté le poignard pendant à la hanche de Mond.

— Ils m'ont fait prisonnier, continua Nikki. La nuit de votre arrivée. Les Russes se sont infiltrés derrière nos lignes, ils me sont tombés dessus alors que je réparais un câble téléphonique. Ils allaient me tuer. J'ai été obligé de leur dire quelque chose pour qu'ils ne me tranchent pas la gorge... (Il se leva, un fusil dans chaque main.) Alors, je leur ai parlé de vous, mon colonel. Je pensais que c'était sans importance. Je leur ai dit que vous étiez venu ici pour liquider Zaïtsev. Ça leur a plu. Un duel entre leur maître tireur et le nôtre. Ils m'ont laissé vivre pour que je vous prévienne. Mais je ne l'ai pas fait.

Thorvald scruta le visage du jeune homme. Son histoire semblait plausible. Capturé, il a cédé à la panique, il a parlé, comme je l'aurais fait, pensa-t-il. Mais cela ne leva pas toute sa méfiance envers Mond. Depuis le début, il savait que Zaïtsev était au courant et il ne m'en a rien dit. Il m'a manipulé, il a risqué ma vie en m'expédiant dans des confrontations où j'aurais pu me retrouver face à Zaïtsev, le surhomme rouge, à mon insu. Bravo, jeune Nikki : tueur, menteur, traître et lâche.

— Caporal, je vous crois, dit-il d'un ton glacial. Et je

vois parfaitement pourquoi vous avez hésité à me parler de votre mésaventure avec les Russes. Car fournir des renseignements à l'ennemi, c'est une trahison. Passible, je crois, d'une exécution sommaire...

Les jointures de Mond blanchirent autour des deux fusils. Il changea de position et Thorvald se demanda s'il craignait que le colonel de SS étendu à ses pieds ne se lève, réclame un des fusils et lui tire une balle dans la tête pour trahison. Le caporal se raidit comme s'il allait lâcher une des armes et abattre Thorvald avec l'autre.

— Je comprends aussi pourquoi vous avez finalement décidé de me faire cet aveu. Si Zaïtsev me tire une balle dans la tête, vous ne pourrez pas rentrer en Allemagne avec moi, n'est-ce pas ? Y a-t-il autre chose que je devrais savoir à votre sujet, caporal ?

Mond demeurait immobile, l'air effondré, comme Stalingrad.

Thorvald leva les yeux vers les nuages bas courant dans le ciel pour considérer ce nouveau fait. Zaïtsev sait que je suis ici, cela change le jeu. Je n'ai plus besoin de laisser ce gosse me traîner partout dans la ville en y semant des cadavres pour attirer l'attention de Zaïtsev. Je l'ai déjà. Si j'étais dans les bottes du Lièvre, si l'on m'avait avisé qu'un spécialiste est venu de Berlin pour me tuer, moi, et seulement moi, je me cacherais en attendant que ce salaud se fasse descendre par quelqu'un d'autre. Mais Zaïtsev ? Non, la légende vivante ira à la rencontre du maître tireur allemand. Ce fou ne se contente plus de vivre, il écrit avec sa vie de nouveaux articles pour les journaux russes. Et c'est ce qui causera sa chute. Je peux l'attirer facilement à moi. Il suffit que je lui fasse respirer une bouffée de mon odeur, il foncera, tête baissée. De ce qu'il croit être le plus grandiose de ces articles – l'occasion d'affronter et d'anéantir le maître nazi dans un duel équitable, sur une scène vers laquelle le monde entier tourne les yeux –, je ferai sa notice nécrologique. De son orgueil, je ferai son tombeau.

Mond attendait, silencieux. Thorvald se rendait compte que le jeune homme n'avait aucune idée de ce qui allait suivre. Je le tiens ; je l'ai frappé si profondément qu'il est groggy devant moi.

Nous allons cesser de traquer Zaïtsev. Nous allons au contraire attirer le Lièvre dans un piège, dans un duel qu'il ne peut gagner.

Thorvald s'efforça de prendre la mine sévère qu'exigeait le moment, mais un millier de miroirs lui avaient appris qu'il avait la peau trop blanche, les joues trop rondes. Il dut se contenter de prendre une voix ferme :

— Nikki, maintenant que nous jouons à égalité, du moins je l'espère, nous allons procéder à un changement. Fini de ramper dans toute la ville en quête de joutes comme deux chevaliers errants. Nous allons plutôt choisir pour moi une seule position. Parfaitement située. Impossible à repérer. De laquelle j'abattrai tous les Russes à portée de vue. Je transformerai une zone de mille mètres de diamètre en terrain d'exécution. Zaïtsev viendra à moi parce que, d'après ce que vous venez de me dire, il ne pourra pas faire autrement. Il viendra à moi et je le tuerai. Puis je rentrerai en Allemagne.

Thorvald se mit debout, souleva son sac et le laissa tomber aux pieds de Nikki.

— Et je vous emmènerai, caporal. Je vois maintenant que vous ne valez pas mieux que moi. Vous avez besoin tout autant que moi de sortir d'ici.

20

La jambe de Zaïtsev trembla. Au bruit sourd de sa botte contre le sol, Tania baissa sa lunette et le regarda.

La jambe tressaillit de nouveau.

— Peux pas, marmonna-t-il. Me… trouve pas… cours.

Tania retira son fusil du bord de la tranchée faisant face au flanc est du Mamayev Kourgan, se laissa glisser près du Lièvre et posa une main sur son genou. Il se calma.

Zaïtsev s'était enroulé comme du lierre autour de son arme. Il avait demandé à Tania de le réveiller au bout d'un quart d'heure, mais elle l'avait laissé dormir une heure. Toute la journée depuis l'aube, elle, Zaïtsev, Shaïkine et Tchekov avaient rampé et grimpé, cherchant la trace de Thorvald. Une grande partie de la nuit, Zaïtsev et Medvedev avaient étudié des cartes et des rapports pour élaborer une tactique.

Pendant les trois jours écoulés depuis que Zaïtsev, Danilov et elle avaient rencontré Thorvald par hasard à cet endroit même, sur les pentes du Mamayev Kourgan, le Professeur n'avait guère fait parler de lui. Tant mieux, pensa Tania. La façon dont il avait signé la mort de Baugderis était effroyable. Peut-être s'était-il fait descendre par quelqu'un d'autre. Peut-être n'était-il pas si fort que ça, après tout. Ce serait une bonne chose pour

Vasha, ça l'aiderait à rester en vie. Le Lièvre s'exposait à de grands dangers dans chaque secteur, parlait avec les soldats, interrogeait blessés, observateurs d'artillerie, mitrailleurs sur toute la longueur du front, examinait les cadavres, courait sous le feu ennemi à chaque instant dans le seul but de trouver ce professeur.

J'espère que le salopard de Berlin est déjà mort, pensa-t-elle.

Zaïtsev sursauta. Ses paupières battirent et il leva le menton comme pour le soulever au-dessus d'une vague montante. Sa respiration s'accéléra.

— Où... où... bredouilla-t-il.

Tania sentit les muscles de Zaïtsev se contracter. Elle secoua légèrement sa cuisse pour le réveiller.

Tiré de ce qui le troublait, Zaïtsev se détendit, ouvrit les yeux. Tania recula à croupetons afin de lui laisser de la place pour se redresser.

— Où étais-tu ? lui demanda-t-elle.

Il renifla et cligna les yeux, prit une profonde inspiration, tel un homme s'apprêtant à soulever un lourd fardeau.

— Combien j'ai dormi ?

— Une heure.

— Une heure ? Je t'avais dit...

— Tu en avais besoin. Tu étais épuisé.

Elle posa son fusil en travers de ses genoux, regarda le jour qui commençait à décliner. Zaïtsev se frotta le front.

— La prochaine fois, tu fais ce que je te dis.

Il renifla de nouveau, fit glisser son regard le long de la tranchée jusqu'à l'endroit où l'autre équipe, Shaïkine et Tchekov, était postée, à une centaine de mètres, et scrutait le visage raviné du Mamayev Kourgan.

— Du nouveau ?

Tania secoua la tête.

— C'était quoi, ton rêve ?

— Oh… euh… fit-il, pour rassembler ses souvenirs ou éviter de répondre.

Elle l'aiguillonna :

— Tu as dit « Cours ». Et « Trouve-moi ». A quoi tu rêvais, Vasha ?

Il passa une main sur son menton, fit crisser les poils de sa barbe sous sa paume.

— Quelqu'un me traquait. Dans la taïga. Un chasseur. J'avais pas d'armes, je… je fuyais comme un animal.

Tania hésita un instant puis, incapable de se retenir, prononça le nom pour lui :

— Thorvald ?

La main de Zaïtsev se figea.

C'était idiot, se reprocha-t-elle aussitôt, tendant le bras pour lui toucher la cuisse.

— C'était sûrement ton grand-père. Tu m'as raconté qu'il était le meilleur. D'ailleurs… (Elle retira sa main, secoua la tête.) Tu ne fuirais jamais devant Thorvald.

Il ne répondit pas, mais ses yeux révélaient qu'elle avait vu juste. C'était bien Thorvald. Le réticule du Professeur avait imprimé sa marque sur les rêves du Lièvre. Le duel à venir préoccupait Zaïtsev, l'effrayait, même, et elle l'avait contraint à montrer son jeu.

Une fois de plus, elle avait été impulsive et égoïste. Pas assez d'expérience avec les hommes, se dit-elle. Dans ce domaine, en tout cas. Ne froisse pas son orgueil, Tania. Tu peux connaître ses peurs sans le forcer à les clamer. Idiote.

— La nuit tombe, dit-elle pour meubler le silence et couvrir la bourde qu'elle venait de faire. Qu'est-ce que tu veux faire ?

Zaïtsev se redressa sur ses genoux, passa son sac à l'épaule.

— Allons-y, décida-t-il sans la regarder.

— Pars devant.

Il valait mieux le laisser seul un moment. Sans le

vouloir, elle l'avait blessé. Qu'il marche seul devant en la maudissant à mi-voix. Elle réparerait cette nuit.

— Je vais avec Shaïkine et Tchekov, je te retrouve plus tard, suggéra-t-elle.

Elle le regarda prendre son fusil, le rappela au moment où il s'éloignait :

— Je te vois, ce soir ?

Il pivota. Ses yeux s'adoucirent au-dessus d'une ébauche de sourire et il acquiesça de la tête. Puis il se retourna pour descendre la tranchée et elle l'entendit rire doucement de quelque mystère secret.

— Je veux venir, insistait Tania, les bras croisés sur la poitrine.

— Taniouchka, tu peux pas ! protesta Shaïkine. Ce serait pas convenable.

— Ha ! Parce que pour *toi*, c'est convenable. Qu'est-ce qu'elle écrirait dans sa prochaine lettre, ta femme, si elle était au courant ? « Mon cher Ilya Alexeyevitch, je suis si contente que tu aies trouvé une maison close à Stalingrad. Je trouve cela étonnant, mais j'espère que ça t'aide à te détendre... »

Tchekov ricana derrière Shaïkine.

— Je viens, répéta Tania.

— Ilioucha, laisse-la venir, intercéda Tchekov, posant une main sur l'épaule de son coéquipier. Tania, tu promets de partir quand on te le demandera ?

— Non. Je partirai quand j'en aurai envie.

— Là, tu vois ! explosa Shaïkine en levant les bras au ciel. Elle va tout gâcher.

Tania enfonça un pied dans le sol de la tranchée pour projeter de la terre sur les bottes de Shaïkine.

— Comment je pourrais bien tout gâcher ? Deux femmes tiennent un bordel dans une cave en plein champ de bataille. Qu'est-ce que je pourrais faire qui les empêcherait de travailler ? Tu crois qu'elles sont timides ? Ou alors tu as peur que je craque et que je me mette à pleurer ?

Les traits de Shaïkine se durcirent. Tania, qui ne s'attendait pas à une telle résistance, changea de ton.

— Ne t'en fais pas, Ilya, je serai partie bien avant que tu baisses ton pantalon, le rassura-t-elle. Je veux simplement rencontrer ces femmes. Je suis curieuse. Laisse-moi venir. Je me conduirai bien, juré.

Elle s'éloigna pour les laisser prendre une décision. Le soleil s'était accroupi dans les ruines, à l'ouest. Derrière les bâtiments, la crête du Mamayev Kourgan luisait comme une peau brûlée par le soleil. Le sommet sans neige, réchauffé par des bombardements incessants, demeurait aux mains des Allemands.

Tania imaginait un bordel niché dans les décombres. Parfait rapprochement des contraires : l'acte sexuel dénué d'amour, des hommes et des femmes sales, grognant, creusant un trou, cherchant quelque chose de doux et de réconfortant pour ne trouver que du vide, d'autres trous, encore Stalingrad. Mais, dans son cœur de femme, elle sentait qu'il y avait peut-être quelque chose d'héroïque chez ces femmes « distrayant » les soldats russes, comme le disait Tchekov. Quelque chose de fataliste. Plus que des maîtresses au rabais, n'étaient-elles pas de belles femmes tristes poussées au bord du désespoir – comme elle-même l'avait été – par la mort d'êtres chers, leur vie brisée par les nazis ? La souffrance et l'avilissement avaient-ils été pour ces femmes une deuxième naissance, ou n'étaient-elles que des courtisanes dissolues tentant de couvrir leurs paris ? Si les Allemands prenaient la ville, les putains locales auraient à coup sûr le sort le plus enviable parmi les survivants.

Tania se sentait insultée par le refus timide des hommes de la laisser les accompagner. Elle avait abattu autant de Boches que Shaïkine. Que verrait-elle qui pourrait la choquer dans une cave poussiéreuse abritant deux femmes peinturlurées ? Je ne resterai pas longtemps, pensa-t-elle, juste assez pour faire la connaissance de ces filles, voir comment elles sont, peut-être taquiner un peu Shaïkine et Tchekov. Puis je retournerai à l'abri pour ma propre « distraction », pour me faire pardonner par Vasha.

Les deux soldats se mirent en route, Shaïkine agitant les mains en direction de Tania pour la chasser devant lui, comme une brebis barrant la route.

— Bon, tu veux venir, alors, vas-y ! cria-t-il d'une voix aiguë. Avance, avance !

Tchekov la dépassa.

— C'est pas loin, Tania, dit-il. Suis-moi.

Il les conduisit à l'extrémité nord de la tranchée. Après avoir compté jusqu'à trois, les lièvres bondirent à découvert, coururent sur une vingtaine de mètres, se jetèrent dans un trou d'obus. Haletant, Tchekov observa le ciel.

— Le soleil se couche. On a intérêt à se presser.

Tania roula sur elle-même.

— Se presser ? Pourquoi ?

— Elles ferment à la tombée de la nuit.

— Tu les connais bien, ces femmes, Anatoli ?

Le sourire de Tchekov se transforma en petite moue satisfaite.

— Ouais, pas mal.

— Hm, fit Tania. Alors, allons-y, sinon ce sera ma faute si vous êtes en retard.

Tchekov se leva d'un bond, courut sur près d'un kilomètre, entraînant les deux autres au nord-est du Mamayev Kourgan, de l'autre côté d'un large boulevard, droit dans le labyrinthe des maisons ouvrières, au bord du secteur des usines. Le front n'était qu'à deux cents mètres, mais Tchekov était d'humeur insouciante, comme s'il emmenait ses amis chez lui pour les présenter à sa famille.

Tania évalua le danger qu'ils couraient uniquement pour aller voir les prostituées. Même s'ils étaient derrière leurs lignes, il faisait encore assez clair pour que des tireurs embusqués dans l'une quelconque des hautes constructions, à l'ouest, les mettent en joue. Le jour déclinant et la rapidité de leur allure limitaient les risques, mais que se passerait-il si le colonel de SS Thorvald regardait en ce moment même dans sa lunette pour chercher une cible ? Couraient-ils assez vite ?

Tchekov s'arrêta au pied d'un mur en pierre grêlé, sourit à Tania et annonça, hors d'haleine :

— On y est presque...

Encore cinquante mètres parmi les bicoques effondrées de la cité ouvrière, et nouvelle halte. Tchekov fit signe à Shaïkine et à Tania de se mettre à l'abri et d'attendre. Il disparut derrière le coin d'une maison en ruine dont la façade de bois montrait encore par endroits des taches jaune pâle et des ornements blancs entre les planches calcinées.

Les ombres longues de la fin d'après-midi découpaient l'avenue enneigée en plaques déchiquetées. Des arbres nus et noircis se dressaient, morts, sur les trottoirs éventrés. Les maisons n'étaient plus que des tas de saletés crachant leur histoire comme des épluchures séchées. Dans ce quartier éteint, la seule étincelle de vie, la seule bougie qui continuait à brûler, était dans les mains de deux prostituées.

En reprenant son souffle, Tania songea aux deux femmes qui attendaient sous les décombres. Elles étaient comme des plantes sauvages perçant les cendres de leurs pousses après un incendie de forêt. La vie est une chose difficile à éteindre, pensa Tania.

Près d'elle, Shaïkine pianotait sur sa jambe.

— Où il est passé ? Il commence à faire noir.

Tania claqua de la langue pour feindre l'impatience et se moquer un peu de lui.

— Me regarde pas comme ça, bougonna-t-il. Tu peux pas comprendre. T'es pas un homme.

— Vous avez tellement l'air idiots en ce moment que ça ne me donne pas du tout envie d'en être un, repartit-elle.

Tchekov revint avec un sourire radieux.

— On est les prochains.

La bouche de Tania s'ouvrit toute grande.

— Les prochains ? fit-elle, donnant à sa voix un sifflement mauvais. Tu veux dire qu'il y a la queue ?

— Bien sûr, répondit Tchekov sans se démonter. Tous les gars du 284e connaissent ces filles. Mais on a de la chance : il est tellement tard qu'on est les derniers. (Avec un coup d'œil égrillard à Shaïkine, il conclut :) On pourra prendre notre temps.

L'étonnement de Tania se mua en indignation. Tous les soldats du 284e ? Risquant leur peau simplement pour...

Son irritation retomba aussi vite qu'elle était montée. Elle balaya du regard les ruines de la ville, où le danger menaçait derrière chaque brique, derrière chaque pierre, et se dit : Pourquoi pas ? Un peu de tendresse, même dans les bras d'une putain, est un refuge pour ces hommes. Peut-être le seul répit qui leur reste en dehors d'un verre de vodka.

Tania elle-même connaissait cela. S'étendre, fût-ce pour un moment, dans la chaleur et la douceur, était un havre dans une longue bataille. Elle regarda l'arc écarlate du soleil se coucher derrière la pente du Mamayev Kourgan, où elle avait tué des dizaines d'hommes, où cinquante mille autres étaient tombés.

Shaïkine dit que je ne suis pas un homme, mais il se trompe quand il affirme que je ne comprends pas.

Elle entendit des bruits de pas. Des voix, trop fortes pour le danger qu'elles représentaient, flottèrent dans l'air.

Trois soldats russes tournèrent le coin de la maison en fredonnant. Au passage, l'un d'eux donna une bourrade amicale dans l'épaule de Tchekov. Le dernier ralentit pour regarder Tania, s'inclina théâtralement devant elle, puis rejoignit ses camarades.

— Allons-y, dit Tchekov.

— Une minute, lui enjoignit Shaïkine, qui se tourna vers la jeune femme. Tania, tu restes cinq minutes et tu reviens attendre ici, d'accord ? Promets.

Elle suivit des yeux les dos des soldats qui s'éloignaient d'un pas nonchalant, souhaita que ses deux amis ressortent de la même humeur.

— Oui, Ilioucha. Bien sûr.

Tchekov mena Shaïkine et Tania au coin de la maison, d'où ils découvrirent, à une dizaine de mètres, les restes des fondations d'une construction détruite. Un carré de parpaings brisés dépassait de la neige comme le dos hérissé de pointes d'une bête qui se lève. D'autres briques marquaient les endroits où s'élevaient auparavant les murs intérieurs. Derrière gisaient les vestiges noircis d'une maison en bois rose.

Une double porte de cave inclinée se détachait du sol, légèrement au-dessus de la neige. Ses battants étaient vert pastel, avec des poignées métalliques bleu ciel. Shaïkine ouvrit l'un d'eux et Tania, plongeant le regard dans l'obscurité, eut l'impression de pénétrer dans une grotte sous-marine emplie d'une eau trouble.

Elle descendit derrière Tchekov une courte volée de marches. Lorsque Shaïkine referma le battant au-dessus de leurs têtes, elle prit conscience d'une odeur âcre et proche d'humanité mêlée à des relents de pétrole.

Tania demeura derrière Tchekov ; Shaïkine s'avança devant elle. Cachée par ses deux amis, elle croisa les bras et attendit d'être présentée ou découverte.

— Anatoli Petrovitch, fit une voix de gorge féminine.

Tania ne pouvait voir sa propriétaire. La voix était

pleine d'énergie, non pas fatiguée comme Tania s'attendait à ce qu'une prostituée le soit à la fin de sa journée.

— Attends, je sais ce qui te plaît.

Tania regarda par-dessus les épaules de ses amis. La pièce, carrée, ne faisait pas plus de cinq mètres de long sur cinq de large. Le plafond était constitué des poutres et du plancher de la maison qui occupait naguère cet endroit. Les murs de béton avaient été passés à la chaux. Dans la lumière ambrée et les ombres profondes projetées par la lampe, elle ne remarqua ni toiles d'araignée ni poussière dans les coins. Au moins, ces femmes sont de bonnes ménagères, pensa-t-elle.

Un gramophone se mit en marche dans un crachotement. Des trompettes et des bois attaquèrent une introduction qui promettait un air plein d'entrain. Tania baissa les yeux vers les hanches de Tchekov. Le petit lièvre claquait des doigts en oscillant au rythme de la chanson, un tango. Par-dessus la musique, la voix basse demanda :

— C'est qui, tes amis, Anatolouchka ?

Toujours en rythme, Tchekov donna un coup de hanche à Shaïkine, qui fit un pas de côté, les mains enfoncées dans les poches de son manteau.

— Celui-là, c'est Ilya Alexeyevitch Shaïkine.

Shaïkine se redressa et Tania découvrit les deux femmes. Elles étaient installées sur un matelas posé à même le sol de béton. L'une d'elles, une brune au visage doux et rond, avait des formes amples. Elle portait une jupe et une blouse de lin blanc qui semblaient être des sous-vêtements. Ses jambes et ses bras nus étaient lourds, pas assez cependant pour paraître empâtés, mais dodus et doux. Des plumes de colombe blanche, pensa Tania.

A côté était étendue une blonde maigre au teint terreux, vêtue d'un maillot de corps kaki de l'armée et d'une jupe coupée dans une couverture en laine. Un châle rose à franges enveloppait ses épaules. Elle semblait malade, fragile, avec ses cernes sous les yeux. Les veines de ses bras et de son cou traçaient comme des filets bleus sur du verre dépoli. Tania eut l'impression que la fille allait se briser quand elle sourit aux visiteurs.

Derrière les deux femmes aux pieds nus étaient empilés des coussins pastel. Tania s'avança entre Shaïkine et son compagnon oscillant. Sur le matelas, la brune claqua des mains devant sa bouche.

— Oh ! Seigneur, fit-elle à travers ses doigts. Oh, attendez un peu !

Elle glissa une main sous les coussins, en retira un petit tube de bronze qu'elle fit rouler dans sa main avant de le porter à sa bouche. Ses lèvres se mirent à briller d'un éclat rouge.

— Oh ! attendez que je mette ça. Lààà.

Elle se leva tandis que la blonde fragile continuait à sourire d'un air absent.

— Bonjour, fit la brune rondelette, la bouche écarlate sur la blancheur de sa peau.

Elle tendit la main à Tania, s'avança comme un gros oiseau blanc dans les grattements du tango.

— Je suis Olga Kopoleva. Mon amie, c'est Irina Gobolinka. Et toi ?

— Première classe Tchernova.

La femme serra la main de Tania, tourna la tête vers la blonde Irina, qui resserra son châle autour d'elle. Olga sourit à la visiteuse, serra sa main plus fermement, comme si elle accueillait un dignitaire. Tania pensa brièvement à Danilov : il devrait rencontrer cette femme.

Délaissant les deux hommes, Olga la fit avancer.

— Assieds-toi, je t'en prie. T'es un soldat ? C'est ton arme ? demanda-t-elle en montrant la mitraillette pendant à l'épaule de la visiteuse.

Tania fit mentalement marche arrière, réservant son jugement pour le moment.

– Bien sûr, répondit-elle. C'est à moi.

Olga se tourna de nouveau vers sa compagne pâle et silencieuse.

— Elle a une mitraillette à elle, c'est une combattante. Tania chérie, tu aimes la musique ? On a d'autres disques.

— Celui-là est très bien.

Irina se décida à parler :

— C'est un tango argentin, on connaît pas le titre. (Elle avait une voix hésitante, qui semblait voleter comme un papillon.) On arrive pas à lire l'étiquette, gloussa-t-elle. C'est en anglais, je crois.

— C'est le disque préféré d'Anatolouchka. Et de la plupart des hommes qui viennent nous voir, reprit Olga. Pourtant, je parie qu'ils savent même pas où se trouve l'Argentine.

Tchekov s'assit à côté de son amie en la présentant fièrement :

— Tania fait partie de notre unité des tireurs d'élite. Elle est l'une des meilleures. Silencieuse comme la nuit. Mortelle comme une femme.

La comparaison plut à Olga.

— Anton, mon salaud ! s'exclama-t-elle, lui giflant la cuisse. On est pas des tueuses, quand même...

— Oh si ! affirma Tchekov.

— Arrête ! s'esclaffa Olga.

Tania vit le rouge couler aux coins des lèvres de la prostituée boulotte. Les seins d'Olga oscillèrent lascivement sous sa blouse quand son rire la fit se pencher. Les seins d'une femme sont la seule chose au monde qui bougent comme ça, pensa Tania en les regardant. Même au cœur d'une guerre, ils peuvent inonder de sensualité n'importe quelle pièce. Je l'ai fait. Olga est en train de le faire.

— Tania, t'as zigouillé des nazis ? s'enquit Irina en écarquillant les yeux.

— Oui.

— Combien ?

— Plus de cent. Entre ici et Moscou.

— T'étais à Moscou ? demanda Olga. Pendant la bataille ?

— Non, j'étais dans les environs. Avec les partisans. Nous attaquions les convois allemands.

Tania se retrouvait au centre de la conversation, sous le regard des femmes et des deux hommes. Ce n'était pas ce qu'elle cherchait. Elle était venue simplement pour observer, satisfaire sa curiosité et repartir. Mais le rappel imprévu de son combat dans la Résistance fit émerger dans sa mémoire le souvenir de nombreux sacrifices. Elle se rendit compte qu'ils transparaissaient dans son visage, dans sa voix. Sa peau, soudain plus chaude, était parcourue de frissons causés par les images qui défilaient dans sa tête : ses parents dans leur maison confortable, à qui elle n'avait pas écrit depuis plus d'un an. Ils devaient craindre pour sa sécurité et celle des grands-parents, sans savoir qu'il était trop tard pour avoir peur ; ses amies de Manhattan juchées sur leurs chaussures bicolores, flirtant avec les militaires et achetant des titres d'emprunt de guerre ; le jeune Fedya, mort ; le vieux Youri, mort dans un égout ; tant de membres de sa cellule de partisans, morts dans les champs ; les femmes en pleurs, jeunes ou vieilles, et les enfants, en Biélorussie, en Ukraine, à Moscou, à Leningrad, à Stalingrad.

Elle regarda Irina, la putain enfant, mince et grise comme une toile d'araignée. Elle pensa à sa propre enfance américaine perdue : les voitures et les fêtes, les livres, les discours, son cœur s'emballant pour un bel adolescent, son esprit en quête d'idéaux. L'Amérique lui manqua tellement tout à coup qu'elle en eut un pincement au cœur. La Tania d'avant lui manquait aussi terriblement, au fond d'elle-même, là où brûlait sa haine pour les nazis, qui avaient fait d'elle ce qu'elle était.

Elle tenta de refouler ses souvenirs, mais les fantômes dansaient leur sarabande autour d'elle, comme souvent lorsqu'elle était seule ou, plus récemment, après qu'elle avait fait l'amour avec Zaïtsev. Parfois, quand son corps de femme s'animait dans ses bras, les spectres jaillissaient d'elle comme s'ils sortaient d'une tombe. C'était l'effet que lui faisaient ces prostituées. La sensualité imprégnant leur cave, les seins ballottants d'Olga, la peau souple et blanche d'Irina, le tango argentin : elle les sentait fouiller son corps, déterrer ses souffrances.

Assis à côté d'elle, Tchekov tira de son manteau une bouteille de vodka et la tendit à Olga, qui la pressa contre sa poitrine en roucoulant.

Tchekov leva les yeux vers Shaïkine, qui avait plongé la main dans sa poche lui aussi et faisait le tour du matelas pour s'approcher d'Irina. Il lui tendit quatre plaques de chocolat.

Les affaires avaient commencé. Tania s'aperçut qu'elle n'avait pas de questions, pas de solidarité féminine à explorer. Elle avait perdu sa curiosité pour ces femmes. Elle en savait assez, maintenant. En surface, Olga et Irina étaient des putains, et ce qu'elles étaient plus profondément ne l'intéressait pas.

En voyant les sourires de Shaïkine et Tchekov, Tania dut reconnaître que ces femmes servaient aussi le pays, à leur manière. Parce que les deux tireurs avaient le même air satisfait que les soldats qu'ils avaient croisés dix minutes plus tôt, les jeunes gens quittant la cave pour retourner à leur destin en fredonnant.

Il fallait qu'elle parte. Ces femmes avaient allumé quelque chose dans son corps, un feu dans son cœur et dans ses reins qui l'enfermait de nouveau dans sa chair. Cette chair porteuse de souvenirs, et de trop de peine. Lorsque Shaïkine et Tchekov payèrent les femmes, la laideur du métier de prostituée libéra Tania des images qui la tourmentaient. Abandonnant un cœur qui commençait à s'échauffer, elle se réfugia dans la coquille vide de ses émotions.

Ces deux femmes sont mortes elles aussi, tuées par la guerre, pensa-t-elle. J'ai cela de commun avec elles. Elles sont comme les cadavres que je voyais cet été, quand Grand-Père m'emmenait à l'enterrement d'un de ses malades. Maquillées, elles parlent en chuchotant, et la mort leur va bien. Tania aussi leur ferait un cadeau avant de quitter la cave.

— J'ai quelque chose pour toi, dit-elle à Olga.

— Vraiment ? fit la prostituée, se redressant sur le matelas, nichant la bouteille de vodka entre ses cuisses pour libérer ses mains.

Tania tendit le bras vers la taille de Tchekov, s'empara prestement du Luger allemand glissé sous la ceinture.

— Hé, qu'est-ce que tu fais ? protesta-t-il. Donne-moi ça !

Elle lança le pistolet dans le giron d'Olga. L'arme toucha la chair dodue, rebondit sur le matelas et y resta, laide et menaçante parmi les coussins pastel.

La pâle Irina éloigna ses genoux du Luger comme s'il allait la mordre. Olga considéra l'arme en tambourinant des doigts sur la bouteille coincée entre ses cuisses.

— En ce moment, cette cave est sur notre territoire, dit Tania. Demain, votre petit nid pourrait se retrouver derrière les lignes allemandes. (Elle montra l'escalier.) Si un Boche descend ces marches, vous vous servez du pistolet, vous tuez ce salaud. Vous comprenez ? Vous le tuez.

Agitant l'index vers Olga et Irina, elle poursuivit :

— Je me battrai à votre place, les filles, mais vous mourrez comme nous tous. En Russes.

De la poche de son manteau, Tania tira deux barres de chocolat qu'elle lança à Irina d'un revers de main. Puis elle pivota et gravit la première marche, tendit le bras pour soulever le battant bleu ciel.

Echappant à sa main, la porte se souleva d'elle-même. Les dernières lueurs du jour pénétrèrent dans la cave avec le froid. La silhouette du Lièvre se dessina sur l'ouverture.

Il tint la porte ouverte, regarda Tania.

— Vasha ? appela Tchekov, qu'est-ce que tu fous ici ? Ferme la trappe, tu laisses partir la chaleur.

Zaïtsev descendit, rabattit la porte, passa devant Tania et s'approcha du matelas. Il adressa un signe de tête à Shaïkine, qui se tenait près d'Irina ; il lança un regard mauvais à Tchekov en indiquant Tania du menton.

— Intéressante décision, de l'amener ici, Anatoli. C'est elle qui t'a forcé la main ?

Tchekov baissa la tête ; Shaïkine fit signe à Zaïtsev de son pouce dressé.

Le Lièvre ramassa le Luger sur le lit, le tendit à Tania.

— Il est à toi ?

— A moi, fit Tchekov.

— Alors, range-le, ordonna Zaïtsev. (Il se tourna vers l'obscurité enveloppant Tania.) Tu recrutes, maintenant ? Danilov va être jaloux, c'est son secteur. (Il revint aux deux hommes.) Après ce soir, vous pouvez leur dire adieu, aux filles, annonça-t-il sans élever la voix. Terminé. Compris ?

Shaïkine et Tchekov acquiescèrent. Zaïtsev s'inclina devant les prostituées avec une déférence affectée.

— Mesdames, les salua-t-il. (Puis il s'approcha de Tania et la saisit par le coude.) Toi, tu pars.

Elle se libéra.

— Comment ça, je pars ? S'ils restent, je reste aussi.

Shaïkine leva les bras d'exaspération et gémit comme si on l'avait embroché.

— Et toi, qu'est-ce que tu fais ici ? lança Tania à Zaïtsev d'un ton dur.

— Première classe Tchernova, tu viens de recevoir un ordre.

— De qui ?

— De ton adjudant.

Tania éclata de rire.

— Tu es toujours mon adjudant dans un bordel ?

Zaïtsev souleva le battant de la porte.

— Ça suffit.

Il saisit Tania par le poignet, la tira vers l'extérieur. De sa main libre, elle le frappa dans le dos.

— Hé, Tania, sois pas comme ça, c'est juste pour rigoler, plaida Tchekov.

— Je te l'avais dit, Anatoli, marmonna Shaïkine.

Une fois dehors, Zaïtsev libéra la jeune femme et lâcha le battant, qui se referma en claquant. Elle s'éloigna d'un pas rageur. Il courut derrière elle, la saisit de nouveau par le bras pour la tourner vers lui.

— Qu'est-ce que tu faisais dans cette cave ?

Elle tenta de se dégager, mais il lui prit le bras à deux mains et tira brutalement.

— Arrête. Qu'est-ce que tu faisais là-dedans ? répéta-t-il.

Il ose me demander ça ? se révolta-t-elle. Il va chez les putes et il me demande ce que j'y fais ?

— Shaïkine et Tchekov m'ont invitée, je suis allée voir comment c'est. Et toi, qui t'a invité ? (Elle porta vivement sa main libre à l'entrejambe de Zaïtsev.) Ce truc ? (Elle ôta sa main avant qu'il réagisse.) Laisse-moi tranquille.

Il lui lâcha le bras.

— Calme-toi. Ecoute-moi.

Les mains sur les hanches, elle écarta les jambes, comme si elle s'attendait à ce que le sol bouge sous elle. Zaïtsev fit deux pas en arrière. Il croit que je vais lui envoyer un swing, pensa-t-elle. Il a peut-être raison.

— Je suis venu te sortir de là, expliqua-t-il, remuant

les mains pour illustrer ses propos. Après t'avoir laissée dans la tranchée, je suis revenu. Pour te parler. Et je t'ai vue partir avec les deux autres, dans cette direction. Le temps que je comprenne où vous alliez et que je vous rattrape, vous étiez déjà à l'intérieur.

Tania montra les portes de la cave sur la neige.

— Et tu avais besoin de me traîner dehors comme ça ? Pourquoi moi et pas Shaïkine et Tchekov ?

Il indiqua la cave lui aussi.

— Ce… c'est un endroit pour hommes.

— Et je n'ai pas ma place dans un endroit pour hommes, dit Tania, baissant le bras et la voix. C'est ça ?

Zaïtsev prit une inspiration pour se donner le temps de trouver une réponse. Bredouille, il haussa les épaules. Si un roi blanc en échec pouvait hausser les épaules, c'est à ça qu'il ressemblerait, pensa-t-elle.

— C'est ça, Vasha ? répéta-t-elle. Qu'est-ce que je dois faire pour que tu me traites en égale ? S'il faut tuer plus, dis-le. Je le ferai.

— Taniouchka, t'es une femme, argua-t-il.

— Ah ! je vois, fit-elle, sarcastique. C'est ce qui gêne. Mon corps. Merci de me faire comprendre si clairement ce que je dois faire. Cesser de faire l'amour avec toi. (Elle claqua des doigts.) Voilà, c'est fini. Maintenant, je ne suis plus une femme. Je suis un tireur d'élite comme les autres.

— Tania…

— Non. On parle d'homme à homme, maintenant. Manifestement, tu es déjà venu ici, camarade adjudant. Pourquoi tu ne retournes pas participer à la petite fête dans cet endroit pour hommes ? Presse-toi, ça ferme après le coucher du soleil. Mais tu dois le savoir.

Sur ce, elle se mit à courir dans les ruines.

Tania chercha quelque chose à lancer quand elle entendit les pas de Zaïtsev approcher de l'autre côté de la couverture.

Près d'elle, sur le sol de la casemate des tireurs d'élite, il y avait une bouteille de vodka pleine. Elle avait essayé de boire pendant l'heure où elle était restée assise dans son coin glacé, mais se soûler ne l'intéressait plus. Juste une façon de plus de se sentir mal dans sa peau, pensa-t-elle. J'en connais déjà assez.

Elle empoigna la bouteille par le goulot.

Zaïtsev écarta la couverture. Tania souleva la bouteille, la reposa. Elle lui lancerait plutôt des mots à la tête.

— Fiche le camp, va baiser quelqu'un d'autre.

Elle croisa les bras, ramena ses jambes contre sa poitrine.

Zaïtsev accrocha sa mitraillette, son casque et sa gourde à un clou, se dirigea vers le coin où elle était assise. Elle se recroquevilla plus encore quand il s'agenouilla devant elle.

— Trouve une autre putain, camarade adjudant. Je n'ai pas envie de sentir l'odeur de ces femmes sur toi.

— Tania...

— Va. Va t'amuser, Vasha.

— Tania, je...

— Tais-toi ! cria-t-elle, tendant de nouveau la main vers le goulot.

Zaïtsev prit la bouteille, l'éloigna. Tania essaya de le transpercer du regard. Elle ne cillait pas. Comment a-t-il osé m'humilier devant Shaïkine et Tchekov ! Me traiter comme un chien qui fait une fugue et à qui il faut remettre sa laisse ! Tu es une femme, Tania, dit-il. Ces deux filles aussi sont des femmes. C'est ainsi qu'il me voit ?

Elle se leva pour prendre sa mitraillette et la vodka, mais la voix du Lièvre l'arrêta :

— Je suis désolé.

Elle lui rit au visage.

— Ne t'excuse pas. Nous sommes libres tous les deux. Nous avons le droit de faire des choix. Eh bien, là, j'en fais un. Je choisis d'aller satisfaire ailleurs mon corps de femme.

Elle vit les épaules de Zaïtsev s'affaisser. Ses bras retombèrent, son visage se décomposa. Très bien, pensa-t-elle. Au moment où je me glace, il fond.

— Tania, fais pas ça.

— Je l'ai déjà fait. Toi aussi.

Il fit un pas vers elle. Zaïtsev le chasseur, pensa-t-elle. Voyons comment il traque et chasse, maintenant. Voyons ce qu'il trouve dans cette grande forêt gelée.

L'air abasourdi, le Lièvre s'assit aux pieds de Tania et, sans lever les yeux, parla d'une voix semblable à la plainte du vent dans les bâtiments vides. En l'écoutant, elle devint plus triste encore que lui.

— Qu'est-ce que je peux dire ? C'est dur pour moi aussi, argua-t-il. Il y a tant de tueries. Mes amis meurent. Ma famille attend en Sibérie. Chaque jour, chaque terrible jour, pas de repos, pas de trêve. Et maintenant, ce... ce Thorvald qui me traque...

Tania s'agenouilla devant lui, posa son fusil et la bouteille sur le sol.

Zaïtsev ne leva pas la tête, mais s'interrompit pour prendre acte de la proximité de la jeune femme. Elle regarda les cheveux courts et épais qui se dressaient vers elle.

— Après ton départ, je suis parti chasser, mais j'ai juste rôdé, je n'arrivais pas à me concentrer. (Il tendit les mains comme pour lui montrer un petit être tendre.) Je t'ai cherché. Il fallait que je te parle. Que je te dise que tu es importante pour moi. C'est grâce à toi que je survis. Te perdre, ce serait retomber dans cet enfer.

Il approcha son visage du sien, clignant les yeux comme s'il contemplait le soleil.

— Maintenant, j'ai l'impression que tu es quelque part où je ne peux pas te suivre.

Il tendit le bras vers les mains posées sur le giron de Tania ; elle les lui laissa prendre. Celles de Zaïtsev étaient chaudes, fermes.

— Tania, pardonne-moi. Je savais pas ce que tu représentais pour moi. Je savais pas ce qui m'a fait te suivre et me conduire comme ça. T'avais raison. Je...

Elle libéra ses mains, ramena de nouveau ses genoux contre sa poitrine, les entoura de ses bras, posa la tête dessus. Les yeux ouverts, elle regarda dans la petite grotte formée par son visage, ses bras et ses genoux. Une larme glissa le long de sa joue. Elle secoua le menton pour la faire tomber sur la terre battue.

Elle le sentit se rapprocher, entendit sa voix près de son front enfoui dans ses bras.

— Maintenant je sais, murmura-t-il.

Il lui prit les cheveux, extirpa sa figure de la grotte. Tania savait que la lampe la trahirait, que la trace de la larme devait luire sur sa peau.

Zaïtsev se pencha au-dessus d'elle, effleura sa joue de ses lèvres, suivit la piste humide de la larme, remonta jusqu'à l'œil.

Elle ferma les yeux ; ses paupières furent parcourues d'un spasme quand la glace, à l'intérieur d'elle-même, se fissura, s'ouvrit. Aussitôt, Tania s'engouffra dans la brèche, s'envola. L'eau dégelée tomba, cascada de ses yeux clos, ruissela sur ses joues, pénétra entre les lèvres de Zaïtsev. Elle s'envola au-dessus d'elle-même, laissant son corps se convulser dans les bras de l'homme. Baissant les yeux, elle vit ce qui l'entourait, les cadavres et la haine, la honte, à découvert maintenant, brillants et propres sous la pluie de ses larmes.

Il la tint contre lui. Les bras de Zaïtsev étaient des ailes qui la libéraient de la glace, qui la faisaient monter sous l'averse, dans le vent giflant les ruines de la ville, trempées de ses pleurs.

21

Le sang avait traversé la mince toile de lin couvrant le corps et dessiné une rosette au-dessus de la tête. Bon Dieu, pensa Zaïtsev, avec le nombre de couvertures qu'on nous parachute, ils pouvaient pas en trouver une un peu plus épaisse pour Morozov ?

Konstantin Danielovitch Morozov avait été l'un des ours de Viktor et un ami de Zaïtsev au 284e, un Sibérien comme lui. C'était maintenant un cadavre massif, abattu d'une balle sous l'œil droit, l'arrière du crâne fendu. Le projectile qui l'avait tué avait ricoché sur la lunette de son fusil, qu'elle avait fracassée.

Zaïtsev s'écarta quand deux hommes chargèrent la civière sur un traîneau. Ils porteraient le corps dans une des grottes du bord de l'eau, là où l'on entreposait les morts en attendant de pouvoir les évacuer et les enterrer sur l'autre rive, une fois le fleuve gelé.

Lorsque la Volga deviendra solide, on verra tous ces morts former un collier de traîneaux, pensa le Lièvre, comme d'innombrables fourmis noires quittant un pique-nique. Les cadavres traversant dans un sens, les couvertures et la vodka dans l'autre. Mais toujours pas de munitions. Ni de renforts.

C'est le signe sûr qu'il se passe quelque chose. Depuis août, les Allemands ont lancé dix divisions contre nous.

Nous avons tenu avec moins de cinq divisions de renforts. Mes tireurs d'élite n'ont pas vraiment reçu en novembre les munitions qu'il leur aurait fallu pour opérer pleinement. Même Ataï Tchebibouline n'a pas réussi dans ses efforts pour nous fournir des balles.

Les généraux et les *zampolit* nous serinent qu'il faut tenir. Tenir pour quoi ? On nous a donné comme boulot d'attirer le plus grand nombre possible de Boches dans la ville et de les y bloquer. On pourrait les déloger tout de suite de Stalingrad avec des renforts et des munitions. Les nazis tremblent, ils ont perdu espoir. Ils sont sans force. C'est plus des soldats, juste l'enveloppe molle d'hommes qui ont arrêté de combattre. Mais Staline et ses généraux retardent leur offensive, ils stockent nos munitions, ils nous laissent en échec. Ça veut dire qu'ils préparent une contre-attaque. Sûrement. Ils nous ont pas oubliés.

Il se prépare quelque chose. C'est pour bientôt.

Thorvald aussi le sait. Forcément. Il est colonel. Pas un petit sous-off comme moi qui reçoit ses informations par le téléphone arabe ou les articles aseptisés écrits par les collègues de Danilov. On a envoyé Thorvald ici uniquement pour me tuer, moi. Comme il rentrera quand il aura fait son travail, il doit être pressé d'en finir.

Zaïtsev regarda par-dessus la croûte de glace qui se formait au bord du fleuve. Sibérien, il avait vu de nombreux fleuves gelés, il savait que la glace ne serait pas assez épaisse pour permettre le passage de camions et de charrettes tirées par des chevaux avant la mi-décembre. Et Morozov, sibérien lui aussi, ne verrait plus jamais de fleuves ni de ciel ni de vie.

Le Lièvre détourna les yeux. Un autre ami. Un autre héros transporté sur un traîneau comme un paquet. Un souvenir de plus à préserver et à venger.

Morozov.

Ça sent la main de Thorvald. Il me parle. Il m'adresse

des messages, il dessine le plan de l'endroit où le rencontrer, il gribouille dans le sang de Baugderis, de Koulikov, de Morozov.

Et de Shaïkine.

Ilya avait reçu une balle dans le cou alors qu'il guettait pour Morozov dans le secteur 15, à la lisière sud du centre de la ville. Le secteur courait le long du front, sous l'usine Lazur, dans l'ombre du Mamayev Kourgan, l'après-midi. Dans cette mince bande de terrain, les soldats russes s'étaient retranchés à l'intérieur de plusieurs bâtiments redoutables et bien placés, forteresses inexpugnables sur lesquelles les assauts allemands se brisaient, vague après vague. Ils étaient si obstinément défendus qu'ils étaient devenus des repères sur les cartes de l'Armée rouge. La plupart du temps, ils portaient leur ancien nom – la Maison des Spécialistes, la Banque d'Etat, la Brasserie –, mais il arrivait parfois qu'un bâtiment prenne une nouvelle identité liée aux exploits de ses défenseurs. C'était notamment le cas de la Maison-en-forme-de-L et de la Vieille Fabrique, dont les noms suscitaient des murmures d'admiration pour les prouesses de leurs gardiens. La plus célèbre de ces forteresses était la Maison de Pavlov, immeuble d'habitation gravement endommagé qui avait officieusement pris le nom d'un indomptable sergent russe. Depuis le 29 septembre, Jacob Pavlov défendait cette ruine avec vingt hommes dans la rue Solitchnaïa, sur le front. Il barrait aux nazis l'accès à la Volga, qui coulait à moins de deux cents mètres derrière lui, et tenait l'endroit depuis si longtemps que ses chefs l'appelaient maintenant « le Propriétaire ».

Au cours des trois derniers jours, Zaïtsev et Viktor avaient reçu des rapports sur une reprise des opérations des tireurs d'élite allemands au sud du Mamayev Kourgan, près du centre. Des unités médicales avaient été prises sous le feu ennemi, alors qu'elles évacuaient les blessés dans les rues entourant la Maison de Pavlov. Deux officiers et un soldat avaient été abattus d'une balle dans le cœur. Une infirmière était morte d'une balle sous le menton, une autre avait été blessée au cou.

Aux yeux de Zaïtsev, il était logique que Thorvald évite le secteur des usines : le simple nombre des morts y aurait masqué son travail. Il aurait caché son odeur qui, pensait-il, attirerait à lui sa proie, Zaïtsev.

A l'aube, Shaïkine s'était porté volontaire avec Morozov pour aller vérifier les rapports faisant état de tireurs embusqués allemands dans le secteur 15.

« Tu peux pas être partout, Vasha, avait fait valoir Shaïkine à la fin de la réunion de la veille dans l'abri. Juste au cas où ce serait notre Professeur qui arrose le coin, je vais aller interroger l'infirmière blessée. Et puis je jetterai un coup d'œil avec Morozov. »

Avant de partir, il avait ajouté en écartant la couverture :

« Oh ! à propos, désolé pour hier. C'est Tchekov et Tania qui m'avaient baratiné. Elle aurait jamais dû aller dans cette cave. Je trouve que t'as été bien.

— Pourquoi t'es désolé, Iliouchka ? Qu'est-ce que ça peut me faire que Tania soit allée là-bas ?

— Vasha, tu veux savoir ce qu'il dit, Tchekov ? avait reparti Shaïkine avec un sourire. « Le camarade Zaïtsev est un tireur d'élite silencieux. Mais comme amoureux, il fait un sacré boucan. »

En retombant derrière lui, la couverture avait étouffé le dernier rire de Shaïkine.

Il gisait maintenant dans un hôpital de campagne où il attendait d'être évacué. Tania était accourue dans l'après-midi pour prévenir le Lièvre. « Vasha ! Morozov est mort, une balle dans la cervelle. Shaïkine est blessé à la gorge. Il a sorti le corps de Morozov de la tranchée, il l'a traîné jusqu'à un endroit où un observateur d'artillerie les a repérés et a envoyé de l'aide. Morozov est à la

Lazur avec les autres morts, Shaïkine à l'hôpital du secteur 13, dans un état critique. Il paraît qu'il avait une main plaquée sur son cou, pour empêcher le sang de couler, Vasha. »

— Iliouchka.

Shaïkine ouvrit des yeux suppliants d'animal mutilé.

— Vashinka...

Le diminutif se perdit presque dans l'air qui jaillit de la bouche du blessé, comme s'il avait dû vider complètement ses poumons pour faire passer le nom par le goulet de souffrance de sa gorge.

Zaïtsev baissa les yeux vers son ami, allongé sur une civière posée sur des briques. Il avait le cou enveloppé de gaze propre, du sang séché entre les doigts d'une main.

Shaïkine ferma les yeux. Quand il respirait, sa bouche demeurait ouverte en un cercle douloureux, un petit puits sombre. Zaïtsev fut frappé par le gargouillement qu'il entendit dans le fond de la gorge de son ami.

— Ne parle pas, Iliya, dit-il, posant une main sur le poing ensanglanté. Bouge seulement la tête. C'était Thorvald ?

Shaïkine pressa la main de Zaïtsev, rouvrit les yeux. Oui, fit-il de la tête.

— T'as parlé à l'infirmière blessée ? C'était lui aussi ?

Shaïkine grimaça, non à cause de la douleur, semblait-il, mais d'une pensée qui lui était venue. Il pressa de nouveau la main de Zaïtsev et murmura :

— L'infirmière...

Les borborygmes de sa voix étaient plus poignants pour le Lièvre que la gorge bandée et le visage livide.

— Morte, dit Shaïkine, tordant la bouche.

Il porta la main à son cou pour montrer l'orifice d'entrée de la balle, où le sang suintait maintenant à travers le pansement.

— L'infirmière, là.

Zaïtsev se rappela ce que Tania lui avait dit : deux officiers et un soldat tués d'une balle dans le cœur. Puis les infirmières et Shaïkine, le cou percé comme un poisson au bout d'une gaffe. Morozov tué par une balle à travers sa lunette. Comme Baugderis.

Encore l'odeur, la puanteur de Thorvald. Il tire sur tout ce qui est en vue, même les officiers de santé et les infirmières. Et il le fait avec brio, dans un style bien à lui, pour être sûr que je reconnaisse sa trace.

Quatre jours plus tôt, le Professeur avait fait étalage de son talent avec Piotr, le mannequin, sur le flanc est du Mamayev Kourgan. Le lendemain, il avait tué Baugderis et blessé Koulikov, puis il était descendu vers le sud et avait attendu. Qu'avait-il fait ? Pourquoi cet intervalle de trois jours ?

Il cherchait. Il cherchait l'abri parfait, un trou dans lequel disparaître pour tuer tout Russe bougeant à proximité. Et il a trouvé, pensa Zaïtsev. Là-haut, dans sa petite forteresse, lové sur lui-même comme un serpent, il a abattu en deux jours cinq officiers de santé ou infirmières, et, ce matin, les deux tireurs d'élite venus l'affronter, Morozov et Shaïkine.

Oui. Il s'est mis en position. Il veut en finir et il le fait savoir. Il veut rentrer chez lui. Alors il m'envoie une invitation gravée dans le plomb, le cuivre, la chair et le sang. Viens, m'écrit le Professeur. Viens, adjudant-chef Vassili Grigorievitch Zaïtsev, à l'endroit même où tes amis m'ont rencontré aujourd'hui. Demande au petit Shaïkine agonisant, il gargouillera l'adresse pour toi.

Viens, Lièvre.

Merci de l'invitation, Professeur. J'accepte.

Le froid était tombé plus rapidement que la nuit. Zaïtsev fit jouer ses épaules raidies. Une douleur froide courut de son cou au bas du dos. Depuis trois heures, sans interruption, il regardait dans son périscope.

Les contours des ruines et des gravats s'estompaient dans l'instrument à mesure que le crépuscule s'installait. Zaïtsev se trouvait à l'endroit que Shaïkine lui avait péniblement décrit, là où il avait été blessé. Derrière le Lièvre, une plaque noire marquait le sol de la tranchée, là où Morozov était tombé. Zaïtsev inspecta une fois de plus la rangée d'immeubles de la rue Solitchnaïa, au sud-ouest. Il regarda plus bas et vers la droite pour englober les deux cent cinquante mètres de terrain découvert de la place du Neuf-Janvier, avec ses fontaines renversées, ses bancs brisés, ses arbres et ses arbustes déracinés. Le parc était devenu un fouillis de tranchées, de véhicules détruits et de cratères. La place était bordée sur sa gauche par trois pâtés de maisons de la rue Solitchnaïa. Au coin gauche du parc, de l'autre côté de la rue, se dressait la Maison de Pavlov. Derrière la place, le long de sa lisière nord-ouest, en face de l'endroit où Zaïtsev était accroupi, s'alignaient des immeubles de magasins et de bureaux séparés par des ruelles et des avenues. Le cœur de Stalingrad avant la guerre, sûrement, estima le Sibérien.

Ses mains engourdies finirent par baisser le périscope. Il avait accompli ce qu'il était venu faire : mémoriser les détails du front vu de ce point d'observation. Si quoi que ce soit changeait dans les prochains jours – une pierre déplacée, des briques entassées –, il s'en apercevrait.

Il ôta ses moufles blanches pour souffler dans ses mains, fit craquer ses jointures. De son sac, il tira un bloc et un crayon pour dessiner hâtivement quelques croquis à la lumière du jour expirant.

Zaïtsev étira ses jambes ankylosées d'être restées si longtemps immobiles dans le froid. Ses pieds foulèrent le sol taché par le sang de Morozov et il s'écarta de quelques mètres : ce n'était pas convenable de s'attarder à un endroit où un ami avait laissé sa vie s'écouler dans la terre, où un autre avait été mortellement blessé. Cela lui semblait un sacrilège, comme s'asseoir sur une tombe. Il y a des esprits là où un homme est mort. Il songea que son grand-père lui aurait passé un savon pour lui apprendre à ne pas croire à ces sornettes. Mais grand-mère Dounia, agitant son balai de bouleau, lui aurait recommandé de respecter ces esprits et de les écouter : ils appartiennent au monde des morts, ils savent des choses que nous ignorons.

Il rangea le bloc et le crayon en se disant qu'il avait suffisamment mémorisé les détails. En outre, c'est pas le genre de bourde que je peux attendre de Thorvald. Le Professeur fera une erreur bien plus audacieuse que déplacer une brique ou allumer une cigarette. Et quand il la commettra, les esprits qui planent au-dessus de ce sang m'aideront à le trouver, à libérer son fantôme pour qu'il hante le dernier lieu qu'il aura occupé.

Pour la première fois depuis qu'il avait appris la présence du colonel de SS à Stalingrad, Zaïtsev sentit renaître son instinct d'homme des forêts. Les voix murmurantes de son père, de son grand-père et des ancêtres qui avaient vécu dans la taïga étaient restées silencieuses jusqu'à ce qu'il vienne se poster à cet endroit, qu'il savait surveillé par Thorvald. Elles avaient attendu des indices, des similarités, des clefs pour ouvrir la cage d'un savoir plus profond.

A présent que Thorvald était enfin à sa portée, l'instinct de Zaïtsev reprenait vie. L'Allemand était un homme, comme le Lièvre en avait chassé des centaines, mais il avait des pouvoirs que ne possédait aucun de ceux que Zaïtsev avait affrontés jusque-là. Ce nazi tirait merveilleusement bien ; il pouvait sculpter un visage avec des balles dans un mannequin en quelques secondes, tirant aussi rapidement que deux hommes. Il avait tué Morozov et Baugderis, frappés à travers la lunette de leur fusil, tandis que Koulikov et Shaïkine, deux des lièvres les plus aguerris, guettaient pour leurs camarades, avant d'être touchés eux aussi.

Thorvald est hardi, pensa Zaïtsev. Il s'est glissé dans la tranchée de Koulikov pour prendre son fusil. Il est tordu, enragé, peut-être même. Il tire sur tout, gaspille des balles sur des mannequins et des infirmières. Il est cruel. Il est intelligent. Et comme tout homme de chair et de sang, il a peur d'être à Stalingrad.

Le Professeur se concentre sur une seule tâche : m'attraper. Il est comme un loup gris devenu fou qui ne boit plus, ne mange plus et ne fait que tuer. Tout ce que fait la bête est dirigé vers ce seul objectif. C'est une faiblesse qui peut le trahir.

Zaïtsev se leva lentement afin d'inspecter une dernière fois la place pour ce soir. La lumière avait décliné, les ombres s'infiltraient maintenant dans le sol. Il était temps de partir. Il passa son fusil à l'épaule, se baissa pour prendre le périscope. Sur le sol de la tranchée, plus sombre que la nuit qui tombait, il y avait la trace du sang de Morozov.

— Je reviendrai demain matin, dit-il à ce sang.

Deux heures plus tard, Zaïtsev entrait dans la casemate des tireurs d'élite.

— Vasha, fit Koulikov en se levant.

— Nikolaï !

Le Lièvre serra son ami contre lui, l'embrassa sur chaque joue, puis le tint à bout de bras.

— T'es de retour. Comment va la tête ?

Koulikov inclina le front pour montrer la bande enroulée au-dessus de ses oreilles. Zaïtsev passa doucement un doigt à l'endroit où devaient se trouver les agrafes.

— Ça tient, dit-il. T'as eu plus de chance que d'autres.

Le sourire de Koulikov se fana. Tout à la joie des retrouvailles, Zaïtsev avait oublié Baugderis. Il repensa au crâne éclaté du lièvre, à Morozov, à Shaïkine et aux autres.

— Je vais bien, déclara Koulikov. Ils m'ont viré du lit cet après-midi. J'ai appris ce qui est arrivé à Ilya et à Morozov.

Zaïtsev posa son fusil et son sac dans son coin.

— Je l'ai trouvé, Nikolaï, annonça-t-il. Shaïkine m'a envoyé droit vers lui. Je le sens, ce salaud. Je le sens.

Koulikov regarda son chef dans les yeux. Le petit tireur d'élite déglutit, mais son visage continua d'être un masque impénétrable. Souvent Zaïtsev s'était interrogé sur le silence de cette face, qui ne trahissait rien de ce qui se passait à l'intérieur de l'homme. Ses traits, et jusqu'à ses bras et ses jambes, manifestaient toujours une impassibilité lunaire. C'était sans doute pour cette raison que Koulikov était le moins visible des lièvres en opération. Il portait le silence dans ses os.

Zaïtsev revit par la pensée la tranchée où, quatre jours plus tôt, Baugderis et Koulikov avaient mis sur pied le stratagème de la boîte de conserve. Nikolaï y avait pris conscience de ses fautes, révélées par le trou dans la tête de Baugderis et l'entaille à la sienne. Il avait maintenant un compte à régler. Et Thorvald détenait son Moisin-Nagant.

— Tu veux venir ? proposa Zaïtsev. On l'a vu opérer, tous les deux, on a survécu pour le dire aux autres. On peut l'avoir.

— Ça ennuiera pas Tania ?

— Qu'est-ce... ? commença le Lièvre.

Il se tut, secoua la tête. La prochaine fois, ce sera Danilov et un article dans *Pour la défense de notre pays*.

— Non, ça l'ennuiera pas. Assieds-toi.

Koulikov se laissa glisser par terre. Sans bruit.

remarqua Zaïtsev. Dans le coin le plus sombre. Il décrivit en détail l'endroit où Shaïkine et Morozov avaient affronté Thorvald. Il ne savait pas comment le Professeur avait réussi à descendre les deux hommes, mais, à ce stade, il était moins important de savoir « comment » que « où ».

— Le soleil se lève dans notre dos et se couche devant nous, légèrement sur la droite. Nous aurons donc un avantage le matin et en début d'après-midi. Il faudra l'obliger à tirer une ou deux fois pour avoir une idée de l'endroit où il se planque. Ça devrait pas être trop dur. Il a l'air impatient d'appuyer sur la détente.

Koulikov ne dit rien. Ses yeux couleur d'ardoise étaient si attentifs qu'on aurait pu croire que c'était avec eux qu'il écoutait.

— On peut changer de position, continua le Lièvre. Mais j'ai le pressentiment qu'il restera sur place. Il a trouvé un endroit où il est à peu près sûr de m'avoir. Alors, tant qu'il se croira bien caché, il bougera pas.

— Comment il sait que c'est pas toi qu'il a dégommé quand il a tiré sur Shaïkine et Morozov ?

Zaïtsev réfléchit un moment avant de répondre.

— Il en sait rien. Je pense qu'il va surveiller l'endroit. Si personne ne se pointe demain ou après-demain pour jouer avec lui, il se dira que c'est moi qu'il a tué et que la partie est finie. Mais si quelqu'un vient l'affronter, il saura que je suis dans la tranchée en face de lui, que j'ai reçu le message.

Koulikov se leva.

— Je vais dormir un peu. A quatre heures ici ?

— Oui.

Nikolaï sortit sans un bruit. Quelques secondes après son départ, on avait l'impression qu'il était parti depuis une heure. Comment il fait ça ? se demanda Zaïtsev. Il éteignit la lampe, s'étendit, son sac sous la tête, et fixa l'obscurité de l'abri.

Demain. Demain commence le duel.

L'air froid montant de la terre battue glissa sur sa joue. Il remonta sa couverture plus haut, écouta sa respiration et sentit son pouls battre à son cou.

Thorvald. Colonel Thorvald. Rien qu'un nom, des trous sanglants dans des corps, rien que des supputations, jusqu'ici. Demain, Thorvald devient réel pour moi, aussi réel qu'une balle.

Zaïtsev se demanda ce qu'il sentirait si une balle s'enfonçait dans sa propre chair. Il n'avait pas encore été blessé à Stalingrad, mais il avait vu des milliers de blessures. Comment c'est, souffrir ? Et se faire tuer ? L'obscurité de la mort vient-elle instantanément avec la balle, avant que la douleur te saisisse, tout devenant silencieux et calme tandis que tu glisses dans l'éternité ? Ou est-ce horrible de mourir d'une balle entre les yeux ? Est-ce la soudaine explosion de toutes les souffrances qui attendaient tapies dans ton corps et qui se déchaînent pendant quelques secondes avant que tu perdes conscience ? Zaïtsev sentit une démangeaison entre ses sourcils, là où une balle pouvait s'enfoncer demain. Il se frotta le visage pour la chasser.

Thorvald. Le Sibérien repassa dans son esprit les leçons qu'il avait données aux lièvres sur la façon d'affronter un tireur embusqué allemand. On commence par étudier soigneusement les lignes de défense ennemies, on dresse la liste de tous les détails. Ça, il l'avait fait quelques heures plus tôt. Ensuite, on essaie de comprendre comment d'autres se sont fait descendre dans le secteur. Zaïtsev se rappela les dix minutes passées dans l'après-midi près de la souffrance de Shaïkine et, auparavant, devant le cadavre de Morozov. La balle qui avait touché Morozov à la tête avait ricoché sur la lunette de son fusil. Sur quoi braquait-il son arme quand il s'était effondré ? Shaïkine n'en savait rien. A ce moment précis, il regardait dans ses lunettes un casque qui se déplaçait juste au-dessus d'une tranchée dans la rue Solitchnaïa. Il prévenait Morozov qu'il y avait une cible à abattre quand Thorvald avait tiré. Zaïtsev en conclut qu'il y avait du mouvement près de la Maison de Pavlov, ou que Thorvald avait demandé à un assistant de placer ce casque sur un bâton.

C'était Shaïkine et Morozov qui avaient commis l'erreur. Ils n'auraient pas dû tirer. Ils étaient allés place du Neuf-Janvier pour repérer Thorvald, non pour l'affronter. Quand ils avaient mordu à l'appât – le casque, probablement –, le Professeur avait ferré.

Il faut ensuite estimer les points forts et les faiblesses de l'ennemi. Eviter les premiers, accentuer les seconds. Si c'est un remarquable tireur, comme Thorvald, le tester par des leurres, de fausses positions ; lui offrir des cibles pour l'inciter à révéler sa propre position. Défier son adresse en se faisant passer soi-même pour un tireur débutant ; commettre de petites erreurs contrôlées pour le faire croire à ses chances de gagner le duel. S'il est impatient, pressé d'en finir et de rentrer, comme Thorvald, l'entraîner dans une bataille longue et compliquée. S'il est obstiné, comme le Professeur, distraire son attention, saper sa concentration et ses capacités physiques. S'il a pris l'initiative, comme Thorvald, la lui reprendre.

Quand vient ton tour de tirer, ne pas se précipiter. Se rappeler le vieil adage : mesure sept fois, coupe une seule.

La couverture de l'entrée se souleva et retomba. Des pas précautionneux traversèrent l'abri jusqu'au coin de Zaïtsev.

Il leva les paupières, ne vit rien, passa une main hors de sa couverture, tâtonna dans le noir. Une jambe l'effleura.

Il entendit Tania s'asseoir par terre près de lui. Elle prit la main du Lièvre dans les siennes et la tint sans la presser, comme si ses doigts étaient fragiles.

— Koulikov est un bon choix, dit-elle. Je suis contente qu'il soit de retour.

Il eut une expiration qui ressembla, à son propre étonnement, à un soupir. La casemate, glacée et noire l'instant d'avant, semblait maintenant palpiter autour de lui avec la présence de Tania.

— Reste cette nuit.

Il n'avait pas eu l'intention de prononcer ces mots. Bon sang, elle me tire les idées de la tête par la bouche, elle les façonne en mots et en actes avant que je puisse les retenir, pensa-t-il.

— Non, Vashinka, murmura-t-elle. Tu affrontes Thorvald demain, tu dois être pur. J'attendrai. (Elle se leva.) Il est temps que le Professeur apprenne une nouvelle leçon. Comment mourir. Une seule balle, une seule leçon du Lièvre.

Lorsqu'elle souleva la couverture, le clair de lune dessina ses jambes et sa poitrine dans l'entrée, puis sa silhouette s'éloigna.

— Tue-le, Vasha, dit-elle avant de disparaître.

La couverture retomba. La bouffée d'air froid qui avait pénétré dans l'abri rampa vers Zaïtsev pour occuper l'endroit où Tania avait été assise.

22

L'après-midi touchait à sa fin quand Nikki et Thorvald arrivèrent place du Neuf-Janvier. L'intérêt du colonel s'éveilla aussitôt quand il découvrit le parc.

L'endroit idéal pour sa mission, déclara-t-il. Il regarda par-dessus le mur bas, promena une main sur le panorama – un espace découvert de deux cent cinquante mètres – comme s'il y cherchait des bosses ou des irrégularités. Le parc offrait une vue dégagée. Le soleil se coucherait dans son dos et le mettrait à l'ombre dans l'après-midi. La partie ouest du parc regorgeait de cachettes possibles : plusieurs chars brûlés, une redoute abandonnée et de nombreux tas de décombres. L'autre partie, côté russe, était plus plane. Dans ce secteur, les combats s'étaient concentrés sur l'immeuble situé à leur droite. Les rouges s'y accrochaient, bien que le parc lui-même demeurât désert : un no man's land. Parfait, estima Thorvald.

Nikki resta accroupi à l'abri derrière le mur, tandis que Thorvald examinait le terrain avec ses jumelles. Au bout d'une minute, le colonel se leva presque, tant son excitation était grande, et s'exclama :

— Ah oui ! Là-bas.

Il courut une cinquantaine de mètres vers la gauche le long du mur. Nikki le suivit. Ils s'arrêtèrent devant une brèche qu'un char avait percée. A une dizaine de mètres devant eux, une tôle ondulée recouvrait une pile de briques.

Une demi-heure plus tard, Thorvald avait réquisitionné une pelle à un soldat, à l'arrière. Quand il fit complètement noir, Nikki entreprit de creuser un terrier sous la tôle.

Il déposa la terre provenant du trou sur une bâche que le colonel alla secouer derrière le mur. Thorvald recommanda au caporal de prendre garde, en creusant, de ne pas déranger l'alignement des briques côté russe du parc.

Deux heures plus tard, Thorvald passa la tête pardessus le trou de tireur qu'il avait créé. La fosse était maintenant assez profonde pour que la tête d'un homme à genoux effleure juste la tôle. Le toit de métal maintiendrait Thorvald dans l'ombre toute la journée. Le trou, les briques et la tôle cacheraient son corps, mais étoufferaient aussi le bruit de son fusil.

Nikki termina son travail, rampa hors du terrier et, épuisé, s'assit à côté de Thorvald. Le colonel était plus fringant.

— Voyons un peu ce que nous avons là, caporal, chantonna-t-il en se glissant sous le métal.

Nikki l'entendit rire dans le trou.

— Oh ! c'est excellent.

La voix, déformée et inquiétante, semblait surgir de nulle part.

Le lendemain matin, Thorvald descendit dans le trou avec plusieurs couvertures, deux boîtes de munitions, une bouteille Thermos et deux sandwiches. Mond resta dix mètres derrière, de l'autre côté du mur, avec des provisions lui aussi, pour attendre les instructions du colonel.

Thorvald demeura immobile et silencieux dans sa cachette jusqu'en fin d'après-midi. Quand le soleil fut derrière lui, il tira sur plusieurs officiers de santé venus secourir des blessés. Nikki, qui observait la scène dans ses jumelles, grimaçait à chaque détonation étouffée. Les coups de feu lui chaviraient l'estomac, comme des coups de poing.

Le caporal trouvait méprisable de tirer sur des infirmières, plus méprisable encore de se réjouir de les abattre. Après chaque pression de son doigt sur la détente, Thorvald annonçait le score : « Un... deux... eeet trois. » Nikki croyait avoir terrassé sa conscience depuis longtemps, mais elle revint le tourmenter quand le colonel fit de nouvelles victimes. Il connaissait la réponse à sa propre question avant même de se la poser : Est-ce juste ? A-t-il le droit de massacrer des infirmières et des blessés, de s'en servir pour appâter le Lièvre comme de simples carottes dans un piège à lapin ? Oui, bien sûr. Dans Stalingrad, il ne s'agit plus de distinguer le bien du mal, ni même de gagner, mais seulement de survivre. Je veux rentrer, pensait Nikki. Combien de personnes suis-je prêt à laisser mourir dans ce but ? Il ne put donner un chiffre. Tout le monde ?

Le deuxième jour commença comme le premier. Avant l'aurore, Thorvald se coula dans sa cachette, y demeura sans bouger jusqu'à la fin de l'après-midi, puis tira deux fois avec la vitesse d'une arme automatique, marqua un temps d'arrêt, tira une troisième fois.

— Trois de plus, dit-il simplement à Mond.

Cette nuit-là, les deux hommes regagnèrent leurs quartiers sans échanger un mot. Le colonel semblait dans une phase de concentration intense : le duel avec Zaïtsev avait commencé.

A l'aube du troisième jour, alors que le soleil redonnait des couleurs au parc, Nikki entendit la voix métallique de Thorvald :

— Caporal, nous avons de la compagnie.

Nikki défit la couverture entourant ses épaules, prit les jumelles. Il s'apprêtait à regarder par-dessus le mur quand, de sa tanière, Thorvald murmura :

— Restez baissé. Tireurs embusqués.

Pendant le reste de la matinée, Mond attendit, accroupi derrière le mur. Tendu, il se demandait si le Lièvre en personne se trouvait dans le collimateur de Thorvald. Il attendit des heures, les nerfs à vif. A midi, quand le soleil fut au plus haut, la voix du colonel sortit de nouveau du trou :

— Postez-vous trente mètres plus loin sur la gauche. Placez votre casque sur le manche de la pelle et faites-le dépasser juste assez pour qu'on croie que c'est votre tête. Et avancez vers la gauche comme ça. Nikki, vous m'entendez ?

— Oui, mon colonel.

— Alors, allez-y. Si le casque est touché, laissez-le tomber tout de suite.

Mond s'exécuta. A peine avait-il parcouru quelques mètres que le casque, frappé par une balle, tourna au-dessus de la pelle. Nikki lâcha tout ; dans l'écho de la détonation, il retourna prestement à son poste de guet, derrière Thorvald.

— Je ne vous ai pas entendu, mon colonel. Vous avez tiré ?

— Mais oui.

La voix sortant du trou semblait lasse.

— Une-deux, mon colonel ?

— Une-deux.

Nikki attendit puis se décida :

— C'était Zaïtsev ?

Thorvald poussa un soupir. Nikki l'imagina roulant sur le côté pour faire un somme dans la chaleur des couvertures et du soleil frappant la tôle, comme un ours repu.

— Nous le saurons demain.

L'aube se ferait attendre une heure encore. Assis par terre, Nikki et le colonel appuyaient leur dos au mur de pierre. Thorvald se reposait avant de descendre dans son trou de tireur.

L'impatience du caporal était à son comble en ce quatrième jour devant la place du Neuf-Janvier. Il partageait l'opinion de Thorvald : les tireurs russes de la veille n'étaient probablement que des élèves de Zaïtsev. La ruse du casque était trop classique, trop médiocrement exécutée pour être l'œuvre du Professeur, aurait estimé le maître russe. Il n'aurait pas mordu à l'appât. Il aurait pensé qu'il avait affaire à de simples bons tireurs allemands et ne serait pas passé à l'attaque comme l'avaient fait les deux Russes. L'objectif de Zaïtsev, c'était Thorvald, personne d'autre. Le Lièvre n'aurait pas dévoilé sa position pour une proie moins importante.

C'est aujourd'hui et demain que nous aurons la réponse, se dit Nikki. Si Zaïtsev est mort, il n'y aura pas de réaction. Les Russes n'enverront pas d'autres élèves contre Thorvald : il leur a plusieurs fois démontré que ce serait suicidaire. Mais si un tireur embusqué se manifeste ce matin ou demain de l'autre côté du parc, ce sera Zaïtsev.

Enfin.

Thorvald était prêt. Il prit le sac contenant sa bouteille Thermos et les sandwiches faits avec le fromage et la viande apportés d'Allemagne. Il lui en restait assez pour déjeuner quatre jours. Ce qui devrait amplement suffire, supposait-il.

Il souleva le Moisin-Nagant avec une grimace, se tourna pour ramper dans le trou. Où trouve-t-il la patience d'attendre et de guetter toute une journée ? s'interrogea Nikki. Regarde-le. Il est mou, délicat. Où puise-t-il la volonté nécessaire pour être ce maître tireur ? S'il y a une telle force en lui, ne devrait-elle pas apparaître aussi au-dehors, dans ses muscles, dans sa chair ?

Nikki crut entendre la voix du colonel lui expliquer : « Mais elle y est, cette force. Elle est dans mes yeux et dans mes mains, vous l'avez vue. Je la mets dans mes balles. Ma volonté est dans l'éclair de la poudre, elle se glisse dans le plomb, dans la chemise en cuivre. Je deviens le tireur le plus dangereux du Troisième Reich quand j'empoigne mon fusil. »

— Soyez vigilant, aujourd'hui, lui enjoignit le colonel, à genoux. Ne bougez pas, attendez mes instructions. Je crois que nous pourrions bien prendre un lapin au piège avant la fin de la journée...

Le colonel rampa derrière le mur et sous la tôle, poussant son sac et son fusil devant lui dans la neige légère tombée pendant la nuit. Nikki s'enveloppa d'une couverture. L'aube s'annonçait froide et sèche. Le temps couvert qui avait pesé sur Stalingrad comme une éponge humide la semaine précédente s'était évanoui avec la nuit. La journée serait claire, avec peu de vent.

La dernière étoile scintillait bas sur l'horizon, à l'est, au-dessus de la Volga, luttait dans son agonie avec les teintes roses et violettes du soleil levant. On verra et on entendra loin, aujourd'hui, prédit Nikki. Un bon jour pour la chasse.

Quand il s'éveilla, le soleil baignait son visage. Il rabattit sa capuche blanche de camouflage, ôta son casque. Le soleil n'était pas encore assez haut pour réchauffer le dessus de sa tête, mais l'absence de vent donnait au froid un côté agréable. Il songea à la neige poudreuse recouvrant les champs de son père en Westphalie, aux vaches qui se demandaient stupidement où était passé leur pré. Il pensa à sa sœur qui, les jours les plus froids, les attendait, son père et lui, avec un repas de lard au chou quand ils traversaient la cour de la ferme en frappant le sol de leurs bottes pour en faire tomber la neige. Ils s'asseyaient dans la cuisine sous la photo sépia de la mère, morte depuis des années, autant d'années qu'en avait Nikki. « Elle aurait été une bonne mère pour toi », répétait toujours son père, et Nikki souriait par-dessus la table à la sœur qui l'avait materné.

Il défit l'une de ses moufles, tendit la main vers ses sandwiches, déballa l'un d'eux et mordit dedans. Il aurait dû garder ses provisions pour plus tard dans la journée, quand la faim le tenaillerait vraiment, mais l'incertitude lui donnait envie de manger.

Assis dans le silence de cimetière du mur, sous un ciel bleu, il oublia un moment Thorvald, enfoui dans la terre comme un asticot gras et blanc. Nikki leva les yeux vers le Mamayev Kourgan, les voies ferrées courant derrière les ruelles, cette ville brûlée, détruite, si claire ce jour-là. Il s'imagina en unique survivant de Stalingrad. Que ferait-il ? Il se construirait une maison avec les décombres ? Il se lèverait et partirait ? Pour aller où ? Non, il resterait assis au soleil. Il mangerait son dernier sandwich. Peut-être irait-il dans la cachette de l'asticot pour manger ses sandwiches à lui aussi.

Nikki ne bougea pas de l'après-midi. Pas question de s'éloigner de la brèche, car Thorvald pouvait avoir besoin de lui à tout moment. Il s'étira, s'allongea sur le ventre, remonta la couverture sur lui. Est-ce qu'il croit en Dieu, Thorvald ? Est-ce qu'il Lui demande de le rendre fort ? Ou, comme moi, ne croit-il en Dieu que lorsqu'il en a besoin, quand il a des ennuis ? Mon Dieu, sortez-moi de là. Je vous en supplie, mon Dieu, je crois, je crois toujours, même quand Vous n'entendez pas parler de moi. Ramenez-moi au pays sain et sauf, et je croirai plus fort encore, je le jure.

Vers la fin de l'après-midi, le soleil projeta de longues ombres à travers le parc, s'abaissa pour briller au-dessus des épaules de Thorvald caché dans sa hutte. Nikki avala son dernier sandwich après avoir essayé de voir, par jeu, jusqu'à quel point il pourrait laisser croître sa faim. Les cris de son estomac l'avaient aidé à rester en alerte.

Voix de Thorvald :

— Nikki, vous êtes là ?

Le caporal, mort d'ennui, chercha une réponse.

— Nikki ?

— Oui, mon colonel. Je suis là.

— Il est temps de voir si nous avons de la compagnie.

Nikki retint sa respiration.

— Vous avez vu quelque chose ?

— Peut-être. Je ne suis pas sûr, mais j'ai cru voir quelque chose briller à l'endroit où étaient postés les deux tireurs russes, hier.

— C'est le Lièvre ?

La voix étouffée portait un sourire :

— Disons que c'est là qu'il devrait être, d'après moi.

Oui, c'est lui, pensa Mond. Zaïtsev, le héros des journaux. Bien sûr qu'il était venu là où ses amis étaient morts. Son sens de la vengeance devait être digne du mélodrame. Le Lièvre ne connaît pas Thorvald, mais Thorvald le connaît. Le colonel avait observé cet endroit toute la journée, attendant que les rayons du soleil tombent de façon à créer ce reflet.

— Le casque sur la pelle, vite ! ordonna Thorvald. Faites cinquante mètres sur la gauche puis montrez-le et revenez vers la droite.

Nikki ramassa la pelle. Derrière lui, il entendit le colonel se chanter à lui-même dans son cocon :

— Viens par ici, mon lapin. Petit, petit…

23

— Là ! Là, Vassili ! J'ai vu quelque chose. Un... un casque. Regarde. Vite, bon Dieu !

Zaïtsev venait de terminer son tour de guet et avait les yeux fatigués d'avoir inspecté le parc avec le périscope pendant une heure. Il avait remis ses moufles et se reposait, le dos au mur, depuis moins d'une minute quand Koulikov repéra quelque chose.

Le Lièvre ôta ses gants, reprit le périscope tandis que son compagnon continuait à jurer.

— Où ça ? demanda-t-il, levant l'instrument au-dessus des briques.

— Le mur, à l'autre bout du parc. Derrière le char. Là-bas. Là-bas !

— Calme-toi, Nikolaï, je vais le trouver.

Jamais Zaïtsev n'avait vu son ami aussi excité. Il est intrigué par ce Professeur. Moi, je vis avec Thorvald depuis une semaine, maintenant. Nikolaï vient juste de commencer.

— Il se déplace vers la gauche, murmura Koulikov.

Pas la peine de murmurer, pensa Zaïtsev. Thorvald est assez près pour recevoir une balle, mais on peut parler normalement.

Il observa le mur, distant de deux cent cinquante mètres. Le soleil qui se couchait devant lui entourait tout le paysage d'une aura floue et rendait difficile d'identifier une forme. Thorvald le sait, ça, bien sûr. Il s'est mis là exprès pour que le soleil lui donne l'avantage à cette heure de la journée. Moi, je l'avais ce matin. Il le sait aussi : la matinée est passée sans qu'on voie trace de lui.

— Tu l'as trouvé ? souffla Koulikov.

Pas encore. Pas là. Après le char. Le long du mur, pas là... Qu'est-ce que c'est ? Une pierre ? Non, c'est... oui, ça a bougé. Un casque, sûrement. A cette distance, l'image du périscope était déformée mais, en ce moment précis, Zaïtsev faisait plus confiance à l'acuité visuelle et à l'instinct de Koulikov qu'aux siens propres. Il fixa attentivement la tache grise ondulant en haut du mur ; ses yeux fatigués compensèrent automatiquement la vision trouble de l'instrument. Oui, la tache bougeait. Là-bas. Aucun doute. C'était un casque.

— Je le vois, répondit-il.

— Du gâteau, pour toi. Qu'est-ce qu'on fait ?

Zaïtsev continua à observer le casque, qui se déplaçait anormalement, par saccades, montant et retombant – pas du tout comme s'il se trouvait sur la tête d'un homme marchant derrière le mur. C'était une piètre ruse, un casque sur un bâton, bougeant comme si l'homme qui le portait n'avait qu'une jambe ou marchait à genoux. Le mur était assez haut pour qu'un homme ne soit pas obligé d'avancer à genoux pour rester à couvert... à moins de tenir un casque au bout d'un bâton. Non, c'est pas le Professeur. Ce salaud se planque ailleurs et il attend que je tire, comme Shaïkine et Morozov. Il attend que je révèle ma position. Le porteur du casque est un aide, un assistant maladroit.

Zaïtsev écarta les yeux du périscope. Cette feinte grossière, digne d'un bleu, l'insultait. Ce n'était pas le coup d'ouverture auquel il s'attendait de la part du Professeur.

— C'est un truc. Un truc minable, lâcha-t-il en

clignant les yeux pour les libérer de leur tension. On fait rien.

Les deux hommes regardèrent le casque monter et descendre en haut du mur. Au bout de quelques minutes, l'Allemand qui le portait se fatigua et baissa les bras.

Le soleil descendit derrière les ruines du côté ouest du parc ; la lumière était maintenant trop faible pour les collimateurs. La seule cible possible à cette heure de la journée, celle pour laquelle Viktor Medvedev et ses ours excellaient, c'était une cigarette allumée ou le reflet d'un canon quelque part dans l'obscurité de plus en plus épaisse. Pas le genre d'erreur que commettrait le Professeur. Ou peut-être que si ? Après tout, il avait promené un casque au bout d'un bâton devant Zaïtsev. Quelle déception ! Le Boche ne montrait pas de génie, pas même de savoir-faire.

Une demi-heure plus tard, après que la nuit fut complètement tombée, les deux tireurs russes se préparèrent à partir.

— Où, il est, nom de Dieu ? marmonna Koulikov.

Zaïtsev remarqua avec amusement que Thorvald rendait bavard Nikolaï le taciturne.

En rentrant à la casemate, ils trouvèrent Medvedev et Tania qui les attendaient. Le Lièvre leur relata la longue journée creuse, terminée par le coup du casque. Pendant trente minutes, il écouta l'opinion de l'un et de l'autre sur la tactique que Koulikov et lui devaient employer. Puis Koulikov se leva en silence et sortit.

— On l'a vexé ? demanda l'Ours.

— Non, mais il prend ce duel avec Thorvald de manière trop personnelle, répondit Zaïtsev. Ça l'obsède trop pour qu'il écoute les conseils des autres. Je sais pas. Ou alors, c'est encore Baugderis qui le travaille. Il s'en remettra. Bon, ça suffit pour aujourd'hui, je pense.

Medvedev se leva à son tour.

— Je vais peut-être aller chasser dans ton parc, cette nuit. Des fois que le Professeur fumerait…

— C'est ça, offre-lui du feu, dit Zaïtsev en riant.

Assise en tailleur en face du Lièvre, Tania regarda Viktor partir.

— Comment va Shaïkine ? lui demanda-t-il.

— Je ne sais pas. Je ne veux pas le savoir. Je me dis qu'il est vivant.

Elle frotta ses paumes sur ses genoux. Silencieux, Zaïtsev tentait de calmer le tumulte de sa poitrine, son envie de tendre les bras et d'attirer Tania à lui.

Elle rompit le silence :

— Thorvald. Pourquoi il se conduit comme un bleu ?

Il secoua la tête.

— Pour me faire croire que c'est pas lui. Pour me mettre en rogne. Je pourrais te donner dix explications et, finalement, j'en sais rien.

Tania allongea les jambes ; ses mollets et les contours de ses cuisses se dessinèrent sous la toile blanche du pantalon.

— Le Professeur veut savoir s'il a bien affaire à toi. Il te connaît, Vasha. On peut supposer qu'il a lu tous les articles sur toi. Il sait que le Lièvre ne tirerait pas sur un casque au bout d'un bâton. En t'abstenant de tirer, aujourd'hui, tu lui as révélé ta présence.

Elle cessa de frotter ses genoux, examina ses paumes comme une voyante sonde le marc de café.

— Il est imprévisible, poursuivit-elle. Toi, tu suis ta routine.

Zaïtsev s'allongea sur sa couverture sans relever le commentaire. Qu'est-ce qu'elle en sait ? pensa-t-il. C'est une femme, presque un bleu encore. Elle est pas là-bas avec moi à scruter les ombres, à chercher son tueur personnel. La routine ! La seule routine que je suis, c'est ça : quand je tire, quelqu'un meurt. Un homme, une balle. Thorvald fera pas exception.

La remarque de Tania le troublait cependant. Et si elle avait raison ? Je suis harcelé par les détails et les nuances dans cette bataille avec Thorvald. Elle qui a du recul, elle voit peut-être mieux les choses.

Merde. Elle a raison. C'est bien une routine, et Thorvald la connaît. Un homme, une balle. Ma devise déclarée, *imprimée* noir sur blanc. Non, pas ma devise, ma foutue vantardise. Il la connaît, il l'a lue je sais pas combien de fois dans ces articles. Je devrais tordre le cou de Danilov pour avoir donné toutes ces informations dans *Pour la défense de notre pays*. Il m'a attaché des ficelles aux pattes, il a fait de moi une marionnette que Thorvald peut maintenant faire danser. Thorvald sait comment je chasse, il connaît tous mes trucs. Quand je n'ai pas tiré sur le casque, ce matin, il a su que c'était moi, Tania a raison. J'aurais dû arrêter de raconter tout ça à Danilov, j'aurai dû dire à ce gnome : « Plus d'interviews ! » Mais je l'ai pas fait. Et ça me plaisait, cette célébrité. Je me roulais dedans comme un chien dans l'herbe haute. Maintenant, ma piste est tellement imprégnée de mon odeur que Thorvald n'a aucun mal à la suivre. Un héros, le Lièvre ? Un bel imbécile ! J'affronte un maître tireur dont je ne sais rien ; lui, il observe par-dessus le no man's land un ennemi sur lequel il a quasiment lu un bouquin.

Et il utilise mes propres tactiques contre moi. Fais-toi passer pour un débutant. Amène ton ennemi à baisser sa garde. Pousse-le à l'imprudence. Irrite-le. Perturbe son calme, use son endurance. Le casque au bout d'un bâton, c'était pas du tout une ruse idiote, elle a provoqué ma colère. Thorvald le sait. Pire, il me fait un cours sur ma propre tactique.

Zaïtsev repensa aux dizaines de fois où il avait joué le même petit jeu avec d'autres tireurs d'élite allemands. Provoquer leur colère, transformer la bataille en vendetta personnelle. Il se rappela le jour où, près des

Barricades, il avait abattu l'un des deux tireurs allemands embusqués derrière un talus de voie ferrée. Après sa première balle – dont il était sûr qu'elle avait fendu le nez du Boche – Zaïtsev avait levé au-dessus de sa tête un bout de planche portant le nombre 10 griffonné au charbon de bois. La note maximale dans un championnat de tir. Après avoir attendu quelques minutes pour laisser le nazi ruminer le culot de ce Russe étrange, Zaïtsev avait placé son casque sur un bâton, il l'avait baladé au-dessus du parapet et, quelques instants plus tard, Tchekov avait descendu l'autre Allemand. Enervé, cet imbécile n'avait pu s'empêcher de tirer sur le casque. Moralité : ne jamais en faire une affaire personnelle.

Tania a raison : je suis prisonnier de ma routine. Thorvald a réussi à me désorienter, à me mettre en colère. Il me mène où il veut, comme si j'avais une laisse. J'ai transformé le duel en vendetta pour lui faire payer la mort de mes lièvres. Il les a abattus parce que c'était le meilleur moyen d'arriver à moi. Ça a marché.

Avant que Zaïtsev puisse répondre à Tania, la couverture de l'entrée s'écarta. Les boutons dorés d'une longue capote, ceux qui ornaient la poitrine du capitaine Danilov, pénétrèrent dans la casemate.

Aux yeux de Zaïtsev, le *zampolit* paraissait déplacé dans l'abri des tireurs d'élite, même s'il y était venu souvent. Ce soir-là, peut-être parce à cause de l'acuité de son duel avec le Professeur, Zaïtsev fut ulcéré par la présence du gros commissaire. C'est un endroit pour les combattants, pensa-t-il, des hommes et des femmes endurcis, forts, essentiels. Et ce nabot large comme une barrique se pavane au milieu d'un abri où d'autres, meilleurs que lui, se sont tenus et ne se tiendront plus jamais.

Danilov salua Zaïtsev et Tania d'un « Camarades ! » jovial. La lumière jaunâtre de la lampe accentuait son sourire aimable.

— Camarade commissaire, répondit poliment le Lièvre.

Cette intrusion le contrariait, il aurait voulu continuer à disséquer le Professeur avec Tania en vue de la chasse du lendemain.

Danilov ne s'assit pas. Tant mieux, pensa Zaïtsev. Quand il s'assied, il reste.

— Camarade adjudant-chef, commença l'obèse, que s'est-il passé aujourd'hui dans votre traque du maître tireur allemand ?

— Rien. Mais je sais où il est, maintenant. Nous nous sommes mis d'accord, le Professeur et moi, pour nous rencontrer dans un parc du centre.

— Excellent, apprécia Danilov. Cette idée de parc me plaît. Rien entre vous qu'un vaste espace découvert. Peu d'endroits où se cacher. Un cadre idéal. J'aimerais voir ça.

Zaïtsev et Tania échangèrent un regard. Elle l'a entendu comme moi : il veut m'accompagner !

— Demain, ajouta Danilov.

— Non, tu peux pas venir, répondit aussitôt Zaïtsev.

— Bien sûr que si.

Il serra les poings, les agita devant le commissaire.

— C'est pas ce que tu crois ! C'est une bataille de concentration. Le Professeur et moi, on est liés par quelque chose qui va au-delà de tout ce que tu peux écrire dans tes articles. Il ne laissera passer aucune bourde. C'est un tueur.

— Toi aussi, mon cher Lièvre. Tu parles bien quand tu es énervé, tu le sais, ça ? Je serai ici deux heures avant l'aube.

Danilov se tourna pour sortir.

— Non ! rugit Zaïtsev.

Tania le tira par la jambe du pantalon.

— Si, dit-elle.

Le petit pot à tabac se tourna vers elle.

— Première classe Tchernova, merci de ton soutien. Le Lièvre peut être têtu, hein ?

— Ça, sûrement, camarade. Mais juste avant que tu entres, nous discutions de la tactique de ce tireur nazi. C'est un ennemi très complexe, et je suis certaine que le camarade Zaïtsev comprend que plus il aura d'aide, mieux ce sera.

Danilov resta sur le seuil, le nez en l'air, comme s'il flairait un danger, puis il regarda de nouveau Tania. Il se demande la même chose que moi, pensa Zaïtsev. Quel jeu elle joue ?

Le commissaire politique pivota sur ses talons, lança aux tireurs « A demain matin, donc », et disparut derrière la couverture.

Zaïtsev attendit, l'esprit bombardé de questions rageuses à assener à Tania. Il préférait s'abriter d'abord derrière le silence.

— Vasha, regarde-moi.

Il tourna la tête, battit lentement des cils, une seule fois.

— Oui ?

Elle sourit.

— Je viens de faire une chose très intelligente, ou très stupide. Je peux t'expliquer pourquoi elle est intelligente ?

— Vas-y.

— Danilov a une qualité indéniable, que nous avons tous deux constatée. C'est même pour ça que tu as fait appel à lui, la semaine dernière. Tu t'en souviens ? Quand tu es venu chasser avec moi sur le Mamayev Kourgan.

Tania pencha la tête sur le côté, se mit sur les genoux et approcha son visage si près de celui de Zaïtsev qu'il ne vit plus que ses yeux bleus. Il souffla, comme pour éloigner gentiment une coccinelle de sa joue ; elle souffla en retour, avec une douceur sensuelle, à peine assez fort pour faire osciller la flamme d'une bougie. Frottant son nez contre celui du Lièvre, elle murmura :

— Chaque fois qu'il est dans les parages, il se passe quelque chose, n'est-ce pas ? C'est toi-même qui l'as dit. Alors emmène-le rendre visite à Thorvald. Et tu verras ce qui se passe.

Une heure après l'aube, les Allemands donnèrent de nouveau l'assaut à la Maison de Pavlov.

Zaïtsev, Koulikov et Danilov ne pouvaient voir les combats, qui se déroulaient à deux cents mètres de l'endroit où ils étaient accroupis, derrière le mur du parc. L'attaque venait du côté sud de l'immeuble, caché à leur vue. Mais le fracas des canons et des armes automatiques emplissait l'air ; la fumée des armes et la poussière arrachée aux murs de la Maison de Pavlov traversaient en rampant l'espace découvert. Le bruit sourd des obus secouait le sol sous eux.

Vers le milieu de la matinée, l'assaut s'épuisa et mourut. Quelques dernières rafales de mitrailleuses giclèrent des fenêtres de l'immeuble : le sergent Jacob Pavlov, le Propriétaire, était toujours chez lui.

Zaïtsev et Koulikov gardaient l'œil rivé à leur lunette. Avec le soleil matinal dans le dos, ils n'avaient pas à craindre qu'un rayon se reflète sur leur instrument. De toute façon, pensa le Lièvre, Thorvald sait déjà qu'on est là. Il ne serait pas surpris. De plus, dans la fumée de la bataille, il n'y verrait sans doute pas assez clairement pour nous tirer dessus.

Danilov, assis à côté de Koulikov, se penchait au-dessus d'un de ses cahiers. Seul le bas de son dos touchait le mur. Ce matin-là, en retrouvant les deux tireurs devant la casemate, il tenait sous son bras le haut-parleur cabossé, la batterie et le micro.

« Nous aurons une petite conversation avec le colonel

nazi, avait-il annoncé en guise de bonjour. Le Professeur me répondra, et vous deux, vous pourrez lui clouer définitivement le bec. »

Zaïtsev avait usé de tout son pouvoir de persuasion pour dissuader le commissaire d'emporter le haut-parleur. « Demain, peut-être, avait-il tenté de marchander. Laissons-le tranquille encore un jour, pour avoir une meilleure idée de l'homme à qui on a affaire. » Derrière la tête de Danilov, Koulikov avait fait des grimaces hilares, puériles.

Zaïtsev regarda l'arrière de la Maison de Pavlov. Somnolente ces deux derniers jours, elle fumait et menaçait, ce matin. Tania avait raison : Danilov était un événement sous forme humaine.

Le commissaire politique referma son cahier avec un claquement, le fourra dans son sac puis bascula sur les genoux avec un grognement pour appuyer son ventre contre le mur.

— Tu l'as trouvé ? demanda-t-il au Lièvre dans un murmure.

— J'ai aucune idée de l'endroit où il se trouve, soupira Zaïtsev. Je sais juste qu'il est quelque part de l'autre côté du parc. Pour que je le repère, il faudrait qu'il commette une erreur, ce qu'il ne fera pas, ou qu'il joue le premier coup, ce que je dois le forcer à faire. L'ennui, c'est que quand Thorvald joue, la tête des gens explose…

Danilov ressortit son cahier pour noter les propos du Lièvre.

Koulikov baissa son périscope et posa doucement la main sur le poignet du commissaire.

— Camarade, s'il te plaît, arrête d'écrire. Ça me rend dingue.

— Il a raison, ça perturbe, le soutint Zaïtsev. (Il prit un périscope de réserve.) Tiens, tu veux nous aider à inspecter le front ?

Danilov, prêt à l'action, se balançait sur la pointe des pieds.

— Oui, bien sûr. Où je dois regarder ?

— Tu t'occupes du mur d'en face ; Nikolaï et moi, on surveille le terrain.

Danilov saisit le périscope, porta vivement, presque avidement, l'oculaire à ses yeux. Il ne risque rien tant qu'il reste baissé et qu'on a le soleil dans le dos, pensa Zaïtsev en le regardant. L'air est enfumé, il ne verra rien. Le Sibérien ôta son casque, rampa derrière Danilov.

— Bouge pas…

Il enleva la chapka du commissaire, la remplaça par son casque. Danilov continua à fixer le mur avec son instrument. Le casque n'effleurait pas ses oreilles comme il aurait dû. Bon sang, pensa Zaïtsev, ce type a une caboche grosse comme un seau. Il tapa sur le dessus du casque pour l'enfoncer.

— Arrête ça ! cria Danilov.

Il est tout à son affaire, maintenant, remarqua le Lièvre. Il joue au tireur d'élite comme un enfant joue à la guerre.

— Bonne chasse, camarade commissaire.

— Merci. Retourne à ton poste.

Zaïtsev secoua la tête, reprit son périscope et le leva lentement au-dessus du mur. Rien dans le parc n'avait bougé depuis trois jours. Pas une pierre, pas une brique. Quel que soit l'endroit où se trouvait le Professeur quand il a abattu Shaïkine et Morozov, il y est encore. Il a aucune raison de bouger ; il a pas tiré une seule fois depuis qu'on est là.

Les minutes passaient, n'affectant pas plus Zaïtsev que la brise matinale. Toutes ses sensations s'étaient concentrées dans ses yeux et dans ses mains. Il n'avait aucune idée de ce qu'il devait chercher si ce n'est un indice inconnu qui, espérait-il, se révélerait soudain à lui, un signe de vie dans les gravats et le nuage de poussière.

T'en fais pas, se dit-il. C'est Stalingrad, là en face. La toile de fond idéale pour un tireur embusqué. Elle finira par trahir la vie, inéluctablement.

Où il est, ce serpent ? Il y a tellement de crevasses, de trous, de décombres, merde ! C'est immense et mort autour de moi. Et là-bas, comme la pointe d'une aiguille dépassant d'un tapis, cette chose invisible et mortelle qui me cherche, qui me connaît, qui m'attend. Une balle pour ma tête, une fin éclatée, une histoire triste ce soir sous la lampe dans ma casemate, et une balade en traîneau le long de la rive jusqu'aux chambres froides des grottes. Tania me dira peut-être adieu près de la Volga cet après-midi ; demain à l'aube, elle viendra se poster à cet endroit, derrière le mur, pour me venger. La neige couvrira-t-elle mes traces de sang avant qu'elle ne puisse jurer vengeance sur elles, avant que mon fantôme ne vienne flotter à cet endroit pour la protéger ?

Rien dans les décombres. Rien dans les bâtiments, les ombres, les plaques de neige, les tranchées, les chars, les trous d'obus.

Rien. Où il est ?

Un bruissement derrière lui troubla sa concentration. Il écarta son visage du périscope, se tourna vers Koulikov, agenouillé à côté de lui, immobile, regardant fixement dans son propre périscope. Zaïtsev se pencha en arrière et, par-dessus l'épaule de Koulikov, vit Danilov se redresser lentement, sa bedaine remontant le long de la paroi. Il tenait son périscope plaqué sur son visage, et ses joues se gonflaient, sous les yeux cachés, comme de la pâte à beignet.

— Baisse-toi, lui intima Zaïtsev.

Depuis combien de temps il se tient comme ça ? J'aurais dû garder un œil sur lui.

D'une voix tendue comme une corde d'arc, Danilov répliqua :

— Je le vois, ce salaud.

Avant que Zaïtsev puisse répondre, Danilov se redressa complètement. Sa tête coiffée du casque et les épaules de sa capote dépassèrent du mur.

— Il est là-bas ! s'écria le petit homme, lâchant son périscope d'une main. Je vais vous le montrer !

— Baisse-toi !

Koulikov lâcha son périscope, glissa sur la droite, saisit le commissaire par les jambes pour le tirer à l'abri.

A cet instant, Danilov fut projeté en arrière, bras et jambes barattant l'air. Il heurta le sol si durement que le casque tomba de sa tête.

Cette tête était indemne : blessure en haut de la poitrine. Avant même que Danilov touche le sol, Zaïtsev avait vu le trou percé dans le grand manteau, sous la clavicule droite.

Danilov demeura immobile quelques secondes. Zaïtsev et Koulikov aussi, stupéfaits qu'ils étaient par l'imprudence folle du commissaire et par la soudaineté de la balle. Il n'était resté au-dessus du mur que deux secondes, mince intervalle de temps qui avait suffi à Thorvald pour le toucher.

Il se mit à agiter les jambes, à se trémousser comme un saumon échoué qui lutte pour regagner le lit de la rivière. Le dôme de son ventre tressautait, son dos s'arquait au-dessus du sol. Il roula d'un côté à l'autre en battant des bras.

Zaïtsev se pencha pour le maintenir ; Koulikov s'assit sur ses jambes. Il est sous le choc, pensa le Lièvre, il faut le maîtriser jusqu'à ce qu'il reprenne ses esprits ou qu'il tourne de l'œil.

Danilov gémit, essaya de se relever.

— Reste tranquille ! lui cria Koulikov dans l'oreille. La douleur va passer !

— Lâchez-moi, bon sang ! piaillait le commissaire. Lâchez-moi !

Zaïtsev examina ses yeux : ils étaient clairs, grands ouverts.

— Lâchez-moi ! Je vais le tuer, ce fils de pute ! Je vais le tuer moi-même ! Il m'a tiré dessus, ce salaud ! Laissez-moi me lever, je vais le tuer !

Zaïtsev et Koulikov relâchèrent leur étreinte. Danilov se redressa, le visage cramoisi, les veines des tempes et du cou saillant sous la peau. C'était sa rage et non sa blessure qui le mettait en état de choc.

Il baissa les yeux vers son épaule droite. Des fils de laine grise se hérissaient autour de la déchirure du tissu comme si de l'air s'échappait du trou percé dans son corps. Zaïtsev ne vit pas de sang, mais il savait que, sous le manteau et la veste, le commissaire devait saigner abondamment.

— Merde ! s'exclama Danilov en tremblant.

Zaïtsev posa une main sur l'épaule indemne et s'enquit :

— Ça ira ?

— Oui, je survivrai. C'est la première fois que je reçois une balle. C'est douloureux.

— Il paraît. Il faut qu'on te ramène à l'arrière, maintenant.

— J'aimerais beaucoup rester, mais je crois que je saigne.

Le Lièvre sourit. Danilov cligna les yeux, étira les lèvres en un sourire hésitant, fit signe qu'il voulait s'allonger de nouveau. Zaïtsev plaça ses mains sous le cou de Danilov pour le soutenir pendant qu'il baissait le dos.

— Merci, camarade, soupira Danilov.

Zaïtsev se pencha vers lui.

— Qu'est-ce que t'as vu ? Dans quelle direction tu regardais ?

— Je regardais le mur, comme tu me l'avais demandé, répondit Danilov, d'un ton un peu pincé, comme si la question impliquait qu'il aurait pu ne pas suivre convenablement les instructions du Lièvre.

— Oui, bien sûr, fit Zaïtsev d'un ton conciliant. Et qu'est-ce que t'as vu ? Tu l'as vu, tu nous as dit…

— Oui, je l'ai vu, confirma Danilov.

Il leva la main gauche pour que Zaïtsev le remette en position assise, cracha sur le sol, de colère.

— J'ai vu son casque, à ce salopard, grommela-t-il. (De la salive veinée de rouge pendait au menton du commissaire.) Il marchait le long du mur, voilà ce que j'ai vu.

Zaïtsev ne fut pas surpris. Encore la feinte de bleu, hein ? Encore en train d'essayer de me mettre en colère pour me faire réagir. Le truc avait marché, mais sur une proie inattendue. Le Lièvre se tourna vers Koulikov.

— Et toi, Nikolaï, t'as vu quelque chose ? Un éclair, un reflet ?

Koulikov secoua la tête.

— Rien.

Zaïtsev n'avait rien vu non plus. Thorvald avait joué ce premier coup dont le Lièvre avait parlé à Danilov, mais ils n'en avaient retiré en fait d'avantage qu'un commissaire têtu blessé.

— Camarade, avec ta permission, il faut que j'examine ta blessure…

— Non, ça va, fit Danilov d'une voix faible. Je préfère la montrer à un médecin.

— Camarade commissaire, ta blessure peut me donner des indications sur l'endroit où Thorvald est caché.

— Ça fera un peu mal, commenta Koulikov derrière le Lièvre.

Danilov acquiesça d'un hochement de tête raide d'homme soûl.

— Oui. Bien sûr. Vas-y.

Grognant à travers ses dents serrées, il aida Koulikov à

déboutonner son manteau, à le rabattre délicatement pour découvrir l'épaule droite. La veste vert océan était boueuse de sang. Zaïtsev découpa le tissu autour de la blessure.

— Bouge pas. Il faut que je la nettoie.

— Fais ce que tu juges nécessaire, dit Danilov, appuyant le dos contre Koulikov.

Un filet rouge coulait de la lèvre inférieure de la plaie. L'épaule charnue du commissaire était couverte de poils noirs. Le Lièvre tailla dans la tunique un carré de tissu avec lequel il essuya le sang. Danilov grimaça.

— Ça sera pas long, murmura Zaïtsev.

L'orifice était net et rond, entouré d'un anneau violet régulier. Signe, selon les leçons du grand-père Andreï, que la balle avait suivi une trajectoire horizontale. Examine le trou, Vasha, disait le vieil homme. La balle laisse une trace sur la peau, comme une patte dans la neige. Thorvald est probablement au niveau du sol. Qu'en penses-tu, Grand-Père ? Difficile de dire de quel côté la poitrine de Danilov était tournée, mais sa blessure nous fournit au moins une indication.

— Tu regardais droit devant toi, n'est-ce pas ? demanda Zaïtsev pendant que Koulikov remontait le manteau sur l'épaule du commissaire.

— Mmm, oui, je crois.

— Je suis désolé de ce qui t'arrive.

C'est entièrement ta faute, pensait Zaïtsev, mais pourquoi ajouter l'insulte à la blessure ? Ce n'est pas le moment de lui faire la leçon.

Il essuya le sang de ses mains avec le morceau de tissu. J'aurais jamais dû emmener Danilov. J'aurais dû refuser, même après l'intervention de Tania. Mais elle sait obtenir ce qu'elle veut. Elle le voulait ici, et il est allongé ici. C'est le résultat qu'elle escomptait. Elle a froidement envoyé Danilov au-devant de cette balle, elle m'a soutiré mon accord. Pourquoi ? Pour m'aider à trouver

Thorvald ou pour nous débarrasser tous de Danilov ? Dans un cas comme dans l'autre, le commissaire quittera Stalingrad vivant. Il a de la chance. A l'hôpital de campagne, les médecins extrairont la balle logée dans son épaule, et dès que la rivière gèlera, ce sera une balade en traîneau pour toi, commissaire, la traversée jusqu'à Krasnaya Sloboda. Bah ! ceux que les dieux choisissent d'épargner, laisse-les vivre en paix. Le commissaire est peut-être protégé par un essaim d'esprits qui volettent autour de lui.

Koulikov aida Danilov à se mettre debout et les deux hommes s'éloignèrent ensemble, tête baissée, marchant au même rythme, l'un étique, l'autre gras, un jeune garçon avec son poney blessé.

Zaïtsev pensa à la balle dans l'épaule de Danilov, au sang qui chauffait le flanc et la jambe du commissaire, qui coulait peut-être dans sa botte. Comment en était-on arrivé là ? Batiouk m'a donné pour mission de trouver et de tuer le Professeur. Pourquoi ? Pourquoi tant d'efforts pour éliminer un seul homme ? Pourquoi les balles dans les corps de Shaïkine, de Morozov, de Baugderis, de Danilov, des infirmières ? Pourquoi je suis là, livrant un duel à mort avec un seul tireur d'élite au lieu d'opérer dans les usines pour protéger les troupes russes ?

La réponse était dans la posture que prenait Danilov malgré sa douleur. Stalingrad n'est plus une bataille pour un point sur une carte. C'est devenu une guerre d'idées entre Hitler et Staline, entre les généraux des deux armées qui saccagent cette terre, détruisent ces maisons. Stalingrad est le coup de poignard le plus profond du Führer dans la Russie, il n'est pas question pour lui d'y rester bloqué. De même, Staline oppose la résistance la plus ferme dans la ville qui porte son nom. Connaissant son importance stratégique pour Hitler, Staline a condamné la ville à mort afin de préserver la vie de la *rodina*. Et le résultat réel, tangible, des idées de ces deux dirigeants, concoctées dans la sécurité de leurs forteresses, coule en ce moment du corps de Danilov : du sang. Des cadavres et des ruines : voilà qui est bien plus réel que des idées, mais beaucoup moins important pour les gouvernants. Lancés l'un contre l'autre tels des coqs de combat, Thorvald et moi ne sommes plus des hommes mais des idées. Pour les propagandistes comme Danilov, pour les journaux et pour les généraux, pour Hitler et pour Staline, c'est le Lièvre contre le Professeur, la légende russe contre la merveille allemande. De celui de nous deux qui recevra la balle couleront non pas du sang, mais un titre et un article ; les plans d'un des dictateurs seront réalisés, ceux de l'autre discrédités.

Bon, colonel, ce n'est pas avec des rêveries que je te tuerai. Il me faudra une balle. Alors, au boulot.

Zaïtsev ramassa son casque, le remit sur sa tête. L'acier était froid d'être resté par terre. Il prit le périscope de Danilov. Je n'ai rien vu. Koulikov n'a rien vu. Danilov a vu un casque se déplacer.

Comment Thorvald a-t-il pu tirer sans que Koulikov ou moi voyions un éclair ? Le Professeur est au niveau du sol, mais il doit être enfoui dans l'ombre, niché dans l'obscurité. Où peut-il se cacher pour nous voir et tirer sans avoir à se soucier de l'éclair sortant de son fusil, sans craindre un reflet du soleil sur sa lunette ? Il doit se terrer dans un endroit soigneusement camouflé, un endroit où je ne penserais jamais à le chercher, où il était sûr que je ne regarderais pas quand il a pressé la détente et que son arme a craché sa langue de feu.

Zaïtsev se rappela la scène : Danilov n'était resté debout que deux secondes, pas plus. Thorvald doit se trouver près pour tirer comme ça, pour voir aussi clairement à travers la fumée et la poussière avec le soleil dans les yeux. Et l'anneau régulier autour de la blessure ? Une bouche ouverte murmurant avec la voix de son grand-père.

Où ?

Thorvald a un assistant. Il lui a ordonné de refaire le coup du casque sur un bâton. Il doit être près du mur – derrière ou devant – pour donner ses instructions à cet homme. Probablement à moins de dix mètres.

Où ?

Zaïtsev balaya le terrain du regard à travers le périscope, traça mentalement, à droite et à gauche, les limites du périmètre dans lequel le Professeur devait se trouver pour toucher Danilov, pour que la balle fasse un trou régulier, entouré d'un anneau régulier, dans la chair du *zampolit*.

Sur le bord gauche de la zone ainsi délimitée, il inspecta plusieurs cratères de bombes, une fontaine renversée et un char allemand brûlé. Le tank était tourné vers l'est, vers la position de Zaïtsev. Il l'avait examiné une centaine de fois ces deux derniers jours, mais la carcasse métallique vide prenait maintenant une signification nouvelle. Thorvald était-il à l'intérieur ? Peut-être. Le blindé se trouvait assez près du mur pour lui permettre de parler à son assistant. Thorvald pouvait facilement se glisser sous le char avant l'aube, y pénétrer par l'écoutille de secours. Il pouvait tirer par la meurtrière avant, ou par le trou laissé quand on avait récupéré la tourelle de la mitrailleuse.

Ce n'était cependant pas une cachette digne d'un tireur d'élite expérimenté, surtout s'il avait l'esprit tortueux. Elle ne lui offrait pas de voie de sortie rapide en cas d'attaque d'infanterie ou de bombardement au mortier sur sa position. De plus, elle limitait sa vision du champ de bataille, donc le choix des cibles, et, Thorvald l'avait montré, il aimait choisir ses victimes dans un large éventail.

Zaïtsev porta son regard vers le nord, vers la lisière droite de la zone, concentra son attention sur le mur. Il imagina le Professeur tapi dans sa tanière, appelant son assistant posté derrière le mur : « Mets le casque sur le bâton et marche. Secoue-le comme si tu faisais du pop-corn au-dessus d'un feu de camp. Fais ça si mal que le Lièvre sentira ma main lui gifler la figure ! » Le périscope amena Zaïtsev au bord d'un autre trou d'obus. Non, il n'est pas dans un cratère. Plusieurs tas de décombres recouverts de neige bosselaient le sol du parc comme des piqûres d'insecte. Il n'est pas là non plus. Tout au bout, à droite, il y avait un bunker allemand abandonné, petite casemate de sacs de terre, de blocs de béton et de madriers. Thorvald pouvait-il être là-dedans ? Absolument. Zaïtsev se penchait vers le périscope comme s'il pouvait envoyer ses yeux planer, tels des faucons, au-dessus de l'abri pour en inspecter les traits et lui en rapporter les détails. Comment Thorvald s'approcherait-il de cette cachette ? Comment en sortirait-il ? Quels seraient ses angles de tir ? Non, il n'est pas là-dedans. Comme pour le char immobilisé à l'autre bout du périmètre, Zaïtsev ne pouvait croire que le Professeur choisirait une cachette aussi évidente, tout juste bonne pour un tireur d'élite médiocre. Il orienta le périscope vers le centre du parc, examina les gravats près du mur. Des tas de briques et quelques tôles jonchaient le sol.

Le Lièvre interrompit son inspection pour se demander si la fatigue le gagnait. Cela faisait deux heures maintenant, depuis le départ de Koulikov et Danilov, qu'il regardait dans le périscope. Le soleil s'était hissé à sa position de midi. Zaïtsev vérifia ses mains, ses yeux, ses jambes repliées sous lui, sa concentration. Ne fais de suppositions, ne prends de décisions que si tu as l'esprit parfaitement affûté, se recommanda-t-il. Tu as besoin de repos ? Arrête. Tu dois être en alerte, les oreilles dressées, le nez au vent. Tu te sens bien ? Tu peux continuer ? Bon, alors, dis-moi : il est dans le char, dans le bunker, dans un cratère de bombe, derrière un tas de briques, dans un bâtiment, derrière le mur ? Tu es sûr, Vassili ? Réponds-moi si tu es sûr. C'est seulement ton instinct ou tu es sûr ? Dis-moi.

Non. Il est ailleurs. Quelque part, et je le trouverai. J'en suis sûr, à cause de mon instinct.

Thorvald est le Professeur. Mais moi, je suis un chasseur.

Son chasseur.

24

Il remarqua d'abord le mouvement. Un objet gris montant et descendant au-dessus du mur comme un oisillon passant la tête hors de son nid. La chose se tourna à droite et à gauche, s'agita comme un poing colérique. Après l'avoir observée quelques secondes, il reconnut un périscope de campagne, instrument de prédilection du tireur embusqué russe.

— Nikki !

Thorvald se concentra sur sa lunette pour percer de son réticule la brume de bataille enveloppant le parc. L'assaut avait été donné dans la matinée contre un bastion russe situé au coin gauche du parc. L'attaque avait échoué une heure plus tôt, mais de la fumée et de la poussière planaient encore au-dessus du sol, captant et reflétant la lumière comme un crachin berlinois, gênant la vision de Thorvald.

Il écarta son visage de l'oculaire. Son œil gauche, resté fermé pendant la plus grande partie de la matinée, fut lent à s'ouvrir. Sur son œil droit, celui avec lequel il visait, demeurait collée l'image transparente et grossie du mur d'en face. Dans l'obscurité de sa cachette, l'image survivait comme un spectre.

Il appela de nouveau Nikki.

— Oui, mon colonel ?

— Préparez le casque et le bâton.

Thorvald colla de nouveau l'œil à la lunette. Qui est cet imbécile dont le périscope titube comme un enfant souffrant du mal de mer ? Ce ne peut être un tireur d'élite ; il est trop fébrile ; il essaie d'englober d'un coup tout le champ de bataille au lieu de se déplacer lentement, imperceptiblement, pour éviter de se faire repérer. Non, ce périscope n'est pas dans les mains d'un tireur d'élite, du moins pas d'un tireur averti. Ce doit être un tiers, un officier sans expérience ou un observateur.

Mond m'a avoué qu'il avait prévenu les rouges de ma présence. L'idiot d'en face est peut-être quelqu'un venu pour être témoin de notre petite guerre. Un officier de renseignements, un correspondant pour leur stupide feuille de chou donnant des nouvelles du front, que sais-je. Mais certainement pas un tireur d'élite.

Je pourrais loger une balle dans ce périscope. Je pourrais flanquer la frousse à ce guetteur maladroit ; je pourrais l'arroser d'éclats de verre, lui et Zaïtsev, qui se tient sûrement à côté. Pourquoi le Lapin ne lui dit-il pas de rester baissé ou de ficher le camp et de laisser les tireurs faire leur travail ? Ce crétin n'a pas sa place ici. Je pourrais augmenter la pression de mon doigt pour lui en administrer la preuve. Je me demande ce que ferait le périscope vacillant si j'ordonnais à Mond de montrer le casque.

Je ne le ferai pas, parce que c'est trop facile. Zaïtsev cherche à m'appâter. Oui, c'est ça. Il attend que je tire, il m'offre cette cible comme une pierre à lécher. Je le vois, maintenant : il y a un piège dans l'œil borgne de ce périscope. Je ne sortirai pas de mon repaire, Lapin. Tu dois trouver mieux.

Ce périscope. Ridicule. Je pourrais faire exploser le miroir et les lentilles, Zaïtsev ne verrait pas l'éclair de mon coup de feu. Je suis tapi assez loin dans l'obscurité de ce trou. Pour le voir, il faudrait qu'il regarde droit dans ma direction. Une balle en plein milieu du périscope, si ce crétin voulait bien rester un moment sans bouger.

Ce serait agréable de montrer directement au Lièvre à qui il se mesure.

Attends. Sens ton arme se fondre avec tes mains. Le bois contre les paumes, la peau du fusil, mon sang qui réchauffe le bois. Ma joue contre la crosse, ma joue immobile comme du bois. Le métal contre mon orbite et, sous mon doigt, la détente, lisse, une peau elle aussi mais plus dure, exigeant quelque chose de moi. La lunette aspire mon œil et le projette, grossi, vers ce périscope. La détente veut quelque chose de moi.

Soudain le périscope s'éleva plus haut au-dessus du mur, suivi d'un casque et de la partie supérieure d'une poitrine. L'homme tendit le bras, le pointa vers Thorvald.

Il fit feu.

Que s'est-il passé ?

L'homme s'écroula.

Mon Dieu ! Que s'est-il passé ? J'ai tiré.

Thorvald lâcha son fusil. Le bruit de la détonation, capturé et renvoyé par la tôle, résonnait à ses oreilles. Il s'écarta de l'ouverture entre les briques comme si un chien aboyait et claquait des mâchoires, dehors. Le visage enfoui dans la terre, les genoux contre la poitrine, Thorvald s'attendait à ce que Zaïtsev tire d'un moment à l'autre, il attendait la brûlure de la balle.

Les secondes passaient. Thorvald avait les muscles douloureux, recroquevillé comme il l'était au fond du trou. Son cœur battait à ses tempes ; sa respiration sifflait dans sa bouche ouverte. Derrière ses paupières hermétiquement closes, ses globes oculaires tressautaient, à droite, à gauche. Sa peau trahissait sa peur.

Lentement, il déplia son corps. Aucune balle ne répondit à ce mouvement. Pas encore. Il bougeait avec précaution, ne sachant quelle partie de son corps pouvait le trahir. Il haïssait cette impression d'être observé, cette idée que le Lapin pouvait le voir dans sa lunette, cette nausée de sentir sur soi, fût-ce une seconde, le réticule du Russe.

Il m'a vu. C'est obligé. Ce foutu lapin m'a piégé, il m'a fait mordre à son appât. Il m'a forcément vu.

Thorvald secoua ses épaules et ses jambes comme pour se dégager d'une gangue de glace. Il avait la peau glacée, il se sentait brûlant à l'intérieur. Il passa une main sur son front, ramena des doigts aux extrémités mouillées.

Il demeura étendu sur le dos quelques minutes pour apaiser ses nerfs et ralentir sa respiration. Levant les yeux vers la tôle, il pensa à un couvercle de cercueil.

Pourquoi ai-je fait ça ? Pourquoi ai-je appuyé sur la détente ?

Le calme revint lentement dans ses tripes. Il pensait plus clairement, maintenant, sans paniquer. Maudit Zaïtsev qui m'a mis dans cet état. Je hais la peur.

Il paiera. Hier, ce n'était qu'une mission interrompant mon travail à Gnössen. Une tâche dont je ne voulais pas. Maintenant, c'est devenu une affaire personnelle. Le Lapin mourra. Mais la priorité, Heinz, c'est de rester allemand, de garder un esprit ordonné, malgré la peur. Es-tu d'accord ? Bien. Alors, reprends, avec froideur et précision.

Je me demande pourquoi j'ai tiré. En fait, ce n'est pas si important. Je sais : j'ai pressé la détente, parce j'étais prêt à le faire, tendu comme une corde à piano. La cible a appelé elle-même la balle. Ça se passe comme ça, sans réfléchir.

Bon. Mais qu'est-ce qui a fait surgir la cible ?

Thorvald repassa dans sa tête le moment où il avait appuyé sur la détente. Le réticule partageait de ses fils le périscope, et soudain, sans raison, l'homme s'était dressé, exposant sa tête et son torse. Thorvald avait senti la crosse de son arme boxer son épaule. Il ne se rappelait pas s'il avait ajusté sa visée pour suivre la tête. Non, il avait probablement touché l'épaule. C'était aussi bien. Mouche, aucun doute.

L'homme s'est levé. Il a tendu le bras.

Vers moi.

Il avait dû me voir. Il a tendu le bras.

Vers moi. J'ai tiré. Il est tombé.

Qu'aurait-il pu désigner d'autre ?

Qui d'autre aurait-il pu voir ? Mond ?

Mond.

Thorvald se tourna vers l'arrière de sa cachette, nota l'impatience de sa voix quand il cria :

— Nikki !

Le caporal ne répondit pas.

Il appela de nouveau. Je ne peux pas me faire entendre dans ce fichu trou, pensa-t-il. Il attendit.

Finalement, la voix de Mond s'éleva de l'autre côté du mur.

— Vous avez tiré, mon colonel ? J'ai cru vous entendre. Vous l'avez eu ?

— Où étiez-vous ?

— A cinquante mètres sur la droite, avec le casque et le bâton.

Thorvald se raidit.

— Vous avez montré le casque ?

— Oui, mon colonel. Comme vous me l'aviez demandé.

Thorvald l'aurait giflé.

— Caporal, je vous ai demandé de *préparer* le casque, pas de le montrer. Vous avez failli me faire tuer !

Il frissonna en prononçant ces mots, se revit enroulé sur lui-même comme une de ces créatures humides qu'on trouve sous les pierres. Cette scène l'avait avili ;

elle sapait son sentiment de contrôler la situation, ici, à Stalingrad.

— Caporal, asseyez-vous là où vous êtes et restez-y ! Vous ne faites plus rien sans mon ordre ! Compris ?

Mond commença d'un ton penaud :

— Oui, mon colonel. Je pensais...

— Silence !

Thorvald la crachait hors de lui, cette tache de honte que la peur avait laissée en se retirant.

— Ne pensez pas ! C'est *moi* qui pense. Vous vous taisez, vous attendez que j'aie fini de parler, un point, c'est tout ! ajouta-t-il, conscient de s'adresser au caporal comme à un mioche désobéissant.

Il retourna en se tortillant à l'avant du trou, regarda entre les briques. L'homme au périscope avait vu le casque de Mond, c'était pour cette raison qu'il s'était dressé au-dessus du mur.

Qui est-ce ? Pas un tireur d'élite. Un tireur n'aurait pas fait ça. Que vient-il faire dans mon duel avec Zaïtsev ? Et qu'est-ce que Zaïtsev a à voir avec ce qui s'est passé ? Le Lapin contrôlait-il la situation ? Avait-il prévu d'utiliser l'homme au périscope comme appât, ou la chose était-elle arrivée d'elle-même ? Sachant que j'avais eu recours au truc du casque ces deux derniers jours, avait-il délibérément emmené un idiot à la chasse en lui disant : « Si tu vois un casque au-dessus du mur, lève-toi pour me le montrer » ? La légende russe était-elle capable d'un tel acte ? Zaïtsev raisonne-t-il assez froidement pour essayer de me prendre avec un appât vivant ? D'ailleurs, était-ce même Zaïtsev ? L'homme au périscope faisait peut-être partie d'un autre groupe de tireurs embusqués de second ordre, des lapereaux envoyés pour repérer mes traces. Ou quelqu'un d'autre encore, un infortuné soldat ignorant tout des regards surveillant le parc à la lunette, un intrus aventuré par mégarde sur notre champ de bataille, un quelconque correspondant de guerre américain ou anglais arpentant le front en quête de nouveauté...

Que s'est-il passé ?

Thorvald reconnut qu'il n'en savait rien.

Cela le troubla. Il comptait bien se montrer plus intelligent que le Lapin et, jusque-là, les événements s'étaient déroulés sous son contrôle. Même la trahison de Mond révélant sa présence aux Russes n'avait rien entraîné d'autre qu'un contretemps de quelques jours. Mais sur ce dernier incident, Thorvald n'avait eu aucune prise. Mond qui lève le casque sans qu'il le lui ait demandé, l'homme qui se dresse à l'autre bout du parc, son propre coup de feu instinctif. Thorvald ne se sentait pas à l'aise sur le terrain de l'instinct. Il se voulait un homme uniquement guidé par son intelligence. Alors que l'instinct est moitié réflexe moitié sentiment viscéral, l'intelligence n'émane que du cerveau. Et le cerveau allemand était le meilleur au monde.

Le soleil monta, les ombres raccourcirent. Il n'était pas encore midi et, bien que Thorvald eût le soleil devant lui, sa tanière demeurait remplie d'ombre, comme une cuvette l'est d'eau saumâtre. Il regarda sa montre en l'approchant de l'ouverture : 10 h 45. Est-ce que Zaïtsev a vu l'éclair de mon coup de feu ? se demanda-t-il de nouveau. S'il l'avait vu, il aurait riposté, non ? Un homme, une balle. Il aurait mis fin à la partie, s'il en avait eu la possibilité. Dois-je en conclure qu'il ne m'a pas repéré ? Ai-je eu raison de croire que ce trou sous cette tôle est toujours une cachette idéale ? Y suis-je en sécurité ? Oui, peut-être.

Pour le moment, je suis coincé, je ne peux pas en sortir avant la nuit. Que va faire Zaïtsev, maintenant ? Me tentera-t-il avec un autre appât ? Ou, gagné par l'impatience, sera-t-il imprudent ? Aurai-je l'occasion aujourd'hui de tirer sur les oreilles du Lapin ?

Lapereau, je t'accorde audience pour le reste de la

journée. Qu'aimerais-tu me montrer ? J'y logerai une balle.

Pendant les trois heures qui suivirent, Thorvald demeura immobile, fixant dans sa lunette le mur au-dessus duquel l'homme au périscope était apparu. Après le choc et la rage du matin, son énergie semblait avoir redoublé. Il pouvait maintenant regarder dans le collimateur une heure d'affilée et n'avait besoin que de quelques minutes de repos avant de reprendre son observation. Je suis capable de tout, le Lapin le sait.

Le soleil brillait maintenant juste au-dessus de leurs têtes.

C'était le moment de la journée où ni Thorvald ni Zaïtsev ne prendraient le risque qu'un rayon se reflète dans leurs lunettes. Les bâtiments entourant le parc étaient plantés sur leur ombre ; c'était le moment de la journée où le trou de Thorvald était le plus sombre. Il se sentait invisible et hardi.

Il se vit en train de tuer Zaïtsev. Il imagina le Lapin dans son collimateur, son doigt ramenant la détente en arrière. Zaïtsev prenait la balle dans la tête, mais ne tombait pas ; il restait debout à l'endroit où il avait été touché. D'autres Russes accouraient et, le couvrant de béton, le transformaient sur-le-champ en statue. Sur le socle, on lisait cette inscription : *Tué au combat par le colonel de SS Heinz von K. Thorvald, le 7/11/1942.* Thorvald se vit racontant cette histoire à l'opéra de Berlin, détaillant à un public élégant son duel épuisant dans la steppe russe, dans l'enfer d'une ville dévastée, à la pointe de l'invasion allemande. J'expliquerai le jeu du chat et de la souris entre les deux maîtres tireurs, la force extraordinaire de mon ennemi. Plus tard, les services de renseignements allemands trouveront une copie d'un journal communiste relatant avec tristesse la mort du célèbre Lapin. L'article exhortera tous les soldats russes à venger le meurtre de leur héros par Heinz von K. Thorvald, colonel de SS. Quelqu'un me trouvera un surnom qui restera, un sobriquet flatteur d'un ou deux mots. Tous les vrais héros en ont un, comme le Lapin. Je serai l'Expert, le Maître, quelque chose de ce genre.

Et Mond, oui, Mond. Que faire du jeune caporal ? Sera-t-il un atout pour moi à Berlin ? Lui aussi connaîtra l'histoire de mon duel avec le maître tireur russe. En donnera-t-il une version fidèle ? Dira-t-il comment j'ai pris le Lapin au piège par la ruse et lui ai fait sauter la cervelle ? Et s'il ment ? S'il raconte à ses camarades, à la caserne, que c'est en fait sa connaissance de la ville et de la bataille qui a permis de coincer Zaïtsev ? « J'ai montré le Russe à Thorvald, il n'a eu qu'à appuyer sur la détente », prétendra-t-il peut-être. Si je suis le seul à rapporter cette histoire à Berlin, je n'aurai pas de problème. Certes, j'ai promis de ramener Mond avec moi, mais que vaut une promesse faite à un traître avoué, à un incapable qui a failli me faire tuer ce matin ? Nous verrons. Nous parlerons, Mond et moi, quand Zaïtsev sera mort.

Tandis que l'esprit de Thorvald faisait défiler des images de sa propre célébrité, son corps et ses yeux infatigables demeuraient à l'affût. Quand le mouvement se produisit, il ne lui parut pas soudain, même après cette longue attente. Voilà, pensa-t-il, Zaïtsev joue son coup. Ou commet son erreur, peu importe.

Une forme blanche apparut au-dessus du mur, trop petite pour que Thorvald discerne ce que c'était. A la façon dont elle bougeait, ce devait être une partie d'un corps, une main dans une moufle, peut-être, le côté d'une épaule, ou même une tête coiffée d'un capuchon blanc. La cible se détachait sur le paysage pommelé. Thorvald déplaça son réticule d'un millimètre vers la gauche. Attends, lui souffla une voix, attends de savoir sur quoi tu tires.

Au diable l'attente, au diable Zaïtsev, répondit-il à la

voix. Il ne me voit pas, je peux faire ce qui me chante. Je suis invisible. Et en colère. J'ai envie de tirer, c'est ce que je fais le mieux. Montrons au Lapin un peu plus de ce que je sais faire.

Zaïtsev est le genre de tireur qui attend. Moi, je fais feu.

La cible blanche ne se trouvait pas au-dessus du mur depuis plus de trois secondes quand le réticule fut parfaitement centré et immobile.

25

— Danilov ne mourra pas.

Zaïtsev sursauta, étonné une fois de plus par la capacité de Koulikov à se déplacer sans bruit. Il n'avait pas entendu le petit tireur revenir. Les mains de Koulikov étaient tachées du sang séché du commissaire.

Danilov était conscient quand les deux hommes étaient arrivés à l'hôpital de campagne installé dans les falaises dominant la Volga. Koulikov était resté juste le temps qu'une infirmière examine la blessure. Elle avait pressé la plaie avec un pansement et une spatule métallique, provoquant la fureur de Danilov. Apparemment, il avait de la méchanceté en réserve. Koulikov lui avait souhaité bonne chance et s'était hâté de regagner le parc. Il était resté parti moins de trois heures.

En reprenant sa place près du Lièvre, il lui posa une question qu'il avait ruminée tandis qu'il se frayait un chemin le long du fleuve et parmi les ruines :

— Si te tuer, toi, Vasha, c'est la seule mission de Thorvald, pourquoi il a gaspillé une balle sur une cible dont n'importe quel tireur expérimenté aurait su que c'était pas un autre tireur d'élite ? Pourquoi risquer de révéler sa position pour abattre un gros type incapable de garder la tête baissée ?

Zaïtsev répondit aussitôt :

— Parce que le Professeur est certain qu'on n'arrivera pas à le trouver.

— Et il restera là où il est jusqu'à ce qu'on l'en tire par les pieds, enchaîna Koulikov en souriant.

Zaïtsev porta un doigt à son front.

— J'ai réfléchi moi aussi pendant que tu étais parti, Nikolaï. Regarde.

Il montra une planche longue d'un mètre, défit l'une de ses moufles et l'y attacha.

— Je vais la faire dépasser du mur. S'il tire dessus, on aura un trou dans le bois plus facile à examiner que la saloperie qu'il a faite à l'épaule de Danilov.

— Il aime étaler sa science, le Professeur, approuva Koulikov.

— Exactement. Et on pourrait peut-être l'amener à nous montrer où il se planque.

Zaïtsev leva les yeux vers le ciel. Le soleil était haut ; Thorvald ne risquait pas de se faire repérer par un reflet de sa lunette. Il mordrait peut-être à l'appât.

— Prêt ? fit le Lièvre, posant la planche sur ses cuisses. On fait un petit bonjour au Professeur...

Il leva la planche, fit dépasser le gant du mur et le déplaça vers la droite. Salut, colonel Thorvald. Il compta à mi-voix :

— Un, deux...

La planche tressauta ; une balle perça la paume blanche de la moufle. Les vibrations du bois firent mal aux mains du Sibérien.

Sans lâcher la planche, il pressa l'index contre le mur pour marquer l'endroit où elle se trouvait, puis la laissa tomber et traça un trait sur le mur avec un morceau de savon.

De la bourre de coton et des échardes se mêlaient dans le trou au centre du gant. La balle avait percé dans le bois un orifice gros comme un doigt.

Zaïtsev détacha la moufle, l'enfila de nouveau sur sa

main. Les deux trous laissaient passer des flèches acérées de froid qui lui piquaient la peau. Il ferma le poing sous le gant, l'agita devant Koulikov en s'agenouillant à côté de lui.

— Vasha, fit celui-ci, t'as entendu une détonation quand la balle a touché la planche ? Ou quand Danilov s'est fait moucher ?

Zaïtsev plissa le front.

— Non.

Il repensa au moment, quelques secondes plus tôt, où le gant avait été percé, à celui où le commissaire s'était écroulé, quelques heures auparavant. Il s'efforça de déchirer le voile d'excitation toujours présent lorsque les balles volent, et qui obscurcissait sa mémoire comme les nuages obscurcissent un ciel couvert. Il ne se rappelait pas avoir entendu ne fût-ce que l'écho d'une détonation dans les deux cas. Il regarda Koulikov et sourit.

— Une autre pièce bizarre pour le puzzle, Nikolouchka.

Koulikov tira de sa poche une bouteille de vodka presque vide, la tendit à Zaïtsev, qui en approcha sa moufle percée. Le Lièvre regarda le trou, le cercle de peau au dos de sa main, eut une impression qui le fit se raidir : il sentit la balle traverser le tissu, s'enfoncer dans sa chair. En imagination, il envoya la main gantée, perforée comme un ticket de train, parcourir en sens inverse la trajectoire de la balle jusqu'au canon du fusil.

Ha ! te voilà, colonel Thorvald ! Salut.

Koulikov regardait son chef qui demeurait figé, la main tendue. Finalement, Zaïtsev secoua la tête et prit la bouteille, la leva vers l'autre côté du parc pour porter un toast :

— Au Professeur !

La nuit avait deux heures. Loin au nord, les éclairs des tirs d'artillerie faisaient trembler le ciel, alors qu'autour du parc il était silencieux et noir. En écoutant le grondement des explosions, Zaïtsev imagina la ville comme un géant endormi. A ses pieds, où lui-même se trouvait, tout était tranquille ; à l'autre bout, le colosse ronflait.

Thorvald était sûrement sorti de sa cachette : il n'avait pas montré jusqu'ici qu'il aimait chasser la nuit. Zaïtsev ramassa la planche, fit signe à Koulikov.

— Je crois qu'on peut y aller, maintenant.

Koulikov craqua une allumette, tint la flamme près du trait tracé sur le mur. Zaïtsev souleva la planche pour la placer exactement dans la même position que l'après-midi.

— Vas-y, Nikolaï.

Koulikov s'éloigna, braqua vers le ciel un pistolet lance-fusées, fit feu.

L'arme cracha une flamme avec une détonation sourde. A trois cents mètres de haut, la fusée s'alluma sous son petit parachute et projeta une lumière dorée sur le parc.

Koulikov reposa le pistolet fumant, retourna prestement auprès de Zaïtsev, approcha son visage de la planche que tenait le Lièvre. Il regarda à travers le trou comme dans un télescope, garda l'œil près du bois pendant quelques secondes puis, tandis que la fusée faisait pleuvoir des lueurs ocre, il s'agenouilla et plaqua ses mains sur la planche pour la maintenir contre le mur, à l'endroit indiqué par la marque au savon.

— A toi, Vasha.

Zaïtsev laissa son compagnon tenir la planche, se leva, ferma l'œil gauche et approcha l'œil droit du bois.

Le trou encadrait une partie du centre du parc, une étendue plane de cinquante mètres de large courant devant le mur. Thorvald est là quelque part, pensa-t-il.

Les ombres projetées par la fusée retombant étaient

noires et mouvantes ; le parc avait pris une couleur paille. On n'y voyait plus guère, mais Zaïtsev connaissait tous les détails inscrits dans le périmètre défini par le trou. Quelques tas de décombres et deux cratères d'obus, rien de plus. Le char brûlé, le bunker et les autres gros vestiges de la bataille se trouvaient à l'extérieur du cercle. Zaïtsev s'y attendait. Il s'ordonna de trouver le nid de Thorvald. Il est dans cette partie plane, devant le mur. C'est plat, derrière quoi il pourrait se cacher ? Regarde. Rappelle-toi. Réfléchis. Sens. Où te serais-tu planqué, toi, Vassili ? Transporte-toi dans cette partie du parc et regarde par ici. Pense comme Thorvald. Derrière quoi tu es ?

Stop.

Le fusil du Professeur n'a fait aucun bruit ! Les détonations n'ont pas traversé le parc. Elles ne se sont pas répercutées sur les bâtiments qui nous entourent. Koulikov n'a rien entendu, je n'ai rien entendu.

Derrière ? Non.

Thorvald n'est pas *derrière* quelque chose. Il est dans quelque chose !

Ou dessous. Dessous !

La tôle. Où est-elle ? Là. Posée sur une pile de briques. Presque à plat sur le sol. Elément banal dans un paysage de décombres. Zaïtsev avait vu cette tôle tant de fois qu'il ne la remarquait plus. Mais elle était là, dans la zone de possibilité délimitée par le trou de la planche. Le parc devenait presque invisible dans la lumière mourante de la fusée. Oui, la cachette du Professeur pourrait se trouver sous cette feuille de métal, derrière ces quelques briques. Tu creuses une tranchée dessous. Tu t'y glisses avant l'aube. Hors de vue, hors d'atteinte. Tu parles à ton assistant, posté dix mètres derrière. L'assistant reste caché derrière le mur en attendant de montrer ce foutu casque. Toi, tu passes la journée dans l'ombre sous un toit de métal. Etendu dans l'obscurité, tu tires sans craindre que le soleil ne se reflète sur ta lunette. Ta cachette est fermée sur ses quatre côtés, la détonation du fusil ne peut s'échapper du trou pour parcourir deux cent cinquante mètres jusqu'à l'autre mur. Pour repérer l'éclair de ton coup de feu, il faudrait que ton ennemi soit juste en face de ton fusil au moment où tu appuies sur la détente : pas précisément le bon endroit où se trouver.

Parfait. Si parfait que le Professeur viole la première règle de survie du tireur d'élite : faire feu et décamper. Tirer et se tirer. Il est resté dans son trou, prenant d'abord pour cible le personnel médical, puis Shaïkine et Morozov, et enfin Danilov, ce matin. Tant de balles tirées d'un même endroit. Il a confiance en lui. Oui. Jusqu'au moment où on le traînera par les pieds hors de son trou.

Zaïtsev s'écarta de la planche, se redressa pour regarder par-dessus le mur la fusée toucher le sol. Minuscule volcan, elle grésilla quelques secondes puis s'éteignit. Le parc redevint obscur.

— Il est sous la tôle, annonça le Lièvre. Il a creusé un trou dessous.

Koulikov resta silencieux. C'était sa façon d'approuver.

— Il y reviendra demain, ajouta Zaïtsev.

— Si tu veux, je traverse le parc pour aller jeter un coup d'œil. Vérifier que le nid est bien sous la tôle. Qu'est-ce que t'en penses ?

— Non, Nikolaï. Ça vaut pas le coup de courir un tel risque. Je pense qu'il est parti se coucher, mais va savoir. Il a peut-être laissé une sentinelle, au cas où on tenterait de venir voir. On attend demain. Il sera là, tu peux me croire.

Les deux hommes prirent leurs fusils, leurs périscopes et leurs sacs. En se relevant, Zaïtsev sentit le poids de son matériel et la morsure des bandoulières. Il fut envahi par un sentiment de liberté comme si, redevenu enfant, il s'apprêtait à partir à la chasse. Thorvald l'avait enchaîné à cet endroit pendant trois jours. Il se libérait.

Il marchait, Koulikov dans son sillage. On n'entendait dans la nuit que le crissement de leurs bottes dans le gravier. Zaïtsev essaya de dresser des plans pour la confrontation du lendemain avec le Professeur, mais la présence de Koulikov derrière lui faisait fuir sa concentration, comme une volée de cailles s'élevant d'un buisson. Il fit halte.

— Nikolaï, s'il te plaît, attends ici un moment. J'ai besoin d'être seul pour réfléchir.

Koulikov s'assit sur son sac.

Zaïtsev fit demi-tour, reconnaissant à son ami de sa compréhension. Il s'approcha du mur, écouta le rythme lent de ses pas sur la terre gelée. Il contempla le parc par-dessus le mur, ne vit que des formes sombres à la lueur des étoiles. Dans la taïga, c'était la lumière qu'il préférait. Il croyait autrefois qu'elles étaient de petites déchirures dans le ciel par lesquelles l'éclat de l'univers, au-delà de la Lune et du Soleil, parvenait à la Terre. Sa mère lui avait raconté qu'elles étaient les dix millions d'yeux de Dieu qui les regardaient. Dieu. Quel rôle Il a joué à Stalingrad ? s'interrogea-t-il.

Les éclairs lointains des explosions dans le secteur des usines ne lui étaient d'aucun secours, là, près du parc. Il s'appuya au mur, à une trentaine de mètres de l'endroit où Koulikov était assis, se laissa glisser par terre, croisa les jambes et ôta ses gants. Il rabattit son capuchon blanc pour enlever son casque, défit les deux premiers boutons de sa parka. Le vent, couverture de froid, le frôla. Laisse entrer la nuit, pensa-t-il, inspirant profondément pour emplir ses poumons. Laisse parler la nuit. Les étoiles, la terre, le froid, et même la ville. Laisse-les pénétrer en toi.

Il ferma les yeux, rejeta l'air en une longue expiration.

Bai ya nai. Dieu de la taïga. C'était une offrande yakoute pour porter chance au chasseur.

Thorvald, pensa-t-il. Je sais où il est. Je l'ai percé à

jour. Mais il me connaît, lui aussi. Alors, je dois être quelqu'un d'autre, pas moi. Pas le Lièvre. Pas ce à quoi il s'attend.

Le froid lui piqua les joues et le cou, réveilla les parties de son corps où se trouvaient son instinct et les sens sur lesquels il comptait le plus, depuis longtemps : ses entrailles, ses épaules, sa nuque et ses poignets.

Thorvald s'attend au Lièvre. Il sait que je peux être la nuit, la terre, les ruines.

Je suis russe. La ville est russe. Il sait tout cela.

Un grondement d'artillerie au nord secoua le sol. Il ouvrit les yeux.

La ville est allemande, aussi.

Je serai allemand.

Il connaît toutes mes tactiques, celles que j'ai enseignées, que Danilov a décrites en détail. Cette fois, j'en utiliserai une qui n'a pas été publiée dans *Pour la défense de notre pays*.

J'utiliserai une tactique que les Allemands eux-mêmes m'ont apprise.

Zaïtsev remit son casque, releva le capuchon de la parka. De ses doigts gourds, il reboutonna le vêtement puis enfila ses gants, leva les yeux vers le ciel éclairé par les étoiles et l'artillerie.

— Merci, dit-il aux esprits de la nuit et de la bataille.

D'un pas rapide, il rejoignit Koulikov.

— Nikolaï, j'ai quelque chose à te demander. Une mission qui fait appel à ton talent pour te déplacer en silence.

Koulikov répondit par un regard ardent de chien impatient de se lancer sur la piste.

Excité de retrouver l'action après une si longue attente, Zaïtsev ajouta :

— Va sur le flanc est du Mamayev Kourgan, rapporte-moi une douille d'obus de mortier.

26

Thorvald tambourinait des doigts sur la terre. Six aubes de suite, s'énervait-il, six jours allongé dans ce trou, et quel résultat ai-je à montrer pour des dizaines d'heures passées à fixer un mur de l'autre côté du parc ? Rien qu'un lapin qui refuse de sortir de son terrier.

Affronte-moi, Lapin. Faisons un concours. Cibles de compétition, pigeons d'argile, choisis. Le meilleur gagne, le perdant se tire une balle dans la tête et c'est terminé. Finissons-en. J'en ai assez de ce froid qui rampe le long de mon dos et ruisselle sur mes côtes toute la journée. Assez des sandwiches au fromage. J'ai envie d'une bière brune, d'un steak servi dans de la porcelaine tendre, sur du lin amidonné, au lieu de cette nourriture rance dans un sac en papier, sur un sol jonché de débris.

Regarde ce que tu fais, maintenant. Tu t'es déplacé de trente mètres sur la gauche par rapport à l'endroit où tu étais resté ces trois derniers jours. Tu as taillé une encoche en haut du mur. Tu as dû travailler tard, cette nuit, mais, une heure avant l'aube, j'ai éventé ta ruse. Bel effort, lapereau. J'ai failli m'y laisser prendre. J'ai cru un court instant que c'était ton jeu pour aujourd'hui, une épreuve que tu me faisais passer. Tu voulais savoir si j'avais mémorisé les détails du terrain ? Si je remarquerais un petit changement dans les contours de ta partie du parc ? Bien sûr, Lapin. Elémentaire. Cela figure dans les premières leçons que je donne à Gnössen. Tu oublies que je forme des hommes, comme toi. Et puis je me suis souvenu que je n'avais jamais vu d'homme comme toi. Ton savoir va bien au-delà des leçons, c'est ce qui fait ta renommée. C'est la raison pour laquelle on m'a fait venir de Berlin pour te tuer. Alors, j'ai regardé un peu plus loin que ta petite entaille. Est-ce un leurre ? Une ruse destinée à détourner mon attention ? J'ai la matinée devant moi, pourquoi ne pas la passer à réfléchir ? J'ai donc cherché. J'ai usé mes yeux, telles des piles bon marché, à examiner chaque centimètre de ton mur. Et il y a cinq minutes, j'ai trouvé, c'était là : pas tout à fait un reflet mais un miroitement, plus clair que le mur. Une teinte jaune, cuivre ou or, comme une alliance ancienne. A vingt mètres à droite de l'entaille, tu as creusé un ingénieux petit tunnel jaune au pied du mur. Est-ce une douille de mortier que tu as glissée dans le trou ? Comme c'est astucieux de ta part, Lapin. Tu as cru que je ne le verrais pas, hein ? Deux positions : l'une évidente, pour capter mon attention, l'autre cachée, pour me tuer. Excellent. Tu aurais réussi l'examen de ma classe à Gnössen, Lapin. Mais seulement avec mention passable. Si j'avais été ton professeur, je t'aurais appris à secouer une poignée de cailloux à l'intérieur du tube pour en ternir l'éclat. Nous commettons tous des erreurs, Lapin. Ne sois pas contrarié. Ce n'est qu'une vétille, ct je n'attends pas la perfection d'un sous-officier sibérien. On ne saurait penser à tout, n'est-ce pas ?

Quelle heure est-il ? Fichtre, je guette depuis cinq heures. La matinée s'achève. Le soleil brille au-dessus de ton épaule ; il te donne l'avantage et pourtant, tu n'as pas encore joué ton coup. Tu attends une erreur de ma part. N'y compte pas, Lapin. Je t'ai percé à jour. Bouge et je referme mon piège. Vas-tu te décider à passer à l'action, ou ta stratégie consiste-t-elle à me faire périr d'ennui ?

Comment expliquer ton attitude ? Tu passes pour un surhomme, non ? En réalité, serais-tu non pas un maître tireur, mais un simple péquenaud de l'Oural avec du cran ? Tu as peut-être trop peur pour bouger. Ou pis encore, tu n'es qu'une supercherie, tu n'existes même pas. Oh ! non, ce n'est pas possible ! Un mythe, Zaïtsev ? Une ruse de la presse militaire russe, un truc de propagande pour remonter le moral des misérables ? Non, impossible. *Tout à fait possible*, en fait. Réfléchis, Heinz : quelles preuves as-tu vues de l'existence d'un Zaïtsev ? Aucune. De la mienne, les rouges en ont eu à foison. J'ai réalisé des tirs qui les feront parler de moi pendant des lustres. Mais j'attends encore la première balle du Lapin. Un homme, une balle ? Serait-ce un mensonge, des guirlandes pour cacher le fait qu'il ne tire jamais parce qu'il n'existe pas ? Oh, et merde !

Puisque c'est ça, au prochain Russe que j'abats, je dis à Mond et aux généraux que j'ai tué le Lapin, et je prends l'avion pour Berlin. Il s'écoulera des mois avant que les journaux russes ne clament que je l'ai manqué. D'ici là, je serai parti, et les généraux ne me feront pas revenir.

Mond. Je l'emmènerai avec moi. Un gentleman est tenu par sa parole. A Berlin, il pourra raconter combien de fois j'ai rampé dans ce trou infect. Je le garderai auprès de moi pour maintenir mon pouvoir sur lui. Il ne mentira pas à mon propos. Si je dis que j'ai tué le Lapin d'une balle entre les yeux, il sera tout aussi enclin que moi à le croire. Je le ferai nommer sergent, l'uniforme est plus seyant, et je ne veux pas d'un caporal près de moi à l'opéra. J'en ferai mon chauffeur plutôt qu'un tireur d'élite, il ne semble pas aimer les armes. Je le tiendrai à l'écart de mes élèves de Gnössen, inutile qu'ils entendent plus d'une version de mon séjour à Stalingrad. Je suis leur professeur, ils doivent avoir du respect pour moi.

Et si Mond a raison ? Si les Russes préparent

effectivement une contre-attaque colossale quelque part ? Si, allongé dans ce trou, au bord de cette escarre géante qui fut un parc, je n'affronte même pas Zaïtsev, mais une poignée de jeunes tireurs ? Le vrai Zaïtsev se prépare peut-être, à dix kilomètres d'ici, à prendre part à une opération plus considérable. Pourquoi les Russes l'éloigneraient-ils des combats en le chargeant d'une seule mission : me trouver ? Suis-je assez important pour retenir l'attention exclusive du grand Lapin ? C'était facile de m'envoyer l'éliminer. Je ne faisais rien d'essentiel, j'attendais tranquillement la fin de la guerre à Gnössen, apprenant le matin à des jeunes gens comment tirer sur d'autres jeunes gens, descendant des pigeons d'argile pendant mes après-midi libres. Pull ! Mark ! Ah ! Heinz, il est fort possible que Zaïtsev soit une escroquerie, un faux, comme cette entaille dans le mur. Mais peu importe maintenant que ce soit Zaïtsev ou un Russe quelconque à l'autre bout du parc, parce que le prochain Rouge que je verrai, il mourra. J'en liquiderai peut-être deux ce matin : un à l'entaille et un autre au tunnel. Oui.

Regarde là, en haut du mur. Presto. Au moment où ma patience commençait à se lasser. Un casque. Couvre-t-il une tête ou rien qu'un bâton ? Le mouvement semble naturel : je crois bien qu'il y a une tête sous ce casque, une tête vivante. Enfin, vivante pour le moment. Je vais la percer d'une balle. Je vais en faire la clef qui ouvrira le cercueil dans lequel je suis étendu.

Et dans l'astucieux petit tunnel, en bas et à droite ? Y a-t-il une autre tête qui m'attend ? Descends le réticule, fais-le glisser vers la droite, promène-le sur les pierres. Oui, tu y es. Le tunnel. En cuivre brillant. Regarde bien. Non, personne. Mais je sais que quelqu'un est là, à proximité. Remonte vers l'entaille, maintenant. Depuis quand il est là, celui-là ? Aucune importance, il y est maintenant, et je suis là, moi aussi. Mes yeux caressent son casque comme sa peau. Reste quelques secondes encore, malin petit Russe. Tel un serpent, je raidis mes anneaux, je me prépare à frapper. J'abats d'abord celui de l'entaille, la cible haute. Pull ! Puis je tire la culasse en arrière et j'abaisse mon fusil vers la douille d'obus. Mark ! Deux balles. Que le Lapin reçoive la première ou la seconde, peu importe. Les deux têtes, en haut et en bas, exploseront comme un melon tombant par terre. Regarde d'abord celui de l'entaille. Il a du cran, ce type, avec le soleil dans le dos, de promener son casque devant ma lunette. Il ne peut pas me voir. Aucun reflet ne s'échappe de mon trou. Je suis enveloppé de noir, comme lorsque je porterai mon nouvel uniforme, à Berlin. Qu'est-ce qu'il regarde ? On dirait qu'il... Ah ! c'est le canon de son fusil qu'il vient de caler dans l'entaille. Il est dirigé vers ma gauche. Un coup de feu ! Il a tiré sur le bunker. L'imbécile. Il me croit assez bête pour me cacher là-dedans. Ils s'imaginent qu'il n'y a pas de Thorvald ? Comme il n'y a pas de Lapin ? Une balle sur une casemate vide, quel gaspillage ! Eh bien, tu vas mourir, petit Russe de l'entaille. Bouge encore une fois et reste là, laisse-moi poser mon réticule sur ton casque comme une croix sur ta tombe. Mais d'abord, Heinz, vite ! Entraîne-toi à passer de l'entaille au tunnel. Comme au tir aux pigeons. Tu commences avec le fusil braqué vers le haut. Pull ! La culasse, maintenant ! En arrière, en avant, vitesse et équilibre. Abaisse ton canon, à droite, là ! Parfait. Mark !

Attends. Qu'est-ce que c'est ? Oui, oui, oui. Il y a quelqu'un au bout du tunnel, à présent. Un cercle de verre au-dessus d'un point noir. Une lunette et un fusil tournés vers moi, vers mes ténèbres. Tiens donc. Ils ont finalement trouvé ma cachette. Et ils se préparent. Ce coup tiré sur le bunker était une autre ruse pour semer la confusion dans mon esprit. Mon ami du tunnel, ne bouge pas. Reste derrière ton collimateur. Je vais dissiper toute confusion dans un instant.

Cette lunette dans la douille m'observe, elle attend que je tire le premier. C'est le Lapin qui me guette, j'en suis sûr. Enchanté de faire enfin ta connaissance, maître russe. Juste avant de te dire adieu. Poétique, vraiment, et héroïque, d'une certaine façon. Tout dépend de la manière dont on racontera l'histoire, plus tard.

Tu espères peut-être repérer l'éclair de mon coup de feu quand je moucherai la tête de l'entaille, Lapin. Peut-être. C'est sûrement ton plan. Mais me verras-tu, *moi*, dans l'obscurité de ma tanière ? Non. Il te faudra tirer à l'aveuglette. Un tir parfait, guidé seulement par un bref jaillissement de lumière bleue, une fraction de seconde. Je ne crois pas que tu aies cette adresse. Tu es plus un chasseur, un homme de la nature, viscéral et stupide, qu'un champion de tir expérimenté.

Nous voilà donc au finale de notre duo, Lapin. Je te propose d'en faire une course. J'accepte même un handicap. Voici les règles : si, par une chance miraculeuse, tu regardes encore au même endroit quand je tuerai ton compagnon avec ma première balle, l'éclair de mon coup de feu te révélera ma position. Tu auras ensuite trois secondes pour trouver ma tête dans le noir avant que j'abaisse mon arme pour trouver la tienne dans la lumière. La main la plus rapide, l'œil le plus sûr et le meilleur tir remportent la victoire. Tout au gagnant.

Prêt, Zaïtsev ? Moi, Heinz von Krupp Thorvald, le maître tireur allemand, je vais te montrer, par deux fois, ce que signifie vraiment « un homme, une balle ». Pull ! L'entaille, cible haute. Mark ! Le tunnel, cible basse.

C'est un concours que tu ne peux gagner, Lapin.

Allez, petits casques dans mon collimateur. Il est temps pour Nikki et moi de rentrer à la maison. Avion et café.

D'abord la cible haute. Le casque dans l'entaille.

Laisse ton pouls se calmer.
Le réticule. Immobile. Noir. Tranchant.
Il y a de la beauté, là-dedans.
La cible attend. Elle appelle la balle, pleine mouche.
Pull !
Je presse la détente.
Un homme. Il a levé les bras. Il est tombé.
Pourquoi a-t-il sauté comme ça ? Etrange. Il aurait dû s'écrouler net. Je sais que j'ai fait mouche.
Heinz, oublie-le ! La seconde cible. Le tunnel.
Trouve-la. Bouge !
Ramène la culasse en arrière. Mouvement souple et rapide. En avant. Maintenant.
Baisse ton fusil, en bas et sur la droite.
Trouve le Lièvre, trouve son tunnel luisant.
Où est-il ? Trouve-le ! Vite !
Trop de mouvement. Bon sang !
Où est-il ?
Combien de temps s'est écoulé ? Trop !
Des secondes. Rien que des secondes, Heinz.
Reste calme. Il ne peut pas te voir. Trouve-le.
Stop ! La voilà, la douille d'obus.
La voilà sa lunette, avec l'œil mou du Lapin derrière.
La cible basse. Laisse ton pouls s'apaiser.
Le réticule. De toute beauté.
Mark.
Fini.

27

Zaïtsev était allongé sur le ventre, les pieds écartés derrière lui pour assurer un bon équilibre.

Il glissa un centimètre seulement du canon de son Moisin-Nagant dans la douille de cuivre qu'il avait enfoncée pendant la nuit au pied du mur. C'était le truc du jour, une ruse allemande ramenée des pentes du Mamayev Kourgan. Il espérait qu'après quatre jours de duel Thorvald ne serait plus assez vigilant pour repérer ce petit orifice. Cela lui avait pris des heures, de creuser une galerie dans les cailloux pour la douille d'obus. Pendant ce temps, Koulikov avait taillé une encoche dans le mur avec son couteau, à vingt mètres sur la gauche de Zaïtsev. Les deux hommes n'avaient pas échangé un mot avant d'avoir terminé.

C'était une idée simple. Attirer le feu de Thorvald par une feinte. L'entaille était si évidente que le Professeur la remarquerait dès que la lumière matinale éclairerait suffisamment le parc. Elle fixerait son attention, l'empêcherait de s'égarer vers la douille enfoncée au pied du mur, sur la droite. C'est dans ce tunnel que se trouvait, braqué droit sur la tanière de l'Allemand, le véritable dard qui devait le piquer, le fusil du Lièvre.

Si le regard de Zaïtsev plongeait droit dans le noir, sous la tôle, quand Thorvald tirerait sur Koulikov, il verrait peut-être l'éclair sortant du canon. Il pourrait alors risquer un coup à l'aveuglette sur la langue bleuâtre. S'il manquait la cible, il chasserait le Professeur de sa position et le duel reprendrait sans doute dans un autre endroit de la ville. Aussi déplaisant que fût ce résultat, on ne pouvait l'éviter. Un homme, une balle ? La devise sonnait bien, mais Thorvald n'était pas seulement un homme. C'était une ombre tueuse. Il valait mieux saisir la première – et probablement la seule – occasion quand elle se présentait, même si la chance de faire mouche était mince. La traque du Professeur avait pris plusieurs jours et plusieurs vies ; elle pouvait prendre aussi plusieurs balles.

Le soleil était haut dans le ciel maintenant et avantageait Zaïtsev, peut-être pour une heure de plus seulement. C'est le moment d'agir, pensa-t-il. Le Professeur s'attend à ce qu'on fasse quelque chose tant que la lumière vient de l'est. Zaïtsev posa sa joue sur le bois froid de la crosse, rapprocha son œil de la lunette, amena son réticule sur la tôle soutenue par une pile de briques. Il inclina la joue d'un millimètre pour abaisser le centre de la croix jusqu'au trou noir entre les briques, dans la tanière du Professeur.

— Maintenant ! cria-t-il à Koulikov.

Une minute plus tôt, Koulikov avait posé une brique sur son crâne, remis son casque par-dessus et serré la jugulaire sous son menton. Les deux hommes espéraient que les dix centimètres d'espace entre le haut du casque et le cuir chevelu constitueraient une marge de sécurité suffisante pour la tête de Koulikov. Ils avaient estimé l'un et l'autre qu'un casque dansant au bout d'un bâton ne ferait pas réagir le Professeur. Il fallait que le mouvement du casque soit naturel ; il fallait qu'il soit sur une tête.

Le plan prévoyait ensuite que Koulikov se pencherait

devant l'entaille puis reviendrait en arrière, afin que le mouvement attire l'attention du Professeur, et...

Koulikov tira. Le coup de feu, étape suivante du plan, était dirigé sur le bunker vide, à droite, et visait à faire croire à Thorvald que les tireurs embusqués russes ignoraient où il se cachait. Quand la détonation passa au-dessus de la tête de Zaïtsev, il y attacha ses pensées, comme un message à la patte d'un pigeon voyageur, pour qu'elles volent jusqu'au trou du Boche et qu'il puisse lire : *On sait pas où vous êtes, colonel. Vous risquez rien, montrez-vous.*

Zaïtsev pressa son œil plus fortement contre l'oculaire ; son doigt caressa la détente. Sors de là, serpent. Fais quelque chose.

Les secondes passèrent. Le réticule tressauta, animé par la palpitation des mains du Lièvre. Relaxe-toi. Ne va pas à lui, laisse-le venir à toi. Laisse-le gagner cette balle.

Ça marche pas. Le Professeur n'est pas à la maison ce matin. Il est déjà parti. Sans finir notre duel ? Non, impossible, il a pas encore descendu son Lièvre. Ou il le croit peut-être. Danilov. Il a cru m'avoir en blessant Danilov ?

Non, pas le Professeur. Il sait que je suis ici. Sois pas impatient, Lièvre, il est là-bas. Sous la tôle, dans le noir où j'ai planté cette croix. On est liés l'un à l'autre, il peut pas partir. Nos regards sont unis par-dessus le parc, en ce moment même, et seule la mort peut les séparer. Il est là, je le sens.

Zaïtsev se rappela le visage fracassé et rose de Baugderis, le sang noir durci sur la tête de Morozov. Thorvald les a tués tous les deux à travers leur collimateur, pensa-t-il avec un début de panique. Est-ce qu'il me fixe en ce moment ? Est-ce que son réticule a pénétré dans la douille d'obus et croise ses fils sur ma lunette ? Est-ce qu'il m'a repéré, est-ce que le soleil m'a trahi malgré ma prudence ? Ces secondes qui passent... Est-ce qu'il attend que son pouls se calme pour presser la détente, avec la mollesse de mon œil droit pour cible ? Il en est capable, je l'ai vu. Baugderis, Morozov. Je sais qu'il peut tirer aussi vite que deux hommes. Danilov. Koulikov. Shaïkine. Piotr le mannequin. J'ai fait une erreur ? Thorvald connaît le truc de la douille d'obus ? Il l'apprend à ses apprentis tueurs, à Berlin ?

Zaïtsev regarda par-dessus le réticule, fit la grimace. Rien. Rien qu'une obscurité plate. Il serra les dents.

Allez, Thorvald. Vas-y, bon Dieu, qu'on en finisse ! Si tu me vois, montre-le !

Un pâle éclair bleu troua le noir, presque trop vite pour que l'œil de Zaïtsev puisse le saisir. Mais il était bien là, au fond de la cachette du Professeur.

A droite de Zaïtsev, les pieds de Koulikov raclèrent le gravier, le fusil du petit soldat taciturne tomba par terre.

— Aaargh ! s'écria-t-il.

Il battit des bras puis bascula en arrière, heurta lourdement le sol.

Les mains de Zaïtsev faillirent lâcher son arme. Nikolaï ! Thorvald l'a abattu. La balle a touché Nikolaï, pas la brique !

Il est à terre, il faut que je m'occupe de lui ! Ce salaud l'a descendu !

Non ! lui ordonna une voix. Reste où tu es !

Tu peux plus rien pour Nikolaï, maintenant. Le Professeur, concentre-toi sur le Professeur, Vassili.

L'éclair. C'était lui.

Une seconde passa. La peur montait le long de son épine dorsale comme un loup au corps bas et puissant. Est-ce qu'une autre balle traverse en ce moment le parc, pour moi celle-là ? Deux secondes... Il faut que je tire. Je peux pas, je le vois pas, j'ai juste comme repère le souvenir que mon œil a gardé de l'éclair bleu. Si je rate, il ripostera.

Trois secondes. Zaïtsev retint sa respiration. Il eut

l'impression que son cœur et ses poumons, sortis de son corps, flottaient au-dessus de lui, énormes, gonflés d'air glacé et de sang. Son œil cligna.

La peur sauta sur ses épaules, donna des coups de griffes en grondant autour de sa tête et de ses yeux. Elle lui mordit le cou.

Une autre seconde passa.

Tiens, Vasha, prends l'épieu ! cria dans sa mémoire une voix surgie de la taïga. La peur a du pouvoir. Tue-la, prends-lui son pouvoir. Avec l'épieu, Vasha. Transperce-la. Tu es des nôtres, Vasha, tu es un chasseur !

Oui, un chasseur.

Il enfonça le pieu de toutes ses forces.

Il n'y avait rien que du noir derrière son réticule. Un coup à l'aveuglette, dans les ténèbres de la tanière de Thorvald. Quatrième seconde. La dernière.

Zaïtsev enveloppa sa balle d'une malédiction. Le Professeur pense que son séjour dans le noir se termine. Erreur.

Il ne fait que commencer.

Maintenant.

Le fusil lui heurta l'épaule, la détonation retentit à ses oreilles.

— Tu l'as eu ?

La voix de Koulikov !

Zaïtsev lâcha son fusil, s'écarta vivement du mur.

Assis sur son derrière, Koulikov se soulevait sur les coudes. Sous son casque percé, son visage saupoudré de poussière de brique souriait d'une oreille à l'autre.

— Espèce de salaud ! T'es pas mort ?

Il se tâta le pouls, secoua la tête.

Zaïtsev ramassa une poignée de cailloux, la jeta à la figure de son ami, qui se couvrit la face de ses bras.

— Pourquoi tu m'as pas prévenu que t'allais sauter en l'air comme ça ? Tu m'as foutu une trouille !

Koulikov ôta son casque, fit tomber des morceaux de briques sur son giron.

— Je me suis dit que ça te ferait gagner une seconde ou deux si je faisais ce numéro de cirque. Je sais pas, ça m'a paru le truc à faire, sur le moment.

— Sur le moment, répéta Zaïtsev, feignant l'exaspération.

Nikolaï a peut-être raison, pensa-t-il cependant. Le Professeur n'a pas tiré son second coup.

— Alors, tu l'as eu ? demanda de nouveau Koulikov.

— Je sais pas, répondit Zaïtsev, haussant les épaules.

Il regarda son ami épousseter sa veste, et la joie de le voir indemne le fit éclater de rire.

— Tiens, dit Koulikov, lançant au Lièvre un morceau de métal gris, écrasé, qu'il avait trouvé parmi les éclats de brique tombés sur ses cuisses. Elle était pour toi. Tirée avec mon flingue, je suppose.

Zaïtsev prit le bout de plomb, le tâta, sentit les mains de Thorvald dessus comme il avait senti sa présence dans le trou, sous la tôle. Levant les yeux vers le ciel, il tenta de comprendre ce qui s'était passé, de comprendre celui qu'il venait d'affronter. Le Professeur. Un homme d'une adresse phénoménale avec un fusil. Thorvald a un esprit d'une grande force, moi aussi. C'est ce que chacun de nous chassait chez l'autre. C'est ainsi qu'il m'a appelé et que je l'ai entendu dans ce cimetière géant qu'est Stalingrad. L'esprit de Thorvald est comme du goudron ; si tu le touches, il te colle aux mains. La balle au creux de la paume de Zaïtsev, celle qui aurait pu finir dans sa tête, lui parut collante, enrobée de la mort qu'elle aurait pu causer. Il la jeta.

Il regarda le trou dans le casque de Koulikov, point ébène juste au milieu du front. Le tir du Professeur avait été parfait.

Zaïtsev chercha dans son sac un morceau de pain noir.

— On attend jusqu'à la nuit, décida-t-il, portant le

quignon à sa bouche. On aura peut-être la chance de tirer le Professeur hors de son trou par les pieds.

— Et s'il y est pas ?

— Alors, je sais pas, dit le Lièvre en s'asseyant par terre.

28

Le coup de poing de la détonation brisa la somnolence de Nikki Mond.

On te tire dessus ! Tout à fait éveillé, maintenant, il se raidit, prêt à rouler sur le côté et à s'enfuir. Le sang battait à ses tempes. Il prit soudain conscience qu'il n'avait entendu qu'un seul coup de feu se répercutant sur les hauts murs des immeubles en ruine.

Le coup n'avait pas été tiré de la cachette du colonel, dont il n'était séparé que d'une dizaine de mètres. La détonation n'était pas étouffée, elle avait au contraire claqué sèchement, comme tout un champ d'étendards. Elle provenait de l'autre côté du parc.

Zaïtsev. Il avait tiré.

Nikki pressa sa poitrine contre le mur. Si Zaïtsev avait appuyé sur la détente, cela signifiait que Thorvald l'avait enfin incité à bouger par un stratagème quelconque. Le colonel allait riposter d'un instant à l'autre. Et en route pour l'Allemagne.

Des secondes passèrent, une dizaine environ. Le silence décochait des ruades dans le ventre de Mond. « Tirez, colonel, qu'est-ce que vous attendez ? avait-il envie de crier par la brèche. Tirez ! Descendez-le ! »

Il plaqua ses mains sur les pierres, enfonça ses ongles

dans le mortier comme s'il escaladait le mur. Tirez, colonel. Je vous en conjure.

Une détonation étouffée en provenance du trou le fit desserrer les doigts. Il tomba à genoux, porta ses mains à son visage et baissa la tête, comme pour prier. Oui, murmura-t-il.

Quatre secondes plus tard, l'écho d'un autre coup de feu se répercuta sur les façades délabrées, côté russe du parc.

Nikki releva brusquement la tête.

Comment est-ce possible ? Deux coups de feu ? Mais le Lièvre est mort. Le colonel l'a amené à tirer le premier, puis il l'a puni en le tuant. Qui tire maintenant ? Thorvald a raté la cible ? Non. Thorvald a touché quelqu'un quand il a tiré, c'est sûr. Il ne manque jamais son coup. Ce doit être l'assistant du Lièvre, oui, c'est ça, il tire n'importe où dans un accès de rage vengeresse, la joue éclaboussée par la cervelle du Lièvre, le Lièvre mort à côté de lui.

Nikki eut envie de crier dans la cachette de Thorvald : « Vous l'avez eu, colonel ! On rentre à la maison, maintenant ? Il reste combien de sandwiches ? Allez, on les mange tous ! »

Il tourna le dos au mur, ramena ses genoux contre sa poitrine et contempla les bâtiments mutilés et muets de l'autre côté du boulevard. Le soleil brillait sur leurs visages vides. C'est triste, ces carcasses géantes, ces vestiges de vie qui n'arrivent pas à s'écrouler, pensa-t-il. Mortes, elles tiennent encore. J'aimerais savoir en faire autant : mourir et rester debout. Cela rend peut-être la mort plus facile. Bâtisses, est-ce qu'il vous reste assez de vie pour me dire ce que vous avez vu et entendu ? Thorvald a descendu le Lièvre ? Moi, je suis tout petit, tapi derrière un mur. Je ne sais pas ce qui s'est passé.

Les fenêtres noires des immeubles ressemblaient à des urubus alignés sur une branche. Elles se refusaient à cligner pour donner un indice à Nikki et lui faire comprendre qui avait survécu, du Lièvre ou du colonel.

Il se laissa glisser dans le puits du sommeil. Je ne peux rien faire, pensa-t-il. Je ne peux pas appeler le colonel, il a horreur d'être dérangé. Il ne m'adresse pas la parole de la journée, il est comme ça. Il est probablement en train de faire un somme. Fini pour aujourd'hui. Pour plus longtemps, peut-être.

Le soleil de novembre perçait l'air froid. Ne bouge pas, se dit Nikki. Reste blotti derrière ce mur, à l'abri du vent. Les pierres se réchaufferont dans la journée. Il enleva ses gants, déballa un sandwich.

Le temps, pensa-t-il. Le temps a une pesanteur qu'on peut sentir quand on n'a rien d'autre à faire qu'attendre, quand il presse vos épaules comme un joug.

L'esprit de Mond tourna follement pendant une heure ; le soleil s'abaissa derrière l'horizon. Autour du caporal, rien ne troublait le silence.

La cachette de Thorvald est l'endroit le plus sombre, le plus silencieux au monde, pensa Nikki. Qu'est-ce qu'il fait là-dedans ? Il dort ? Dois-je le réveiller ? Le colonel a peut-être trouvé un autre stratagème pour pincer le Lièvre cette nuit. Oui, quelque chose pour le surprendre. Thorvald a déjoué un piège russe qui devait se refermer sur lui cette nuit, et il se tient en embuscade. C'est pour ça que nous sommes encore là. Mais il n'a jamais opéré après le coucher du soleil ; nous avons toujours quitté le parc à la tombée de la nuit. La température a chuté, et je sais qu'il déteste le froid. Il grommelle comme une vieille femme quand il a froid. Qu'est-ce qu'il fait ?

Nikki tapa ses bottes contre le sol pour réveiller ses talons, roula sur le flanc et se recroquevilla sur lui-même.

L'après-midi avait été ensoleillé, presque agréable là

où Nikki était posté, face au jour. Aspirée par la nuit, la chaleur quittait maintenant les pierres du mur et le sol sur lequel il était couché. Il y aurait du brouillard le lendemain. A la ferme de son père, le brouillard tombait souvent après une nuit froide, étoilée. Vais-je rentrer au pays ? se demanda-t-il. Deux mille kilomètres m'en séparent. Brouillard, viens me chercher en Russie, demain matin. Enveloppe-moi et je quitterai Stalingrad sous ta protection. Personne ne me verra. Malgré le brouillard, je saurai trouver la rivière qui longe notre domaine. Quand on la suit, on la voit s'élargir vers l'est pour se jeter dans l'Elbe. Elle coule entre des collines basses qui roulent comme de l'herbe sur de jeunes os. Je réussirai à la sauter, cette fois. Je suis plus âgé. Avant de partir pour l'armée, j'y étais tombé à genoux. Maintenant, je la franchirai d'un bond, même avec un sac sur le dos. Le chien essaiera lui aussi, mais il n'y arrive jamais. Il barbotera, remontera de l'autre côté et s'ébrouera. Il courra devant, effrayant les vaches, annonçant mon retour. Je surgirai du brouillard. Les aboiements du chien couvriront le bruit de mes pas, de sorte que mon père ne les entendra que lorsque je gravirai le perron. Il enverra chercher ma sœur à l'hôpital et, en l'attendant, nous prendrons le petit-déjeuner ensemble, nous parlerons non de la guerre mais des vaches et du chien.

Un faible grondement pareil à un coup de tonnerre lointain parvint à la conscience de Mond. Non, pas le tonnerre. Une tôle qu'on soulève et qui tremble.

Thorvald pousse le toit de son abri sur le côté. Que se passe-t-il ?

Nikki rampa jusqu'au bout du mur, pencha la tête de l'autre côte, juste assez pour voir la cachette du colonel. Deux spectres sous le clair de lune, deux hommes en tenue de camouflage blanche, faisaient glisser la tôle sur la droite. L'un d'eux, qui portait un fusil à lunette, en braqua le canon vers le trou.

Le caporal retint sa respiration. La lune éclairait uniquement les bouts éraflés des bottes de Thorvald. Elles étaient l'une sur l'autre, il gisait sur le flanc. Le soldat au fusil descendit dans le trou, donna un coup de pied. Les bottes de Thorvald se redressèrent, leurs pointes noires montrant maintenant le ciel. L'autre soldat se pencha, tira sur quelque chose, se releva avec une poignée de papiers à la main. Il les approcha de son visage, sous la capuche, les tourna vers la lune grêlée, en laissa tomber quelques-uns et garda le reste, adressa un hochement de tête à son compagnon. Celui-ci prit le fusil de Thorvald, le Moisin-Nagant russe, puis les deux hommes repartirent au petit trot avec leur butin vers l'autre bout du parc.

Nikki regarda leurs silhouettes s'estomper. Même s'il avait emporté son fusil, il n'aurait pas pu les abattre tous les deux. Il en aurait tué au moins un, peut-être le Lièvre. Peu importe. C'était fini.

Il s'approcha du trou à quatre pattes. Thorvald gisait sur le dos dans la terre russe, le bras droit levé comme pour faire signe à quelqu'un. Sa parka blanche était déboutonnée ; en dessous, la veste avait été fouillée. Le bras gauche reposait le long du corps. La partie supérieure du bras droit, là où la tête fracassée était retombée après avoir reçu la balle, était souillée. Sous le coude, la terre s'était assombrie. La lune blanche qui contemplait la scène en même temps que Nikki avait, par quelque procédé alchimique grossier, décoloré le sang séché et transformé le rouge en noir.

Nikki se leva. Il dominait Thorvald, maintenant ; c'était la première fois qu'il avait cette impression. Il n'éprouvait aucune peur à se tenir debout dans le parc. Le Lièvre était parti, le colonel aussi. Les devinettes, les astuces, la paranoïa, les heures passées à guetter, les tours et détours de ce duel de tireurs d'élite : c'était fini. Le parc était redevenu une partie de Stalingrad ; il n'était plus un lieu étrange balayé par des réticules mortels, mais un endroit délabré, familier.

Mond regarda la lune, lointaine et blanche, qui brillait aussi au-dessus de chez lui. Il aurait voulu pouvoir sauter au-dessus du cadavre de cette crypte ouverte, s'élancer dans le ciel, attraper le bord de la lune, s'y hisser et ramper dans un tunnel nacré, par-dessus la Russie et la Pologne, jusqu'en Allemagne, jusqu'à ce qu'il soit au-dessus des pâtures de Westphalie. Alors, il descendrait, à cheval sur les flocons de neige, comme les gnomes des contes de fées.

Thorvald avait été son seul espoir de rentrer au pays. Depuis qu'il avait fait la connaissance du colonel, une semaine plus tôt, sur la piste de Goumrak, Nikki rêvait de son père, de sa sœur et de leur ferme. Maintenant son rêve n'était plus, comme la lune, qu'un petit signe blanc accroché sur l'immensité noire au-dessus de Stalingrad. Il fit demi-tour, résistant à l'envie de se baisser pour prendre le sac de sandwiches du colonel.

Il s'enfonça dans la nuit, marchant sur la route que le colonel et lui avaient prise ces trois derniers soirs pour regagner le bureau du lieutenant Ostarhild. Ses pas claquaient, solitaires, sans Thorvald à ses côtés. Il chercha en lui une once de chagrin pour le colonel, pour l'officier qui lui avait témoigné un peu de confiance et de gentillesse. Il n'y en avait pas. Rien que de la déception.

Il regagna ses quartiers au sous-sol de la boulangerie sans prendre la peine de se mettre de temps en temps à couvert, sans s'arrêter pour écouter les aboiements d'armes à feu légères, comme le colonel et lui le faisaient en rentrant. Pendant tout le trajet, Nikki eut l'impression de monter un cheval connaissant le chemin de l'écurie. Il aurait pu fermer les yeux et aller droit du cadavre de Thorvald à son sac de couchage.

Il se réveilla et regarda sa montre. Onze heures passées, bientôt midi. Il traversa la rue pour se rendre aux bureaux d'Ostarhild, qu'il trouva déserts. La table du lieutenant était couverte de cartes, de transcriptions d'interrogatoires de prisonniers. Nikki s'assit dans le fauteuil d'Ostarhild et eut une autre image du jeune officier amical : celle d'un homme harcelé, accablé de soucis. Vu de derrière son bureau, le monde semblait vous cerner de toutes parts.

Mond farfouilla dans la paperasse. Sous la première couche de feuilles, un calendrier était ouvert à la date du jour, 19 novembre 1942. Ostarhild ou quelqu'un d'autre était passé ici ce matin et était reparti en toute hâte.

Tenaillé par la faim, Nikki chercha quelque chose à manger dans les tiroirs, se figea en entendant des pas dans le couloir. Il se redressa. Avant qu'il ait eu le temps d'arriver à la porte, un gradé entra. Nikki se mit au garde-à-vous.

L'officier, un homme mûr à lunettes au crâne dégarni, eut un geste de la main à la fois pour saluer Nikki et s'en débarrasser. Il alla au fauteuil d'un pas rapide, s'absorba dans les papiers.

— Mon capitaine…

Sans relever la tête, l'officier répondit :

— Oui, caporal ?

— Mon capitaine, savez-vous où se trouve le lieutenant Ostarhild ?

— Vous êtes un de ses observateurs ?

— Oui, mon capitaine. Caporal Mond, mon capitaine.

Cette fois, l'officier posa la feuille qu'il lisait et leva les yeux. Il avait le visage blanc et ridé comme une boule de papier froissé. Le fauteuil et le bureau lui faisaient apparemment le même effet qu'à Ostarhild.

— Votre lieutenant est en ce moment quelque part dans la steppe, caporal. Vaquez donc à vos occupations.

Mond ne bougea pas. Depuis la mort du colonel, il

n'avait plus rien à faire. Il voulait rapporter à quelqu'un la fin de Thorvald, achever sa mission.

— Mon capitaine, je n'ai pas d'instructions. Je viens de...

— Caporal, coupa l'officier, je n'ai pas le temps de m'occuper de vous. Mais puisque vous faites partie de l'équipe d'Ostarhild, je vais vous donner des informations sur la situation. Au moins, vous ne les recevrez pas déformées, et vous pourrez peut-être contribuer à empêcher la panique de se répandre... (Les Russes, pensa aussitôt Nikki. Les voilà. C'est la fin.) A sept heures trente ce matin, d'importantes forces rouges ont contre-attaqué de Sérafimovitch, au nord-ouest. Plusieurs milliers de pièces d'artillerie ont ouvert le feu sur la Troisième Armée roumaine. A huit heures cinquante, des vagues de blindés et de fantassins russes ont déferlé du brouillard. Les Roumains battent en retraite. Ostarhild est là-bas, il s'efforce d'estimer la gravité de la situation.

L'officier marqua une pause, comme s'il était à court d'informations. Nikki attendit la suite.

— On dirait que les rouges tentent de nous encercler.

— Oui, mon capitaine.

— Maintenant, vous en savez autant que moi, caporal. Rompez.

— Qu'est-ce que je dois faire, mon capitaine ?

Baissant la tête vers la paperasse, l'officier répondit d'une voix étranglée :

— Essaie de rester en vie, mon garçon. C'est tout ce que je peux te dire.

29

Assise dans le coin de Zaïtsev, Tania attendait que la fête commence.

Une douzaine de tireurs d'élite allaient et venaient dans la casemate. Ataï Tchebibouline apporta une caisse tintante de bouteilles et une pile de plaques de chocolat puis repartit humblement dans la nuit en chargeant Tania de féliciter le Lièvre pour lui.

— Il a été convoqué par Tchouikov, il sera ici d'un moment à l'autre, répéta Viktor. Touchez pas à la vodka.

Tania prit dans son sac à dos son carnet de tireur, dont la couverture noire cornée indiquait un fréquent usage. Il portait quarante-huit inscriptions.

Elle le feuilleta, s'arrêta à une page portant la signature du Lièvre, passa le pouce sur l'encre du nom, eut l'impression de caresser les mains de Zaïtsev. Nulle autre partie de son corps n'exprime aussi clairement sa force, pensa-t-elle. Ses yeux, parfois, oui, mais ils sont fermés quand nous faisons l'amour. Il dit qu'il a la force d'un ourson, capable, dès sa première année, de briser le bras d'un homme. C'est un amant peu raffiné, Vasha. Je ne le suis sans doute pas non plus quand nous nous enlaçons par terre sur un tas de vêtements. Mais il est fort, et sincère, et je lui donne tout ce que j'ai. Il m'aime, quoiqu'il ne l'avoue pas. Je lui confierais ma vie. Est-ce que je pourrais mourir pour lui ? Je ne sais pas. Est-ce que je mourrais à ses côtés ? Sans l'ombre d'un doute.

La victoire du Lièvre... Si Danilov était là, il la décrirait en termes plus ronflants. Victoire du communisme sur le fascisme, de la volonté russe sur l'arrogance allemande, triomphe du bien sur le mal. Est-ce si important, que Vasha ait tué le Professeur ? Un Boche, un fusil de moins à Stalingrad, cela mérite des applaudissements et des toasts ? Absolument. Thorvald était le meilleur des nazis, leurs généraux plaçaient leurs espoirs en lui et il a été anéanti. Oui, nous pouvons boire à la mort de l'espoir pour tous les nazis.

Entendant des pas dehors, elle rangea son carnet et se leva. Zaïtsev entra, se prêta aux tapes dans le dos, mais garda les yeux fixés sur Tania. Elle retourna s'asseoir dans son coin pour lui signifier d'accepter ces éloges : Nous aurons notre fête plus tard, toi et moi, en privé.

On mit une bouteille dans la main du Lièvre, qui la brandit bien haut, comme si c'était la tête de Thorvald, avant de la porter à ses lèvres. Il avala une longue gorgée sous les hourras. Les autres se précipitèrent sur la caisse apportée par Tchebibouline et la pillèrent, levant les bouteilles en l'honneur de leur chef. Tania applaudit aux toasts en riant.

Quand les cris retombèrent, Nikolaï Koulikov s'avança au centre de l'abri et clama :

— Voici l'histoire du combat du Lièvre contre le Professeur.

Vasha, si je mens, tu me tires dessus.

— Comment je saurai si je t'ai touché ? s'esclaffa Zaïtsev. Tu vas encore faire semblant...

Koulikov, vexé que cette plaisanterie révèle la fin de l'histoire, lança un regard noir à son ami. Il raconta néanmoins comment le haut commandement allemand avait chargé le Professeur de tuer le Lièvre, comment plusieurs camarades – le courageux Morozov, le beau

Shaïkine, et ce fou de Baugderis – avaient écrit avec leur sang la carte de l'endroit où Thorvald attendait, de l'autre côté de la place du Neuf-Janvier. Comment ce bouledogue de Danilov, le plus improbable des héros, avait joué un rôle essentiel en se faisant blesser et en inspirant au Lièvre le coup de la planche et du gant blanc. Comment, à la lumière de la fusée, ils avaient examiné le terrain : le char abandonné, le bunker, les cratères de bombe, et finalement la tôle et le tas de briques où, devinèrent-ils, la vipère avait fait son nid. Le subterfuge de la douille d'obus le lendemain, le coup tiré par Koulikov contre le bunker vide, la riposte du Professeur frappant la brique sous le casque de Nikolaï. Comment enfin il avait eu l'idée de se dresser en agitant les ailes à la manière d'un colvert touché.

— Comme ça, dit-il, battant l'air de ses bras devant les lièvres et les ours captivés. Aaaaargh. Il m'a eu !

Gardant les mains en l'air pour fixer dans le temps ce moment de son histoire, Koulikov poursuivit en murmurant :

— Surpris, le Professeur a hésité. Vasha a visé l'éclair bleu dans la tanière sombre...

Zaïtsev éclata de rire : Koulikov le taciturne état un merveilleux conteur.

— Calmement, comme seul un vrai chasseur peut le faire, continua le petit Sibérien en laissant monter sa voix, le Lièvre a attendu quelques secondes, le temps que la tête du Boche s'immobilise. Le Professeur préparait son second coup. Il m'avait eu, il ramenait sa culasse en arrière pour armer son fusil avec la balle qui tuerait Vasha. Mais notre Lièvre a eu le courage d'attendre jusqu'au dernier moment pour punir la première et unique erreur du Professeur, celle qu'il a commise sous le réticule de Vasha. Le Lièvre a tiré dans le noir la seule balle de son duel pour faire éclater la tête invisible de

Thorvald et l'inscrire dans son carnet. Que j'ai signé comme témoin, bien sûr.

Les soldats applaudirent, mais Nikolaï n'avait pas fini. L'histoire s'achevait sur le corps blanc et le visage noirci de l'Allemand gisant dans le trou, sous la tôle ondulée.

— On a retiré la tôle comme si on ouvrait une boîte de caviar. Moi, j'ai récupéré mon fusil, conclut Koulikov en se frappant la poitrine du poing. (Il leva sa bouteille.) A Vasha ! Le meilleur de nous tous.

Les autres, Viktor compris, répétèrent le toast et burent à la bouteille.

Zaïtsev remercia ses camarades puis reprit son rôle de chef en leur rapportant sa réunion avec Tchouikov :

— Voilà ce que le général m'a dit ce soir. En ce moment même, sept cent cinquante mille Allemands sont encerclés dans la steppe. Hier et ce matin, un million de soldats russes, treize mille pièces d'artillerie et neuf cents chars ont contre-attaqué pour couper l'armée allemande de ses lignes de ravitaillement. L'ennemi est pris au piège dans une zone de cinquante kilomètres sur trente-cinq que les Allemands appellent *der Kessel*, le Chaudron...

« Stalingrad se trouve à l'extrémité est de cette zone. Les Nazis occupent quatre-vingt-dix pour cent du centre de la ville mais notre mission, c'est de les maintenir bloqués ici jusqu'à ce qu'ils soient complètement écrasés ou quc Staline leur impose une reddition.

Viktor se leva.

— On dirait qu'on a encore du boulot, les gars.

L'Ours jeta un coup d'œil à Tania, mais n'ajouta pas « et les filles ». Elle lui tira la langue. Il glissa ostensiblement sa bouteille dans sa poche pour signifier que la fête se poursuivrait dehors et inviter les autres à le suivre.

Les tireurs d'élite sortirent tous, à l'exception de Tania. Elle ne chercha pas à cacher qu'elle restait, tandis que les autres serraient une fois de plus la main de Zaïtsev.

Il alla s'asseoir près d'elle.

— En écoutant Nikolaï, je me disais que Thorvald était vraiment un tireur phénoménal.

Tania grogna, agacée par ce genre d'humilité, agacée que Vasha puisse exprimer de l'admiration pour un Allemand. Le Lièvre n'en revenait pas d'avoir réussi à battre le Professeur. En un sens, c'était réellement étonnant : Thorvald ne manquait jamais sa cible. La note de boucher qu'il avait laissée en une seule semaine à Stalingrad était effrayante. Mais Vassili Zaïtsev était l'homme le plus dangereux de l'armée russe, peut-être du monde entier, un fusil à la main. Thorvald était-il meilleur ? On ne le saurait jamais, pensa Tania. Le Professeur était mort et c'était en ce jour la mesure de son talent.

Zaïtsev lui prit la main.

— Merci pour la fête. C'était une surprise.

— J'en ai d'autres en réserve.

— Moi aussi. Tchouikov pense que les Allemands vont bientôt tenter une percée. Pour les en empêcher, il veut que quatre lièvres liquident le général von Paulus cette nuit.

Tania haussa les sourcils.

— Décapiter la Sixième Armée pour que le corps ne bouge plus...

— Exactement. Tchouikov m'a chargé de prendre la tête de la mission.

Pas une mission, corrigea intérieurement Tania. Un assassinat.

— Qui emmèneras-tu avec toi ? J'espère que c'est ça, ma surprise.

— Tu seras mon second.

Zaïtsev ajouta qu'il avait également choisi deux bleus de la dernière promotion de tireurs d'élite. Tania les connaissait. Jakobsin, juif lituanien grand et mince, avait une peau sombre qui semblait crépiter d'électricité quand il parlait. Il est bavard, songeait-elle, mais il sait aussi se taire et tirer. L'autre était une femme, Yelena Mogileva ; elle avait vécu à moins de cent kilomètres de Stalingrad, dans la steppe déserte du Kazakhstan. D'elle, Tania savait peu de chose ; Mogileva n'avait pas beaucoup parlé pendant l'entraînement. Quoique maigre, elle avait de grosses mains d'homme, avec des veines et des tendons saillants. Ses cheveux coupés court, autrefois noirs, grisonnaient. Tania n'aurait su dire quel âge elle avait, elle n'aurait rien su dire à son sujet, si ce n'est qu'elle avait à coup sûr manié un fusil avant qu'on lui en remette un à Stalingrad. Elle visait juste et pouvait rester des heures immobile l'œil collé à la lunette. Mogileva avait ses raisons pour faire partie des lièvres, et Tania espérait qu'elles étaient suffisamment bonnes. Pourquoi fera-t-elle partie de cette mission ? Pourquoi nous faut-il deux femmes ? Vasha veut sans doute la former comme il l'a fait avec chacun de nous. Je suis heureuse qu'il m'ait choisie. Il me flatte, il me fait comprendre que, au combat, il ne me considère pas comme une femme. Il me veut à côté de lui dans le danger ; il me fait confiance quand vient le moment de tuer.

Les services de renseignements avaient localisé le bunker de l'état-major de la Sixième Armée allemande dans le centre de la ville. Selon leurs rapports, le général von Paulus se terrait dans le théâtre Gorki, côté sud de la place Rouge.

Zaïtsev regarda sa montre.

— A minuit, nous emporterons chacun deux musettes d'explosifs. Nous descendrons jusqu'à la rive, nous longerons la Maison des Spécialistes jusqu'au bord du parc. D'après Tchouikov, les bureaux et la chambre de Paulus se trouvent dans la partie ouest du bâtiment. Nous poserons les charges au pied du mur du théâtre.

Tania connaissait la suite, elle avait déjà rempli ce

genre de mission. Ils allumeraient les charges et, sous le couvert de l'explosion, retourneraient en courant sur la rive gelée de la Volga.

— Cette fois, ce ne sera pas sous les applaudissements que la salle croulera, dit-elle en riant.

Elle regardait les mains de Zaïtsev plonger dans chacun des sacs en toile. Il vérifia les charges, compta les bâtons de dynamite, examina les fils. Méticuleux, il montrait pour les instruments de la mort un respect manifeste.

Tania éprouvait une sorte de fascination pour le corps de son amant. En pensée, elle le vit nu sous sa tenue de camouflage blanche. A la faible lumière de la lanterne, ses bras et sa poitrine glabres étaient minces, blancs comme lin. Pour un homme petit, il avait de longs muscles qui jouèrent sous sa peau quand il posa les musettes près de l'entrée de l'abri.

— Tout est prêt, déclara-t-il. Il est presque minuit. Qu'est-ce qu'ils font ?

Elle s'adossa au mur de terre froide. Jakobsin et Mogileva soulèveraient la couverture dans quelques minutes ; les instants précédant leur arrivée n'appartenaient qu'à elle et à Vasha.

Il se posta devant le mur d'en face, y appuya le dos comme elle. Images en miroir, ils se regardaient d'un bout à l'autre de la casemate.

— Tu crois que ça continuera ? demanda Tania, qui fit aller sa main entre eux. Toi et moi ? (Zaïtsev serra les mâchoires, ne dit rien.) Nous sommes des soldats. Nous sommes aussi des amants. La main et le gant ne vont pas ensemble.

— Tu veux dire que c'est fini ?

— Je ne peux pas te répondre. Je sais que je ne me sens vraiment en vie qu'auprès de toi. Je mène une quête désespérée. D'amour, de vengeance. J'ai envie que ce soit fini, j'ai envie que cela continue. Je suis écartelée, déchirée, Vasha.

Elle inclina la tête, cachant ses yeux derrière le voile de ses cheveux.

— Ce que j'essaie de te dire, Vashinka, c'est que j'ai peur. Je suis complètement perdue. C'était plus facile auparavant, quand je n'étais que haine. La bataille est aussi en moi, maintenant ; l'amour et la haine s'affrontent et je suis dévastée comme cette ville. Je ne sais quel côté je veux voir gagner, je lutte contre les deux à la fois. Non, ce n'est pas terminé. Je... je devais simplement te dire que je ne sais pas ce qui a commencé entre nous.

Il s'approcha d'elle, s'arrêta quand elle fut à portée de main. Elle avait envie qu'il la touche, qu'il décide pour elle, qu'il prenne parti pour l'un ou l'autre camp et le fasse gagner.

— Ce serait merveilleux, Taniouchka, de t'aimer pour toujours. De t'épouser, de vivre et de travailler près de toi. D'apprendre à nos enfants à tirer comme leur mère, la résistante.

Elle l'entendit glousser en prononçant son vieux surnom et sourit dans l'ombre. Il poursuivait :

— Je ne sais pas non plus, Tania. Nous nous baignons chaque nuit dans la vie de l'autre, et chaque matin nous plongeons jusqu'au cou dans la mort. C'est étrange, c'est tordu, ça tourne trop vite pour que j'arrive à voir ce qui se passe. Tout ce que je peux faire, c'est laisser le temps et le destin trouver la réponse, parce qu'ils sont les seuls à savoir ce qui arrive au monde, ou à toi et moi.

Tania releva la tête. « Ce serait merveilleux », avait-il dit.

— Et toi, qu'est-ce que tu veux ?

Zaïtsev parut répondre d'abord dans sa tête puis, approuvant d'un hochement de tête, il déclara :

— T'aimer pour toujours. Ne jamais te laisser partir.

La respiration de Tania se bloqua dans sa poitrine. Zaïtsev lui prit la main, l'attira vers lui.

Voilà, il m'aime. Alors, il faut qu'il sache. Souriant près des lèvres de Vasha, elle murmura :

— Je t'ai promis une autre surprise, tu te rappelles ?

— Tania, on n'a pas le temps maintenant...

— Pour ça, si. J'aurais dû te le dire plus tôt, mais j'avais peur que tu me renvoies, ou que Danilov me fasse muter. Mais maintenant, il faut que tu saches. A cause de ce que tu viens de dire.

— D'accord. Je t'écoute.

Elle s'écarta du sourire de Zaïtsev pour scruter tout son visage.

— Je suis américaine.

Ni l'œil ni la main de Vasha sur sa taille ne tressaillirent. Il demeura impassible, le corps immobile. Le chasseur à l'affût, pensa-t-elle.

— Non, c'est pas vrai.

En anglais, elle répliqua :

— Mais si, beau petit Sibérien. Tu ne comprends rien à ce que je dis, n'est-ce pas ?

— Tania, tu parles anglais.

Elle repassa au russe :

— C'est ce que nous faisons en Amérique.

— Tu n'es pas américaine.

— Si. Mes parents sont russes. Ils vivent à New York, maintenant.

Zaïtsev commença à se troubler. Tania le sentit réagir : le chasseur sortant à découvert pour engager le combat.

— Qu'est-ce que tu fais ici ?

— Je me bats.

— Tu espionnes ?

— Non !

— Alors, comment...

De son index, elle lui ferma les lèvres.

— Plus tard, Vasha, quand nous aurons le temps.

Mais tu dois comprendre pourquoi je ne pouvais rien te dire avant, et pourquoi cela doit rester notre secret. Si les *zampolit* l'apprennent, ils feront de moi un héros, comme toi, mais uniquement dans la presse. Ils ne me laisseront plus me battre. S'il te plaît, dis que tu es d'accord. S'il te plaît.

Zaïtsev secoua la tête. Tania crut d'abord qu'il la rejetait, ou qu'il rejetait l'idée qu'elle puisse être étrangère. Mais il exagéra le mouvement pour le rendre comique et sourit.

— Oui, *Americanouchka*, soupira-t-il en roulant des yeux. C'est d'accord. (Il ramena son regard sur elle, la pressa contre lui.) Quand la guerre sera finie, nous pourrons aller vivre en Floride ?

Tania partit d'un rire joyeux.

Un bruit de bottes se glissa dans la casemate par la couverture. Zaïtsev lâcha Tania, s'écarta et haussa les épaules comme pour dire : « Tu vois, il faut déjà que je te laisse partir. »

Non, pensa-t-elle. Elle se hissa sur la pointe des pieds, projeta son visage vers le sien et, juste avant que la couverture ne se soulève, déposa sur ses lèvres un baiser rapide.

Les mains derrière le dos, elle l'écouta s'adresser aux deux nouveaux. L'homme à la peau sombre et la femme maigre n'avaient fait qu'un pas à l'intérieur de l'abri. L'expression de leurs visages révélait qu'ils étaient impressionnés d'avoir été choisis pour cette mission avec le Lièvre en personne.

Zaïtsev ne regarda de nouveau Tania qu'après qu'ils eurent tous les quatre pris leurs fusils et leurs sacs d'explosifs. Tandis que les deux bleus sortaient, il articula silencieusement derrière leur dos : « New York ? » Tania lui fit une grimace et répondit de la même manière : « Arrête. » Puis ils prirent enfin une mine grave et sortirent à leur tour pour aller assassiner le général von Paulus.

Les quatre tireurs d'élite descendirent des falaises de la Volga vers le fleuve gelé en marchant d'un pas vif le long de la haute paroi de craie. La nuit était éclaircie par un croissant de lune lorgnant derrière les nuages comme un enfant curieux. Dans l'obscurité, Tania ne pouvait que voir en pensée les bâtiments devant lesquels ils passaient et qu'elle situait sur un plan de la ville mémorisé. La Brasserie. La Banque d'Etat. La Maison des Spécialistes, qui marquait la pointe sud de la poche de résistance de la Soixante-deuxième Armée le long de la Volga. Devant eux, à un kilomètre, le principal débarcadère du ferry, à présent aux mains des Allemands. Tania se rappela être passée devant dans un fleuve en flammes, accrochée à une poutre avec Fedya et Youri. Ce soir, elle y retournait en mission secrète avec le célèbre Lièvre, qui l'aimait, qui ne la laisserait jamais partir. Qui voulait vivre avec elle dans la Floride chaude et ensoleillée.

A sa gauche, une faible lumière miroitait sur le fleuve noir et froid. Mais, au-dessus d'elle et à sa droite, elle sentait la chaleur que projetait la ville, comme une allumette tenue près de sa joue. Les Boches sont encore là-haut, pensa-t-elle. La bataille continue ici et dans toute la Russie. Tant que les Allemands fouleront notre sol, il faudra tuer.

Oublie la Floride, l'Amérique.

La haine l'avait de nouveau prise en embuscade. Elle est si forte en moi, se dit Tania, étonnée de la rapidité avec laquelle elle avait refait surface. La partie de moi qui n'est pas haine est plus mince que ma peau. Oh ! Vasha, je voudrais... je voudrais... Mais je ne suis plus que haine. A chaque pas que nous faisons sur la glace, à chaque crissement de mes bottes, j'entends les fusils, je vois les corps sursauter et tomber, s'amonceler. Ne cesseront-ils jamais de tomber ?

La Kazakh trébucha devant elle et le bruit de sa chute provoqua chez Tania une réaction de colère.

— Relève-toi, bougonna-t-elle.

La jovialité et la tendresse qu'elle avait partagées moins d'une heure auparavant dans l'abri avec Zaïtsev s'étaient dissoutes. Mais le son de sa propre voix brisa l'envoûtement de la haine comme le claquement de doigt d'un hypnotiseur. Son accès d'humeur contre Mogileva ramena Tania à sa mission, au froid de la nuit, au fusil et aux sacs de dynamite accrochés à ses épaules, à la file de tireurs d'élite marchant devant elle.

Avance, s'ordonna-t-elle, ne pense à rien. Suis le grand type qui est devant toi. Vasha ouvre la marche. Vasha s'occupera de tout. Il te montrera les Allemands et te laissera les tuer. Ce soir et demain. Suis-le, reste près de lui. Tout ce qui n'est pas la guerre et la haine attendra. Reste près de Vasha.

L'idée de sa proximité émut Tania. Au fond d'elle-même, au centre de la dureté de sa souffrance, un sentiment voletait comme un oiseau-mouche dans sa poitrine. Tu vis, Tania, disait-il. Tu bouges, tu aimes. Efforce-toi simplement de rester en vie.

En cet instant suspendu, elle sentit la chaude pulsation d'un cœur que la haine n'avait pas endurci.

Dix mètres devant elle, Mogileva glissa de nouveau, bascula en avant. Jaillissant sous les bottes de la Kazakh, comme une fusée, une lumière orange explosa. Une gerbe de sable et de glace s'éleva du sol. Tania s'immobilisa, se demanda, au moment même où l'éclat de la mine s'enfonçait dans son ventre, si elle n'avait pas trouvé l'amour trop tard.

Elle tomba sur le dos, les bras ouverts comme en signe de bienvenue. Un poids pressant sa poitrine et son abdomen la clouait au sol. Une flamme bleue semblable à un chalumeau de soudeur brûlait dans ses yeux. Elle ne sentait rien. Puis son pouls se mit à galoper et quelque chose coula de son ventre, une chaleur de plus en plus forte. Comme si quelqu'un avait laissé une porte ouverte.

Lentement le poids s'éleva, la libéra. Elle tourna la tête pour voir Jakobsin. Le devant de la tenue blanche du Lituanien était noirci, déchiré ; de la fumée montait de son visage et de son torse en lambeaux.

Des mains passèrent sous les épaules de Tania, soulevèrent sa tête. Elle lutta pour empêcher ses yeux de se révulser. La chaleur qui s'écoulait de son ventre l'appelait à sortir elle aussi, à franchir cette porte ouverte. Non, pensa-t-elle. Laisse-moi rester encore un peu.

Elle entendit la voix de Vassili Zaïtsev, mais ne parvint pas à se libérer d'elle-même pour comprendre ce qu'il disait. Il avait glissé ses mains sous la tête de Tania, mais elles n'étaient pas assez fortes, semblait-il, pour faire cesser le roulement de ses yeux. Où est-il ? se demanda-t-elle. Il est tout autour de moi.

Une flèche de souffrance monta de son ventre vers sa gorge. Quand Tania ouvrit la bouche pour la cracher, une encre chaude sortit en murmurant avec son haleine, coula sur ses joues.

Elle ne pouvait bouger, bien qu'une tempête confuse fît tournoyer sa tête. Elle ferma les yeux pour l'arrêter. C'est trop, pensa-t-elle. Il se passe trop de choses. Est-ce que ce sont bien les mains de Vasha ? Où est-il ?

Le sol disparut sous elle. On la tourna sur le côté ; sa tête et son bras droit pendirent au-dessus de la glace. Remettez-moi sur le dos, supplia-t-elle en silence. C'était chaud et calme, et je n'ai senti la douleur qu'une fois.

Tania prit conscience d'une pression contre son ventre. Quelque chose empêchait maintenant la chaleur de se répandre hors d'elle. Il n'y avait plus que la souffrance, la piqûre d'un millier de lames s'enfonçant profondément en elle, transperçant sa colonne vertébrale, ressortant dans la nuit comme la lueur d'une flamme. Elle brûlait. La douleur la frappait du pied en cadence, comme un martèlement de bottes.

La souffrance l'aida à reprendre conscience. Elle était encore en vie. Oh ! ça fait mal ! Qu'est-il arrivé ? La panique tournait autour d'elle comme un chacal. Je suis blessée, au ventre, une explosion. Douleur et sang. Jakobsin mort. Mogileva. Une mine. L'explosion. Que se passe-t-il ? Où est Vasha ? Des bras sous moi, les bras de Vasha, des jambes qui courent. Oh ! la douleur à chaque foulée. Va plus lentement. Non, cours ! Cours avec moi, ne me laisse pas !

Le goût salé du sang emplit sa bouche. Au centre de son corps, la douleur menaçait de l'envelopper totalement. Elle ouvrit les yeux.

Zaïtsev me tient contre lui. Il compresse ma blessure avec sa poitrine. Cours, Vasha ! Il est mon pansement ; sa vie maintient la mienne à l'intérieur de mon corps pendant que nous courons.

Reste près de lui, Tania. Reste en vie.

Oh, cours, Vasha, cours !

Tania remua la langue pour nettoyer sa bouche. Un filet de salive coula de ses lèvres.

— Cours, souffla-t-elle en anglais.

La foulée de Zaïtsev se ralentit. Il dit quelque chose. Bien qu'il haletât, les mots étaient clairs :

— Reste avec moi, Taniouchka. Nous arriverons à temps à l'hôpital.

Les lèvres de Tania ne purent former de réponse. Elle avait brûlé toutes ses forces. Tant de choses à dire, et tout ce qu'elle parvenait à murmurer, c'était « Cours », dans une langue qu'il ne comprenait pas.

Elle se mit à redescendre dans son corps, glissa dans la souffrance, y barbota un moment puis glissa plus bas encore, dans l'inconscience.

30

Elle poussa un gémissement, terrible, quand il trébucha, tomba à genoux. Il se releva aussitôt sans cesser de la presser contre lui, de plaquer sa poitrine ensanglantée contre le ventre ouvert de Tania.

Zaïtsev se remit à courir. Le grincement du sable sous ses bottes se mêlait à sa respiration sifflante. Son esprit oscillait entre panique et concentration : le poids mort de Tania dans ses bras le terrifiait, le sang de la jeune femme coulait dans ses bottes.

Il s'efforça de faire le vide dans sa tête, de courir comme une machine, au-delà de la conscience et de la fatigue. Des images se ruaient sur lui, toutes de Tania : dormant, nue, riant, visant une cible, courant près de lui parmi les explosions. Il les transperça, les fit éclater comme des bulles jusqu'à ce qu'il ne reste plus dans la nuit que le corps pesant sur ses bras, et sa course.

Il parvint à un point de contrôle, contourna une charrette à moitié démolie sur la rive noire. Ecartant une barrière branlante de barbelés, les sentinelles le laissèrent passer sans rien dire. Zaïtsev se remit à courir et une voix cria derrière lui : « Fonce ! »

L'antenne médicale se trouvait à cinquante mètres devant, au pied de la falaise. C'était là que Shaïkine avait tenté de survivre en plaquant une main sur son cou blessé. C'était là qu'il était mort.

Zaïtsev écarta la couverture, pénétra dans la grotte, se tint, haletant dans une salle exiguë. Les murs et le plafond étaient faits de planches soutenues par des poutres métalliques. Un ampoule nue pendait à un fil électrique. Trois soldats gisaient sur des civières alignées par terre. Une infirmière en treillis vert était penchée sur le blessé le plus éloigné de Zaïtsev.

Maintenant qu'il était arrivé à l'hôpital de campagne, Tania lui semblait lourde dans ses bras. Il eut un moment de panique à l'idée de la lâcher, de la confier à l'infirmière qui n'avait même pas tourné la tête vers lui. Il avala sa salive et dit :

— On a besoin d'aide.

La femme leva la tête. Comme un cheval essoufflé, Zaïtsev respirait bruyamment par le nez. Il savait que son visage devait refléter sa terreur.

L'infirmière s'approcha, tendit les mains pour soutenir la nuque de Tania.

— Posez-la par terre, là-bas.

Elle le guida vers un espace libre ; il serra Tania plus fort contre lui.

— Mon adjudant ?

Il ne bougea pas.

— Mon adjudant, posez-la par terre, dit l'infirmière d'un ton plus ferme. Il faut que j'examine sa blessure.

— Où est le docteur ?

— En chirurgie, répondit-elle en soulevant les paupières de Tania. Je suis l'infirmière de tri. Il s'occupera d'elle dès qu'il le pourra. Posez-la par terre.

De tri. Cette femme décide de qui passe dans les mains du docteur. Si je pose Tania, elle mourra par terre. Elle mourra dans cette queue de civières.

L'infirmière recula d'un pas, parut évaluer les chances

de la blessée d'après ce qu'elle voyait du corps, du sang répandu sur l'homme qui la portait.

— Posez-la par terre ou elle mourra dans vos bras.

Les mots cinglèrent Zaïtsev. Il connaissait la mort, il savait que cette femme se trompait.

— Non, dit-il.

Derrière lui, un claquement de caoutchouc ou de plastique, un autre, puis une voix :

— Qu'est-ce qui se passe ?

L'infirmière garda une main sous le cou de Tania, désigna Zaïtsev avec l'autre.

— Il ne veut pas la poser. Il faut que je l'examine. Son état est grave.

Le médecin jeta deux gants chirurgicaux tachés de sang dans une poubelle. C'était un vieil homme, le plus vieil homme que Zaïtsev eût vu à Stalingrad. Grand et ventru, il avait le crâne rasé, des yeux bleus cernés d'épuisement. Sa blouse blanche était propre, à peine maculée de rouge. La voussure de son dos disparut quand il tendit les bras vers Zaïtsev.

— Donnez-la-moi. Nous verrons ce que nous pouvons faire.

Le Lièvre hésita malgré l'élan de confiance que l'homme lui inspirait. Ses bras serrés autour de Tania lui faisaient mal.

Le docteur secoua la tête, solennel comme un grand chêne.

— Elle ne mourra pas dans mes bras non plus, mon gars. Donne-la-moi.

Le docteur toucha Tania ; Zaïtsev laissa le corps rouler et s'écarter de sa poitrine. Les bras de la blessée ballèrent quand le médecin la prit.

Zaïtsev regarda la déchirure ruisselante dans le manteau de Tania. Elle était assez grande pour qu'on y passe le poing.

— Docteur… commença-t-il, dans l'intention de plaider sa cause.

Le vieil homme et l'infirmière assumaient déjà tout le poids de Tania et se détournaient de lui. Ils la posèrent par terre.

Les mains du chirurgien voletèrent au-dessus de Tania, la picorèrent comme deux poulets blancs. L'infirmière retourna auprès des civières, s'agenouilla devant chacune d'elle.

— Stable, lança-t-elle au docteur.

Le médecin déboutonna le manteau et la tunique. Avec des ciseaux, il découpa les sous-vêtements, les écarta comme un rideau de velours. Ses mains et sa blouse commençaient à se tacher de rouge.

La blessure, un trou de la taille et de la forme d'une bouche dans la partie gauche de l'abdomen, sous la cage thoracique, sauta aux yeux de Zaïtsev. Il en sortait une petite boule rose striée de veines. La pression à l'intérieur du corps avait poussé à l'extérieur une partie de l'intestin grêle. Des pulsations de sang s'échappaient par les bords de la plaie, coulaient sur le flanc de la jeune femme pour former une flaque sur le sol.

L'infirmière revint près du docteur ; Zaïtsev se plaça derrière elle. Tania avait le teint cireux, ses orbites et ses joues semblaient ombrées au fusain. Son visage sidéra Zaïtsev : il avait l'air creux, comme un crâne.

L'infirmière plaqua un morceau de gaze dans la main tendue du chirurgien, qui la posa sur la blessure et pressa.

— Soulevez-la de nouveau, fit-il.

Zaïtsev se glissa entre le médecin et l'infirmière, passa ses bras sous Tania avec précaution.

— Allez, mon garçon ! marmonna le docteur.

Ils portèrent Tania dans une salle contiguë. Deux tables cernées de lampes électriques aveuglantes fixées sur des poteaux en occupaient le centre. Un générateur à essence grondait faiblement quelque part. L'une des tables était couverte d'un drap blanc et propre ; sur l'autre, un soldat gisait, inconscient. Près de lui, une infirmière bandait le moignon de sa jambe droite, amputée au-dessous du genou. Le reste du membre, encore dans sa botte, reposait par terre.

Zaïtsev étendit Tania sur la table. Le docteur cessa de presser la gaze sur la blessure pour enfiler des gants chirurgicaux et l'infirmière le remplaça. De sa main libre, elle chercha le pouls de la blessée sous le menton. Zaïtsev recula, heurta un chariot d'instruments chirurgicaux. Ils tintèrent, mais aucun ne tomba. L'infirmière et le médecin ne lui prêtaient aucune attention et se préparaient à opérer par un échange rapide de questions et de réponses.

Le vieil homme s'approcha du milieu de la table pour nettoyer avec un tampon le torse nu de Tania. L'infirmière ôta la gaze de la blessure, la jeta dans un seau. Avec un autre tampon, elle badigeonna d'orange les pourtours de la plaie d'où le morceau d'intestin dépassait, comme un ballon.

— Ether ? demanda-t-elle.

Non, fit le chirurgien de la tête.

Sans attendre d'ordre, l'autre infirmière éteignit les lampes de la seconde table, laissa le soldat amputé pour venir se placer face à sa collègue du tri et au médecin. Celui-ci examina les instruments étincelant sur le chariot tandis que les deux infirmières enfilaient des gants.

Zaïtsev recula dans un coin. Il s'attendait à ce qu'on le prie de quitter la salle d'opération, il se préparait à refuser. Le médecin et les infirmières, penchés au-dessus de Tania, n'échangeaient même pas un regard entre eux.

Le docteur tendit le bras, une des infirmières choisit un scalpel et le lui mit dans la main. Il enfonça la lame dans le ventre de Tania, descendit, croisa le centre de la plaie. D'un autre coup de scalpel, il incisa les coins du trou pour l'élargir.

De chaque côté de la table, les infirmières glissèrent leurs doigts sous les volets de chair que le docteur avait ouverts et les rabattirent. Zaïtsev fut envahi d'une envie de les écarter tous les trois pour reprendre Tania dans ses bras. La terreur le fit avancer d'un pas.

Des anneaux humides avaient glissé hors du trou béant. Le docteur les poussa du doigt, inclina la tête.

— Quelques petites lacérations, murmura-t-il. Nous verrons ça plus tard.

Il poussa la masse de l'intestin sur le côté, glissa une main dessous. Son autre main réclama un bistouri. L'infirmière du tri épongeait le sang qui coulait du cratère vivant.

Zaïtsev regardait le vieil homme et les deux femmes manier les entrailles de Tania avec des gestes sûrs et rapides. Lui-même avait écorché des animaux dans la taïga, il avait plongé les mains dans leurs viscères pour les arracher et les jeter à ses chiens. Tant qu'il gardait les yeux sur l'opération, sur les mains du docteur, sur les organes à nu, il parvenait à tenir la bride à son angoisse. C'était quand ses yeux remontaient vers les cheveux blonds de Tania répandus sur la table, vers ses mains immobiles comme des morceaux de bois, que ses propres entrailles tressaillaient.

Des mois auparavant, quand il avait commencé à tuer, Zaïtsev s'était fait à l'idée de mourir. C'était le commerce du combattant : risquer sa vie pour en prendre d'autres. Mais jamais il n'avait envisagé de mourir par morceaux. Tania était le principal morceau de lui-même ; si elle mourait, une partie de lui mourrait aussi. Il continuerait à exister sans elle, éviscéré, échoué dans un paysage glacé pour tenter de survivre sans sa passion et sa chaleur.

Le docteur enfonça le bistouri à l'intérieur de Tania. L'infirmière de tri posa une pince dans la paume gantée du vieil homme, qui brillait maintenant tel un rubis. Il remua les poignets comme s'il faisait prestement un nœud. L'une des femmes prit un seau par terre, le souleva ; le médecin extirpa la rate de Tania, la tint à deux mains comme une motte de terre et la lâcha dans le seau.

Zaïtsev frissonna, ferma et ouvrit les poings. Ses doigts étaient encore poisseux du sang de Tania.

L'infirmière de la salle d'opération se pencha vers la blessée, hocha la tête en direction du docteur. De la main, il réclama de nouveau un clamp puis donna un coup de bistouri. D'une torsion, il détacha le rein gauche de Tania, le laissa aussi tomber dans le seau.

Une fontaine de sang jaillit de la cavité. Surpris, le chirurgien fit un pas en arrière puis se pencha aussitôt pour plaquer ses mains dans le trou. Le sang continua à couler jusqu'à ce que le médecin parvienne à stopper l'hémorragie. Dans le silence qui suivit le choc, le docteur et les infirmières se regardèrent à travers des masques rouges ruisselants.

— Pincez-la ! ordonna-t-il. Pincez-la.

L'infirmière de tri glissa ses mains sous celles du chirurgien ; un instant plus tard, c'était terminé. Le docteur se tourna pour s'essuyer le visage avec un drap ; Zaïtsev vit le sang de Tania dans les rides entourant la bouche et les yeux du médecin.

Le chirurgien, vigoureux et sûr de lui l'instant d'avant, était redevenu vieux. D'une voix lasse et triste, il expliqua :

— La rate et le rein étaient lacérés par un éclat. Le mieux, c'était de les enlever. Elle peut vivre sans.

— Oui, dit Zaïtsev.

Le docteur regarda de nouveau Tania. Zaïtsev suivit la

direction de ses yeux, revit la colonne rouge qui s'était élevée du milieu de son corps.

— L'éclat était enfoncé dans le rein gauche, la pointe dépassait. Elle avait perforé l'aorte. Je ne l'ai pas vu. Quand j'ai sorti le rein, l'aorte s'est rompue.

— Oui, répéta Zaïtsev.

— J'ai fait ce que j'ai pu.

Derrière le chirurgien, les deux infirmières cessèrent de comprimer l'abdomen de la blessée. Elles reculèrent d'un même mouvement et attendirent, composant un tableau final près du corps inconscient.

Zaïtsev refusait qu'il soit final.

— Vous la laisserez pas mourir.

— Je n'y peux rien.

Le vieil homme se tourna pour s'éloigner, s'arrêta en entendant cliqueter le chien du pistolet de Zaïtsev.

L'arme était braquée sur le cœur du médecin. Derrière lui, les infirmières reculèrent de nouveau d'un pas parfaitement synchrone.

— Vous m'avez dit qu'elle ne mourrait pas, docteur. Vous pouvez la sauver.

Le chirurgien plissa les lèvres, inclina la tête comme s'il s'adressait à un étudiant.

— La blessée que vous m'avez amenée a perdu la rate, un rein, et beaucoup de sang. Je n'ai pas de quoi lui faire une transfusion. Tout ce que nous pouvons faire ici, si près du front, c'est stabiliser l'état des blessés jusqu'à ce qu'ils puissent être transportés de l'autre côté du fleuve. On peut refermer l'aorte, cela me prendrait vingt minutes. Mais avec le sang qu'elle a déjà perdu, le rein qui lui reste a probablement subi des dommages irréparables. Si ce n'est pas encore fait, ça le sera avant que je puisse rétablir la circulation sanguine. Elle fera un blocage rénal et elle mourra.

Zaïtsev n'abaissa pas son arme : Tania était vivante, le chirurgien devait retourner auprès d'elle.

— Elle mourra, répéta le docteur. Et pendant les vingt minutes que je passerai à tenter vainement de la sauver, l'un des blessés qui attendent dans l'autre salle pourrait mourir aussi. Vous le supporteriez ?

Zaïtsev regarda Tania étendue sur la table. Le cœur de la jeune femme continuait à battre. Il luttait dans sa tranchée. Les soldats de l'autre salle se battaient aussi dans leur propre tranchée, mais il n'était pas venu pour eux.

— J'ai pas le choix, déclara-t-il, levant le canon de son arme vers la tête du médecin. Je l'aime trop pour avoir le choix.

Le chirurgien jeta un coup d'œil aux infirmières qui se tenaient immobiles, blanches comme les anges d'un tableau. Il ôta un de ses gants, massa son crâne rasé, regarda le pistolet de Zaïtsev.

— Si vous tenez absolument à agiter ce machin près de ma patiente, faites-le stériliser.

Il enleva l'autre gant, le jeta dans un coin avec le premier. Quand il releva les yeux vers Zaïtsev, le pistolet avait regagné son étui.

Le docteur pivota vers la table, enfila des gants propres et, levant les mains, annonça aux infirmières, qui s'étaient mises en mouvement elles aussi :

— Il l'aime, mesdames...

Les deux femmes relevèrent les draps tachés pour découvrir de nouveau les entrailles de Tania et se remirent au travail sans un mot. Des gazes imprégnées de sang jonchaient le sol sous la table. Zaïtsev avait mal au dos, mais n'osait bouger de peur de rompre quelque fragile équilibre dans la pièce. Une seule fois, Tania émit une plainte. Le Lièvre serra les dents. Il aurait voulu pouvoir se glisser dans son coma pour se battre à côté d'elle et gagner, ou mourir, épaule contre épaule.

Enfin, le chirurgien prit une aiguille et du fil, entreprit de ravauder les entrailles de Tania. Quand il eut terminé, il s'écarta de la table, défit ses gants. L'infirmière de tri prit sa place pour suturer la plaie.

Le docteur s'approcha de Zaïtsev, qui essaya de déchiffrer l'expression du regard sous les sourcils blancs broussailleux. Le médecin le fixa brièvement puis détourna les yeux. Il leva les mains, les tint écartées comme s'il soupesait quelque chose.

Zaïtsev regarda les doigts longs et noueux, semblables à des brindilles. Ces vieilles mains avaient-elles sauvé Tania ? Le médecin hésitait manifestement à émettre un pronostic. Pourquoi ? Les nouvelles étaient-elles si mauvaises ? Zaïtsev l'incita à parler :

— Docteur ?

Le vieil homme laissa retomber ses mains – leur travail était fini –, les enfonça dans les poches de sa blouse.

— J'ai tout remis en place, fit-il. Elle est en état de choc. Je ne puis dire combien de temps cela durera. Un ou deux jours, je présume.

Zaïtsev vit le médecin prendre une inspiration et poursuivre :

— Si le rein qui lui reste a tenu le coup, nous le saurons. Elle aura besoin d'uriner. Si, consciente ou non, elle n'urine pas dans les quarante-huit heures qui viennent, c'est qu'elle est en train de mourir, et nous n'y pourrons rien.

L'infirmière avait posé les dernières agrafes. Deux lignes noires se croisaient au centre du ventre de Tania, comme un réticule.

Tapotant doucement le dos de Zaïtsev, le chirurgien ajouta :

— Quoi qu'il puisse arriver à votre amie, elle n'a pas le choix non plus.

Il s'éloigna, le dos de nouveau voûté. Deux garçons de salle vêtus de blanc entrèrent, soulevèrent la civière du soldat à la jambe coupée, le portèrent dehors.

Les infirmières éteignirent les lampes autour de Tania. L'une d'elles suivit les deux garçons et le docteur ; l'autre, l'infirmière de tri, retourna dans la première salle.

Zaïtsev lui emboîta le pas et la vit s'agenouiller près d'un des soldats. L'homme avait la poitrine couverte de gaze. L'infirmière souleva les paupières du blessé, regarda brièvement ses yeux. Elle avait appris à reconnaître la mort. Elle passa à la civière suivante, dont le soldat l'accueillit en tendant la main.

Zaïtsev posa la paume sur le front frais du mort. Plus âgé que lui, l'homme avait dû être un paysan, à en juger à sa peau rougeaude, à ses doigts épais. Le Lièvre tira de la poche de sa tunique la médaille que lui avait remise Tchouikov, l'ordre de Lénine, et l'accrocha à la poitrine silencieuse.

Des brancardiers entraient presque toutes les heures dans la petite salle de réveil, soulevaient les blessés étendus sur les quatre lits et les mettaient sur des civières afin de les évacuer. Zaïtsev entendit plusieurs soldats gémir quand on les bougea. D'autres, qui venaient d'être opérés, découvraient en se réveillant leur corps mutilé ou couvert de pansements.

Il était assis au chevet de Tania ; il n'avait pas lâché sa main depuis qu'on l'avait amenée là. Le médecin vint la voir le lendemain de l'opération. Il releva la couverture, passa une main entre les jambes nues pour tâter les draps, le pubis et les cuisses. Ils étaient secs. Il souleva les paupières de Tania pour examiner ses yeux, prit son pouls.

— Elle a remué ? Elle a parlé ? demanda-t-il à Zaïtsev.

— Non.

— Et vous, vous avez mangé ?

— Non.

— Vous ne lui serez d'aucune aide si vous tombez d'inanition. Je vais vous faire porter du fromage et du pain. Mangez, s'il vous plaît.

Zaïtsev accepta la nourriture que lui apporta un garçon de salle. Tania gisait immobile sur le lit. Sa respiration faible et les tremblements intermittents de sa main étaient les seuls signes qu'elle s'accrochait à la vie.

Il chercha un moyen de lui faire parvenir des messages. Baissant la tête, il lui parla à l'oreille des chasses qu'il avaient partagées, de la première fois qu'il l'avait vue, à l'usine Lazur, de l'entrepôt frigorifique qu'ils avaient fait exploser ensemble, de la première fois qu'ils avaient fait l'amour. Il lui murmura qu'il aurait voulu l'avoir près de lui pour son duel avec Thorvald, que ç'aurait probablement été la « résistante » et non le Lièvre qui aurait tué le Professeur.

De son doigt, il dessina dans la paume de Tania des cerfs et des loups, des cibles et des visages, le soleil de la Floride. Il pressait sa main, la portait à sa joue, à ses lèvres. Il essuyait ses larmes avec son pouce.

Toutes les heures, Zaïtsev cherchait entre les jambes de Tania une trace d'humidité, comme le médecin l'avait fait. Chaque fois, sa main revenait sèche et il se sentait desséché, lui aussi. C'est si simple, Taniouchka, pensait-il. Pisse, ça te sauvera la vie.

La première fois qu'il souleva la couverture, il toucha les pansements et se rappela le geyser rouge qu'il avait vu jaillir de Tania, les morceaux de son corps coupés et jetés dans un seau. Il baissa la couverture et pleura.

C'était la deuxième nuit de coma de Tania. Zaïtsev appuya la tête au bord du lit. Un garçon de salle lui secoua le bras pour le réveiller et lui montrer un urinal à demi plein avec un sourire plein d'espoir. Zaïtsev secoua la tête : l'urine venait de lui, pas de la blessée.

Zaïtsev somnolait quand la main de Tania tressaillit. Sans lever la tête, il répondit par une pression des doigts, attendit de sentir la main deTania répondre à son tour pour lever les yeux et la voir qui le regardait.

— Salut, Vashinka.

— Tania, je... bredouilla-t-il, à court de mots. Depuis combien de temps tu es réveillée ?

— Pas longtemps.

Il prit la main de la jeune femme dans les siennes.

— Je suis resté près de toi. J'ai pas bougé.

Elle tenta de poser son autre main sur celles de Zaïtsev, mais quelque chose l'en empêcha.

— Je sais, dit-elle en grimaçant.

Elle montra une de ses paumes, y traça une cible du doigt, tapota à l'endroit de la mouche.

Il approcha ses lèvres de celles de Tania, complètement desséchées.

— J'ai très mal, Vasha, murmura-t-elle. Je suis en train de mourir ?

Il enfouit ses yeux dans sa chevelure.

— Je sais pas. Tu as perdu beaucoup de sang. On t'a enlevé un rein.

Tania regarda le plafond, hocha la tête comme si elle savait ce qu'il allait dire ensuite. Il se rappela qu'elle était petite-fille de médecin.

— On attend que l'autre rein se remette en marche.

Deux garçons de salle pénétrèrent dans la pièce et portèrent un capitaine blessé vers le lit le plus éloigné de celui de Tania. Il avait le cou et les épaules entourés de gaze, mais il était conscient.

— Doucement, dit l'officier aux soldats qui levaient la civière. (Il s'appuya sur son bras valide pour les aider à le faire glisser sur le lit.) Bon Dieu, fit-il entre ses dents serrées.

Tania s'humecta les lèvres.

— Vasha, j'ai soif.

Zaïtsev se leva pour attirer l'attention d'un des garçons de salle, lâcha la main de Tania.

— Vasha. Ne… Ne me laisse pas.

Il se rassit, se força à sourire. Le temps et le destin, pensa-t-il. Jamais je ne la laisserai. Combien de temps le destin m'accordera-t-il ? Se soucie-t-il de ce que je veux ?

— Soldat, de l'eau.

L'un des garçons sortit, l'autre replia la civière. L'officier se coucha sur son épaule indemne pour pouvoir regarder Zaïtsev et Tania. La lumière faisait luire la peau de son crâne rasé. Il avait une grosse tête, une mâchoire de cheval.

— Pas de chance, fit-il. Elle va s'en tirer ?

— Oui, mon capitaine, répondit Zaïtsev.

— Moi aussi. La balle a traversé mon bras de part en part. (Il se coucha de nouveau sur le dos en grimaçant.) On a fait vingt mille prisonniers, hier. Les Boches étaient drôlement surpris quand on leur est tombés dessus.

Le garçon de salle revint avec un verre d'eau et Zaïtsev souleva la tête de Tania pour la faire boire. De l'eau coula sur son menton quand elle avala. Zaïtsev l'essuya doucement avec sa manche.

Tania laissa sa tête retomber sur l'oreiller, ferma les yeux.

— On est en train de gagner, dit le capitaine.

Il se tut.

TROIS

Le Chaudron

31

« Toutes les sept secondes, un soldat allemand meurt à Stalingrad. Un… deux… trois… quatre… cinq… six… sept. Toutes les sept secondes, un soldat allemand meurt à Stalingrad. Un… deux… trois… »

L'homme qui se tenait près de Nikki Mond se leva, se dirigea vers le poste de radio posé sur un établi et chercha l'autre station militaire.

Aucun des douze autres soldats présents dans l'usine ne bougea. Ils restèrent assis, chacun renfermé en lui-même. Sur l'autre station, on entendit : « … cinq… six… sept. Toutes les sept secondes… »

— Bon Dieu ! s'écria le premier soldat. Et l'émission de Lale Anderson, qu'est-ce qu'elle est devenue ?

Un de ses camarades leva les yeux.

— Les rouges brouillent nos programmes. Ça va, ça vient. Tu l'entendras dans un moment, ta Lale. Rassieds-toi.

Nikki regarda autour de lui. Ce n'était que ce matin du réveillon de Noël qu'il avait rejoint cette unité bigarrée au rez-de-chaussée des Barricades. Avec ces hommes, il avait passé la matinée à fabriquer des décorations de fortune. Un sapin avec des tiges métalliques assemblées par du fil de fer, des boules de couleur avec du coton des trousses médicales de secours. Des étoiles découpées dans du papier coloré pendaient aux branches de fer, des tasses d'huile coupée d'eau dans laquelle trempait une mèche faisaient office de bougies, sous « l'arbre ».

Le soldat dégoûté par le brouillage était arrivé deux heures plus tôt. Comme Mond, il faisait partie de ces milliers de nomades lâchés dans la ville après la disparition de leur unité. Cet homme – Nikki ignorait son nom – avait battu en retraite depuis les confins extérieurs du Chaudron, dans la steppe. De son peloton de sapeurs, il était le seul survivant. Il avait erré en direction de l'est jusqu'au centre de la ville. Quand il n'avait plus supporté le froid, il avait cherché refuge dans un bâtiment. Il avait pénétré dans les Barricades sans savoir ce qu'il cherchait au juste, poussé seulement par la fatigue et la faim.

Comme ils l'avaient fait pour Nikki, les hommes de l'escouade avaient invité le sapeur à partager leur repas du réveillon : tôt ce matin, ils avaient abattu et fait cuire leurs deux mascottes. Des dobermans. Les autres soldats de la compagnie – une cinquantaine d'hommes un mois plus tôt, quand ils avaient été affectés aux Barricades – n'étaient plus en vie pour pouvoir voter contre le festin. Le sapeur avait pris place dans le cercle de ses nouveaux camarades, avait accepté une cigarette puis relaté sans émotion le sort de son peloton. Tous les autres étaient morts quand leur véhicule avait été touché par un obus de char, au cours d'un des innombrables accrochages avec les rouges à la limite du *Kessel*. Lui, il avait eu de la chance : il était juché sur le marchepied du camion et l'explosion l'avait projeté à plusieurs mètres de distance. Il avait achevé son récit par un haussement d'épaules, répétant, avec un rire sombre, « la chance ».

Depuis la mort de Thorvald, cinq semaines plus tôt, Nikki avait lui aussi erré sur le champ de bataille. Le lieutenant Ostarhild était présumé mort dans la steppe, mais comme l'affectation de Nikki à son unité des services de renseignements n'avait pas été annulée, il s'était senti libre de poursuivre ses expéditions dans la ville. Il était devenu un collecteur de contes tristes. Des ruines du centre aux usines, les hommes croyaient tous qu'on les avait abandonnés. Leur espoir qu'Hitler viendrait au secours de la Sixième Armée avant qu'ils soient anéantis s'était amenuisé d'heure en heure et agonisait à présent, exsangue.

Malgré la faiblesse des troupes allemandes et la position dominante que les Russes occupaient dans la steppe, les communistes ne cessaient de harceler la ville même. Mond comprenait la tactique des rouges : S'ils parviennent à nous maintenir sur la défensive, ici dans la ville, nous ne pourrons pas contre-attaquer. Nous ne pouvons pas sortir du *Kessel*. Leur objectif est de liquider la Sixième Armée.

Face à ces assauts constants, Nikki avait été témoin d'actes de courage et de détermination qui redéfinissaient ce qu'il savait de la volonté humaine. Epuisés, démoralisés, privés de vivres, de munitions et même d'espoir, les soldats allemands avaient continué à se battre dans l'ordre. Les Soviétiques ne leur laissaient pas un instant de repos, n'épargnant pas même leurs programmes de fête à la radio.

Pourtant, si Mond avait dû faire son rapport ce soir, il n'aurait pas parlé de la force de caractère et de la discipline des unités allemandes. Il aurait décrit des scènes d'horreur. Il avait vu des hommes aux yeux noirs, des cannibales, attendant comme des vautours qu'un blessé meure pour emporter le cadavre encore chaud. Ces goules étaient pourchassées et abattues à vue ; des patrouilles spéciales avaient été organisées pour les débusquer. Malgré ces mesures, des bandes de mangeurs de chair humaine, plus gras, plus roses de joues que leurs camarades affamés, rôdaient dans les usines et les maisons. Leur nombre croissait en même temps que leur hardiesse et leur désespoir.

Dans sa relation des derniers jours de Stalingrad, Nikki aurait aussi évoqué des actes d'une incroyable stupidité. Il avait vu des He-III, les rares appareils qui parvenaient à trouver une brèche par temps couvert pour survoler le *Kessel*, lâcher leur cargaison de vivres non sur les positions de la Sixième Armée, mais au-dessus des Russes, qui avaient appris à imiter les signaux allemands. Lorsque le parachutage s'effectuait bien au-dessus des lignes allemandes, des soldats affamés couraient pour être les premiers sous la grande toile de soie, se bousculaient comme des porcelets autour des caisses en pin. Il arrivait qu'ils y découvrent en les ouvrant non le jambon, le lait en poudre, les balles et les vêtements chauds qui les auraient maintenus en vie, mais de la marjolaine et du poivre : à l'intention d'hommes qui tuaient des rats et des chiens pour les faire griller. Une fois, la Luftwaffe leur fit cadeau d'un millier de bottes droites, mais l'histoire préférée de Mond, c'était le parachutage au-dessus du Chaudron, en ce mois terrible, d'un million de préservatifs suédois soigneusement emballés.

Nikki parlerait surtout de la fatalité. Chaque jour, un millier d'hommes mouraient dans la poche encerclée. Beaucoup succombaient aux blessures infligées par les Russes dans la steppe. D'autres avaient reçu une balle en combattant dans la ville. Mais, de loin, le plus grand nombre de ces morts que le caporal voyait empilés et protégés des cannibales par leurs camarades à la mine grave étaient tombés victimes du gel, du typhus, de la dysenterie ou de la faim. Il n'y avait plus de carburant pour alimenter les générateurs, pour remplir les réservoirs des chars et des camions. Comme cadeau de Noël aux deux cent cinquante mille hommes qui lui restaient, Paulus avait autorisé l'abattage des quatre cents derniers chevaux de la Sixième Armée, des bêtes dépérissant elles-mêmes d'épuisement et de faim. La fatalité s'acharnait sur tout ce qui restait en vie dans le Chaudron.

Nikki songea au repas de fête qu'il avait partagé une heure plus tôt avec les hommes regroupés autour du poste de radio. Pour la première fois depuis des semaines, il avait l'estomac plein. Il évitait de penser à la provenance de ce qu'il avait avalé. On lui avait servi une portion de viande rouge et chaude relevée à la marjolaine, si grande qu'elle débordait de l'assiette. Il se leva avec lourdeur, comme il le faisait toujours après le festin du réveillon, chez lui, en Westphalie, passa dans l'atelier voisin.

La salle avait un épais plancher de chêne, assez solide pour soutenir des machines de plusieurs tonnes. Des chaînes cascadant des murs et des poutres rouillées lui donnaient l'aspect d'un donjon. Les machines avaient été déboulonnées de leurs socles et emportées par les ouvriers évacuant la ville, des mois plus tôt. Il ne restait plus dans un coin qu'un tour à métaux devant lequel se tenait le sapeur rescapé de la steppe, une main sur le levier de commande.

Mond s'approcha en silence, regarda la machine. Une plaque rivée sur le carter du moteur portait le nom du fabricant : *Oscar Ottmund, Boblingen, Deutschland.*

Le soldat passa la main dessus en disant :

— Chez moi, j'étais fraiseur.

— Moi éleveur, dit Nikki.

— J'ai jamais été à Boblingen. C'est chouette ?

— Je ne sais pas. Je ne suis jamais allé très loin de la ferme. Les vaches ne prennent pas de vacances.

— Je pourrais la faire marcher, cette bécane, tu sais. Je pourrais la faire chanter.

Nikki lui tapota l'épaule. L'homme devait avoir à peu près le même âge que lui, mais la guerre les faisait tous paraître plus vieux.

— Pas moi, répondit Mond en riant. Si ça ne fait pas meuh, si ça ne tire pas de balles, j'y connais rien.

Le sapeur sourit. La guerre faisait d'eux des frères, aussi.

Nikki chercha dans ses poches quelque chose à lui donner : c'était Noël. Il ne trouva rien.

— C'était comment, dans la steppe ?

La main du soldat glissa le long du tour, retomba.

— Des Russes partout. Dix mille pièces d'artillerie, mille chars, un million d'hommes. On sait jamais où ils vont frapper le coup d'après. Ils surgissent du brouillard, de la neige, du ciel, de la terre. La steppe est pleine de ravines et de crevasses. On les dépasse en roulant, ils nous sautent dessus par-derrière. On se rend pas compte des distances à cause de la neige. Et toutes les nuits, musique... (Le sapeur se pinça le nez pour imiter une voix métallique sortant d'un haut-parleur.) « Soldats allemands, déposez les armes. La guerre est finie. Venez mangez chaud et vous abriter... » (Il sourit, lâcha son nez pour reprendre sa respiration, poursuivit.) « Manstein bat en retraite. Hilter vous a abandonnés. L'hiver vous a trouvés. Toutes les sept secondes, un soldat allemand meurt à Stalingrad. Un... deux... trois... » Sans arrêt, sans arrêt...

Nikki comprenait. Des mois plus tôt, quand il avait entendu pour la première fois la propagande russe, elle lui avait paru stupide, facile à ignorer. Mais, à l'intérieur du Chaudron, toute offre de répit, même provenant d'un haut-parleur russe, était à considérer. La reddition ou la mort. Chaque soldat de la Sixième Armée se savait condamné à l'une ou à l'autre. Le message répété sur le champ de bataille ou à la radio s'ajoutait aux poux, à la faim et à la peur pour harceler des hommes aux nerfs déjà à vif.

— Parle-moi de Manstein, réclama Nikki.

Pour tous les soldats du Chaudron, ce nom

symbolisait l'espoir. Le maréchal Erich von Manstein enfoncerait les lignes des assiégeants et libérerait le Chaudron. La Sixième Armée était trop faible pour rompre elle-même l'encerclement russe, la percée devait venir de l'extérieur. Cette mission avait été confiée au brillant Manstein, héros du siège de Sébastopol, en juillet. Depuis que le cercle russe s'était refermé autour des soldats allemands, les rumeurs circulaient parmi eux. « Hitler ne nous a pas oubliés, disaient-ils en se tenant mutuellement par les épaules, en s'accrochant l'un à l'autre comme pour s'empêcher de quitter ce monde. Il a envoyé Manstein nous tirer de là. »

Le 12 décembre, douze jours plus tôt, ces espoirs devinrent réalité quand le maréchal attaqua. Parti de Kotelnikovo, Manstein lança treize divisions contre les Russes sur une bande étroite. Après dix jours de charge furieuse, d'attaques éclair semblables à des coups de hache contre un arbre, la 4e Panzerdivision commandée par le général Hermann Hoth, dit « Papa », parvint à moins de quarante kilomètres de la Sixième Armée.

— Je les ai vus venir, se rappela le soldat. Chaque nuit, on regardait vers le sud, on voyait les lueurs devenir plus brillantes, on entendait le bruit du combat quand le vent soufflait dans le bon sens. On sautait de joie en criant : « Vas-y, Papa ! Fous-leur une raclée et sors-nous de là ! » On savait qu'ils arrivaient. On le savait... (Le sapeur se tourna complètement vers Mond pour être sûr de lui faire saisir toute son histoire, et la souffrance qui se cachait derrière.) Le dernier soir, les lueurs ont commencé à faiblir. On était là dans le noir, les mains tendues, comme des gosses. Et puis les lueurs ont disparu. Manstein avait fait demi-tour. Nous, on a reçu l'ordre de nous replier. Les Russes nous attaquaient. C'est là que notre bahut a sauté.

Il caressa de nouveau le tour et conclut :

— Maintenant, je suis là. C'est fini, je crois.

Nikki regarda la main de l'homme glisser sur la machine comme si c'était sa pierre tombale. Sans lever les yeux, le sapeur murmura :

— Je crois que j'aimerais mieux rester seul, caporal.

Nikki hocha la tête, tendit le bras vers l'épaule du soldat, mais ne la toucha pas. Il s'éloigna.

La détonation le rattrapa alors qu'il s'apprêtait à franchir la porte. Il n'eut pas envie de se retourner, mais ne put s'empêcher de penser que son destin à lui était de graver dans sa mémoire les derniers jours de la Sixième Armée à Stalingrad. D'autres voudraient un jour connaître les souffrances de ces hommes. Nikki les relaterait.

Il parlerait du fraiseur gisant près du tour de Boblingen dans un atelier vide, le visage dans une fleur écarlate de désespoir. Il parlerait des hommes décharnés au ventre plein de viande de chien. Ils ne s'étaient pas levés pour voir ce qui était arrivé au sapeur qui avait partagé leur réveillon, n'avaient pas même posé de questions quand le caporal était revenu s'asseoir parmi eux.

Nikki passa la nuit aux Barricades sans retourner dans l'atelier où le sapeur s'était tué. Que cette pièce soit son tombeau, se dit-il. Qu'il repose en paix près du tour. Il y sera mieux que dans n'importe quel endroit où je pourrais le traîner.

Autour de la lanterne, les hommes évoquèrent leur maison, leur travail dans le civil, leur femme et leurs enfants. D'une voix si basse qu'on l'entendait à peine, un soldat parla de lui comme s'il était déjà mort, s'interrogea sur le sort de sa famille. Sa femme et ses trois enfants iraient vivre chez sa mère, qui veillerait à ce que les garçons apprennent les bonnes manières et lisent quelques livres. Sa femme était une bonne ménagère, dure au travail, mais mal dégrossie, une fille de la campagne. Ces propos plongèrent chaque homme dans une rêverie sur ce que deviendraient les siens après sa mort à Stalingrad.

Dans le couloir, deux sentinelles attendaient que leur tour de garde se termine. Mond expliqua qu'il n'avait pas son fusil mais qu'il assurerait sa part. Un des soldats le remercia et lui tendit son Mauser.

Nikki prit l'arme et sortit. Il n'avait pas tenu d'arme depuis un mois, depuis qu'il avait porté le fusil de Thorvald. Il eut l'impression d'avoir de nouveau saisi un maillon d'une chaîne maléfique et sans fin, une succession de fusils, d'épées, de couteaux, d'arcs, de pieux, de massues remontant dans le temps. Il vit des corps jonchant le sol, dix milliards de corps éparpillés à travers le temps, le long d'une clôture de barbelés éternelle. Il tint le fusil à bout de bras. Regarde cette chose. Du métal et du bois, rien de plus. Mais c'est aussi une porte par laquelle peuvent s'engouffrer le diable, la mort, tout ce qui hait l'homme et la vie. Etonnant ce que cette chose peut faire, étonnant ce que nous en faisons. Nikki appuya l'arme contre le mur, se tourna et marcha vers une fenêtre donnant sur une cour d'usine.

Penché au-dehors, il s'imprégnait du calme de cette nuit de Noël quand une explosion baigna soudain les murs d'une lumière rouge. Une gerbe verte s'y ajouta, et les deux couleurs se mêlèrent, bientôt rejointes par des traînées blanches ou ambrées. Des centaines de fusées montaient dans le ciel, le sillonnaient de leurs queues étincelantes.

Nikki courut vers l'escalier, grimpa deux étages pour mieux voir. Dans un gigantesque demi-cercle s'étirant de l'Orlovka, au nord-est, à la gorge de la Tsaritsa, les soldats allemands illuminaient la nuit pour saluer Noël. Le spectacle était effrayant et beau, comme les bords d'un volcan entrant en éruption alors que le centre du cratère reste noir. Le cercle de feu coloré traçait dans le ciel les limites du *Kessel*.

Tout bougeait autour de Mond. Ses mains, ses joues semblaient danser dans les éclairs de couleur. Au bout de quelques minutes, les lumières s'estompèrent lentement, comme à contrecœur, et moururent.

Le silence retomba sur la ville, plus profond. Nikki se détourna de la fenêtre. Par la vitre cassée, le vent porta des voix d'hommes.

« *O Tannenbaum, O Tannenbaum, wie grün sind deine Blätter...* »

Le chant s'amplifia, se répandit dans tout le Chaudron comme le feu d'artifice, l'instant d'avant. Nikki se mit à chanter lui aussi. Joignant sa voix à celles d'autres, invisibles, il songeait : Nous sommes en train de mourir dans ce cercle, mais là-haut, où nous envoyons ce chant, au-delà des nuages, dans un lieu que touche uniquement la lumière de la lune et des étoiles, c'est un beau Noël...

Nikki se réveilla en sursaut dans son coin. Ses jointures gémirent. Pendant la nuit, le sol glacé avait eu raison de sa souplesse. Il faisait beaucoup plus froid que la veille.

En boitillant, il se dirigea vers une fenêtre par où les soldats se soulageaient. Il déboutonna son pantalon, tourna le regard vers l'est, en direction de la Volga. La neige zébrait le paysage comme du sel tombant d'une boîte. Le blizzard s'était levé dans la nuit. Dehors, le froid devait être mortel. Joyeux Noël à la Sixième Armée.

Quand il eut terminé, il traversa la salle où les autres s'éveillaient. Des grognements traduisaient leur hantise de devoir affronter une nouvelle journée à Stalingrad. Nikki monta de nouveau l'escalier pour aller inspecter la steppe.

Un rideau de neige barra sa vision. Par-dessus les plaintes du vent, il entendit le grondement aisément reconnaissable de l'artillerie. Obus et roquettes pleuvaient sur le Chaudron en ce matin de Noël.

Nikki et les autres arrachèrent le plancher pour faire un feu. Ils disposèrent des plaques de métal sur le sol pour fabriquer une sorte de brasero, firent brûler du bois au milieu. Le feu chauffait les mains et le visage de Nikki, dont le dos restait glacé. Vers la fin de l'après-midi, la tempête de neige se calma un peu.

A la radio, la voix éraillée de Joseph Goebbels, ministre de la Propagande de Hitler, commentait les programmes de Noël pour l'armée, affirmant qu'ils étaient retransmis de tous les pays dominés par le Reich. Goebbels assura les auditeurs que tout allait pour le mieux dans le combat mené par les troupes nazies pour leur avenir.

Sa voix aiguë s'élevait du petit poste comme les cris d'un aigle furieux. Il perd confiance, se dit Mond. Il met trop de force dans ses phrases, il assène les mots comme des balles, comme s'il voulait tuer quelqu'un avec sa voix. Il essaie de tuer la peur, de tuer le doute. Tout va bien partout pour l'Allemagne, prétend-il. Nous sommes en train de gagner, le monde entier tremble devant nous. Ne vous inquiétez pas pour vos fils. Ils sont chaudement enveloppés dans le destin de l'Allemagne.

Récitant une liste de villes conquises par la Wehrmacht, le ministre de la Propagande emmena son auditoire en excursion sur tous les fronts du Troisième Reich. A chaque étape, les soldats allemands exécutaient bravement un chant pour souhaiter un joyeux Noël rassurant aux êtres chers qui les attendaient au pays.

« Et maintenant, de Narvik », annonça Goebbels.

Les hommes groupés autour du poste se joignirent aux soldats stationnés au nord du cercle arctique, sur la côte norvégienne, et entonnèrent « Le Bon Roi Wenceslas ». Bien qu'il se mêlât lui aussi au chœur,

Nikki soupçonna les chanteurs de n'être pas en Norvège mais dans un studio de Berlin. Les voix étaient trop justes, trop bien accordées pour être celles de combattants.

« De Tunisie », glapit Goebbels à la fin du chant. Un autre chœur irréprochable exécuta *Stille Nacht, Heilige Nacht*. Dans l'usine, les hommes oscillaient, se prenaient par les épaules en chantant. La lueur du feu se reflétait dans leurs yeux et dans les traces humides sur leurs joues. Une larme se forma au coin de l'œil de Nikki. C'était bon de se sentir ému, de pleurer avec ces hommes, perdus comme lui.

« ... *stille Nacht, heilige Nacht, alles schläft, einsam wacht...* »

Nikki chantait et pleurait. Il sentait que la rupture approchait enfin, que la corde effilochée allait casser. Dans son cœur, il n'était plus un soldat de l'armée allemande. Il avait été délivré de son devoir par les mensonges de la radio autant que par les absurdités cruelles dont il était témoin depuis quatre mois. Goebbels raconte au peuple allemand que tout est calme, alors qu'en vérité nous mourons à Stalingrad, en Europe, en Afrique, partout.

Nikki laissait ses larmes couler. Ça suffit, décida-t-il. J'ai fait mon devoir, j'ai laissé derrière moi une file de cadavres. C'est ce qu'on attendait de moi. Je l'ai fait.

Le devoir. Nous, les Allemands, nous nous accrochons au devoir comme à un châle qui nous tient chaud. Nous sommes prêts à faire n'importe quoi en son nom. Grelotterons-nous de froid quand le châle sera déchiré, quand les menteurs se tairont enfin et que le devoir que nous avions envers leurs mensonges mourra avec eux ? Que feront alors ceux qui y ont cru ? Ils prétendront qu'ils ne savaient pas, que leurs chefs leur avaient menti ! Mieux vaut tuer le devoir au premier signe de mensonge. Mieux vaut l'écraser tout de suite, comme un serpent tombé d'un arbre !

Libéré du devoir, tu vois clairement tous les mensonges, parce que le devoir rend aveugle. Regarde-le, ton devoir, se tordre par terre en sifflant, le dos brisé. Hitler. Staline. Churchill. Mussolini. Roosevelt. Hirohito. Comme les hommes qui chantent à la radio : un chœur de menteurs. Ils mentent forcément, parce que cette guerre qu'ils nous ont dit de mener ne peut pas être la vérité pour l'humanité. Elle ne peut être qu'un mensonge insensé !

Je n'ai plus de devoir envers l'Allemagne. Je n'ai de devoir qu'envers moi, désormais, envers la vie que Dieu seul m'a donnée. Je réserve mon amour à ma famille. Parce que Hitler m'a menti et abandonné, le contrat qui me liait à lui est rompu. Je ne tuerai plus ses ennemis, je ne suivrai plus ses ordres. Je suis libre.

« *... schlafe in himmlischer Ruhe, Schlafe in himmlischer Ruhe.* »

La mélodie s'arrêta. Les soldats cessèrent de se balancer, essuyèrent leurs yeux à leur manche.

« Et maintenant, de la Forteresse Stalingrad », claironna Goebbels, la voix gonflée de fierté.

Les hommes échangèrent des regards incrédules.

— D'où ? dit l'un.

— C'est pas croyable !

— Y a personne de la radio, ici ! Quand ils seraient arrivés ? Aujourd'hui, avec ce blizzard ?

— C'est du bidon. Goebbels nous baratine !

— Vous avez entendu ça ? De la Forteresse Stalingrad ? Merde !

— Le reste aussi, c'était bidon ? Qu'est-ce que vous en pensez ?

Mond quitta le cercle des soldats consternés. Maintenant, ils savent, eux aussi. C'est bien. Les hommes devraient toujours savoir la vérité quand ils vont mourir.

Avant de s'éloigner du feu, il se pencha, toucha l'épaule de son voisin le plus proche.

— Merci. Joyeux Noël, lui souhaita-t-il.

L'homme leva vers lui des yeux embués, implorants. Tout son visage semblait crier : « Tu es debout, tu vas quelque part. Emmène-moi ! »

Otant sa main de l'épaule du soldat, le caporal Mond déclara :

— Je rentre chez moi.

Si l'homme s'était levé, Nikki aurait volontiers accepté sa compagnie.

Il fixa un moment Nikki. Son visage, qu'il avait détourné du feu, était partagé par l'ombre. Il finit par secouer la tête sous la couronne pesante de son chagrin.

Mond se dirigea vers la porte. Derrière lui, le chant de Noël de la « Forteresse Stalingrad » craquetait comme un bloc de glace dans la Volga.

Il trouva son rouleau de couchage dans le noir. Exténué, transi, il posa la tête sur son sac. Il sentait dans les extrémités de ses doigts et de ses orteils une sorte de douleur blanche, comme s'ils étaient recouverts d'une croûte de glace ; il se força à les remuer en se couchant en chien de fusil sur le sol. Le sommeil le gagna rapidement et le retint jusqu'au matin dans des rêves où il marchait dans une brume tourbillonnante.

Juste après l'aube, une moto passa en rugissant sous sa fenêtre et pénétra dans le grand magasin dévasté d'en face où Ostarhild avait eu ses bureaux et où le remplaçait à présent un capitaine hagard. Nikki se leva pour voir le motocycliste couvert de neige monter les marches d'un pas vif. Encore des renseignements, pensa-t-il. Encore des informations sur ce qui se passe ici et dans la steppe. Dis la vérité à tout le monde, messager. Remonte sur ta moto et répands la nouvelle.

Nikki n'avait rien à manger. Il aurait pu trouver une popote où on lui aurait donné ses rations quotidiennes de soixante grammes de pain, trente grammes de bouillie de viande, dix grammes de beurre et de café, mais il n'avait pas envie de faire la queue aujourd'hui. La faim l'aiderait à rester vigilant.

Il regarda son fusil, appuyé depuis un mois sur la grille de boulanger. Il parcourut des yeux les murs de son sous-sol, s'arrêta sur son sac à dos, son rouleau de couchage, la lampe sans pétrole. C'était tout ce que l'armée allemande lui offrait en guise de protection. C'était insuffisant.

Avec son couteau, il découpa son sac en bandes dont il emmaillota ses bottes. Il partagea son rouleau de couchage en trois grands morceaux : l'un pour entourer sa poitrine, sous son manteau, l'autre pour ses épaules. Le dernier, à nouveau coupé, servit à couvrir son cou, ses oreilles, son nez et ses mains.

Il monta les marches menant à la rue, où la neige tournoyait dans le vent, mais les bandes dont il s'était enveloppé émoussaient le mordant du froid. Le ciel était obstrué de nuages.

Les bras serrés contre la poitrine, il marcha jusqu'à la gare principale, choisit une voie ferrée. Quoique tordu et brisé par endroits, le ruban de fer filait plein sud. Il le suivit.

Nikki traversa la ville, croisa des hommes emmitouflés dont aucun ne lui demanda où il allait. Chacun se renfermait en lui-même. Les soldats se penchaient en avant et rentraient la tête dans les épaules pour offrir moins de prise au froid. Ils essaient juste de rester en vie, pensa-t-il. Chacun le fait à sa manière. Quel que soit le nombre de gens autour de vous, la vie est une corvée dont on s'acquitte seul.

Pendant quatre heures, il suivit les rails qui

disparaissaient souvent sous la neige, ou se soulevaient parfois, tels des doigts de métal l'invitant à aller de l'avant.

Il passa devant des lieux célèbres pour la fureur des combats qui s'y étaient déroulés en septembre et octobre. Il reconnut la gorge de la Tsaritsa, la gare annexe et le silo à céréales. Proche de la Volga, le silo avait été tenu pendant dix jours par cinquante défenseurs russes face à trois divisions allemandes. Il était maintenant noirci par le feu, hanté par les morts qu'il avait fallu y entasser pour faire gagner à l'Allemagne ce point minuscule sur une carte.

Après le silo, Mond quitta le centre de la ville pour les faubourgs, où les maisons d'ouvriers et les cabanes en bois avaient été rasées par les blindés et l'artillerie. Rien n'était resté debout, pas même un arbre. La neige recouvrait le paysage, formant des ondulations blanches et lisses, interrompues çà et là par une planche ou un tuyau dépassant d'un tas. Les quartiers n'existaient plus, leurs habitants avaient été évacués ou étaient morts. Les envahisseurs qui avaient pris leur place marchaient en titubant ou se terraient dans des trous pour se protéger du vent.

Au début de l'après-midi, Nikki avait parcouru six kilomètres depuis le silo. Le nombre croissant de soldats qui semblaient marcher sans but parmi les chars lui fit comprendre qu'il approchait de la limite sud de la formation en hérisson de la Sixième Armée. Certains hommes tendaient des fils barbelés ; d'autres affrontaient le froid pour regagner une tente, une tranchée, ou simplement pour rester en mouvement, Nikki n'aurait su dire.

Le destin, pensa-t-il. Il s'assombrit au fil des heures. Il pousse comme une barbe sur le visage de ces hommes.

Il approcha d'un groupe rassemblé autour d'un tonneau dans lequel brûlaient des planches.

— On se bat beaucoup, par ici ? s'enquit-il.

Un des soldats qui fixaient le feu répondit :

— Ah ouais ! On se bat contre le froid, les poux, la chiasse, la faim…

Il leva les yeux vers la plaine luisante, au sud, où les Russes étaient massés derrière le rideau de neige.

— On se bat aussi contre eux quand ça leur chante. Tu viens d'où ? (Du menton, Nikki indiqua le nord, derrière lui.) Putain, t'as dû en baver. Qu'est-ce que tu fous ici ?

— Je marche.

Le sourire du soldat hérissa les poils blonds couvrant ses joues.

— Ouais.

Nikki défit ses moufles pour chauffer ses mains aux flammes dansant dans le tonneau.

— Les rouges ont fait beaucoup de prisonniers ?

— Tu veux dire, est-ce que les rouges font des prisonniers ? corrigea l'homme. (Le caporal acquiesça de la tête.) Des fois oui. Des fois non. Ça dépend s'ils sont en rogne ou pas. En général, ils le sont plutôt. On les entend gueuler et tirer sur des gars qui ont lâché leur arme et tiennent les bras en l'air. Là-bas à l'ouest, les Roumains se font écraser. C'est moche. Quand j'ai vu ça, je suis revenu ici en courant, et je bouge plus. Je préfère crever de faim, merci. Salauds de Russes. C'est pas juste.

— Ils ont une bonne raison d'être en colère, fit observer Nikki.

L'homme cracha dans le feu, où sa salive grésilla brièvement.

Nikki passa une main sous sa parka pour tâter l'enveloppe contenant ses ordres de mission, avec le cachet *Services de Renseignements*. Il restait affecté à l'unité de collecteurs d'informations du lieutenant Ostarhild. A ce titre, il pouvait se rendre n'importe où sur le champ de bataille sans escorte.

Il remit ses gants, leva les yeux des flammes pour

regarder en direction des lignes russes, au sud. Le froid giflait ses joues. Il remonta son cache-nez de toile sur sa bouche et son nez. Quand il s'adressa à l'homme le plus proche, le tissu retint son haleine et réchauffa ses lèvres.

— Je suis un fermier, dit-il par-dessus le sifflement du vent et le crépitement du feu. Un éleveur de Westphalie.

Et Nikki Mond s'enfonça dans le tourbillon blanc.

Epilogue

L'après-midi du 8 janvier 1943, les forces russes encerclant le Chaudron interrompirent leur assaut contre la Sixième Armée prise au piège pour attendre la réponse à une offre de reddition faite par le haut commandement soviétique au commandant en chef allemand, le général Friedrich von Paulus. Les conditions de cette capitulation étaient généreuses, et assorties d'une menace de Staline d'anéantir la Sixième Armée si elle continuait à résister. Le lendemain, l'offre fut rejetée, la bataille reprit.

La décision de repousser la proposition russe ne fut pas prise sur place par Paulus, mais par Adolf Hitler lui-même dans la Tanière du Loup, le château de Prusse-Orientale où il avait installé son état-major. Aucun de ceux qui avaient assisté aux souffrances des hommes de la Sixième Armée n'aurait pu leur demander de combattre un jour de plus.

Le Führer avait décidé que Paulus et ses soldats émaciés, tremblants, tiendraient coûte que coûte la « Forteresse Stalingrad ». Sacrifice tragique, mais nécessaire sur le plan stratégique pour retenir les forces russes et permettre à ce qu'il restait du groupe d'armées du Don, commandé par Manstein, et du groupe B de la Sixième Armée, placé sous les ordres du maréchal Fedor von Bock, près de Rostov, de se replier vers le nord. Hitler craignait à juste titre la puissance renaissante de l'Armée rouge et avait besoin de Manstein pour bloquer l'avance soviétique.

A huit heures et cinq minutes, le matin du 10 janvier, les Russes reprirent leur offensive contre le Chaudron par une attaque massive précédée par une heure de bombardement d'artillerie sur les positions allemandes. A neuf heures précises, un millier de chars soviétiques et des troupes d'infanterie fraîches se lancèrent dans la mêlée. Le cercle se resserra autour des assiégés. Les Rouges enfoncèrent les lignes allemandes, regagnant en un jour des centaines de kilomètres carrés que les envahisseurs avaient mis des mois à conquérir. L'infanterie et les divisions motorisées du Reich se battirent courageusement mais sans ardeur, et leur résistance se brisa rapidement.

Pendant tout le mois de janvier, les Allemands se rendirent par milliers. Ressemblant plus à des épouvantails qu'à des hommes, ils sortaient du brouillard ou de la neige en titubant, les mains en l'air, la tête et les pieds entourés de lambeaux de tissu, les orbites creusées par la faim.

Malgré l'état pitoyable des troupes ennemies qui se rendaient, un grand nombre de Russes gardaient une haine farouche pour les soldats allemands. Leur colère avait été chauffée à blanc par l'invasion de leur pays, par la cruauté des nazis dans les territoires occupés, par le terrible siège de Leningrad et les discours fielleux incessants des propagandistes rouges. Chaque Russe portait dans ses mains en même temps que sa mitraillette la souffrance de la *rodina*.

Des compagnies entières d'Allemands, de Roumains, de Hongrois et d'Italiens furent fauchées alors qu'elles avançaient sous un drapeau blanc. Les unités russes qui les massacrèrent ne furent pas punies, mais bénéficièrent de l'accord tacite de leurs généraux et de Staline pour exterminer l'ennemi. La troisième semaine de janvier, la Sixième Armée, qui, deux mois plus tôt, comptait plus de trois cent mille hommes, avait été réduite par les tueries, la faim et le froid à moins de quatre-vingt-dix mille soldats.

Le 30 janvier, Hitler télégraphia au général Paulus qu'il l'élevait au grade de maréchal. Sachant qu'aucun maréchal allemand ne s'était jamais rendu, le Führer espérait que le commandant de la Sixième Armée encerclée comprendrait le message et se suiciderait, accomplissant ce que le dictateur considérait comme un dernier acte héroïque. Au lieu de se tuer, Paulus se rendit avant l'aube à un jeune lieutenant russe, Fedor Yelchenko, assis dans un char devant le quartier général de la Sixième Armée, installé dans le grand magasin Univermag dévasté, la tourelle braquée directement sur la fenêtre de Paulus.

Toute résistance organisée cessa dans Stalingrad le 2 février et de longues colonnes de prisonniers sortirent de la ville par le nord. Les Allemands traversèrent la Volga sous une neige aveuglante puis tournèrent à l'est vers les camps de détention. A ceux qui ne pouvaient suivre, les gardes du NKVD tirèrent une balle dans la nuque et leurs cadavres furent abandonnés au bord de la route.

Les files de prisonniers passèrent par des villages que la guerre avait épargnés. Bien que l'Armée rouge eût arrêté la Wehrmacht à Stalingrad, les Russes vivant à l'est de la Volga montrèrent leur haine pour les Allemands comme s'ils avaient été eux-mêmes au cœur des combats. Des femmes, des vieillards se ruaient sur les captifs claudiquant pour les gifler, les insulter, leur voler leurs dernières possessions. Plusieurs fois, des soldats russes épanchèrent leur rage en tirant sans discrimination sur les colonnes avançant à pas lent.

Des bivouacs furent installés pour les prisonniers le long de la route, rarement plus que des tentes hâtivement montées, des granges traversées par des courants d'air ou des usines aux carreaux brisés. On jetait de la paille sur le sol pour permettre aux prisonniers de s'étendre. Chaque matin, ils étaient moins nombreux à se lever pour reprendre la marche vers l'est. Beaucoup mouraient de faim et de froid dans la nuit. Le typhus causé par les poux infectant leurs crevasses les frappait aussi.

Finalement, les survivants grimpèrent sur les plateaux des camions qui les conduisirent dans des camps de travail en Sibérie.

Au début de l'invasion allemande, Staline avait évacué une grande partie de l'industrie soviétique à l'est de l'Oural. Il fallait maintenant des voies ferrées pour relier les usines délocalisées à la partie occidentale du pays. Les prisonniers de l'Axe chargés de cette tâche inhumaine s'échinèrent douze heures par jour dans le froid, penchés sur leur pelle ou leur pioche. Ils creusèrent des tunnels pour poser des charges de dynamite ; ils firent exploser de gros rochers, chargèrent les pierres sur des camions. Le soir, ils subissaient régulièrement la propagande communiste sur les maux de leur gouvernement et du fascisme. Beaucoup d'entre eux feignirent de renier leur pays pour applaudir au communisme mondial. Plus ils clamaient haut leur nouveau credo, moins leur traitement était cruel. Au fil des ans, ils eurent droit à des soins médicaux, à une meilleure nourriture et même à du courrier et à des nouvelles, ce qui montrait clairement que les Russes entendaient en garder quelques-uns en vie comme monnaie d'échange sur les tapis verts de l'après-guerre.

Ce n'est qu'en 1948 que l'URSS libéra les premiers prisonniers de Stalingrad. Du fait des pressions politiques de la guerre froide, les rapatriements ne se firent qu'au compte-gouttes. Toutefois, en 1954, il ne restait plus que deux mille Allemands dans les camps sibériens. Ce sont ces hommes que le premier secrétaire du Parti, Nikita Khrouchtchev, avait qualifiés non de prisonniers de guerre mais de « criminels de guerre », jugés et condamnés par des tribunaux soviétiques pour atrocités commises sur le peuple russe. Après de laborieuses négociations, ils furent finalement amnistiés et libérés.

Sur un million deux cent cinquante mille soldats qui envahirent la steppe russe jusqu'aux portes de Stalingrad, en août 1942, moins de trente mille rentrèrent chez eux.

Remerciements

Je tiens à remercier John F. Young, d'Ithaca, New York, pour son aide et sa compagnie précieuses pendant les travaux de recherche pour ce livre en Russie.

J'exprime ma gratitude à mon agent Marcy Posner, de l'agence William Morris, sans qui ce roman serait resté à l'état de vœu. Et toute ma reconnaissance à Katie Hall, de Bantam, qui, dans le monde de l'édition, est un vœu réalisé.

Achevé d'imprimer en février 2000
sur presse Cameron
*par **Bussière Camedan Imprimeries***
à Saint-Amand-Montrond (Cher)

N° d'édition : 6801. N° d'impression : 000772/1.
Dépôt légal : mars 2000.

Imprimé en France